本书为教育部人文社会科学研究规划基金
“元代诗歌同题集咏现象考述”
（项目编号19YJA751023）结题成果

元代诗歌同题集咏现象研究

李文胜 著

中华书局

图书在版编目(CIP)数据

元代诗歌同题集咏现象研究/李文胜著. —北京:中华书局,2024.9. —ISBN 978-7-101-16808-2

Ⅰ.I207.227.47

中国国家版本馆 CIP 数据核字第 20243U7W21 号

书　　名	元代诗歌同题集咏现象研究
著　　者	李文胜
责任编辑	吴爱兰
装帧设计	刘　丽
责任印制	韩馨雨
出版发行	中华书局 (北京市丰台区太平桥西里 38 号　100073) http://www.zhbc.com.cn E-mail:zhbc@zhbc.com.cn
印　　刷	三河市中晟雅豪印务有限公司
版　　次	2024 年 9 月第 1 版 2024 年 9 月第 1 次印刷
规　　格	开本/920×1250 毫米　1/32 印张 20¼　插页 2　字数 470 千字
国际书号	ISBN 978-7-101-16808-2
定　　价	118.00 元

目　录

绪 论

同题集咏是建安时代就开始在诗社和文人集团中慢慢发展起来的一种群集唱和方式,具有悠久的历史。它是伴随中国文论的成熟,伴随文人群体意识的加强而出现的,经历了一个漫长的发展过程:魏晋六朝是萌芽阶段,唐宋是发展阶段,元代是成熟阶段。唐宋以来,随着科举制度的实行,文人群集唱和越发频密,同题集咏作为唱和形式之一也偶有出现,然而其大规模集中地被文人唱和采用,则始自元初。

同题集咏在元初大规模地出现,有元一代出现的同题集咏数量呈几何级增长,初步统计至少有 900 次,动则几十人、上百人的同题集咏在元代并不新鲜,渗透到送别、纪行、叙事、咏事、咏物、咏史、题画、雅集、诗社等方方面面,充分彰显了同题集咏的巨大影响力。

同题集咏是元诗的标志,参与人数众多,在诗歌史上是罕见的现象。元诗同题集咏是元代特殊政治制度和时代士风的产物,深深影响着元诗深层次的结构,改变了元诗的总体风貌,对于元诗的繁荣起到了重要作用。元代大部分同题集咏都是自觉产生的,是元代诗人群体意识增强的表现。同题集咏已经取代了宋代的分韵赋诗,成为元代最主要的唱和形式,研究元诗根本无法绕开同题集咏。

同题集咏使得元诗无处不在，将诗歌拉向下层民众，提高了元诗的影响力。无论是次数还是规模，元诗同题集咏都是非常活跃的，在元代有巨大生命力和广泛的群众基础。

同题集咏的意义在于给这些不知名的，包括少数民族诗人存诗以存史，打上了民族大融合时期的印记。从保存文献的角度来看，元诗同题集咏的意义重大，有1700多人通过参与同题集咏而得以保存了一首或几首诗歌。元诗在同题集咏中走向普及化，丰富了元诗的文化内涵，同题集咏顺应时代需求，发挥了儒家诗教应有的“群”的功能，体现出丰富的诗学意义。

元诗已经不属于一个人或几个人，而属于一个群体。元代诗人喜欢同题集咏，群体性的意识很强，远远超越唐宋时期。借助同题集咏，元诗牵动了社会不同层面人群去关注社会热点话题，在同题集咏中形成一种指向性话语，直接影响当时的社会道德舆论——宣扬一种社会道德，以规范人们的行为，促使人们自觉遵守伦理道德。

同题集咏是元代绘画家切磋画艺、提高艺术水平、增进情感的主要方式。同题集咏是普通士人建构其个人社会关系网络的重要方式，进而成为士人文化生活的重要组成部分和社会交往方式。同题集咏联系着各阶层的士人，把不同兴趣、不同文化修养的人拉进同一个文化圈内，通过参与同一个主题的题咏，增进了友谊，提高了精神境界。

元诗同题集咏经历了元初遗民群体、元中期馆阁文人群体、元末隐士群体三个阶段。每一个阶段同题集咏的作用与目的并不相同，但是这三个阶段的同题集咏是一脉相承的。元诗同题集咏参与元王朝的政治秩序构建，集中体现了元诗同题集咏的社会功能。元诗不同类型的同题集咏目的并不一样，所以元诗同题集咏是多层次、多角度的，同题集咏的意义也是多元的。

元诗同题集咏已经社会化、群体化。大量的同题集咏中出现了许多少数民族、僧人、道士、女子等诗人群体，同题集咏打破了民族、种族、地域、时空、宗教、性别的差异，呈现出融合性和多元性的特点。

同题集咏对于大一统下多民族交际圈的迅速融合功不可没，元诗在同题集咏中走进了民间。同题集咏在元代形成了一股时代潮流，成为一种士风，关乎道德伦理、情趣友谊、民族融合、文学运动，涉及元人生活的方方面面。既是同题集咏发展的必然结果，也是时代风气使然。

同题集咏无形中改变了元代文人群体的结构模式，不固定、随机组合的模式更具有灵活性，把不同民族、不同身份的人纳入同一个文化圈，用同题集咏消除群体间的隔膜，这种结构模式改变着元诗的风格，在元诗史上有着重要的意义。

一、同题集咏的概念及研究现状

何谓同题集咏呢？同题集咏就是同题群咏，由“同题”和“集咏”两部分子概念组成。“同题”要求题目可以相同，也可以略有差异，但是主题必须相同，“集咏”意味着参与同题唱和的人数较多，“集”的含义是群体、集体的意思，而不是集会的意思，参与同题赋诗的人数相对较多，这是“集咏”的含义。

同题集咏可以分为共时和历时两种情况，共时同题集咏指人数较多的诗人群体同时同地或同时异地而共作；历时同题集咏是指人数较多的诗人在同一主题事件的影响下持续一段时间之内共作同一题目的现象。元诗同题集咏中历时同题集咏占据多数。

按用韵则可以分为同题分韵集咏、同题同韵集咏、同题不限韵集咏等。

同题集咏有广义和狭义之分。广义的同题集咏是指同一个文化圈内的诗题,只要诗人吟咏的是同一题材即可。而狭义的同题集咏是指在唱和中对同一诗题、诗体、题材、事件作出约定的命题式创作,它与分韵、次韵、联句等形式不同。

同题集咏的群体意识在魏晋南北朝时期就出现了,如东晋“兰亭会”,到了唐代科举考试采取同题赋诗,竞争是主要目的,对元代同题集咏概念的形成至关重要。唐代白居易等九老会,宋代苏轼等西园雅集,都属于广义同题集咏的范畴。这一时期已经具备“集咏”的内涵,很多文人参与其中,“同题”的内涵也具备了,同一主题是明确的。

到了元代,同题集咏内涵逐渐丰富,概念也渐渐清晰,元初月泉吟社等诗社,明确规定用同一个题目集体赋诗,以比拼才气,分出优劣。同题集咏逐渐走向清晰化,元人爱群体集咏,喜欢群体集咏同一个题目,元人大量参与同题群咏,丰富了同题集咏的内涵,相关文献呼之欲出。

元人自己对元诗同题集咏有一个准确的定位,在元人文献中多次提到“集咏”的概念,这是元人群体活动的频繁、群体意识高涨的体现。

玉山雅集诗人岳榆在同题集咏之后,在序中说:“同集者袁子英、卢公武、范君本。”[①] 元人顾瑛在同题集咏之后也说:“雪坡太守饯别浙江亭,同集者蔡君行简、钟侯声远、孙君用和,赋此奉谢。”[②]

这里玉山雅集诗人在他们同题集咏作序中用了“同集”一词

① 岳榆《纪集诗序》,《玉山名胜集》,中华书局,2008 年,第 274 页。

② 顾瑛《西湖梅约序》,《玉山名胜集》,中华书局,2008 年,第 702 页。

来形容此次活动，同题集咏简称就是“同集”，元人对同题集咏的名称有了一个准确的表述。元中期诗人范梈已经采用了“集咏”的概念，有《秋日集咏奉和潘李二使君浦编修诸公十韵》一诗。由此可见，同题集咏概念的采用完全来自元人自己的表述，他们的诗文唱和已经广泛采用同题集咏的形式，是元人自己认可的概念，所以说“同题集咏”的概念是符合元诗实际情况的，它准确地概括了元诗的风貌特征，超越了其他唱和形式，成为元代最主要的唱和形式。

基于元代诗人对元代诗坛的认知，杨镰先生在《元诗史》中明确提出“同题集咏”的概念，杨镰先生说：“元诗史的重要特征——同题集咏，使诗成为社会生活相当有活力的组成部分。这种形式在宋初并不常见，但元初它确实成为诗歌社会化的体现。”①

“同题集咏”的概念目前已经成为学界广泛认同的研究元诗的学术用语，如左东岭先生说：“从元代诗坛的主流形态看，结社分韵赋诗与同题集咏成为当时最为主要的两种创作方式。”② 曾莹说：“就元代诗歌的实际而言，同题集咏的现象非常普遍，无论是元初、元中，还是元末，它都存在着，也发展着，是元诗的一个显著特色。玉山雅集则可谓元代同题集咏的一个典型案例。”③ 张洲说：“同题集咏在元代成为一种文学风尚。”④ 邱江宁说：“元诗的同题集咏现象却非常突出，引人注目，的确较为切实地反映了元诗创作的基本

---

① 杨镰《元诗文献研究》，《文学遗产》2002 年第 1 期。

② 左东岭《玉山雅集与元明之际文人生命方式及其诗学意义》，《文学遗产》2009 年第 3 期。

③ 曾莹《文人雅集与诗歌风尚研究初探——从玉山雅集看元末诗风的衍变》，广东高等教育出版社，2011 年，第 99 页。

④ 张洲《倪瓒诗画汇通研究》，广东高等教育出版社，2014 年，第 156 页。

风貌，成为元诗创作的一大特色。”①

本书研究的同题集咏是指狭义的同题集咏。杨镰先生在《元诗史》中为我们简单介绍了元代同题集咏的概貌，杨镰先生指的同题集咏是指广义的同题集咏，他说：“元诗的一个特点是：社会人群（相识也罢，不相识也罢，甚至毫无干涉、南北隔绝），因赋咏同一个题目，而纳入一个共同的文化圈，这，就是诗人的同题集咏。”②

从同题集咏角度系统研究元诗，本书是第一次，研究意义重大。

二、同题集咏发展概述

（一）萌芽阶段（魏晋六朝）

同题集咏是从建安时代开始在诗社和文人集团中慢慢发展起来的一种群集唱和方式，具有悠久的历史，和分题、分韵、联句、和韵、次韵、应制、奉和、同韵具有相似的发展背景。自魏晋六朝以来，文人群体化开始显著出现，文人交往日益频繁，文人集团出现了。刘勰《文心雕龙·时序》中说：“时运交移。质文代变。”③“文变染乎世情，兴废系乎时序。”④指出了随着时代的推移，文体会发生变化，同样道理，文人群集方式也会随着交际的扩大、随着时代的变迁而发生变化。他在《通变篇》里说：“文律运周，日新其业。变则其久，通则不乏。”⑤指出了变化是有周期的，只有变化才能持久有生命力。诗歌在成熟以后逐渐成为群体交流感情、表达立场、

---

① 邱江宁《奎章阁文人群体与元代中期文学研究》，人民出版社，2013 年，第 234 页。

② 杨镰《元诗史》，人民文学出版社，2003 年，第 624 页。

③ 戚良德《文心雕龙校注通译》，上海古籍出版社，2008 年，第 491 页。

④ 戚良德《文心雕龙校注通译》，上海古籍出版社，2008 年，第 505 页。

⑤ 戚良德《文心雕龙校注通译》，上海古籍出版社，2008 年，第 352 页。

同声相求的重要手段,《诗经》时代的文学理念随着时代发展进一步得到彰显,孔子提倡的"诗可以群"的社会功能得到发扬。

同题集咏成为诗人们交流情感的主要群集方式,并在交往中不断得到发展和完善,新的集咏方式不断呈现,这些集咏方式功能各不相同,它们之间是有交集的,异中有同。它们萌芽在先秦时代,在六朝时期逐渐成熟起来,都带有集体性,以交流为主要目的,起到协调规范群体内部人与人之间关系的作用,更好地维护了社会秩序,加深了群体成员的感情,从而达到和谐状态。

政治性或娱乐性是这些集咏抒情方式的主要差别,同题集咏是伴随雅集、诗社的成熟而达到发展顶峰的,同声相求以产生共鸣或进行比较、寻找差异以增强竞争意识是同题集咏主要的特点。同题集咏有时具有政治功能,也可以满足娱乐需求,严肃的主题或者娱乐性主题都适合用同题集咏表达,而分题分韵、和韵、次韵往往适合娱乐性功能较强的群体活动。

虽然同题集咏有别于其他集咏方式,但同时与其他集咏方式有交集,同题可以与其他集咏方式相结合。如同题与奉和、应制结合为同题集咏,三国时代曹魏邺下文人集团,由于三曹好诗,曾命文人集会赋诗,但是没有明确标有应制或奉和同题集咏诗的记载。

六朝梁武帝、梁元帝、简文帝都爱好诗歌,虽然有应制诗出现,多次命群臣赋诗,但规模不大,没有记载成规模的奉和应制同题集咏。

帝王喜好诗歌、参与其中是这种形式的同题集咏出现的必要条件,这种形式的同题集咏最早形成规模是在隋朝。《奉和御制月夜观星示百僚》有诸葛颖、袁庆、虞世南、萧琮四人参与同题集咏奉和[①]。《奉和出颍至淮应制》有诸葛颖、蔡允恭、弘执恭、虞世南参

① 李昉等《文苑英华》,《文渊阁四库全书》第1334册,台湾商务印书馆,1986年,第359—360页。

与应制[1]。隋代朝代短命，同题集咏出现次数很少。然而在初盛唐这种奉和或应制同题集咏却出现了50多次，参与人数、次数均明显增多，这与帝王喜好诗文不无关系。唐帝王、皇后均能诗，太宗、高宗、玄宗、中宗、肃宗、文宗、德宗、宣宗、昭宗、文德皇后、则天皇后等都善诗，每有宴会宫事皆赋诗吟咏，往往令侍从文臣奉和或应制，促进了宫廷诗的发展兴盛。宴会宫事多，交流的机会增多，促使诗歌成为交际工具，促进了同题集咏的发展，很好地发挥了“诗可以群”的功能，达到了一定的政治目的，从而实现文道合一。

宋之问：“武后游龙门，命群官赋诗，先成者赐以锦袍衣之。”李行言：“中宗时，为给事中。能唱步虚歌，帝七月七日御两仪殿会宴，帝命为之。”[2]“凡天子飨会游豫，唯宰相、直学士得从，春幸梨园并渭水祓除，则赐柳圈辟疠；夏宴蒲萄园，赐朱樱；秋登慈恩浮图，献菊花酒称寿；冬幸新丰，历白鹿观，上骊山，赐浴汤池，给香兰粉泽。从行给翔麟马，品官黄衣各一。帝有所感，即赋诗，学士皆属和，当时人所钦慕。”[3]宴饮交游的频繁，为同题集咏创造了一个交流的平台。初盛唐同题集咏多为奉和、应制同题集咏，不是自觉的同题集咏。

例如盛唐时期为贺知章还乡，馆阁文臣所做的应制同题集咏诗《送贺秘监归会稽应制》达38人，“既行，帝赐诗，皇太子百官饯送”[4]，“御制诗以赠行，皇太子已下咸就执别”[5]。《奉和九日幸临渭

① 李昉等《文苑英华》，《文渊阁四库全书》第1334册，台湾商务印书馆，1986年，第515页。

② 计有功《唐诗记事》卷十一，上海古籍出版社，1955年，第169页。

③ 计有功《唐诗记事》卷九，上海古籍出版社，1955年，第114页。

④ 欧阳修等《新唐书》卷一百九十六，中华书局，1975年，第5607页。

⑤ 刘昫等《旧唐书》卷一百九十，中华书局，1975年，第5034页。

亭登高应制》参与文臣达22人,《奉和圣制送张尚书巡边》有20人参与同题集咏,《奉和九月九日登慈恩寺浮屠应制》参与者23人,《侍宴安乐公主山庄应制》有15人参与同题集咏,《奉和春日幸望春宫应制》有12人参与同题集咏。这都说明盛世需要用合适的方式协调群臣与君王的关系,以达到和谐的政治目的,同题集咏成为首要群集抒情方式以表达严肃的政治需要,是时代的必然选择。但这不是成熟的同题集咏,因为它是奉命而作,成熟的同题集咏是在自觉意识中形成的,但对于成熟同题集咏广泛出现是有促进作用的。

同题集咏可以与分韵相结合,成为同题分韵集咏。分韵始于梁,《南史》记载梁武帝为曹景宗凯旋而归,用众人挑剩下的"竟""病"二韵写成五言四句诗一首,获得好评。分韵是在沈约等发明"永明体"四声韵以后才出现的,同题分韵集咏最早出现在陈朝,陈叔宝《七夕宴玄圃各赋五韵诗》座有顾野王、陆瑑、姚察等四人,《七夕宴乐修殿各赋六韵》座有张式、陆琼、褚介、王瑗、傅纬、陆瑜、姚察、陈叔宝,《七夕宴重咏牛女各为五韵诗》座有刘朓、安远侯方华、张式、陆琼、顾野王、褚玠、谢伸、周燮、傅纬、陆瑜、柳庄、王瑳等13人①,这种同题分韵集咏后世大量存在。

唐代同题分韵集咏应用已经成熟,如《中秋夜锦楼望月》武元衡、《同前得清字》王良会、《同前得浓字》柳公绰、《同前得苍字》张正壹、《同前得来字》徐放、《同前得前字秋字二篇》崔备②。

唐初出现了同题、奉和与分韵相结合的同题集咏,如《奉和圣制送赴集贤院》赋得辉字,张说;《同题》赋得迎字,源乾曜;《同题》

① 逯钦立辑校《先秦汉魏晋南北朝诗·陈诗》下册卷四,中华书局,1983年,第2517—2518页。

② 扈仲荣等《成都文类》,《文渊阁四库全书》第1354册,台湾商务印书馆,1986年,第397—398页。

赋得升字，裴漼；《同题》赋得兹字，苏颋；《同题》赋得西字，韦抗；《同题》赋得谟字，贺知章；《同题》赋得迥字，程行谌；《同题》赋得虚字，徐坚；《同题》赋得催字，李暠；《同题》赋得登字，萧嵩；《同题》赋得私字，李元纮；《同题》赋得谟字，贺知章；《同题》赋得令字，陆坚；《同题》赋得宾字，刘昇；《同题》赋得风字，褚琇；《同题》赋得筵字，王翰；《同题》赋得莲字，赵冬曦；《同题》赋得华字，韦述①。

同题可以与联句结合成为同题联句集咏，前提是每位诗人必须在同一个题目下做出四句诗，然后连起来成为极长的诗歌。在清末民国诗社中就大量存在这种情况，哲园吟社、清溪秭园社都是每人四句的同题联句集咏。

这些形式的结合使得同题集咏形式多种多样，适应了同题集咏发展的要求，满足了群体之间交流互动的需要，达到了文人群体集会的目的，是群体意识自觉选择的抒情结构形式，更加方便了群体成员的情感交流，使得他们更容易在争胜中产生共鸣。

同题并不都是同题集咏，有些同题属于偶然重合，不具备集咏的目的，如上古时期歌谣里就有同题现象，如《龙蛇歌》4首同题全为四言诗②，《琴歌》有3首③。同题是同题集咏的必要条件，在文学史上先有同题出现，经过漫长的时间，随着文人群体活动范围的扩大、群体意识的增强，才出现了同题集咏。

---

① 李昉等《文苑英华》，《文渊阁四库全书》第1334册，台湾商务印书馆，1986年，第499—500页。

② 逯钦立辑校《先秦汉魏晋南北朝诗·先秦》上册卷二，中华书局，1983年，第16页。

③ 逯钦立辑校《先秦汉魏晋南北朝诗·先秦》上册卷二，中华书局，1983年，第26页。

到了汉代,出现了很多同题乐府诗,这些虽然同题,但是不属于同题集咏。同题集咏是以群体交流为目的,通过共咏同一个题目达到和谐状态,是同一环境下的有目的的集体行为,题目本身具有一定现实意义。上古歌谣的同题歌与后世同题集咏相去甚远,属于歌,以歌唱为目的,不以交流为目的,不在同一环境下创作,是广大人民自觉的创作。汉乐府也是群众集体创作,题目本身是劳动中产生的,成为固定的题目,不具有新的内涵,文人创作乐府诗借题发挥,属于因袭乐府旧题,乐府旧题逐渐成为一种程式化的题目,逐渐失去原有的文化内涵,汉代到唐代文人都有大量的乐府诗创作,但这些都不属于同题集咏。

僧人们咏诗惯用题目《偈》,这是一种程式化的表达习惯,题目本身没有文化内涵,不具备集咏的要素,不属于同题集咏。另外不在同一环境下创作的同题诗,虽然同咏相同的物也不属于同题集咏。海棠、兰、石榴、菊花、牡丹、竹子等都是历代文人咏物的热点,不在同一环境下的同题诗歌不属于同题集咏,例如题目都叫《咏梅》,北宋林逋、南宋朱熹、元代冯子振、元代王冕等很多诗人都有咏梅诗,但是不处于同一个环境下创作,且不具有交流性、切磋性,不具备集体意义,属于个人独唱,以自娱自乐为目的,所以不属于同题集咏。

大多数同题集咏属于同题不限韵集咏,这种同题集咏比起同韵与分韵难度相对低些,同题同韵的难度最大,因为在完全相同的情况下就可以不自觉地进行比较,很容易看出优劣,但最容易引起群体共鸣,因为诗歌的音乐性节奏一致,如北宋初年杨亿、刘筠、钱惟演等 15 人进行了 47 次同题同韵集咏(不是每次人员都到齐参与),可谓同声相和的典范。

同题集咏是一种维护人际关系的手段,伴随文人集团、文学流派、雅集、诗社的发展而发展，并逐步走向成熟，同题集咏成熟的标准是诗歌发挥了“诗可以群”的功能，是文人群体自发组织形成的集咏唱和。元初以月泉吟社为首的诗歌同题集咏的出现代表了同题集咏已经完全成熟，月泉吟社登上了同题集咏的最高峰，无论是参与人数还是对后世的影响都是独一无二的，是一个成功的诗社，没有哪个诗社具有如此的影响力。

元前诗社没有完全成熟，西晋石崇等人的金谷园集会、东晋王羲之等人的兰亭会、唐代香山九老会、北宋元丰五年（1082）的洛阳耆英会、北宋苏轼等人的西园雅集等文人团体，在组织结构等方面没有成熟，随意性较大。而元初诗社有固定的社约和主持人，有统一的诗题。元初诗社众多，“胜国季年，东南士人有力之家最重诗社，聘有诗名者为主，试如科举之法，今行世者，如月泉吟社集其一也”[①]。宋亡后，元初诗社迅速建立起来，有清吟社、白云社、孤山社、武林社、武林九友会、西湖社、月泉吟社、越中诗社、山阴诗社、汐社等，南宋末年只有西湖社和西湖吟社。

元初文人群体意识达到前所未有的水平，群体性交流互动规模空前，文人结社唱和十分活跃，这些诗社多为遗民诗社，带有强烈的政治性，结社的目的性极强，出于表达亡国之悲、保持民族气节和互相激励的需要，诗成了他们达到这一目的的重要手段。这些诗社比起前代诗社，在组织方面更加规范，已经达到成熟化。有人组织，采用同题集咏方式同咏一个主题，参与人数规模空前，创造了历史，掀起了一次次民族大合唱，抒发了强烈的兴亡之痛和故国之思，某种意义上说是同题集咏的诗歌功能得到彰显的有力证据，客观上证明了同题集社方式的科学性。

① 李诩《戒庵老人漫笔》，中华书局，1982 年，第 249 页。

同题集咏是伴随文人交际圈的扩大,由于群体的需要而产生的,是先秦诗学文论的彰显,能很好地为社会服务,体现了“诗可以群”的功能。《论语·阳货》:“小子何莫学夫诗?诗可以兴,可以观,可以群,可以怨。迩之事父,远之事君,多识于鸟兽草木之名。”“诗可以群”是儒家诗学观的核心命题,孔子把诗看作达“仁”维“礼”的重要手段,重视的是它的社会功能。《礼记·孔子闲居》孔子说“诗之所至,礼亦至焉”,《论语·颜渊》“以文会友,以友辅仁”,强调了诗歌群的功能,使诗歌更好地为社会服务。儒家强调“士”具有担当家国的重任,“士不可以不弘毅,任重而道远”,“士”的社会责任感是通过学习诗歌达到这一目的的。

而月泉吟社同题集咏很好地诠释了“诗可以群”在元初动荡时代的社会功能。这是元初同题集咏短时间内集中出现的原因,也是月泉吟社同题集咏成功的原因。月泉吟社同题集咏也很好地诠释了“诗可以怨”“诗可以兴”的功能,《春日田园题意》:“此题要就春日田园上做出杂兴,却不是要将杂兴二字体贴,只为时文气习未除,故多不体认得此题之趣,识者当自知。”① 这种命题模式与唐代科举的做法具有极大的相似性,所以说月泉吟社同题集咏借鉴了唐代科举的模式,是有意的模仿,同题集咏符合遗民心理需求,引起他们文化价值的心理认同,这是其他群咏方式无法做到的。

最早的同题集咏出现在曹魏邺下文人集团笔下,随着五言诗的成熟,随着文人交往的需要,在群体意识增强的形势下,同题集咏终于形成了,并促进了文学流派的形成,如王粲《公宴诗》、陈琳

① 吴渭编《月泉吟社诗》,《丛书集成初编》第1785册,中华书局,1985年,第2—3页。

《宴会诗》、阮瑀《公宴诗》、应玚《公宴诗》、刘桢《公宴诗》、曹植《公宴诗》[①]。建安七子除孔融外的一次同题集咏之作有应制的性质，但是没有在题目中明确出现应制，所以不能定义为最早的应制同题集咏，只能算最早的同题集咏。

齐梁年间，随着咏物诗大放光彩，也出现了同题咏物集咏。同题集咏促进了咏物诗的发展，反之咏物诗的成熟对同题集咏的成熟也起到了一定作用。帝王好诗对于同题集咏的发展有一定的积极作用，梁代出现了《咏雪》的同题集咏，有吴均、裴子野、何逊、徐陵[②]。《咏风》有梁代简文帝、沈约、刘孝绰、王台卿、庾肩吾、何逊、祖孙登、阮卓[③]。这是伴随着咏物诗的成熟而出现的同题集咏。魏晋六朝帝王好诗，客观上推动了同题集咏的发展。“降及梁朝，其流弥盛。盖由时主儒雅，笃好文章，故才秀之士，焕乎俱集。于时武帝每有所临幸，辄命群臣赋诗，其文之善者赐以金帛。是以缙绅之士，咸知自励”[④]。

同题集咏的形成需要一个文学交流的平台即文学场，文人处于同一环境下，方可交流切磋以产生共鸣。而帝王好文学，恰恰为文人群体提供了这样一个交流的平台。“其后太子尝请诸文学，酒酣坐欢，命夫人甄氏出拜”[⑤]，“太建二年，太子释奠于太学，宫臣并赋诗，命瑜为序，文甚赡丽”[⑥]，“隋文帝夙闻其名，遣河东薛道衡、琅

① 逯钦立辑校《先秦汉魏晋南北朝诗·魏诗》卷三，中华书局，1983 年。

② 李昉等《文苑英华》，《文渊阁四库全书》第 1334 册，台湾商务印书馆，1986 年，第 374 页。

③ 李昉等《文苑英华》，《文渊阁四库全书》第 1334 册，台湾商务印书馆，1986 年，第 389—390 页。

④ 李延寿《南史》，中华书局，1975 年，第 1762 页。

⑤ 陈寿撰，裴松之注《三国志》，中华书局，1972 年，第 602 页。

⑥ 姚思廉《陈书》，中华书局，1972 年，第 463 页。

邪颜之推等与卓谈宴赋诗,赐遗加礼”[①]。

此外,文人群体交往的增多也促进了同题集咏的发展,徐伯阳:“太建初,与中记室李爽、记室张正见、左户郎贺彻、学士阮卓、黄门郎萧诠、三公郎王由礼、处士马枢、记室祖孙登、比部郎贺循、长史刘删等为文会友,后有蔡凝、刘助、陈暄、孔范亦预焉,皆一时士也。游宴赋诗,动成卷轴。”[②]这些文人群体活动的频繁促进了交流,带动了同题集咏的发展。

西晋惠帝元康元年(291),富商石崇组织了文学史上第一次大规模的文人雅集金谷园集会,参与者30人,具体吟咏方式不得而知,但有潘岳《金谷会诗》《金谷集作诗》[③],有杜育《金谷诗》[④],可见金谷园集会应该采用的是同题集咏,这次集咏对后世雅集有着重要影响,以至于晚唐文人群体以《金谷园》为题进行了一次同题集咏:《金谷园》杜牧、刘义、苏拯、曹松、胡曾、王质、许浑、李咸用、张继[⑤],《金谷园怀古》邵谒、陈通方,《金谷园歌》韦应物,《金谷园》许浑[⑥],可见金谷园集会在诗人心中的影响力。

金谷园集会对东晋王羲之兰亭会有着重要的影响,王羲之“或以潘岳金谷诗序方其文,羲之比于石崇,闻而甚喜”[⑦]。永和九年(365)的兰亭会是一次同题集咏,有42人参与,“一十一人诗成两

---

① 李延寿《南史》,中华书局,1975年,第1792页。

② 李延寿《南史》,中华书局,1975年,第1790页。

③ 逯钦立辑校《先秦汉魏晋南北朝诗·晋诗》,中华书局,1983年,第632页。

④ 逯钦立辑校《先秦汉魏晋南北朝诗·晋诗》,中华书局,1983年,第757页。

⑤ 曹学佺编《石仓历代诗选》,《文渊阁四库全书》第1378—1394册,台湾商务印书馆,1986年。

⑥《全唐诗》第1册目录,中华书局,1960年。

⑦ 房玄龄等《晋书》卷八十,中华书局,1972年,第2099页。

篇，一十五人诗成一篇，一十六人诗不成，各罚酒三觥”①，兰亭会在春日里集会，寄情山水，借物感兴，在大自然中感悟人生真谛，兰亭会诗题没有规定，后人定为《兰亭诗》，但是主题一致，即畅游山水，领略春光中的生命意义。这不是成熟的同题集咏，是早期文人雅集发展史上一次模拟演练，具有同题集咏的雏形，对后世同题集咏的成熟具有重要的意义，影响了唐代香山九老会，而香山九老会又影响了北宋洛阳耆英会，一直到元代末期刘仁本模仿兰亭会而发起的续兰亭会，连参加人数都与兰亭会保持一致——42 人，并且把兰亭会 16 位没有做出的诗补出来了，并写下了序。续兰亭会也是采用的同题集咏，都可以见到王羲之兰亭会的影响。王羲之兰亭会不算成熟的同题集咏，但是对元初月泉吟社同题集咏的成熟起到了引领作用，是月泉吟社同题集咏的必经阶段。

诗人之间通过同题集咏，感情得以交流并得以升华，在大自然的怀抱中畅物抒情，在春光中感悟大自然生命的真谛，寄情山水，托物感兴，主题一致。“游目骋怀，足以极视听之娱，信可乐也”，“虽无丝竹管弦之盛，亦足以畅叙幽情”，“或因寄所托，放浪形骸之外”，“快然自足，不知老之将至，及其所之既倦，情随事迁，感慨系之矣”②。这次非正规的同题集咏为后世诗社雅集同题集咏的发展成熟奠定了基础，具有里程碑的意义，所以说元初诗社尤其是月泉吟社同题集咏是在历代文人集会的基础上获得成功的。兰亭会属于娱乐性质的雅集，“羲之既去官，与东土人士尽山水之游，弋钓为娱”③，而月泉吟社带有强烈的政治目的，但是都实践了“诗可以

① 叶盛《水东日记》卷三十三，中华书局，1980 年，第 323 页。

②《兰亭考》，《文渊阁四库全书》第 682 册，台湾商务印书馆，1986 年，第 77 页。

③ 房玄龄等《晋书》卷八十，中华书局，1972 年，第 2101 页。

兴”“诗可以群”的功能。

文人大型聚会,无论是雅集还是诗社,采用最多的集咏方式就是同题集咏,唐代中期白居易等参加的香山九老会,北宋文彦博组织的洛阳耆英会,乃至元初诗社都采用同题集咏的方式集会,这是因为同题集咏最能发挥“诗可以群”的功能,易于引起情感的共鸣。

魏晋南北朝隋朝同题集咏

《公宴诗》	6人	《先秦汉魏晋南北朝诗·魏诗》卷3	魏
《咏雪》	4人	《文苑英华》卷154	南朝
《咏风》	8人	《文苑英华》卷154	南朝
《云》	3人	《文苑英华》卷154	南朝
《七夕》	3人	《文苑英华》卷154	南朝
《咏水》	3人	《文苑英华》卷163	南朝
《奉和御制月夜观星示百僚》	4人	《文苑英华》卷152	隋
《奉和出颍至淮应制》	4人	《文苑英华》卷170	隋
《兰亭诗》	42人	《水东日记》卷33	东晋

魏晋南北朝隋代出现的同题集咏并不多,除了兰亭会以外,每次规模不过10人,次数也没几次,兰亭会诗也不是严格意义上的同题集咏,没有题目,任情发挥,说明同题集咏在此阶段处于起步发展阶段。

(二)发展阶段(唐宋)

唐代同题集咏规模和次数都是一大飞跃,唐代有了比较成熟的同题集咏,初盛唐出现了57次奉命同题集咏,是同题集咏发展史上的重要阶段,盛唐时期出现了成熟的同题集咏。同题集咏成熟的标志是群体的自觉意识成熟,而不是奉命而作。盛唐时期文人群体意识达到高度自觉，没有帝王参与的情况下，文人自己组织出游，进行自觉的同题集咏，这是真正意义上的同题集咏。杜甫、高适、薛据、岑参、储光羲同游长安大雁塔[①]，同声相和，意气相投，不带有任何政治意味，共同写下了《同诸公登慈恩寺塔》的诗，虽然规模不大，但是却具有重要意义。盛唐时期王之涣、马戴、殷尧藩、张乔、李益、畅当同游《登鹳雀楼》，进行了一次自发的以《登鹳雀楼》为题的同题集咏，以王之涣的作品为佳。本身这次同题集咏具有了比较高低的意味，研磋技艺，交流情感，对元初同题集咏的高峰出现不无影响。另有盛唐时期王维与王缙、裴迪同咏《辋川别业》[②]，王维与王昌龄、裴迪、王缙同咏《青龙寺昙壁上人兄院集》[③]。

可以说这些都是文人自发的同题集咏，出现时间较早，是没有帝王参与的情况下，文人群体出于感情的需要，自觉形成的同题集咏，意义重大。

以上基本上涵盖了唐代同题集咏的情况，唐代至少有 155 次同题集咏[④]，次数不可谓不多，说明了同题集咏在唐代已经是文人群体交流情感主要的群集方式之一，反映出文人群体意识的加强，“诗可以群”的功能得到彰显。奉和应制同题集咏达 57 次，贡院应试集咏达 40 次、咏物达 24 次，出游送别雅集达 16 次、咏史 7 次，文人同游诗、送别诗、咏物诗、咏史诗、雅集代表了唐代同题集咏的成熟，是文人群体自觉形成的。最大规模 38 人，20 人 1 次、17 人 4

① 见《全唐诗》第 1 册目录，中华书局，1960 年。

②《王右丞集笺注》卷十三，《文渊阁四库全书》第 1071 册，台湾商务印书馆，1986 年，第 177 页。

③《王右丞集笺注》卷十一，《文渊阁四库全书》第 1071 册，台湾商务印书馆，1986 年，第 154—155 页。

④ 见附录表一。

次、15人1次、14人1次、11人1次、10人6次，其余都是10人以下，可见唐代同题集咏规模并不是很大，次数较六朝大大增加，是个质的飞跃。

晚唐咏史诗发达，出现了很多咏史和咏物同题集咏，如《苏小小墓》罗隐、权德与、张祜同咏。

晚唐咏史诗和咏物诗同题集咏

题目	参与人	出处
《苏小小墓》	罗隐、权德与、张祜	《文苑英华》卷306
《华清宫》	李贺、李约、崔璐、吴子华、张文昌、秦系、罗隐、姚合、胡鲁、张处士、许浑、王仲初、王建、杜牧、李商隐、温庭筠、卢纶	《文苑英华》卷311 《诗渊》第4册第2995—2996页
《鹭鸶》	张祜、郑谷、裴说、罗隐	《文苑英华》卷329
《蝉》	雍陶、张乔、许棠、方千、罗业、罗隐	《文苑英华》卷329
《萤》	罗隐、唐彦谦、周繇	《文苑英华》卷179
《怀素上人草书歌》	王颤、戴叔伦、鲁收、窦冀、苏涣、任华、贯休	《文苑英华》卷338
《牡丹》	李益、李商隐、温庭筠、裴说、罗业	《文苑英华》卷321
《梅》	杜牧、郑谷、罗隐	《文苑英华》卷322
《松》	释无可、韩喜、郑谷、李峤、许棠、陆肱	《文苑英华》卷324
《海棠》	王维、薛能、郑谷	《文苑英华》卷322
《菊》	释无可、李商隐、罗隐	《文苑英华》卷322
《杏园》	温庭筠、李商隐、郑谷	《文苑英华》卷321
《早雁》	杜牧、顾非熊、郑谷	《文苑英华》卷328
《桃花》	薛能、罗隐、郑谷	《文苑英华》卷321

这些同题集咏属于文人自发创作的，题目都是即时创作，规模不是很大，但是次数不少，说明晚唐文人群体意识增强，诗人们互

动交流频繁，在同题集咏发展史上意义重大，明显区别于唐前期大量的奉和、应制同题集咏，是文人群体意识自觉的表现。

宋代同题集咏在唐代成熟的基础上逐渐发展完善，无论是同题集咏的次数和规模都比唐代有一个很大的进步，宋代的同题集咏次数至少在162次以上，其中西昆体同题集咏达47次之多，可见同题集咏在宋代非常活跃，和分题分韵一样是宋代人主要的群体集咏方式。《送程给事归越州》参与者达70人[①]、《大涤洞天题留》参与者达61人[②]、《送张无梦归天台山》参与者达32人[③]、《送梵才大师归天台》参与者达31人[④]。宋代的同题集咏比起唐代少了应制奉和的性质，基本上都是自发的同题集咏，而唐代奉命而做的同题集咏占据主要地位，这说明宋代文人群体意识比起唐代大大增强。

附录表二基本涵盖了宋代同题集咏的情况[⑤]，不排除遗漏的可能性，但从总数上讲略多于唐代，《全宋诗》中的宋遗民诗同题集咏应归为元代，因为都是宋亡以后入元的作品，理应属于元诗。与唐代不同的是，应命诗同题集咏没有了，取而代之的是文人群体自发组织的同题集咏，宋代同题集咏基本属于自发组织的。宋代同题集咏的题材比起唐代大大增加，出游送别、雅集聚会、流连风月、祭祀、咏物都自觉采用同题集咏。

唐代应命同题集咏达57次，而宋代西昆派同题集咏达47次，六位文人许将、丰稷、孙(阙名)、吴师孟、杨怡、杜敏求，为成都转运

①《宋诗纪事》补编，清光绪刻本。

②《诗渊》第3册，书目文献出版社，1980年，第2114页。

③《文渊阁四库全书》第1356册，台湾商务印书馆，1986年，第458页。

④《文渊阁四库全书》第1356册，台湾商务印书馆，1986年，第466页。

⑤ 宋代同题集咏见附录表二。

司园十处景点《西园》《玉溪堂》《雪峰楼》《海棠轩》《月台》《翠锦亭》《濡玉亭》《茅庵》《水阁》《小亭》进行的 10 次同题集咏代表了宋诗同题集咏的高度自觉，“成都转运司园亭，故宅也，清旷幽静，随处皆有可乐者，辄为十诗，粗记领略以备他日遗忘，庶几读其诗，足以省忆仿佛云尔！”①

文人出游送别同题集咏也屡屡出现，上表里有 13 次送别同题集咏，其中为程给事归越州送行的文人达 70 人，《送张无梦归天台山》32 人、《送樊才上人归天台》31 人、《送梵才大师归天台》14 人、《送僧归天宁万年禅院》10 人、《送僧归护国寺》27 人，送别同题集咏人数创造了历史，文人群体出游也成为风尚。《大涤洞天题留》达 61 人，《游洞霄》22 人，《游洞霄宫》11 人，同游题集咏达 39 次，有 18 人为《睢阳五老图》题诗，都是宋代著名诗人，洛阳耆英会和睢阳五老诗都是文人集团自发题咏，所以说宋代同题集咏基本上是自觉性的。20 人以上的同题集咏有 9 次，最多一次达 70 人，10 人以上次数达 19 次，比唐代大大增强，唐代 20 人以上才 2 次，最多一次才 38 人，其次就是 20 人，这代表了宋代同题集咏伴随着文人集团、诗社的成熟而走向成熟，同时也说明宋代文人群体意识比唐代显著增强。

这不能不说明宋代同题集咏的自觉意识高度成熟，这是唐代所没有的现象，“诗可以群”的观念进一步得到提升，诗歌的功能得到进一步彰显，为元初同题集咏的集中出现及月泉吟社同题集咏的出现打下了基础。同题集咏从先秦到元代留下了清晰的发展轨迹，所以说元初月泉吟社同题集咏产生的巨大能量是历代同题集

① 章楶《运司园亭诗序》，《成都文类》卷七，《文渊阁四库全书》第 1354 册，台湾商务印书馆，1986 年，第 358 页。

咏积累演变的必然结果。

辽代几乎没什么同题集咏，仅有一次，《玉石观音像唱和诗》由两个僧人发起，24 人和诗。文人雅集、结社聚会不显著，与地处塞外、远离汉文化中心有关。而金代情况大大不同于辽代，金代地处中原，汉化较深，金代文人交往比辽代显著增加，使得同题集咏出现的机会大大增加。

金代同题集咏

题目	人数	出处
《海宴寺宴集，以禅房花木深为韵》	5人	《全金诗》第1册，南开大学出版社1995年
《成趣园诗》	6人	《全金诗》第3册，南开大学出版社1995年
《归潜堂诗》	17人	《全金诗》第3册和第4册，南开大学出版社1995年
《平水神祠分韵》	3人	（成化）《山西通志》卷16
《虞坂晓行》	5人	（成化）《山西通志》卷16
《首阳晴雪》	4人	（成化）《山西通志》卷16
《东林夜雨》	3人	（成化）《山西通志》卷16
《西岩叠巘》	3人	（成化）《山西通志》卷16
《妫汭夕阳》	3人	（成化）《山西通志》卷16
《王官飞湍》	3人	（成化）《山西通志》卷16
《舜殿薰风》	3人	（成化）《山西通志》卷16

金代同题集咏数量不多，规模也不大，最多一次 17 人参加，说明金代文人群体意识不强。

（三）高峰阶段（元代）

同题集咏的高峰期是元代，元代的同题集咏数量是最多的，同题集咏已经达到普及化、自觉化的程度，尤其是元初，月泉吟社以

《春日田园杂兴》为题的同题集咏创造了历史,2000多人参加的遗民大合唱,对后世诗社产生了巨大的影响,登上了同题集咏发展史的顶峰,将“诗可以群”的功能发挥得淋漓尽致。

元末杨维桢发起了120人参与的《西湖竹枝词》同题集咏,诗人来自各个阶层,同题集咏引发了众人的参与热情,使得诗歌从馆阁走向民间,《西湖竹枝词》同题集咏仍然可见元初遗民同题集咏的影子,这对于扩大诗歌的影响力,普及诗歌都起到了一定的作用。

元代文人出游送别、聚会无一不是同题集咏,是文人群体意识高度成熟的体现。至正年间拂郎国贡天马、至正二十四年(1364)的“静安八咏”、元世祖时期的胡氏杀虎救夫都是有影响力的同题集咏。具有元代特色的上京纪行诗、月氏王头饮器歌、岳飞墓和庙、各种特色的建筑物如大安阁、锺纶亭、长春宫等都引发了文人同题集咏。元代绘画发达,名家名画很多,温日观的葡萄、赵孟頫的马、柯九思的竹子、王冕的梅花、王振鹏的大明宫图、金明池图、大安阁图、朱德润的山水画都是元人同题集咏的热点。

同咏画像、同咏朝廷社会大事,元末文人相聚无一不是同题集咏。可以说元代是同题集咏运用最普遍、最自觉的时代,宋代是分题分韵的时代,唐代是联句的时代,元人把同题集咏运用到各个领域,这些与元初遗民同题集咏的大量使用有着密切的关系。本书主要研究元代同题集咏的类别及意义,第一次将同题集咏作为元代诗歌唱和方式进行研究,得出的结论是同题集咏次数较多、规模较大,对元代诗歌风格、类型,诗歌的普及化、群体化,对于社会教化、道德规范,对于人际关系沟通,对于绘画艺术的普及提高,以及对于大一统下民族大融合都有着重要的意义。

元初遗民群体、元中期馆阁群体、元末隐士群体都大量使用同题集咏的唱和方式，元代同题集咏超越了宋代的分题分韵和唐代的联句，成为元代最主要的唱和方式，渗透到绘画、书法、叙事、纪行、送别、咏物、咏史、文人诗社、元末雅集等各个领域，运用的广泛程度达到空前规模。同题集咏成为元诗的主要标志，将诗歌拉向下层百姓，提高了诗歌的普及程度，发挥了诗歌言志的功能，对于传播道德、弘扬价值观、规范道德理念、宣传社会舆论起到了积极的作用。

同题集咏成为元代诗社主要的唱和方式，是元初遗民群体在科举停滞的年代，自我安慰、证明自我存在、集体抗节的主要方式。同题集咏是元代画家切磋画艺、提高艺术水平、将诗画结合的主要途径。

同题集咏是元末雅集的主要唱和方式，是元末隐士群体志不获展时代自我安慰、诗酒人生的重要方式，在入仕不畅的年代，士人群体选择了归隐，同题集咏成为元末隐士群体保持人格理想、实现人生价值的主要形式，是元末战乱中文人群体雅集活动的延续，是元末文人生命存在的主要方式。同题集咏对于元诗贡献巨大，改变了元诗的风貌，对于大一统下多民族交际圈的迅速融合功不可没。

月泉吟社引领的同题集咏推动了元诗的繁荣，加强了文人群体的友谊，对于元代南北文人思想的融合、元代馆阁文风的形成都起到了积极的作用，满足了元代民族大融合时期各民族交流情感的需要。“诗可以群”的社会功能在元代得到了最有力的彰显。同题集咏代替了结社的功能，满足了元代辽阔疆域下群体沟通的需要，对于多民族融合起到了积极的作用。

明清时期受到宋元同题集咏的影响也出现了很多同题集咏，限于篇幅暂不作统计列表。清末民国时期，同题集咏已经成为诗社群集的主要方式，正是元初月泉吟社等带给他们的影响。

总之，同题集咏是伴随文学理论的成熟、文人群体意识的加强而出现的，它经历了一个漫长的发展过程，魏晋六朝是萌芽阶段、唐宋是发展成熟阶段、元代是辉煌阶段，元代诗歌是同题集咏发展的最高峰，并对明清民国同题集咏产生了深远的影响。

三、元诗同题集咏的研究意义

六朝、唐宋同题集咏偶尔出现，没有大规模出现，次数、人数、规模都极小，而且没有形成纪行送别群体赠诗。馆阁文人群体题画，诗社文人、隐士群体同咏一题的现象，多为分散性的，是个别现象、偶尔出现的情形，不属于常态诗群现象。只有元代同题集咏形成规模，类型繁多，涉及领域广，有赠别、绘画、重大事件、诗社、咏物、咏史等，参与人众多，在诗歌史上是罕见的现象。

同题集咏的大规模出现与元代社会政治环境有密切的关系，是时代造就文学现象。元代同题集咏是元诗的特色，并对元代诗风产生了重要影响。它不只是诗歌技巧的比赛那么简单，不仅推动了诗歌的发展，扩大了诗歌的影响，还从元初遗民诗社的同题集咏开始，为元诗群体活动做出了范式，影响深远。

元初诗歌是同题集咏发展的最高峰，登上这一顶峰的无疑是月泉吟社，在古代文学史上是一个令人瞩目的现象。同题集咏是元诗的一个重要的特征，是元代文人主要的唱和形式，从元初到元中期、元末，同题集咏一直活跃在遗民群体之间、馆阁文人群体之间、隐士群体之间，发挥着重要的社交功能，在元代不同时期发挥过重要的作用，渗透到社会的各个领域。

元代同题集咏的题目几乎出自身边的一切诗料，是那个时代诗歌交流的一大特色，具有其他朝代无法替代的价值。参与人数众多,参与者来自各个阶层,有的同题集咏发生在草野乡间,有的同题集咏发生在馆阁文臣之间,有的同题集咏发生在文人与市民之间,有的同题集咏经历了整个元代乃至明代。这些集咏的出现对元代诗歌具有重要的影响,对于元诗的普及具有无可替代的意义,扩大了诗歌的创作范围。参与人数众多,关注社会热点话题,提高了诗歌的影响力,代表着元代一种风尚。

元初、元中期和后期,由于时代环境的差异,每一次同题集咏都是有很大差异的,彰显了不同时代文化的内涵。文学反映政治,同题集咏是各阶层文人一次次的文学盛会,意义非凡。

同题集咏彰显了时代特色文化内涵,对于那个时代特别有影响的事件反复集咏,一和再和,时间跨度之长实属罕见。涉及民族情感的敏感事件,文人结合自身思想,反复题咏,对于促进社会风气、宣扬礼教有着重要作用,这些同题集咏很多直接被皇帝和高层利用,直接为政治服务。有些属于文人自发题咏,带有娱乐交流技艺的目的;有的带有遗民性质,借此同题集咏抒发亡国之恨和对先朝的怀念;有的模拟科举文人比武竞标,满足文人的才气比拼需要,次数之多、规模之大为历代之最,人们内心情感的激发通过集咏方式得以共鸣。为什么需要共鸣?这是一个值得思考的问题,共鸣是历史性的,对于元诗的普及有积极意义。

第一章　元代文人的征诗现象与同题集咏

征诗是古代社会伴随着文人群体的活跃、群体意识的增强而出现的一种文化现象。兰亭会、香山九老会、西园雅集等魏晋、唐宋时期著名的雅集都没有规定主题和诗题，所以不能算征诗活动。唐玄宗组织的几次大型应制题诗与征诗活动是性质不同的两类文学活动。征诗这种文学活动在宋元之际正式成为文人群体的活动方式，伴随着诗社的成熟登上了历史的舞台。元初著名的月泉吟社开启了中国古代文人征诗活动的序幕，深深影响了有元一代及明清征诗活动。

第一节　宋元之际遗民诗社对征诗的开启

命题作诗最初是唐代科举所采用的一种选拔人才的方法，宋元之际模仿唐代科举命题征诗在诗社中兴起。诗社有社约、活动日期、活动形式，有主持人，有奖惩措施，往往以竞赛形式进行。命题是宋元之际诗社经常采用的活动形式，往往以同题的面貌出现在诗社中。同题易于比较诗艺高低，这是诗社奖惩的标准。不同时期的诗社征诗的主题是不同的，元初月泉吟社是影响力最大的诗社，性质属于遗民诗社，成员基本都是南宋遗民。拒绝出仕、保存气节的遗民群体，在仕途缺失的前提下，分外珍惜诗人这一身份。牟及“宋社既屋，屏迹山林。服衰麻终身，每赋诗以见志”①、陈一发“宋亡，归故山青林洞，吟咏自娱”②、许嗣“生元季，义高不仕，善吟咏”③。“以文会友”成为遗民群体保持气节、互相激励的主要途径，诗人身份是遗民群体一张响亮的名片。

宋亡后，诗社迅速建立起来，元初文人群体意识高涨，群体性交流互动规模空前，结社的目的性极强，出于表达亡国之悲、保持民族气节和互相激励的需要，诗成了他们达到这一目的的重要手段，他们不约而同地采用了命题征诗的形式。“月泉社吴清翁盟诗，预于丙戌小春望日以《春日田园杂兴》为题，至丁亥正月望日收卷，月终结局，收二千七百三十五卷，选中二百八十名，三月三日揭榜”④。吴渭发起的《春日田园杂兴》为题的征诗活动，得到了遗民群体的热烈响应，短短三个月就收到2735卷，参与人数之众可谓史无前例。欧阳光分析其中的原因：“元蒙统治者入主中原后，曾在相当长一段时间里取消了科举考试，这对于早已把参加科举作为重要的人生目标的汉族知识分子来说，犹如人生道路的大塌方，造成他们群体性的巨大的幻灭感和失落感。在这种情况下，借用科举考试的形式进行诗社活动，实际上就有了模拟科举考试的性质，知识分子可以通过参加这一活动，复唤起青衫之梦，得到些

① 万斯同辑《宋季忠义录》，《宋代传记资料丛刊》第29册，北京图书馆出版社，2006年，第289页。

② 万斯同辑《宋季忠义录》，《宋代传记资料丛刊》第29册，北京图书馆出版社，2006年，第392页。

③ 万斯同辑《宋季忠义录》，《宋代传记资料丛刊》第29册，北京图书馆出版社，2006年，第299页。

④ 吴渭编《月泉吟社诗》，《丛书集成初编》第1785册，中华书局，1985年，第67页。

许精神补偿。这也正是月泉吟社的征诗活动得到知识分子热烈响应的重要原因之一。”①

可以说月泉吟社开启了元代征诗活动的大幕，深刻影响着元代诗坛的风貌，在月泉吟社的影响下，有元一代征诗活动频繁、数量众多。

第二节　元代征诗繁荣及原因

元代文人征诗极其频繁，有元一代征诗现象突出，渗透到诗坛的各个角落。元代征诗活动都有一个发起人或组织者，发起人身份多元，有遗民、官员、士人、僧人、隐士，还有儿子为父亲或者母亲征诗，充分说明元代文人征诗的普遍性。

元代征诗活动在不同人群中处处存在，征诗使得元诗充满活力。元初诗社征诗形式被不同时期、不同身份的文人效仿，使得征诗这种活动在元代非常活跃。元代白云乡向陈方征诗，“赠扇岂堪承故意，征诗徒使愧非才”②，陈方自谦说自己缺乏诗才很惭愧。元代郭钰有诗《耒阳郭方中云，先世自麻冈分派，尝仕前朝，今遁迹畎亩，至征诗，余以同志歌以赠之》③。不仅隐士认同征诗这种形式，官员也同样认同，官员胡祗遹有《题飞狐王国宝南塘图杨郎中征诗故也》④。无论是隐士还是高官都对征诗活动津津乐道，乐于参与其中。

征诗都有一个明确的题目或主题，征诗的原因是多重的。

---

① 欧阳光《宋元诗社研究丛稿》，广东高等教育出版社，2011 年，第 80 页。
②《文渊阁四库全书》第 1369 册，台湾商务印书馆，1986 年，第 252 页。
③《文渊阁四库全书》第 1219 册，台湾商务印书馆，1986 年，第 237 页。
④ 杨镰主编《全元诗》第 7 册，中华书局，2013 年，第 24 页。

一、征诗活动的繁荣得益于元代宽松的政治环境

“元季东南士君子，竹西而外，如云西、云林、玉山、耕渔诸公，俱不乐仕进，而多海内高人胜士之交，尊酒声伎。唱酬无虚日，盖法网宽而物力厚，是以游衍自如”①，“元季士君子不乐仕，而法网宽，田赋三十税一，故野处者得以赀雄，而乐其志如此”②。元代赋税轻，身心自由，没有文字狱，诗社活动频繁，雅集成风，不定时的文人集会较其他朝代为多，为组织征诗活动提供了良好的生态环境。元初月泉吟社等遗民诗社尽情征诗，求得群体共鸣，都没有受到元廷的打压，与清初形成鲜明的对比。元末杨维桢和李一初主评的聚桂文会参与人数达到五百多人，只取三十名入榜，并刻版流传。至正十年（1350）吕辅之创应奎文会，征诗同题集咏，五十五岁的杨维桢被聘为主评，五百多名东南文人参与其中，“嘉禾濮君乐闲，为聚桂文会于家塾，东南之士以文卷赴其会者凡五百余人，所取三十人，自魁名吴毅而下，其文皆足以寿诸梓而传于世也”③。这些诗社、文会屡屡在元代举行征诗活动，归根到底是因为元代有宽松的政治环境和良好的学术生态。

听雨楼是另外一个例证。听雨楼由卢士恒父亲卢山甫所建，至正八年（1348）二月十一日道士张雨为卢山甫的听雨楼作诗一首，至正二十五年（1365）四月二十七日王蒙在卢士恒家为听雨楼作画，倪瓒同在此楼。此时卢山甫已经去世二十年，其子卢士恒携张雨所作诗歌征诗，“听雨楼诗，句曲外史及一时名流所作，词翰兼美，亦稀世之宝也。吴中卢氏恒甫藏于箧中，一日出示于予，予展

① 顾嗣立、席世臣编《元诗选 · 癸集》，中华书局，2001 年，第 1060 页。

② 陈田《明诗纪事》，上海古籍出版社，1993 年，第 393 页。

③《文渊阁四库全书》第 1221 册，第 429 页。

卷观之,卷中作者多余故友,兹睹翰墨,便若亲彼风度而不忍释手也”[①],“吴郡卢君山甫旧有听雨楼,山甫殁二十年,而斯楼尚存。予抵吴,惜不及见其人,令其子士恒携张外史所题诗来示予,予览之不胜感慨,遂为赋此,至正二十五年四月”[②],“观张外史所题山甫卢隐君听雨楼诗,词翰潇洒,令人有超然之想,噫,故物也,士恒其慎藏之”[③]。征诗的目的是为了纪念父亲卢山甫,题诗者积极响应这一主题,除张雨之外,有18位诗人参与征诗。参与征诗者身份多元,有高官周伯琦、苏大年、鲍恂、张羽、张绅、赵俶、高启,有进士钱惟善、县尹马玉麟,有僧人释道衍,有良医韩奕,有普通文人饶介、王蒙、王宥、陶振,有隐士倪瓒,有府学教授王谦。此画永乐年间流落到沈成甫手里,“成甫寄至京都求题”[④],陈颀、王达为其作记。画作为物质,能够得以长久留存,载于其上的诗歌伴随着时间的推移,价值倍增,画作为物质突破了物理时空的限制,将征诗活动持续百年之后。展卷看到的是元末士大夫高雅的群体精神风貌,作为一种精神记忆,名流风度吸引着后人不断题诗,回应征诗活动,这充分说明元代征诗活动的巨大影响力。文人对征诗认同感很强,元代是古代文人世界少有的自由时代,随着元朝的覆灭,伴随着朱元璋高压政策,这种自由戛然而止,征诗活动也是对元末士人精神自由、时代风度的一种追和。

二、征诗满足存史、存人、存诗、存事、存故实的需要

余姚为潮汐之地,海水经常毁坏良田造成灾荒,农民苦不堪

①《文渊阁四库全书》第815册,台湾商务印书馆,1986年,第24页。
②《文渊阁四库全书》第815册,台湾商务印书馆,1986年,第24页。
③《文渊阁四库全书》第815册,台湾商务印书馆,1986年,第24页。
④《文渊阁四库全书》第815册,台湾商务印书馆,1986年,第27页。

言，宋代以来余姚海堤一直没有建好。元末叶恒来到余姚做判官，修建了余姚海堤，从此海患消除，庄稼喜获丰收。为了纪念叶恒政绩，在叶恒离开余姚十年后，叶恒儿子叶晋与当地百姓一起发起征诗活动。杨维桢受叶晋征诗参与其中，“余姚海堤，此州判官叶公敬常百世功也。公去余姚已十年，民思之弗置，尝徽余文为公去思碑。今年公之子晋会余于侍御王公席上，谈及先德，晋起请曰先子已辱雄文，登载外有国子先生，陈公众仲卷，尚欠吾子一歌，又为赋古乐府辞一首系卷尾”①。危素是受百姓所托而参与其中，“余过越余姚州，父老来见，道其州判官叶君之政，且曰世徒知叶判官作海堤而已，若其它政之可书者，顾安得而传之耶。君四明人，而余姚寔邻其父母之邦，施诸事功，使民不忘如此，然后知儒者之果足用也。乃采诸父老之言，序次以为之颂，以播其美于无穷”②。

歌颂清官叶恒的征诗活动发起人是其子叶晋和百姓，目的是纪念叶恒政绩，有存史、存人、存事之功用。为了防止史书不载，所以征诗，结果正如征诗发起人预判的一样，元史不载叶恒事迹，而这次征诗同题集咏很好地保留了叶恒修建余姚海堤的事迹，具有弥补史书的价值。

元末泉州商人陈思恭出海经商死在海外，妻子庄氏忍辱负重，辛苦抚育儿子陈宝生长大成人。陈思恭去世时，儿子陈宝生只有五岁，庄氏守节二十六年。庄氏深明大义，替丈夫还债，照顾丈夫前妻儿子宝一，儿子陈宝生成人后成为知名商人，“陈宝生，字彦廉，太仓人，父溺海死，母庄抚育成名，与黄公望善。以父溺终身不

① 叶翼辑《余姚海堤集》，《四库全书存目丛书》集部第289册，齐鲁书社，1997年，第638页。

② 叶翼辑《余姚海堤集》，《四库全书存目丛书》集部第289册，齐鲁书社，1997年，第639页。

至海上，公望岁一诣必至海观涛，邀宝生往，则泣曰：阳侯吾父仇恨不能如精卫填木石，何忍对之。公望因作《仇海赋》纪其事”[1]。陈宝生与著名画家黄公望友善，黄公望每岁必去海边观涛，陈宝生由于父亲陈思恭出海经商，溺死海中，悲悼父亲，勾起伤心往事，又心疼母亲庄氏辛苦将自己抚育成人，故而不忍面对大海，黄公望为陈宝生作《仇海赋》以纪念陈宝生对父母的感情。

陈宝生向高启、王彝、王袆等负责修撰元史的史官征诗，征诗目的很明确是让母亲庄氏守节等事迹名留青史，事实上征诗确实达到了存史、存人之效。不为生者立传的传统导致陈节妇庄氏的事迹最终没有入《元史》，征诗起到了保存庄氏史料的价值，征诗存人、存史、存诗的意义重大。

王逢作为元末著名诗人，写下了很多描写元末战乱的叙事诗，采用纪实手法记录了战乱中为忠义气节献身的人，包括大量的节妇和忠臣，这些诗大多有诗序，交代了写作缘由，都是当地官员向王逢征诗的结果。王逢响应征诗，记录了忠臣节妇的生平事迹，还包括少数民族，存史、存人、存事目的明确。王逢写的《缪孝子》讲的是父子本东平人，游杭州，遇贼兵，将父亲绑起来要杀之，儿子愿意代替父亲去死，最后儿子被杀。徽寇犯杭，浙省参政樊执敬死之，王逢题《题岁寒桥》对樊执敬表示敬仰。歌颂节妇谢淑秀作诗，王逢为少数民族昌国州达鲁花赤高昌帖木儿作《帖侯歌》存史，帖木儿是平章买住之犹子也。“海寇犯境，侯连与战，破之，众寡不敌，或劝侯遁去，侯曰：是我死所也。遂死之。江浙省参政樊执敬，为文遣使致祭，请谥于朝，逢为作歌云”[2]。

---

①《文渊阁四库全书》第 511 册，台湾商务印书馆，1986 年，第 589 页。

② 杨镰主编《全元诗》第 59 册，中华书局，2013 年，第 79 页。

黄道婆是元代著名的纺织家，松江乌泾人，年轻时流落崖州，跟着黎族妇女学会了纺织木棉花，元贞间遇见海船才回到家乡，回家后织崖州被自给，教当地妇女织布，黄道婆的纺织技术名声远播，被更乌泾名。天下仰食者千余家，去世后，乡长赵如珪为黄道婆立祠，后毁于兵火。“至正壬寅，张君守中，迁祠于其祖都水公神道南隙地，俾复祀享，且征逢诗传将来”①。征诗的目的在于纪念黄道婆把先进纺织技术无私传授给乡人、养活千余家的事迹。张守中只向王逢一个人征诗，存史、存事、存人的目的明确。

元代奇事怪事都会征诗以存故实，《题虎树亭》：“赵宋聪禅师，住华亭佘山，时有二虎噬人，师降服之。命名曰大青、小青。师卒，虎亦死。弟子瘗之塔傍，逾年生银杏树二，今尚存。主僧隐公，辟亭树间，扁曰虎树，征逢题是诗。”②

至正十一年（1351）杭州发生兵乱，王逢响应征诗，写下了《杭城陈德全架阁录示至正十一年大小死节臣属其秃公以下凡十三人王侯以下凡九人征诗二首并后序》③。

诗序记录了至正十一年（1351）大量的少数民族士人、许多不知名的士大夫死节事迹。至正十一年盗麻起。二月秃坚里师出邹平县，中流矢死。五月，徐州兵马指挥使秃鲁，亳州陷阵死。六月，广德翼万户关住，石洋塘水战死。汴梁路同知黄头，项城县被执不屈死。伯忽都、阿剌不花对那海说：大人发誓报国，我辈何爱死。戮力战，杀敌英勇，没有援兵而死。七月广东奏差发儿说：禄位无大小，见危致死。安东万户朵哥，千户高安童，并中流箭死于颍州。

① 杨镰主编《全元诗》第 59 册，中华书局，2013 年，第 148 页。
② 杨镰主编《全元诗》第 59 册，中华书局，2013 年，第 165 页。
③ 杨镰主编《全元诗》第 59 册，中华书局，2013 年，第 66 页。

九月汝宁知府完哲，府判福禄护图，连抗十日，城垂陷。仰天呼曰：臣等义不辱身，然后投水中死。西城司副使塔海，守徐州大捷，转战死东盘。十二月宣徽院使帖木儿，河南万户察罕，相继鏖死南阳卧龙冈下。至正十一年，广州推官王宗显，香山寨巡检曾元吉，勠力死石岐。六月，海奕百户尹宗泽，战死黄岩。八月，封州吏目唐国宝，俘虏中卒不屈死。西台御史张桓，谢职居确山县，被贼捉住大骂贼，激怒贼军，将其妻儿绑起来，张恒骂得更厉害了。因禁张恒十几天，妻儿等九人遇害。九月刺场岭义兵千户宋如玉，迎敌于西大岭战死。蕲州总管李孝先，分守蕲水县，战死。十月，雅州司吏刘处岩，守南关，巷战死。十二月，权香山巡检张德兴，以不从叛，亦死之，"前后二十二人。呜呼，殉死者大传，偷生者大愧也"[①]。

征诗目的是宣扬22位元末殉节的忠臣义士的道德。这些事迹元史无传，王逢的诗序记录了元末战乱中多民族士人为维护礼教、维护元朝所做的抗争及英勇献身的事迹，具有存史的价值。

三、弘扬礼教是征诗繁荣的另一个重要原因

北宋忠臣邹浩，为人耿直，忠君报国，屡屡被奸臣所陷，多次被贬谪荒凉之地，因为耿直仁爱而命运坎坷，而邹浩却愈挫弥坚，一身浩然正气。深受理学熏陶，"尝从二程夫子游"[②]，北宋元符年间，皇帝欲废后，邹浩谏言不可，言人所不敢言，遂忤逆皇上，被贬谪于万里之外，及建中靖国初召还，蔡京复得政，邹浩又直言不讳，触犯蔡京，再度贬谪岭南，"然而风节愈坚，名义愈重，公遂名著五谏之列，吁！非其人得光岳之正气，而又得圣贤之正学者不能"[③]。五

① 杨镰主编《全元诗》第59册，中华书局，2013年，第67页。

②《四库全书存目丛书》史部第82册，齐鲁书社，1996年，第351页。

③《四库全书存目丛书》史部第82册，齐鲁书社，1996年，第351页。

年后始归，邹浩想辞官归隐，奉养母亲，母亲张氏不允，教导儿子："儿能报国无愧于公论，吾愿何忧？"① 后因病去世，年五十二。"高宗即位诏曰：浩元符间，任谏争，危言谠论，朝野推仰，复其待制，赠宝文阁直学士，赐谥忠"②。一门忠义，义薄云天，感动着士大夫群体。

历代以来邹忠公之墓都受到士大夫的尊重，经常有人祭扫，留下了大量祭文。邹浩的忠义精神感动着士大夫群体，已经成为儒士们学习的楷模。至元廿二年（1285）儒士唐骏发说："惟公忠节照映千古，岁时致祭，学有旧规，骏发乡之晚生，久分讲席，缅想高风，不敢不敬。"③ 这里讲出了士子们祭扫墓地的根本原因。

元代有唐骏发、童应陈、孔楷、刘蒙、马端巽、盛文彪、刘铉、乔必迁、丁琦、盛昭、谢应芳等一再祭祀邹忠公墓，并群结作诗文。修墓是一种维礼活动，忠臣之墓是儒家仁义精神的象征，出于内心情感的需要，儒士们自觉地祭扫。

在元代，邹浩墓一再得到士大夫祭祀，至正九年（1349）十一月，常州路学儒人谢应芳去扫墓，见到墓碑损毁严重，墓地周围被种地开荒，非常痛心。在谢应芳等儒士看来，这是很严重的事情，是败坏礼教纲常的行为，与他们心中气节不符，所以坚决要求修复墓地，制止这种违背礼教的行为。忠臣在文人群体眼里是值得歌颂尊敬的人，其本身是礼乐的象征。邹浩是儒士们的表率，维护墓地，就是士大夫的一种"维礼"的行为，关乎伦理秩序、道德原则、世教纲常，此事不可小觑，忠臣之墓被毁坏，如同"衣冠沦丧"一

①《四库全书存目丛书》史部第 82 册，齐鲁书社，1996 年，第 360 页。
②《四库全书存目丛书》史部第 82 册，齐鲁书社，1996 年，第 360 页。
③《四库全书存目丛书》史部第 82 册，齐鲁书社，1996 年，第 380 页。

样，是挑战伦理秩序的行为，所以此事对他们来说意义重大。

“学校乃风化之地，乡贤实师表之尊，惟景慕于前修，必举行于旧典，窃见先贤、道乡先生邹忠公，元葬坟地一段计二十一亩七分，坐落晋陵县德泽乡……近年菴亭废坏，祭礼旷缺，本年三月二十二日，谢应芳等前去祭扫间，但见忠公墓塚周围禁地，俱被人耕种麻麦，及有近葬冢穴在内侵占先贤坟地，埋没学业，甚伤风化”①。于是谢应芳上报朝廷，写了呈文要求修复邹忠公墓，派人守墓，植树种草，加强墓地管理，定期派人巡视墓地，看是否有人砍伐树木，毁坏墓碑。朝廷接到谢应芳的呈文后，答复了谢应芳等儒士，同意加强邹浩墓的管理，“令元呈儒人谢应芳等每季巡省，毋致诸人作践，仍将在上祠宇、树木等项于簿上，逐一具报……规格：某年、某月、季，儒人某前诣邹墓巡省，各项具报于后，一墓地有无诸人侵渔作践，一竹木曾无被人斫伐，一看坟人是否用心看守，曾无修整篱围右具如前”②。

谢应芳等人的行为感动了士人群体。盛昭说：“仰止高风，华夷所同。岂不永怀，桑梓之恭。偕我士子，展墓修礼，尚赖于公。”③“宋守倅及海内诸名胜，过忠公祠墓者多为赋诗，或留题显忠菴壁，德祐乙亥荡为埃烬，区区所传盖一二耳。国初校官与乡老举行祀典，复有倡和，至应芳复墓之初，四方贤士大夫作诗以奖劝。既复之后又从而歌咏，今并录之。”④一方面是对谢应芳修墓行为的肯定，另一方面是歌颂邹浩的忠义精神，以守住士大夫群体的道德底线。

---

①《四库全书存目丛书》史部第 82 册，齐鲁书社，1996 年，第 383 页。
②《四库全书存目丛书》史部第 82 册，齐鲁书社，1996 年，第 384 页。
③《四库全书存目丛书》史部第 82 册，齐鲁书社，1996 年，第 381 页。
④《四库全书存目丛书》史部第 82 册，齐鲁书社，1996 年，第 389 页。

“毗陵郡士谢子兰慨邹公墓田之瓦裂，欲合之，诗以言志，予嘉其能仗大义，有感于中，率尔步韵，谂诸郡中好事者，幸垂察焉”①，郑顾深感谢应芳的节义行为，借诗言志。

谢应芳向文人群体征诗，就修复邹浩墓一事作诗纪念，征诗题目为《复邹忠公墓诗》，参与同集者有：易伟、吴强、曹思顺、赵楷、王兴祖、储惟志、许士俊、谢亨、潘如告、俞希鲁、李桓、达德越士、李粹初、陈眉寿、陈肃、李华、孟集、顾瑛、袁华、郭翼、殷奎、陆仁、秦约、马麐、张端、熊进德、王贞。

元符年中圣天子，册妃废后竟何由。
忠良去国鸾皇远，奸佞盈庭鬼蜮谋。
但得袆衣承黼座，不辞白发谪新州。
毗陵此日城边路，谁访累累土一抔。

——秦约

将自己的情感倾向借助咏史抒发出来，如同史诗一般，回顾了邹浩的忠义行为，奸佞专权，祸由“忠”起，贬谪岭南，鞠躬尽瘁而英年早逝，借史言志，如泣如诉，哀怨惋惜之情蕴含其间。

伏读新碑泪满衣，权奸先后计全非。
谏书直欲回今主，王化由来本后妃。
国史千年公论在，毗陵七世子孙微。
墓田赖有乡人复，怅惘青山落日晖。

——殷奎

①《四库全书存目丛书》史部第82册，齐鲁书社，1996年，第391页。

天上浮云遮白日，宫中圣女着襟衣。
赐珠夜半言先入，还笏阶前事已非。
不惜残年投岭海，尚存孤塚闷泉扉。
一坏易世谁为主，犹有诸生荐蕨薇。①

——孟集

歌颂邹忠公的“忠义”气节，也歌颂谢应芳的忠义行为，并给以高度评价，“此事有功名教大，毗陵草木增光辉”，分析了邹浩忠义的原因。“伊洛分来一泒长，满怀星斗粲文章，”是理学涵养的结果，以直接议论的方式引人深思那段黑暗的历史，更加肯定了邹浩的节气。邹浩用实际行动在士大夫群体心中树立起了一座永恒的丰碑。值得关注的是，这次征诗同题集咏里还有西域弗林诗人达德越士，可见元代后期民族大融合的普遍性，弗林人的邹忠公墓诗理学气味较浓，体现了汉化的成功。

有宋开国三百年，圣君哲后登才贤。
内无吕贾武韦祸，昭宪垂裕远且绵。
宣仁垂帘辅哲庙，初政仿佛元丰前。
奈何权奸枋国命，党籍忠良俱左迁。
紫宫正位俨宸极，岂假巫祝循私偏。
谗言搆狱狱辞具，奉诏废作瑶华仙。
谋之者谁郝内侍，卯金刀氏相夤缘。
元符授册立为后，奸臣揣摩机已先。
维时忠公居谏省，从容奏对言便便。

①《四库全书存目丛书》史部第 82 册，齐鲁书社，1996 年，第 394—396 页。

属比祥符永平事，春秋大义星日悬。
孟后既废不可复，刘岂得擅中宫权。
遂良还笏为斥武，好礼上书因谏元。
忠言逆耳竟远谪，徒步独上新州船。
贞哉贤母成子志，身落瘴江甘弃捐。
端王嗣位肆大青，又从平地登青天。
俄承天语询谏草，云付烈焰飞炎烟。
伪书一出那可辨，再由衡岳移漓川。
淡山寺中啼怪鸟，仙宫岭下出甘泉。
积诚端能动天地，神物护卫非伪传。
豺狼载路尚猖獗，脱身虎口宁非天。
毘陵赠谥发潜德，佳城郁郁林庄前。
甘棠遗爱尚勿伐，哀垢何忍犁为田。
谢君慷慨仗高谊，献书大府心拳拳。
建祠复墓禁樵牧，新松稚竹清阴圆。
呜呼章蔡俱贬死，同恶岂能谋自全。
青山门外一抔土，诸生至今犹豆笾。
忠邪由来难并立，不信请视思贤编。①

——袁华

袁华用长篇叙事纪实的方式咏史，诗中用写实的手法，以“实录”精神，客观地展示了邹浩忠贞被害、顽强不屈的过程，其间也回顾了有宋一代三百年，奸臣当道，危害国家百姓、陷害忠良的事实。夹杂了袁华自己的特殊情感，对此愤懑不平，正是韩愈“不平则鸣”

①《四库全书存目丛书》史部第82册，齐鲁书社，1996年，第395页。

的体现，诗句句句纪实，他对那段历史认识、反思是很有意义的，袁华借此警戒后人。

这次征诗借助咏邹浩墓以咏史，是宋以来大规模的诗文活动，主题集中，歌颂邹浩浩然正气，回顾了邹浩的历史，对谢应芳行为给予高度评价。这次征诗活动目的是用诗言志，以宣扬道德，左右社会舆论，体现出士大夫群体强烈的忧患意识、社会责任感和历史使命感，是士大夫群体用诗歌干预现实，自觉“守道”的有力证据。

四、征诗原因是为树立忠臣形象，平反冤案

岳飞是著名民族英雄，“王忠孝出于天资，功业存乎社稷，万古而后，谅亦知其烈也”[①]。其尽忠报国而含冤死去，高宗时秦桧以莫须有的罪名杀害了岳飞，宋孝宗时得到平反，“以礼改葬……建庙于鄂，号忠烈。淳熙六年谥武穆。嘉定四年，追封鄂王”[②]。死后埋葬于西湖栖霞岭下，岳云墓亦在父墓侧。岳飞忠烈感动着文人群体，士人皆为其鸣不平。宋元换代，岳飞的庙与墓经风吹日晒渐渐毁坏，岳飞后人有出家为僧者，“居坟之西，为其废坏，庙与寺靡有孑遗”[③]。

后至元三年（1337），释可观诉于官，郑元祐为其作疏：“窃念故宋赠太师武穆岳鄂王，忠孝绝人，功名盖世。方略如霍嫖姚，不逢汉武，徒结志于忘家……典祀田，堕佛宇，春秋无所蒸尝。塞墓道，毁神栖，风雨遂颓庙貌……泪落路人，事关世教……疏成，杭州经

① 侯忠义《明代小说辑刊》第2辑，巴蜀书社，1995年，第489页。

② 脱脱等《宋史·岳飞传》，中华书局，1977年，第11395页。

③ 陶宗仪《南村辍耕录》，文化艺术出版社，1998年，第45页。

历李全,慨然重兴之。”① 释可观为了恢复岳飞墓庙旧日景观,动用了一切社会关系,得到湖州推官何贞颐、郑元祐、柯九思及杭州郡吏李全初相助,历经十三年,始修葺完毕。释可观就此事面向文人群体征诗,征得72位元人所作92首诗。

将征集到的诗歌结为一卷,名为《岳庙名贤诗》,这是岳飞去世后最大规模的文学题咏活动,参与同题集咏者的诗人身份复杂,有故国王孙赵孟頫,有南宋遗民,有元代知名人士柯九思、高明、朱晞颜、杨维桢、陈基、苏大年等,也不乏西域少数民族的参与,如色目人贯云石、杨九思,高昌人铁穆尔,蒙古人泰不华等,有画家、诗人、僧人,充分体现了民族大融合的特点。蒙古西域少数民族歌颂岳飞,是民族大融合的标志,这一切都是通过征诗活动来实现的。

响应征诗者有:叶绍翁、赵孟頫、胡月山、胡邦衡、方秋崖、牟景阳、孔天碧、龚子敬、赵仲光、章德懋、闻益明、柯九思、达兼善、郑元祐、李孝光、段吉甫、陈政德、班惟志、宇文公谅、高明、孔世瞻、潘纯、林泉生、杨维桢、释信道元、释大觉、贯云石、武昌军卒、僧成本空、臧湖隐、僧观大千、霍宾阳、霍惟肃、程正辅、朱希颜、吴子华、郑希道、邹士表、僧此若溪、施则夫、王彦琬、陈刚中、陈子平、朱祐之、铁牛、刘改之、翟宗仁、唐子华、赵明仲、张安国、吴溥泉、赵彦恭、杨子寿、高子宜、吴子善、金用宾、彭瑛、高若凤、华文中、何师善、沈叔敬、周越道、孙天有、柯履道、苏大年、李复、王鉴、陈秀民、郑元、陈基、张源、姚子章②。

“岳武穆褒忠寺起废事迹,诸名公题咏璀璨,盈袖可观。师以余旧尝竣事祠下,俾赘芜辞,以识卷尾,勉赋四言,使之持归,遗诸

① 田汝成辑《西湖游览志》,上海古籍出版社,1998年,第100页。
② 傅增湘《藏园群书经眼录》第2册,中华书局,1983年,第361页。

父老，歌以祀神。庶几妥王之灵，将有以为祝嘏之祐也”①。这里朱晞颜讲明了征诗原因乃有感于岳庙颓废，有慰藉英灵之意。

征诗的主题是歌颂岳飞忠贞气节，感叹岳飞遭遇，批评宋王朝，包括制造冤案的宋高宗、秦桧等人。征诗平反翻案目的明显，孔岑《题岳忠武王庙》：“秦桧逆天道，庸君甘受欺。我行西湖上，再拜忠烈祠。勇徒或受首，谁能虑鞭尸。湖波有时竭，此恨无穷时。”② 姚文奂《咏岳忠武王庙》：“鄂王祠宇北山根，一过西湖一断魂。独扫金人归朔漠，长驱铁马向中原。奸邪百代空遗臭，父子终天尚雪冤。宰木屯阴森战戟，潇潇风雨泣黄昏。”③

莫向中州叹黍离，英雄生死系安危。
内廷不下班师诏，绝漠全收大将旗。
父子一门甘伏节，山河万里竟分支。
孤臣尚有埋身地，二帝魂游更可悲。

——高明

万古知心只天老，英雄堪恨亦堪怜。
如公少缓须臾死，此虏安能八十年。
漠漠凝尘空偃月，堂堂遗像在凌烟。
早知埋骨西湖路，悔不鸱夷理钓船。④

——叶绍翁

① 杨镰主编《全元诗》第 21 册，中华书局，2013 年，第 405 页。
② 杨镰主编《全元诗》第 46 册，中华书局，2013 年，第 175 页。
③ 杨镰主编《全元诗》第 46 册，中华书局，2013 年，第 317 页。
④ 陶宗仪《南村辍耕录》，文化艺术出版社，1998 年，第 45 页。

诗歌感人至深，“读此数诗而不堕泪者几希。然贼桧欺君卖国，虽擢发不足以数其罪，翻四海之波不足以湔其恶。而武穆之精忠，靄然与天地相终始。死犹生也”①。诗歌情感悲怆，忧伤怨愤之情隐含在字里行间，诗人们共同抒发了对岳飞命运的同情，对宋王朝奸佞当道的愤怒，“落花”“飞絮”“杜宇”代表了对岳飞命运的感叹，对南宋王朝不明是非的怨恨无奈之情溢于言表。意象选取具有强烈的主观感情色彩，诗的基调哀伤，诗中处处体现出岳飞与那个时代的矛盾，还原历史情境并通过凄凉环境的描写突出那个时代的黑暗。诗人群体为岳飞鸣不平的强烈，在还原的历史空间与事件的交汇中体现出来。

不同诗人用不同的手法表现了同样的感情，诗篇到处充满对那段刻骨铭心历史的再认识。此次征诗活动对于弘扬岳飞精神、传播岳飞事迹起到了一定的作用，影响很大，岳飞第一次得到士大夫群体的集体歌咏，这也是对那段黑暗历史的再认识，是对岳飞含冤而死的一次民间平反运动，“万古知心只天老，英雄堪恨亦堪怜。如公少缓须臾死，此虏安能八十年”“孤臣尚有埋身地，二帝魂游更可悲”“孤冢有人来下马，六陵无树可栖乌。庙堂短计惭嫠妇，宇庙惟公是丈夫。往事重观如败局，一龛灯火属浮屠”，议论精警，岳飞虽死了，尚有埋骨之地，可怜宋徽宗、宋钦宗被俘虏到金国五国城头。直接用对比议论手法讽刺了宋王朝重用奸臣的错误立场。如果岳飞晚死，金国的历史就会被岳飞改写，称赞了岳飞杰出的抗金才能。应征作诗的诗人群体所作的同题集咏，响应释可观的号召，翻案意味浓厚，平反目的明确。

征诗活动体现了文人学士对礼教的维护，关乎世教，导人向善，

① 陶宗仪《南村辍耕录》，文化艺术出版社，1998年，第46页。

重构社会伦理道德,以维护元王朝的社会秩序。这次征诗与元廷对岳飞的态度不无关系,首先肯定的是元廷能够接受人们对岳飞的颂扬,从释可观修葺岳庙、同题集咏岳庙岳墓即可看出,宣传岳飞忠义对于元廷来说是件好事,可以激励士人报效元廷。

咏岳飞在别的朝代可能会酿成文字狱,而在元代却没事,这也说明元代文化思想环境宽松,是促成征诗同题集咏的重要原因之一,这次征诗有着特殊的历史文化内涵。

这次岳庙名贤诗同题集咏影响很大,直接带动了大批诗人参与咏岳飞庙与岳飞墓的创作,在元末体现得非常明显。倪瓒、谢肃、凌云翰、张宪、潘音、宋远、叶颙、张昱、瞿宗仁、迺贤、王逢、鲁渊、朱德润、陆友、徐孟岳、释克新等都受到此次征诗的影响,继续创作岳飞墓、庙诗,征诗活动无疑对于扩大岳飞精神、宣传忠孝节义,起到了积极的作用。

自此以后岳飞的忠义形象深入人心,深深影响着明清文学对岳飞的书写。明清关于岳飞的评价基调都是由本次征诗定下的。例如清人胡煦《汤阴谒岳忠武王庙》:"南渡烟霾草树昏,岳王故里峙中原。早倾玉垒仇难复,亲捧金牌声暗吞。恨血已沉留碧草,忠肝不朽贯天门。权奸铸像看长跽,遗臭何曾荫子孙。"[①] 清代林昌彝《栖霞岭拜岳忠武王墓》:"南枝魂郁动哀声,太息冰天马角生。宋室谁如君大勇,赵家自坏汝长城。满朝议已归秦妇,一疏愚犹上晏卿。我拜王坟凄下泪,松楸瑟瑟尚悲鸣。"[②]

《岳庙名贤诗》同题集咏正是元代民间对岳飞态度的回应,使岳飞成为一个民族忠义符号,进入古代民族英雄的行列。通过此

---

① 胡煦《葆璞堂集》诗集卷一,乾隆刻本。

② 林昌彝《衣讔山房诗集》卷四,清同治二年广州刻本。

次征诗同题集咏，岳飞的忠孝节义形象更加发扬光大，对明清岳飞相关的小说、戏曲的影响也是深远的。

五、征诗是为彰显友谊

元代高官或者名人由于地位身份的特殊，往往会赢得很多交友的机会，名人往往成为征诗的对象，如王逢、杨维桢。高官如王恽、宋褧、王结、许有壬也是征诗对象的突出代表。

向名人征诗是元代文人间的一种习俗，借助征诗提高自己的身份和地位。王恽身为元朝高官，影响力很大，向王恽征诗的人很多，至元十年（1273）友人师岩卿向王恽征诗题咏蒲中十个景点："中条山水雄秀，照映河华，予两年以事抵蒲，略获游赏，云烟胜概，旦夕不去，其怀尝思以数语，道其仿佛，心在而未暇也。至元十年秋九月，蒲人师岩卿拉王国器、李仲和、张师德诸人携酒过门，杯数行袖出锦囊巨轴曰此蒲中十咏也，因征诗于不肖，逮明年甲戌正月辛巳，予以微恙闭阁少休，隐几瞑坐，神与境会，既觉晴日，满窗幽思，发越眷焉。十题卒然而就，顾不足发山水之清音，聊以移方寸而外形骸也。且为四老人一胡卢云。"① 征诗代表友谊和名望，王恽被人征诗，足以说明王恽的名气之大。

参政李仲宾，自北京行省改授安西王，向王恽征诗，"相人来征诗于予，因作此奉寄"②。李水芝文会邀请王恽参会赋诗，王恽因事没去参会，第二天李水芝继续向王恽征诗，足以说明王恽参与征诗活动的频繁。《甲午秋七月九日，扈山约赴李君水芝之会，予以事不克往，明日例征诗，因继中斋韵》："陪京秋早物华清，杖屦迎秋出

①《文渊阁四库全书》第1200册，台湾商务印书馆，1986年，第323页。

②《文渊阁四库全书》第1201册，台湾商务印书馆，1986年，第124页。

绮城。莲社与吟千叶白，盘餐非为五侯鲭。眼中阁老何潇洒，意外浮名任易更。唯有柯山山上月，归心同照石梁横。”[1]

王结“召拜翰林学士、资善大夫、知制诰同修国史，与张起岩、欧阳玄修泰定、天历两朝实录。拜中书左丞”[2]。王结身为名臣，市庄主人踏门征诗，“市庄主人踏门征诗，短歌六章，用塞雅命，其卒章之乱，聊示莞尔一笑云。躬耕之暇，击壤缓歌，抱膝微吟，亦足以超然于天壤间也”[3]。

宋褧作为高官也是被征诗的对象之一，“字显夫，大都人，泰定元年进士，历官翰林直学士兼经筵讲官，谥文清。褧博览群籍，与兄本后先入馆阁，并有集行世，时人以大宋小宋拟之”[4]。江西袁庆远调潮州路经历，向宋褧征诗送行，《江西袁庆远由郡博士为幕职再调潮州路经历征诗送行》：“长松磥砢出霜林，不分官儒久陆沈。岭外官资云路快，城南祖帐雪泥深。红莲绿水无多事，翡翠明珠肯动心。”[5]友人张仲容七夕节向宋褧征诗，《张仲容七夕来征诗就次韵以答》：“钿合红蛛缀网丝，玉儿瓜果设香帷。从来天上张公子，解试梧桐一叶诗。”[6]

许有壬作为延祐首科进士，元中期名臣，才高位重，向其征诗者众多，“尚嫌门有征诗客，时与山人破寂寥”[7]。《中秋偕鲁子翚御史饮佥宪张允谦宅，张以中字为韵征诗赋二首》（其一）：“好景天

---

①《文渊阁四库全书》第1200册，台湾商务印书馆，1986年，第270页。
② 宋濂《元史》，中华书局，1976年，第4145页。
③ 苏天爵《元文类》卷八，四部丛刊本。
④《文渊阁四库全书》第1212册，台湾商务印书馆，1986年，第367页。
⑤《文渊阁四库全书》第1212册，台湾商务印书馆，1986年，第416页。
⑥《文渊阁四库全书》第1212册，台湾商务印书馆，1986年，第437页。
⑦《文渊阁四库全书》第1211册，台湾商务印书馆，1986年，第600页。

教二妙同，兴深殊觉酒无功。月涵万顷水云里，秋散一庭风露中。此夕清光遍天下，他年佳话独河东。不须更上神仙去，氛翳而今已扫空。”[①] 征诗成为元代文人交游的常态，酒席助兴、传达友谊都要征诗。面向名人征诗，面向群体征诗，面向普通人征诗，体现了元代征诗的广泛性。诗可以提高知名度，有了诗的参与，被吟咏的对象就会提高声价。

六、征诗满足诗社活动的需要

“泰定间，有小桃园诗盟，定宇以《大有年》为题，得三百三十七卷，与星源胡初翁存菴定其甲乙，加之评骘，取中者三十名。一曰都魁，即仲明卷也。二曰亚魁，为康衢遗民卷。三曰鼎魁，为汪成大卷。”[②]这是元代中期举办的一次诗社诗歌竞赛活动，采用同题集咏竞争。主持人是陈栎，评委是胡初翁。以《大有年》为题征诗，“大有年”的含义是大丰年的意思，胡初翁评选出前三十名，加评语，颁发奖品。一、二、三名分别叫都魁、亚魁、鼎魁。形式和元初月泉吟社一样，都是同题集咏征诗竞赛，有评委，还要排名次、发奖品，是对月泉吟社的一次模仿。虽然有了科举考试，但是同题集咏竞赛形式对广大文人还是很有吸引力的。但是小桃园诗盟的影响力无法和元初月泉吟社相比，举办的背景也大不相同，征诗活动的意义更是不同。

月泉吟社征诗的目的一方面以弥补元初因科举废除而造成的心理缺失，另一方面是通过同题集咏激发广大遗民抗节不仕，起到互相激励的作用。而泰定年间的小桃园诗盟征诗，发生的背景是

---

①《文渊阁四库全书》第 1211 册，台湾商务印书馆，1986 年，第 128 页。

② 顾嗣立、席世臣编《元诗选・癸集》，中华书局，2001 年，第 515 页。

科举已经恢复，文人不需要通过同题竞赛来弥补科举缺失带来的心理补偿，同题征诗也不是文人唯一的竞赛途径。参与征诗活动的也不是遗民，不需要集体抗节，所以小桃园诗盟政治意味淡泊，影响力也不能和月泉吟社相比。但是小桃园诗盟也得到了徽州文人的热烈响应，文人们虽然有了科举，但是元代科举取士名额很少，大部分文人还是没有入仕机会，所以小桃园诗盟就满足了落榜举子希望获得荣誉的心理需要，仅徽州一府就收到337卷同题诗，足可以见得小桃园诗盟的积极意义。小桃园诗盟作为科举的补充，仍然有存在的必要。

小桃园诗盟的诗卷大部分没有保存下来，同题集咏者歌颂的是丰收的景象，含有对蒙元歌功颂德的意味。存诗者有朱仲明、杨得禄、汪志坚、胡元冞；存句者有程维岩、胡祥。杨得禄第五名、汪志坚第八名、胡元冞第十六名、程维岩第二十六名、胡祥第二十九名。胡初翁认为除了这几个人的诗切题以外，其余人的诗作水平不高。总体来说，此次征诗得到的命题诗歌的水平并不高，优秀作品不多。

第三节　元代文人征诗的意义

元代征诗活动很频繁，发起人身份多元，发起人可以面对群体征诗，也可以面对个人征诗，形式灵活多样。有些征诗活动持续时间较长，征诗不是一时一地完成的，如听雨楼征诗、余姚海堤征诗。征诗使得元诗充满活力，无处不在。征诗使得诗人身份不再是贵族的专利，而成为普通大众共同的身份，征诗跨越民族、国家界限，充分彰显了诗歌的社会功能。

一、征诗活动反映元代多民族文学的交融

有时征诗发起人为少数民族诗人，或者征诗对象是少数民族诗人。征诗活动体现了多族士人圈下的民族文学交融。

隋朝大业年间，东阳有杜氏二女子，早年丧父母，在市中卖饼为生，有厨人挑逗二女子，二女子怒杀厨人，后藏身于孟溪，半夜下大雨，洪水猛涨，二女子皆溺死。尸体搁放于木上，青藤缠绕，宛若棺椁。唐代县令令孤某取二女遗骨建庙在溪上。宋代古灵陈襄祷雨屡次应验，于是在庙祠下立碑。元末至正壬寅年东阳陈元祥，以浙省员外督制来到此地，他在职期间发生水旱，祷告于二女庙，显有奇应，明年陈元祥入京，"请诸中书，令太常议封贞惠、贞淑二真仙，元祥因征赋诗庙壁云"①。

迺贤，字易之，号河朔外史，西域葛逻禄人，家族先居住于河南南阳，后迁庆元，早年受教于乡贤郑觉民，迺贤有着深厚的儒学基础，受儒家影响，内心深处认同儒家仁义思想，身体力行践行儒家思想，"易之，葛逻禄人，在中国西北数千里之外，而能被服周公、仲尼之道"②。迺贤是元代优秀的少数民族诗人之一，服膺儒家文化，浙省员外督制陈元祥就此二女义烈之事向迺贤征诗，迺贤欣然同意，顺应陈元祥宣扬二女节义的目的，将其诗作《仙居县杜氏二真仙庙诗》题于庙壁上，目的是宣扬礼教。迺贤用诗歌叙述了事件的经过，并赞美杜氏二女的贞节："仙居更有杜贞娥，千古清风凛相续。"自愧不如女子："男儿堂堂躯七尺，忍诟含羞污简册。何如贞惠贞淑两真仙，万古千秋长庙食。"③这次征诗反映了元代多民族文

① 杨镰主编《全元诗》第48册，中华书局，2013年，第57页。

② 陈垣《元西域人华化考》，上海古籍出版社，2000年，第57页。

③ 杨镰主编《全元诗》第48册，中华书局，2013年，第58页。

人的交往与多元文化的融合。

唐兀人唐兀崇喜，汉姓杨，又称杨崇喜，“西夷之人也”①，为蒙古侍卫百夫长，在成均学习儒家文化，“优游于诗书”②，家族华化较早。唐兀崇喜继承祖志兴办学堂，制定社约，建崇义书院，以儒家思想为纽带交往了很多儒家学者如潘迪、张以宁，张翥、张桢、危素、陶凯等文人，还有哈剌鲁人伯颜宗道、隐士空空道人等，有社会声望者 16 人，都是当时显赫一时的人物。以唐兀崇喜为中心在元末形成了一个多族士人圈，以诗为媒介形成了多次同题集咏。

至正八年（1348），唐兀崇喜建义塾，定室名为亦乐堂，并请集贤学士潘迪作序，至正二十一年，避居京师的杨崇喜手持《亦乐堂记》向名士征诗，请为亦乐堂题诗，王继善、刘文房、胡益、孙予初、张士明、贾俞等人积极响应，以表达对唐兀崇喜的敬仰。后亦乐堂被兵火烧毁，“尚赍堂记求诗缙绅间，题赞者更纷然无数，可见斯文在世，千载犹一朝焉”③。这就是征诗意义所在。所征诗纷纷对杨崇喜崇奉儒家礼乐文化进行赞美，如刘文房“乾坤满眼兜鍪士，仁义常思俎豆师”④。王继善“诗礼传家业，芸香蔼栋楹。义途修坦熟，性地入高明。千里薰兰复，九皋感鹤鸣。浮云时事改，应不役斯名”⑤，既赞美了杨崇喜的儒家仁义精神，又写出了亦乐堂沧桑命运，对征诗活动的意义予以充分肯定。这次征诗也体现了元代多

① 王崇庆《序杨氏遗集》，《元代西夏遗民文献述善集校注》，甘肃人民出版社，2001 年，第 1 页。

② 潘迪《唐兀敬贤孝感序》，《元代西夏遗民文献述善集校注》，甘肃人民出版社，2001 年，第 177 页。

③ 杨镰主编《全元诗》第 51 册，中华书局，2013 年，第 419 页。

④ 杨镰主编《全元诗》第 51 册，中华书局，2013 年，第 419 页。

⑤ 杨镰主编《全元诗》第 51 册，中华书局，2013 年，第 418 页。

民族文学的交融，以及少数民族对儒家文化的认同。征诗使得元代诗坛烙上了鲜明的多民族文学交融的印记，展示了中华民族多元一体的进程。

二、征诗活动是诗歌诗学功能的体现

从唐代开始由于科举以诗歌取士，造成诗歌创作下移到寒门子弟，经过宋代的发展，在元代诗歌成为身份的象征，完成诗歌下移，元代征诗与同题集咏现象的繁荣足以证明了这一点。元代有着完成诗人身份下移的宽松的社会环境，如西湖竹枝词征诗，有120位诗人参与其中，有曹妙清这样的普通女子，有僧人、少数民族、隐士，更多的是不知名的普通诗人，足以证明元代诗人身份完全下移到普通士人。大众文人对诗人身份的追求，促进文人群体交往的频繁，这是征诗活动实现的前提。征诗活动不仅将诗歌具有的儒家“诗可以观”“诗可以群”“诗可以兴”的诗学功用淋漓尽致地发挥出来，而且极大程度地挖掘了诗歌自然之真情。如普通文士由于身份原因积极响应杨维桢发起的西湖竹枝词征诗活动，在征诗中践行了杨维桢提倡的诗歌主情的论调。

元代诗人身份的建立是征诗的前提条件，他们对诗格外重视，每每以诗人自居，从元初一直到元末都是这样。元初遗民群体出于政治原因，没有仕途道路，只剩下诗人身份。而元代高官、隐士群体、少数民族群体仍然以诗人身份自居，元代文人都是自觉以诗人标识身份的，这种变化说明诗人身份的普遍性。契丹人耶律楚材也是视诗为生命，曾说过：“异域风光恰如故，一销魂处一篇诗。”[①] 雍古人马祖常称自己为诗客：“俗人那得识，诗客尽相

---

① 杨镰主编《全元诗》第1册，中华书局，2013年，第206页。

依。”[①]葛逻禄人迺贤“平生之学悉资以为诗”[②]，色目人泰不华“辄书所作歌诗以自适”[③]，回回人萨都剌“惟有诗人天亦爱”[④]，戴表元“吴兴赵子昂与余交十五年，凡五见，每见必以诗文相振激”[⑤]，顾瑛“惟诗是求”[⑥]，元末郭钰“经乱以来，遇事感触，情之所至，勃郁于中，不能自已，则辄形之歌咏”[⑦]。

在元代，无论是汉族还是少数民族都以诗人自居，把诗人身份看得很重，也反映出诗在元代文人心中的地位。文人群体之间，诗是最重要的交流情感的工具，是其他任何媒介无法代替的。正是因为诗的地位在元代具有特殊性，所以诗的价值就能得到彰显，诗的社会功能就能得到体现。征诗活动正是诗歌地位及社会功能的体现。

随着元人群体活动的增强，征诗活动发挥了巨大的交际功能和重要的认知功能，同时具有一定的情感维系功能。《方旱得雨九龄平章征诗志喜》：“才觉骄阳气铄金，便令璇极转浓阴。坐朝真有作霖手，伴食可抒忧国心。一夕梦占鱼兆协，九天云接凤池深。神功帝力犹能赋，都雅从教愧贺深。”[⑧]元代久逢喜事也会征诗，可见诗在元人心中的分量之重。节日宴会也要征诗，《至正丙戌十一月廿三日瑞雪盈尺，明日恭遇太子千秋节称贺于徽仪阁，翰长开府公惟中右辖征诗，即席赋五十六字》：“甲观嵯峨拱紫宸，琼瑶一色莹

① 杨镰主编《全元诗》第29册，中华书局，2013年，第325页。
②《文渊阁四库全书》第1215册，台湾商务印书馆，1986年，第264页。
③ 李修生《全元文》第40册，凤凰出版社，2004年，第123页。
④《文渊阁四库全书》第1215册，台湾商务印书馆，1986年，第151页。
⑤《文渊阁四库全书》第1196册，台湾商务印书馆，1986年，第598页。
⑥ 顾瑛《玉山名胜集》上册，中华书局，2008年，第15页。
⑦《文渊阁四库全书》第1219册，台湾商务印书馆，1986年，第156页。
⑧《文渊阁四库全书》第1211册，台湾商务印书馆，1986年，第152页。

无尘。前星正次千秋节,瑞象先开万汇春。已兆丰穰在来岁,肯教疵疠到吾民。词臣不献梁园赋,毓德方期日日新。”① 征诗的目的是借诗起兴、助力宴会兴致,也是看中诗的社会功能。

卫辉韩守敬以刑曹明法成名,政绩卓著,因政绩突出选为中都开宁尹,又选为彰德路总管府经历,虞集认为他是人才,因为韩守敬做事干练机敏。虞集为成均博士时,韩守敬子豫由国子生选为监学典籍,跟随虞集很久,虞集认为其子有相才。其子延祐甲寅来求虞集序其父之事迹,征诗于士大夫群体,“来求序其事,以征诗于大夫君子,能赋者必有以赞其行矣”②。儿子出于弘扬父亲韩守敬道德功业的需要征序于虞集,用虞集写的序向士大夫群体征诗,充分体现出征诗的意义在于发挥“诗可以观”的功能。岳忠武王墓征诗、修复邹浩墓征诗都是“诗可以观”的体现。

三、深刻影响明清文学书写

元代开启的征诗活动对明清文人影响深远,被明清文人所继承,征诗活动进入明清戏曲小说中,成为才子佳人题材文学的重要情节。明清逐渐形成“征诗择婿”的传统,男子之诗才成为女子择婿的重要标准,才子配佳人是明清文学的重要主题之一。

在明清文人日常生活中“征诗择婿”屡见不鲜,褚人获记载才妇择婿之事,“濮监丞妇邹赛真有才藻工诗文,鹅湖费状元宏少随其父之太学,邹闻其奇,索见之。酒间试以对曰:金杯春泛绿,费应声云:银烛夜摇红。邹遂以女字之,其女亦能诗,为一品夫人”③。女子邹赛真出诗句,男子费状元应和诗句,获得了邹赛真的认可,

①《文渊阁四库全书》第1211册,台湾商务印书馆,1986年,第161页。
②《文渊阁四库全书》第1207册,台湾商务印书馆,1986年,第77页。
③ 褚人获《坚瓠集》五集卷二,康熙刻本。

邹赛真遂嫁与费状元为妻。

明代戏曲家吴炳的《绿牡丹》传奇中沈重的独女婉娥有诗才、善女工、貌美温和，该剧就是通过“征诗择婿”组织故事情节，构成戏剧冲突，刻画人物形象的。剧中主要写翰林沈重结社为女儿婉娥以绿牡丹为题征诗择婿。柳希潜请谢英代笔，车本高请车静芳代笔，只有顾粲是自己作诗。后来柳希潜和车本高作伪之事暴露。乡试时，顾粲与谢英高中。最后，顾粲和沈婉娥、谢英和车静芳，分别结成夫妻。

《聊斋志异》之《连城》的故事情节也是“征诗择婿”构建起来的，史孝廉有女儿叫连城，知书达理，会刺绣，“出所刺《倦绣图》，征少年题咏，意在择婿”①。乔生赋诗，连城有意乔生，史孝廉嫌弃乔生家贫，将女儿嫁给富人王化成，连城郁闷而死，乔生在阴间找到了连城，碰见友人顾生，乔生帮助连城还魂，还魂后，史孝廉将女儿连城许配给乔生为妻，王化成听说后告到官府，贿赂官员，官府将连城判给王化成为妻。连城到王化成家绝食，后欲悬梁自尽，王化成无奈送回给史孝廉，史孝廉将女儿嫁给乔生。小说《玉娇梨》也是采用“征诗择婿”来构建故事情节，刻画人物形象的。

诗人身份在元代下移到普通文人身上，深深影响着明清文人对诗人身份的追逐。明清文学“征诗择婿”模式逐渐形成，择婿打破身份限制，而有诗才的男子多是穷人身份，这与元代完成诗人身份下移有一定的关系，足见元代征诗活动影响深远。

总之，征诗这种形式在元初遗民诗社得到大量实践运用，形式已经很完备。征诗这种形式被保留下来，一直活跃在元代不同文人群体之间，成为不同民族交往的媒介，也成为国际友人与元朝诗

① 蒲松龄《聊斋志异》卷三，乾隆铸雪斋钞本。

人交往的媒介，如日本月千江长老向王逢征诗，王逢为其作《日本月千江长老携其国僧裔竺峰级禹门征诗二首》，这都体现了征诗活动对元代文人群体的强力渗透，以及对多元文化交融的影响。征诗在元代的活跃具有丰富的诗学意义和史学价值，深深影响了明清文学的书写，值得研究与关注。

征诗是元诗的重要现象，元代文人征诗活动频繁，虽然存在面向个人征诗的情况，但是元代大多数征诗是面向群体，征诗是同题集咏的重要组织形式，征诗促进了元诗同题集咏的繁荣。征诗仅是一种群体同题集咏的组织方式，造成元诗同题集咏繁荣的原因是多元的，征诗的原因也是多样的，诗歌的社会功能决定了元代征诗现象的出现，满足了元代不同文人群体的交际需要、情感需要、政治需要、教化社会的需要、存史存事的需要。通过征诗这种组织形成，使诗人群体形成了多个中心，有僧人征诗、少数民族征诗，也有馆阁文人征诗、普通文人征诗、隐士征诗、道士征诗，形成了多次同题集咏。在征诗者的引领下，元诗同题集咏形成了多元的格局，形成了多个多民族文化交融圈。元代征诗形成的同题集咏，从元初一直到元末都大量存在，经历了不同文人群体，但征诗的形式没有改变。经过多次同题集咏，元诗已经形成群体性风貌。

第二章　元初遗民诗歌与同题集咏

元初诗歌是同题集咏发展的最高峰，登上这一顶峰的无疑是月泉吟社，参与人数达2000多人，创造了同题集咏的历史。元初同题集咏短时间集中出现既是时代使然，也是历代同题集咏衍变的结果，是诗社规模急剧扩大后必然的选择，是理学背景下遗民群体第一次出现而造就的一个独特的文化现象。采用同题集咏的形式与元初遗民诗社活动多借用科举考试的方法有密切关系。很好地发挥了“诗可以群”的功能，对后世诗社产生了巨大影响。

元初诗社繁荣，“胜国季年，东南士人有力之家最重诗社，聘有诗名者为主，试如科举之法，今行世者，如月泉吟社集其一也”①。宋亡后，元初诗社迅速建立起来，元初文人群体意识高涨，群体性交流互动规模空前，当时所结诗社多为遗民诗社，结社的目的性极强，出于表达亡国之悲、保持民族气节和互相激励的需要，诗成了他们达到这一目的的重要手段。而观察这些诗社的活动，不难发现它们不约而同地采用了同题集咏的形式。这是一个饶有兴味的现象，值得加以探讨。

同题集咏形式并非产生自元初，早在建安时代即已出现，唐宋以来，随着科举制度的实行，文人群集唱和越发频密，同题集咏作

① 李诩《戒庵老人漫笔》卷六，中华书局，1982年，第249页。

为唱和形式之一也偶有出现,然而其大规模集中地被文人唱和采用,则始自元初。

论及元初诗歌的同题集咏,首先就要提到月泉吟社,参加者达2000多人,可谓是一次空前绝后的同题集咏。月泉吟社《送诗赏小札》:"月泉社吴清翁盟诗,预于丙戌小春望日以《春日田园杂兴》为题,至丁亥正月望日收卷,月终结局,收二千七百三十五卷,选中二百八十名,三月三日揭榜。"① 月泉吟社以《春日田园杂兴》为题向各地征诗,短短三个月收到2735卷,参与人数之众可谓史无前例。纵观整个古代文学史,没有一个诗社参与人数如此之多,月泉吟社创造了历史,同题集咏抒情方式功不可没。这么大规模的同题集咏是宋遗民情感上的一次共鸣,题目一经发出,立即得到广大遗民的热烈响应。

除了月泉吟社外,元初还有很多诗社和文人群体都采用了同题集咏方式。例如至元年间宋陵被发掘后不久,亲自参加过拾骨护陵的唐珏和林景熙以及谢翱等著名遗民就进行过一次以六陵冬青为意象的同题集咏。又如武林社以《梅魂》为题,山阴诗社以《秋色》为题,越中诗社以《枕易》为题,这些诗社都是遗民诗社。再如,1282年文天祥大都柴市就义后,引发遗民文人群体纷纷以文天祥就义为主题的同题集咏。谢枋得被元世祖强征北上与亲友诀别,引发一次送别谢枋得北上为主题的同题集咏。汪元量在燕都南归,与南宋故官旧友分别,众人相送引发一次以《送汪水云归吴》为题的同题集咏。

① 吴渭编《月泉吟社诗》,《丛书集成初编》第1786册,中华书局,1985年,第67页。

第一节　元初诗歌同题集咏出现的原因

在众多的如分韵、联句、和韵、次韵等群体唱和方式中，宋遗民为何单单对同题集咏情有独钟呢？笔者认为大致有以下几点原因。

一、采用同题集咏的形式是元初诗社规模急剧扩大的必然选择

唐代的诗社很少，宋代各类诗社开始多了起来，但总的来说规模都不大。欧阳光在《宋元诗社研究丛稿》里曾做过较为详细的考证，可以说20人以下的诗社占了绝大多数，而元初的宋遗民诗社规模之大可以说远远超过了前代。

分题分韵是唐宋诗社经常采用的形式，它适合的是少数人的群咏，且娱乐性较强，经常采用一两句诗或一首诗作为韵，这样的话经常会有人没有分到韵，而另用其他字代韵，如宋代一次分韵活动《梅林分韵得梅字序》："客有十五，韵止十四，吕义父别以诗字为韵。"[①] 可见其局限性，不适合人数较多的大合唱。元初遗民群咏动辄几百甚至数千人，以往的所有群体唱和形式在如此众多的参与者面前都显得捉襟见肘，难以满足需要，于是同题集咏成为诗社规模急剧扩大后诗人群咏的必然选择。

二、采用同题集咏的形式是理学背景下的遗民集体表达情感的需要

对于汉族文人来说，元初可谓是天崩地解的时代。崖山败亡、

① 北京大学古文献研究所编《全宋诗》第34册，北京大学出版社，1998年，第21657页。

三宫北上、文天祥被杀、谢枋得绝食而死、南宋帝陵被挖掘，这些事件密集出现，深深地刺激着他们，引起了巨大的悲痛。南宋遗民受理学影响较深，方凤是金华理学家，文天祥也是理学家，不能不说他们坚守气节的行为与理学影响有着密切关系。遗民熊禾“总角能属文，志濂洛关闽之学”，“入元不仕”[①]；卫富益“宋亡日夜悲泣”，“重不敢当北面”，“礼悉究性命之学”[②]；魏新之“受业于清溪方蛟峰，得程朱性理之学”[③]；史蒙卿“蒙卿尽传其学，由是朱学盛行于四明”[④]；黄超然“往来王鲁斋先生门，得性理之传，而尤深于易”[⑤]；刘庄孙“方逊志称其理学渊源”，“宋亡自谓遗民”[⑥]；王宏“崇事理学”[⑦]；俞琰“宋亡，隐居著书，不复仕进，以义理之学淑诸人”[⑧]。可见遗民群体受理学影响很大，是大规模遗民群体成熟的重要原因，也是文学史上大规模同题集咏形成的客观条件。

理学在儒家礼教与道教、佛教结合后，上升到宇宙的高度，儒

① 万斯同辑《宋季忠义录》，《宋代传记资料丛刊》第29册，北京图书馆出版社，2006年，第213页。

② 万斯同辑《宋季忠义录》，《宋代传记资料丛刊》第29册，北京图书馆出版社，2006年，第230页。

③ 万斯同辑《宋季忠义录》，《宋代传记资料丛刊》第29册，北京图书馆出版社，2006年，第273页。

④ 万斯同辑《宋季忠义录》，《宋代传记资料丛刊》第29册，北京图书馆出版社，2006年，第284页。

⑤ 万斯同辑《宋季忠义录》，《宋代传记资料丛刊》第29册，北京图书馆出版社，2006年，第287页。

⑥ 万斯同辑《宋季忠义录》，《宋代传记资料丛刊》第29册，北京图书馆出版社，2006年，第298页。

⑦ 万斯同辑《宋季忠义录》，《宋代传记资料丛刊》第29册，北京图书馆出版社，2006年，第329页。

⑧ 万斯同辑《宋季忠义录》，《宋代传记资料丛刊》第29册，北京图书馆出版社，2006年，第352页。

家三纲五常具有无可撼动的合法性,并在士人心中深深扎根。元初这些违背“天理”的恶性事件,践踏了遗民心中的伦理道德,事件的残酷性让广大遗民无法接受,严重伤害了他们的民族自尊心。君为臣纲的理念被践踏,“至断残肢体,掘珠襦玉柙。焚其胔,弃骨草莽间”,“越七日,总浮屠下令裒陵骨,杂置牛马枯骼中,筑一塔压之,名曰镇南。杭民悲戚,不忍仰视”①。“截理宗颅骨为饮器”②实际上等于礼教被践踏,“此皆夷狄禽兽所不忍为而为之者也”③,遗民把挖陵看作是禽兽行为,唤起了强烈的民族自尊心,他们内心极度的痛苦。

这种痛苦不是一个人的痛苦,而是整个遗民群体共同的民族情感,根深蒂固的理学在元初找不到合理的解释。天道不存,对以担负正义、传承文明为重任的士人来说,“礼”被践踏是比亡国更难以接受的痛苦,士人通过存道以存身,元初道之不存,身心亦不存。面对儒家礼教人格与残酷现实发生的激烈冲突,遗民们活在痛苦之中,故国之思、兴亡之感等种种不同的情感交织在一起,彷徨、痛苦、悲伤、绝望、焦虑等种种心情困扰着他们,他们的内心在呼喊,痛惜道德的沦丧,未来的生存出路也因科举被中断而变得更加晦暗,科举的废除使得遗民“学而优则仕”的优越感失去了往日的光环,“舍生取义、杀身成仁”的道德使命和历史责任感促使他们自觉地死守道德底线,去维护心中那份理想中的“完节”,不出仕的遗民比比皆是,甚至可以为“义”死去。

文天祥没有死的时候,一些遗民担心文天祥变节,希望他快死,王炎午写下了《生祭文丞相》汪元量写下了《妾薄命呈文山道

① 陶宗仪《南村辍耕录》,中华书局,1959年,第43页。

② 张廷玉《明史》,中华书局,1974年,第7315页。

③ 程敏政辑《宋遗民录》卷六,王民信主编《宋史资料萃编》第4辑,文海出版社,1981年,第186页。

人》“君当立高节，杀身以为忠”，鼓励文天祥为“义”而死。

天祥就义前南向再拜以死，其赞曰：“孔曰成仁，孟云取义。惟其义尽，所以仁至。”[①] 在遗民眼里“义”比生命重要，这与理学“饿死事小，失节事大”的道德伦理一脉相承，理学家眼里的“气节”超越了生命。元初士人舍生取义，杀身成仁现象很普遍，遗民们充满了“正气”，与孟子主张的至大至刚的浩然正气一脉相承，这种“气”不是一日养成的，正如吴师道所说：“以直见赏，其刚大之发，沛然而莫之御者，岂一日之致哉？”[②] 受理学长期熏陶，这种“气”慢慢内化为“义”，从思想逐渐付诸行动，元初同题集咏就是遗民坚持“正气”的行动。

南宋灭亡之际很多士人放弃了苟活，而选择了壮死，极其悲壮。看看南宋末士人的气节，“（黄）文政被执，大诟不屈，元军断其舌，以次劓刖之，文政含胡叱咄，比死不绝声”[③]，牛富“以头触柱赴火死”[④]，钟季玉“兵至不屈死之”[⑤]，贾子坤“城陷，子坤朝服，与其家十二口死之”[⑥]，钟寅“被执不屈死”[⑦]，清溪二生“跳入弄水亭下

① 文天祥《文山先生全集》卷十七，《四部丛刊初集》。

② 吴师道《归田类稿原序》，《文渊阁四库全书》第 1192 册，台湾商务印书馆，1986 年，第 474 页。

③ 万斯同辑《宋季忠义录》，《宋代传记资料丛刊》第 28 册，北京图书馆出版社，2006 年，第 505 页。

④ 万斯同辑《宋季忠义录》，《宋代传记资料丛刊》第 28 册，北京图书馆出版社，2006 年，第 415 页。

⑤ 万斯同辑《宋季忠义录》，《宋代传记资料丛刊》第 28 册，北京图书馆出版社，2006 年，第 486 页。

⑥ 万斯同辑《宋季忠义录》，《宋代传记资料丛刊》第 28 册，北京图书馆出版社，2006 年，第 397 页。

⑦ 万斯同辑《宋季忠义录》，《宋代传记资料丛刊》第 28 册，北京图书馆出版社，2006 年，第 568 页。

而死，二生姓名不传”[①]，李成大“终不屈，笑曰：子为父死，臣为君死，卒杀之”[②]，范天顺“仰天长叹曰：生为宋臣，死当为宋鬼，即所守处缢死”[③]，牟大昌“力战而死，元兵屠其家，从妹则娘投崖死，兄士伯二女及笄皆自缢死，宗族男女死者不可胜计”[④]，这样壮烈的场面彰显了理学的成功，由此可知元初遗民内心情感悲痛的程度。元初遗民用什么方式抒发剧烈的悲痛之情呢？

这么复杂、强烈的情感是一个时代、一个特殊群体的情感，同题集咏的抒情方式满足了这种情感需要，成为成熟的遗民群体抒发悲痛的最佳方式。通过民族守节大合唱以互相激励，元初元世祖派程钜夫到江南搜寻遗民故老，举荐了很多人，大部分遗民坚守气节，谢枋得“终不食而死”[⑤]，遗民们为了互相激励，发起了多次同题集咏，清代全祖望《跋月泉吟社后》：“月泉吟社诸公，以东篱北窗之风，抗节季宋，一时相与抚荣木而观流泉者，大率皆义熙人相尔汝，可谓壮矣！”[⑥]

他们需要道德认同，需要互相认可，情感需要共鸣，希望通过同咏一个主题以肯定自己行为的合理性，以集体抗节守住道德

① 万斯同辑《宋季忠义录》，《宋代传记资料丛刊》第28册，北京图书馆出版社，2006年，第445页。

② 万斯同辑《宋季忠义录》，《宋代传记资料丛刊》第28册，北京图书馆出版社，2006年，第451页。

③ 万斯同辑《宋季忠义录》，《宋代传记资料丛刊》第28册，北京图书馆出版社，2006年，第413页。

④ 万斯同辑《宋季忠义录》，《宋代传记资料丛刊》第29册，北京图书馆出版社，2006年，第9页。

⑤ 万斯同辑《宋季忠义录》，《宋代传记资料丛刊》第28册，北京图书馆出版社，2006年，第524页。

⑥《续修四库全书》集部第1430册，上海古籍出版社，2002年，第85页。

底线以“维完节”，诗歌成为他们抒发情感的最好武器。陈一发“宋亡，归故山青林洞，吟咏自娱”①，宋秉孙“入元不仕，以吟咏自娱”②，吴大有“退处林泉，与林昉、仇远、白珽等七人以诗酒相娱，时人以比竹林七贤”③，杨子祥“相与吊古赋诗，徜徉湖山间”④，许嗣“生元季，义高不仕，善吟咏”⑤，牟及“宋社既屋，屏迹山林。服衰麻终身，每赋诗以见志”⑥，方凤“先生宋时未及仕而宋亡，遂抱其遗经隐仙华山，往往遇遗民故老于残山剩水间，握手嘘唏，低徊而不忍去。缘情托物，发为歌诗，以寓麦秀之遗意”⑦，“寻隐者方凤吴思齐，昼夜吟诗不自休”⑧。

《谢翱传》：“及宋亡，天祥被执以死，翱悲不能禁……失声哭，严有子陵台……号而恸者三，复再拜起，悲思不可遏。”⑨《吴思齐

① 万斯同辑《宋季忠义录》，《宋代传记资料丛刊》第29册，北京图书馆出版社，2006年，第392页。

② 万斯同辑《宋季忠义录》，《宋代传记资料丛刊》第29册，北京图书馆出版社，2006年，第382页。

③ 万斯同辑《宋季忠义录》，《宋代传记资料丛刊》第29册，北京图书馆出版社，2006年，第316页。

④ 万斯同辑《宋季忠义录》，《宋代传记资料丛刊》第29册，北京图书馆出版社，2006年，第317页。

⑤ 万斯同辑《宋季忠义录》，《宋代传记资料丛刊》第29册，北京图书馆出版社，2006年，第299页。

⑥ 万斯同辑《宋季忠义录》，《宋代传记资料丛刊》第29册，北京图书馆出版社，2006年，第289页。

⑦ 谢翱《晞发遗集补》卷下，《景印文渊阁四库全书》第1188册，台湾商务印书馆，1986年，第342页。

⑧ 宋濂《宋学士全集》卷十，《丛书集成初编》第2115册，中华书局，1985年，第345页。

⑨ 宋濂《宋学士全集》卷十，《丛书集成初编》第2115册，中华书局，1985年，第344页。

传》:“思齐与方凤、谢翱无月不游,游辄连日夜。或酒酣气郁时,每扶携望天末恸哭,至失声而后返。夫以气节不群之士,相遇于残山剩水间,奈之何而弗悲。”①郑思肖“初名某,宋亡乃改今名思肖,即思赵,忆翁与所南皆寓意也”,“哭南向拜,人莫测识焉,闻北语必掩耳亟走”,“坐卧不北向”,“精墨兰,自更祚后,为兰不画土根”②,《跋胡方柳黄四公遗墨后》:“(方凤)终身思宋,一饭不能忘。每语及之,辄涕泗交颐,世称为节义之士。”③

可见内心极度痛苦,很多这样的情感需要共鸣,集体群咏成了必然趋势。同一个题目,同声相求,很容易引起情感的共鸣,也适合表达严肃的政治性主题,而遗民群体恰恰需要情感共鸣,所以元初不约而同地选择了同题集咏作为群咏方式。其他群咏方式无法恰当地表达遗民群体深重复杂的感情。分题、分韵、联句、次韵、和韵等适合中等规模的群体唱和,无法满足主题高度集中、人数成百至数千人的民族大合唱。《春日田园杂兴》寓意很深,“杜鹃”“蕨薇”“渊明”“麦秀”意象反复出现,“愁”字频频出现,遗民悲伤情感的交汇在诗句里得到很好的体现,他们通过吟咏田园,将个人遗民情感寄托在“杂兴”中,寄托遥深的沧桑兴亡情怀借助诗歌抒发出来,涓涓细流汇集成了一曲意义重大、影响深远的遗民大合唱,产生了强烈的群体共鸣,这就是同题集咏的意义。

---

① 宋濂《宋学士全集》卷十,《丛书集成初编》第2115册,中华书局,1985年,第344页。

② 万斯同辑《宋季忠义录》,《宋代传记资料丛刊》第29册,北京图书馆出版社,2006年,第187—188页。

③ 宋濂《宋学士文集》卷十四,《丛书集成初编》第2117册,中华书局,1985年,第506页。

三、采用同题集咏的形式与元初遗民诗社活动多借用科举考试的方法有密切关系

元初停开科举，广大遗民失去了仕进的机会，士人生存面临严重的威胁，一向以读书为业的士人失去了生存的支柱，他们内心极度焦虑恐惧。

为了弥补科举废除的缺憾，满足文人同台竞技比武的心理，月泉吟社及武林社、越中诗社、山阴诗社等元初诗社纷纷模仿科举考试命题，征诗、封卷、评阅，采取了糊名制，排名发奖。糊名制对后世隐语的流行产生了极其重要的影响。清末民国诗社多采用寓名别号，规模很大，明确指出受到月泉吟社糊名的影响，如蜇园钵社："迷离姓氏，为月泉吟社之遗。"①

"傥隐姓名，亦月泉吟社之续云尔"②，衡门诗社："每课由各友轮次命题，得卷糊名，易书公平发榜。"③可见衡门诗社和蜇园钵社都在从形式上模仿月泉吟社，衡门诗社采用寓名进行比赛，发榜时才公开真名，以显示评卷的公正。月泉吟社糊名制对后世影响的痕迹清晰可见。这次模拟科举而举行的同题集咏征诗，缓解了科举废除带来的心理压力，对宋遗民进行了一次心理补偿。正如欧阳光所说："元蒙统治者入主中原后，曾相当长一段时间里取消了科举考试，这对于早已把参加科举作为重要的人生目标的汉族知识分子来说，犹如人生道路的大塌方，造成他们群体性的巨大的幻

① 南江涛选编《清末民国旧体诗结社文献汇编》第25册，国家图书馆出版社，2013年，第6页。

② 南江涛选编《清末民国旧体诗结社文献汇编》第24册，国家图书馆出版社，2013年，第251页。

③ 南江涛选编《清末民国旧体诗结社文献汇编》第24册，国家图书馆出版社，2013年，第10页。

灭感和失落感。在这种情况下,借用科举考试的形式进行诗社活动,实际上就有了模拟科举考试的性质,知识分子可以通过参加这一活动,复唤起青衫之梦,得到些许精神补偿。这也正是月泉吟社的征诗活动得到知识分子热烈响应的重要原因之一。"①

明代李东阳对此模拟科举考试已经说得很清楚:"元季国初,东南人士重诗社,每一有力者为主,聘诗人为考官,隔岁封题于诸郡之能诗者,期以明春集卷。私试开榜次名,仍刻其优者,略如科举之法。今世所传,惟浦江吴氏月泉吟社,谢翱为考官,《春日田园杂兴》为题,取罗公福为首。其所刻诗,以和平温厚为主,无甚警拔,而卷中亦无能过之者,盖一时所尚如此。闻此等集尚有存者,然未及见也。"②钱谦益也说:"月泉吟社,仿锁院试士之法。"③这些都足以说明月泉吟社采用同题集咏方式的原因之一是为了弥补科举缺失,以满足士人心理需求。

具体来说,笔者认为这是在模仿唐代科举考试,因为唐代科举以诗取士,同一个题目由士人群体共作,题目往往含蓄且带有引申义,需要士人自己去揣摩理会。月泉吟社也是如此,第一名罗公福在给吴渭的《回送诗赏劄》中写道:"抚景兴思,慨唐科之不复,以诗为试,觊同雅之可追。窃知扶植之盛……复唤起青衫之梦……"④罗公福点出了月泉吟社是以唐代科举为标榜,并指出月泉吟社主旨之一是满足文人文艺比武的需要。

---

① 欧阳光《宋元诗社研究丛稿》,广东高等教育出版社,2011 年,第 80 页。

② 李东阳《怀麓堂诗话校释》,人民文学出版社,2009 年,第 152 页。

③ 万斯同辑《宋季忠义录》,《宋代传记资料丛刊》第 29 册,北京图书馆出版社,2006 年,第 335 页。

④ 吴渭编《月泉吟社诗》,《丛书集成初编》第 1786 册,中华书局,1985 年,第 89—90 页。

试看唐代科举的题目《都堂试贡士日庆春雪》《玄元皇帝应见贺圣祚无疆》《曲江亭望慈恩寺杏园花发》《贡院楼北新栽小松》《金谷园花发怀古》《青云千吕》《风不鸣条》《荐冰》《风光草浮际》《龙池春草》《玉水记方流》《鸟散余花落》《鱼上冰》《暗投明珠》《亚父碎玉斗》《日暖万年枝》《浊水求珠》《风动万年枝》《禁中春松》《竹箭有筠》《花发上林》《春台晴望》《御沟新柳》《洛出书》《湘灵鼓瑟》《春风扇微和》等①，题目含蓄，寓意深刻，关乎政治，需要很好地解题，认真揣摩出题者的意图，不能跑题，方能高中。这需要有一定的技巧，而月泉吟社的《春日田园杂兴》也是如此，模仿唐代科举试题，并留给士人极大的想象空间。要想高中必须仔细揣摩字面下暗含的实际意义，隐中微奥极为重要。

《诗评》："《春日田园杂兴》，此盖借题于石湖，作者固不可舍田园而泛言，亦不可泥田园而他及，舍之则非此诗之题，泥之则失此题之趣。有因春日田园间景物，感动性情，意与景融，辞与意会，一吟风轻，悠然自见，其为杂兴者，此真杂兴也。不明此义，而为此诗，他未暇悉论，往往叙实者多入于赋，称美者多近于颂，甚者将杂兴二字体贴，而相去益远矣！诸公长者，惠顾是盟而屑之教，形容模写，尽情极态，使人诵之，如游辋川，如遇桃源，如共柴桑墟里，抚荣木，观流泉，种东皋之苗，摘园中之蔬，与义熙人相尔汝也。"②这是吴渭于至元二十四年（1287）亲笔题写的月泉吟社诗评，对春日田园杂兴题目进行了点评，隐中微奥是根本，起兴言他物不可或缺。虽然借助范成大春日田园诗题，但题目内涵与范成大诗迥异，

①《全唐诗》省试试题，卷一百八至一百八十九，中华书局，1960 年。

② 吴渭编《月泉吟社诗》，《丛书集成初编》第 1786 册，中华书局，1985 年，第 5—6 页。

离开田园言他物属于跑题，“杂兴”乃真杂兴也，意思是不要流于歌颂赞美，实指要像王维、陶渊明一样归隐，守志不移，才能获得真正的快乐。义熙是东晋安帝的年号，陶渊明由晋入宋之后，仍题甲子义熙年号，《题渊明小像卷后》：“有谓渊明耻事二姓，在晋所作，皆题年号，入宋之时，惟书甲子。”① 吴渭此意甚明，暗示应试的广大遗民要在诗歌中抒发像渊明那样的隐逸情怀，要守节不移，不能单纯写田园景物，要起兴，借此物言他物。借田园起兴抒发渊明一样的归隐志向，以抗节不出仕。如果不能理解“与义熙人相尔汝”的话，就不能中选。罗公福《回送诗赏劄》：“读渊明诗，久识田园之趣；从夫子学，愿为农圃之民。未敢望其下风。”② 指出了罗公福获得第一名的原因，因为他很好地理解了诗的归隐之意。

元初其他遗民的诗从另一个角度印证了《春日田园杂兴》这次同题集咏的目的，是一种间接的解读。黄庚“荒草深深锁竹扉”“无主落花随水去”③，点出了当时遗民们普遍的感情是田野荒芜、落花无主的亡国之悲。真山民“宋亡后，埋名隐迹，字号不得而传，其诗有云：‘世换山如醉，田荒草自新。’亦可悲也！”④ 这些遗民诗都有春日田园杂兴的引申义：“田园将芜胡不归之意。”⑤

① 宋濂《宋学士全集》卷十三，《丛书集成初编》第2117册，中华书局，1985年，第470页。

② 吴渭编《月泉吟社诗》，《丛书集成初编》第1786册，中华书局，1985年，第89页。

③ 黄庚《月屋漫稿》，《景印文渊阁四库全书》第1193册，台湾商务印书馆，1986年，第800页。

④ 万斯同辑《宋季忠义录》，《宋代传记资料丛刊》第29册，北京图书馆出版社，2006年，第390页。

⑤ 万斯同辑《宋季忠义录》，《宋代传记资料丛刊》第29册，北京图书馆出版社，2006年，第335页。

《春日田园题意》:"此题要就春日田园上做出杂兴,却不是要将杂兴二字体贴。只为时文气习未除,故多不体认得此题之趣,识者当自知之。"[①]这种命题模式与唐代科举的做法有极大的相似性。月泉吟社同题集咏借鉴了唐代科举的模式,是有意的模仿。同题集咏符合遗民心理需求,能引起他们文化价值的心理认同。

四、采用同题集咏是彰显"诗可以群"社会功能的需要

同题集咏是伴随着文人交际圈的扩大、群体的需要而产生的,彰显了"诗可以群"的功能。"诗可以群"是儒家诗学核心命题,孔子把诗看作达"仁"维"礼"的重要手段,重视诗歌的社会功能,忽略其审美价值。《礼记·孔子闲居》中孔子说:"诗之所至,礼亦至焉。"《论语·颜渊》:"以文会友,以友辅仁。"都强调了诗歌的群体功能,使诗歌更好地为社会服务。士人通过学习诗歌来"治国平天下",群体成员之间通过诗歌互相交流思想,互动感情,同声相和,以达到共鸣,同题集咏恰恰就是这一理念的彰显,在元初尤其明显。

元初短时间内出现了这么多同题集咏,这是一种特殊的文化现象。遗民们希望借助同题集咏来含蓄地表达集体抗节的政治意愿,用同题集咏可以有效地发挥诗歌的群体功能,通过统一题目的诗歌交流,引起集体共鸣,以达到一定的政治目的。同题集咏是元初遗民团结起来守住儒家道德底线的一种有效的政治手段。这是其他唱和形式无法达到的社会效果。

如越中诗社以《枕易》为题征诗竞赛排名,"枕易",顾名思

---

① 吴渭编《月泉吟社诗》,《丛书集成初编》第1786册,中华书局,1985年,第2—3页。

义，枕着《易经》睡觉，题目本身暗含了隐居不仕的民族气节，也满足了文人因科举废除而缺失的心理需要，同时含有集体守志抗节之意。

元初以《题汪水云诗卷》为题共有42人参加的一次同题集咏①，参与者有开先长老、赵焱、胡斗南、刘师复、罗志仁、孙鼎、彭淼、萧餰、萧壎、刘囦、刘丰录、萧璩、赵云、罗绮、张弘道、张时中、尹棐、萧克翁、祝从龙、夏天民、王祖弼、戴仁杰、曾顺孙、刘震祖、秦嗣彭、李嘉龙、兜率长老、虚谷、熊仲允、萧炎丑、黄居仁、永秀、杨学周、萧灼、觉性、杨学李、叶福孙、祖惟和、黄圭、张嵩老、严日益、聂守真。得诗73首。

如黄居仁"西风金掌吹清泪，落日铜驼折寸心。杜子但伤鹃花泪，苏台岂料雁书沉"、永秀"禾黍离离满故都，君诗读罢泪倾珠"、李嘉龙"南窗寄傲陶元亮，东海归来鲁仲连"、曾顺孙"禾黍离离悲故国，风沙漠漠渡长城"、刘囦"十年麋鹿恨，一卷杜鹃诗"、开先长老"归马迹漫燕峤雪，啼鹃血染楚城花"、刘丰录"锦囊万里诗一篇，字字丹心沥青血"。陶渊明、鲁仲连、杜鹃、禾黍等意象反复出现，通过对汪元量作品的解读抒发了强烈的故国之思和兴亡之痛，基调悲壮沉痛，令人不忍卒读。亡国之际天道不存，亡的不仅是国，更重要的是道德精神上的灭亡。南宋赵文："读汪水云诗而不堕泪者，殆不名人矣！""独留此断肠泣血，遗千古羞与千古恨。"②马廷鸾："元量出《湖山稿》求余为序，展卷读甲子初作，微有汗出。读至丙子作，潸然泪下。又读至《醉歌》十首，抚席恸哭，不知所

①《诗渊》第6册，书目文献出版社，1980年，第4133—4139页。

② 汪元量撰，孔凡礼辑校《增订湖山类稿》附录卷一，中华书局，1984年，第187页。

云。”[①] 可见汪元量诗稿的遗民气节足以震撼人心，42 人用同题集咏的方式与汪元量共鸣，亡国之悲惊天动地。李珏：“一日，吴友汪水云出示《类稿》，纪其亡国之戚，去国之苦，艰关愁叹之状，备见于诗，微而显，隐而彰，哀而不怨，嘘唏而悲，甚于痛哭。”[②] 汪元量随三宫北上，无时无刻不惦记宋王朝，与宋故官宫人在燕都唱和，极其思念故乡，可以说汪元量是宋亡后三宫北上的真实记录者，他的诗歌和杜甫诗歌一样具有“史”的价值，《湖州歌九十八首》《越州歌二十首》《醉歌》等都体现了史诗的特点。

李珏：“唐之事纪于草堂，后人以‘诗史’目之，水云之诗，亦宋亡之诗史也。”[③] 王祖弼：“我辈恨生南渡后，道人啸出《北征》诗。”这些材料都指出了汪元量诗歌和杜甫诗歌一样具有“史”的价值，充满沉重的气息，哀怨之情溢于言表，这些评价客观公正。汪元量在宋亡之际随三宫北上，因善鼓琴被世祖赐黄冠师，携琴渡易水上燕台，访遍中原壮丽山川，饱含热泪用真情实感记录了宋亡的悲惨经历，抒发了极度悲伤的亡国之痛、故国之思，读之使人落泪。这些情感引起了 42 位士人的共鸣，这次同题集咏是成功的，文人情感得以共鸣，板荡之悲、黍离铜驼之怨得到尽情抒发，引起了群体对故国的怀念，彰显了同题集咏“诗可以群”的功能。“诗言志”的功能也被很好地诠释，这是元初同题集咏的意义所在。

文天祥大都柴市就义引发了南宋遗民们的同题集咏。文天

① 汪元量撰，孔凡礼辑校《增订湖山类稿》附录卷一，中华书局，1984 年，第 186 页。

② 汪元量撰，孔凡礼辑校《增订湖山类稿》附录卷一，中华书局，1984 年，第 188 页。

③ 汪元量撰，孔凡礼辑校《增订湖山类稿》附录卷一，中华书局，1984 年，第 188 页。

祥是遗民们的精神领袖,他深受理学影响,“人生自古谁无死,留取丹心照汗青”的豪迈诗句,激励遗民继续抗节守志。《挽文丞相诗》:“宋丞相文公天祥,其事载在史册,虽使三尺之童,亦能言其忠义。”①文天祥的名字在遗民心中是一个永恒的符号,是民族气节的象征,是广大遗民的精神支柱。

黄诚性有《挽文山丞相》,胡贯斋有《挽文山》,汪元量有《挽文信公》,徐世隆有《挽文丞相》,邓剡有《挽文信公诗》,刘麟瑞有《丞相信国公文公》,虞集有《挽文丞相》,邓光荐有《挽文文山》,潘音有《悼文丞相》。其中徐世隆是金人,虞集是元中期人,文天祥榜样力量较强,一直持续了一段时间。汪元量《读文山诗稿》:“燕荆歌易水,苏李泣河梁。读到艰难际,梅花铁石肠。”②汪元量和文天祥有着深厚的友谊,文天祥人格具有无穷的魅力,读文诗令人断肠,《南宋书》:“文丞相被执在狱,汪谒,勉丞相必以忠孝白天下。”③这就是理学的成功事例,在遗民眼里“死”符合道义,就可以付出生命的代价,“义”高于生命。胡贯斋《挽文山》:“生为孝子忠臣劝,死结皇天后土知。”文天祥的死在遗民眼里是值得做的事,是可歌可泣的壮举,这是从理学的角度出发的义举。从人性的角度看,遗民们又痛惜文天祥的死,因为他们是共同患难的朋友,所以他们内心矛盾痛苦,邓剡《挽文信公诗》“忆公泪悬河,九地无处泄”、黄诚性《挽文山丞相》“诸葛未亡犹有汉,包胥欲弃更无秦”、汪元量《挽文信公》“一剑故知公所欠,要留青史与人看”,为文天祥的死高歌而

① 陶宗仪《南村辍耕录》卷四,中华书局,1959年,第52页。

② 汪元量撰,孔凡礼辑校《增订湖山类稿》附录卷一,中华书局,1984年,第88页。

③ 王献唐遗书《双行精舍校汪水云集》之《南宋书》,齐鲁书社,1984年,第93页。

又悲伤,基调悲壮,感情复杂,同题集咏很好地发挥了“诗可以群”的功能,引起了遗民们复杂情感的共鸣,满足了遗民群体抒情的需要。

汪元量请示世祖南归,世祖允之,临别时南宋故官宫人相送,元量奏琴挥泪如雨,场面极为感人。汪元量是元初一个至关重要的人物,到过文天祥狱中劝过天祥就义,为谢太后写了挽诗,护佑着幼主瀛国公,联系着宫女与遗民故老,气节凛凛,他们在患难中建立了感情,一经分别,这个群体就会引起巨大震动,恰好说明同题集咏“诗可以群”产生的社会效应。

元初南宋宫人王清惠等十四名女子为汪元量南归而作的送别诗,场面凄凉感人,这是一次同题分韵集咏,不属于分题分韵,题目统一为《送汪水云归吴》,以王维诗《送元二使安西》“劝君更尽一杯酒,西出阳关无故人”为韵,进行同题分韵集咏[①],以送别元量南归。同题有利于突出主题,以达到群体间交流情感、感情共鸣的需要,分韵更增加了吟咏的难度,这是元初唯一一次女子同题集咏,可见同题集咏运用的普遍性,有着深厚的群体基础。这十四人依照韵先后依次是:王清惠、陈真淑、黄慧真、何凤仪、周静真、叶静慧、孔清真、郑惠真、方妙静、翁懿淑、章妙懿、蒋懿顺、林顺德、袁正淑。这些人均为宫女,能诗会唱,她们对自己的未来充满了焦虑,渴望能回到自己的故乡,可是谈何容易,最终“赉宋宫人分嫁北匠,有种种悲叹”[②],王清惠写道:“朔风猎猎割人面,万里归人泪如霰。江南江北路茫茫,粟酒千钟为君劝。”“路茫茫”点出从此天各一

① 厉鹗《宋诗纪事》卷八十四,上海古籍出版社,1983 年,第 2029—2032 页。
② 王献唐遗书《双行精舍校汪水云集》之《南宋书》,齐鲁书社,1984 年,第 93 页。

方，此生再难相见，每个人的心情都很沉重，复杂的情感伴随着悠扬的琴声，挥泪而别，此情此景采用同题集咏再恰当不过了。汪元量“后往来匡庐彭蠡之间，人莫测其去留之迹”[①]，王清惠后来入观为道。由此可见元初遗民内心深处隐约的悲伤，巨大的悲痛埋藏在心底，为同题集咏的发生创造了条件。

谢枋得也是一个重要的遗民，他“终不食而死”[②]，以铿锵的民族气节赢得了遗民们尊重。《宋史本传》：“至元二十三年，集贤学士程文海荐宋臣二十二人，以枋得为首，辞不起。”[③]宋亡后“枋得乃变姓名入建宁唐石山，转茶坂，寓逆旅中，日麻衣蹑履，东向而哭，人不识之，以为被病也”[④]。最后谢枋得被强征入燕，绝食而死，“留梦炎使医持药杂米饮进之，枋得怒曰：吾欲死，汝乃欲吾生耶？掷之于地，终不食而死”[⑤]。他的行为在遗民中引起了强烈的反响，洪平斋和赵涧都写了《挽叠山》诗来纪念他。赵涧“丹心故国红云冷，白骨他乡塞草春”，指出了枋得被强征入燕，临别北上时已经做好了殉国的思想准备，在枋得眼里“气节”比生命重要，合乎道义的死是值得去做的行为。“死生惟有一君亲”也指出了他的理学家思想，谢枋得也与文天祥一道成为遗民心中的精神支柱。枋得北

① 王献唐遗书《双行精舍校汪水云集》之《南宋书》，齐鲁书社，1984年，第93页。

② 万斯同辑《宋季忠义录》，《宋代传记资料丛刊》第28册，北京图书馆出版社，2006年，第524页。

③ 谢枋得《谢叠山集》之《宋史本传》，《丛书集成初编》第2405册，中华书局，1985年，第2页。

④ 谢枋得《谢叠山集》之《宋史本传》，《丛书集成初编》第2405册，中华书局，1985年，第1—2页。

⑤ 谢枋得《谢叠山集》之《宋史本传》，《丛书集成初编》第2405册，中华书局，1985年，第2—3页。

行前,众人为他送行,引发了一次同题集咏。

游古意有《送谢叠山先生北行》,叶爱梅有《送谢叠山先生》,毛静可有《送谢叠山先生》,魏天应有《送叠翁老师北行和韵》,蔡正孙有《送叠翁老师北行和韵》,陈达翁有《送叠山先生》,王济渊有《送叠山先生》,王奕有《送谢叠山先生北行》,张子惠有《送叠山先生北行》。

这次北行,谢枋得早已做好了死的准备,他在给程钜夫的书信《上程雪楼御史书》中说:"宋室孤臣,止欠一死。"[①] 此次送别是永别,送行人包括谢枋得门生魏天应、蔡正孙、张子惠,他们心里都清楚枋得已经做好了殉国的准备,"张子惠,谢叠山门人,叠山北去,诗以送之,有'此去好凭三寸舌,再来不值一文钱'之句,期公必死也"[②]。所以这个气氛很沉重,众人情感急需在同题集咏中找到平衡点,相同的需要促发了悲痛主旋律的大合唱。

魏天应"先生心事炳丹青,头影何曾愧独行。高领芝能如橘隐,首阳粟不似微清"、蔡正孙"平生心事杜鹃行""肩上纲常千古重,眼前荣辱一毫轻"、毛静可"风巾霜履重依然""人方惊怪欧阳子,我独悲伤鲁仲连",借仲连蹈海而亡的气节点出了枋得此行死心已决。叶爱梅"纲常事重此身轻"、游古意"卧病惟餐陇首阳"、陈达翁"万古丹心日月悬"、王济渊"定知晚菊能存节,未必寒松肯受封",这组送别叠山的同题集咏,主题高度集中,把叠山比作叔齐、伯夷、鲁仲连。对他大义从容的气节给予歌颂,把枋得当作英雄看待,同时对他像文天祥一样英勇就义表示悲痛无奈,元初遗民心态

① 谢枋得《谢叠山集》卷一,《丛书集成初编》第2405册,中华书局,1985年,第1页。

② 万斯同辑《宋季忠义录》,《宋代传记资料丛刊》第29册,北京图书馆出版社,2006年,第434页。

就是这么复杂矛盾。这组同题集咏实现了“诗可以群”的情感共鸣，更好地激励遗民守节。门人蔡正孙：“叠翁老师因行赋诗，读其辞而见其心，天地鬼神，昭布森列，不可诬也。为之感慨激烈，正孙辱在师门弟子之职，敢不拜一语，以激扬先生之义气，用韵斐然。”[①]对于叠山符合道义的死，遗民们还是鼓励的，认为“死得其所”。

元初王沂孙、周密、王易简、冯应瑞、唐艺孙、吕同老、李彭老、李居仁等十四位遗民进行了以龙涎香、白莲、莼、蝉、蟹为题的咏物同题集咏，得《天香·龙涎香》八首、《水龙吟·白莲》十首、《摸鱼儿·莼》五首、《齐天乐·蝉》十首、《桂枝香·蟹》四首。后人多从中体会到浓重的遗民气息，以《乐府补题》同题集咏来激励自己守节，如清末民国诗社题《乐府补题后集甲编》序：“其必继声乐府补题者，则以宋贤、玉潜、碧山、蘋州、篔房，诸子生丁末，造自署。遗民散发阳阿，伤心川逝，明明环佩，望美人兮不来……沧桑郁其怀抱，笔墨化为烟云，一往情深，寓之咏物，体绘工寄托苦矣！以今视昔，虽时变不同，而情感则一。”[②]解读出其中蕴涵的浓重遗民气息。

宋陵被杨琏真迦挖掘以后，唐珏、林景熙秘密地拾骨掩埋，从宋常朝殿移植冬青树为标识。这是遗民们民族气节的守护工作，开展得异常艰难，冒着生命危险偷偷进行，家境贫寒的唐珏变卖家资参加护陵，心中悲愤可想而知。遗民唐珏、林景熙、谢翱以冬青为意象进行了一次同题集咏，分别是：唐珏《冬青行》二首、谢翱《冬青树引别玉潜》、林景熙《冬青花》和《梦中作》四首。罗灵卿

---

① 谢枋得《叠山集》卷五，《文渊阁四库全书》第1184册，台湾商务印书馆，1986年，第910页。

② 南江涛选编《清末民国旧体诗结社文献汇编》第22册，国家图书馆出版社，2013年，第85—86页。

《唐义士传》:“唐葬骨后,又于宋常朝殿,掘冬青树,植于所函土堆,作冬青行二首。”[①] 孔希普注《冬青树引别玉潜》:“《冬青树引》者,宋文丞相军门谘事参军谢翱之所作也……种冬青树为识……若唐谢之为,岂易所谓同声相应者耶!”[②] 这次同题集咏同声相应,主题一致,冬青就是民族气节的象征。

《梦中作》因不敢明言思宋,冬青意义在梦中:“独有春风知此意,年年杜宇哭冬青。”从元初开始,“冬青”成为民族气节的象征,与薇蕨、菊花一样进入后世遗民视野范围,可见同题集咏“冬青”的意义。

同题集咏适应了一次次政治的需要,满足了特定时代、特殊群体社会价值观念传播的需要,无疑是最恰当的方式。

第二节 元初同题集咏对后世的影响

月泉吟社同题集咏在文学史上具有划时代意义,是文学史上规模最大、参与人数最多、影响力最大的同题集咏。月泉吟社将同题集咏推向了高峰,创造了史无前例的诗社规模,引起了文坛的巨大震动,使月泉吟社成为文学史上最成功的诗社之一,对后世诗社群集歌咏模式及结社组织形式都产生了重要的影响。

元初遗民同题集咏引发了整个元代同题集咏的持续兴盛,元代文人出游送别、题画、朝廷社会大事、文人诗歌活动经常采用同题集咏,可以说元代是同题集咏运用最普遍、最自觉的集咏方式,

① 程敏政辑《宋遗民录》卷六,王民信主编《宋史资料萃编》第4辑,文海出版社,1981年,第174页。

② 程敏政辑《宋遗民录》卷六,王民信主编《宋史资料萃编》第4辑,文海出版社,1981年,第181页。

是文人群体意识高度成熟的体现。

月泉吟社同题集咏除元代产生了重要的影响外，明清之际、清末民初的遗民诗社处处可见其影响。明嘉靖年间，西湖八社采用同题集咏方式吟唱，成员6名，《西湖八社诗帖》提要："明嘉靖壬戌，闽人祝时泰游于杭州，与其友结诗社西湖上。凡会吟者八，曰紫阳社、曰湖心社、曰玉岑社、曰飞来社、曰月岩社、曰南屏社、曰紫云社、曰洞霄社。"①诗社六人以《凤山怀古》为题，对南宋宫阙进行了一次同题集咏，这本身就是怀念故宋。基调沉痛悲伤，咏叹了宋亡国的遗恨，与月泉吟社等元初诗社同题集咏一脉相承。

祝时泰："当年多少难平恨，并作江流万古声。"高应冕："风景似余千古恨，白云南去意如何。"王寅："山换旧宫禅寺在，草荒径苑市民樵。""更有诸陵埋恨处，冬青岁老亦全凋。"刘子伯："宋家宫殿已荒邱，日日寒烟淡不收。""远山似带娥眉恨，春草犹含罗绮愁。"方九叙："宋朝宫阙凤山隈，辇路荒凉过客哀。青史尚留南渡恨，黄旗无复北庭回。"童汉臣："宫树萧条人尽去，江声寂寞恨空流。中兴不竟千年业，二帝终怀万古愁。最是伤心凭望处，白云芳草共悠悠。"通过上述吟咏，可以看到西湖八社模仿月泉吟社等元初遗民同题集咏的痕迹，主题都是感叹兴亡，意象与元初遗民同题集咏相同，冬青意象分明是受到唐珏、谢翱、林景熙的影响。

清初，明遗民在结社方式上受到了宋遗民的影响，清代全祖望《湖上社老晓山董先生墓版文》云："有明革命之后，甬上蜚遁之士甲于天下，皆以蕉萃枯槁之音，追踪月泉诸老。而唱酬最著者有四焉：西湖八子为一社……南湖九子为一社……已而，西湖七子又为

① 祝时泰等《西湖八社诗帖一卷》，《四库全书存目丛书》集部第315册，齐鲁书社，1997年，第622页。

一社……最后南湖五子又为一社。”[①]由此可知明末清初的西湖八子社、南湖九子社、西湖七子社、南湖五子社均受到月泉吟社的影响。

清代王士禛:“宋末,浦江吴渭清翁作月泉吟社,以范石湖《春日田园杂兴》为题。中选者若干人,谢皋羽所评定,至今人艳称之。顺治丁酉,余在济南明湖倡秋柳社。南北和者至数百人,广陵闺秀李季娴、王璐卿亦有和作。后二年,余至淮南始见之,盖其流传之速如此。同年汪钝翁,在苏州为《柳枝诗》十二章,仿月泉例征诗,浙西江南和者亦数百人。”[②]由此可知,秋柳社追踪月泉吟社采用的也是同题集咏。

同题集咏仍是明遗民自觉运用的表达情感的方式,以《卓烈妇》为题,有柴绍炳、黄宗羲、贾开宗、黄逵、沈兰先等遗民进行同题集咏[③],这是个真实的故事,起因是乙酉四月清兵围扬州,广宁指挥卓焕妻钱氏,先一日投池自尽,家人受其影响跟从投水自尽者长幼达七人,钱氏是位典型的节妇,引起了几位遗民诗人的同咏。

月泉吟社同题集咏的组织形式对清末民国的诗社影响很大,衡门社以月泉吟社为榜样,以《春日田园杂兴》为题目,进行了一次 14 人参与的同题集咏。“己巳春,惠清与蒋君恢吾、李君秋川,复开衡门诗社,效元代至元时浦江吴渭、谢翱诸公之月泉吟社,以《春日田园杂兴》为题,就社友之在汴垣,及作客四方者,寄简征诗,得数十首,从此按月开课,轮次分题,远近吟朋,相将入社,可谓一

① 全祖望《鲒埼亭集外编》卷三,《续修四库全书》集部第 1429 册,上海古籍出版社,2002 年,第 507 页。

② 王士禛《古夫于亭杂录》卷四,《文渊阁四库全书》第 870 册,台湾商务印书馆,1986 年,第 643 页。

③ 卓尔堪《遗民诗》,《四库禁毁书丛刊》集部第 21 册,康熙刻本,北京出版社,1997 年。

时之盛矣！”[①]可见月泉吟社同题集咏的影响力之大，月泉吟社的成功就是同题集咏的成功，月泉吟社成为同题集咏发展史上的典范，为后世诗社同题集咏开了良好的范例。

罗溪吟社，“当宋之末，诗亡迹熄，乃有方韶父、谢皋羽辈晞发，于山阿行吟，于泽畔唱予和汝，以寄其所思，而金华一派，遂以开有明文运者数百年”[②]，出现了十几次同题集咏。

松滨吟社，“当辛壬之际，东南人士胥避地松滨，余于暇日仿月泉吟社之例，招邀朋旧，月必一集”[③]，松滨吟社出现了大量的同题集咏，是刻意模仿月泉吟社同题集咏的结果。

清末民国部分诗社采用同题集咏的次数统计如下：藕香吟社11次，罗溪吟社12次，蛰园铝社69次，衡门诗社80次，漫社38次，翠屏诗社10次，鞠社113次，著涒吟社10次。清末民国时期，同题集咏已经成为诗社群集的主要方式，元初月泉吟社等带给他们很大的影响。

总之，元初诗歌是同题集咏发展的最高峰，登上这一顶峰的无疑是月泉吟社，创造了同题集咏的历史。元初同题集咏短时间集中出现既是时代的使然，也是历代同题集咏流变的结果，是元初伴随着理学背景下遗民群体的成熟，出于情感表达的需要而造就的一个独特的文化现象。月泉吟社的成功是同题集咏的成功，很好地发挥了“诗可以群”的功能，对后世产生了重要的影响。

---

① 南江涛选编《清末民国旧体诗结社文献汇编》第23册，国家图书馆出版社，2013年，第225页。

② 南江涛选编《清末民国旧体诗结社文献汇编》第26册，国家图书馆出版社，2013年，第125页。

③ 南江涛选编《清末民国旧体诗结社文献汇编》第10册，国家图书馆出版社，2013年，第371页。

第三章　元代馆阁文人与同题集咏活动

同题集咏是元诗一个重要的结构特点,也是诗坛的推动力,为诗人之间相互交流提供了更为广泛的渠道,因为集咏题目的共同性而被纳入同一个文化圈,在元初是因群体结构的需要而出现的。伴随着海宇混一,元初遗民群体退出历史舞台,取而代之的是新王朝的文人群体,同题集咏活动由遗民群体转移到馆阁文人群体手中。时代的政治诉求不同,同题集咏伴随着文人群体的政治认同的不同而发生着转变。元代馆阁文人群体引领诗风走向,展现了同题集咏重要的社会文化功能。借助馆阁名人效应在同题集咏活动中实现维礼崇德、沟通情感、增加友谊、推广礼教、规范人伦的目的,引导元诗宗唐,形成雅正文风,适应了元朝政治的需要,促进纪行诗的繁荣。在同题集咏中实现了多族群儒家文化认同、政治认同、国家认同,满足蕃国文化输出需求,具有重要的诗学和史学意义。

同题集咏是文人群体活动增强的产物,以诗为交往媒介,成为文人群体间进行诗学研讨、情感交流、引导士风、维护社会秩序、宣扬伦理道德、维护主流价值观的重要手段。同题集咏是“诗可以兴”“诗可以群”“诗可以观”的重要体现。

元代馆阁文人群体是同题集咏的活跃群体,参与并引领了大量的同题集咏活动,每一个同题集咏就是一个小的雅集活动。元代馆阁文人群体参与并主持了多种类型的同题集咏活动。同题集咏反映了文人群体之间的群体结构,反映出文人群体的交际范围,展现了文人群体的文化审美情趣、政治倾向、价值追求,这是一个研究馆阁文人群体很好的窗口。文中所论的馆阁文人同题集咏指的是馆阁文人群体内部的同题集咏或者由馆阁文人发起的同题集咏,或者因为馆阁文人而形成的同题集咏。

在元初,南宋故土出现了庞大的遗民群体,他们借助诗社发起同题集咏活动,用同题集咏的形式互相激励,集体抗节,达到了一定的政治目的,同时促进了同题集咏这种唱和形式的成熟,深深影响了元代不同文人群体对同题集咏的接受。

第一节　馆阁文人同题集咏活动与元王朝政治认同

伴随着海宇混一,元王朝步入了正轨,元初宋遗民逐渐被瓦解,有些遗民坚持不仕,如方凤、吴思齐、谢翱。有些遗民投靠元朝。元初遗民群体退出历史的舞台,取而代之的是新王朝的文人群体。伴随元初文治被提上日程,馆阁机构逐渐完善,南北西东文人群体逐渐汇合,同题集咏活动呈现出新的风貌,由遗民群体转移到馆阁文人群体手中。时代的政治诉求不同,同题集咏的功能伴随着文人群体政治需求的不同而发生着转向。

新建立的元朝百废待兴,各种制度、机构需要建立完善,定国号、颁制度、制礼乐、正服色、用年号等都提上了日程。伴随着忽必烈统一海宇,元朝由武治转向了文治,忽必烈认识到文治的匮乏,“朕惟祖宗肇造区宇,奄有四方,武功叠兴,文治多阙,五十余年于此矣!”[①]“世祖皇帝在藩邸……迨至元中,天下既定,军旅既息,法度已备……于是文学之士,彬彬而起”[②],“世祖皇帝神武不杀,以承祖宗之业。既一海内,乃修文治”[③],“圣元蒙古天人,振武朔土,混一区宇,前代所无,倒载干戈之日,即以文德为治,内而京师,外而府州县。莫不有学”[④]。这是馆阁文人同题集咏形成的大环境,文治时代的到来是馆阁文人同题集咏繁荣的重要外部条件。

同题集咏的繁荣,首先要具备一定的功能,或者是政治功能,或者是抒情功能,以适应不同群体的需求,群体需求的不同,在时代发生变化的时候,同题集咏就会发生转向。中国诗歌受儒家思想的影响,多重视诗歌的教化功能和政治功能,同题集咏自然是这方面功能的反映。馆阁文人同题集咏的活动内容、主题、政治诉求都与遗民群体迥然不同。一个自信、呼唤盛世、歌颂王朝、宣传教化、维礼崇德的同题集咏结构应时代需求在馆阁文人的引领下诞生,并走向繁荣。

元代馆阁文人指的是在翰林国史院、国子监、集贤院、奎章阁、宣文阁等机构任职的官僚文人,这些文人有一定的儒学素养,身居高位,负责起草国家典制,撰写皇帝实录,参与商讨国家大事。随着汉化的深入,各种馆阁机构随之建立起来,“至元五年,肇建御史台”[⑤],“中统元年,初设翰林学士承旨,官止三品。至元元年,乃

① 李修生《全元文》第 3 册,凤凰出版社,2004 年,第 263 页。
② 李修生《全元文》第 26 册,凤凰出版社,2004 年,第 103 页。
③ 李修生《全元文》第 26 册,凤凰出版社,2004 年,第 491 页。
④ 李修生《全元文》第 31 册,凤凰出版社,2004 年,第 137 页。
⑤ 李修生《全元文》第 29 册,凤凰出版社,2004 年,第 300 页。

建翰林国史院”[①]，“至元二十四年，始置国子监学，设官以司教”[②]，“至元十三年，诏立太史局，改治新历，寻升局为院”[③]，“二十四年，分置尚书省”[④]，“至元二十一年，诏立东宫官属”[⑤]。元代馆阁机构的设立对于广大上层文士来说具有巨大的号召力，经过多方努力，不同身份、不同文化背景的文人先后进入馆阁机构任职，这是元代馆阁文人参与同题集咏的关键一步。

忽必烈时代，王鹗、王磐、徐世隆等一批金代进士或其他学者首先进入元代馆阁机构，这一时期馆阁文人交往处于起步阶段，馆阁文人多是金代遗老。随着文治时代的到来，馆阁文人群体的交往更加密切，以诗为媒介的同题集咏成为馆阁文人群体联络情感、增进友谊、维礼崇德的重要平台，同题集咏的功能逐渐显现。

伴随着元代大一统时代到来，交通越发便利，南北隔绝状态被打破，南人北上大都成为潮流。西域色目人伴随征战逐步内迁到中原，在不同信仰、不同习俗、不同语言的背景下，多民族文人，急需要一个共同的文化、共同的价值观，这是元王朝统治的需要。语言文化的隔阂在元初一直存在，“连位坐署，哄然语言气俗不相通”[⑥]，经过反复的权衡，加之汉族士人对忽必烈进行儒家思想引导，元王朝选择了儒家思想作为统治的指导思想。诗成为南北文人、西域文人儒化合流后的主要交际工具。参与同题集咏是文人实现自身价值的途径，与其他文人在同题集咏中交流共鸣。

---

① 李修生《全元文》第 29 册，凤凰出版社，2004 年，第 297 页。
② 李修生《全元文》第 40 册，凤凰出版社，2004 年，第 232 页。
③ 李修生《全元文》第 40 册，凤凰出版社，2004 年，第 281 页。
④ 宋濂《元史》，中华书局，1976 年，第 4103 页。
⑤ 宋濂《元史》，中华书局，1976 年，第 4105 页。
⑥ 李修生《全元文》第 32 册，凤凰出版社，2004 年，第 505 页。

同题集咏在馆阁文人群体中成熟壮大是南北文人在大都齐聚、完成南北文风交融的时候出现的。伴随着赵孟頫等南人进入大都，与北方文人进行交流互动，同题集咏就有了活动的舞台。清香诗会、大都廉园、玉渊潭燕集、雪堂雅集等各种雅集活动开始兴盛起来，极大地促进了同题集咏的繁荣。

第二节 馆阁文人同题集咏活动与元代文风宗唐及理学的关系

同题集咏体现了元代文化的开放与融合，与元朝疆域辽阔、交通发达密切相关。如"我元四极之远，载籍之所未闻，振古之所未属者，莫不涣其群而混于一，则是古之一统，皆名浮于实，而我则实协于名矣"①、迺贤"圣祖肇洪业，永保万亿年"②、萨都剌"月轮西转日生东，四海车书总会同"③、张翥"今日车书逢混一，不辞垂老看毡乡"④。疆域辽阔、交通发达给元人带来高度自信，元人普遍认为元朝地域远迈汉唐，是亘古未有的王朝。馆阁文人的身份决定其需要借助同题集咏来赞美元王朝的恢弘气度、盛世风貌，直接推动了同题集咏在馆阁文人引领下走向繁荣。

元代馆阁文人同题集咏活动主要集中出现在元中期，"国家深仁厚泽，涵煦四海"⑤，陈旅"我国家奄有六合，自古称混一者，未有

①《文渊阁四库全书》第1211册，台湾商务印书馆，1986年，第251页。
② 顾嗣立编《元诗选·初集》，中华书局，1987年，第1450页。
③ 杨镰主编《全元诗》第30册，中华书局，2013年，第154页。
④ 杨镰主编《全元诗》第34册，中华书局，2013年，第60页。
⑤ 李修生《全元文》第26册，凤凰出版社，2004年，第139页。

如今日之无所不一。则天地气运之盛，无有盛于今日者矣”[①]。元人眼里元朝疆域辽阔，这是天理所在，有是理必有是气，理寓气中，三光五岳盛世之雄气充溢其间，元朝接续宋朝成为正统，在元人眼里是天理之气运决定的，“既有天命，需是有此气，方能承当得此理”[②]。元初至元二十九年（1292）春，馆阁名臣王恽在《上世祖皇帝论政事书》中说：“膺大一统之运，长策抚驭，区宇民数，远迈汉唐，其所渴者，特治道而已。”[③]反映到诗歌上，馆阁文人普遍宗唐，辽阔的疆域，雄浑之气，文人选择了盛唐作为元诗的参照。

正是因为馆阁文风宗唐，元代馆阁文人理学家身份多看中诗歌教化功能，咏事同题集咏、咏史同题集咏、咏物同题集咏的出现多是教化功能的体现。元人宗唐一方面是因为看到宋诗以议论为诗且有气度靡弱的缺点，决定把诗风转向盛唐，究其根本还是因为宋代地域狭小、国力卑弱、气度衰微，目睹过宋亡的文人，对宋亡厓山之烈历历在目。按照理学家观点，元人宗唐是由气运决定的，“气升降，无时止息，理只附气”[④]，虞集说：“某尝以为世道有升降，风气有盛衰，而文采随之。其辞平和而意深长者，大抵皆盛世之音也。”[⑤]元人普遍认为诗风是伴随世道升降而变化的，风气盛衰，文采随之，体现了鲜明的理学思维。

范梈说：“正得失，动天地，感鬼神，莫近于诗，夫诗道岂不博大哉？要其归，主于咏歌感动而已。”[⑥]声音之道与政通，要求诗歌适

① 李修生《全元文》第 37 册，凤凰出版社，2004 年，第 247 页。

② 黎敬德编《朱子语类》，中华书局，1983 年，第 64 页。

③ 李修生《全元文》第 6 册，凤凰出版社，2004 年，第 16 页。

④ 黎敬德编《朱子语类》，中华书局，1983 年，第 68 页。

⑤ 虞集《虞集全集》，天津古籍出版社，2007 年，第 569 页。

⑥《文渊阁四库全书》第 1213 册，台湾商务印书馆，1986 年，第 182 页。

应政治需求，合乎天地大气，反映政教得失，发挥诗歌教化功能，诗歌归于雅正。这都是气运升降、人物盛衰的天理所致，元中期馆阁文人大多有理学家身份，他们宗唐多是建立在理学教化背景下的宗唐，盛唐诗歌距离风雅传统近，实际看上的就是唐诗的雅正，不偏不倚的中和之美。如虞集、黄溍、欧阳玄、范椁、揭傒斯、杨载、傅若金等，他们强调性情之正，所以元中期馆阁文人乐于借助诗歌集体吟咏具有丰富理学内涵的主题，目的是推行教化、影响士风、维护社会秩序，实现对大元王朝的歌颂赞美。同题集咏紧密追随世风，为元盛世造势摇旗呐喊。

拂郎国天马同题集咏最能代表馆阁文风宗唐的特点，至正二年(1342)西域拂郎国进贡天马一匹，身黑蹄白、身体硕大、俊逸刚健的天马轰动一时，元顺帝命馆阁文臣揭傒斯、欧阳玄、周伯琦、许有壬、吴师道等作诗同题集咏赞美天马。馆阁文人的巨大影响力引发雪球效应，之后几十年间吟咏天马的普通文人、方外士人比比皆是，在民间掀起一股咏天马高潮。

欧阳玄“天子仁圣万国归，天马来自西方西。玄云被身两玉蹄，高逾五尺修倍之。七渡海洋身若飞，海若左右雷霆随。天子晓御慈仁殿，西风忽来天马见。龙首凤臆目飞电，不用汉兵二十万。有德自归四海羡，天马来时庶升平。天子仁寿万国清，臣愿作诗万国听。”① 借物抒情，表面上是描写天马，其实歌颂的都是元代的太平盛世，“天马”是元代国力的象征，是对元代疆域辽阔、地大物博的赞美，“天马”代表了蒙元的国运吉祥，蕴含着一种强烈的自豪感，天马因德而归元。诗风主情，是理学家淬炼之后的中和雅正之情，鲜明体现了其宗唐诗风。

---

① 李修生《全元文》第34册，凤凰出版社，2004年，第582页。

通过拂郎国贡天马，衬托万国来归的景象，吟咏之文人赞美了蒙元强悍的征服力、众国朝拜的情景，元代作为当时世界上疆域最辽阔的国家，实力已经被当时的世界各国所认可，献天马本身就代表着臣服元朝，作为元代的馆阁文人，对此颇为自豪，同题集咏中追慕唐诗性情之正，进而推动元诗宗唐的诗学主张。吴澄说："性发乎情，则言言出乎天真。情止乎礼仪，则事事有关世教。"① 虞集说："事达其情，不托蹇滞以为奇古也。情归乎正，不肆流荡以失本原也。"② 认为唐诗和平蕴藉，不失六义正传。元人非常重视诗歌的中和之美，性情归于正，关乎世教，才是得六义正传。馆阁文人在咏物、咏史、咏事同题集咏中鲜明地体现出教化功能。同题集咏对忠孝仁义、清正廉洁的赞美歌颂，体现的是宗唐情、归乎正的意图，同题集咏中形成元中期雅正文风。

虞集说："夫欲观于国家声文之盛，莫善于诗矣。"③ 元代馆阁文人对诗的教化作用尤其重视，这都是理学家身份所致，极力强调诗的风雅精神。吴澄、袁桷发起的郝经雁帛书同题集咏，歌颂郝经忠义精神，吴澄《题郝陵川雁足系诗后》："忠贞信使早许国，羁旅微臣晚见诗。追忆当时如一梦，濡毫欲写泪交颐。"④ 带动了王祎等元末其他文人的参与。徐世隆、王恽、胡祗遹、赵孟頫等馆阁文人发起的胡氏杀虎同题集咏，对胡氏的贞节烈妇形象进行了塑造，歌颂其节义品质，胡祗遹"死节忠爱羞迟徐，我朝人伦厚有余"⑤，带动了杨载、吴师道、许有壬、张翥、陈旅等其他馆阁文人参与，也带

① 李修生《全元文》第 14 册，凤凰出版社，2004 年，第 329 页。

② 李修生《全元文》第 26 册，凤凰出版社，2004 年，第 254 页。

③ 李修生《全元文》第 26 册，凤凰出版社，2004 年，第 94 页。

④ 杨镰主编《全元诗》第 14 册，中华书局，2013 年，第 238 页。

⑤ 杨镰主编《全元诗》第 7 册，中华书局，2013 年，第 74 页。

动了在野诗人的参与。元末刘仁本、张翥引领的青枫岭王节妇同题集咏,引发了民间诗人李孝光等参与集咏的热情。馆阁文人理学思想的影响力是巨大的。

第三节 馆阁文人同题集咏活动与名人效应的彰显

馆阁文人的特殊地位在不同层次、不同身份的文人群体中,总是会吸引众多的追和者。正是由于馆阁文人的特殊地位,吸引了很多方外士人、普通士人的交往,他们请馆阁名臣题诗或者题文以增加自身名气,因此在馆阁名人的引领下,引发了众多文人同题集咏。

元代同题集咏是一种时代风尚,名人写一首诗,或题咏社会热点问题,或符合士大夫价值观题材的事件,其他文人都会自觉参与,这是元代同题集咏的特色。

翁方纲说:"前辈有一篇名作,后人多效之,如虞道园《白翎雀》,乃易之《京城燕》诗效之,萨天锡又效之。"[①] 翁方纲指出名人效应是元人同题集咏发起的一个重要原因,尤其是馆阁文人之间。白翎雀同题集咏也是因为虞集的名人效应,迺贤、萨都剌追和。

桃花岩同题集咏由李白的名人效应所致,白兆山桃花岩太白有诗一首:"中书平章白云相其成,求诗于词林臣,李秋谷、程雪楼、陈北山、元复初、赵子昂、张希孟与仆同赋。"[②] 馆阁文人李孟、程钜夫、元明善、赵子昂、陈俨、张起岩、贯云石追和李白,贯云石这首诗

① 翁方纲《石洲诗话》,人民文学出版社,1981 年,第 173 页。

② 杨镰主编《全元诗》第 33 册,中华书局,2013 年,第 306 页。

极力模仿李白，飘逸不凡，想象奇特，诗风主情，这次同题集咏是馆阁文人宗唐的表现。

天冠山同题集咏是道士与馆阁文人交际圈互动产生的，天冠山道士祝丹阳见到赵孟頫，以《天冠山图》相示，请赵孟頫以山中二十八个景点为题题诗，这二十八首景点题诗分别是：《洗药池》《炼丹井》《玉廉泉》《长廊岩》《金沙岭》《飞升台》《逍遥岩》《灵湫》《寒月泉》《长生池》《道人岩》《老人峰》《雷公岩》《月岩》《仙足岩》《鬼谷岩》《风洞》《石人峰》《学堂岩》《风山》《馨香岩》《钓台》《磜潭》《三山石》《五面石》《小隐岩》《一线天》《龙口岩》。

赵孟頫为每一个景点各题了一首五言绝句，赵孟頫的巨大影响力引起了文人学士同题集咏，有袁桷、虞集、王士熙、王奎、林传、祝尧、马祖常、杜本等，基本都是馆阁文人群体。这是同题集咏的名人效应所引起的，馆阁文人群体对文雅之事津津乐道，也是馆阁友谊的一种体现。这些人彼此之间都很熟悉，同声相求、追求儒雅风流是群体的风气，自然而然就会回应赵孟頫的天冠山题诗。天冠山同题集咏时间跨度较长，从延祐二年（1315）持续到元统二年（1334）。天历二年（1329），道教大师吴全节题咏天冠山二十八个景点时，赵孟頫等馆阁群体成员已经把二十八个景点摹写殆尽，于是吴全节只写了一首律诗，概括了天冠山总体风貌。这次同题集咏参与者身份地位不凡，影响也较大，反映了元代道士群体与馆阁文人的密切关系。

趵突泉同题集咏也是赵孟頫的名人效应引起的，赵孟頫在济南为官期间，做了一首关于趵突泉的诗，若干年后，四位僧人释来复、释弘道、释守仁、释如兰，一起追和赵孟頫趵突泉诗，引发趵突泉同题集咏，赵子昂的《趵突泉》诗展示了济南趵突泉的美丽景色,对天下第一泉给予了高度赞美,此次同题集咏是历时同题集咏。释清濬交代了赵孟頫名人效应的原因:“松雪老人词翰妙绝天下,当元初至元、大德间,馆阁诸公,皆推尊之,下至闾巷小儿,亦莫不知其姓名,非其德行之重,材学之美,有以震耀乎当时,能若尔乎? 或谓元朝士大夫声诗之盛,一变夫故宋余习,盖自公始,信然。今观其所书趵突泉诗,令人叹赏不已,宁上人得此,其善保之。”①当时赵孟頫德行、诗书画才艺名扬天下,同题集咏的原因是四位僧人欣赏赵孟頫的《趵突泉》诗的书法,仰慕赵孟頫的名气,从而同题集咏。四位僧人同题集咏诗写于子昂去世以后,同时感慨岁月人生带来的沧桑感。

鳌峰石在紫阳道院内,鳌峰瑞石山奇形怪状,自从萨都剌第一次在紫阳道院的墙壁上题诗以后,引发了许多馆阁文人及普通文人的鳌峰同题集咏,人数达 53 人,这是元代文风的普遍现象,是典型的名人效应。鳌峰洞的奇异景色吸引了文士们,引发了诗情,更主要的是因人而同题集咏,“凡名山胜境,奇形异状,虽天造地设,必因人而后显”②,萨都剌是元代中期著名的少数民族诗人,诗风尚丽,引来了众多文士的同题集咏,其中不乏馆阁名臣柳贯、黄溍、揭傒斯、王士熙的参与,还吸引了道士元阳子、明阳子及众多普通文人参与同题集咏。在馆阁文人萨都剌的影响下,同题集咏于诗坛引发了雪球效应。同题集咏者集咏的风格基本相似,其余 52 位诗人的同题集咏诗作格式上和萨都剌的诗保持一致,如每位诗人诗的第二句都带有“玲珑”二字,每位诗人诗的最后一个字都和萨都剌保持一致带有一个“宿”字,或雨中宿、云中宿、洞天宿、猿鹤宿、

① 故宫博物院编《徐邦达集》第 5 册,紫禁城出版社,2006 年,第 19 页。
②《丛书集成续编》集部第 154 册,上海书店出版社,1994 年,第 451 页。

苍龙宿等。这是元代同题集咏中格式最整齐的一组，不仅韵脚相同，固定位置的字也必须相同，整体趋同的风格非常明显。整体比较有情调，比较雅致，诗风总体飘逸、清丽，追慕唐诗，可以看出同题集咏群体性宗唐的特征。

紫阳道院是道家修炼之地，自然不乏神话传说，“至元间，野鹤丁先翁夫妇同修其间，尸解去，客有渡海者遇之海滨，归而遂捐己资，髹饰其骨，重拘净室以祀焉”①。至元年间，丁先翁夫妇在紫阳道院得道成仙，后有客人渡海见到了此夫妇，遂把他俩当作神仙祭祀。鳌峰洞自然风光的秀丽、山石的奇崛，加之紫阳道院的仙风道骨气，美丽的神话传说更增加了其人文精神，深深吸引着萨都剌的才情，名人效应引发众多诗人同题集咏，促进了元代同题集咏的繁荣。

第四节　馆阁文人同题集咏活动与社会文化功能

馆阁文人的特殊身份、深厚的理学思想，以及强烈的儒家使命感，“诗可以兴”“诗可以群”“诗可以观”的功能使得他们对同题集咏这种交际方式非常青睐，同题集咏对于元代馆阁文人来说是一种非常有效的交谊方式，他们可以通过同题集咏维护彼此的友谊，实现维礼崇德的目的。

一、维礼交谊

送别同题集咏集中体现了维礼交谊的功能。元代馆阁文人与

①《丛书集成续编》集部第154册，上海书店出版社，1994年，第451页。

少数民族诗人、方外士人、蕃国文人、隐士群体都有着密切的交往，馆阁文人的特殊地位总会吸引一些士人仰慕，维礼交谊的场面较普通人多一些，同题集咏的结构适应了众多文人维礼达情的目的。

身为朝廷官员，因为公务出游机会自然就比普通士人多，每当官员赴任、告老还乡、录囚、代祀海岳、出使蕃国、朋友分别都会有众多文人以诗送别，群体同题集咏，影响很大。这在元朝是非常普遍的，馆阁文人地位较高，送别同题集咏在馆阁文人之间使用频率较高，起到维礼崇德的目的，是“诗可以群”的体现。馆阁文人引领送别同题集咏的繁荣在元初开始出现，元中期极为普遍，元末走向式微。

元初柴庄卿出使安南成为元初南北文人汇合后第一次正式记录的大型送别同题集咏活动。柴庄卿本名柴椿，至元十五年（1278），安南国王去世，世子没有请示元廷，擅自登基，于是元朝派使臣阻碍此事，恰好柴庄卿刚从云南回来，大臣推荐他，说他有才，可胜此任，即日拜礼部尚书出使安南，赐弓箭银衣宠其行。“（至元）十五年八月，遣礼部尚书柴椿、会同馆使哈剌脱因、工部郎中李克忠、工部员外郎董瑞，同黎克复等持诏往谕日烜入朝受命”[①]。柴尚书到了安南以后，宣布了元廷的命令，入觐者是国王的弟弟、世子的叔叔陈遗爱，元廷说，世子抗命，国人无罪，立陈遗爱册命，安抚其民，元廷授柴庄卿宣慰使都元帅，将兵送陈遗爱回安南，临行前，翰林诸位学士写诗送行。

《送尚书柴庄卿出使安南》同题集咏者有王磐、阎复、王构、胡祗遹、庾恭、梁曾、王载、王之纲、侯谦、庾恭、王希贤、侯宗礼、李清、

---

① 宋濂《元史》，中华书局，1976年，第4638页。

李宏[1]。这是发生在元初的一次著名的馆阁同题集咏，群体歌颂了柴尚书的忠贞气节，比之苏武；歌颂其胆识，比之马援；歌颂其英勇，同时对安南的不自量力进行嘲讽，还夸赞元朝皇帝的英明。一方面维持友谊，另一方面弘扬大元国威。馆阁文人从不同视角进行解读赞美，有些着眼于史实，有些着眼于赞美忠义气节，有些着眼于突出大元气象、君主贤明。同题集咏的影响很大，是"诗可以观""诗可以群"的体现，诗在元初的地位已经很高，群体唱和在元初已经伴随着密集的群体活动而形成。

至元三十一年（1294）萧泰登出使安南，在京师的东平府学诸位翰林学士王磐、王恽、阎复、信世昌等人写了《送萧郎中出使安南》同题集咏送别。这是元初第二次大型馆阁送别同题集咏，诗的维礼功能渐渐显现。

送别同题集咏在元中期延祐、天历年间达到高潮。世祖时期，代祀人员由元初道士，逐渐加入了馆阁文人，对代祀人员的品行、诚意、仪表都有要求，"遣使代祀，其选诚志多仪，以获景贶甚答"[2]，目的是获得神灵保佑，保民平安，江山永祚。大德二年（1298）春正月馆阁文臣卢挚代忽必烈祀南岳，撰写《代祀南岳记》一文。馆阁重臣虞集代祀还蜀，袁桷、王继学以诗送之。元中期至治、天历年间，馆阁文臣袁桷首唱《代祀西岳》，王继学、马伯庸、虞集同题集咏，颂赞元王朝盛世风采，诗风宗唐雅正。

道士朱思本以外史承应中朝，奉诏代祀。皇庆元年（1312）夏六月至祠下，目睹衡山威仪赫赫，穹隆秉耀，动心骇目，认为是天下之奇观，"越十有五年，重祠，庭主人既不复见，留题亦罔知所在矣，

① 黎崱《安南志略》卷十八，中华书局，2000 年，第 399—404 页。

② 李修生《全元文》第 11 册，凤凰出版社，2004 年，第 12 页。

因阅石碣所纪，内翰疏斋卢公、集贤员峤李公、秘书伯庸马公、奉常亨之元公、平章迂轩赵公俱以代祀，托诸诗文，用彰盛美”①。代祀除了祭祀保佑国家，还有一个重要功能就是传播文化，播声教于无穷荒蛮之地。另一方面，代祀官员在代祀途中肩负起替皇帝监察官员的使命，听取民生疾苦的重任。马祖常、卢挚、赵世延、元明善这些馆阁文臣都曾代祀过衡岳，在不同时间留题了诗文若干，同题集咏的目的就是颂赞元王朝丰功伟绩，同题集咏在馆阁群体那里起到的是传播政声的功能，追求的是和平雅正的诗风，与大一统的元王朝地理疆域相匹配。

赵继清为延祐二年（1315）进士，为南宋忠臣赵鼎六世孙，授国子博士，迁亚中大夫，出任潮州路推官，同年许有壬、马祖常、王沂、黄溍以及馆阁名臣虞集纷纷写诗同题集咏送别。马祖常作诗《送同年赵继清尹安陆》：“席帽文场里，于今十七年。白须俱满镜，墨绶独行田。”② 许有壬作诗送给赵继清赴任潮州路推官，《送同年赵继清赴潮州推官》：“五十六人同擢第，年来南北几升沉。潮阳合有文章士，吾子初无富贵心。”③ 延祐首科取士五十六人，今别十七年，同年几度升沉，对仍保持不贪名利的初心保持赞赏。《送赵继清潮州推官》同题集咏是元代科举同年多族士人圈下主导的送别同题集咏，诗的交谊维礼功能在同题集咏中一展无余。

馆阁文臣黄溍告老还乡，引发文人群体为其送别而作《送黄晋卿先生东归》同题集咏。黄溍，元代延祐二年首科进士，“在州县唯以清白为治”④，为官清廉，勤政爱民，断案公正，谦虚有礼，美誉

① 李修生《全元文》第 31 册，凤凰出版社，2004 年，第 371 页。
② 杨镰主编《全元诗》第 29 册，中华书局，2013 年，第 325 页。
③ 杨镰主编《全元诗》第 34 册，中华书局，2013 年，第 331 页。
④ 宋濂《元史》，中华书局，1976 年，第 4188 页。

在外,为文章大家,儒林四杰之一,培养了很多知名弟子,对教育文化做出了重要贡献。黄溍有德行,有学识,重言行,尊礼教,政绩卓著,位列台阁,仕途显荣,至正三年(1343),黄溍以秘书少监致仕辞归,众人以诗送黄溍辞官归乡。

《送黄晋卿先生东归》同题集咏者有刘俨、张世华、释来复、王忠、王景顺、姚安道、何庆余、章迪、韩文屿、叶森、应本、杨彝、钱惟善、俞和①。

此组同题集咏诗人们用诗概括了黄溍一生的卓越成绩,赞扬其为人秉承儒家理念、践行忠孝仁义,同时还突出黄溍杰出的文学才华。在同题集咏中交代了辞官回家的主要原因是奉养母亲以尽孝,"田里已终慈母养,墓碑远乞故人书""官聊固独存儒行,禄养犹能及母慈""解印似嫌官职显,归田欲慰母心忧",是对黄溍奉行儒家孝道的肯定,也是对当年黄溍延祐首科的突出表现给予的肯定,"当年一举占鳌头,平步青云志已酬"。同题集咏肯定了黄溍的人品、学识,并没有流露出对黄溍离别的伤感。一反一般送别诗的感伤基调,文人士大夫表示出对黄溍东归故里的赞同,"孝"是天道,这是头等大事,朋友们给予了理解和支持。同题集咏体现了群体之间的友谊,发挥了诗歌应有的社会功能。

苏天爵是元代后期重要的馆阁文臣,多次任显要职位,在史学、经学、文学上都很出色,他为官清廉、秉公执法、断案有方,澄清了很多冤案,为百姓津津乐道,是个难得的清官。他气节凛然、心怀家国、忠君忧民,因此他的出游赴任都会引起馆阁文人群体的关注,纷纷写诗送别。苏天爵赴淮东宪使,吴当、胡助、贡师泰同题集咏送别。苏天爵除南台御史,胡助、黄溍、宋褧、虞集、雅琥赋诗送

① 黄溍《黄文献公集》卷十二附录,光绪刻本。

别。众多馆阁文人为其同题集咏赋诗送别，是同处一馆共事、礼尚往来的需要，体现了馆阁文人之间的情谊和诗歌的维礼功能。

雅琥是西域少数民族诗人，为馆阁文臣，与苏天爵同在奎章阁任职，结下了深厚的友谊，“天上词臣夐莫双，乘骢此日莅南邦。梅花路近宜逢雪，桃叶波平好渡江。千里苍生瞻绣斧，十州使者避旌幢。同袍知己如相问，已许闲身老北窗”①，一语点破二人友谊，同袍表明对馆阁文臣交谊的认同，文化超越了民族隔阂。此组同题集咏也是民族大融合的标志，体现了诗歌的社会交际功能。

“若金，字与砺，为学有本末，为文章有规矩，至于歌诗盖无入而不自得焉，其高出魏晋，下犹不失于唐，又能知为国体要”②。元统三年（1335），元顺帝派群玉内司丞铁柱吏部尚书，丞相掾智熙善礼部郎中，以临江傅与砺为辅行出使安南，以颁正朔。尚书、郎中、文人各一人，傅与砺作为文学使者，成功地完成使命，能诗会文获得了安南的好评。第二年，安南派使臣来元廷交贡，使者对傅与砺称赞不绝，傅与砺名声大噪，于是顺帝派傅与砺出使广州，“矧以能诗之士，教其人乎。异时观风之，使采诗之官至于南粤，将以惇厚之俗，和平之声，陈于中朝”③，目的是派傅与砺教化民众，采诗以观民风。采诗在元代很盛行，这一点继承了汉乐府的优良传统，众多馆阁文人同题集咏送傅与砺赴广州教授。

《送傅与砺赴广州教授》同题集咏者有范梈、虞集、谢端、黄溍、张孟功、张翥、王沂、王守诚、刘闻霆、赵亭、贡师泰、贺方、赵构、季序、俞述祖、危起、王武、陈克生、倪原道、袁万里、杨士弘④。

① 苏天爵《滋溪文稿》，中华书局，1997 年，第 576 页。

②《文渊阁四库全书》第 1213 册，台湾商务印书馆，1986 年，第 365 页。

③《文渊阁四库全书》第 1213 册，台湾商务印书馆，1986 年，第 365 页。

④《文渊阁四库全书》第 1213 册，台湾商务印书馆，1986 年，第 367 页。

这是一次馆阁文人群体的送别同题集咏,是自发形成的,没有应制的色彩,蒙元皇帝不好诗文,给汉族馆阁文臣留下了自由创作的空间。元代没有文字狱也给同题集咏留出了发展空间,元代同题集咏的兴盛与此有很大的关系。同题集咏往往发生在关系密切的群体内部,体现的是维礼功能和情感交流功能。通过同题集咏保存了很多不知名的诗人,同题集咏具有存诗的价值。

二、维礼崇德

崇德功能主要体现在咏事同题集咏、咏史同题集咏与咏物同题集咏中。借助咏物以咏人,所咏之物往往是与主人翁密切相关的道德之物,拥有丰富的道德记忆与道德内涵,借咏物再现历史记忆,所咏之物并不是客观的物,而是凝聚着深厚伦理道德内涵之物,是历史人物道德的载体,咏物就是还原物所承载的伦理道德,为现实所借鉴。通过咏物以弘扬所咏之人的道德价值,起到维护社会秩序、传播思想教化的目的。春晖堂咏物同题集咏就是代表。咏物中隐藏着符合理学思想的道德故事,借助咏物来宣扬教化。

元代王伯善,黄岩人,极其孝敬母亲,其母为其父守节五十年。泰定丙寅,其母七十二岁,身为朝廷命官的王伯善,“奉命代祀江南诸名山,事竣告归养母,未几,上卿力挽之。复来,乃迎母俱至,得屋顺承门之西,因而治之,暄凉适宜,温凊有所。母嫠居垂五十年,行年七十有二矣”①。辞官养母,皇帝不允,在京师顺承门西侧筑室养母,命名春晖堂,馆阁名臣欧阳玄为之作《春晖堂记》,“夫春晖之

①《秘殿珠林石渠宝笈汇编》第4册,北京出版社,2004年,第989页。

义，始孟郊‘谁云寸草心，报得三春晖’之句”①。堂名含义深奥，孝义符合三纲五常之礼，是士人守道的体现，士大夫对父母要孝敬，不要违背礼法，符合文人士大夫节义的行为都是值得歌颂赞美的。文人群体通过共同吟咏春晖堂以彰显儒家礼教的核心价值观。因为馆阁名臣欧阳玄《春晖堂记》的书写，春晖堂的影响力日益扩大，吸引了张翥、吴当、程益、贡师泰四位馆阁文人参与《春晖堂》同题集咏，以弘扬王伯善孝义。

张翥“早岁移天已自嗟，白头今日到京华。不辞织屦因方进，会见随官似大家。反哺乌声时绕树，忘忧萱草镇开花。乡来王谢风流在，宜与词臣作传夸。”②诗中指明了同题集咏的意义所在。“反哺乌声时绕树，忘忧萱草镇开花。乡来王谢风流在，宜与词臣作传夸”，用“春晖堂”作为参照物来观察和体认伦理道德，观物穷理，体物悟道，感物兴情，因物见志。咏物同题集咏目的不是“咏物”而是“言志”，回归伦理秩序是最后归宿。咏物同题集咏大多还是重视诗歌的社会功用性，忽略其抒情性。

馆阁文人群体同题集咏的本质仍是一种“维礼崇德”的文化结构问题。咏物的实质是咏事，最终还是咏人，客观的物被染上道德的色彩，客体被主体同化了，抒发正气；以物来观人，语浅意深，因物寓理，歌颂志向与人格。击蛇笏同题集咏也是如此，借助咏史以崇德、歌咏孔公的浩然正气是文人群体之“志”，文人群体借助击蛇笏同题集咏，提升自己的道德品格，是养气尽善的励志行为。通过同题集咏托物言志，完成自己的道德升华，实现人格的完善，以达到修身养性、治国平天下的目的。主客一体，借助咏物以言志，

①《秘殿珠林石渠宝笈汇编》第4册，北京出版社，2004年，第989页。
②《秘殿珠林石渠宝笈汇编》第4册，北京出版社，2004年，第990页。

诗歌同题集咏的道德教育意义不容忽视。

三、维礼纪实

元初翰林学士王恽去世，众多馆阁文人为其赠挽诗，众人借助诗歌表达对王恽的哀悼之情，有共同的主题，发挥着“诗可以观”的功能，符合同题集咏概念范畴。《故翰林学士秋涧王公哀挽诗》有8位诗人同题集咏：畅师文、刘赓、王德渊、刘愻、王约、韩从益、程钜夫、刘敏中。同题集咏主要针对王恽一生功业，包括仕途、文章、字画、人品，结合时代政治进行评价，以褒扬为主，与碑赞体功能相同。

王约《挽王学士秋涧》：“嗟哉秋涧公，立志恒矫矫。文章尤苦心，杰出千仞表。公之筮仕初，庶务犹草草。每以正自期，临事无大小。闽中宪节回，淇上风烟好。征书下九天，銮坡须故老。一旦皤然归，群情惜其早。余庆及后裔，心事粗能了。生平英灵气，因风入冥杳。明月太行颠，诗名同皎皎。”[①]写实手法叙述了王恽才名及办事认真的特点，交代其善于诗文，有史的价值。

刘敏中《挽王学士秋涧》：“学与天渊博，名随事业新。文章早无敌，字画晚逾神。冥躅追前哲，遗芳泽后人。独怜秋涧月，犹照玉堂春。”[②]用纪实手法交代了王学士学识渊博，将其文章字画都作为歌颂的重点，馆阁仕宦经历也是吟咏重点，事业辉煌腾达，名气随官位逐渐走高，句句写实。挽诗同题集咏体现了诗歌的社会纪实功能，同题集咏诗风一致，不约而同地选择了王恽的特长作为诗歌吟咏的落脚点，“同”的特征明显。

---

① 顾嗣立、席世臣编《元诗选·癸集》，中华书局，2001年，第258页。

② 顾嗣立、席世臣编《元诗选·癸集》，中华书局，2001年，第255页。

元人宋褧，字显夫，大都人。泰定元年进士，历官翰林直学士兼经筵讲官，谥文清，褧博览群籍，与兄宋本先后入馆阁，并有文集行世。时人称呼以大宋、小宋，诗风似卢仝、李贺，清新飘逸。延祐科举实行后，研习经义，既擢进士第，遂入馆阁为校书、编修、修撰、待制，又为太禧掌故、中台御史、山南佥宪，最后由国子司业入翰林为直学士，至正丙戌之春，年五十三岁去世。宋褧以丰富的馆阁仕宦经历结识了很多馆阁文人，同处一馆共事多年，彼此之间感情渐渐深厚，他去世后，引起23位诗人同题集咏，以史诗形式，赞美了其人生，表达了珍贵的友谊，其中不乏少数民族诗人如余阙、完迮溥化、钕纳锡。同题集咏是大一统下民族大融合的象征，是多民族华化的最好证明。元代咏事诗同题集咏其实起到了教化天下、维护纲常、制造舆论的作用，影响了时代的士风，是“诗可以观”“诗可以群”的外化。

《宋显夫挽诗》集咏者有：林希元、张桢、谢闰、王时（2首）、胡震、段天祐（2首）、司廪、王守诚、江存礼（2首）、李黼、方道壑、刘闻、王常、完迮溥化、周镗（2首）、张世昌、楚惟善、张起岩、张翥、李好文、赵公谅、余阙、钕纳锡（2首）①。

元代文人群体挽诗同题集咏运用的次数和规模都远远超过寿诗同题集咏，古代士人更重视“丧葬”文化。中国古代的丧葬文化一直很发达，亲朋好友的离世是人生最大的悲哀，挽诗同题集咏更适合表达严肃的情感，诗的交际功能在庄严的氛围下更适合表达内心情感，也起到维礼的作用。

挽诗同题集咏在宋代已经出现，但是在规模和次数上，无法和

① 杨讷、李晓明编《四库全书补遗》集部第4册，北京图书馆出版社，2006年，第240—256页。

元代相比，宋代最高一次 20 人参与，仅发生 6 次，规模多在 10 人左右，宋代多为皇帝写挽诗，带有很大的应制色彩。而元代挽诗同题集咏动则几十人参与，并不新鲜，没有一次是为皇帝而发起的应制挽诗同题集咏，可见汉族王朝和蒙元王朝在思想意识上的差别。元代挽诗同题集咏多为同一交际圈的朋友，出于友谊而自发形成的，因此元代挽诗同题集咏较宋代运用已经成熟，群体集咏规模更大，更具有自发意识，影响力也更大，真正地彰显了“诗可以群”的功能。

第五节　馆阁文人同题集咏活动与多元意义

元代馆阁文人同题集咏的繁荣是在唐宋同题集咏的基础上壮大的。元代中期同题集咏主要靠馆阁文人引领，元代馆阁文人参与同题集咏的次数、规模远超唐宋，唐代馆阁文人已经开始参与同题集咏活动，多是在玄宗皇帝主持下的应制同题集咏，偶尔有王维、裴迪、王昌龄、王缙出游同题集咏，也有高适、储光羲、岑参等同游大雁塔同题集咏，但次数、规模远远不能和元代相比。宋代馆阁文人同题集咏规模有了一定的发展，西昆馆阁文人是同题集咏的活跃群体，宋代也有送别官员的同题集咏，但是终究由于宋朝地域狭小，主题、次数、规模、人员都受限，同题集咏没有太多施展空间。唐宋时期同题集咏影响力远远不如元代，同题集咏的次数、规模、类型、人员的开放性、活跃程度在元代都上了一个新台阶。元代同题集咏发挥的文化功能、政治功能、诗学功能、史学功能，都有巨大的影响力，多民族文化融合是元代同题集咏的特色。同题集咏在元代大一统下担负起多民族文化交融的重任，元代馆阁文人参与的同题集咏活动对元代诗歌史影响深远。

一、馆阁文人同题集咏活动的文化渗透意义

馆阁文人群体的特殊地位,吸引了番邦文人的仰慕,将同题集咏这种形式传播到域外,这是一种文化渗透现象,从而窥见元代馆阁文人的巨大影响力。因为同题集咏的组织结构能够充分实现文人群体之间维礼交谊的目的,所以被中外文人所接受。元朝馆阁文人与高丽文人群体之间的同题集咏互动,以及高丽文人内部的同题集咏互动都体现了文化渗透的意义。

元代是民族大融合时期,交通发达,各藩属国及西域各族均可以在元代参加科举做官,高丽国应试者,属于汉人范围,与江南文人一同竞争,难度可想而知。朝鲜半岛参与中国科举自唐宋时期就开始了,可谓历史悠久,“进士取人,本盛于唐。长庆初,有金云卿者始以新罗宾贡题名杜师礼榜。由此以至天祐,终凡登宾贡科者五十有八人。五代梁、唐又三十有二人。盖除渤海诸蕃十数人,余尽东士。逮我高丽亦尝贡士于宋,淳化孙何榜有王彬、崔罕,咸平孙仅榜有金成绩,景祐张唐卿榜有康抚民。政和中又亲试权适、金瑞等四人,特赐上舍及第。举是可见东方代不乏材矣”①。高丽人在中国中进士的数量,在元代有了很大的进步。据记载,高丽人在元代中科举者有安震、崔瀣、安轴、李穀、李仁复、安辅、尹安之、李穑等②,他们是高丽人中汉文化水平较高的人士,与汉族文人一同参加科举考试能高中进士,反映了他们较高的汉文化修养。

他们以考中大元进士为荣。“高丽在我朝,如古封建国,得自官人,其秀民皆用所设科仕于其国,皇庆间,诏大比天下,士自是始

①《域外汉藉珍本文库》第2辑集部第7册,西南师范大学出版社,2009年,第141页。

②《高丽史·选举志》卷七十四,明景泰二年朝鲜活字本。

有试礼闱者，然多缀末第，或授东省宰属，或官所近州郡，既归，即为其国显官，鲜更西度鸭绿水者。夫自封建既废，天下仕者，无不登名王朝，其势然也。今高丽得自官人，而其秀民往往已用所设科仕其国矣。顾复不远数千里来试京师者，盖以得于其国者，不若得诸朝廷者之为荣”①，充分说明元代科举对高丽人巨大的吸引力，考中元朝进士的高丽人受到本国民众的尊重，往往成为高丽国的栋梁，负责修实录，参与政事。这是元朝和高丽文化交流取得的成果，高丽进士与元文人经常唱和往来，高丽文人渐渐融进汉族文化圈，彼此之间建立了深厚的友谊。

元统二年(1334)，李縠奉元兴学诏书还本国，元朝馆阁文人群体同题集咏为其送行，“元统元年天子亲策进士，旅叨掌试卷，簾内高丽李縠所对策，大为读卷官所赏，乃超置乙科，宰相遂奏为翰林国史院检阅官，亦荣矣哉。明年上大夫、兴学校，中父得捧制书东还，且将以其得于朝廷者悦乎，亲以及其乡党也”②。

元代馆阁文士，为送高丽人李縠回国，而集体写诗送别。《送李中父使征东行省》同题集咏者有宋本、欧阳玄、谢端、焦鼎、岳至、王沂、王士点、潘迪、揭傒斯、宋褧、程益、程谦、郭嘉③。这是一次特殊的送别同题集咏，是在馆阁文人群体内部发生的，也是跨越国界的一次同题集咏。诗人群体在同题集咏中集体表达了对李縠文名的颂扬，对其高中进士的喜悦流露在诗句中。诗人们用想象的手

①《域外汉藉珍本文库》第2辑集部第7册，西南师范大学出版社，2009年，第139页。

②《域外汉藉珍本文库》第2辑集部第7册，西南师范大学出版社，2009年，第139页。

③《域外汉藉珍本文库》第2辑集部第7册，西南师范大学出版社，2009年，第139—141页。

法描写李穀回到高丽后向父母报喜的情形，把李穀感恩元朝君王的心理展示出来。

这次同题集咏发生在元朝馆阁文士和高丽进士之间，是一次跨越国界的同题集咏，有着非凡的意义。体现了元代文化的包容性和多元性，非母语的高丽人在与汉人同场竞技中获取进士，说明汉文化对各族人士的吸引力，体现着元代文化的包容性、开放性。

翰林李中父奉使征东已事将还辞，高丽的诗人们纷纷同题集咏送李中父还朝，“圣元一视同仁，立贤无方，东士故与中原俊秀并举，列名金榜，已有六人焉。中父虽后出，乃擢高科，除官禁省，施及二亲，俱沾恩命，光捧诏书，来使故国，谒母高堂，焚黄先陇，为存没荣，得志还乡，不独长卿翁子夸于蜀越矣”①。李穀是第六位与中原士人并列入仕的高丽人，高丽文人被李穀进士的光环深深吸引，对大元皇帝一视同仁、立贤的做法给予赞赏，对其衣锦还乡的荣耀津津乐道。

同题集咏这种送别形式被高丽文人接受，李中父还朝，高丽文人群体采用同题集咏送别。《送李中父使还朝》同题集咏者有李齐贤、权汉功、安震、安轴、闵子夷、郑天濡、李达尊、白文宝、郑诵、安辅②。

这是全部由高丽人组成的同题集咏，部分人是元朝进士，可以窥见中外文化交流的盛况。同题集咏已经跨越国界，成为联系友情的重要方式，这是一种典型的文化输出与文化渗透现象，同题集咏文化输出的最主要的意义在于通过文化认同实现政治认同。这

①《域外汉藉珍本文库》第 2 辑集部第 7 册，西南师范大学出版社，2009 年，第 141 页。

②《域外汉藉珍本文库》第 2 辑集部第 7 册，西南师范大学出版社，2009 年，第 141—142 页。

种随机组合的方式自由灵活，也很好地发挥了群体的效能，对于沟通群体内部的情感、增加彼此之间的友谊起到了一定的作用。同题集咏是很适合群体表情达意的方式，也说明元代同题集咏的普遍性和常态化，元诗社会性功能得到彰显，充分反映元代馆阁文人的影响力之大。

二、馆阁文人多族群文化交融的意义

元代多族士人圈下同题集咏活动的诞生需要等到色目蒙古文人群体的汉语水平达到完全驾驭诗歌的时候才能出现，伴随着马祖常、迺贤、贯云石、赵世延、泰不华、余阙、萨都剌、月鲁不花、金哈剌等中后期少数民族诗人的加入而成熟。贯云石引领了芦花被同题集咏，这是元代辽阔疆域、便利交通、多民族融合背景下出现的，引起不同身份文人参与同题集咏。经过同题集咏，芦花被成为清高隐逸文化的象征，为中华文化增添了多元的文化魅力。

雍古人马祖常在馆阁文人群体中地位很高，以马祖常为中心形成了多次同题集咏，充分发挥了马祖常文坛领袖的作用。延祐四年（1317）春天，马祖常以监察御史的身份出使河陇，抚谕河西，袁桷、柳贯、揭傒斯、文矩等人同题集咏。延祐六年（1319）道士赵虚一祠海岳，马祖常、袁桷、薛汉、柳贯题咏送别。同题集咏已经实现了多元身份、多元文化、多元信仰的交流融合，充分体现了多族士人圈下馆阁文臣之间的友谊，身份处在同一个平台、学识处在同一个层次是同题集咏优先发生的条件。色目人泰不华赴南台御史，虞集作文，柯九思、雅琥等题咏送别，雅琥与泰不华同为色目人，同题集咏的凝聚力体现在多族群之间的情感交流中。

元代浦江郑氏家族九世同居，相处和睦，知书达理，男女同食，注重纲常，朝廷给予旌表，延及于文儒才士，推重其家业之歌咏，披其词华以纪之篇章。众多文人同题集咏郑氏的孝义之道，赞赏其家孝义仁厚之风："白麟溪郑氏也，郑氏九世而同居，其于风教厚矣。"①同题集咏具有观风化、美人伦的功用。同题集咏时间跨度近四百年，题咏者从宋开始，以元代文人群体为主流，兼及部分明代诗人，形成一股强大的社会舆论，体现出文人群体对社会风气的强烈关注。多族群文人借助同题集咏来跨越信仰的障碍，同题集咏中敦风化，维护伦理纲常，实现对儒家文化的认同。

上京纪行诗同题集咏创作主体是馆阁文人，同题集咏中实现了多民族、多元身份文人的交流与融合。少数民族士人迺贤、马祖常，道士马臻，僧人释梵奇的参与，形成了多族士人圈下的纪行诗同题集咏。习俗、信仰在这里交融，淡化差异，走向同一。大长公主主持的雅集书画活动，雍古人赵世延与汉人王约、袁桷、冯子振、邓文原、曹元用、张珪等馆阁文人参与的同题集咏活动，在追雅颂赞中实现多民族文化交融。

少数民族诗人亦参与其中，如泰不华、余阙、察伋、哈巴石、八思儿不花、别儿怯不花等，同题集咏对他们内心产生潜移默化的影响，消弭民族隔阂，融入儒家文化圈，共同吟咏忠孝节义，在同题集咏中认同自己的儒家身份。少数民族文人在元代华化的过程中参与了各种类型的同题集咏，同汉族文人一起借助诗歌表达友谊，凸显了诗歌群体性意义，对元代多族士人圈的形成有着重要意义，地位较高的馆阁文人马祖常、贯云石、余阙、泰不华、迺贤、萨都剌起到的引领作用是不可忽视的。

① 郑太和辑《麟溪集》,《四库全书存目丛书》集部第289册，齐鲁书社，1997年，第443页。

三、馆阁文人同题集咏活动的诗史意义

“在元代,作家最多,作品最多的,仍然是诗文。而元代诗文与前朝相比,普及程度更高,涉及的范围更广。诗文成为不同种族的文人们凝聚力的体现”[①]。在元代,诗是文人身份的象征,是诗人靓丽的名片。元代馆阁文人喜欢用诗进行交流共鸣,进而促进了同题集咏的繁荣。

同题集咏是文人群体意识膨胀的产物,需要外部环境的支持,交通地域为其发生提供了极其重要的外部空间。辽阔的疆域、民族的融合、时代的需要都是元代同题集咏形成的外部条件,同时同题集咏因群体内部活动的需要而产生。同题集咏这种唱和方式具有稳定的群体结构,元代馆阁文人是同题集咏的主要参与者和书写者,他们的官员身份、强烈的社会责任感、儒家使命感、理学的深厚修养,往往使得他们乐于参与同题集咏,借助同题集咏实现教化,维护元朝统治,实现政治认同和国家认同,维护士人间的友谊,推动宗唐诗风的形成。馆阁文人的影响力是巨大的,带动了普通文人同题集咏的热情,促进了元诗的繁荣。

同题集咏的前提是诗人身份,同题集咏刚开始发生的时候是有固定群体参与的,元代前期馆阁文人已经运用同题集咏维礼交谊,元代中期馆阁文人充当同题集咏的组织者或者发起人,集咏有一定的主题,随着影响的扩大,像雪球一样愈来愈大,这就是同题集咏的雪球效应。将不同身份的文人吸引进来,在同题集咏中完成了多民族大融合,完成彼此之间的讯息交流,将多元文化互相交换吸收,意义重大。胡氏杀虎同题集咏、鳌峰同题集咏、送别同题集咏等都是雪球效应的体现。

---

① 杨镰《元代文学编年史》,山西教育出版社,2005 年,第 7 页。

异域意象书写是馆阁文人引领的上京纪行诗的特色。在蒙古特殊的政治制度下，蒙古皇帝每年在大都和上都之间巡行，馆阁文臣陪同，就有了馆阁文人引领的上京纪行诗。官员来回经过相同地点，写了大量同题目的集咏诗，丰富了元诗题材，成为元诗的特色，为元代咏行同题集咏增加了亮色。从元初胡祇遹、刘秉忠、王恽参与上京纪行诗同题集咏开始，经过元中期马祖常、虞集、袁桷、王沂、黄溍、迺贤、揭傒斯、胡助、周伯琦、贡奎、贡师泰等馆阁文人的同题集咏，各种异域意象大量进入同题集咏诗中，如韭菜花、地椒、苜蓿、葡萄、骆驼、李老峪、居庸关、龙虎台、雕窝等，傅若金《骆驼图》："紫驼磦砢动秋云，白草微茫卧夕曛。中土向来惟见画，都门今日动成群。"[1] 中土诗人以前只在图画上见过骆驼，没有亲眼看见，元朝统一南北之后，伴随着南人北上的潮流，南方文人第一次亲眼见到了这些事物，大大开拓了眼界。异域意象的同题集咏诗作为元诗增添了很多塞外景致，丰富了元诗地理信息、气候物产信息、民俗信息，开拓了中国纪行诗题材新领域，形成元诗独有的特色。

以大都为中心，元代馆阁文人参与的同题集咏分布于四面八方，同题集咏声势浩大，如北到上都的上京纪行诗，东去高丽的李中父送别，南到广州的付与励赴任，往西南方向去安南的柴庄卿、萧郎中送别，往河西的马祖常赴任，袁桷代祠西岳，五岳四渎的代祀送别，苏天爵的西台送别，东南去金华的黄溍告老还乡等等。元代馆阁文人引领的同题集咏行走路线与大元疆域的辽阔密不可分，大大丰富了元代同题集咏的内涵，拓宽了元诗题材，丰富了元诗表现力。

---

① 杨镰主编《全元诗》第 45 册，中华书局，2013 年，第 147 页。

同题集咏是元诗一个重要的结构特点,也是诗坛的推动力,为诗人之间的相互交流提供了更为广泛的渠道,因为集咏题目的共同性而被纳入同一个文化圈,所以在元初南北文人交融的时候适应群体结构的需要而出现,与元初遗民群体政治需要完全不同。元代馆阁文人群体在多次同题集咏活动中引领元代中期雅正文风的形成,借助同题集咏的名人效应实现了维礼崇德、沟通情感、增加友谊、推广礼教、规范人伦的目的。为适应元朝政治统治的需要,同题集咏活动实现了多族群对儒家文化的认同、对元王朝的政治认同与国家认同。同题集咏活动中促进了元诗宗唐,满足了蕃国文化需求。同题集咏中促进元代纪行诗的繁荣,充分体现了"诗可以兴""诗可以观""诗可以群"的诗学观,具有重要的诗学和史学意义。

第四章　元末隐士群体的同题集咏与诗风变迁

同题集咏在元末非常盛行,诗、文、书、图、印共存的同题集咏成为群体间隐逸人格构建的主要模式。元代隐士群体的构建一直是动态的、流动的,同题集咏的广泛存在塑造了隐士群体的隐逸人格,深化了历代以来隐逸文化的内涵。元代诗坛在多次大型的同题集咏中追慕魏晋,形成了“平淡”“尚清”“雅逸”“率真”“重情”的诗风,完成了对元中期雅正盛世文风的转变。隐逸文化的盛行,引发了同题集咏的流行,也使元末诗风在精神上直接超越盛唐而与魏晋对接。同题集咏确立了元末诗风的品格,对我们重新认识元诗有着重要的意义。

同题集咏从元初开始,在遗民群体中大量出现,用来抒发其抗节之志与亡国之痛,引发了遗民群体的共鸣。同题集咏广泛存在于诗社、题画、鉴书等群体活动中,唱和形式日渐成熟,成为元代文人群体之间运用最频繁的唱和形式。经过元中期盛世文人群体的大力发展后,同题集咏这种唱和形式在元末达到了极盛,成为元诗中一个非常突出的现象。

第一节　同题集咏在元末的盛行

归隐是元末士人群体的主流思想，而入仕不畅是隐士增多的重要原因，“当时由进士入官者仅百之一，由吏致位显要者常十之九”[①]。由于蒙古人、色目人利益至上的原因，人数众多的汉人与蒙古色目人名额均等，汉人落榜人数之多可想而知。因仕途淹蹇，游离于政权之外，无官一身轻的文人们逐渐由追求事功转向修身，由外王转向内圣。举办雅集、流连诗酒、鉴赏字画、收藏古玩、品茗论诗是元末文人群体在不能实现仕途的情况下采取的一种生命态度，“风流纵诞，广延声誉之士，片纸一出，标榜互高”[②]。比拼才情、追求内心的高雅成为元末文人群体的时尚，一时间逐渐形成庞大的隐士群体，他们通过以诗为媒介的同题集咏而形成一个以隐逸为核心的思想文化圈，捍卫自身的名节，抵御政治的侵袭，追求真率、恬淡、宁静、悠远的心境成为一时的风尚。隐逸心态转变为一种群体心态、群体性格，引导元末士风，形成稳固的社会心理。

“诗能穷人”反映的是一种超越世俗、追慕崇高的诗学理想，这并不是事实判断，而是价值判断，元末隐士群体愿意选择这样的话语标榜自己。元末士人重诗名，诗是吟咏性情的工具，一切感情都包含在诗里，朋友间最容易沟通、最容易共鸣的就是诗。在元代，能诗是一种荣誉，也具有很高的才华显示度。

诗是元代文人生命的寄托和安身立命之所在。从元初开始，诗就成为宋遗民抒发亡国之悲、黍离麦秀之感的最佳方式，元末隐

---

① 宋濂《元史》卷一百八十五，中华书局，1976 年，第 4255 页。

② 沈季友《槜李诗系》卷四，《文渊阁四库全书》第 1475 册，台湾商务印书馆，1986 年，第 89 页。

士群体更是如此。元末遗民多具有隐士的双重身份,“(戴)良自元亡后,不忍忘故君旧国,酒酣赋诗,击节歌咏,闻者壮而悲之”[①]。丁鹤年“自以家世仕元,不忘故国。庚申北遁后,饮泣赋诗”[②]。唐兀人余阙言:“夫士惟不得用于世,则多致力于文字之间,以为不朽。”[③]士大夫立德、立功、立言三不朽,在元末只剩立言不朽而已。“惟诗是求”[④]成为元末隐士群体的精神寄托,诗成为隐士群体修身立命的重要方式,也成为隐士群体之间情感交流的重要方式。以诗为媒介的同题集咏实现了隐士群体的理想,在元末士风不畅的年代,成为文人群体寄托生命的重要方式。隐士群体的志向情感和对人生的态度都寄托在了同题集咏中。

同题集咏为元末隐士群体提供了重要的交际平台,通过题咏同一幅画、同一个物、同一个事、同一个字贴来引发群体间的情感共鸣,对主人公修身求志的隐逸行为给予肯定。“园池、亭榭、饩馆、声伎之盛,甲于天下,四方名士若张仲举、杨廉夫、柯九思、李孝光、郑明德、倪元镇,方外若张伯雨、于彦成、琦元璞辈,常主其家,日夜置酒赋诗。有二妓曰小琼花、南枝秀者,每遇宴会,辄命侑觞,一时风流文雅,著称东南焉”[⑤]。

雅集、诗社在元末盛行。“元季,诸先辈相与结社,以文字为乐,号曰壶山文会……月必一会或赋诗琴奕,清谈雅歌以为乐,一

① 钱谦益《列朝诗集小传》,上海古籍出版社,1983年,第15页。

② 钱谦益《列朝诗集小传》,上海古籍出版社,1983年,第18页。

③ 余阙《杨君显民诗集序》,李修生主编《全元文》第49册,第132页。

④ 吴克恭《玉山草堂序》,顾瑛辑《玉山名胜集》上册,中华书局,2008年,第15页。

⑤ 顾嗣立编《元诗选·初集》,中华书局,1987年,第2321页。

时风流文雅有足尚者”①。元末的雅集引导了元末诗风的走向，改变了元中期的馆阁盛世文风。诗社、雅集活动的兴盛带动了同题集咏的繁荣。元初众多诗社采用同题集咏的形式，如月泉吟社模仿科举的形式糊名，举行征诗竞赛，排名发奖，士大夫津津乐道，踊跃争先。科举不开的元初，文人群体用诗社同题集咏的形式满足了内心的虚荣，弥补了不能蟾宫折桂、题名雁塔的遗憾，意义可谓重大。元中期虽开科举，但由于科举取士名额甚少，大部分文人仍会落榜，于是元初月泉吟社同题集咏的排名竞赛形式屡屡在元中后期上演，仍然能够满足士人的心理需求。

至正十年(1350)吕辅之创应奎文会，采用的是同题集咏竞赛的形式，聘五十五岁的杨维桢主评，东南文士以文卷赴会者七百余，中选四十卷，出版发行。“嘉禾濮君乐闲，为聚桂文会于家塾，东南之士以文卷赴其会者凡五百余人，所取三十人，自魁名吴毅而下，其文皆足以寿诸梓而传于世也……士誉荣之”②。杨维桢和李一初主评的聚桂文会参与人数达到五百多人，只取三十名入榜，并刻版流传。吴毅获得第一名，诗名将得以流传，而求得以一个诗人的名誉永载史册是士人群体的理想。

元末文人多悲慨，诗是他们表达情感的最佳方式，虽然老庄思想是隐士群体人生的指导思想，但是儒学仍然是文人立命的根基所在，群体性隐逸是元末士风的重要特征。诗、文、书、图、印共存的同题集咏是隐士群体表达情感的主要方式，是群体内部身份认同的重要渠道。他们特别注重自己的诗人身份，参与同题集咏是

① 谢道承等编纂《福建通志》卷六十六，《文渊阁四库全书》第530册，第374页。
② 杨维祯《东维子集》卷六，《文渊阁四库全书》第1221册，第429页。

诗人身份的体现。元人参与群体活动的意识特别强烈,以发掘内心的价值、提升自己的道德修养、培养群体的人格操守为目标,以诗会友的同题集咏将元诗群体化了。同题集咏唱和推动隐逸士风的形成,深深地影响着元代的文风走向。

第二节 同题集咏与元末士人隐逸人格构建

同题集咏中隐士群体与方外群体、馆阁群体、少数民族群体的互动,跨越身份界限,增强了其他群体士人对隐士群体身份的认同。思想上的交流互动,使得隐士群体数量愈来愈大,推动隐逸文化的形成,构建起以隐逸为核心的人格价值观。元末隐士追慕高雅,借同题集咏守护独立不迁的人格。

同题集咏是元末士人群体政治困境的一种自我解放,守护道统的文化生存模式。元人社会动乱、入仕不畅导致士人群体向内转,重视心灵的解放、身心的修养,注重隐逸人格的建构。雅集、诗社纷纷繁荣起来,客观上促进了艺术的兴盛,"元季人士,亦借绘事以逃名,悠然自适,老于林泉矣"①。元末隐士一大特色是集体逃名,视功名富贵如浮云,全身远害。集体放弃个人仕途和社会价值,逃遁到隐士群体的雅集中,修身守道,守护人格,追求清心寡欲、淡泊宁静的生活,这些在同题集咏中都有鲜明的体现。元末士人多才多艺,士人群体游于艺,从同题集咏中获得内心的安慰,理想境界得以升华。他们诗文书画兼备,在艺术境界上打通彼此之间的隔膜,通过同题集咏书画以保持内心的从容淡泊,他们集咏的是一

① 吴历《墨井画跋》,《续修四库全书》第1066册,上海古籍出版社,2002年,第204页。

种隐居的境界和乐趣，增进了彼此之间的友谊，推动了主情诗风的形成。

诗文书画的汇通是元代士人的基本技能。伴随着元人艺术素养的全面提高，文人画在元代大兴起来，具备“诗书画”三绝艺术的文人逐渐多起来，画家兼有书家和诗人身份，但是士人核心身份仍是诗人，诗、文、书、图、印共存的同题集咏成为群体间隐逸人格构建的主要模式。通过题画、鉴书使不同地域的士人产生对话交流，形成一个个人际网络，穿越时空与不同时期的人进行心灵的对话，对元末隐逸人格的构建有着积极作用。

倪瓒以老庄思想为背景，在绘画、诗文领域全面复古，追慕魏晋风流，书写胸中逸气。倪瓒借助绘画提高了自己的雅趣，他不求功利，始终保持心灵的自由，追求淡泊画风。与倪瓒交往的士人多为隐士，如陈惟寅、陈惟允、徐良夫、王蒙、吴镇、黄公望、赵士瞻、钱惟善、杨维桢、顾瑛、陆居仁等，他们的归隐原因虽然不同，但是均追求隐逸人格精神，即内心的宁静淡泊与豁达、超然物表、不慕荣利，这是隐士之间交往的基础，是元末隐士的群体性格，在同题集咏的互动中得以构建。

隐士群体之间隐逸人格的构建需要同质性的元素，隐逸或隐逸文化的本质就是在于重塑人格、改造人格。隐逸人格在元末大多数雅集对象间仍然是交契的基础。隐逸人格作为精神主体的追求，表现为执着审美、疏离政治。陈惟寅“清介孤峭，甚似其舅，读书鼓琴，不慕荣进，淡泊无欲，以终其身”①。相同的价值取向、轻利重心的老庄思想将彼此紧密联系在一起，并在同题集咏中建立起群体的隐逸人格。

① 倪瓒《云林竹图并题卷》，载李修生主编《全元文》第 46 册，第 564 页。

倪瓒作为隐士群体中的文化名人，具有一定的号召力和凝聚力。倪瓒的山水画透露着隐逸情怀，有 20 多幅图被元代文士同题集咏。其在绘画中树立起隐居求志的旗帜，群体内部成员与群体外部成员呼应，通过同题集咏形成的隐逸风气，引导士风走向。倪瓒的山水画艺术水平之高、隐居的逸趣之深吸引着广大文士，他们希望自己的名字成为倪瓒画卷上的一部分。题诗者多为元末诗人，多为隐士，如翠屏道人、双鹤轩人、朽木居士、碧树山樵等。同题集咏将隐士群体紧紧地联系在一起，表现了隐士群体的隐逸志向和淡泊超逸的风致。

例如倪瓒《六君子图》，有黄公望、朽木居士、赵觐、钱云四位题诗，妙香道者题跋[①]。此图作于至正五年（1345），倪瓒时年 45 岁，因卢山甫索画而作，淡逸疏朗的笔墨意趣摹画了六株生长在江边坡陂上的挺拔树木，分别为松树、柏树、樟树、楠树、槐树、榆树，是君子的象征。客观的树木有了人的情感，“隐”的思想寄托在画中，倪瓒用心灵与山水对话，在山水的观照中洞悉自己内心的世界，摒弃世俗的困扰，寻求内心的宁静淡泊。一河两岸式的构图、平远的空间传达出隐者高逸、孤寂的情怀，很容易引起隐士情感上的共鸣。

元末隐士群体的隐逸人格构建受到元初遗民的影响。倪瓒、陈方、郑元祐、张雨同题集咏南宋画家赵伯驹的《题赵千里聚扇上写山》，四人均为元末文人，关系融洽，同题集咏中形成了相似的悲怆诗风，表达了对宋遗民国破家亡的感慨和对遗民思想的认同。倪瓒“零落王孙翰墨余，越王台殿久荒芜。要知人好画亦好，爱此当年屋上乌”、陈方“故物凋零百岁余，王孙有恨迷平芜。衡门今

① 汪珂玉《珊瑚网》卷三十四，《文渊阁四库全书》第 818 册，第 646 页。

日看真迹，始与人辨雌雄乌”、郑元祐“文采于今沦落余，雕阑玉砌凄烟芜。至宝不随黄土化，门上空啼头白乌”、张雨“江南宝绘多遗余，王孙不归恨蘼芜。蘼芜消歇秋风起，班姬为我歌乌乌”[①]，可见遗民心境的苍凉。作为宋王孙的赵伯驹以墨画写心，发亡国之悲，陈方是龚璛的女婿，龚璛父亲因南宋亡国而绝食自杀，陈方受到龚璛影响很深，郑元祐受南宋遗民影响很深，“咸淳诸遗老犹在，君遍游其门”[②]，后隐居吴门四十年，共同的思想基础使得四位元末隐士对其沦落之悲给予同情。这是隐士隔了一个世纪后与遗民的心灵对话，使得元末隐士群体隐逸人格精神带有了宋遗民讲气节、守道的色彩。

再如《题钱选山居图》同题集咏，元末士人郑元祐、张雨、顾瑛、楚石道人、倪瓒、俞贞木等与元初遗民钱选、仇远进行对话，对钱选隐居给与肯定。“舜举独隐于绘事，以终其身……敬慎淡泊，不愧其先，能写花木翎毛……亦君子之志也”[③]。钱舜举将隐逸情怀寄托在画中，其遗民守节的君子之志通过元末士人同题集咏得以彰显。

王冕、倪瓒、魏俊民等元末隐士都参加了对元初遗民郑所南《郑所南画兰》的同题集咏，倪瓒写道：“秋风兰蕙化为茅，南国凄凉气已消。只有所南心不改，泪泉和墨写离骚。”[④] 王冕：“老子平生忠义俱，栖栖山泽太清癯。疏豪不作寻常醉，却似三闾楚大夫。”[⑤] 魏俊民：“南望湘江歌楚声，癯癯鹤骨老山林。濡毫为染苌弘血，淡

① 朱存理《珊瑚木难》卷六，《文渊阁四库全书》第 815 册，第 189 页。

② 苏大年《侨吴集》附录，《文渊阁四库全书》本。

③ 赵汸《赠钱彦宾序》，李修生主编《全元文》第 54 册，第 320 页。

④ 陈高华《元代画家史料汇编》，杭州出版社，2004 年，第 526 页。

⑤ 王冕《题郑所南画兰》，杨镰主编《全元诗》第 49 册，第 448 页。

扫幽芳寄此心。”[①]集体歌咏郑所南忠贞气节，将其直比屈原。元末隐士群体对元初遗民群体的文化认同代表了一种群体认同，两个群体都是失落、愤懑、孤傲的群体，都是气节的崇尚者、理想的高扬者、山林的栖息者，所以元末隐逸人格精神中有着元初遗民的君子气节，元初郑所南以画寄志的人文精神被元末以倪瓒为代表的隐逸画家所继承，郑所南“纯是君子，绝无小人”[②]的狷介气质影响到了元末的倪瓒、王冕、张雨等人。

元末较大规模的雅集多在吴地，江南的富庶是举办雅集的基础，出现了顾瑛的玉山雅集、徐达左的耕渔轩及遂幽轩雅集、倪瓒的清閟阁雅集、杨维桢的草玄阁、张德常的良常草堂、王蒙琴鹤轩、陈宝生春草堂等众多雅集。雅集是构建隐逸人格的阵地，隐士群体参与雅集中同题集咏的目的是以诗存史、以诗存名、以诗存道，“忧道不忧贫”始终是文人群体的情怀。

元末隐士群体集体归隐，将隐逸精神寄托于艺术才情中。品画、鉴书、题诗、篆刻都成了文人群体交际的媒介，成为文人群体精神境界提升的重要途径。群体间的互动促进了艺术的繁荣，隐士群体的身心境界亦得以升华。元末大型同题集咏频频出现，对构建隐士群体的隐逸人格起到了重要的作用。《听雨楼图》《破窗风雨图》《耕渔轩图》《墨菜图》《聚芳亭图》《秀野轩图》《续兰亭会》《良常草堂图》《西湖竹枝词》《陶九成竹居图》《铁网珊瑚图》《南村草堂图》《荆溪图》《琴鹤轩图》及玉山雅集中的同题集咏，都是以诗文书图印共存的形式歌咏隐居的心境与雅趣。

艺术的才情发酵了元末隐士群体的隐逸情怀，群体将隐逸人

---

① 魏俊民《题郑所南画兰》，杨镰主编《全元诗》第 49 册，第 449 页。

② 陶宗仪《南村辍耕录》卷二十，文化艺术出版社，1998 年，第 283 页。

格精神寄托在亭台楼阁的建筑中，素雅简洁的亭台成为群体吟咏的对象。元末隐士经济水平参差不齐，富隐士自己盖亭台楼阁以举办雅集，贫隐士自己盖茅草屋，或接受他人的捐助，虽然自己的居住都成问题，但是仍然没有影响他们隐逸人格的构建。元末张德常作淞江判官，为官有政绩，曾购买良常草堂若干间，目的是为了解决元末隐士的穷顿问题："今德常欲搆草堂，所求者柯、张、杜三君，或宿诺而寒盟，或解嘲以调笑，讁求其实，则罔所知。"[①] 倪瓒为其写《题良常草堂图》，同题集咏者有倪瓒、张雨等 18 位士人。刘性初是元末有志气的读书人，是个典型的儒生，甘于贫遁，隐居陋室，刻苦攻读，希望有朝一日行天下之道，可惜生不逢时，入仕艰难，遂有隐居之志，他是元末乱世士人群体际遇的缩影。翰林学士汪叔志给刘性初的隐居读书处起了个雅号叫"破窗风雨"，周伯琦用篆书书写，杨维桢写记，追慕杜甫秋风茅屋气节。他以贫守志的气节，引发了文人群体同题集咏，赞美其志气不凡，并对其君子品格给予高度肯定。破窗风雨被王彦强画成图，有 41 人以诗、文、书、图的形式参与同题集咏。一方面反映了元代士人生存入仕的艰难、生不逢时的悲叹，另一方面也反映了元末士人群体隐逸求雅的风气盛行，刘君的破窗风雨就是求雅的最好说明。元末雅集频频，破窗风雨是元末文人群体追和雅趣，隐逸求志士风弥漫的例证。

隐居是文人的一种精神追求、人格理想。"清高"是刘性初的境界所在，刘性初在贫困中仍不忘求志、求雅。刘性初追慕独立的人格，唾弃功名富贵，代表着元末文人群体自我意识的觉醒。文人们都借助同题集咏歌颂他淡泊名利、清介高洁、持贫守节的君子形象。他清如梅花、性比仙鹤，其隐逸人格就是在同题集咏中形

① 倪瓒《题良常草堂疏》，李修生主编《全元文》第 46 册，第 616 页。

成的。

隐士建亭子并不是为了炫富，而是隐逸人格精神的一种表达方式，也是求雅的方式。借助亭子召集隐士以获得隐逸情感的共鸣，元末闵全的聚芳亭就是一个例证。聚芳亭是游息之所，匾额为九皋学士书写。聚芳亭建在群山环抱中，绿树成荫，亭子并不大，仅能容数客。亭子简陋，没什么装饰，仅在亭旁点缀一些花卉。这个亭子仅供游人雅士休息之用，聚芳的意义就在于简陋的亭子能汇集有才华的文人雅士。“一举而兼有之，信乎斯亭之能聚芳，而众芳之聚斯亭也”①，“芳”是指君子的品格、高洁的志趣，是隐逸人格的象征。“园池之胜，不在花石台榭，惟其人而已”②，人仍然是同题集咏的中心，这是隐逸群体人格精神所在。19 人通过同题集咏聚芳亭表达了隐士群体的志向气节，体现着文人对自我精神内在修养的追求，儒家人士清贫守节、独善其身的品质凝聚在了聚芳亭的同题集咏中。以物比德折射出诗人群体的隐逸精神品格，是儒家人格理想的一种历史象征，同题集咏反映了对君子品格的追求。元末隐士群体的人格是在儒、道两家基础上构建起来的。

第三节　同题集咏与元末诗风

纵观整个元代，归隐一直是士人的主流目标。叹世、遁世的声音从元初遗民群体开始，经元中期被抛弃在官场之外的山林士人的书写，在元末壮大开来。书写隐逸情怀、歌颂隐逸主题的同题集

① 陈遇《郑禧聚芳亭图题跋》，《秘殿珠林石渠宝笈汇编》第 10 册，北京出版社，2004 年，第 1654 页。

② 文彭《郑禧聚芳亭图题跋》，《秘殿珠林石渠宝笈汇编》第 10 册，北京出版社，2004 年，第 1658 页。

咏频繁发生，在元末达到了高潮。伴随着隐逸士人掌握了诗坛的话语权，隐逸诗风逐渐代替了元中期雅正诗风。

在追慕魏晋的过程中，元末的同题集咏实现了诗风的复古，形成了“平淡”“尚清”“雅逸”“率真”“重情”的诗风，完成了对元中期雅正文风的转变。每一次同题集咏都是一次雅集，联系着大量的隐士、僧人、官员、道士、少数民族诗人，形成了巨大的人际关系网络，他们对归隐的赞同从根本上确立了元末诗风的品格，同题集咏对元末诗风的形成意义重大。

一、率真诗风

元末隐士群体注重精神境界的高逸，王蒙《听雨楼图》同题集咏就是“率真”诗风的代表。元末至正年间，东海卢士恒有楼名曰听雨楼，周伯温篆书“听雨楼”三字。至正二十五年（1365），王蒙于卢生听雨楼中作画，倪瓒同在此楼。经王蒙作画以后，此楼名声大振，引起了众多文人同题集咏。张雨、倪瓒、钱惟善等19位诗人均参与其中。参与同题集咏的士人中既有隐士又有僧人，还有官员饶介、周伯琦。听雨楼诗卷中所载皆一时名士，诗的基调是愁苦悲伤的，展示了元末乱离中文人奔波无定的凄苦以及战乱背景下文人特有的隐逸心态：

> 雨中市井迷烟雾，楼底雨声无著处。不知雨到耳根来，还是耳根随雨去。好将此语问风幡，闻见何时得暂闲。钟动鸡鸣雨还作，依然布被拥春寒。（张雨）
>
> 云林夜灯寂，有雨弥更佳。漠漠著树稳，霏霏度檐斜。入静意所便，争喧竞浮夸。弛张任橐籥，细大无根芽。妙运出元造，至理忘纷拿。变化本因忘，声闻耳生瑕。不如且置之，摄

心静无哗。危坐不须寐，呼童剪灯花。(王宥)

层檐集飞霤，深砌走鸣瀑。余声殷天籁，清气入林屋。风波任喧汹，燕坐瞑双目。置身得萧爽，洗耳绝尘俗。香毯郁水沉，帘花映湘竹。篝灯动春酌，剪韭留夜宿。与客对床眠，清谈未云足。(严瑄)

飞楼何凝阴，雨气正含雾。潇洒集群霤，淅沥散高树。声悬长风外，坐想当瀑布。习喧久渐息，静听乃真趣。阴晴造化意，年芳暗中度。白发如散丝，凭君写幽素。(郑元)①

同题集咏为我们展示了一种人生态度：齐物我，达生死，物我合一，体现着老庄"贵真"思想，是老庄"致虚极，守静笃"的体现。景物、情理融为一体，表达着隐士任性率真的生命态度。用心静悟着大自然的玄理，心与境会，情与景融，洗耳绝俗，静听天籁。人生而静，因物而动，摒弃世俗，返朴归真，表达着隐士群体在乱离中的超然心境。逸趣高雅，不假雕饰，归于朴素，形成了"率真"的诗风。

二、雅逸诗风

雪篷同题集咏追逐魏晋士人的雅致与风流，有力地推动了元末诗风的复古，是元末文人群体生命方式的体现。穿越时空的纸上雅集满足了元末战乱中不能定期相见举办雅集的诗人群体的心愿。雪篷同题集咏反映出隐士群体抛弃政治的重负后，游离于权力之外，以心隐的方式追逐高雅的情致。求雅鄙俗的元末士风推动了"雅逸"诗风的形成。

① 张丑《清河书画舫》卷十一，上海古籍出版社，2011年，第545—548页。

该雅集参与者 16 人，既有隐士、道士，还有僧人，隐逸是他们共同的情怀。雪篷同题集咏并不是同时同地而作，有些成员并未见面："余虽不识子坚，若取友于焕常，必端人也，他日访雪篷于江上，固不为生客矣。"①

发起人蔡子坚是元末隐士，家在吴淞之上，以耕钓为乐，喜与人交，其中不乏释道之人。他于江上作渔舟，舟成后，宴请士大夫以示庆贺。篷窗洞达，船屋宽敞，不刻意雕饰，仅白粉刷船。贞素洁白的外表，粲然可观。适逢冬日，"上下江山，一白万顷，而吾子坚独能把钓垂纶，携琴引鹤，倚蒹葭以为社，狎鸥鹭以为盟，得鱼沽酒，命客赋诗"②。众位隐士纷纷赋诗集咏雪篷，以表达自己对蔡子坚隐居之乐的认同，如谢应芳："雪篷之乐得于天，虽欲同人人孰取。惟有山阴王子猷，清兴颇堪同日语。"这里借用王子猷雪夜访戴、夜泊至门前兴尽而返的典故，点明了隐者之志及豁达、洒脱的魏晋风度。许钧："有客江头泛雪篷，清虚人在玉壶中。招邀太白吴淞月，游挟坡仙赤壁风。醉卧不知天上下，歌狂那问水西东。堪嗟碌碌求名者，争若闲闲一钓翁。"③渔翁成为元诗中隐逸人格构建的价值符号，放浪形骸的士风造就了雅逸超脱的诗风。

文人雅士寓情于物，在同题集咏中借雪篷表达一种隐者之乐。士人不以功名利禄累其心，而能居安分以乐其志。雪篷承载的是一种超脱的人生志趣，无论穷达，士人均要修身养性以完善人格。文人群体吟咏雪篷是隐士群体抛弃儒家功名后尚雅士风的产物，雪篷同题集咏体现了雅逸的诗风。

① 故宫博物院编《徐邦达集》第 6 册，紫禁城出版社，2006 年，第 617 页。

② 故宫博物院编《徐邦达集》第 6 册，第 616 页。

③ 以上两首诗均引自故宫博物院编《徐邦达集》第 6 册，紫禁城出版社，2006 年，第 615—618 页。

三、平淡诗风

朱泽民《秀野轩图》同题集咏有 41 人参与，影响颇大，自元末一直持续到明永乐年间。隐者把自己高雅的人生志趣完全融汇于大自然之中，心性得到了陶冶。他们超脱物外，超越了名利的束缚，体现了道家的情怀。隐士深层次的心隐，在静观山水的过程中，获得心灵上的“超逸”“清淡”，实现了“道法自然”的老庄精神境界，对元末平淡醇美诗风的形成起到了推动作用。

秀野轩是周景安的隐居之所，是元末众多隐士群体的园林建筑之一，居余杭山之西南，背倚锦峰之文石，是周景安眺览之所。将陶渊明的诗和此组同题集咏对比一下，就会发现惊人的相似性。陶渊明“结庐在人境，而无车马喧”，张端“樵渔不许到，车马几曾喧”；陶渊明“山气日夕佳，飞鸟相与还”，金觉“挥弦对青山，夕阳见樵牧”；陶渊明“开荒南野际，守拙归园田”，张端“人自千钟禄，君犹独乐园”；陶渊明“方宅十余亩，草屋八九间”，张文震“闻君溪上结幽居，地僻时通长者车”；陶渊明“暧暧远人村，依依墟里烟”，金觉“泓泓水浮溪，霭霭云出谷”；陶渊明“羁鸟恋旧林，池鱼思故渊”，张文震“我亦有家山水窟，十年无地著茅庐”；陶渊明“狗吠深巷中，鸡鸣桑树颠”，金觉“雉雊麦风暖，蚕眠柘烟绿”①。

同题集咏中，诗人们极力模仿陶渊明的诗风，平淡醇美中可见隐士的宁静淡泊之志。周景安追慕渊明逸趣人格代表着元末士人群体的精神追求。秀野轩成为周景安与文人群体修心养性、寄托情志的地方。建造园林是一种“求志”行为，隐逸山林、逍遥园林渗透着道家情怀，是崇本返朴的体现。一首首田园诗，有渊明的影子，诗中隐居意象非常多。士大夫隐居归田、避世山水间，似陶潜

① 朱存理《珊瑚木难》卷一，《文渊阁四库全书》第 815 册，第 29—34 页。

采菊东篱下，精神上获得超脱尘外之自由。同题集咏促进了元末“平淡醇美”诗风的繁荣。

四、重情诗风

《西湖竹枝词》同题集咏是元末最后一次规模空前的同题集咏，影响很大。《西湖竹枝词》同题集咏是一次情歌大赛，主持人是杨维桢，参与者身份各异，地位高低不同，有些是杨维桢邀请来参加同题集咏的，更多的是自发吟咏，他们从不同角度描写了自己心中独特的西湖。

表面上看，《西湖竹枝词》同题集咏是一次兴致偶发，但其实是元末隐逸文化的必然产物。杨维桢退官隐居西湖，面对西湖山水偶感而发写下了九首《西湖竹枝词》，邀请朋友同题集咏，其中包括倪瓒，一时间同题集咏者剧增，好事者流布南北。来自各族、各阶层的诗人，包括隐士、僧人、闺秀、官员都来参加《西湖竹枝词》同题集咏。这是元末的时代风气，是同题集咏成熟的体现，也是诗歌走向下层百姓，诗歌社会化的表现。《西湖竹枝词》同题集咏的本质就是铁崖古乐府运动的延续，是杨维桢诗学理念的再次延伸，与杨维桢的个性有着极大的关系。杨维桢说“诗本情性”①，杨维桢诗学在同题集咏中已经逸出了情性之正范畴，狂热地追求内心之真情，这次《西湖竹枝词》同题集咏的中坚力量仍然是铁崖派诗人。少数民族诗人有蒙古族同同、基督教士完泽等，更多的是不知名文人，甚至是无名氏，他们出于对西湖的喜爱，主动参与到《西湖竹枝词》同题集咏中来。同题集咏弥合了不同民族之间身份、信仰、习俗的差异，他们认同“主情”诗风，推动了元末诗风的成熟。

---

① 杨维桢《东维子集》卷七，《文渊阁四库全书》第1221册，第438页。

此次同题集咏没有功利性的目的，是文人雅致的抒发，任情而发，情到诗成。杨维桢发起的《西湖竹枝词》同题集咏是他革新元中期颓敝诗风、大胆创新、求新求变的一部分。“情”在同题集咏中得到热烈彰显，这是一次回归“情本位”的诗风革新运动。

五、尚“清”诗风

“清”是元末隐士的群体品格，是隐士内心修养的体现，也是雅致逸趣的反映。隐士格除物欲之后，在长期的艺术书写中渐渐形成了淡泊无欲、求雅自洁的特点，并内化为自身的品格。“清”是内心长期养气的结果，不慕荣华、尚清简、耿介孤峭最终的结果就是“清”，“好尚清雅”[①]的顾瑛与倪瓒都是“清”品格的反映。具有“清”品格的倪瓒、王冕、吴镇的画引发众多文人同题集咏，对元末尚“清”诗风有很大的影响。

倪瓒的诗朴实无华，不雕饰，一任于情，清淡如水。“欲写新诗尘满几，味我迂言淡如水。白云淡淡何从来，伴我孤吟北窗里”[②]，倪瓒性情清淡如水的特点在诗中有着鲜明的体现。倪瓒作诗求“性情之正”，“诗必有谓，而不徒作吟咏，得乎性情之正，斯为善矣”[③]。倪瓒的情性受儒家影响较大，追求雅正。“正”才可以“清”，“淡”与“清”都是没有杂质、任情绝俗的体现，是人品在诗品、画品中的体现。“吟咏得性情之正者，其惟渊明乎？韦、柳冲淡萧散，皆得陶之旨趣”[④]，倪瓒论诗追求萧散冲淡，与他的画风一致，受到陶渊明的清淡诗风影响很大。

---

① 李祁《草堂名胜集》序，顾瑛辑《玉山名胜集》，中华书局，2008 年，第 7 页。
② 倪瓒《子安淡室图并题卷》，李修生主编《全元文》第 46 册，第 599 页。
③ 倪瓒《拙逸斋诗稿序》，李修生主编《全元文》第 46 册，第 612 页。
④ 倪瓒《谢仲野诗序》，李修生主编《全元文》第 46 册，第 614 页。

元末隐士注重自身修养，身藏德不晦，身游物外，不事王侯，高尚其事。因此诗风有“清”的特点，隐士王冕诗风是尚“清”的典型代表，王冕与世俗不同，被称为狂士。社会黑暗导致其志不获展，隐居修身求志，王冕将自己的人生境界寄托在画梅中，梅花就是王冕人格的象征。墨梅“清香散作天下春，草木无名藉光彩”、白梅“春到玉堂浑不觉，清香疏影自分明”、红梅“清香吹散乾坤外，不是寻常桃杏花”[①]。王冕在对梅花的歌咏中获得了精神的慰藉，慨叹梅花“翩翩浊世之高士也，观其清标雅韵，有古君子之风焉”[②]。王冕诗风“尚清”的特点是从隐逸人格中得来的，与自身遭际有密切的关系，对君子品格的追求是其诗风“尚清”的原因。

王冕的梅花画成为元末士人同题集咏的热点，王冕的梅花不只是一幅画，他有多幅墨梅图，有多首同题集咏诗。梅作为一个种类，引起了众多文人同题集咏，不乏许多重要诗人的参与。陈基、郑元祐、熊梦祥、张渥、丁复、杨维桢、于立、释子贤、刘基、张羽、顾璘、徐渭、陆完、贡性之、刘绩、文征明、唐肃、钱宰、释来复、释溥洽[③]、宋禧[④]、成廷珪[⑤]等众多文人、方外诗人都题过王冕的梅花，弗林人金元素[⑥]也参与其中，多元身份士人在同题集咏中推动了对

① 见杨镰主编《全元诗》第49册，第365、441、445页。

② 王冕《王冕集》，浙江古籍出版社，2012年，第278页。

③ 陈邦彦等《御定历代题画诗类》卷八十四，《文渊阁四库全书》第1436册，台湾商务印书馆，1986年，第292—298页。

④ 宋禧《题王山农画梅》，载杨镰主编《全元诗》第53册，中华书局，2013年，第458页。

⑤ 成廷珪《竹居轩诗集》卷四，《文渊阁四库全书》第1216册，台湾商务印书馆，1986年，第349页。

⑥ 金元素《王元章梅竹为省掾郑起清赋》，杨镰主编《全元诗》第42册，中华书局，2013年，第383页。

“清”的诗风的认同。

同题集咏从发生地域上讲,多发生在吴地。元末隐士群体通过同题集咏塑造了隐逸人格精神,创造出有别于前代的隐逸文化。同题集咏对元末隐士群体隐逸精神的构建起到了重要作用,大规模同题集咏的出现改变着元诗的风貌,塑造了迥异于元中期治世之音的元末主情诗风。元末诗风少了儒家重功名、重伦常的道学气,体现出“重本心”的特征,这是诗学领域的一股清流。从同题集咏形成的多元诗风看,元末诗风“得古”远远超越“宗唐”,隐逸文化的盛行,引发了同题集咏的流行,在精神上直接超越了盛唐而与魏晋对接。明代以来,学者对元诗多鄙薄。同题集咏深化了对元末诗风的认识,通过群体性同题集咏形成的雅逸尚“清”诗风是元人隐逸品格的升华,对我们重新认识元诗有着重要的意义。

第五章　理学繁荣与元代同题集咏书写

元代受理学影响，节妇、忠臣、清官数量较多，引发文人大量书写，声势浩大，影响巨大，一直影响到清末，反复有文人就此话题进行书写。借助同题集咏宣扬伦理教化，这是一种重要的手段，体现了元代文人对理学的高度认同，也是对诗歌教化功能的认同。

第一节　理学繁荣与元代节妇同题集咏书写

元代的节妇数量很多，理学成为元代官方意识形态后，改变着士风走向，“以通经学古之制，一洗隋唐以来声律之陋，致海内之士，非程朱之书不读”[①]。从元初到元末，在理学的影响下出现了一大批节妇，尤其集中在元末，元末节妇的数量远超前中期。元代节妇事迹引发文人同题集咏，次数较多，比较有影响的节妇同题集咏书写有元初的胡氏杀虎同题集咏、青枫岭王节妇同题集咏、元末的水节妇同题集咏、泉南陈节妇同题集咏、娼妇李哥同题集咏。本节重点讨论李哥同题集咏。

元末战乱中，李哥是娼妓出身，却很有气节。“李歌者，霸州

① 欧阳玄《欧阳玄全集》，四川大学出版社，2014 年，第 183 页。

人,其母一枝梅,倡也"①。年十四,鸨母一枝梅教她歌舞,李哥哭泣说,我只有以此为业了吗?鸨母告知她,此业不可废,李哥说如果从此听从母亲的话,母亲也应该听从我的选择,否则我只有选择死去。鸨母同意了李哥的要求,从此李哥不涂粉,不吃荤,所唱歌曲多是道情之类,有召唤伺候客人的时候,李哥一定会先询问客人姓名,不与客人戏狎。李哥凝立在筵席间,行酒唱歌,不会对客人左顾右盼,客人予酒也不饮。灞州判官曾经想强迫李哥,李哥发誓不与州判相见。孟津县监厚礼贿赂鸨母,夜晚抵达李哥住处,李哥怀揣尖刀,关上卧室房门,骂县监,说:"你的职责在于使百姓受到恩泽,品行卑劣到连狗羊都不如的程度,你赶快离开我这里,以免你的血玷污了我的刀",县监惭愧地离开了。明日知州听说了此事感叹道:"灞州有贞女李哥而我作为知州却不知道此人贞烈,是我的过失呀。我的二儿子经明经考试得中秀才,礼聘娶李哥为儿媳。"没过多久,红巾军为害,李哥夫妇被捉住,红巾军见李哥长相秀丽,准备杀死李哥丈夫,李哥走到丈夫跟前抱住丈夫脖子大呼:"我绝不答应贼兵条件,请求先杀掉我。"贼寇将李哥和丈夫一起杀害。此事引发元末文人群体关注,纷纷写诗同题集咏此事,促进了元代叙事诗的发展。

王逢《李哥》:"蝉蜕污尘配凤难,乱中同死义尤安。灞津落尽垂杨叶,月魄清游奈薄寒。女长倡优解爱身,士遭离乱合安贫。艾萧荆棘兰参伍,毕竟幽香独占春。"② 王逢对李哥品行予以赞美,将李哥比作蝉蜕污泥而不染尘俗,指出与丈夫相知的艰难,赞美夫妇

① 宋濂《宋学士全集》补遗卷一,《丛书集成新编》第67册,新文丰出版公司,1984年,第1209页。

② 杨镰主编《全元诗》第59册,中华书局,2013年,第271页。

在元末红巾军作乱中死义，认为夫妻死得其所。王逢从理学角度认同了李哥夫妇的死节行为，认为是合乎义理的行为，是值得歌颂的行为。艾蒿、荆棘、兰花混在一起不能辨别，但是兰花的幽香独居杂草上风，将李哥比作小人丛中的君子，继承屈原香草美人传统。王逢师事陈汉卿，陈汉卿师事虞集，虞集是理学家，受业于元代理学大家吴澄。王逢以故元遗民维护了理学忠君思想。

李哥行

管时敏

霸州李哥年十五，出身本是娼家女。
誓死愿作良人妻，不愿随时学歌舞。
白头阿婆不见容，籍我花名入官府。
李哥有志不得酬，终夜号咷泪如雨。
儿今未免从母命，母也须当听儿语。
净洗容颜不食荤，一钗一裙只荆苧。
唱歌得钱赡阿婆，此身不敢辞辛苦。
东城酒楼花满烟，五陵公子罗尊俎。
众中一少忽相嘲，李哥出门气如虎。
益津县监轻薄儿，不惜黄金买同处。
阿婆贪金不顾儿，暝地甘言密相许。
县监夜半排闼入，李哥拒之闭其户。
大言痛詈汝监邑，汝何不知民父母。
手操白刃不容狎，县监惭惶走无所。
霸州太守闻且惊，吾州此女深可取。
有子读书举秀才，年逾弱冠未婚娶。
通媒六礼议成姻，一州欢传得贞妇。

后来贼兵犯霸州，李哥与夫遭贼虏。
贼见李哥好颜色，但言杀夫不杀汝。
李哥得言即誓死，与夫同死河之浒。
乌乎！李哥节义俱赫赫，声名振今古。
我今闻之多慨慷，激烈悲风起林莽。
他年观我李哥行，贼子奸臣面如土。①

管时敏以第三人称口吻完整叙述了李哥重操守的事迹，叙事详瞻。根据《南村辍耕录》记载，许多细节掺杂了想象成分，如“李哥有志不得酬，终夜号咷泪如雨”“有子读书举秀才，年逾弱冠未婚娶”，《辍耕录》并无李哥泪落如雨的纪实，也没有记载知州儿子已经弱冠之年。“众中一少忽相嘲，李哥出门气如虎”，文学的描写将李哥刻画得栩栩如生，增加了李哥的内心描写，叙事诗使得李哥形象较《辍耕录》鲜明，通过文学艺术构思故事，史实根据文本需要进行重塑，改变了《辍耕录》单纯历史的记载。按照事件出现的前后顺序叙事，李哥情感化更加突出，通过想象丰富了故事情节，人物更加立体可感。鸨母贪财出卖李哥一事在诗中有所体现，叙事诗基本按照史实叙事，较史实更加生动，注重刻画人物形象，注重心理描写，故事更加曲折生动，更具有文学魅力。诗歌最后以议论方式评价李哥，夸赞李哥节义赫赫，声振古今。李哥成为元末战乱出现的节妇楷模，对于日后警戒贼子奸臣具有借鉴意义。最后对李哥进行评传，“李哥之行，固有可取，不遇士大夫为之发挥，亦与草木同腐已。至正之变，忠臣节妇，岂特此耳，是所遇有幸不幸

①《文渊阁四库全书》第1231册，台湾商务印书馆，1986年，第691页。

也”[①]。认为李哥事迹值得大书特书，认为事件虽然可敬，但是如果不是遇到士大夫为之作传写诗同题集咏纪实，李哥的贞烈事迹会随着年代久远而如同草木腐坏，这是元末战乱中不幸中的万幸，同题集咏对于元末节妇的书写具有存史的价值。

元末节妇守节之志不输男子，且数量较多。元末战乱环境为节妇的大量出现提供了机缘，多是被红巾军所掳掠骚扰，元末战乱环境客观上为检验节妇提供了一个视角。从上层贵族妇女到底层娼女都能够忠贞守节，这是发自内心的一种修养，是长期受理学教化的结果，尤其是上层妇女受到家庭的熏陶，“时张栋妻王氏语家人曰：‘吾为状元妻，义不可辱。’赴井死，其姑哭之恸，亦赴井死”[②]。节妇有良好的家风，从小接触经史，受家庭儒家氛围的影响，对理学知之一二，间接提高了内心的道德修养，具备深厚的儒家底蕴，在被贼兵逼近的形势下，能够果断作出以死殉节的决定。元代妇女多能题诗，从元初王节妇清风岭啮指题诗开始，形成了一个传统，在元末战乱中重复出现了元初的场景，出现了众多妇女啮指题诗，或题诗于岩石，或题诗于墙壁，或题诗于布帛。危急时刻，写诗明志，为元诗留下了精彩的一笔，丰富了元诗的宝库，具有重要的史料价值和文学史意义。

宋代理学出现以后，影响越来越大，相比唐代妇女，南宋妇女贞节观念已经深入内心。理学在元代影响继续加深，立为官学以后，理学的影响更大了，士大夫读理学，影响到其妻子。

理学思想束缚着妇女的身心，通过这些节妇诗，我们可以窥见元末战乱中节妇的思想情感、道德境界和人生价值判断等。元代

---

① 管时敏《蚓窍集》卷五，《四部丛刊三编》，永乐刻本。

② 宋濂《元史》，中华书局，1976 年，第 4513 页。

理学对妇女影响深刻,她们以为夫守节为道之所在。节义超越了生命,理学思想也深深影响到元代少数民族妇女的忠节。慎独、戒惧功夫在妇女身上有所体现,已经深入妇女道德修养的深层领域。饱受理学熏陶的文人用笔书写记录了众多的节妇事迹,丰富了元代节妇诗的内涵,扩大了元代节妇的影响力。最主要的目的是存史,教化后人,移风易俗,规范人伦秩序,这是元代文人群体对理学认同的表现,也是文人群体的自觉行为。书写节妇事迹,弘扬其价值是文人的使命。正心修身在元末节妇身上得到体现,充分表明了元代理学对下层民众巨大的渗透力和影响力。

程朱理学在元代的流行促使元代出现了许多节妇,尤其是元末最多。理学的节义从元初的宋遗民转移到节妇身上。元末节妇有上层贵族女子,也有底层娼妓,也出现了数量众多的少数民族节妇。她们多会写诗,有着深厚的理学素养,将守节视为修身的准则,书写贞节,从而留名青史。她们为维护名节、践行义理,体现了理学的影响力,引发了文人同题集咏,体现了诗歌服务现实、注重教化的功能,也促进了元代叙事诗的发展,对于纠正文史学界关于元代缺乏节妇的刻板印象有积极的意义。

第二节 理学繁荣与元末忠臣同题集咏书写

元末战乱中出现了大量忠臣,有相当数量的少数民族忠臣,他们为了元朝献出了生命、维护了名节、践行了义理,体现了理学的影响力。元末战乱折射出少数民族群体对元朝拥护认同的心态,为我们认识元代少数民族文人心态提供了一面镜子,成为检验多民族文人对理学接受程度的一个窗口。众多忠臣在死亡面前并不畏怕,修身以得其心正,体现了延祐科举复开的意义。他们的忠烈事迹引发了文人群体同题集咏，也促进了叙事诗的发展，发展了元诗的纪实功能，充分彰显了君臣大义高于华夷之辨。

一、刘鹗死节同题集咏

元末名臣刘鹗就是元末忠臣死节最著名的一个。刘鹗，字楚奇，世家居住江西永丰，自幼好学，为人正直忠义，吴澄爱重之。与虞集、欧阳玄、揭傒斯等元代馆阁名臣交往密切，进行诗文唱和。皇庆间荐充扬州儒学录，至正元年（1341）擢湖广儒学提举，累官至翰林修撰，力学。至正十二年（1352）除江州路总管，时红巾兵起，郡邑瓦解，刘鹗力图恢复，致敌寇不敢犯。至正十七年（1357），迁广东廉访副使，至正十九年奉命镇韶，修城池，缮甲兵。至正二十年（1360）擢广东阃帅，其少子刘运亦以功特加广东副元帅。

至正二十二年（1362），拜江西行省参政，红巾军作乱，刘鹗采取一系列措施巩固城墙，修缮武器，训练士卒，聚粮饷，鼓舞士气，在元末乱局中，保持了一方安宁，红巾军不敢靠近，全城安宁，百姓欣然诚服。后来红巾军攻占韶州，刘鹗命将士带兵出战，坚持了一月，由于援兵不至，城陷，刘鹗幼子战死，刘鹗被执，囚禁在慈云寺，“骂贼不屈而死，粤人为立宪节祠”①。

刘鹗说：“吾平生志气在忠孝，今不幸至此，我死不瞑目矣！作诗一首付述，不食，六日而卒。”② 作《绝笔诗》一首：“生为元朝臣，死作元朝鬼。忠节既无惭，清风自千古。”③ 将诗交给他的儿子刘述，绝食六日而死，时年七十五岁，表达了对元廷的忠贞。刘鹗之所以做出这样的壮举，主要因为刘鹗深受程朱理学的熏陶，关键时

---

① 魏源《元史新编》卷四十九，光绪刻本。

②《文渊阁四库全书》第 1206 册，台湾商务印书馆，1986 年，第 362 页。

③ 杨镰主编《全元诗》第 36 册，中华书局，2013 年，第 145 页。

刻舍身取义,杀身成仁。这种举动是平时养气的结果,相比危素首鼠两端,刘鹗显得难能可贵。刘鹗有深厚的理学素养,曾说:“言虽殊而理则一。”[①]强调尽性体天知命:“有理斯有气,有气斯有形。”[②]主张理先气后,理寓气中。认为达到中庸境界需要得知天理,才能超脱世俗形气的束缚,“天下之理得则可以参赞位育,而成位乎其中矣”[③]。

刘鹗信奉理学,对程朱理学多有心得,写有《存心论》《践行论》等理学文章,主张“穷理尽性以至于命”[④],认为天理和人欲是对立的,圣人之所以中正仁义立人极,是因为圣人“无一毫人欲之私,是以视则极明,听则极聪,貌则极恭,言则极从,推之仁敬孝慈信,无一不止于其所是形色,本然之理”[⑤]。认同孟子的寡欲,“盖寡焉,以至于无,无则诚立明通。诚立,贤也。明通,圣也,是圣贤非性生,必由养心而后至之,养心之善有大焉”[⑥]。刘鹗极其重视日常道德修养,清心寡欲,体察天理,立诚养心,充道纯心,不累身,进而不累心,从而达到善的境地。对元廷忠心耿耿,毫无一己之私欲,忠诚为君。以实际行动践行着理学忠君思想,朝着成圣方向努力。

刘鹗亲自写了大量纪实诗歌,描绘元末战乱社会环境,抒发自己的心情和感悟。《感怀三首》:“丧乱八九年,乾坤日流血。人心久不古,伦义悉磨灭。豺虎在城市,生民半鱼鳖。张弓不得射,

①《文渊阁四库全书》第1206册,台湾商务印书馆,1986年,第299页。
②《文渊阁四库全书》第1206册,台湾商务印书馆,1986年,第300页。
③《文渊阁四库全书》第1206册,台湾商务印书馆,1986年,第300页。
④《文渊阁四库全书》第1206册,台湾商务印书馆,1986年,第300页。
⑤《文渊阁四库全书》第1206册,台湾商务印书馆,1986年,第300页。
⑥《文渊阁四库全书》第1206册,台湾商务印书馆,1986年,第299页。

令我重呜咽。欲付之忘言，宁无愧司臬。”“醉者常百千，醒者才一二。苟或不自持，醒者亦复醉。诸君愿正大，政好持善类。庶几纲目张，或可起憔悴。政事如修明，盗贼亦人尔。无令贾长沙，痛哭至流泪。”“丧乱靡有定，天下无全材。苟不事淫酗，辄复多疑猜。徒知尚权势，不恤治体乖。生民化盗贼，田里多蒿莱。狂澜亦既倒，纵挽不可回。愿忍贾生泪，且进渊明杯。”① 丧乱已经持续了八九年，战事不断，每天都有杀人事件发生，这首诗采用纪实手法，表达了刘鹗对元末时局的忧虑。人伦道德已经沦丧，贼兵在城市掳掠，百姓遭殃，亲眼所见贼寇猖狂，但是却不能铲除祸害。刘鹗在诗中指责元末官员同流合污，不能坚持心正。政事不修，人伦丧失。盗贼仁义不修，导致丧失道心。丧乱未定，天下无材，元廷不善治理，不知权术，不体恤百姓，以至于百姓为了生存变为盗贼，已无法力挽狂澜，只能同贾生一样垂泪。刘鹗分析得一语中的，非常恳切，由此可知刘鹗的理学情怀。

刘鹗的理学情怀充分体现在他的理学诗中，《偶题》：“客言不可信，可信惟至理。惟理苟可行，不可即中止。倘或徇客言，事变无定体。问客谢不知，积谤俱在已。尚观理若何，勿为客所使。题诗置座右，聊识吾过尔。”②《题谈命杨见心》：“阴阳无端倪，大化不少息。叶落已复萌，泉枯又还溢。虚盈消长机，今古岂终极。既见天地心，祸福从测识。何须泛天河，眷眷支机石。”③ 可见刘鹗对理学的敬仰，可信惟至理，理可行，不可中止，相信事物是变化的。

刘鹗忠君死节践行了理学中的“君为臣纲”，“五常性也，天命

---

①《文渊阁四库全书》第 1206 册，台湾商务印书馆，1986 年，第 324 页。
②《文渊阁四库全书》第 1206 册，台湾商务印书馆，1986 年，第 324 页。
③《文渊阁四库全书》第 1206 册，台湾商务印书馆，1986 年，第 323 页。

之性”①。人伦五常是性的一部分，是天命之性，君臣关系是性分中所固有的天理。刘鹗的气节引起了文人群体关注，大家纷纷写诗哀悼他。刘鹗成为元末文人群体的歌咏对象，其忠节成为一种价值符号，激励着元末文人群体在乱世中保持伦理纲常，存道才能存身。在士人群体眼里，身可亡，道不可废，文人儒士的使命就是弘扬道德、传承文明。强烈的儒家使命感，引发了文人的同题集咏。

同题集咏充分发挥了诗学功能，对于传播士风有积极作用，引发诗人群体共鸣。以《元故江西参政刘公挽诗》为题，61 位诗人同题集咏，还有刘鹗子孙参与其中，题诗者名多不显，赖此同题集咏得以存名，多为元末明初人：梁寅、邓伯言、韩梦臣、黄庄、丁国卿、鲁沂、张希达、赵敬、刘源、赵杞、马复初、黄琢、萧绍宗、文允中、殷琇、刘德俊、萧规、罗达、吴汶、胡天全、张翥、金幼孜、周孟简、曾鼎、彭汝器、萧镃、吴仲珠、刘虬、胡广、周述、曾棨、刘素、朱缙、刘希旦、刘希奭、刘公熙、刘冠、刘士彦、刘士章、刘可规、张元锐、朱玉朗、聂大绶、蒋璟、解以敬、钟维桢、程卫、刘士晋、宋上达、程谋道、张允沆、汤道生、谢可法、汤桢、陈之麟、张允淇、刘芳汉、李向旦、刘于廷、刘天受、刘刚②。

大父年过一百余，作诗曾寄远游孙。
归来甘旨能终养，刘氏终为孝义门。
椿府森严教一经，宦途由此立功名。
荣亲追赠彭城伯，富贵文章见死生。
解养慈亲二室人，彭城旧郡总封君。

①《文渊阁四库全书》第 1198 册，台湾商务印书馆，1986 年，第 276 页。
②《文渊阁四库全书》第 1206 册，台湾商务印书馆，1986 年，第 363—371 页。

非夸冬笋冰鱼味，紫诰同封世共尊。
芹宫职教列文台，讲下诸生自远来。
岂特菁莪成美颂，至今楚些羡奇材。
作宾漕运及黄堂，修撰文华动帝乡。
归把浮云名道院，词臣黼黻永流芳。
元季干戈祸不轻，李侯死节重江城。
朝廷遴选公来继，数载荒区集义兵。
再守筠阳谢国公，柏台作吏广韶中。
少亲民务多军务，白简飞霜毒雾空。
一登帅府总戎时，大厦将倾势莫支。
香积厨边饥不食，自知死节是男儿。
如仪棺殓二郎贤，兀兀灵輀送及泉。
天柱峰高接云汉，想应号泣动旻天。
捐躯报国誓当年，瘴海孤忠万里天。
只恐史臣编不到，老夫和泪写新篇。①

——胡天全

诗人用笔记录了元末动乱的分崩离析，“元季干戈祸不轻，李侯死节重江城。朝廷遴选公来继，数载荒区集义兵。再守筠阳谢国公，柏台作吏广韶中”。李黼战死，刘公被委派到前线抗击红巾军，修缮兵器，训练士兵，巩固城池，起到了一定的作用，缓解了暂时的压力，但是元朝灭亡大势已定，敏感的诗人已经感受到了这一点，“一登帅府总戎时，大厦将倾势莫支”，元朝已经无力回天，刘公命运只有悲剧的结局，“香积厨边饥不食，自知死节是男儿。如仪

①《文渊阁四库全书》第1206册，台湾商务印书馆，1986年，第365页。

棺殓二郎贤，兀兀灵輀送及泉”，为忠义绝食而死。同题集咏纪实是史诗风格。忧国忧民情怀溢于言表，以诗存史的意义很大，在士大夫眼里国可亡，诗史不可亡。此诗叙事完整，纪实特征明显，俱是对史实的如实书写，夹叙夹议，叙事中流露出对刘公忠义的赞美和惋惜之情。

诗歌最后交代了写此诗的目的是以诗存史，担心后世史臣忘记将刘鹗死节的壮举载入史书，胡天全眼里刘鹗忠义行为是值得书写并可以载入史册的，目的是以诗存史而使刘鹗名留青史。结果正如胡天全预料的那样，此事后来在修《元史》时，因为“当是时修史者失之采录，不得为公立传，以附元史忠义之次”①，因此刘鹗忠义事迹没有被写入《元史·忠义传》，“以备史氏之缺，庶几读者有考也”②，文人群体的咏事同题集咏恰恰弥补了史传的不足，同题集咏以“实录”精神，为元代留下了宝贵的史料。

刘鹗死节同题集咏具有重要的意义，起到了存史存人的目的。元末战乱产生了许多忠义事迹，事件内容具有丰厚的伦理道德价值，是值得大书特书的，诗歌承担起这一重任，充分发展了元诗的叙事功能。叙事诗的历史意识强烈，以史诗方式来进行社会全景式描写，透过该诗窥见元末社会动乱中士大夫的精神风貌，以及对社会环境的真实再现。叙事诗受史家叙事影响，重事实，以简练为主，叙事有本，好发议论。元末战乱为元代叙事诗提供了足够的素材和创作空间，在“诗可以观”的推动下，元代叙事诗体现了足够的驾驭事件的能力，按时间顺序叙事，采取纪实原则，有叙有评，继承了《诗经》以来诗歌“关风化，美人伦”、反映现实的传统。

①《文渊阁四库全书》第1237册，台湾商务印书馆，1986年，第301页。
②《文渊阁四库全书》第1237册，台湾商务印书馆，1986年，第301页。

李向旦“戎寇纷纷乱南土，可怜忠义死干橹。人间铁石作心肠，天上银河洗肺腑。只说疆场难未平，谁云家国空无补。文山正气满乾坤，父子如公堪步武”①，刘于廷“积思不可极，日向纪编寻。象郡见奇节，羊城留愤吟。凛然颜杲古，烈矣比干心。幸表双忠盖，欧文更古今”②，同题集咏的落脚点仍然是对刘公忠义节气的歌颂，主题高度一致，众多诗人同题集咏，大量用典，将刘鹗比作颜杲卿、文天祥、比干等忠臣义士，起到了舆论宣传的作用。同题集咏刘鹗死节事迹，将此事名留青史，扩大了刘鹗气节的影响。

二、泰不华、余阙死节同题集咏

“延祐当国，即议行贡举，其后如泰白野、余忠宣、李浔阳诸公，立节疆场，垂名竹帛，皆出自左右两榜。元朝尊贤养士之报，于今为烈，揆厥由来，皆韩公主行科举之力也”③。元末众多死节士人中，余阙、泰不华、李黼的死节最为引人注目，引发文人反复同题集咏书写。泰不华，字兼善，伯牙吾台氏，初名达普化，元文宗赐以今名。世居白野山，父塔不台，入直宿卫。历仕台州路录事判官，遂家定居于台州。家境贫寒，好读书。集贤待制周仁荣养而教之，周仁荣师从金华王柏学朱熹理学，所以泰不华受理学影响很深。年十七，江浙乡试第一，后进士及第。与方国珍斗争中死节，死得极其悲壮，“泰不华嗔目叱之，脱起，夺贼刀，又杀二人，贼攒槊刺之，中颈死。犹植立不仆，投其尸海中。年四十九”④。

据《涌幢小品》记载，元末女诗人范秋蟾，“台州塘下戴氏妻

①《文渊阁四库全书》第1206册，台湾商务印书馆，1986年，第371页。

②《文渊阁四库全书》第1206册，台湾商务印书馆，1986年，第371页。

③ 顾嗣立编《元诗选·二集》，中华书局，1987年，第197页。

④ 宋濂《元史》，中华书局，1976年，第3425页。

也，琴棋书画靡所不精，尤工音律。一日，其夫与客同赋诗吊泰不华，未就，秋蟾出一律云云”[①]。可见泰不华的巨大影响力，范秋蟾与丈夫及朋友同题集咏写诗悼念泰不华殉节，范秋蟾《吊泰不华》“江头沙碛正交舟，江上怀人百战忧。力屈杲卿生骂贼，功成诸葛死封侯。波涛汹汹鲸横海，天地寥寥鹤怨秋。若使临危图苟免，读书端为丈夫羞”[②]，刻画了一个忠心耿耿的英雄形象，一身正气，临危不惧，视其为颜杲卿一样的英烈，对其节义大加赞颂。

刘基作有《吊泰不华元帅赋》，以赋的形式将批判的矛头指向了元廷，元廷看不到泰不华的忠贞，泰不华耿介遭此厄运，是时运不济所致。元廷蒙蔽了双眼，贪婪小人时刻围绕皇帝身边，忠臣欲进陈而无阶，退而无路，泰不华生不逢时，处于尴尬的地位，忠孝无以施展。在这篇赋中，我们看到了屈原的影子，屈原忠而被谤，刘基认为泰不华和屈原有些类似，将批判的矛头指向了昏庸的元廷：“何逢时之不辰，生不能遂其心兮，死又抑而不伸。”[③]刘基对泰不华死节的认识还是相当深刻的，站在历史的高度来评价泰不华，为泰不华生不逢时、元廷不能保护好忠臣而惋惜。

余阙死节影响最大，引起了众多元末明初文人的同题集咏。余阙死节成为很长时期内一个重要的文学热点。

余阙是元统元年（1333）进士，“阙留意经术，五经皆有传注”[④]。余阙少曾与吴澄弟子张恒游，“恒，临川吴澄弟子，善谈名理，阙之学因绝出四方”[⑤]。吴澄是元代著名理学家，余阙很早就受到张

① 杨镰主编《全元诗》第 62 册，中华书局，2013 年，第 63 页。

② 杨镰主编《全元诗》第 62 册，中华书局，2013 年，第 63 页。

③ 程敏政辑《明文衡》卷二，《四部丛刊》本。

④ 宋濂《元史》，中华书局，1976 年，第 3429 页。

⑤ 王云五《丛书集成初编》第 7 册，商务印书馆，1939 年，第 373 页。

恒影响接触了理学。另外,程朱理学纳入科举考试范畴,余阙进士出身自然会受到理学影响,深厚的理学修养使得他危难之际选择殉国。余阙笃信儒家忠孝仁义,是一位清官,"洁如冰壶,唯余公一人"①。深厚的理学素养,使得余阙清正廉洁、一心为民,为元朝鞠躬尽瘁,死而后已。

余阙在与陈友谅交战中死节。他坚守孤城七年,屡次打败贼寇进攻,不仅是一位儒者,更是一位杰出的军事家。他体恤士兵,身先士卒,多次以少胜多,化险为夷,有勇有谋,这样的人才并不多见,最令人感动的是他舍生取义、杀身成仁的精神,"自以孤军血战,斩首无算。而阙亦被十余创。日中城陷,城中起火,阙知不可为,引刀自刭,堕清水塘中,阙妻耶卜氏及子德生、女福童皆赴井死"②。余阙死节非常悲壮,可以用气壮山河来形容其凛凛风骨,这正是理学培养出来的品质。余阙一直重视修身,哪怕是战斗的间隙,余阙都会充分利用时间读经正心,教育自己的士兵知君臣大义,"稍暇,即注周易。帅诸生谒郡学会讲,立军士门外以听,使知尊君亲上之义,有古良将风烈"③。

余阙以死尽忠,他的死引起众多文人同题集咏,以各种形式写了挽诗26首,祭文两篇,传记一篇。余阙死节是元代影响较大的多族士人圈同题集咏,他也成为多族群同题集咏的中心。同题集咏者身份复杂,有诗僧释惠恕,有官员,有隐士,还有西域色目诗人。跨越时间较长,吟咏到明中叶。伯颜子中、丁鹤年等西域色目诗人参与其中,以余阙死节为中心构建起一个元代多族士人圈的

---

① 王云五《丛书集成初编》第7册,商务印书馆,1939年,第374页。

② 宋濂《元史》,中华书局,1976年,第3428页。

③ 宋濂《元史》,中华书局,1976年,第3429页。

文化活动，相当于组织了一次中等规模的雅集活动。

伯颜，字子中，高昌畏兀人，自幼好学，从钓台夏溥学习举业，四次以春秋领乡荐。深厚的经学基础使他对余阙死节深感悲痛。“使者将至，饮药死，子中有学行，喜谈兵，元亡后，妻子没入掖庭，语及往事，涕泗潸然下，出以鸩自随曰：此所以志也。歿之先一夕，具牲醴祭其先与昔时共事死节之士，作《七哀诗》，读者悲之”[①]。明廷征召伯颜之日，伯颜选择了殉国，他的《七哀诗》声泪俱下，令人不忍卒读：“有客有客何累累，国破家亡无所归。荒村独树一茅屋，终夜泣血知者谁？”[②]认同自己的元朝子民身份，对元朝忠心耿耿。易代之际，江山换主带来的悲哀历历可见，这是理学忠臣不事二君的最好解读。诗中回忆祖上簪缨之族的荣光、母亲的慈祥，表达了伯颜子中不愿沽名钓誉苟活的理想，愿意为元朝百战一死成为英雄，趁着年轻愿意为元朝舍生取义，不要等到老了就没有机会了。

元末战乱余阙极力维持元对江西的占有，受到行台全普庵撒里器重，江西大势已去，伯颜入闽，使陈有定颇感敬畏，曾特意浮海前往大都献计策。元亡后朱元璋视伯颜为心腹之患，没收其妻子，自己变姓更名，冠黄冠，十数年间随身携带毒药，洪武十二年（1379）自杀。余阙死节引起了伯颜子中的共鸣，受理学影响的他特别能理解余阙的忠君行为，作有《挽余廷心》一诗：“义重身先死，城存力已穷。百年深雨露，一士独英雄。甲第声华旧，文章节概中。只今千种恨，遗庙夕阳红。”[③]诗中伯颜对余阙不能实现报君愿望感到饮恨，同时对余阙的忠义气节给予认同，伯颜相信余阙死

① 顾嗣立编《元诗选·二集》，中华书局，1987年，第921页。

② 杨镰主编《全元诗》第63册，中华书局，2013年，第95页。

③ 杨镰主编《全元诗》第63册，中华书局，2013年，第96页。

节会受到后人祭拜尊敬。

“鹤年自以家世仕元，不忘故国，顺帝北遁后，饮泣赋诗，情词凄恻，晚学浮屠法。庐居父墓，以永乐中卒”[①]。西域人丁鹤年有着很强的故国情结，对元王朝的灭亡感到痛苦，作为进士世家，儒学忠孝理念深入内心，“专以躬行为学，非其食不食，非其衣不衣，重然诺，尚气节”[②]。丁鹤年是个孝子，乌斯道曾作《丁孝子诗》。

丁鹤年对于同为西域色目人的余阙死节表示难过，作《过安庆追悼余文贞公》：“将军匹马入舒城，击贼频烦训义兵。孝以保家忠徇国，聚而出战散归耕。围倂月晕全无隙，捷振天威大有声。游说飞书徒间谍，输诚伏节愈坚贞。云梯屡却妖氛豁，露布交驰杀气平。千里荆扬凭保障，七年淮海赖澄清。山深猰貐雠还出，江阔鲸鲵斩更横。外援内储俱断绝，裹疮饮血独支撑。天昏苦雾埋营垒，日落阴风卷旆旌。甘与张巡为疠鬼，肯同王衍误苍生。三千将士皆从死，百二山河亦继倾。静对风霆思号令，遥从箕尾识精神。颂碑不愧词臣色，哀诏偏伤圣主情。愿为执鞭生不遂，临风三爵重沾缨。”[③]

诗歌高度写实，将余阙训练士兵、战场杀敌的经过，陷入绝境的情形，三千士兵愿意死节的史实都一一作了叙述，塑造了余阙有勇有谋、体恤士兵、视死如归的形象。并将其比作唐代张巡，充分肯定了余阙杰出的军事才能，发展了叙事诗的纪实功能和驾驭事件的能力，有史诗的价值。

邓雅《安庆吊青阳先生余廷心》：“江云淡淡江水清，吊古又上

① 张廷玉《明史》，中华书局，1974 年，第 7313 页。
② 李修生《全元文》第 53 册，凤凰出版社，2004 年，第 447 页。
③ 杨镰主编《全元诗》第 64 册，中华书局，2013 年，第 366 页。

舒州城。青阳先生不可见，群玉山人空复情。一门骨肉死贞节，千古文章留姓名。高风激烈孰能比，李黼守潭当并称。”[①]此诗俱是按实书写，诗中赞美余阙以及家人死节的贞烈，并大加赞扬能与余阙同此高风的士人只有战死的李黼。

成廷珪陪乌本初、同佥李希颜在断崖祭吊余阙，因赋诗约明年再祭。“七年苦战守孤城，食尽无人发救兵。诸将赴河同日死，万家嚎地几人生。中台星折天应泣，大节堂空鬼亦惊。国难未平公已往，临风西望泪纵横”[②]。如实叙事，交代了余阙独守孤城七年，无奈食尽无援兵，并没有临阵逃脱，勇敢死节。诗人对于其义烈给予高度评价。余阙对元廷忠心耿耿，使得诗人祭拜余阙时老泪纵横。

吕谅《挽余廷心元帅》：“百战残民力已疲，将军未遣壮心违。城依楚水无兵援，目断燕山有雁飞。但愿斫头成大节，焉能屈膝解重围。睢阳死后舒州继，况是中原大布衣。”[③]吕谅这首诗夹叙夹议，如实叙述余阙战死，并分析其失败的原因是孤立无援，余阙与百姓已经尽力而为，用议论的手法点明主题，歌颂余阙守大节，不向贼兵屈服，将其比作唐代张巡。张巡是唐邓州南阳人，唐代开元末进士。安禄山反时，任真源县令，起兵守雍丘。唐肃宗至德二年（757）守睢阳，诏拜御史中丞。与太守许远以微弱兵力，抗击数十万叛军，苦守睢阳数月，粮尽援绝，城陷被杀。吕谅对余阙给予高度评价。

成廷珪和吕谅都是用史论方式评价了余阙死节，含有批评元廷不作为的意思，这些同题集咏诗带来了一定的社会影响，如同史

① 杨镰主编《全元诗》第54册，中华书局，2013年，第319页。
②《文渊阁四库全书》第1216册，台湾商务印书馆，1986年，第313页。
③ 杨镰主编《全元诗》第52册，中华书局，2013年，第347页。

官评论史实,“多史家所未备”[①],同题集咏加速了余阙事迹的传播,扩大了余阙忠诚的影响力。

余阙事迹经过元末文人群体同题集咏后,声名远扬,明太祖亲自下诏为余阙立庙祭祀,“大明皇帝嘉阙之忠,诏立庙于忠节坊,命有司岁时致祭”[②]。大力表彰其忠义,接力棒似的在明代持续引起共鸣。

明代朱善作诗悼念余阙气节,《过安庆吊余廷心》:“左辖当年镇皖城,江淮千里日交兵。四方共倚雄藩在,一木孤撑大厦倾。高节分明成蹈海,奇才磊落见竹营。至今书疏留遗恨,丞相旌旗不远征。”[③]诗歌一方面描述了余阙孤立无援的境遇,一方面歌颂余阙死节。

明代唐文凤作有《过安庆吊余左丞》:“龙飞淮甸渡长江,抗守孤城死肯降。一士忠贞传左辖,百年神武定南邦。杲真兄弟时称独,巡远勋劳世少双。褒宠圣朝崇庙貌,巫歌觋舞降神幢。”[④]诗歌与朱善诗歌一样都是赞颂余阙忠义,将其比作唐代颜杲卿。

明中期进士谢士元作有《余阙守城》一诗,描写余阙元末战斗绝境中誓死不屈的气概:“烟尘暗九关,王室势如燬。矫矫鲁诸生,擐甲守孤垒。援绝力难支,身亡心不死。至今清水塘,时复悲风起。”[⑤]主旋律仍然是钦佩余阙忠贞气节,并感慨时至明代中期,谈起此事仍是悲叹不已。史官宋濂对余阙高度评价:“阙死于君,而能使妻死于夫,子死于父,忠孝贞节,萃于一门,较之晋卞壸家,又

① 钱谦益《列朝诗集小传》,上海古籍出版社,1983 年,第 14 页。
② 宋濂《元史》,中华书局,1976 年,第 3429 页。
③ 曹学佺《石仓十二代诗选》(明诗)卷六十四,明崇祯刻本。
④《文渊阁四库全书》第 1242 册,台湾商务印书馆,1986 年,第 575 页。
⑤ 曹学佺《石仓十二代诗选》(明次集)卷二十四,明崇祯刻本。

似过之矣。”[①] 可见余阙死节对士大夫的冲击力。

三、理学影响对元末忠臣的书写意义

元明易代之际，少数民族诗人对元王朝的灭亡痛心疾首，伯颜、余阙、丁鹤年、泰不华、买闾等西域各族对元朝充满感激怀念之情。余阙、泰不华身为元朝进士，在同地方军阀的战斗中为元朝献出了宝贵的生命，践行了儒家忠君观念。元末战乱折射出少数民族文人群体对元朝拥护认同的心态，为我们认识元代少数民族文人心态提供了一面镜子。

理学思想束缚着忠臣的身心，通过这些忠臣诗，我们可以窥见元末战乱中忠臣的思想情感、道德境界和人生价值判断等。元代理学对忠臣的影响深刻，他们以忠君为道之所在。节义超越了生命，理学思想深深影响到元代少数民族文人的忠节。慎独、戒惧功夫在多民族忠臣身上有所体现，已经深入忠臣道德修养的深层领域。

许衡说：“自天子而下，诸侯、卿大夫以至于庶民百姓，贵贱虽不同，一切都要把修身做根本。”[②] 元代理学具有通俗化倾向，许衡强调自天子、诸侯、卿大夫到百姓都要修身，修身不分贵贱。正心修身在元末多民族忠臣身上得到体现，充分表明了元代理学对文人巨大的渗透力和影响力。

元末战乱为文学提供了众多素材，规定了元末诗歌写作的内容和形式。元末战乱中出现了大量忠臣，其中有相当数量的少数民族忠臣，他们为了元朝献出了生命，维护了名节，践行了义理，体

---

① 王云五《丛书集成初编》第 7 册，商务印书馆，1939 年，第 376 页。

② 许衡《许衡集》，中华书局，2019 年，第 132 页。

现了理学的影响力，“有所恐惧则不得其正”[①]。许衡将“恐惧”解释为“畏怕”[②]，众多元代节妇和忠臣在死亡面前并不畏怕，修身以得其心正。他们的忠烈事迹引发文人群体题咏，成为经典的价值符号，体现了诗歌服务现实、实行教化的重要功能，也促进了叙事诗的发展，是“诗可以观”的体现，也充分彰显了君臣大义高于华夷之辨的史学价值。

第三节　理学繁荣与元代清官同题集咏书写

元代理学的深入发展、官方地位的确立，促进了元代清官的大量出现，引发文人同题集咏，以存史、存事、存人。延祐开科以后，将理学纳入科举考试内容，“致海内之士，非程朱之书不读”[③]，“非程朱学，不试于有司，于是天下学术，凛然一趋于正”[④]。苏天爵说：“仁庙临御，肇兴贡举，网罗俊彦，其程试之法，表章六经。至于《论语》《大学》《中庸》《孟子》，专以周、程、朱子之说为主，定为国是。而曲学异说，悉罢黜之。”[⑤]对广大士人产生了重要的影响。延祐科举以后选拔了一批高素质、仁政爱民的儒学官员，为官清廉，推行教化，平反冤狱，治理河水，肃清社会风气，为元代社会发展做出了重要的贡献。

---

①《礼记译解》，王文锦译，中华书局，2001 年，第 900 页。

② 许衡《许衡集》，中华书局，2019 年，第 147 页。

③《文渊阁四库全书》第 1210 册，台湾商务印书馆，1986 年，第 75 页。

④《文渊阁四库全书》第 1210 册，台湾商务印书馆，1986 年，第 37 页。

⑤ 苏天爵《滋溪文稿》，中华书局，1997 年，第 74 页。

一、清官郭郁的同题集咏书写

郭郁，字文卿，汴之封丘人，金末避兵徙大名，六岁知读书，精通诸经子史。从大德九年（1305）开始，持续到延祐、泰定年间一直在多地任官，为官有政绩，修桥梁，整顿民风，平反冤狱，减轻赋役，勤政爱民，劝善惩恶，整肃世风，廉洁从政，深得百姓爱戴。施中庸之道于政，尽人事，尽人道，在父为孝，在师为敬，在君为忠，每到一处都治理得井井有条，各个方面发生了一个很大的变化，尤其是民风民俗发生了很大的变化，“高邮两城五乡，受公之惠，甚如父母之爱其子也”[①]。

“起知高邮府凡六阅月耳，垦田复者六万余亩，逃民愿还者千二百家。同知两浙运盐使司，先时居民苦于盐徒虚指之患，至是犯者，止坐其身，不使刑及无辜始也。建言减盐额五万以宽灶户终也。额外乃增至二万二千四百，又平反盐徒一十七起，由是私盐屏息，课程增羡。佥宪江西激扬，务存大体，巡历诸路，修理学校，责成课讲，所至士风翕然。吉赣南安饥，公竭心赈济，活者数十万人。黜罢污吏百余。南康旧无三皇庙，公曰：继天立极，三圣一揆，固不专于医，建学崇祀，设博士弟子员”[②]，“知浮梁州，首兴学校，改创州学殿堂廊庑，塑绘圣贤像设，焕然一新”[③]。

郭郁在浮梁、高邮、浙江、江西等地为官，对各地做出了重要的贡献，民风大振，整顿世风，士气翕然，采取种种惠民政策以改善百

---

① 《饯郭侯诗并序》，阮元辑《宛委别藏》第 42 册之《编类运使复斋郭公敏行录》，江苏古籍出版社，1988 年，第 91 页。

② 徐东《运使复斋郭公言行录》，《续修四库全书》史部第 550 册，上海古籍出版社，2003 年，第 650 页。

③ 徐东《运使复斋郭公言行录》，《续修四库全书》史部第 550 册，上海古籍出版社，2003 年，第 649 页。

姓生活，修建学校，罢黜贪官，打击走私盐业的盐徒，建庙尊礼，秉公执法，体现了郭郁杰出的领导才干，深得民心。这么爱民的官员扎根在百姓心中，百姓非常感激他，儒士们担当起文人使命，用诗文记录下郭公政绩，于是关于郭郁政绩产生了十一次同题集咏，比较重要的有九次，酬唱两次。

同题集咏因为民意而诞生，十一次同题集咏是“诗可以观”的彰显，乐府精神的发扬，为事、为时、为人而作，具有强烈的现实主义精神。

“爱民、劝善、惩恶、兴利、除害，著于治功，可以咏、可以贺、可以纪、可以序，在官争赞美，既去极见思，文人才士卷轴……”[①]关于郭郁政绩引发的十一次大规模同题集咏，都与郭公政绩显著、勤政爱民有关系，离任后百姓极为思念郭郁，文人群体肩负使命，于是以“咏”的形式发起了多次同题集咏，以慰藉百姓对郭郁的思念，这些同题集咏使得郭郁名垂青史，是民意所在、人心所向，具有积极的意义。

“徽水随山北来，至城南始浮木而度郡之名。昉此旧有桥，废者五十年，太守复斋先生下车未半载，斯桥重兴，江山还千古之奇，人物聚一时之盛，喜甚欲舞，情见于辞。重建与梁古道通，溪山收拾画图中。彩虹泠浸秋空碧，铁锁横施夕阳红……桥成不假相如笔，万口同称郭令公”[②]。郭郁来浮梁作知州不到半年，就开始修桥，方便了百姓出行，结束了五十年没有桥梁的历史，文人感激郭公，纷纷同题集咏，共同称颂郭郁政绩。

---

① 徐东《运使复斋郭公言行录》，《续修四库全书》史部第550册，上海古籍出版社，2003年，第639页。

② 方玉父《浮梁桥诗并序》，清阮元辑《宛委别藏》第42册之《编类运使复斋郭公敏行录》，江苏古籍出版社，1988年，第67页。

《浮梁桥诗》中方玉父、赵镇远、潘东明、闵全、闵齐、余周锡、宋则 7 人用同题集咏的形式，记录下了郭公修建浮梁桥的政绩。

千载成功在一朝，浮梁重见作新桥。
山连海上金鳌背，天挂云间玉蝀腰。
——赵镇远

新桥东障双溪水，神远人称太守公。
铁锁万钚横海鹘，画阑千丈架天虹。
行人稳步青云上，豪客高歌夕照中。
我欲醉挥题柱笔，为公磨石大江东。
——潘东明

济川久待作舟材，城郭欢传太守来。
古道重兴千载废，群艘宜障两溪回。
——闵齐[①]

文人一齐赞颂，喜悦之情溢于言表，叙事中带抒情。以纪实方式来记录惠民政策赢得了民心的情景，令人起敬，读史诗以还原历史真实。

在郭公来此之前，此地是出了名的难治，赋役不均，环境差，郭郁政绩的第二件事情就是治理环境污染、恢复良田、改变赋税不均等现象，政法有条，宽严适度，百姓爱戴郭公，文人用同题集咏的形

① 以上诗来自清阮元辑《宛委别藏》第 42 册之《编类运使复斋郭公敏行录》，江苏古籍出版社，1988 年，第 68—71 页。

式歌颂了郭公政绩，以诗存史，芳名远播，对于当时地方官员来说，树立了一个标杆。同题集咏加速了此事的传播速度，扩大了郭郁廉政的影响力，“诗可以观”的功能在这里体现。

“事务繁剧，素号难治……复斋郭公一麾出守以苏民瘼，其为政也，严而不猛，宽而不流，不旬月间，污染丕变，尝谓谷禄不平，赋役不均，则民不可得而治。故孟子曰夫欲行仁政，必自经界始。于是集耆宿、谕权佞、核版籍、明等色、正顷亩……有自浮梁者，谈侯之善，叠叠不休，故悉其概。历五载，始得泛舟经城下，幸承颜接辞，始信客之云云者，非溢美也。于其别，故作序以饯之。其遗爱在人，虽不能枚举，缕数姑摭所闻者言之然，言之不足，复作昌江之诗五章，章四句以永歌之”[①]。这里指出了众人同题集咏的原因，郭公政绩突出，百姓感激不尽，无法用话语表达，“言之不足”，于是作昌江百咏以咏歌之。目的是弘扬其政绩，用文字形式记录下郭公的事迹，存史目的明确。

《番阳饯章》同题集咏，古体：周伯颜、徐天麟。唐律：徐省翁、吴旭。七言绝句：蔡儒实。词：朱友闻。

相知五载不相识，争说昌江刺史贤。
自有此州无此守，既歌新学又新田。
椿松不老娱朝夕，花柳无私阅岁年。
——徐天麟

桃李春风六万家，下民率不识州衙。

① 阮元《宛委别藏》第42册之《编类运使复斋郭公敏行录》，江苏古籍出版社，1988年，第73页。

甘棠应有千年爱，美玉终无一点瑕。

——徐省翁

文采风流薇省郎，一麾出守惠浮梁。
作新士气苏民瘼，五度春风燕寝香。

——蔡儒实①

主题都是歌颂复斋郭公的政绩美德，对郭郁给予肯定。这些诗歌其实就是历史，真实可信，如实地展示了百姓的爱戴之情。

第三件事就是郭郁在至治二年（1322）出仕高邮，廉洁奉公，兴利除害，惠及民众，鼓励办学，培养后进，百姓深深爱戴他，临别前众诗人同题集咏，咏歌其政绩，为其饯别。李天应写颂并序，高方桂作序。

"圣朝一统天下，车书万里，普天率土，莫非王臣……今太守郭侯家世古汴，簪缨芳裔……可谓文章诗书贤守，又且律身廉洁，一清如水，为政以不扰为主，慈祥宽厚，高邮两城五乡，受公之惠，甚如父母之爱其子也。其荐贤、兴学、立师，若吴公文翁……"②，指出了其深得民心，这是《饯郭侯诗》同题集咏发生的条件。

《饯郭侯诗》同题集咏者有刘克敬、申屠伯骐、张砺、张焕、崔裕、李概、张文纲、许士权、刘忠③。

① 以上诗来自阮元《宛委别藏》第42册之《编类运使复斋郭公敏行录》，江苏古籍出版社，1988年，第77—79页。

② 阮元《宛委别藏》第42册之《编类运使复斋郭公敏行录》，江苏古籍出版社，1988年，第91页。

③ 本节同题集咏具体参与人都来自阮元辑《宛委别藏》第42册之《编类运使复斋郭公敏行录》，江苏古籍出版社，1988年，第93—99页。

郭郁曾到浙江海盐为官，勤政爱民，解决了不少难题，惠及民众，百姓感激不尽，朝廷以盐为江浙第一课，命郭郁负责盐业之事，未出半年郭郁就完成了朝廷交给的任务。郭公的名声越来越大，有民谣十首称颂其功绩：《分司嘉兴》《门无私谒》《秋毫无取》《盐仓便卖》《掊出余盐》《亲散工本》《抑强扶弱》《私盐讼简》《平反冤枉》《恢辨课程》。从这些诗题，我们就能看出郭郁在当地做出的政绩，平反冤狱、解决盐业若干问题，可以看出其清正廉洁之心。

“尝谓为政不难，政在得人。天下财用，大资煮海之利，两浙之赋，其数不为不多，其任不为不重，复斋同知相公，分治于斯，井井有条，国课不扰而集，政在得人，诚哉是也。是岁二次按临澉州，曩日同登仕版之贵官，及诸士民，歌颂如缕，良佐忝在治下，故取其诗章，鸠为一卷，以见汾阳百世之下，云仍垂裕之美”[①]，引发了众人的同题集咏高潮，这都是“缘事而发”的传统，是新乐府运动的继承发扬，诗歌干预现实，反映民生疾苦，为时、为事、为人而作，是“文章合为时而著，歌诗合为事而作”理念的继承。

《郭侯浙漕之任》同题集咏，古体：符子真、陈普、顾瞻、陈应举、常圻。唐律：王君济、金汝砺、杨枢、周冕、沈澄志、刘震、张子寿、梅鼎来、赵良复、胡霖、张庸、梅亨、高相孙、朱益之、叶知木[②]。

郭郁的勤政爱民、卓越才能引起文人群体的一次次同题集咏，同题集咏已经成为文人群体最有力的表情达意的手段。下面一组大规模的同题集咏是为郭郁写的德政诗。郭郁曾在多地为官，调任频繁，主要在江西、福建、浙江和江苏，由于其每到一地都有政

① 范良佐序，阮元《宛委别藏》第 42 册之《编类运使复斋郭公敏行录》，江苏古籍出版社，1988 年，第 106 页。

② 阮元《宛委别藏》第 42 册之《编类运使复斋郭公敏行录》，江苏古籍出版社，1988 年，第 107—124 页。

绩，爱民如子，诗人群体运用同题集咏记录自己内心的感受。

《江西宪佥郭公德政诗》诗：刘道元，骚体：苗子方。古体长篇：邓茂生、李守中、樊炫、万士元。律诗：岳天祐、虞尧臣、汪允文、饶拯、许炎、倪洪、陈擽、夏玘、刘伯寿、宜起霖、熊文渊、郭余庆、黄润、黄约、刘伯寿、赵良倜、黎庶、刘开孙、连元寿、艾天瑞、黄文海、方仁卿。五言律诗：王辰、郑尧心。七言绝句：晏咏通、戴熙、陈宗文、王昭德。序：方君寿。潘必大书①。

多人参与同题集咏以反映现实，记录官员政绩，是元代同题集咏成熟的标志，其运用达到了一种自觉的程度。同题集咏是最适合表现这类题材的方式，多人可以同时参与，不限人数，几十至几百几千都可以参与，参与人数越多，其社会功能就越强，对社会舆论道德的影响就越快，史的价值很高，充分发挥"诗可以观"的功能。

《东湖去思》组诗同题集咏，咏去思碑，以纪念郭郁德政。"泰定改元，宪签相公复斋先生涖政江右，风采一新，纪纲大振。其居官美绩，固难具述，独芹宫子佩，尤笃意勉励，故未逾年岁，所部郡邑生徒课讲皆有成效。既而除命自天，则为郡于浙之庆元，于其行也，攀恋无由，敬率诸生，各为歌诗，以写去思之怀，伏祈笑览"②。这里介绍了《东湖去思》组诗同题集咏发生的缘由，泰定二年（1325），郭公复斋去江右为官，当地宪纲大振，风采一新，政绩难以一一叙述，诸生同题集咏以记郭郁美德。郭郁离任以后，庆元路百姓为了表达深深的思念，为郭郁建立了去思碑，含义深刻。此碑由

① 阮元《宛委别藏》第 42 册之《编类运使复斋郭公敏行录》，江苏古籍出版社，1988 年，第 125—164 页。

② 洪耕《东湖去思序》，阮元辑《宛委别藏》第 42 册之《编类运使复斋郭公敏行录》，江苏古籍出版社，1988 年，第 167 页。

邓文原撰额，李允中书，碑铭叫《庆元路士民去思碑》[①]。

《东湖去思》同题集咏者：洪耕、陈景常、钱原道、林基孙、欧阳有、黄极立、何祯、周冕、李光国、李沂、李□□[②]。

同题集咏纪实手法的采用，标志着元代叙事诗的发达，丰富了元代民俗历史文化，为了解元代历史、风俗、时政提供了一面镜子。元代咏事诗同题集咏对元代叙事诗的发展做出了重要贡献，其通过同题集咏强化了该主题，使之成为一个被社会道德认同的价值符号，以弘扬该主题，达到宣传社会舆论的目的。长篇纪实叙事，叙事完整，真实生动，有汉乐府的风格，最终咏事诗同题集咏的落脚点仍然是“德”，是儒家“发乎情，止乎礼仪”的表现。

皇庆元年（1312）郭郁之父年七十，适长子郭郁任浮梁知州，奉翁就养，郭郁的好友前来祝寿，纷纷写诗同题集咏，郡人绘庆寿图以贺。

《浮梁知州文卿之父郭公寿诗》同题集咏，古风：揭祐民、潘东明。律诗：俞希圣、林德芳、刘恪、邓文原、仇远、毛翼、方玉父、赵镇远、姚畴、闵全、闵齐、郑思道、方仁存、姚坚、章之才、吴鹏飞、郑兰玉、俞彦圣、操智达、郑子宽、方则芳、姚希愈、尤子严、尤子勉。七言绝句：宋则翁、操贵持[③]。

文人们用纪事诗赞美了郭郁贤德，及政声清白、岿然独立的品质。其深受百姓爱戴，都归功于郭老家风严谨，从而造福于百姓。

这些同题集咏“缘事而发”，体现着新旧乐府的现实主义原则，

---

① 李允中《庆元路士民去思碑》，阮元辑《宛委别藏》第 42 册，江苏古籍出版社，1988 年，第 205 页。

② 阮元《宛委别藏》第 42 册之《编类运使复斋郭公敏行录》，江苏古籍出版社，1988 年，第 167—178 页。

③ 阮元《宛委别藏》第 42 册，江苏古籍出版社，1988 年，第 31—51 页。

元代同题集咏实际上起到了乐府诗歌干预现实、反映现实的作用，为事而作的特征明显。真实是这些同题集咏的生命，以诗存史是这些文人同题集咏的原因，郭郁的政绩感发着文人群体的兴致，他们认为这是值得歌颂的义举，争相赞美，使得郭郁名垂青史。史书是用来纪实的，目的是让后人了解历史、以史为鉴，这些同题集咏就起到了"史"的作用，大量纪实歌咏，填补了史传的阙漏，为元诗增加了细致生动、宝贵的资料。这些同题集咏是"诗可以观"的体现。这就是同题集咏的目的，以诗纪事，观风化，正人心。《元史》郭郁无传，清官诗同题集咏保存了其清廉事迹，具有重要的史料价值。

二、清官叶恒的同题集咏书写

浙江余姚西北靠大海，自古为潮汐之地，每当海潮突奔，飓风携带怒涛毁坏房屋，破坏良田，海民受尽海水之患，经常因此造成饥荒年，治海一直是个难以解决的问题。余姚在宋代是县，宋庆历七年(1047)，知县谢景初自云柯至上林为堤二万八千尺，庆元二年(1196)知县事施宿自上林至兰风，为堤四万两千余尺，其中石堤五千七百多尺，大部分海堤都是用土堆砌而成，不结实，很容易毁坏。

余姚在元代升为州，海水漫堤毁坏良田之事经常发生，大德以前官员们也做出了不少的努力。潮势印于平地，流入港，遂达内江田，农田全部被灌，效果甚微，庄稼连年不获，民众苦不堪言。至元四年(1267)四月新修筑成堤，六月就被海水冲坏，余姚海水难治是个长期未解决的难题。

自从元天历间叶恒来到余姚为判官，情况才得以根本好转，他视察堤坝，认为海水肆虐的根本原因在于土堤筑坝所致，于是建议改为石堤。有人说，改为石堤耗资巨大，叶判官说今费虽巨大，但是长远来看改为石堤以后费用就会节省。他先派人疏浚河渠，用石头加土填埋杙的办法修筑海堤。

至正元年（1341）三月癸亥竣工，石堤总为二万四千二百二十五尺，百姓非常高兴，自此岁岁潮汐之患始终，连获丰收，百姓始安居乐业，民有余粮。“至正廿有七年，诏封故余姚州判官叶恒为仁功侯，赐其庙额为永泽庙”[①]，由此引发了一次歌颂叶侯的同题集咏，这属于咏事同题集咏，实有其人，史有其事，叶恒归隐以后，百姓感激他的政绩，立去思碑以纪念。

叶恒辞世后，面对坚固的大堤，想到由此带来的种种恩惠，余姚人感恩叶恒，在舜江楼畔建庙，将叶恒画像挂在庙中，每年春秋二季祭祀，刻碑记载其事迹。百姓纷纷求当时任职余姚或路过余姚的诗人题诗记录此事，也有文人自己感慨叶侯政绩，自发题咏。后经叶恒的儿子叶晋收集起来结集为《余姚海堤集》。《余姚海堤》同题集咏以诗存史，记录下叶判官的业绩。

这次同题集咏是民意所为，实录精神毋庸置疑，同题集咏的意义得以彰显。诗要反映现实、关心民生疾苦的乐府精神在元代咏事诗同题集咏中得到很好的继承与发扬。真情发于内心，“诗言志”“诗可以观”的儒家文艺观再次得到显现。

杨维桢记录了自己写《咏余姚海堤》的原因：“余姚海堤，此州判官叶公敬常百世功也。公去余姚已十年，民思之弗置，尝徼余文为公去思碑。今年公之子晋会余于侍御王公席上，谈及先德，晋起请曰：先子已辱雄文，登载外有国子先生陈公众仲卷，尚

① 叶翼辑《余姚海堤集》卷一《敕封仁功侯赐额永泽庙记》，《四库全书存目丛书》集部第289册，齐鲁书社，1997年，第634页。

欠吾子一歌,又为赋古乐府辞一首系卷尾。”① 朱佑:“海堤颂叶侯也,叶侯敬常判倅余姚,筑海堤以兴民利,侯去而民思之,故作是诗也。”② 危素:“余过越余姚州,父老来见,道其州判官叶君之政,且曰世徒知叶判官作海堤而已,若其它政之可书者,顾安得而传之耶。君四明人,而余姚实邻其父母之邦,施诸事功,使民不忘如此,然后知儒者之果足用也。乃采诸父老之言,序次以为之颂,以播其美于无穷。”③

民意所为的同题集咏更具有特殊的意义,其内容更加注重写实,纪事特征不容忽视,可弥补史料阙漏,流播到后世,以教育后人,由此可见元代不乏勤政爱民的好官,这也是儒家教化在元代获得成功的例子。这些真实的事迹,往往与元杂剧中黑暗官府形成鲜明对比,元杂剧中经常描述元代官府的冤假错案,这次同题集咏对历史上某些观点的补充纠正是有意义的。

记:陈旅、王沂、王至。赋:赵俶。骚:黄琚、王守诚。五言古诗:揭汯、郑彝。七言古诗:张以宁、曾坚、张庸、夏以忠、吉雅谟丁、黄肃、赵俨、杨镒、乌斯道、郑涛、胡益、王冕、余梦祥、蒋景高、宋元僖。

杂言:彭唯、胡惟仁、王嘉闾。五言律诗:贡师泰、宇文公谅。七言律诗:柳贯、俞桓、董幼安、赵思鲁、高师贤、释昙噩、宝宝(蒙古族)、王桓、胡世佐、释大梓、张道中、江存礼、蒋景武、金元素(苇

① 叶翼辑《余姚海堤集》,《四库全书存目丛书》集部第289册,齐鲁书社,1997年,第638页。

② 叶翼辑《余姚海堤集》,《四库全书存目丛书》集部第289册,齐鲁书社,1997年,第641页。

③ 叶翼辑《余姚海堤集》,《四库全书存目丛书》集部第289册,齐鲁书社,1997年,第639页。

林)、吴志淳、桂德称、爱理沙(西域)、戴良、郑厚。

绝句:余阙、李黼、刘闻、段天祐、李孝光。跋:黄溍、王祎。

四言古诗:欧阳玄、危素、刘仁本、卓说、朱佑①。

乐府:杨维祯、张翥。

吴志淳:"海堤千丈截洪流,终古贤劳颂叶侯。"李黼:"农家无复患潮平,女自桑麻男自耕。睡起不知缘底事,绿萝庄上听啼莺。"高师贤:"余姚海堤天下闻,作堤者谁叶使君。功成绝代陵谷变,势压后土波涛分。"这些诗歌都是写实的,诗人夹杂了时代的政治背景,从实际出发,歌颂了叶侯的功德。元末战乱中,海堤屹立,仍然为后人造福,带给作者独特的感受。

王桓:"叶侯御海见多才,万丈堤成亦壮哉……人家远近桑麻绕,春雨耕耘畎亩开。功德及民名不朽,穹碑白石照崔嵬。"有些诗文间接描写百姓对叶侯的感激以达到赞赏叶侯的效果。

释大梓:"长堤环翼海边州,堤上人家祀叶侯。"俞桓:"姚江高矗叶侯碑,万丈功成捍海堤。"释昙噩:"谁似余姚叶倅贤,坐令沧海变桑田。木刊石凿长堤起,土辟民饶伟绩传……壮哉二万一千尺,潮汐虽豪势莫前。"这些写实的诗歌,纪事性很强,着眼于纪念歌颂的目的,在诗中直接抒发议论。

杨镒描写百姓欢快场面,表达对叶恒的感激:"滨海居民歌且舞,全家十口免为鱼……一旬九日炊无粥,今有鸡豚供醉眠。"

王冕描绘了修堤前困苦不堪的局面,后面写治理后的景象,加以对比,突出主题:"民言别驾大有功,别驾与我父母同。昔年我农事奔走,今年我农多从容。别驾真为吾父母,慰我饥寒伸我苦。向

① 叶翼辑《余姚海堤集》卷一,《四库全书存目丛书》集部第289册,齐鲁书社,1997年。

也沉沦无屋庐，今也丰登有禾黍。”①

此叙事同题集咏具有乐府的风格，反映现实，关注民生疾苦，为时、为事而作，叙事性很强，少景物描写。主题集中，同题集咏以共鸣。有55人同题集咏，用各种诗体讴歌了叶恒业绩，这种大规模的同题集咏中不乏少数民族诗人，如蒙古族宝宝、西域人爱理沙、茀林人金元素、西域人余阙等，也不乏知名作家和馆阁文臣。此次同题集咏是民族大融合的体现，少数民族汉化的标志，他们已经从心理上接受了儒家礼教，并对此津津乐道。这些时事被同题集咏，客观上促进了元代叙事诗的纪实功能，促使大批文人参与叙事诗创作，有力地促进了叙事诗的成熟。叶恒事迹，《元史》无传，同题集咏弥补了史书的阙如，具有重要的史学价值。

元代清官广泛分布于各个时期，分布在不同身份、不同民族之中。诗史互证，用诗歌来书写清官，一方面是为了名垂青史，给后人清官诗起到存史的作用。另一方面，清官书写的目的是歌颂，主要为了表达对清官的尊敬之情。同题集咏丰富了元诗的清官书写，成为元诗宝贵的历史记忆。

---

① 叶翼辑《余姚海堤集》，《四库全书存目丛书》集部第289册，齐鲁书社，1997年，第632—653页。

第六章　元代少数民族诗人与同题集咏的诗学活动

同题集咏是以诗为媒介的诗人群体之间的交流活动,是元诗的重要特征,也是元代诗坛的推动力,为诗人之间相互交流提供了广泛的渠道,体现了元代文化的开放与融合。元代是民族大融合时期,少数民族华化现象比较显著,少数民族大量出现是元代诗坛的一个特色。少数民族诗人大量参与同题集咏活动,与汉族文人交融在一起。同题集咏反映了元代民族大融合倾向,凸显了诗歌作为元代诗人交际工具的重要意义,也体现出少数民族文人对诗人身份的看重。通过参与同题集咏而存诗、存人、存史,提高了元诗史的价值,这种极为普遍的唱和形式吸引着元代不同民族的诗人参与其中,为元诗增添了亮色。同题集咏对元代多族士人圈构建起到了积极的作用,成为考察元代多族士人圈文化互动交融的重要维度。少数民族诗人、汉族士人、僧人成为不同类型同题集咏的核心,在同题集咏中构建起多元一体的文化格局,阐释了文化大于种族的意义。

元代诗歌同题集咏现象是非常突出的,杨镰先生说:“在元代,同题集咏是诗坛一个推动力。它不但使诗得到普遍的应用,也使诗人在更大的程度贴近了生活,诗人之间因之具有了广泛的交流渠道。它是元诗史的特点,也是元诗的组成部分。”①

同题集咏是以诗为媒介的诗人群体之间的交流活动,参与这种活动的首要前提是一个诗人身份,诗是元人的生命方式,求得一个诗人身份是元代文人的主流价值。元人的群体性活动是很活跃的,大量的诗社、雅集、题画的兴起,使得同题集咏这种形式在元代诗人群体之间得到广泛运用,展现了持久的生命力。同题集咏目的是交流,可以使文人之间产生共鸣。同题集咏对构建元代多族士人圈起到了一定的作用,借此可以考察元代多族士人圈的互动过程②。

元代少数民族诗人参与同题集咏唱和活动是在其已经熟练掌握汉语的基础上进行的,元初的少数民族基本不参加同题集咏活动,比如耶律楚材、不忽木、耶律铸等。随着地域的扩大、交通的发达,定居在中土和江南的少数民族士人越来越多,汉地成长的少数民族诗人拜师学艺,科举同年、座师关系扩大了交游范围,人际网络多元化,引发了大量的同题集咏在多族士人圈中的流行。同题集咏是少数民族融入到汉族为主的士人圈的一个重要的考察维度,这个重要考索维度一直处于元诗的空缺状态,对元诗来说是一大遗憾。通过考索少数民族参与同题集咏的频次、类型、引发的诗史意义,可以更深入了解少数民族在元代的华化情况、少数民族对中华文化的接受程度及认可度情况、对元诗的意义等。

① 杨镰《元诗史》,人民文学出版社,2003 年,第 624 页。

② 多族士人圈是萧启庆提出的,参见《九州风雅四海同——元代多族士人圈的形成与发展》,联经出版公司,2012 年,第 185 页。

第一节　同题集咏与多族士人圈文化互动

少数民族处在元代华化的过程中参与了各种类型的同题集咏，同汉族文人一起借助诗歌表达友谊，凸显了诗歌群体性意义和对多族士人圈形成的重要意义。少数民族诗人参与了咏物类、咏事类、咏行类、题画类、咏史类同题集咏，本篇重点讨论咏事类和咏行类同题集咏。

一、咏事类同题集咏

（一）以唐兀崇喜为中心的同题集咏

唐兀人唐兀崇喜，汉姓杨，又称杨崇喜，“西夷之人也”[①]，为蒙古侍卫百夫长，在成均学习儒家文化，“优游于诗书”[②]，家族华化较早。唐兀崇喜继承祖志兴办学堂，制定社约，建崇义书院，唐兀崇喜以儒家思想为纽带交际了很多儒家学者如潘迪、张以宁、张翥、张桢、危素、陶凯等文人，还有哈剌鲁人伯颜宗道，有社会声望者16人，都是当时显赫一时的人物，还有隐士如空空道人等。以唐兀崇喜为中心在元末形成了一个多族士人圈，以诗文为媒介形成了多次同题集咏。唐兀崇喜在家乡建了亦乐堂书屋，朋友胡益、王继善、刘文房等同题集咏以诗维礼，表达对唐兀崇喜的敬仰。

唐兀崇喜家乡十八郎寨的耆旧作乡会，订立了龙祠乡社义约。至正元年（1341）七月，唐兀崇喜父亲唐兀达海看到乡人“尚于奢

① 王崇庆《序杨氏遗集》，《元代西夏遗民文献述善集校注》，甘肃人民出版社，2001年，第1页。

② 潘迪《唐兀敬贤孝感序》，《元代西夏遗民文献述善集校注》，甘肃人民出版社，2001年，第177页。

侈,不究立社之义,乡约之礼”[①],于是与千夫长高公等模仿北宋吕大钧制定的《蓝田吕氏乡约》内容,增补了很多义约的条款,约束违礼行为,规范社会秩序,最根本的目的是“亦颇有补于世教”[②],“维持风俗,保固人心”[③],引发了一次《龙祠乡社义约》同题集咏。潘迪、唐兀崇喜作序;作赞者:伯颜宗道、罗逢源、曾坚;题诗者有:忠公严、马淳斋、唐兀伯都、李周臣、空空道人、董庸、邓震、马国驷、张以宁、张翥。多族群、多元身份文人对唐兀氏的尊礼崇儒行为给予认同。同题集咏中互动交流,认同了唐兀崇喜的儒家忠义。

(二)其他咏事同题集咏

马祖常与其他馆阁文人沟通的重要渠道也是同题集咏,如元仁宗的老师李孟生日,与许有壬、程钜夫、蒲道源等作《秋谷平章生日》同题集咏,对李孟生日给予祝贺。至正六年(1346)馆阁文人宋褧去世23位多族群诗人同题集咏挽之,少数民族诗人完迮普化、廼贤、余阙都以诗表达对宋褧的悼念之情[④]。蒙古人完迮普化,是泰定元年(1324)进士,与宋褧是同年,曾任翰林编修,与宋褧是同僚,廼贤《宋显夫内翰挽诗》:“巍科联伯仲,冠盖耀乡邦。援蚁浮春涨,听鸡坐夜窗。谏台书第一,艺苑笔无双。千古生蒭意,悲歌泪满腔。”[⑤] 同题集咏中诗的维礼作用是明显的。

---

① 唐兀崇喜《龙祠乡社义约》,《元代西夏遗民文献述善集校注》,甘肃人民出版社,2001年,第23页。

② 唐兀崇喜《龙祠乡社义约》,《元代西夏遗民文献述善集校注》,甘肃人民出版社,2001年,第25页。

③ 危素《赠武威处士杨象贤序》,《元代西夏遗民文献述善集校注》,甘肃人民出版社,2001年,第205页。

④ 宋褧《燕石集》附录,杨讷、李晓明编《四库全书补遗》集部第4册,北京图书馆出版社,2006年,第240—256页。

⑤ 杨镰主编《全元诗》第48册,中华书局,2013年,第19页。

诗文是群体形成核心力和凝聚力的最好载体,同题集咏中呈现出维礼崇德功能。同题集咏展示了元代多族士人圈形成的机制,或者以汉族为中心,引发多族群同题集咏达到维礼的目的,或者以少数民族为中心引发多族群参与同题集咏,这是一个双向互动的过程,诗成了最好的媒介,这与元人重视诗人身份是分不开的。同题集咏中充分体现了多族士人圈下的儒家文化认同,体现了"诗可以群"的功能。

二、咏行类同题集咏

蒙古特殊的政治制度丰富了元诗人的纪行经历,即"纪行富诗史"①。同题集咏丰富了元诗的题材,吸引了多民族诗人、方外诗人参与其中,成为多族士人圈交流的平台,是元代多元格局下的民族大融合的体现。

元代疆域辽阔,交通便利,"远者万里,近者数百里,航川与陆,自东西南北而至者,莫有为之限隔"②。生逢盛世,交通便捷,大大开阔了诗人眼界,为出游提供了便利,"跃马长城外,方知眼界宽"③。比起南宋半壁江山,南宋士人出行受制于地理,眼界心胸都不如元人。"宋在江南时,公卿大夫多吴越之士,起居服食率骄逸华靡。北视淮甸已为极边"④。

元代地理疆域对元代诗歌的影响是很大的,不同民族的诗人

① 王思诚《题上京纪行》,《丛书集成新编》第 66 册,新文丰出版公司,1981 年,第 410 页。

② 危素《送夏仲信序》,见《全元文》第 48 册,凤凰出版社,2004 年,第 171 页。

③ 陈孚《桓州》,顾嗣立编《元诗选・二集》,中华书局,1987 年,第 260 页。

④ 苏天爵《跋胡编修上京纪行诗后》,《全元文》第 40 册,凤凰出版社,2004 年,第 84 页。

在便利的交通中游历了许多名胜古迹，遂形成很多纪游同题集咏。游历对元诗史来说极为重要，元代交通便利使得文人充满自豪感，选择宗唐反宋，最终确立了以雅正为正统的诗风，多民族文人的参与功不可没。

元代岳阳楼、黄鹤楼、武夷山等都是众多文人题咏重点，雅琥和倚南海厓都有《武夷山》诗。西夏人张翔、回回人高克恭、色目人贯云石等都参与《岳阳楼》同题集咏。观音奴、张翔、雅琥等都参与《七星岩》同题集咏。余阙、丁鹤年等都作有《黄鹤楼》的同题集咏。少数民族诗人耳濡目染儒家文化，对各种典故非常熟悉，丁鹤年关于崔浩题黄鹤楼的名作了如指掌，同题集咏中体现了多元文化的融合。

（一）鳌峰唱和同题集咏

鳌峰倡和诗同题集咏就是交通中因为色目人萨都剌的题壁诗引发的一次多族士人圈同题集咏，“凡名山胜境奇形异状，虽天造地设，必因人而后显”①。鳌峰石在紫阳道院内，鳌峰瑞石山奇形怪状，自从萨都剌第一次在紫阳道院的墙壁上题诗以后，引发了许多馆阁巨卿的同题集咏，人数达 53 人。这是一次历时同题集咏，从元中期持续到元末，参与者人员身份复杂，有馆阁名臣，有普通文人，有隐士，有僧人，有少数民族。

《鳌峰倡和诗》同题集咏者有：（雁门）萨都剌、（天台）陈孚、（东阳）柳贯、（金华）黄溍、（豫章）揭傒斯、（东平）王士熙、（渔阳）敦蒙古、（武昌）陈克刚、（庐山）黄石翁、（上清）薛元羲、（毘陵）倪瓒、（会稽）杨维桢、（天台）陈川、（桐江）俞和、（庐陵）张昱、（槜李）

① 姚震《鳌峰倡和诗序》，《丛书集成续编》集部第 154 册，上海书店出版社，1994 年，第 451 页。

贝阙、(浚仪)赵孟义、(蓬山)毛继祖、(永嘉)李光、(径山)释希陵、(山阴)郑修、(丹溪)周昉、(钱塘)凌云翰、(东安)袁时、(钱塘)王正道、(钱塘)瞿佑、(□□)金居敬、(虎林)陈复、(瑞石)元阳子、(瑞石)明阳子、(凤阳)陈璇、(临川)聂大年、(莆田)柯潜、(余姚)戚澜、(庐陵)高安、(庐陵)刘克彦、(江东)严勋、(郡人)朱镛、(未知)姚道宗、(盱江)无名氏、(盱眙)陈□、(山西)张锡、(山阴)司马云、(慈溪)王柏源、(合肥)徐誌、(□□)梅骏、(东越)桂廷珪、(毘陵)杨理、(未知)履斋道人、(昆山)张和、(钱塘)周璟、(清溪)朱洪、(越裳)李德①。

从籍贯上看,多是江南文人,江浙文人居多,其次是江西、福建、安徽文人,最后是山西、山东文人。鳌峰位于东南,中原籍人士多宦游到东南之地,可见元代的同题集咏盛于江南,元代交通的便利,打破了南北界限,南北文人的融合成为一时风气,这次同题集咏体现出跨地域流动的特点。

紫阳道院的鳌峰洞,植物繁茂,洞奇形怪状,“紫阳道院界吴山之南,势蛇蜒而去,有峰屹然曰瑞石山。石洞谽谺,萦青累碧,壮若巨鳌,鳞鬣跳跃,又名鳌峰洞,左右松篁枬桧,丛生杂植,时或气吐烟霞,凉生风露,逼人毛骨”②。同题集咏成为沟通多族群文人情感的重要渠道,萨都剌是元代中期著名的少数民族诗人,诗风主情尚丽,引来了众多文士的同题集咏,萨都剌成为这次同题集咏的核心人物。

同题集咏诗的风格基本相似,其余 52 位诗人的同题集咏诗作

① 姚震《鳌峰倡和诗序》,《丛书集成续编》集部第 154 册,上海书店出版社,1994 年,第 452—457 页。

② 姚震《鳌峰倡和诗序》,《丛书集成续编》集部第 154 册,上海书店出版社,1994 年,第 451 页。

格式上和萨都剌的诗保持一致，如每位诗人诗的第二句都带有“玲珑”二字，每位诗人最后一个字都和萨都剌保持一致带有一个“宿”字，雨中宿、云中宿、洞天宿、猿鹤宿、苍龙宿等。这是元代同题集咏中格式最整齐的一组，不仅韵脚相同，固定位置的字也必须相同，整体趋同的风格非常明显。整体比较有情调，也比较雅致，诗风总体飘逸，可以看出同题集咏群体性交融的特征。

紫阳道院是道家修炼之地，自然不乏神话传说，“至元间，野鹤丁先翁夫妇同修其间，尸解去，客有渡海者遇之海滨，归而遂捐己资，髹饰其骨，重构净室以祀焉”①。至元年间，丁先翁夫妇在紫阳道院得道成仙，后有客人渡海见到了此夫妇，遂把他俩当作神仙祭祀。鳌峰洞自然风光的秀丽、山石的奇崛，加之紫阳道院的仙风道骨气，以及美丽的神话传说深深吸引着萨都剌的才情，连锁反应引发多族士人圈的同题集咏。

天风吹我登鳌峰，大山小山石玲珑。
赤霞日射紫玛瑙，白露夜滴青芙蓉。
飘飘云气穿石屋，石上凉风吹紫竹。
挂冠何日赋归来，煮石篝灯洞中宿。

——萨都剌

紫阳之阳云叠峰，琼瑶剪出山玲珑。
我来振策览其胜，大朵小朵开芙蓉。
秋风吹寒阴满屋，别有箫声奏湘竹。

① 姚震《鳌峰倡和诗序》，《丛书集成续编》集部第154册，上海书店出版社，1994年，第451页。

道人一笑欣相逢，许我重来听雨宿。

——黄溍

吴山低处有层峰，穿岩石笋排玲珑。
雨寒深洞泻瀑布，飞峦倒浸双芙蓉。
紫磨流光秋满屋，六月凉风动高竹。
道人脱略世不羁，常伴峰前野云宿。

——柳贯①

这组同题集咏的诗充满仙风道骨，是自发形成的。这是元代文风的普遍现象，是典型的名人效应引发的同题集咏，可以看出萨都剌在元代中后期文人心中的地位。这次同题集咏比较有特色，文字在固定的位置上保持一致，风格还要近似，好似出自一人之手。多处要求押韵，而且多处字必须相同，难度较大。同题集咏的目的是追逐雅趣，体现了文人间的一种心灵感应，与咏史、咏事、咏行、咏物同题集咏有所不同，少了“言志”的味道。更多的是一种情感的呼应、一种个性的张扬，游戏意味很浓。雅趣、逸趣充斥其中，同题集咏中体现出来一种和玉山雅集类似的情欲的彰显、潇洒闲适的自由心境，是一次才情彰显的同题集咏，这是元末东南文人群体士风的折射，与元末江南雅集尚雅、重节操、喜交游一脉相承。

（二）送别同题集咏

同题集咏是在元代海宇混一的大元气象中壮大的，是元代地

---

① 以上诗歌引自范志敏《鳌峰倡和诗》，《丛书集成续编》集部第154册，上海书店出版社，1994年。

域辽阔、交通便捷的必然结果。官员出使蕃国、赴任、代祀海岳、赴京赶考、出游都要以诗送别,诗在元代作用是很大的,诗可以维礼,可以交谊,可以针砭时弊,诗是元人重要的生命方式。大量的出使机会使得送别同题集咏在元代大量出现,以诗为媒介的同题集咏是一种友谊的象征,也是一种重要的交际方式。

萧启庆说:"元代的蒙古、色目士人与汉族士人并无不同。蒙古、色目士人经由姻戚、师生、座主与同年、同僚的关系与汉族士大夫形成一个超越族群的社会网络。"① 同题集咏正是这个超越族群的社会网络的表征。

左右榜取士,少数民族特别重同年关系,"其情爱相视如兄弟"②,如萨都剌诗《哭同年进士李竹操经历》:"进士如公少,何期与死邻。青山归葬骨,白发未封亲。已矣官三郡,哀哉子一人。送君螺水上,呜咽泪沾巾。"③ 余阙在对高丽文人李穀《题稼亭》同题集咏中说:"同年方贵显,常怀隐者情。"④ 泰不华有写给宋褧的《寄同年宋吏部》一诗:"金镜承恩对紫微,锦鞍白马耀春晖。谩随仙杖朝天去,不记宫花压帽归。"⑤ 诗中充满了对同年友谊的珍视、对浩荡皇恩的感谢、对元朝的认同、对金榜题名的喜悦。月鲁不花登元统元年(1333)进士第,因同年鼎实监州挈家赴任,客死鄞县,贫不能丧,见心禅师买山以葬,感见心高义,代替同年鼎实感谢见心禅

① 萧启庆《内北国而外中国:蒙元史研究》下册,中华书局,2007年,第507页。

② 柳开《河东集》卷九,《文渊阁四库全书》第1085册,台湾商务印书馆,1986年,第305页。

③ 杨镰主编《全元诗》第30册,中华书局,2013年,第143页。

④ 杨镰主编《全元诗》第44册,中华书局,2013年,第266页。

⑤ 杨镰主编《全元诗》第45册,中华书局,2013年,第174页。

师的义举，“方外高风敦薄俗，同年感激更何如”[①]，汉人对少数民族科举同年格外珍视，如葛元喆作有《同年阿鲁温沙仲德将赴江西都事因友人问讯赋此以寄》[②]，葛元喆《次同年辜德中知州》：“虎榜同升若弟兄，看花忆在赏心亭。”[③]萨达道，色目人，至正八年（1348）进士，与林弼同年，以能诗善画知名江南，吕诚特作《金环诗》相赠，林弼《书吕诚夫进士金环诗后为萨达道同年赠》。色目人马祖常也很重视同年情谊，有《送同年赵继清尹安陆》一诗。科举考试促进民族融合，促进多族士人圈的形成，促进了同题集咏的繁荣。

契丹人述律杰出镇云南时虞集等数十人以诗相送。泰不华赴南台御史，虞集作文，柯九思、雅琥等题咏送别，雅琥与泰不华同为色目人，体现在同题集咏中多族群之间的情感交流。诗在元代维礼的作用是巨大的。苏天爵出使南台御史，雅琥、黄溍、虞集、胡助、宋褧同题集咏送别，参与同题集咏的送别者都是馆阁名臣，色目人雅琥作为奎章阁很重要的文人，参与送别是交际的需要，雅琥诗中还出现了“梅花路远宜逢雪，桃叶波平好渡江”这样的名句，这是元人少数民族雅琥在送别同题集咏中与多族士人互动写下的，少数民族对元诗贡献是巨大的。

元代送别同题集咏很多，充分体现了诗歌的交谊维礼功能。送别同题集咏反映了多民族文人之间的友谊，深刻反映了元代多族士人圈的互动交融过程。同题集咏中，诗成为他们表达情谊的重要媒介，固定的朋友圈与同题集咏发生是密切相关的，所以同题集咏的题材，频次取决于群体交往的层次和对象，同题集咏仍然需

---

① 月鲁不花《谢见心上人》，《元诗选·三集》，中华书局，1987年，第323页。
② 杨镰主编《全元诗》第58册，中华书局，2013年，第463页。
③ 杨镰主编《全元诗》第58册，中华书局，2013年，第463页。

要一定的群体交往基础。少数民族参与同题集咏对于多族士人圈的形成有着积极意义,多族诗人在同题集咏中增进了友谊,实现了多元文化的交融。

第二节 同题集咏中少数民族对儒家文化的认同

“元代为一多元社会,其族群之复杂,文化之繁复,在中国历史上都可称为空前”①。元代文化多元、族群众多,为王朝管理带来了障碍,在元初寻找一个共同的核心文化已是迫在眉睫,惟有儒家能够担当多族群社会文化的核心。儒学是各民族首要学习的对象,也是西域民族华化的标志。“儒学为中国特有产物,言华化者应首言儒学”②。学习儒学,对于少数民族群体来说尤为重要,而儒学首言德行,诗歌文章都是德行的载体。

“积之既久,文轨日同,而子若孙,遂皆舍弓马而事诗书”③,随着华化的深入,诗成为元代多族士人圈文人融入儒家价值体系的重要媒介,成为元代有力的教化工具。同题集咏是各族诗人交流沟通、融为一体的重要平台。元代参加同题集咏的少数民族诗人相当一部分为进士出身,或世袭爵位的人,都是长期定居汉地、研习经典、汉地出生、师从汉地儒者的文人。

元人重诗的教化功能,以诗为媒介的同题集咏是少数民族诗

① 萧启庆《九州四海风雅同:元代多族士人圈的形成与发展》,联经出版公司,2012 年,第 1 页。

② 陈垣《元西域人华化考》,上海古籍出版社,2000 年,第 8 页。

③ 戴良《鹤年先生诗集序》,《全元文》第 53 册,凤凰出版社,2004 年,第 276 页。

人融入儒家文化的重要渠道，元人重诗歌的声教传统，虞集说："我朝混一以来，朔南暨声教，士大夫歌咏，必求正声。"[①]对诗的教化功能尤其看重；揭傒斯说："大道天地开，侧耳声教驰。"[②]欧阳玄说："诗与乐之妙，可以动天地、感神明、广声教、移风俗也。"[③]卢挚说："大凡作诗，须用《三百篇》与《离骚》，言不关于世教，义不存于比兴，诗亦徒作。"[④]宋褧赠给高丽人李穀的诗中说："德音宣布声教广，遣子入学同趋京。"[⑤]高明说："日月垂光照海滨，东南声教属儒臣。"[⑥]可见，元人特别重视诗歌的声教传统，认为诗是声教的传播主体，看重声教传统对国家风俗感化作用，同题集咏恰恰是元人诗教、声教、世教理念的折射。

少数民族群体自然是声教对象的重点群体，民族文化的交融很大程度上影响着元朝的政治统治。同题集咏与少数民族群体华化进程是同步的，同题集咏一定程度上反映了少数民族对儒家文化的接受广度和深度。

一、岳忠武王庙同题集咏

宋元换代，岳飞墓庙经风吹日晒渐渐毁坏。后至元三年（1337），僧人释可观诉于官，郑元祐为其作疏，认为修复岳飞墓庙事关风俗，"事关世教"[⑦]。释可观为了恢复岳飞墓庙旧日景观，动用了一

① 蔡毅《古典戏曲序跋汇编》，齐鲁书社，1989 年，第 11 页。

② 揭傒斯《揭傒斯全集》，上海古籍出版社，2012 年，第 113 页。

③ 欧阳玄《欧阳玄全集》，四川大学出版社，2010 年，第 622 页。

④ 卢挚《文章宗旨》，《全元文》第 11 册，凤凰出版社，2004 年，第 10 页。

⑤ 宋褧、燕石集，《文渊阁四库全书》第 1212 册，台湾商务印书馆，1986 年，第 419 页。

⑥ 苏天爵《滋溪文稿》，中华书局，1997 年，第 572 页。

⑦ 田汝成辑《西湖游览志》，上海古籍出版社，1998 年，第 100 页。

切社会关系，得到湖州推官何贞颐、郑元祐、柯九思及杭州郡吏李全初相助。历经十三年，始修葺完毕。释可观将当时文人群体诗篇结为一卷，名为《岳庙名贤诗》，其中共收录 72 位元人所作 92 首诗。参与同题集咏者诗人身份复杂，有故国王孙赵孟頫，有南宋遗民，有元代知名人士柯九思、杨维桢等，也不乏少数民族诗人的参与，如贯云石、泰不华、杨九思、铁穆尔等，有画家、诗人、僧人，身份复杂，充分体现了中华民族多元一体的特点。

高昌人铁穆尔："雪耻陈凶旧远征，青天白日贯忠诚。早知矫诏由秦桧，岂肯班师弃汴京。一死无辜终古惜，二邦有犯至今荣。我来再拜瞻遗像，南斡迎风振烈声。"① 题咏中铁穆尔肯定了岳飞的忠诚，为了宋徽宗而帅军远征，以诗论的形式对历史进行点评，早知秦桧矫诏，怎肯班师回朝，对历史进行假设推论，对岳飞含冤而死表示惋惜，同时认为岳飞虽死犹荣。他瞻仰了岳飞遗像，表达了对岳飞的崇敬，这是一首典型的咏史诗，儒家忠君思想在铁穆尔这首同题集咏诗中得以彰显，认同了儒家的忠君文化。

西夏人杨九思："宋国君臣义不全，将军忠勇古今传。曾施奇策恢三路，化作英雄彻九泉。虎豹声吼云霭霭，麒麟影灭草芊芊。山僧今日祠重建，莫使哀吟意惨然。"② 杨九思在题咏中对岳飞忠勇精神进行肯定，将其看作英雄，同时对岳飞含冤而死深表惋惜，在题咏中杨九思认同了儒家忠义文化。

蒙古人泰不华："将军有意拨天旌，直取黄龙复汉京。谁谓君王轻屈膝，久知戎虏定渝盟。属车不返三关路，堠火长连五国城。

① 杨镰主编《全元诗》第 51 册，中华书局，2013 年，第 101 页。

② 杨镰主编《全元诗》第 51 册，中华书局，2013 年，第 89 页。

独使英雄含恨血，中原何以望澄清。”[①] 泰不华作为元朝忠臣，以身殉国，用生命实践了儒家舍生取义的精神，对岳飞忠义非常认同，用诗论的形式论史，句句议论，发人深思，典故运用熟练，拈手即来，站在汉人立场称呼少数民族为虏，反映出泰不华将自己看作儒家士人，同题集咏中表明文化超越血缘。泰不华精熟中国古典文化，反讽君王屈膝金国，将批判的矛头指向不作为的君王，替岳飞抱不平，此诗不输汉人之作。

贯云石："剑戟横空杀气高，金兵百万望风逃。自从公死钱塘日，便觉山河把不牢。”[②] 高昌畏兀人贯云石赞赏岳飞高超的武艺、英勇的斗志，采用对比手法，点明岳飞的死对宋朝江山是巨大损失，岳飞是保护宋朝边疆的一道坚固屏障。贯云石继承民族基因，崇尚武艺，“年十二三，膂力绝人，善骑射，工马槊”[③]。作为曾经的武将，贯云石对岳飞高强的武艺、忠义的精神更能认同，这是多元文化交融的体现。

西域少数民族歌颂岳飞，是元代华化成功的标志，是民族大融合的标志。这一切都是通过同题集咏来实现的，是诗歌维礼的体现。在岳飞墓庙同题集咏中少数民族诗人与汉族文人将岳飞忠孝精神发扬光大，同题集咏扩大了岳飞的影响力，是一次对岳飞含冤而死很有影响力的平反，对后世认识岳飞事件有积极意义。

二、郑氏义门同题集咏

“数世同居者，天子皆旌表门闾，赐粟帛，州县存问，复赋税，

① 杨镰主编《全元诗》第45册，中华书局，2013年，第176页。

② 杨镰主编《全元诗》第33册，中华书局，2013年，第310页。

③ 欧阳玄《贯公神道碑》，《全元文》第34册，凤凰出版社，2004年，第652页。

有授以官者”①。对数世同居、家庭和睦、重孝义的家庭，唐朝都会表彰，以维护社会稳定，元代也是如此。元代浦江郑氏家族九世同居，相处和睦，知书达理，男女同食，重纲常，朝廷给予旌表，延及于文儒才士，往推重其家业之歌咏，披其词华以纪之篇章。众多文人同题集咏郑氏的孝义之道，赞赏其家孝义仁厚之风，“白麟溪郑氏也，郑氏九世而同居，其于风教厚矣”②。同题集咏具有观风化、美人伦的功用。同题集咏时间跨度近四百年，题咏者从宋开始，以元代文人群体为主流，兼及部分明代诗人，形成一股强大的社会舆论，体现出文人群体对社会风气的强烈关注。文人借助同题集咏维护社会秩序，是儒家用世理念的体现。

少数民族诗人亦参与其中，如泰不华、余阙、察伋、哈巴石、八思儿不花、别儿怯不花等，通过同题集咏对他们内心产生潜移默化的影响，将自我融入儒家文化圈，共同吟咏忠孝节义，并在同题集咏中认同了自己的儒家身份。

少数民族群体都对九世同居给与认同，廉惠山海牙“九世同居，百代同祀”、察伋“一门蔼雍睦，九世同聊芳”、余阙“借问居几何，九世今不分”、泰不华“春秋家学传来远，九世于今更一门”、别儿怯不花“白麟溪上有旌门，九世邕邕孝义门”。少数民族对郑氏义门九世遵守礼法、长幼井然有序、千人和睦相处表示赞赏，如廉惠山海牙“肃肃昆季，雍雍娣姒。教诲有章，勤俭有纪”、八思儿不花“一家自三代，秩秩列昆弟”、别儿怯不花“传家已见存诗礼，瑞世何惭比凤麟”、察伋“思深父子性，义重兄弟肠。积善施厚报，雅

① 欧阳修、宋祁《新唐书》卷一百九十五，中华书局，1975年，第5577页。

② 郑太和辑《麟溪集》，《四库全书存目丛书》集部第289册，齐鲁书社，1997年，第443页。

德垂休光”、余阙“解骖青松林，爱此季与昆。检身事先训，礼度尤恭温”。

少数民族在同题集咏中重点是对儒家“忠义”“忠孝”“忍”的认同，如八思儿不花“其孝果何如，一本父子亲。其义果何如，八世爨不分”、埜仙“尚培荆树茂，莫负义门高”、廉惠山海牙“郑氏伊何，孝义践履”、察伋“化行两千指，忠孝天实将”。同时少数民族群体都有昭示子孙、引导民风民俗的目的，如八思儿不花“更望力加冕，见此浇俗敦。我诗但纪实，刊以示子孙”、廉惠山海牙“睹兹盛典，昭示孙子”、余阙“摛毫诵勿替，勉哉贤子孙”、别儿怯不花“莫道江南风土异，从兹民俗定还淳”、泰不华“闻道阶庭有余地，年来偏艺好兰孙”。

回回人哈巴石：“族属虽千共一初，人生何可不同居。当年怪杀张公艺，把笔犹将忍字书。”唐代“张公艺九世同居”①，治家有方，数百人在一起和和睦睦，唐高宗有事太山，临幸其家，问其九世同居的法宝，张公艺写了一个“忍”字，唐高宗流涕而去，回到朝廷后赐给张公艺缣帛以示表彰。哈巴石认为郑氏义门九世同居、千人共食实属不易，都是一个“忍”字所支撑的。

很多少数民族诗人信仰伊斯兰教和基督教，这些宗教都具有排他性，郑氏义门同题集咏中少数民族诗人认同了儒家的忠孝、节义、忍让、勤俭、与人为善、长幼有序精神，体现了儒家文化强大的包容性和吸引力。

“推而之国，国而之天下，建一善而百行从，其失则以法绳之。故曰：孝者天下大本，法其末也。”② 孝悌是儒家人伦之本，只有孝

① 欧阳修、宋祁《新唐书》卷一百九十五，中华书局，1975年，第5578页。

② 欧阳修、宋祁《新唐书》卷一百九十五，中华书局，1975年，第5592页。

悌,才能推之于国家层面,治国治天下在有道,有道的基础是孝悌,这是国家的大本,以孝求忠。少数民族群体认同儒家孝悌文化对于巩固元王朝的统治,对实现国家认同和政治认同有着重要的意义。

三、其他儒家文化同题集咏

(一)卢贤母同题集咏

卢樵隐之母周氏为临安令卢君继室,彭城人,抚养卢君先妻遗孤如己出,严守妇道,"从夫以义,育子以慈,能此数者,人伦之本也"①,人称卢贤母。"观其治家以勤俭,教子以义方,春蚕秋织,必先于诸妇,处内外之事,咸得其宜。高谊厚德,不能纪其万一"②。引发文人同题集咏,高昌畏兀人五十四通过参与同题集咏仅存诗《题卢贤母传》:"樵隐卢君母最贤,母仪妇节两超然。相夫德洽周南化,教子名宜太史编。华屋萱兰春蔼蔼,玄堂松桂月娟娟。时清重忆颁鸾诰,百世幽光发九泉。"③五十四歌颂了卢贤母贤德,有妇德,教子有方,表达了对儒家节义文化的认同。女真人兀彦思敬也参与了关于卢贤母的同题集咏,同样对儒家节义表示认同:"慈抚前遗孤,视与己儿并。邻媪将自残,舍财生彼命。蔼然仁义心,天锡有余庆。薄葬西山云,风木动悲兴。嗣子处士君,文行践欧孟。高风凛千载,列史著嘉行④。"兀彦思敬通过叙述卢贤母抚育丈夫前妻儿子、视如己出、舍财救人的义举,赞叹卢贤母的仁爱,其培养的后代也践行仁义,凛凛高风,永载史册。通过同题集咏,可以窥见

① 朱桓《卢贤母传》,《文渊阁四库全书》第815册,台湾商务印书馆,1986年,第580页。

② 杨镰主编《全元诗》第44册,中华书局,2013年,第429页。

③ 杨镰主编《全元诗》第67册,中华书局,2013年,第353页。

④ 杨镰主编《全元诗》第37册,中华书局,2013年,第358页。

少数民族文人对仁义的认同。文化超越了民族界限，在同题集咏中彰显出来。

（二）复邹浩墓同题集咏

元末宋贤邹浩墓年久已坏，谢应芳等人发起修墓活动，表达对先贤的敬仰，更重要的是借此活动维护礼教。西域茀林人达德越士，长期生活在江浙，也参与其中，借此同题集咏留存了唯一的一首诗《宋贤邹浩复墓诗》："青山城北路，迢遥少人烟。云冷孤坟外，春来四柏前。郡侯今起废，野客喜怀贤。漫有诸孙在，谁将谏疏传。"① 达德越士在同题集咏中表达对邹浩忠义的认同。

（三）蒲庵同题集咏

元末名僧释来复儒家出身，种蒲苇造室纪念母亲的养育之恩。蒲庵是释来复纪念母亲养育之恩的场所，蒙古人月鲁不花替释来复面向自己的朋友征诗，传统儒家文化是僧人立身之本，先儒后僧，儒家文化的影响仍在。参与者有馆阁文人，有僧人，有隐士，还有许多少数民族诗人，如孟昉、笃烈图、廼贤、金元素、察伋。僧人孝道引发多族群对儒家孝道文化的认同。汉族文人、少数民族诗人、僧人交往的基础是儒家道义，同题集咏中儒家文化将不同民族、不同血缘的人凝聚在一起。

（四）余姚海堤同题集咏

余姚海患是个长期未解决的难题。元天历间，叶恒来到余姚为判官，他视察堤坝，改为石堤，派人疏浚河渠，用石头加土填埋杙的办法修筑海堤，潮汐之患始终，连获丰收。后叶恒回归故里，余姚百姓惦记叶恒功业，非常思念叶恒："公去余姚已十年，民思之弗

① 杨镰主编《全元诗》第65册，中华书局，2013年，第248页。

置，尝徵余文为公去思碑。”[①]。

叶恒归隐以后，百姓感激叶恒政绩，纷纷求当时有名诗人题诗记录此事，也有文人自己感慨叶侯政绩，自发题咏，“侯去而民思之，故作是诗也”[②]。从而引发了一次歌颂叶侯的同题集咏，此次同题集咏的目的是以诗存史。有61人以诗或跋的形式参与题咏，其中不乏著名馆阁文人、隐士、僧人，很多少数民族诗人也参与其中，如蒙古族宝宝、西域人爱理沙、回回人吉雅谟丁、拂林人金元素、西域人余阙等。同题集咏对叶恒的歌颂，表明少数民族已经认同了儒家文化，充分彰显了文化大于种族的意义。

同题集咏的本质是人际关系的体现，反映群体道德观念，以确认自己文化身份的归属。岳王墓庙、余姚海堤、余阙挽诗、郑氏义门等同题集咏都是少数民族华化里程碑上的见证。诗作为传播符号，独立于传播关系的参与者之间，正是有了这种文化的独立性，使得同题集咏中文化超越种族，实现了多族士人圈下儒家文化的“他者”认同，消解了民族间文化的隔阂，产生了时代共鸣，证明了儒家文化的凝聚力和向心力，彰显了同题集咏的意义。

第三节　同题集咏中少数民族诗人对佛道文化的认同

“在元代，作家最多，作品最多的，仍然是诗文。而元代诗文与前朝相比，普及程度更高，涉及的范围更广。诗文成了不同种族的

① 叶翼辑《余姚海堤集》，《四库全书存目丛书》集部第289册，齐鲁书社，1997年，第638页。

② 叶翼辑《余姚海堤集》，《四库全书存目丛书》集部第289册，齐鲁书社，1997年，第641页。

文人们凝聚力的体现"[①]。以诗为媒介的同题集咏是一种文人之间的群体性活动，是一种群体凝聚力的体现。通过共同吟咏同一个主题，形成一个人际网络圈。少数民族诗人在同题集咏中也认同了佛、道、隐逸文化，实现了多元文化交融。

一、奉题见心禅师天香室同题集咏

释来复是元末明初著名诗僧，字见心，号蒲庵。爱交际，为人风流，《澹游集》中与其互动唱和者有 171 人，"或寿为公卿，或位当权要，或儒家者流，或道家者流"[②]，交游广泛，包括元代著名馆阁文人众多诗僧，还有隐士，更重要的是释来复通过同题集咏交际了 19 位蒙古色目诗人。释来复在元末已经很有名气，"海内才名通翰苑，江南声誉冠丛林"[③]。以他为中心，在元末形成了一个庞大的多族士人圈队伍。释来复结交的多是馆阁名臣，因而大大提高了他的声誉。释来复多次奉请不同身份的诗人为其建筑的天香室和蒲庵题诗，遂形成了多次大规模同题集咏，这是一种典型的征诗而形成的同题集咏，也是元代征诗现象的突出代表。

释来复生前把与自己交游的诗人诗作整理辑佚成《澹游集》，所谓"君子之交淡如水是也"[④]。释来复与苇林人金元素关系甚好，明初姚广孝为了纪念金元素，重编了《澹游集》。释来复与众多不

① 杨镰《元代文学编年史》，山西教育出版社，2005 年，第 7 页。

② 揭汯《澹游集序》，《续修四库全书》集部第 1622 册，上海古籍出版社，2002 年，第 211 页。

③ 月鲁不花《余尝遣仆奉商学士山水图一幅为见心禅师寿又尝与师同宿大慈山和金左丞壁间所题诗韵而师有白河落影千峰晓碧海寒生万壑秋之句故末章及之》，《元诗选・三集》，中华书局，1987 年，第 324 页。

④ 揭汯《澹游集序》，《续修四库全书》集部第 1622 册，上海古籍出版社，2002 年，第 211 页。

同种族、不同身份的诗人交往的基础就是儒家道义，以释来复为中心形成的多族士人圈交往的思想核心是儒家思想，夹杂佛道思想，儒释道在同题集咏中交融，“归孔释为一途，殆过于无尽”①。

元人以诗文为生命存在方式，“有物外之游从，曰方外交，往往以道义相尚，以文辞相唯诺”②，“文章宇内千年事，身世江湖万里舟”③。诗文成为不同身份士大夫间交际的纽带，诗成为传播信息的载体、维护人际关系的名片。以诗为媒介的同题集咏在释来复为中心的多族士人圈中具有重要的文化意义。

《奉题见心禅师天香室》是释来复组织的一次多族群的同题集咏，慈溪双峰定水禅寺自唐代以来就为名刹，其主僧往往知名于时。宋代庐陵僧德璘与杨万里为方外之游，曾以桂花蒸香送给杨万里。杨万里为释德璘作五诗报之。“宋庐陵璘公住山日，尝制其花为香，以遗诚斋杨公。公答以五诗，有天香来月窟之句，师因扁其坐禅之室曰天香”④。至正十七年(1357)，释来复主持定水寺，念杨万里翰墨之重，认为前辈之风流雅韵犹在辟室，不可无征而灭，“于是命匠氏砻石刻公所为五诗，置诸燕坐之室，仍择言于诗，扁其室曰天香”⑤。其室名取自于杨万里当年赠给德璘的诗句“天香来

① 释子然《送见心之湖南诗序》，《续修四库全书》集部第1622册，上海古籍出版社，2002年，第281页。

② 刘仁本《澹游集序》，《续修四库全书》集部第1622册，上海古籍出版社，2002年，第211页。

③ 张翥《答复见心见寄》，《文渊阁四库全书》第1215册，台湾商务印书馆，1986年，第50页。

④ 贡师泰《重修定水教忠报德禅寺之碑》，《续修四库全书》集部1622册，上海古籍出版社，2002年，第277页。

⑤ 杨彝《天香室记》，《续修四库全书》集部第1622册，上海古籍出版社，2002年，第278页。

月窟"之句，于是释来复广泛向朋友征诗纪念，引发了这次天香室同题集咏。同时借同题集咏推广自己的诗名，告知自己的天香室的内涵，广泛联络情感。

"惟此十数巨公之与吾师不期而应，不求而合，时从入室为记、为铭、为诗，而同声同气之友，亦从以入户外之屦，盖不绝也"[①]，这是一次跨越族群的同题集咏，有众多馆阁文人、诗僧参与，少数民族诗人茀林人金元素、蒙古人月鲁不花、蒙古人笃烈图、唐兀人孟昉、乃蛮人答禄与权、塔塔儿人察伋、蒙古人伯颜（景渊）、畏兀人廉惠山海牙、葛逻禄人廼贤、回回人吉雅谟丁、西域人哈珊沙。其中伯颜、答禄与权、哈珊沙都依赖此次同题集咏而存唯一的一首诗，少数民族诗人在同题集咏中认同了佛道文化，实现了民族文化的大融合。

廼贤"团团桂树倚秋风，小榻加趺观想空。八月花开金粟界，五更人立水晶宫。蟾华冷浸晴芬外，兰气微闻碧落中。明月堂深凉不寐，清心静对一灯红"[②]一诗中，"桂树""水晶宫""蟾宫"是道教意象，而"金粟"是佛教意象，"清心"是佛教教义，作为葛逻禄第一个能诗的诗人廼贤来说，同题集咏中实现了对佛教和道教文化的认同，这是对他者文化的认同。

哈珊沙"金粟如来住世间，一花五叶遍人寰。不同薝蔔开兰若，岂羡沉檀试博山。大地缤纷香雪落，诸天馥郁好风还。承恩曾记金銮殿，满袖携烟朝九关"[③]中，"金粟"是佛教意象，"薝蔔"是佛教意象，"九关"是天上的宫殿，九天之关属于道教意象。同题集咏

① 胡世佐《天香室记》，《续修四库全书》集部第1622册，上海古籍出版社，2002年，第280页。

②《续修四库全书》集部第1622册，上海古籍出版社，2002年，第226页。

③《续修四库全书》集部第1622册，上海古籍出版社，2002年，第225页。

中实现对佛、道的融合。

金元素："维摩丈室本来空，谁散氤氲度晓风。麝剂饱闻兜率界，兔春元自广寒宫。老僧说法登兰座，好客题诗忆桂丛。笑我螭坳曾鹄立，罏烟满袖对重瞳。"① 兜率界是欲界的第四天。释尊成佛以前，在兜率天，从天降生人间成佛。未来成佛的弥勒住在兜率天，将来从兜率天下降成佛。广寒宫是道教神话传说嫦娥的居住处，苐林人金元素本信仰基督教，同题集咏中反映出其对佛道儒文化的认同。

察伋："风外缤纷落桂花，六根情净沐秋华。石房茶灶蒸金粟，竹径松窗炼玉葩。气压九霄承雨露，香浮上界散云霞。静观物理同玄化，却笑吾生未有涯。"② "六根清净"是佛教术语，"九霄"是道家意象，"静观物理同玄化，却笑吾生未有涯"是老庄道家哲学的核心思想，察伋在同题集咏中实现了佛教、道教思想的大融合。

吉雅谟丁、伯颜、孟昉、廉惠山海牙、笃烈图、月鲁不花、答禄与权都在同题集咏中实现对佛、道文化的认同，对多元文化的认同，"贝叶""旃檀""九霄""九阙""金粟""西方"等意象多次出现，多元一体，超越了原有信仰，文化大于种族的意义在同题集咏中得以证明。通过同题集咏，我们可以看到释来复强大的组织能力和多元文化的核心地位，窥见元代文人群体的风雅相尚。

二、九灵山房同题集咏

九灵山是戴良先人居住之处，景色秀丽，坐落在浦江，是当地的最高峰，"蜿蜒扶舆，曲折起伏，灵气不泄，萃为九峰，因以名

①《续修四库全书》集部第1622册，上海古籍出版社，2002年，第219页。

②《续修四库全书》集部第1622册，上海古籍出版社，2002年，第221页。

焉"[①]。洪武十一年(1378),戴良六十二岁作《九灵山房图》,九灵山房是戴良读书处。此图是戴良于元亡后作为元遗民的精神寄托,戴良宦游淮泗齐鲁,携以自随,所至之处张之壁间,或以九灵山房名其居室,引发文人同题集咏。周伯温以古篆书之,揭汯、胡唯仁、乌斯道作记,唐之淳作赋,丁鹤年、爱理沙等"诸公歌诗共十余首,今俱载家牒中"[②]。

元亡,丁鹤年归四明与戴良友善,时戴良亦避地于此。两人虽然民族不同,但共同的儒家忠君思想,使得他们走在一起,怀念故国、不忘胡元是他们交游的基础。丁鹤年忠君,"客路渐遥身渐老,此生何以报君亲"[③],戴良也忠君。丁鹤年曾为戴良题诗,作《奉怀九灵先生就次其留别旧韵二首》《奉寄王宣慰兼呈九灵先生》《奉寄九灵先生四首》《题戴先生九灵山房图》。

戴良曾为丁鹤年作《高士传》,详细叙述了丁鹤年的家世及华化经过,对鹤年人格高度评价,"重然诺,尚气节……有东汉高士之遗风"[④]。戴良称丁鹤年为高士,这正是戴良心中理想的形象,二人共同的遗民气节引发了彼此的共鸣,戴良"自元亡后,不忍忘故君旧国,酒酣赋诗,击节歌咏,闻者壮而悲之"[⑤]。丁鹤年"自以家世仕元,不忘故国。庚申北遁后,饮泣赋诗"[⑥]。戴良在元亡后隐居四明山居十五年,明廷征召他做官,"命大官给缮,欲官之。以老病故

① 乌斯道《九灵山房记》,《全元文》第57册,凤凰出版社,2004年,第73页。
② 《九灵山房集年谱》,《文渊阁四库全书》第1219册,台湾商务印书馆,1986年,第261页。
③ 杨镰主编《全元诗》第64册,中华书局,2013年,第362页。
④ 戴良《高士传》,《全元文》第53册,凤凰出版社,2004年,第447页。
⑤ 钱谦益《列朝诗集小传》,上海古籍出版社,1983年,第15页。
⑥ 钱谦益《列朝诗集小传》,上海古籍出版社,1983年,第18页。

辞，忤旨待罪，次年四月，卒于寓舍，盖自裁也”[1]。秉持遗民气节、忠于元朝的戴良选择自杀殉元，戴良气节可见一斑。

丁鹤年：“九灵别业何年到，聊作新图寄所思。幽谷白云晴窈窕，高檐翠树晓参差。辋川已入王维画，韦曲曾传杜甫诗。咫尺相望成万里，卧游心事许谁知。”[2]题咏中作为知己的丁鹤年从图画中看出戴良作图的目的是寄托亡国之思，同题集咏中认同了戴良的气节和隐逸思想。

爱理沙，字允中，西域色目人，“鹤年之次兄，字允中，至正间进士，仕翰林应奉”[3]。色目人爱理沙当时也在四明，故一同参与《题戴叔能先生九灵山房图》题咏，“山房，乃先生读书处也，时先生避地四明，故云。梦里家山十载违，丹青咫尺是耶非。墨池新水春还满，书阁浮云晚更飞。张翰见机先引去，管宁避乱久忘归。人生若解幽栖意，处处林丘有蕨薇”[4]，爱理沙对中华典故驾驭自如，管宁是东汉末年至三国时期著名隐士，是春秋时期齐国名相管仲的后代，有隐德，不贪慕名利。曹丕征召他，派安车接他，曹丕下诏任命管宁为太中大夫，管宁坚持辞让没有接受。题咏中将戴良比管宁，认同了戴良隐居守志、不仕二朝的气节。

三、其他隐逸文化同题集咏

唐兀人昂吉存诗 19 首，同题集咏诗有 12 首，昂吉出入吴中诗坛，是顾瑛玉山雅集的座上客，参与多次玉山雅集的同题集咏，有《题玉山雅集图》《钓月轩诗》《芝云堂》《碧梧翠竹堂赋诗》《湖光

① 钱谦益《列朝诗集小传》，上海古籍出版社，1983 年，第 15 页。
② 杨镰主编《全元诗》第 64 册，中华书局，2013 年，第 359 页。
③ 钱谦益《列朝诗集小传》，上海古籍出版社，1983 年，第 19 页。
④ 杨镰主编《全元诗》第 50 册，中华书局，2013 年，第 339 页。

山色楼赋诗》《柳春堂赋诗》《渔庄赋诗》《听雪斋赋诗》等。借助咏玉山草堂景点表达对玉山主人隐居生活的认同。《题江贯道万木奇峰》同题集咏表达了对隐逸文化的认同,“云林漠漠烟水淡,扁舟一叶江南秋”,借助题咏表达对隐逸生活的向往,“十年作官未得归,长忆春风满城绿”①。姚廷美为青龙杜隐君所作的《题姚廷美有余闲图》有21人题诗、1人题跋。闲得于偷不能谓之有余,闲得于生病不能谓之有余,淞江杜隐君才是真正的闲中有余,不因偷得闲,不因病得闲,不损于田园广置,是为真正意义上的有余。“淞之青龙有杜隐君者,内有良子弟为家督,下有勤臧获为生产,而外有贤妇友为守望,君得以安居饮食,优游以卒,岁则其闲也,不偷于得朋,不出于因病,不损于田园之广置,闲曰有余”②,昂吉《题姚廷美有余闲图》“英雄蚁斗时时梦,富贵蝇营事事非。睡起草堂新酒熟,醉吟明月上人衣”③,同样表达了对隐逸生活的向往。

“至正间,道士毛永贞由龙虎山三华院移居四明白水宫,即丹山赤水洞天,筑居室名石田山房。因集古今题咏为一卷,名《四明洞天丹山图咏集》”④,众多文人对白水宫、丹山、石田山房等进行同题集咏,其中昂吉、吉雅谟丁、迺贤都参与丹山题咏,同题集咏中表达对道教文化的认同。

哲理野台参与了赵孟頫在大德六年(1302)为钱德钧画的《题水村隐居》同题集咏:“田野漫漫水天接,孤村林木似凝烟。莫言此地无车马,自是高人远市廛。”⑤反映出哲理野台对隐逸文化的

① 杨镰主编《全元诗》第58册,中华书局,2013年,第345页。

②《秘殿珠林石渠宝笈汇编》第2册,北京出版社,2004年,第1011页。

③ 杨镰主编《全元诗》第58册,中华书局,2013年,第345页。

④ 杨镰主编《全元诗》第51册,中华书局,2013年,第404页。

⑤ 顾嗣立、席世臣编《元诗选·癸集》,中华书局,2001年,第336页。

认同。

后至元五年(1339),台州乡贤邬庚去世,泰不华、石抹宜孙等二十余人作《邬处士挽诗》同题集咏纪念[①]。泰不华:"共祝修龄等漆园,岂期流水失桃园。安仁宅广居城市,种德田多遗子孙。河上仙翁书卷在,洛中耆老姓名存。翠微峰下城南月,犹照梅花万古魂。"[②]邬处士这位隐士高寿,隐居翠微峰,遍地种满梅花,德高望重,是位谦谦君子,不贪图名利,甘愿逃名做隐士。他给乡邻捐款、分财物,教育后代有方,重身教。各族文人同题集咏中刻画出一位德高望重、扶贫济困的隐者形象,实现对隐逸文化的认同。

马祖常参与了馆阁文人为道士祝丹阳的二十八个道教景点的《天冠山》同题集咏,同时参与了送别道士祝丹阳的《祝丹阳祠武当》同题集咏,道教对马祖常有着重要的影响。不花帖木儿和月思帖木儿参与了《宋马和之瑶池醉归图》同题集咏,在同题集咏中实现多族群互动,体现了少数民族对道教文化的认同。

第四节 同题集咏对少数民族诗学的意义

萧启庆说:"元代蒙古、色目士人唯有参加汉族士人之文化活动,始能与汉族文士的主流融为一体。"[③]同题集咏成为考察元代多族士人圈文化互动交融不可或缺的重要维度,同题集咏这种形式贯穿于雅集、题画、唱和、题跋等各种元人群体活动中,成为元代多

① 黄瑞《台州金石录》卷十三,民国五年(1916)刘氏嘉业堂刻本,第483—485页。

② 杨镰主编《全元诗》第45册,中华书局,2013年,第176页。

③ 萧启庆《九州风雅四海同——元代多族士人圈的形成与发展》,联经出版公司,2012年,第187页。

族士人圈主流唱和方式。同题集咏中少数民族的民族身份已经不重要了，诗人身份成为其焦点。少数民族诗人、汉族士人、僧人成为不同类型同题集咏的核心，充分体现了同题集咏对元代多族士人圈形成的推动作用。

诗作为一种文化传播的手段反映各族群士人间文化互动，同题集咏的实质是社会关系的反映，诗歌的政治功能在元代是很突出的，同题集咏借助诗歌彰显了多族士人圈群体互动的意义。同题集咏反映在人际关系上起到的就是“维礼”作用，一方面表达友谊，另一方面规范人伦秩序，维护社会风气。通过同题集咏反映了少数民族对元朝的政治认同和国家认同，同题集咏所反映的多族士人共同具有的汉族文化素养对于元代多族群社会凝聚力的增强和社会稳定有着积极的意义。

参与同题集咏的频次由元初到元末是逐渐增加的，尤其是科举恢复以后，大大刺激了少数民族文人学习儒家文化，出现了很多著名进士学者，他们都有深厚的经学基础，渐渐认同了儒家文化，在习得儒学的基础上又认同了佛、道文化。同题集咏反映出多元文化对元代少数民族的重要影响，同时也反映了元代文化强大的包容性，对多元文化的逐渐认同是参与同题集咏的基础。

同题集咏具有存诗、存人、存史的意义。《全元诗》中有 85 位少数民族诗人参与同题集咏，因为参与同题集咏而存诗 1 首的少数民族诗人共有 35 人，哈巴石、埜仙、八思而不花、别儿怯不花、那怀、阿鲁威、孛罗帖木儿、伯颜（字宗道）、伯都、哲理野台、答失蛮、月思帖木儿、倚南海厓、马合麻、赵鸾、完迮普化、铁穆尔、杨九思、边鲁、同同、掌机沙、燕不花、伯颜（字景渊）、哈珊沙（字可学）、也先溥化、阿鲁温沙、宝宝、敦蒙、钮麟、哈珊沙（字子山）、虎都鲁沙、埜仙、萨达道、五十四、蒲察景道。

哈巴石、埜仙、八思而不花、别儿怯不花都是通过参加《郑氏义门》同题集咏而留存1首诗作的，铁穆尔、杨九思都是通过《岳忠武王庙》同题集咏而留存诗作1首，伯都、伯颜宗道都是参与《龙祠乡社义约》同题集咏而留存诗作1首，同同、不花帖木儿、边鲁、掌机沙、完泽、甘立、燕不花、别里沙都是通过参加《西湖竹枝词》同题集咏而留存诗作1首。雍古人赵世延的女儿赵鸾，参与了管道升《题紫竹庵图》的题画同题集咏活动而存诗1首。

因为参与同题集咏而存诗2首的少数民族诗人有4位，廉惠山海牙、完泽、钗纳锡、石抹宜孙。因为参与同题集咏而存诗3首的少数民族诗人有6位，奚莫伯颜、雅安、观音实礼、大食哲马、马世德、不花帖木儿。同题集咏为元诗增加了许多少数民族诗人，留存了难得的诗作，对于丰富元诗有着重要的意义。

同题集咏是元诗的重要现象，也是诗坛的推动力，为诗人之间相互交流提供了更为广泛的渠道，同题集咏体现了元代文化的开放与融合。元代作为大一统时代，少数民族参与同题集咏的情况是复杂的，构筑了元诗的特色，对元诗的贡献也是巨大的。通过同题集咏我们可以看到少数民族倾向于认同儒家文化，同时兼有对儒释道三者融合文化认同，折射出少数民族在华化道路上的儒学认知水平已经很高，同汉族文人几乎不相上下。同题集咏中自觉实现了对儒家文化的身份认同，构建起多元一体的文化格局，阐释了文化大于种族的意义。

第七章　元代集会唱和同题集咏

纵观整个元代，集会结社现象非常突出，雅集活动在元末达到了高潮。元代是文人群体活动非常活跃的时期，尤其是元初和元末。但是元初和元末还是有所不同，元初文人集会的主要方式是结社，出现了许多大大小小的诗社，而元末主要是雅集与唱和活动。无论是元初诗社还是元末雅集与唱和，文人群体采用最多的形式仍然是同题集咏。各自原因并不相同，元初主要是遗民群体集体抗节，抒发亡国之悲，彼此互相激励以保持气节的需要。元末同题集咏的发生更多是文人群体意识的高涨，追求个性自由，讴歌物欲情欲的需要，维护自我人格，肯定自我尊严，张扬自我的需要。元末是个追求物欲、放纵情欲的时代，出现了玉山雅集、西湖竹枝词、破窗风雨、听雨楼、徐良夫耕渔轩、雪篷、续兰亭会、小桃园诗盟等集会唱和，且多为同题集咏。这是元末彰显情欲、解放身心、追求个性、回归自然、追求主体自由和个人享乐的需要，与元代宽松的政治环境，朝廷不限制文人群结有很大的关系。在元末形成了一股股声势浩大的同题集咏，渗透到绘画、诗歌等各个领域，改变了元代中期的雅正文风，使元诗背离了儒家雅正精神，将同题集咏的运用推向新的高峰，这是同题集咏这种形式在元末成熟的体现。大型集会中，同题集咏的连续出现，标志着同题集咏已经成为元代最主要的唱和方式。

第一节 《西湖竹枝词》同题集咏

《西湖竹枝词》同题集咏是元末最后一次规模空前的同题集咏,参与者有一百多人,影响很大。《西湖竹枝词》同题集咏是一次情歌大赛,主持人是杨维桢,参与者身份各异,有官员,有布衣,有少数民族,有僧人,地位高低不同。有些是杨维桢邀请来参加同题集咏的,更多的是自发吟咏,从不同角度描写了自己心中独特的西湖。《西湖竹枝词》同题集咏得到了各阶层诗人的喜爱,展示了大量的民俗史料,语言活泼生动,饶有民歌风味,音韵和谐,朗朗上口。有的诗人专注于西湖美景,更多的是发乎男女之情,诗风妖艳者不乏其人。

《西湖竹枝词》同题集咏是建立在西湖优美的风光和丰厚的文化底蕴基础上的同题集咏。西湖经过唐宋两代大量的文化积淀之后,第一次大规模走进诗人群体创作中。“杭为东南大郡,多佳山水。而西湖者,即古之临平湖也。在赵宋建国时,琳宫梵宇,凉亭燠馆,星布湖上,画船游宴,殆无虚日,名贤题咏甚多。自后时移代易,虽所存者过半,而流风遗俗,无异昔时,于是西湖之盛而尤甲于东南矣”①。杭州在南宋作为都城之后,经过一百余年的开发,其风景与文化底蕴日渐丰富。苏小小墓、岳王坟、保俶塔、苏公堤、凤凰山、施公庙、雷峰塔、小蓬莱等,相继成为旅游胜景,在此丰厚的文化基础上诞生了《西湖竹枝词》同题集咏。《西湖竹枝词》同题集咏丰富了西湖的文化内涵,扩大了西湖的影响。

关于《西湖竹枝词》同题集咏发起的原因,明人和维说:“三百

---

① 和维《西湖竹枝集序》,《丛书集成续编》集部第154册,上海书店出版社,1994年,第429页。

篇之后，代各有作，盖发一时之所遇。诸公竹枝之作，亦皆发于一时之所遇者，岂有古今之殊哉！”① 和维指出了元末《西湖竹枝词》同题集咏的发生是一个偶然现象，随意性很强，发生的机缘也很简单，表面上看，西湖竹枝词同题集咏是一次偶然而发，其实偶然的事情背后都是必然，是长久酝酿的结果，外在机缘的触发只是一个机遇。没有一个外在的文化积淀程度，没有一群情趣相投的文人，没有一个有影响力的主持人，《西湖竹枝词》同题集咏是不会发生的。《西湖竹枝词》同题集咏占据天时、地利、人和，当外在条件具备以后，它的发生才能成为可能。可以说《西湖竹枝词》的诞生是元末文人集会的一种必然现象。

杨维桢自己也讲出了《西湖竹枝词》同题集咏发生的缘由："余闲居西湖者七八年，与茅山外史张贞居、苕溪郯九成辈为唱和交。水光山色，浸沉胸次，洗一时尊俎粉黛之习，于是乎有《竹枝》之声，好事者流布南北，名人韵士属和者无虑百家，道扬讽喻古人之教广矣。是风一变，贤妃贞妇兴国显家，而《列女传》作矣。采风谣者其可忽诸！"② 杨维桢闲居西湖七八年，对西湖文化非常熟悉，他又非常爱好雅趣集会、游戏笔墨，偶感而发写下了九首《西湖竹枝词》，邀请朋友同题集咏，其中包括倪瓒，一时间同题集咏者剧增，好事者流布南北。来自各族诗人、各个阶层的诗人，隐士、僧人、闺阁、官员都来参加《西湖竹枝词》同题集咏。其实这是元末的时代风气，也是同题集咏成熟的体现，同时也是诗歌走向下层百姓、社会化的表现。正如杨维桢所说，《西湖竹枝词》同题集咏的诞

① 和维《西湖竹枝集序》，《丛书集成续编》集部第154册，上海书店出版社，1994年，第429页。

② 杨维桢《西湖竹枝集序》，《丛书集成续编》集部第154册，上海书店出版社，1994年，第430页。

生和《列女传》的诞生一个道理,那就是世风的转变,“诗可以观”的功能得到彰显。《西湖竹枝词》同题集咏是士风和世风的使然,《西湖竹枝词》同题集咏体现了“诗可以兴”“诗可以观”“诗可以群”的诗学功用。

竹枝词是一种受人喜爱的文学样式,是我国古代流行于巴渝地区的山歌,乡土风味浓郁,多用于赛神活动,故称“竹枝歌”“竹枝”“巴渝曲”。在唐宋时期,经过刘禹锡、白居易、苏轼、杨万里等文人的开拓和推广,逐渐走出荆楚,走向全国。它朗朗上口、活泼可爱,吸引了很多文人参与其中。第一次大规模的《竹枝词》同题集咏就是《西湖竹枝词》同题集咏,第一次把《竹枝词》和西湖结合起来,这是杨维桢的首创,一连创作了九首《西湖竹枝词》,引发了大规模的《西湖竹枝词》同题集咏。

杨维桢是个极具诗体革新精神的诗人,明代著名诗论家胡应麟曾说:“杨廉夫胜国末领袖一时,其才纵横豪丽,亶堪作者,而耽嗜瑰奇,沉沦绮藻,虽复含筠吐贺,要非全盛典刑。至他乐府小诗,香奁近体,俊逸浓爽,如有神助。”[①] 杨维桢发起的铁崖古乐府运动就充分证明了其诗体革新精神。

清代纪昀说:“元之季年,多效温庭筠体,柔媚旖旎,全类小词。维桢以横绝一世之才,乘其弊而力矫之,根柢于青莲、昌谷,纵横排奡,自辟町畦。其高者或突过古人,其下者亦多堕入魔趣。故文采映照一时,而弹射者亦复四起。”[②]

杨维桢发起的古乐府运动确实取得了可喜的成绩,也达到了

① 胡应麟《诗薮·外编》卷六,上海古籍出版社,1958 年,第 241 页。

② 纪昀《铁厓古乐府提要》,杨维桢《杨维桢诗集》,浙江古籍出版社,2010 年,第 470 页。

一定的目的,改变了元代中期雅正的文风。到元末,诗风在铁崖领导下发生突变,奇绝飞动,气势非凡,刮起了一股感情充沛、高扬个性的自由风气,充满浓重市民情调的古乐府运动。实践证明,铁崖确实取得了一定的成就,确实是为旷世奇才,具有诗坛领袖风范。

"杨铁崖,国初名重东南,从游者极其尊信。观其《正统辨》、《史钺》等作,皆善已……盖发乎情,止乎礼义者也。铁崖之作,去此远矣。不以为愧,而以之自附,何其悍哉!"①重情是铁崖诗派的特点,杨维桢之所以在元末诗坛名重东南、领袖一时,原因是高举"情"的旗帜,偏离了雅正方向,充满着浓郁的市民色彩,受到文人的追捧,他所领导的铁崖派诗风实际上已经突破了儒教的藩篱,这是一个很大的贡献。

《西湖竹枝词》同题集咏,其本质就是铁崖古乐府运动的延续,是杨维桢诗学理念的再次延伸。铁崖古乐府运动是元诗"宗唐复古"的必然结果,与杨维桢的个性有着极大的关系。杨维桢说:"诗不可以学为也,诗本情性,有性此有情,有情此有诗也。"②杨维桢认为诗不可以学而致,诗是天生反映性情的,有性才有情,有情才有诗,有什么样的性情就有什么样的诗。这次《西湖竹枝词》同题集咏的中坚力量仍然是铁崖门人,"西湖竹枝词,杨廉夫为倡,南北名士属和者,虞伯生而下凡一百二十二人。吴郡士二十六人,而昆山在列者一十一人。其间最有名,时称郭、陆、秦、袁,谓义仲、良贵、文仲、子英也。陆本昆山太仓人,其称河南,盖姓原郡望耳;秦则崇明人,居太仓,崇明时属扬州,故称淮海。吕敬夫称东仓,即太

① 陆容《菽园杂记》卷九,中华书局,1985 年,第 113 页。

② 杨维桢《东维子集》卷七,《文渊阁四库全书》第 1221 册,台湾商务印书馆,1986 年,第 438 页。

仓”①。这里列举出铁崖诗派成员，陆仁、袁华、秦约、郭翼，是《西湖竹枝词》同题集咏的主要参与者和支持者。

铁崖诗派倪瓒应杨维桢邀请参与同题集咏，“会稽杨廉夫邀余同赋《西湖竹枝词》。余尝暮春登濒湖诸山而眺览，见其浦溆沿洄，云气出没，慨然有感于中，欲托之音调以声其悲叹，久未能成章，因睹廉夫之作，为之心动言宣。词凡八首，皆述眼前，不求工也”②。

由此可知，《西湖竹枝词》同题集咏是在杨维桢的努力征诗下、在铁崖门人的支持下而形成的一次大规模的同题集咏。杨维桢的号召力起到了关键作用，所以说他是诗坛领袖人物。他的存在就能产生向心力和很强的动力，倪瓒本来好久无灵感，写不出竹枝词，在杨维桢的邀请下，看完杨维桢九首《西湖竹枝词》后，心领神会，写下了五首同题的《西湖竹枝词》，杨维桢的启发不可小视。

很多学者愿意把《西湖竹枝词》同题集咏纳入古乐府的范畴，谓之元末古乐府运动，对此笔者是不能苟同的。“至正八年《铁崖古乐府》和《西湖竹枝集》的刊行，则成为古乐府运动兴起的标志”③。古乐府起源于汉代乐府机构的采诗活动，古乐府本有的古题诸如《孔雀东南飞》《陌上桑》《出东门》《战城南》等，都是反映民生疾苦的诗题。而竹枝词起源于巴渝地区，没有被乐府机构采入宫廷音乐机构，与古乐府无关。竹枝词和古乐府并不是同一个源头，至于以后互相吸收影响则是另外一回事。《西湖竹枝词》不是铁崖古乐府运动兴起的标志，相反它是铁崖古乐府运动的延续。

可以说《西湖竹枝词》同题集咏一则充分彰显了杨维桢的影

① 陆容《菽园杂记》卷十三，中华书局，1985 年，第 161 页。

② 倪瓒《西湖竹枝词赋》，《全元文》第 46 册，卷一千四百三十九，凤凰出版社，2004 年，第 570 页。

③ 黄仁生《试论元末古乐府运动》，《文学评论》2002 年第 6 期。

响力，二则说明人们对西湖的喜爱之情，三则表明人们对《竹枝词》的喜爱之情。《西湖竹枝词》同题集咏参与者众多，31 位诗人仅存留《西湖竹枝词》同题集咏一首诗，《西湖竹枝词》同题集咏具有以诗存史的意义。它扩大了诗歌的影响力，把诗歌拉向下层，用同题集咏的形式联系着各种类型的人群，通过同题集咏把素不相识的人汇集到一起，起到交流融合的目的。杨维桢亲自为每一位诗人写了小传，做了点评。汇成一册名曰《西湖竹枝集》，收录 120 人、184 首诗。

《西湖竹枝词》同题集咏是元末东南士风的产物，科举不畅，入仕受阻，众多文人萌发隐居退隐思想，元末一次次同题集咏基本都与隐逸有关系。如破窗风雨题集咏、听雨楼同题集咏、耕渔轩同题集咏、雪篷同题集咏、梅华处诗同题集咏、聚芳亭同题集咏等都与元末政治环境紧密相关。作为文人，胸怀天下、忧国忧民是他们心中的准则。可是众多文人放浪山水、遁迹唱和，过起了闲情雅趣的生活。要么筑亭寓志，要么流连诗酒，享受人生，逐情而发，忘却家国，显得背离了士人的道德观，这是那个时代的士风。

陶写情性于山水亭台之间，不是一个人，而是众多文人都是如此，其中不乏知名文士，形成了一个声势浩大的隐居雅趣群体，是“天下有道则现，无道则隐”的体现。当理想抱负不能实现时，陶渊明就是他们理想的楷模，以遁世逍遥，来修身养性、完善人格，保持气节以存道。同题集咏就是这些隐士群体互相激励、团结守道的最好方式，同题集咏是他们联系情感、引起情感共鸣、打发时光、诗酒人生的重要手段，所以在元末出现了一次次大规模的同题集咏，这在其他朝代是见不到的现象。文人陶醉于同题集咏中，以证明自己守道的价值。

《西湖竹枝词》同题集咏就是一次文化交流盛会，参与者不乏官员，但多数是隐居人士，还有无名氏。人们希望参与《西湖竹枝词》同题集咏以证明自己的存在，为自己存名，借此表明自身的志向。《西湖竹枝词》同题集咏是“发乎情”的群体诗歌活动，诗人们缘情而发，他们咏的是同一种高雅的情调。对竹枝词的喜爱、对西湖的喜爱也是此次同题集咏发生的原因之一。

《西湖竹枝词》同题集咏无不表现出一种追求人格独立的精神与情趣，体现出一种肯定自我、追求世俗利欲的个性化、世俗化倾向。同题集咏中追求的是一种物欲情欲、对自我人格的肯定。近似南朝民歌，描写男女爱情直白简洁，运用双关、象征，有些诗人对男女情爱描写更加大胆，不同诗人从多个角度展示了西湖美景及民风民俗，堪称一幅幅生动的民俗画卷。

不同作家角度不同，关注点不同，造成了《西湖竹枝词》同题集咏主题的多义性。不同作家水平差异很大，《西湖竹枝词》是一次同咏西湖的文化盛宴，关注点不像月泉吟社那样以竞赛为目的，西湖竹枝词同题集咏主要是一种情趣在其中，个性需要张扬，以情为主，情欲需要借助同题集咏抒发，这才是《西湖竹枝词》同题集咏的目的。

一次闲居荡舟西湖，兴致偶发，吟诵《西湖竹枝词》9 首，意外地诞生了 120 人参与的同题集咏。“情之所肖即为诗”，偶然中带有必然性，“吴越音妖冶浮艳，故其歌皆饶轻浅之味，而于情独深，如俗所传嘉兴歌出于妇人、儿子、船家、贩竖之口，而正使学士大夫深思苦索或不能就，乃知情之所肖即为诗。西湖竹枝词，所谓肖之者也”①。可见元末尚雅的士风，情动于中，需要吟诵才能言志。群体共同吟诵，没有任何理由，只是为了抒发一时的感受，追求一种

① 冯梦祯《西湖竹枝词后序》，《丛书集成续编》集部第 154 册，上海书店出版社，1994 年，第 449 页。

情调，赶超一种潮流，最吸引人的还是情趣。不用深思苦虑，情到诗成，心中要有热烈的情感，诗也就随之来到。

《西湖竹枝词》同题集咏中的西湖是南北交融、民族大融合时代的象征。不同民族、种族的诗人，不同身份职业的诗人都把西湖当作自己的西湖。他们为西湖注入了不同的元素，丰富了西湖的内涵。《西湖竹枝词》体现了大一统下民族大融合、南北文士交融的盛况，深深地打上了时代的印记。《西湖竹枝词》集咏者李廷臣："杨花飞尽荷花开，南人北人湖上来。荡舟自唱黄陵曲，载得山头月子回。"① 西夏人完泽："堤边三月柳阴阴，湖上春风似海深。游人来往多如蚁，半是南音半北音。"②

苏小小墓、葛岭、飞来峰、岳王坟、断桥、南北高峰、狮子峰、西湖梅花、西湖杨柳、苏公堤、第一桥、第六桥、第四桥、钱塘都是西湖竹枝词吟诵的热点，已经通过《西湖竹枝词》同题集咏融入到诗歌中，成为《西湖竹枝词》的标志性文化。同题集咏是元诗的标志，是元代一种时尚，《西湖竹枝词》同题集咏就是一次最好的证明。

在具体手法上，不加烘托与渲染，用白描手法刻画形象，具有民歌质朴的风格；起兴手法即景抒情使得形象更加鲜明，充分发挥了诗人的想象力，诗意含蓄，意旨更加开阔，营造了美妙的意境。《西湖竹枝词》同题集咏中可以看出其生命意识，即一种对身心自由的追求。而《西湖竹枝词》的深远意义在于它来自民间，第一次将竹枝词进行大规模创作，开启了明清西湖竹枝词同题集咏的先河。

---

① 杨维桢《西湖竹枝集》，《丛书集成续编》集部第 154 册，上海书店出版社，1994 年，第 447 页。

② 杨维桢《西湖竹枝集》，《丛书集成续编》集部第 154 册，上海书店出版社，1994 年，第 446 页。

《西湖竹枝词》采用民歌体进行集咏，相对于格律韵脚严格的格律诗来说，更容易获得下层文人的青睐。《西湖竹枝词》同题集咏客观上发挥了诗歌的社会交际功能，促进了不同民族身份之间人群的交流。以男女情歌为基调，男女爱情诗歌又以女子担心男子变心为主流，说明封建时代男女不平等，给女子心理造成的压力。诗人多用代言体，以女子口吻叙述，这也客观地反映出现实中女子的普遍的心态。

贾策《西湖竹枝词》“郎身轻似江上篷，昨日南风今北风。妾身重似七宝塔，南高峰对北高峰”①表达了女子对爱情的专一，批评了男子用心不一。李庸“六桥桥下水流东，桥外荷花弄晚风。郎心似水不肯定，妾颜如花空自红”②，诉说对郎君用心不一的担忧，表达出自己坚守气节的情怀。

描写男女分别的痛苦，希望夫君对爱情专一，如杨椿“郎去天涯妾在楼，西湖杨柳又三秋。郎情莫似湖头水，城北城南随处流”③谢寅“郎书前月发京华，燕子来时当到家。记得去年裁白苧，郎君系马石榴花，”④表达盼望郎君到家的复杂心情。李元珪“郎去远过江上山，望郎江上几时还。只怕郎归不相识，湖边日日照容颜。三月湖边花乱开，江边望船郎未回。燕子来时春又去，心酸不待吃

① 杨维桢《西湖竹枝集》,《丛书集成续编》集部第154册，上海书店出版社，1994年，第433页。

② 杨维桢《西湖竹枝集》,《丛书集成续编》集部第154册，上海书店出版社，1994年，第436页。

③ 杨维桢《西湖竹枝集》,《丛书集成续编》集部第154册，上海书店出版社，1994年，第440页。

④ 杨维桢《西湖竹枝集》,《丛书集成续编》集部第154册，上海书店出版社，1994年，第446页。

青梅”[①]、马稷“与郎别久梦相思，不作西园蝴蝶飞。化作春深鶗鴂鸟，一声声是劝郎归”[②]、朱庸“小姑疑郎去不归，为郎打瓦复钻龟。青山尚有飞来日，不信人无相见时”[③]，民歌竹枝词不尚高雅，不重气格，但是诗风纯真，清新婉丽。堪称民俗大集会，涉及多种植物和动物，善于起兴，起兴就是为了抒情，和谐押韵更易音调婉转。诗中处处可见吴语方言，“小姑”吴语是小女儿的意思，因为《西湖竹枝词》同题集咏作者江浙文人占据半数以上。“元代作家群，从籍贯上来看，除5人不详之外，123位当中浙江籍43位，江苏籍的有29位”[④]。元代总共有123位诗人创作竹枝词，《西湖竹枝词》作家就达120位，所以《西湖竹枝词》同题集咏江浙作家是主流，吴语方言的运用就不奇怪了。

借助《西湖竹枝词》用以咏史，如贡师泰："葛岭东家是相门，当年甲第入青云。楼船撑入里湖去，可曾望见岳王坟。"[⑤]咏高宗朝秦桧陷害忠臣岳飞之事。

咏史之作，如宇文公谅“苏小门前骑马过，相逢白发老宫娥。自言记得前朝事，只说当年贾八哥”[⑥]，贾八哥指昏臣贾似道，理宗

① 杨维桢《西湖竹枝集》，《丛书集成续编》集部第154册，上海书店出版社，1994年，第437页。

② 杨维桢《西湖竹枝集》，《丛书集成续编》集部第154册，上海书店出版社，1994年，第442页。

③ 杨维桢《西湖竹枝集》，《丛书集成续编》集部第154册，上海书店出版社，1994年，第445页。

④ 章徽徽《西湖竹枝词之研究》，浙江工业大学2009年硕士学位论文。

⑤ 杨维桢《西湖竹枝集》，《丛书集成续编》集部第154册，上海书店出版社，1994年，第433页。

⑥ 杨维桢《西湖竹枝集》，《丛书集成续编》集部第154册，上海书店出版社，1994年，第433页。

朝贾似道得势，谎报军功，他加速了南宋的灭亡。

《西湖竹枝词》同题集咏中有丰富的民俗资料，如陆继善“手种宜男寄去时，花开灼灼叶离离。芳心不似蘼芜草，一任春风烂漫吹”①，体现出丰富的民俗特点。宜男草，又名“萱草”“谖草”“忘忧草”“金针”等，最早文字记载见于《诗经·卫风·伯兮》：“焉得谖草，言树之背。萱草令人善忘，背北堂也。”②“谖”就是忘的意思。古时传说妇女佩戴后能生男孩。

《西湖竹枝词》突出了“情”的特色。从女子视角叙事是主流，情郎只是女子叙事需要的对话主体，“情”以男女之情为主流，男女之情又可以划分为男女和谐的欢情、怕男子变心而引发的女怨之悲情、女子对爱情忠贞不渝的真情，其中因男子变心女子产生悲怨之情的内容占据《西湖竹枝词》的主要篇幅，多采用比兴寄托、双关谐韵、寓情于西湖之景的手法。

男女恩爱之情，如李一中“阿侬随郎上钓舟，郎作钓丝侬作钩。钓丝无钩随风荡，钓钩无丝随水流”③、冯士颐“与郎情重为郎容，南北相看只两峰。请看双峰桥下水，新开双朵玉芙蓉”④，这些情诗突破了儒家诗教的藩篱，不再是“温柔敦厚”“思无邪”的牺牲品。恰是“夫诗，心声也。无古今一也”⑤。

《西湖竹枝词》同题集咏对“情”的歌颂，直白透彻，回归“情本

① 杨维桢《西湖竹枝集》，《丛书集成续编》集部第154册，上海书店出版社，1994年，第434页。

② 李学勤主编《毛诗正义》，北京大学出版社，1999年，第244页。

③ 杨维桢《西湖竹枝集》，《丛书集成续编》集部第154册，上海书店出版社，1994年，第445页。

④ 杨维桢《西湖竹枝集》，《丛书集成初编》集部第154册，上海书店出版社，1994年，第440页。

⑤ 汪道昆《诗薮序》，胡应麟《诗薮》，上海古籍出版社，1958年，第1页。

位”的传统，诗本来就是发乎情的艺术，儒家给诗戴上枷锁，用以言志。《西湖竹枝词》同题集咏是一次诗歌的变革运动，是元末铁崖古乐府运动的延续。

情歌题材的《西湖竹枝词》均是以女子口吻写成，朗朗上口，有女性细腻的特点，如欧阳公瑾“第一桥边第一家，瓜皮船子送琵琶。妾身自是良家女，不是当年苏小家”[①]，纯描写少女情窦初开的场景。以女子口吻描写其所见的西湖风光，如任昱“侬住湖边二十年，花开花落任春妍。门前有个垂杨树，不著游人系画船”[②]、蒋克勤“题诗秋叶手新裁，好似阿侬红颊腮。寄与钱塘江上水，早潮回去晚潮来”。描写少女荡舟西湖、愉快生活的，如陈聚“茜红裙子柳黄衣，花间采莲人不知。唱歌荡桨过湖去，荷叶荷花风乱吹”[③]、张渥“长簪高髻画双鸦，多在湖船少在家。黄衣少年不相识，白日敲门来索茶”[④]，是渔家少女博得男子喜爱的描写。这几首是描写欢悦之情，也是古代爱情诗常见的“情”，诗浅而情深，主情思想一以贯之。

有的咏物以抒情，寄情于物中，如陆元泰“桃花巷口春水波，梅花墓下竹枝歌。桃花开处春光老，梅花开处月明多”[⑤]，将男女之情

① 杨维桢《西湖竹枝集》,《丛书集成续编》集部第154册，上海书店出版社，1994年，第436页。

② 杨维桢《西湖竹枝集》,《丛书集成初编》集部第154册，上海书店出版社，1994年，第443页。

③ 杨维桢《西湖竹枝集》,《丛书集成续编》集部第154册，上海书店出版社，1994年，第439页。

④ 杨维桢《西湖竹枝集》,《丛书集成初编》集部第154册，上海书店出版社，1994年，第437页。

⑤ 杨维桢《西湖竹枝集》,《丛书集成续编》集部第154册，上海书店出版社，1994年，第442页。

寄托在西湖胜景梅花与桃花中，运用对比的手法抒发感情，“桃花”代表爱情老去，“梅花”代表爱情在路上，巧妙地寄情。比兴手法运用得好，点燃了全诗情感的火焰。情之肖即此最动人。

情有种种，而风格不一，有的哀婉，如吴礼“湖上鸳鸯相对飞，春寒著人郎未归。莫卷朱帘看行路，杨花撩乱扑人衣。”[①]此诗即哀婉之情之再现。情感不同，诗风不一。诗主情，《西湖竹枝词》同题集咏诗人们不以才胜，不以辞胜，而以情胜。

借诗言志的，如钱大有“淡黄裙子缕金衫，长髻垂肩短凤篸。不愿燕京嫁官去，花枝草蔓自江南”[②]、留睿“湖上南风六月凉，采莲惊起双鸳鸯。妾心恰似莲心苦，郎心不似藕丝长”[③]、吴复“官河绕湖湖绕城，河水不如湖水清。不用千金酬一笑，郎恩才重妾身轻”[④]，采用双关谐韵表达男女情思，有南朝民歌的特点，诗风雅淡自然，韵味悠长。

借咏史以咏怀的，如张世昌“秦皇石头三丈高，云是秦皇系船标。侬心只似系船石，莫比郎心船易摇”[⑤]，咏史中表达对爱情的坚定决心，批评情郎用情不专一。这种手法是比较有特色的，咏史本来是感慨历史，以史为鉴，评判历史得失，可是到了《西湖竹枝词》

① 杨维桢《西湖竹枝集》，《丛书集成初编》集部第154册，上海书店出版社，1994年，第439页。

② 杨维桢《西湖竹枝集》，《丛书集成续编》集部第154册，上海书店出版社，1994年，第444页。

③ 杨维桢《西湖竹枝集》，《丛书集成续编》集部第154册，上海书店出版社，1994年，第444页。

④ 杨维桢《西湖竹枝集》，《丛书集成续编》集部第154册，上海书店出版社，1994年，第438页。

⑤ 杨维桢《西湖竹枝集》，《丛书集成续编》集部第154册，上海书店出版社，1994年，第445页。

里，咏史也发生了变化，转而为“情”服务，这就是《西湖竹枝词》同题集咏的特色之处。“情”的魅力深深吸引着同题集咏者转变写作方式。

写景之作，如不花帖木儿“湖上春归人未归，桃红柳绿黄莺飞。桃花落时多结子，杨花落处只沾衣”①，作为蒙古族诗人，诗风无痕，似汉人之笔，可见汉语诗歌在元代的融合性，同题集咏即是最好的证明。

掌机沙，“阿鲁温氏，礼部尚书哈散公之孙也。学诗于萨天锡，故其诗风流俊爽，观于竹枝，可以称才子矣”，其诗云：“南北峰头春色多，湖山堂下来棹歌。美人荡桨过湖去，小雨细寒生绿波。”②少数民族诗人笔下的西湖带有江南的气息，柔和旖旎，清新自然。汉语诗艺水平达到一个很高的层次，仉机沙师法萨都剌，“萨天锡俊逸清新”③。萨都剌主情的一面对其影响很深，所谓师有正源，果真如是。少数民族诗人多爱向萨都剌学习，盖以其为楷模也。

张守中：“西湖女儿似西施，瓜皮小船歌竹枝。郎心如月有时黑，妾身如山无动时。”“苏公堤上柳枝枝，月子弯弯似妾眉。记得双双拜新月，只今独有影相随。”④把西湖事物比作女子容貌，这是从苏轼开始的，此后西湖的秀美在文人心中的地位渐渐提升，西湖就是美女的象征，西湖竹枝词继承了这一传统。

---

① 杨维桢《西湖竹枝集》，《丛书集成续编》集部第154册，上海书店出版社，1994年，第442页。

② 杨维桢《西湖竹枝集》，《丛书集成续编》集部第154册，上海书店出版社，1994年，第442页。

③ 胡应麟《诗薮》，上海古籍出版社，1958年，第241页。

④ 杨维桢《西湖竹枝集》，《丛书集成初编》集部第154册，上海书店出版社，1994年，第447页。

《西湖竹枝词》同题集咏多采用连章体，同一诗题同一作者连续作多首诗，这些诗有的是同一主题，有的不是，有咏史，有情歌，有纯是写景。诗人关注点是多方面的，观察角度也是多元的，西湖的文化不是单一的，多元的文化需要多视角表达。

黄公望“少有大志，试吏弗遂，归隐西湖筲箕泉……诗工晚唐，画独追关仝。其据梧隐几若忘身世，盖游方之外，非世士所能知者也”①，其诗云：“水仙祠前湖水深，岳王坟上有猨吟。湖船女子唱歌去，月落沧波无处寻。”②作为元末著名画家，此诗结合了西湖文化古迹水仙祠、岳王坟以造境，以哀景写人。情哀则景哀，岳王坟上的猿悲鸣。水仙祠为伍子胥之庙，在西湖第三桥，子胥忠贞被害，浮尸江上，吴人称为水仙，建祠祭祀。水仙祠前湖水深，烟波浩渺中，意境幽静像一幅画一样有境界，此乃画笔为诗。

表达征夫思妇题材也是《西湖竹枝词》爱情诗中一个主题，陈樵“望夫石上望夫时，杜宇朝朝劝妾归。未必望夫身化石，且向征夫屋上啼”③、释良震“郎去东征苦未归，妾去采桑长忍饥。养蚕成丝不忍卖，留待织郎身上衣”④，表达了征夫之悲苦、思妇空守闺房的寂寞，情真意切。征夫思妇题材古已有之，古代战事频繁，战争给情人造成的身心伤害是巨大的，一直是古代文学的母题之一。自然而然地进入了《西湖竹枝词》同题集咏中，此种情悲切动人。

---

① 杨维桢《西湖竹枝集》，《丛书集成初编》集部第154册，上海书店出版社，1994年，第434页。

② 杨维桢《西湖竹枝集》，《丛书集成续编》集部第154册，上海书店出版社，1994年，第434页。

③ 杨维桢《西湖竹枝集》，《丛书集成初编》集部第154册，上海书店出版社，1994年，第434页。

④ 杨维桢《西湖竹枝集》，《丛书集成初编》集部第154册，上海书店出版社，1994年，第438页。

诗格调不高，但以情真胜。

于立“杨柳树头双鹁鸪，雨来逐妇晴来呼。鸳鸯到死不相背，双飞日日在西湖”[①]，歌颂爱情至死不渝。沈右“劝郎莫向花下迷，劝君莫待醉如泥。临行更有分明语，枝上流莺休乱啼”[②]、袁华“山上有山未还家，日日望断金犊车。湖阴种得宜男草，直待郎归始作花”[③]、诗风平淡清新，没有使用艳词雅句，多俗语，朗朗上口，突出了竹枝词的民歌风情，竹枝体更有利于“情”的抒发，形式不拘，自由灵活，感情不会因为格律而受挫。语言直白，情感在灵活的诗体中尽情挥发。

杨维桢“苏小门前花满株，苏公堤上女当垆。南官北使须到此，江南西湖天下无”“劝郎莫上南高峰，劝侬莫上北高峰。南高峰云北皋雨，云雨相催愁煞侬”[④]，杨维桢的西湖竹枝词仍是第一流作品，情到诗成，没有刻意雕琢痕迹，充分利用了西湖经典文化意象，借物比兴，寓情于景，塑造出忠贞不渝的女子形象，不乏典故运用。西湖名胜古迹被杨维桢很好地运用到情歌表述中，托物抒情，主客一体，彰显了西湖丰厚的文化底蕴，表达出对西湖的热爱之情。

这次西湖竹枝词同题集咏是围绕西湖风土人情、名胜古迹而展开的，有些虽然没有提到西湖文化，但是主题情调与杨维桢一脉

① 杨维桢《西湖竹枝集》，《丛书集成初编》集部第154册，上海书店出版社，1994年，第437页。

② 杨维桢《西湖竹枝集》，《丛书集成初编》集部第154册，上海书店出版社，1994年，第439页。

③ 杨维桢《西湖竹枝集》，《丛书集成初编》集部第154册，上海书店出版社，1994年，第440页。

④ 杨维桢《西湖竹枝集》，《丛书集成续编》集部第154册，上海书店出版社，1994年，第430页。

相承，是在西湖文化逐渐丰厚的基础上进行的西湖文化竹枝词同题集咏。其实质就是对西湖文化进行一次宣传，通过同题集咏以扩大西湖的影响力，符合元末主情的士风，追求个性化的文化心态，追求一种独立的人格与情趣。这也是元代同题集咏风气的流变结果，是元代同题集咏在“复古宗唐”氛围里结出的硕果。

同题集咏到元末已经是非常普遍的群体唱和形式，诗歌的社会化功能在同题集咏中得到彰显，诗已经不是上层贵族的专利，西湖竹枝词同题集咏将诗歌拉向下层，拉向民间，拉向社会底层，参与者身份复杂，人数众多，有力地扩大了诗歌的影响力，体现了“诗可以兴”“诗可以群”的特点，激起了西湖士人群体的共鸣，使他们自发地参与到西湖竹枝词同题集咏中来。角度不同，主题不尽相同，但是都与西湖风物有关系，情调是一致的，即兴而发的特点明显。有些诗人结合自己的身世抒发了身世之感，借此言志，关乎世教。

此次同题集咏没有功利性的目的，纯是文人雅致的抒发，不是博取功名的手段。西湖竹枝词将情作为主基调，任情发泄，情到诗成。这是一次成功的同题集咏，影响力很大，唱和结束后仍有大量文人追和此题，影响了明清西湖竹枝词的繁荣。

西湖竹枝词不同于月泉吟社同题集咏，没有目的性，不用关乎世教，情为核心要素，一反元代中期雅正的诗风。可以说杨维桢发起的西湖竹枝词是他革新元中期颓敝的诗风、大胆创新、求新求变的一部分，其与铁崖古乐府一道打破雅正旧诗风。这次同题集咏与杨维桢主情的诗论观有密切的关系，从而引发文人群体效仿。

“情”在同题集咏中得到热烈彰显，推动了元末诗歌自由任情的主基调，这是一次回归“情本位”的诗风革新运动。西湖竹枝词同题集咏表面上是一次偶然兴致导致，但是却是偶然中的必然现象，是元末士风使然。元末王纲松弛，在野文人很多过起了隐居避世的生活，优游山水间，流连诗酒，放纵人生，豁达豪迈，任诞不羁，颇有魏晋风度。元末战乱频繁，科举取士不畅，文人群体不屑于以吏仕进，于是隐居避世，一时间隐士徒然增多，西湖竹枝词同题集咏就是他们求得心声、求得共鸣的方式。

许多僧人以女子口吻创作西湖竹枝词，细腻委婉，真挚动人。完全不像清心寡欲、弃绝七情六欲的和尚所作。这充分证明了元末战乱的环境里，元廷对礼教无暇顾及，有利于同题集咏的繁荣。诗人与自己实际身份并不符的现象很多，同题集咏中逾越了自己的身份，一味追求情致的抒发。僧人们大量参与同题集咏，表现出世俗化的倾向。西湖竹枝词同题集咏中诗人的参与，与实际所处身份、从事职业并不等同，"缘情而发"的特点明显。僧人群体参与同题集咏，高唱妖艳之词，这与佛教信仰相悖，也充分说明元末同题集咏的巨大吸引力，伦理秩序被同题集咏打破，"情"的基调占据主流，于是就出现了元末最大规模的同题集咏。西湖丰厚的文化底蕴、杭州繁华的商品经济是西湖竹枝词同题集咏出现的必然因素。

"西湖竹枝词，杨廉夫为倡，和者甚众，皆咏湖山之胜，人物之美，而寓情于中。"[①] 杨维桢发起的西湖竹枝词同题集咏主题是多元的，以歌咏西湖美景、男女之情为主，带有大量民俗风情的记录。"情"的特征非常显著，是同题集咏的根基。西湖竹枝词同题集咏是元末文人追求世俗化、享乐化的风气在文学创作中的反映，对明清时期西湖竹枝词的群咏产生了深远的影响，他们纷纷模仿杨维

① 瞿佑《归田诗话》，丁福保辑《历代诗话续编》，中华书局，1983 年，第 1286 页。

桢等人的竹枝词。

本人据《西湖竹枝集》将西湖竹枝词意象统计如下：

西湖出现 95 次、郎出现 91 次、侬 29 次、妾 21 次、女儿 13 次；杨柳 10 次、柳枝 3 次、柳絮 2 次、柳 11 次、柳花 1 次、杨花 8 次、船 33 次、舟 6 次、艇 2 次、藕 6 次、莲 14 次、荷花 6 次、荷叶 2 次；断桥 3 次、苏小小墓 5 次、苏堤 12 次、葛岭 2 次、凤凰山 4 次、飞来峰 3 次、南山 2 次；岳王坟 4 次、钱王 2 次、孤山 7 次、狮子峰 1 次、七宝塔 1 次、黄妃塔 1 次、钱塘江 3 次、桥 14 次、南高峰 8 次、北高峰 8 次、吴山 2 次；梅 8 次、青梅 1 次、石榴 1 次、杏花 1 次、梨花 1 次、芙蓉 2 次、茉莉 2 次、海棠 1 次、桃花 3 次、牡丹 3 次、芍药 1 次、菖蒲 1 次、桑 3 次、菱 6 次、宜男 2 次；画眉 4 次、蝴蝶 9 次、蛱蝶 2 次、蜻蜓 3 次、鸳鸯 11 次、燕子 3 次、雁 3 次、马 10 次、金鸡 2 次、鸥鹭 2 次、鸂鶒 1 次、鵁鶄 1 次、麒麟 1 次、杜宇 1 次、莺 4 次、鹧鸪 2 次、鹁鸪 2 次、鱼 5 次；琵琶 4 次、琴 1 次、箫 2 次、笛 2 次、曲 4 次；秦皇 2 次、莫愁 1 次、天竺 1 次、牵牛 2 次、织女 1 次、巫峡 1 次、女巫 1 次、辽东 2 次、燕京 1 次、楚 2 次、月 25 次。

以上意象统计充分表明，西湖竹枝词同题集咏是一次以西湖为主要意象的情歌大赛，西湖出现 95 次之多，郎的称呼出现 91 次，侬与妾 50 次，充分表明西湖竹枝词同题集咏是爱情男女的恋歌。船与舟 39 次，表明爱情发生地点是西湖水上，船成为主要的交通工具。是以“行”为主的情诗，荡桨、摇橹多次在诗中出现。杨与柳出现 35 次，杨柳是缠绵爱情的象征，这些意象代表传统意象的沿袭，这一点表明西湖竹枝词继承了早期竹枝词的特点，仍没有跑出爱情的藩篱。但是西湖竹枝词同题集咏增加了许多以前竹枝词没有的意象，这是一个创新，第一次大规模把竹枝词和西湖意象结合在一起表达情感，是一个创举。西湖附近的著名名胜古迹如岳王坟、孤山、苏堤、南北高峰、断桥、钱王祠等都进入西湖竹枝词同题集咏中，这是第一次群体竹枝词歌咏大会，铁崖先生功不可没。《西湖竹枝集》120 位诗人中，有 31 位诗人仅仅存此 1 首诗，有少数民族诗人，如蒙古族同同、基督教士完泽，更多的是不知名文人，甚至是无名氏。对西湖的喜爱，让他们主动参与到西湖竹枝词同题集咏中来，而名留诗史。

从存诗的角度来看，西湖竹枝词同题集咏的意义是很大的。把诗歌拉向底层民众，吸引着普通诗人的目光，丰富了元诗的文化内涵，使得元诗呈现出多样性特征。此次同题集咏影响巨大，在杨维桢集咏之后，陆续出现了很多西湖竹枝词诗歌。

借助咏史以咏民间男女之情，这是西湖竹枝词同题集咏作家们的首创，为竹枝词增添了新的特色。大量的植物和动物意象，丰富了西湖竹枝词的情感主题。有多种乐器出现，表明男女情歌的音乐色彩。发乎情，高扬“情”的需要。没有止乎礼仪，是对传统诗学观念的一次反拨，这也是杨维桢诗体革新的重要举措。西湖竹枝词同题集咏地域辽阔，远至燕京、辽东。同题集咏的诗人们身份复杂、民族众多，同题集咏中西湖增加了很多异族的元素，充分体现了民族大融合的时代特色。诗人们跨越了身份、民族、种族、语言、信仰等障碍，通过同题集咏融合到一起，把不同民族的元素加入到西湖风景中，成为具有民族特色的西湖竹枝词同题集咏，也体现出元代文化的包容性和开放性，在大一统下，具有其他时代不具备的文化特色。

第二节　玉山雅集中的同题集咏

玉山雅集又名玉山佳处，出现在元末，是个典型的私家园林，营造它的主人是元末著名隐士诗人顾瑛。顾瑛(1310—1369),又名顾德辉、顾阿瑛,字仲瑛,别号金粟道人,昆山人。

玉山佳处的出现与元末隐逸成为文人群体主流思想密切相关。隐逸文化一直是中国古代社会的主流精神之一,与儒家入仕进取精神一道构成了中国古代士大夫群体的人格精神。现实的残酷,追求精神人格的完美理想,使得许多士人在经历波折后选择了归隐,形成一个庞大的隐士群体,推动了雅集文化的形成,元末玉山雅集就是一个很好的例子。

元末隐居成风,许多士人营造私家园林以构筑自己的精神隐居世界。如倪瓒清閟阁、徐良夫耕渔轩、刘性初破窗风雨、卢恒听雨楼、闵全聚芳亭、朱景春安分轩等,其中规模最大的要属顾瑛的玉山草堂。顾瑛将自己的隐居志向寄托在园林之中,追慕陶渊明。陶渊明对后世隐居人士影响很大,他可以说是元代文学中关注度最高的前代文人,其次是李白。陶渊明不仅在元代最受欢迎,宋、明、清也是如此。在元代陶渊明系列故事被作成画,文人雅士一题再题,出现了多次同题集咏。陶渊明是元诗中多次提到的人物,人们追慕陶渊明,陶渊明的影子在元代士人心中清晰可见,渗透到诗歌的方方面面。在元代私家园林建筑中仍然可以见到陶渊明的痕迹。

园林作为隐居场所,与文人结合出现在魏晋时期,随着人性的觉醒,隐居渐渐多了起来,唐代出现了王维辋川等著名的隐居建筑。这一风俗被后代所继承。人们提起园林艺术,首先想到的是苏州园林。其实苏州园林也无不体现着隐居思想,沧浪亭就源自于"沧浪之水清兮,可以濯我缨"。网师园之"网师",本是苏州人对渔翁的称呼,网师园在北宋时叫"渔隐",表明了园主史正志的隐逸之意,清人宋宗元购得此园后沿用史氏"渔隐"之意,改为"网师"。拙政园是建于明代的一个苏州名园,园的名字取自晋代潘岳《闲居赋》:“灌园鬻蔬,供朝夕之膳。牧羊酤酪,俟伏腊之费,孝乎惟孝,友于兄弟,此亦拙者之为政也。”[①] 其中“拙”的含义与陶渊明“开荒南野际,守拙归园田”意义相通,“隐逸文化”内涵很突出。

园林艺术是隐士修身的物质载体,体现了传统文化的精髓,追求质朴之美、崇尚自然是园林艺术的根本。园林艺术是物质文化和精神文化合一的体现,对审美情趣也产生了持久的影响。

因为战争的破坏,元代规模最大的私家园林——玉山草堂,已经片瓦不存,渐渐被世人遗忘。人们提起园林建筑,就会津津乐道苏州园林。其实元末玉山草堂的规模并不亚于苏州园林,可惜它只留在元代诗文中。但是玉山草堂作为历史建筑确实存在过,对元末文人群体的精神世界的构建起到了十分重要的作用。

玉山草堂作为隐逸的乐土,为元末文人提供了身体避难、精神解脱的栖息家园。在这里诞生了元代最大规模的雅集,众多的名人来此欢聚,为文学史上留下了千古佳话,为元诗留下了宝贵的遗产。元末大量的诗都保存在玉山草堂雅集中,为元代诗风的转变、开启明初诗歌的辉煌做出了重要贡献,体现出雅士们哀愁和喜悦交织在一起的“中和之美”,显示着对自然和谐的追求。诗歌普遍蕴涵着天人合一的人生观,有着厚重的文化积淀,体现在追求回归自然、自我及自由的隐逸人格精神上。

玉山草堂就是运用“中和”原则,实现了园林空间与隐逸文化的结合,达到借此亭台楼阁以“适意”的目的。儒家称:“中也者,天下之大本也;和也者,天下之达道也。”[②] 顾瑛的“逸气”可谓与士人园林所追求的诗情画意一脉相承。

---

① 房玄龄等《晋书》卷五十五,中华书局,1974年,第1505页。

② 朱熹《四书章句集注》,中华书局,1983年,第18页。

玉山草堂的主人顾瑛是昆山富户，其子顾元臣任元水军宁海所正千户，主持向大都海运，以功升水军都府副都万户。次子顾元礼率乡民守本土，授正千户。丰厚的家资财力是他营造园林的物质基础。顾瑛尚雅怡情、任侠好客、轻财尚义，又是玉山草堂能够笼络住形形色色诗人的重要原因，也是玉山雅集多次举办规模盛大的雅集的原因。“顾氏自辟疆以来，好治园池，而仲瑛又以能诗好礼乐与四方贤士大夫游。其凉台燠馆，华轩美榭，卉木秀而云日幽，皆足以发人之才趣，故其大篇小章，曰文曰诗，间见曾出”①，玉山草堂是顾瑛寄托情感、为广大文人提供聚会赋诗的精神家园。主人顾瑛的喜好、才力、家资决定着玉山草堂的规模与风格。

有元一代科举不畅，入仕艰难，元末战乱频繁，大批文人干脆放弃入仕思想，过起了优游山林的隐逸生活。放歌诗酒，放纵人生。隐逸思想是元人在诗词、散曲、杂剧中普遍存在的一种时代情绪，这种叹世、厌世思想隐含在文本中，是元末文人游离于正统思想之外的一种特异现象。对于“逸”的解释有两层意思：其一是指“逃逸”“逸出”，其二是指“超逸”“安逸”。元末士人大多是在精神上“逃逸”，元末文人的隐逸思想和追求就是玉山草堂园林意趣的主要灵魂来源。玉山草堂园林成为他们失意后的精神寄托，淳朴宁静中反衬出诗人对老庄哲学崇尚自然的追求。

托物言志成了园林审美的主导倾向，有明确记载的第一次雅集活动，发生在至正八年(1348)；最后一次雅集活动发生在至正二十年(1360)。这期间，有时间可考的聚会达75次，玉山草堂发挥了重要的作用，提供了失意诗人精神栖息的家园，在玉山草堂才能找到一丝人生的快乐。玉山雅集的规模是空前的，玉山主人顾

① 黄溍《玉山名胜集序》，《玉山名胜集》上册，中华书局，2008年，第5页。

瑛功不可没。"元至正年间,与顾瑛交游唱和、参与玉山雅集者,多达百人,今存诗篇,在 5000 首以上"[①]。玉山雅集意义实在非同寻常,不仅对元诗是一个巨大的贡献,对于我国古代雅集唱和贡献也颇大,对扭转元中期诗风、开启明代诗风意义深远。

同时,玉山草堂满足了元末文人群体的生存需要,视归隐园林为人生的一种存身方式。寄情园林中感受着隐居的快乐,是魏晋风度的再现,体现着一种文人雅士的隐逸精神。玉山草堂是"贵适意""中和""天人合一"思想的体现,是魏晋风流的延续,对于弘扬文化极其重要,对建筑学、园林学、诗学、史学意义重大。

这是一个情趣相投的文人群体,铁崖派诗人是玉山雅集的主力军。铁崖派的杨维桢、李孝光、张雨、顾瑛、郯韶、陈基、倪瓒、钱惟善、陆仁、张简、王逢、于立、释行方、郭翼、张宪、袁华、吕诚、杨基、卫仁近、马琬、卢熊、吕恒、吕恂、张守中、殷奎、释照、冯濬、吴毅等都是玉山雅集的主力军,连玉山主人顾瑛都是铁崖派诗人。大部分是隐逸诗人,共同的思想基础使得他们走到了一起,为同题集咏的发生创造了条件。他们流连诗酒,在元末战乱中从四面八方越过重重关卡来到玉山草堂。在园林布局中享受人生的乐趣,自我安慰,自我满足,逃避现实于园林之中,弃功名利禄,以获得精神上的解脱。玉山草堂成为他们寻求精神超脱及肉体自由的心灵空间,成为其人格精神的归宿。

玉山草堂深深地吸引着四面八方的文士,其中很多是直接奔玉山主人顾瑛而来的,顾瑛的好客是吸引士人群体的主要原因,"良辰美景,士友群集,四方之来、与朝士之能为文辞者,凡过苏必

① 杨镰《顾瑛与玉山雅集》,《西南民族大学学报》(人文社科版)2008 年第 9 期。

之焉”[1]。玉山草堂成为自得其乐、实现内心自我超越、走向精神自由境界的途径，体现了中国古代文人“隐逸”的精神。将自己的情志寄托在园林景物的塑造之中，托物言志意向明显。追求雅趣要有楼阁亭台作背景，玉山草堂是元末文人群体诗意人生的精神场所，设计理念直接体现着主人的雅趣喜好。

玉山草堂又称玉山佳处，是所有景点的总称。玉山草堂名字的由来几经波折，名字的命名都是经过顾瑛精心考虑的，直接体现着玉山草堂的宗旨，反映玉山主人顾瑛的思想情趣。

玉山草堂的规模巨大，亭台楼阁众多，有具体名字的就有 26 处，其实远不止 26 处。从至正八年到十年（1348—1350），先后落成 26 个景点，包括钓月轩、芝云堂、可诗斋、读书舍、种玉亭、小蓬莱、碧梧翠竹堂、湖光山色楼、浣花馆、柳塘春、渔庄、金粟影、书画舫、听雪斋、降雪亭、春草池、绿波亭、雪巢、君子亭、澹香亭、春晖楼、白云海、来龟轩、拜石坛、寒翠所。

关于玉山草堂的得名，有两种说法，元人郑元祐认为王维辋川用竹篱茅瓦，杜甫为之取名玉山草堂，顾瑛效仿。“昔王摩诘置庄辋川，有蓝田玉山之胜。其竹里馆皆编茅覆瓦，相参以为室，于是杜少陵为之赋诗，有曰‘玉山草堂’云者。景既偏胜，诗尤绝伦。后六百余年，吴人顾仲瑛氏家界溪，溪濒昆山，仲瑛工于为诗，而心窃慕二子也，亦于其堂庑之西，茅茨杂瓦，为屋若干楹，用少陵诗语扁曰玉山草堂”[2]。而元人吴克恭说：“昆以山得名，而山有石如玉，故州志云‘玉山’。仲瑛因是山之势筑堂以居之，结茅以代瓦，俭不至陋，华不逾侈，散植野梅幽篁于其侧，寒英夏阴，无不佳者。以其

① 李祁《草堂雅集序》，《玉山名胜集》上册，中华书局，2008 年，第 7 页。

② 郑元祐《玉山草堂记》，《玉山名胜集》上册，中华书局，2008 年，第 14 页。

合于岩栖谷隐之制，故云草堂也。”[1]

笔者认为此二人说法并不矛盾，效仿杜甫给王维辋川起的名字叫“玉山草堂”，昆山本名玉山，所以又叫“玉山佳处”，玉山佳处就是名副其实的昆山佳处，顾瑛“父，玉山处士，隐德不仕在养”[2]，“人因以玉出昆而名‘昆山邑’，本号‘马鞍’。出奇石似玉，烟雨晦明，时有佳气如蓝田焉，故人亦呼曰玉，又曰昆。而仲瑛氏之居去玉一舍远，奚以佳名哉”[3]，所以说有两个称谓，各自有原因。只是吴克恭应该把“草堂”改为“佳处”。“玉山佳处”的“玉山”指的是昆山这个地方，因产玉而得名，意为昆山佳处。而“玉山草堂”实指杜甫为王维题的玉山草堂，是一种效仿杜甫之语。

两个名字，一个似贫穷处士之居所，一个似资产巨富的士大夫之所。其实“玉山草堂”的名字与顾瑛实际地位、家资不符，所谓“草堂”应是贫困文士的居所，顾瑛只不过借其名满足心中隐逸情趣而已。“玉山佳处”的名字倒是符合顾瑛实际情况。

顾瑛效仿前辈建筑园林隐居的目的很明确，许多景点的名字无不带有隐居之意，比如渔庄，以耕钓为乐，顾瑛不乐仕，朋友皆知，“不屑仕进，而力之所及，独喜与贤士大夫尽其欢”[4]。诗人们在同题集咏《玉山草堂》时，多次指出玉山草堂的名称来历，如释良琦：“玉山草堂娄水西，杂树远近春云低。王维昔赋宫槐陌，杜老亦住浣花溪。弹棋局在高梧落，委佩声传暮竹迷。阁老文章全盛日，

---

① 吴克恭《玉山草堂序》，《玉山名胜集》上册，中华书局，2008 年，第 15 页。

② 顾瑛《金粟道人顾君墓志铭》，《玉山名胜集》下册，中华书局，2008 年，第 652 页。

③ 杨维桢《玉山佳处》，《玉山名胜集》上册，中华书局，2008 年，第 39 页。

④ 黄溍《玉山名胜集序》，《玉山名胜集》上册，中华书局，2008 年，第 5 页。

钓竿磐石慰幽栖。"[①]这里指出了顾瑛效仿王维、杜甫营造隐居之所的目的,"钓竿磐石慰幽栖"也点出了顾瑛隐居的志向。

张天英"浣花风致今犹在,日日轩窗一醉冯"、郯韶"皂盖屡过严武驾,白头不愧杜陵吟"直接点题。"夫隐居求志"[②],元人吴克恭承认顾瑛建筑园林是为了隐居求志。玉山草堂最初曾名为"小桃源",效法陶渊明《桃花源记》中隐者的世外桃源的境界,"名其前之轩曰'问潮',中之室曰'芝云',东曰'可诗斋',西曰'读书舍',又后之馆曰'文会亭'、曰'书画舫',合而称之则曰'小桃源'也"[③]。后来因别人的隐居住所叫小桃源,于是更名为玉山草堂,以效法王维、杜甫。

自题小像:"儒衣僧帽道人鞋,天下青山可骨埋。若说向时豪侠处,五陵鞍马洛阳街。"[④]顾瑛追求自由理想、不受羁绊的性格是在少年时代形成的,元末隐逸思想成为一种普遍的时代情绪。许多文士否定功名富贵,否定干禄追求,颂歌隐德,将情志寄托于园林之中,宣扬享受人生、诗酒人生,以"游""乐""隐"的方式来探求生命的价值,这在顾瑛隐逸思想中得到集中体现。

顾瑛信仰佛教和道教,这对于其营建玉山佳处也有重要的影响,形成了他任诞、豁达的处世观。顾瑛的豁达洒脱达到了一种"极"的程度,追慕魏晋风度,流连诗酒,潇洒人生,生前为自己建好了坟墓,顾瑛自铭其墓题曰"金粟冢",中秋节在金粟冢上举行了最后一次玉山雅集。为自己写好了墓志铭,旷达疏狂之气可见一斑。《金粟冢中秋燕集诗画卷》有顾瑛、陆麒、秦约、谢应芳、殷奎、袁华、

---

① 释良琦《玉山草堂诗》,《玉山名胜集》上册,中华书局,2008年,第17页。
② 吴克恭《玉山草堂序》,《玉山名胜集》上册,中华书局,2008年,第16页。
③ 杨维桢《小桃源记》,《玉山名胜集》下册,中华书局,2008年,第664页。
④ 顾瑛《金粟道人小像》,《玉山名胜集》下册,中华书局,2008年,第654页。

翟份 7 位诗人为其同题集咏[①]。

顾瑛隐逸精神中，带有一种超然的士人精神，追求人格的独立已经成为其寄托隐逸精神的重要组成部分。顾瑛年少时尚义任侠，三十后始折节读书，“轻财喜事，以意气自豪”，“甫逾四十，悉以田业付子若婿，改筑园池旧宅西偏，名曰玉山佳处，日夜与客置酒赋诗为乐”[②]。尚义轻财是顾瑛交游广泛、朋友众多的原因，玉山佳处就是朋友寻求避难、为饥饿的朋友提供饮食的住所，顾瑛的豪爽、慷慨大方，赢得了朋友的尊重，丰厚的财力成全了顾瑛“壶中天地”的人生理想。

玉山佳处不是一时建的，有各种原因。顾瑛精心经营着自己的园林，求得一方乐土，以获得人格的独立，获得超然物外的享受。在玉山佳处的楼、台、舫、馆、亭周围种满了各种花木，以求雅趣，营造出良好的赋诗饮酒环境，“四时所植，则松、桂、石楠、李、桃、梅、竹、鞠、兰、香草之属，参差离列，而青丛翠蔓，荟蔚葱蒨”[③]。经常在雅集上举行诗歌竞赛和各种游戏，追求的是一种清新雅致的格调和一种独立人格。玉山主人顾瑛内心充满审美激情，充满了闲情逸致，玉山草堂为隐逸士人们修身养性、追求人格上的独立、寻求精神的解脱提供了一片乐土。元末诗人沉湎于体验激情，崇尚逸趣，冷却现实，高扬对人生境界的追求、对情的呼唤。玉山雅集就是回归“情”本位的人生，是元末诗风革新的号角，是传承和彰显政治理念、社会抱负、人格追求等精神价值的基本方式。

---

① 赵琦美《赵氏铁网珊瑚》，《文渊阁四库全书》第 815 册，台湾商务印书馆，1986 年，第 738—740 页。

② 殷奎《故武略将军钱唐县男顾府君墓志铭》，《玉山名胜集》下册，中华书局，2008 年，第 655 页。

③ 陈基《玉山佳处后记》，《玉山名胜集》上册，中华书局，2008 年，第 41 页。

顾瑛“以衣冠诗礼之胄,好尚清雅,识度宕达,所交多一时名胜,故其盛如此”[①]。好清雅,追其逸趣,不乐仕进,喜好结交方外人士,在顾瑛身上体现了元末士人纵欲任情的特点。与杨维桢似乎是天生的朋友,情趣极为相似,顾瑛“惟诗是求”[②],“德辉才情妙丽,与诸名士亦略相当”[③]。他有妙丽的诗才与天然的兴趣爱好,喜好鉴赏字画古玩,“购古书、名画、彝鼎、秘玩,筑别业于茜茎西”[④],以诗为生命的方式,其自然好客的本性、丰厚的家资,各种因素促成了玉山雅集。

可以说玉山雅集是时代的必然,是元末士风必然的结果,只不过这个重任落到了顾瑛身上,而顾瑛很好地完成了时代的使命。他主持的玉山雅集成为我国古代与兰亭会、西园雅集一样著名的雅集之一,在元代文化史上也是值得骄傲的事情。

玉山雅集的诗歌赋咏活动形式多样,有分题,有分韵,有联句,有次韵,还有同题集咏。玉山雅集以分韵赋诗为主,联句和分韵赋诗可以展开竞赛,有利于施展才智,有利于开展文字竞赛,分出胜负,满足雅趣的需要。比拼的是才智,相当有趣,更多的是为了获得游戏的乐趣,多为一时灵感的激发,因为时间的限制,诗人们没有经过仔细推敲,迅速成诗,所以玉山雅集中出现更多的是分韵赋诗。同题集咏更有利于比拼才气,因为同一个题目更有利于比较优劣,这就是为什么唐代科举采用同题的原因,而同题集咏在玉山雅集中不是以竞赛面目出现的,这一点不同于月泉吟社。同题集咏要求有一个思想逸趣、价值观、道德情操相近的群体才可以发

① 李祁《草堂名胜集序》,《玉山名胜集》上册,中华书局,2008 年,第 7 页。

② 吴克恭《玉山草堂序》,《玉山名胜集》上册,中华书局,2008 年,第 15 页。

③ 张廷玉等《明史 · 文苑传》卷二百八十五,中华书局,1974 年,第 7325 页。

④ 张廷玉等《明史 · 文苑传》卷二百八十五,中华书局,1974 年,第 7325 页。

生，玉山雅集中的同题集咏多因同声相求而出现，为了某种需要而产生，可以说是一种交际的需要。玉山草堂的主要景点都有同题集咏出现，集咏更有利于突出主题，表明已经引起众多文人关注，是一种文化热点的透视。通过同题集咏，我们可以见证玉山佳处亭台楼阁的历史变迁，可以感受到浓重的人文精神和玉山主人高尚的情趣。

玉山草堂，虞集隶书，顾瑛题联："瘦影在窗梅得月，凉阴满席竹笼烟。"

《玉山草堂》题咏者有：于立、释良琦（2首）、郯韶、陆仁、郭翼（2首）、张天英、陈基（2首）、王蒙、李瓒、冯濬、杨维桢、袁华、秦约（2首）、华翥、王濡之、沈明远、郑元祐、释善住、宗東庚、陆居仁、袁凯、宗東癸、朱熙、释元本、卫仁近、张玉、金翼、泉澄、黄玠、全思诚、周砥。词1首：钱抱素。赋1篇：赵麟[①]。

玉山草堂得名来源于杜甫为王维辋川别业题写的"玉山草堂"，顾瑛沿袭其名，追逐王维隐居之意，是所有景点的总称。非常雅致，遍地梅兰竹菊，气运佳胜，假山流水，罗列堂旁，"四周尽植梅与竹，珍奇之山石……壶槊以为娱，觞咏以为乐，盖无虚日焉"[②]。在玉山草堂能感受到生命的真实存在，战乱中有了一方乐土，文人歌咏声气相通。诗人们爱的是草堂的情趣，如于立："爱此草堂趣，雅与幽人宜。"诗人歌颂了顾瑛的隐居情怀，描写了草堂景物的清幽，处处彰显着隐居的快乐。郭翼"玉山草堂谁比数，风流不减浣溪头"、张天英"浣花风致今犹在，日日轩窗一醉冯"、杨维桢"浣花杜陵锦官里，载酒山简高阳池"、李缵"酌酒几思援北斗，濯缨还拟泛

①《玉山名胜集》上册，中华书局，2008年，第17—32页。

② 郑元祐《玉山草堂记》，《玉山名胜集》上册，中华书局，2008年，第14页。

沧浪”、袁华“华林月白鹤在野，水馆风清鱼听琴”、华翥“我爱玉山之草堂，清秋树色正苍苍”、秦约“相过有于鹄，燕坐共长吟”，主题还是很一致的，差别不大，都是歌颂了玉山优雅的环境、高尚的情趣，流连于这种优雅的环境中，忘言以得真谛，歌颂隐居的志向与快乐，是道家淡泊宁静的守道表现。

诗人群体自己的人格魅力和人生的寄托是在不断追求过程中形成的，共同的思想基础和逸趣是玉山草堂同题集咏发生的根本。

玉山佳处，马九霄篆颜。顾瑛题联：“翠痕新得月，玉气暖为云。”杨维桢为记。

《玉山佳处》同题集咏者有：吴克恭、释良琦、陆仁、卢昭、于立、袁华、郑元祐、张天英等[①]。同题集咏者基本都是铁崖诗派成员，可见铁崖诗派与玉山雅集宾客的密切关系。铁崖派诗人支撑起玉山雅集的一片蓝天，他们都属于一个交际圈，有着共同的思想，情趣爱好接近，同题集咏自然就会发生。同题集咏是雅集文人之间沟通交流的一种重要方式，心灵的默契往往在同题集咏中实现。

此同题集咏主题都是在歌颂玉山佳处有蓬莱一般的境界，诗中处处充满雅趣。儒家“思无邪”“温柔敦厚”的诗风看不到踪影。郑元祐：“楼台花雨众香国，书画芸香千古心。”张天英：“蓬莱数峰小，上与浮云齐。云中飘飘五色凤，只爱碧桐枝上栖。芝草琅轩满园圃，群仙共蹑青云梯。”[②] 于立：“幽人读书忘世虑，结屋山中最佳处。世上红尘空白头，携书我欲山中去。”[③] 最后都不忘抒发隐逸情怀。归隐是玉山雅集同题集咏的主题。

---

①《玉山名胜集》上册，中华书局，2008年，第42—45页。

②《玉山名胜集》上册，中华书局，2008年，第45页。

③《玉山名胜集》上册，中华书局，2008年，第43页。

钓月轩杜本隶书，顾瑛题联："月华中夜满，云影一丝悬。"

《钓月轩》同题集咏者：虞集、柯九思、张天英、于立、释良琦、袁华、陆仁、李缵、陈基（2首）、郑元祐、张翥、秦约、黄玠等[①]。

钓月轩建立较早，柯九思在至正三年（1343）就去世了，《钓月轩》同题集咏不是同时题的，是异时同地同题集咏。主题仍然是歌颂玉山主人的归隐之乐。释良琦"明月不可钓，流泉仍至音"、袁华"释耕山中云，坐钓溪上月"、于立"持此明月钩，投竿钓清影"、张天英"清童能唱白凫曲，老夫醉卧青蓑衣"，归隐之意甚浓，同题集咏与钓月轩名字一致，钓月本身就隐含着顾瑛归隐的志向，诗人们用同题集咏回敬玉山主人的热情好客，所以相同的思想是同题集咏基础，但是在这里同题集咏体现更多的是一种交际功能。

芝云堂，赵孟頫篆书，顾瑛题联："云蒸瑞气芝三秀，风动天香桂一枝。"

芝云堂名字的得来经过一番斟酌，体现主人的意趣。取天上云朵、仙家芝草合成芝云堂。名字带有仙风道骨之气，体现出顾瑛的雅趣。其真正的含义就是："夫卿云、芝草，世以之为瑞矣，然云气之散聚、芝草之荣瘁，岂能久而不变哉？惟士君子积其所学，尊其所闻，孝行著乎闺壶，德业章乎闾里，惟是美也，譬之珠与玉焉……夫岂久淹于吴下者？其为名卿而继诸父有日矣。"[②]"芝云"代表着瑞气，这个名字的含义与儒家礼教密切相关，学业有成、孝道有闻、德行乡里才是真正的芝云瑞气之美，好比珠玉一样色泽圆润。君子道德意味明显，可见玉山主人顾瑛很难做到道家的彻底物外、逍遥自在、不受羁绊、无所累，仍在挂念世间琐事，不忘教育

①《玉山名胜集》上册，中华书局，2008年，第87—92页。

② 郑元祐《芝云堂记》，《玉山名胜集》上册，中华书局，2008年，第97页。

子孙。顾瑛自己不乐仕进，但是不反对儿孙出仕，儿子顾元臣任元水军宁海所正千户，主持向大都海运，以功升水军都府副都万户。次子顾元礼率乡民守本土，授正千户，说明顾瑛并没反对儿子出仕。古代士大夫隐居形式多种，很少能够做到真正的逍遥物外、归隐山林，心中总是装着一丝希望，盼望子孙出人头地，顾瑛就是如此。

《芝云堂》同题集咏者：张翥、吴克恭、于立、袁华、郑元祐、陆仁、顾敬、秦约、张久可、昂吉、黄玠、周砥（2首）[①]。这里面不乏西夏少数民族诗人，标志着民族大融合在元末达到一个自觉融合的状态。少数民族汉语水平之高可见一斑，同题集咏是民族大融合的有力工具。

可诗斋，杜本篆书，顾瑛题联："正声存大雅，古调有遗音。"以诗说教的意图明显，所谓可诗斋，突出玉山主人爱好诗、唯诗是求的倾向。

《可诗斋》同题集咏者：顾敬、陆仁、秦约、袁华、黄玠、王濡之、钱惟善、卢熊、聂镛。记：王祎。铭：郑元祐[②]。主题是继承大雅诗风，识人性情，将古代大雅之风发扬光大。陆仁"好稽周大雅，宜咏楚臣骚"、秦约"要共论风雅，先须识性情"、卢熊"大雅复谁继，斯人良独工。时时志忧国，仿佛杜陵翁"[③]，诗人们紧靠顾瑛题联主题，诗歌关乎雅正的正声，诗人们极力推崇雅正之风，得性情之正。

读书舍，赵雍篆书，顾瑛题联："学时时习，德日日新。"读书穷理，学有根砥，表明顾瑛喜好读书，博览群书，以归守道，结庐在丘

---

①《玉山名胜集》上册，中华书局，2008年，第99—103页。
②《玉山名胜集》上册，中华书局，2008年，第129—131页。
③《玉山名胜集》上册，中华书局，2008年，第131页。

壑，日日读书，修德养性，以期怡然自乐。同题集咏者：袁华、陆仁、张天英、秦约、黄玠、周砥[①]。在元人眼中，顾瑛的旷达仍是属于儒家范畴性情之正的诗学观，读书仍是为了穷理达道，成智、成仁，并不是为了自己享乐消遣。“余喜其有志于读书也，然其本末兼该，内外交养，则必本于返身穷理，庶有以验夫三才万物，无一不备乎吾心。以吾心之所固有，推而达之家国天下，所谓成己之仁，成物之智，非善读书者不能也”[②]。

种玉亭，杜本隶书，顾瑛题联：“玄圃分仙种，蓝田发夜光。”同题集咏者：释良琦、陆仁、袁华、黄玠、秦约[③]。

小蓬莱，赵孟頫篆书，顾瑛题联：“鹤群长绕三株树，鳌背高瞻五色云。”同题集咏者：虞集（4 首）、杨维桢、陆仁、袁华、黄玠、秦约、陈基、顾达[④]。铁崖派诗人始终是玉山雅集的主力军，同题集咏的诗人是同一交际圈的，偶有别的诗人加入，但是基本是固定群体，这样保证了同题集咏的稳定性。

碧梧翠竹堂，赵孟頫篆书，顾瑛题联：“峄阳古调来鸾鹄，嶰谷春声吹凤皇。”碧梧翠竹堂建立的目的，“兹堂之建，将日与贤者处谈道德礼义，以益固其守业者”[⑤]。碧梧翠竹堂充满雅趣，非雅士不得进入，“堂中列琴壶觚砚图籍及古鼎彝器，非韵士胜友不辄延入也”[⑥]。这是一个非常雅致的聚会场所，摆满了各种充满雅趣的东

①《玉山名胜集》上册，中华书局，2008 年，第 152—154 页。

②《玉山名胜集》上册，中华书局，2008 年，第 152 页。

③《玉山名胜集》上册，中华书局，2008 年，第 155—156 页。

④《玉山名胜集》上册，中华书局，2008 年，第 158—163 页。

⑤ 杨维桢《碧梧翠竹堂记》，《玉山名胜集》上册，中华书局，2008 年，第 167 页。

⑥ 高明《碧梧翠竹堂后记》，《玉山名胜集》上册，中华书局，2008 年，第 168 页。

西。“梧竹”乃凤凰之栖食者，可见主人顾瑛的灵操之雅，“盍亦征其觉之灵，操之特者”①，与会者极其欣赏顾瑛的高雅情操，这是元末士人之间交往的标准，与整个玉山佳处楼阁缥缈、树木葱茏、烟云缭绕的境界构成一幅仙境。月光下，清风拂面，翠竹堂内丝竹袅袅，余音不绝耳际，雅士们饮酒赋诗，操琴鼓瑟，仿佛神仙中人。虽然隐居，但是主人顾瑛仍然恪守道德礼仪，时时以儒雅之士要求自己，所以说顾瑛的隐居是以儒道结合的方式进行的。

同题集咏者有：马琬、释良琦、于立（2首）、吴克恭、袁华、陆仁、顾达（2首）、张天英、冯濬、陈基、昂吉、郑元祐、郯韶、聂镛、秦约、李祁（2首）、瞿智、释元瀞、黄玠、卢熊、钱惟善②。

参与玉山草堂各景点同题集咏者多为固定人员，偶尔会有增加或减少，基本都是同题共作，即同一时间同一地点作的，这说明同题集咏的发生需要一个思想、情趣相近的群体，且他们之间有着密切的交流，即使个别成员因事不能与会，但为了保持群体之间的交流也会补齐同题集咏诗作，如于立的题诗是后补的。释良琦、于立、袁华、陆仁、张天英、昂吉、郑元祐、郯韶、李祁等都是顾瑛玉山草堂的常客，这一宾客组成都属于铁崖圈子的文人，身份复杂，有方外人士，有西域少数民族诗人，玉山草堂为他们的相识和情感的增进提供了物质基础。同题集咏加强了彼此的认识与情感的共鸣。

主人顾瑛的盛情是吸引宾客的主要原因，瞿智说“久负故人诗酒约，不嫌径去倚阑干”，表明顾瑛一再邀请瞿智赴会。出于礼尚往来的需要，按时赴会，能保证同题集咏的发生，并充满文人

①《玉山名胜集》上册，中华书局，2008年，第166页。
②《玉山名胜集》上册，中华书局，2008年，第169—179页。

雅趣。

释元瀞“清歌妙舞意气扬，紫燕黄鹂语音竞”、黄玠“把酒听莺来扇底，罢琴呼鹤出樊中”、昂吉“醉来几度凭栏立，但觉萧萧爽气浮”、释良琦“何意老骑支遁鹤，与君相对坐云床”，主题基本差不多，都是闲情逸趣的表露。

湖光山色楼，赵奕篆书，顾瑛题联：“天连远水三千顷，云拥晴峦十二鬟。”

湖光山色楼是玉山佳处的一处名胜，湖天相接，“日与贤士大夫燕游其上，凭高四望，清气逼人，三山十湖，宛然在目”[①]。这是玉山佳处中一处登高赏景的好地方，顾瑛日与士大夫优游其间，园林中有亭，有楼，有山，有湖，有溪流，竹木繁茂，花木葱茏，处处体现着文人雅趣。诗是玉山草堂不可或缺的精神食粮，这样的闲情雅趣在古代社会也就家产丰厚的雅士才可以享受，“日与宾客游息其上，幅巾杖屦，逍遥自适。风日清美，凭高远望，惟见风樯往来，沤波出没，而山色葱茏明秀，如在几格间。其或水气上行，与山气磅礴，变而成龙虎，合而为烟霏，千态万状，不可尽述”[②]。湖光山色楼具备了雅集发生的条件，环境清美，湖山相连，景色秀美，此乃登高眺览的佳处，文人雅士酷爱山水之清气，纷纷聚会于此。

《湖光山色楼》同题集咏者：柯九思、陆仁、于立、郑元祐、释良琦、吴克恭、熊梦详、郯韶、袁华、陈基、昂吉、杨维桢、秦约、吕恂、冯濬、姚文奂、黄玠、岳榆等[③]。

---

① 张天英《湖光山色楼记》,《玉山名胜集》上册，中华书局，2008年，第192页。

② 于立《湖光山色楼后记》,《玉山名胜集》上册，中华书局，2008年，第194页。

③《玉山名胜集》上册，中华书局，2008年，第195—201页。

“至正十年五月十八日，余与延陵吴水西、龙门僧元璞、匡山于外史、避暑于楼中。时轻云过雨，霁光如秋，各占四绝句云”①。《湖光山色楼口占》同题集咏者：顾瑛、吴世显、于立、释良琦②。

同题集咏的主题是歌颂湖光山色之美，气势不凡，有仙境气息。陈基“楼居仙子亦多情，收拾湖山作画屏”、袁华“湖光与山色，倒影画楼中”、杨维桢“仙家十二楼，俯瞰芙蓉渚”、吕恂“凤池上客阳春曲，铁笛仙人小海歌”。雅集意味浓厚，士人群体流连忘返，乐在其中。玉山草堂为文人们提供了一个难得的吟诗颂乐的场所，元末文人群体也非常乐意参加这样的雅集，以证明自己的存在，彰显士大夫的高雅情趣。这是一种时代风尚，元末尚情、尚丽的思潮在玉山草堂里完美体现，文人纵情、追求人生享受的态度可见一斑。儒家诗教的温柔敦厚、“诗言志”完全见不到踪影。

浣花馆，赵雍篆书，顾瑛题联：“波暖花明状元浦，竹寒沙碧拾遗诗。”

浣花馆最初的名字叫“小桃源”，张楠渠的隐居地也叫“小桃源”，“遂以‘桃源’之号归之楠渠，易其颜为‘浣花’，又恐杜陵翁笑余久假也”③。浣花馆最初之名“小桃源”隐居之意甚明，追慕陶渊明，可见陶渊明的影响力。顾瑛追随陶渊明“桃花源”之名不成，又去追寻杜甫，更名为“浣花馆”，即杜甫草堂建在成都浣花溪的故名，又怕杜子美耻笑他太假。在亭台的名字上，玉山主人顾瑛费尽心思，总是在追慕前贤隐士，以体现自己的隐居之意，这又呼应了玉山草堂的名字实是追慕杜少陵之意。

---

① 顾瑛《湖光山色楼口占诗序》，《玉山名胜集》上册，中华书局，2008 年，第 201 页。

②《玉山名胜集》上册，中华书局，2008 年，第 202—203 页。

③ 顾瑛《浣花馆记》，《玉山名胜集》上册，中华书局，2008 年，第 215 页。

顾瑛尽量向古代贤士们靠拢，以彰显自己园林的品位、提高雅集的档次，实际上就是给自己园林贴标签，以更好地吸引广大文士前来参与雅集，这些名字对玉山草堂的雅集起到一定的作用，既然是雅集就得有雅名，方才有雅士。

《浣花馆》同题集咏者：柯九思、袁华、黄玠、张逊、陈聚、李元珪、顾达①。

有的诗人颂咏浣花馆的景色曲径通幽，如袁华“行春向何许，只在浣花溪”；有的把此比作锦官城外的浣花溪，杜甫屡屡出现在诗句中，如黄玠“少陵野老鬓如丝”；有的歌颂顾瑛不慕功名富贵，甘愿做个隐者的志趣，如李元珪“倚仗看云双眼豁，功名富贵等浮沤”。同题集咏中将浣花溪代表的主人品位展示出来。

柳塘春，马九霄篆书，顾瑛题联：“金缕和烟春漠漠，赤栏倚月水溶溶。”

《柳塘春》同题集咏者：郭翼、陆仁、袁华、陈基、昂吉、卢昭、郯韶、秦约、黄玠、岳榆、顾达、卢熊②。《柳塘春口占》同题集咏者：于立、顾瑛、袁华③。

至正十二年(1352)，当时战乱已经很频繁了，定期开展玉山雅集活动，实属艰难，战火隔断音讯，人员聚齐已是不容易的事情了，此年正月，于立、顾瑛、袁华一同饮酒柳塘春，水光春色动人，因咏王安石‘鸭绿鹅黄’诗句，各口占四绝。“世故之艰难，人事之不齐，得一适之乐如此者，可不载诸翰墨，以识当时之所寓。况南北

①《玉山名胜集》上册，中华书局，2008年，第215—217页。
②《玉山名胜集》上册，中华书局，2008年，第220—224页。
③《玉山名胜集》上册，中华书局，2008年，第224—226页。

东西，理无定止，焉知后之会者谁欤？”[①]元末的战乱打破了正常的雅集活动，人员不齐是个难题，顾瑛就和常在身边的于立、袁华一起在春色中饮酒赋诗，艰难地维持雅集活动。

至正十六年（1356）正月，张士诚部下兵入草堂，恰好顾瑛不在玉山草堂，军士将玉山雅集诗卷全部掠走，全归通守冯秉中。后来归还顾瑛，仔细检点以后，发现《柳塘春》卷不存，“仲瑛命娄江朱珪临九霄篆匾，予（袁华）录前诗复装为卷以补其失，于以见玉山好事之勤，秉中尚义之笃”[②]。由此可见顾瑛对雅集诗文的喜爱程度，在留存雅集诗文方面，顾瑛做出了重要的贡献。我们今天才有幸见到元末雅集的盛况，顾瑛热爱雅集活动，精心经营雅集活动，建造亭台楼阁，组织人员参加雅集，寻找评委，定期举办雅集，将诗文刊刻出版，每一次刊刻，都会花费他大量的财力物力，顾瑛热情尚义由此可知。所以说顾瑛对于玉山雅集的贡献是巨大的，对元诗及元代文化的贡献也是巨大的。

《柳塘春》同题集咏的主题是描写了柳塘春色的美好，杨柳依依，紫燕双双，波深春塘，微风袅袅，黄鹂鸣柳，飞花遣度，荡桨在柳塘上，一片和谐美好的景象，如郯韶“春塘二月春波深，杨柳濯濯弄轻阴。微风袅袅金虫落，隔屋两两黄鹂吟”、黄玠“兰杜吹香鱼队乐，草莎成罽马蹄轻”、岳榆“三月风柔雨霁初，芳塘流水碧珊瑚”、顾达“莺啼渚烟净，燕飞帘雨收”。

这样的美景不赋诗吟咏，实在有负春光，也说明顾瑛玉山园林建造得恰到好处，是玉山主人苦心经营的结果。玉山草堂作为园

---

① 于立《柳塘春口占诗序》，《玉山名胜集》上册，中华书局，2008年，第224页。

② 袁华《柳塘春后序》，《玉山名胜集》上册，中华书局，2008年，第227页。

林，其物态构成要素反映了元末文人群体的心理意识、思维模式、价值取向以及审美特征，所以才会吸引这么多雅士参与其中。除顾瑛好客外，园林的建筑水平也不容忽视，元末士人对于“人格”和“气节”的推崇深化了园林的精神内涵，玉山草堂代表着元末士人的一种生活理想和文化精神。

渔庄，达兼善隶书，顾瑛题联：“兴入水云频放艇，梦回烟雨听鸣榔。”

名字的命名有意模仿古代贤士大夫，也是顾瑛隐居志向的直接体现。中国传统园林是士人借以维系、传承和彰显自己政治理念、社会抱负、人格追求等精神价值的主要精神寄托场所，是隐逸文化的重要载体，玉山佳处亦是如此。顾瑛将自己的隐居意志寄托在园林建筑中，而园林的命名至关重要，直接反映主人的志向，在园林中使用广泛的典故就是“知鱼之乐”，以鱼之乐为己之乐，遨游天地、怡然自得的精神境界一直是古代贤士大夫追求的境界，庄子这种无为浪漫逍遥的思想，对后世文人士大夫影响很大。

“垂钓”的形象一直是古代隐者的代名词，“渔”即“隐士”的象征，顾瑛志向不言自明。不过顾瑛贴上隐者的标签，更能吸引众多隐士文人参与雅集，名气会传播得更快。元末文士对隐者非常感兴趣，一时间出现了众多的隐者，同题集咏成风。一起吟诵隐士的志向，表明自己的志趣归属。共鸣在隐士之间产生，同题集咏在元末频繁发生，规模甚大，原因都是“隐居之乐”。顾瑛站在佛道儒合一信仰的高度上，追求自己的独立人格和个性自由。

玉山雅集向个体的回归，重视“情”的作用，玉山雅集的诗歌已经突破了儒家礼教的秩序，高扬“情欲”和“个体自由”，与主人公顾瑛的情志不无关系。凭顾瑛的才识胆力完全可以“勤劳王家”，而其甘愿隐居，遗世独立，一生不仕。少年乘肥衣轻，后帮父亲打理家业，三十岁始折节读书，才开始成为一个儒士，四十岁将田业交给子婿，过起了隐居生活。“隐”是顾瑛的人生理想，玉山草堂就是证明。正是他的“隐”成了元诗史上的一段佳话。

《渔庄》同题集咏者：袁华、陆仁、李瓒（2首）、于立、陈基（2首）、郑元祐、郭翼、昂吉、卢昭、杨维桢、秦约、冯濬、黄玠、周砥、钱抱素、顾达[①]。主题都是歌颂归隐的乐趣，追求的不是形式上的归隐，而是心灵的归隐，如于立“得鱼归来三尺强，有酒在壶琴在床”“渔庄之人百不理，醉歌长在渔庄底”、李瓒“何当置艇苍筤下，一钓烟波向雨篷”、陈基“秋风稍待莼鲈美，应有扁舟访散人”、郭翼“野翁归醉晚，水没系船桩”。这些都是玉山雅士们共同的思想基础，追慕魏晋人生、流连诗酒、超然绝俗、淡泊清高的体现。忘却尘世，似乎战乱的痕迹在同题集咏中见不到一丝痕迹，逃避于玉山草堂的“壶中天地”里。隐居之士，说白了就是一种逃避现实的体现，《渔庄》同题集咏体现得尤其明显。

“至正辛卯秋九月十四日，玉山宴客于渔庄之上。芙蓉如城，水禽交飞，临流展席，俯见游鲤。日既夕，天宇微肃，月色与水光荡摇棂槛间，遐情逸思使人浩然有凌云之想。玉山俾侍姬小琼英调鸣筝，飞觞传令，酣饮尽欢。玉山口占二绝，命坐客属赋之。赋成，令渔童樵青乘小榜倚歌于苍茫烟浦中。韵度清畅，音节婉丽，则知三湘五湖，萧条寂寞，那得有此乐也。赋得二十章，名之曰《渔庄欸歌》云”[②]。这里交代了渔庄欸乃同题集咏发生的缘由，月光下美丽的景色，琴声悠扬，烟波浩渺，水光粼粼，水清鱼跃，这么充满诗情画意的景色下，玉山主人顾瑛怎么能不组织赋诗呢？文人雅士

①《玉山名胜集》上册，中华书局，2008年，第237—244页。

② 陆仁《渔庄欸乃歌序》，《玉山名胜集》上册，中华书局，2008年，第246页。

兴趣激扬，雅集主持人顾瑛命小童荡桨于水中，姬侍小琼英弹琴歌唱。于是发生了《渔庄欸乃》同题集咏，这次同题集雅得出奇，真真切切地体现了雅士群体的高尚情趣，文士们彻底走向“心隐”。

《渔庄欸乃》同题集咏者：陆仁、袁暠、周砥、秦约、顾瑛、袁华、于立、释超珍、李缵、岳榆[①]。

诗人们笔下的渔庄似一幅幅水墨丹青，色彩、线条、动静结合得非常巧妙，如陆仁“日暮休凭斗鸭阑，落霞飞去水漫漫”、周砥“秋月团团照药栏，水边帘幙晚多寒”、秦约“金菊粉蕖秋水滨，恰如生色画屏新”、顾瑛“金杯素手玉婵娟，照见青天月子圆”、袁华“并头花似双娥脸，一朵浓酣一朵醒”。金黄色的菊花、圆圆的明月、动感的鸭子、鲜艳的花朵，似一幅画，天籁之音加上人为创造的歌声袅袅、荡舟碧波之上，超然物外的人格独立精神得以展现。诗人们追求的是一种心灵的和谐宁静、与大自然吻合的“天人合一”精神，“隐”的内涵得以彰显。

金粟影，达兼善隶书，顾瑛题联：“波澄月影秋痕冷，露浥天香夜气浮。”

《金粟影》同题集咏者：张天英、屠性、陆仁、袁华、于立、释良琦、郑元祐、黄玠、秦约、顾达、彭罙[②]。主题都是描写金粟影景色的迷人，如同仙境一般，似神仙境界，堪比月宫，月光的清辉散落人间，赏心悦目。

至正十二年（1352）九月，顾瑛在金粟影举办雅集，“时天宇澄穆，丹桂再花。水光与月色相荡，芳香共逸思俱飘，众客饮酒乐

①《玉山名胜集》上册，中华书局，2008年，第246—250页。
②《玉山名胜集》上册，中华书局，2008年，第251—255页。

甚”[①]。因为桂花在秋天夜晚再次开放，月色皎洁，袁华率先口占一《天香词》，众人跟随同题集咏。良辰美景激发了文人诗兴，玉山雅集是名副其实的雅集，有规模，有秩序，形式多样。同题集咏是与分韵赋诗、联句同样重要的雅集方式，也有拼比才智的意图，在比拼才气上同题集咏更合适，如果别人都在规定的时间内做出了同题诗词，自己没作出的话，肯定要罚酒。同题集咏为玉山雅集增添了许多乐趣，“惟诗是求”的玉山雅集在同题集咏、分韵赋诗、联句中延续着它的生命，获得了一次次生命的乐趣。

《天香词》同题集咏者：袁华、于立、顾瑛、岳榆、陆仁、张逊[②]。

书画舫，吴孟思篆书，顾瑛题联：“书帖画图浮彩鹢，笔床茶灶狎轻鸥。”这个建筑的命名取自米芾书画舫的名字，也是顾瑛对前贤的模仿，蕴含着丰厚的哲理，玉山佳处是玉山主人以此存道的方式，这在书画舫中体现得尤其明显，星文经纬、地理脉络乃大宝书；山川五湖烟霏、七十二峰空翠乃大画苑。顾瑛解释了书画舫的含义。

“大地表里皆水也，大罗境界，一楂之浮。急旋水中央而人不悟，悟者必在旋水之外也。吁，天，一大瀛也；地，一大舫也。至人者以道为身，入乎无穷之门，超乎无初之垠，斯有以见大舫于舫之外”[③]。书画舫乃玉山主人存身、存道的方式，在此悟道才能通天及地，入乎无穷。以有限超越无限，这一点体现了顾瑛道家思想，“人法地、地法天、天法道、道法自然”[④]。以有限的人生突破无限的空间，以追求人格精神的完美，是修身养性的一种方式，顾瑛将自己

① 袁华《天香词序》，《玉山名胜集》上册，中华书局，2008 年，第 256 页。

②《玉山名胜集》上册，中华书局，2008 年，第 257—259 页。

③ 杨维桢《书画舫记》，《玉山名胜集》上册，中华书局，2008 年，第 261 页。

④《老子·道经》第二十五章，《新编诸子集成》，中华书局，1984 年，第 103 页。

对人格追求交融在自然山水中，并与之产生共鸣。以有限寻觅无限，成为其隐逸精神的哲学理念、赖以存身的物质基础。

《书画舫》同题集咏者：姚文奂、黄玠、释良琦、卢熊①。同题集咏的归隐之意甚浓。

至正十八年（1358）四月，岳榆自虎林来昆山，驾舟造访顾瑛玉山草堂，留五日，此时战乱频繁，时事艰难，参加玉山雅集已经不再容易，人员很难聚齐，“玉山谓兵甲蝟集，朋友星散，会合诚难，期再过草堂少为行乐，而科役遽兴，愁叹百出。叔明亦谓艰难之际，交游之情，正宜相劳玉山”②。

因为岳榆的到来，顾瑛与常在他身边的袁华一起艰难地举办了小规模的雅集活动，这次离元亡还有十年。这次雅集活动采用的是同题集咏。

《纪集诗》同题集咏者：岳榆、王蒙、顾瑛、卢熊、袁华③。

同题集咏中诗人的诗风与往日截然不同，往日良辰美景、悠然自得的隐逸情怀、余音袅袅的仙境不见了，取而代之的是战乱中的焦虑、彷徨、恐惧感，哀戚之悲充斥字里行间。同题集咏更能表达此时的心情，如王蒙“乱后重登旧草堂，主人延客晚樽凉”、王蒙“欲知阮籍何由哭，四海兵戈两鬓霜”、岳榆“盍簪各遂三生愿，避地惟求四海知”、袁华“独怜黄鹤归耕者，诗酒何时在盍簪”、顾瑛“客自远方来不易，月从大海上应迟”。王蒙和岳榆感触最深，顾瑛感受到聚会的艰难，战乱的哀戚萦绕在心头，诗歌失去了往日怡然自得的乐趣，玉山雅集的诗风由清丽变为苍凉，这是时代的缩影，是

①《玉山名胜集》上册，中华书局，2008年，第262—263页。
② 岳榆《纪集诗序》，《玉山名胜集》上册，中华书局，2008年，第274页。
③《玉山名胜集》上册，中华书局，2008年，第274—276页。

文风随时运而变化的结果。

听雪斋,杜本隶书,顾瑛题联:“夜色飞花合,春声度竹深。”听雪斋也是隐居娱乐之所,“居太平之时,听丰岁之雪,其得于天者亦厚矣……今仲瑛处富而不啬,居盈而不矜,持虚以守实,主静以制动”①。此名实际是对顾瑛的赞美,比喻顾瑛慷慨尚义的君子情怀。同题集咏者:杨维桢、曹睿②。

绛雪亭,这次同题集咏发生在至正十六年(1356),此时已经兵荒马乱,道路阻隔,举办雅集非常困难。七月海棠花开了,顾瑛同几人一同赏花,人员稀少,已经不能凑成集会,儿子元臣为了元廷效忠,不知音讯,顾瑛倍感神伤:“道路梗绝,莫知何在。予子元臣孤身守忠,存殁未保。向之看花者,惟汝阳一人而已,对花伤怀,渐成不乐而散。”③因无心赏花,不欢而散,又过了五日,陆仁、王时同舟来昆山,海棠花还剩数朵,顾瑛命书童张席,艰难饮酒赋诗:“花不以寒暑而开,而人有吴越之阻,世殊事异,能不慨然。”④此次雅集形式是同题集咏,在绛雪亭中举行的。

《秋日海棠花开》同题集咏:顾瑛、袁华、陆仁、王楷。马晋作记⑤。主题离不开战乱的哀戚,没有了往日的欢乐景象,陆仁感慨最深,“谁烧银烛相为乐,正是烽烟苦乱离”。

春草池,周雪坡篆书;绿波亭,沈明远隶书。顾瑛题联:“远梦

① 陈基《听雪斋记》,《玉山名胜集》上册,中华书局,2008年,第278页。

②《玉山名胜集》上册,中华书局,2008年,第279页。

③ 顾瑛《秋日海棠花开序》,《玉山名胜集》上册,中华书局,2008年,第288页。

④ 顾瑛《秋日海棠花开序》,《玉山名胜集》上册,中华书局,2008年,第288页。

⑤《玉山名胜集》上册,中华书局,2008年,第289—290页。

生青草，芳池看绿波。”《绿波亭》同题集咏者：于立、释良琦、袁华、释法坚、释至奂、文质、陆仁、周砥、顾达、陈基。辞：王祎[①]；《绿波亭口占》：释良琦、缪侃、顾瑛（2首）[②]。主题都是描绘了春草池、绿波亭的美好景色和醉歌狂饮的乐趣。

雪巢，达兼善篆书，顾瑛题联："花雨空青迷鹤梦，窗含虚白失鸥群。”雪巢的命名含义是："无华靡之习，炎赫之势。盖盛而能贫，腴而能清者也……居其清，于主与客，山人接物之洁也。”[③]雪巢代表着顾瑛的清，富却能守贫，以雪之洁来规范自己言行。同题集咏者：郑元祐、陈基[④]。

君子亭，赵孟頫篆额，顾瑛题联。同题集咏者：张天英、李瓒、吴克恭、陈聚、郯韶、释良琦、黄玠、秦约[⑤]。澹香亭，赵孟頫篆额，顾瑛题联："暖香春淡淡，夜色月溶溶。”同题集咏者：郭翼、卢昭、顾达、张暭、余善、文质、殷奎、张士坚[⑥]。秋华亭，鲜于枢篆额，顾瑛题联："凉月挂簷成夜色，秋华满树作天香。”同题集咏者：顾瑛、释良琦、于立[⑦]。

春晖楼，沈明远隶书，顾瑛题联："花下称觞介眉寿，帘前舞彩报春晖。”命名源于唐孟郊《游子吟》，以春晖命其楼："太平之士如仲瑛者，亦可谓乐其心不违其志矣。”[⑧]同题集咏者：于立、沈右、释

①《玉山名胜集》上册，中华书局，2008年，第293—297页。
②《玉山名胜集》上册，中华书局，2008年，第301—302页。
③ 杨维桢《雪巢记》，《玉山名胜集》上册，中华书局，2008年，第306页。
④《玉山名胜集》上册，中华书局，2008年，第306—307页。
⑤《玉山名胜集》上册，中华书局，2008年，第312—315页。
⑥《玉山名胜集》上册，中华书局，2008年，第317—320页。
⑦《玉山名胜集》上册，中华书局，2008年，第324—325页。
⑧ 陈基《春晖楼记》，《玉山名胜集》上册，中华书局，2008年，第328页。

良琦、郑元祐、陆仁①。

白云海,卢熊篆书,顾瑛题联:“无心依远岫,有意踏沧波。”此楼是顾瑛为了纪念母亲离世而建,“时时登楼,踯躅四顾,以为母之骨骸虽已归葬,若夫魂气在此乎?在彼乎?终天之痛何时而已乎?”②同题集咏者:文质、顾瑛(4首)、袁华、陆仁、瞿荣智、卢昭、卢熊。辞:顾瑛、郭翼③。

玉山草堂的雅集盛事被绘成图,表明元代绘画是与诗歌并行的一种非常重要的表现文人雅趣的方式,诗画结合在元代大盛,成为元代特有的文学方式,《玉山雅集图》就是其中一个例子。此图为淮海张渥用李龙眠白描体所作,图中所画主要人物有13人,头戴鹿皮帽子,身穿紫色袍子的是杨维桢,拿笛子侍立的丫鬟是翡翠屏,雄辩者为姚文奂,沉吟苦吟者是郯韶,从容而笑的是顾瑛,旁边侍立姬为天香秀,作画者为李立,指画者为张渥,美衣巾、束带而立者是顾元臣,手捧核桃者是小琼英。惟妙惟肖,形象逼真,活脱脱把雅集盛况描绘出来,人物姿态不一,反映了雅集现场的场景,“斯图一出,为一时名流所慕用也”④。

玉山雅集同题集咏者:王濡之、释良琦(3首)、倪瓒、李元珪、郭翼、杨维桢(5首)、姚文奂、刘肃、陆仁、李瓒、胡助、袁华、释照、张渥、陈基、释一愚、昂吉、曹睿、于立、顾瑛、沈明远、余善、黄玠、柯九思⑤。主题都是歌颂雅集胜事的盛大场面,张渥高超的画法,使诗人们笔下的玉山充满仙趣,歌颂雅集雅趣,诗风清丽。“俾当

①《玉山名胜集》上册,中华书局,2008年,第329—331页。

② 郑元祐《白云海记》,《玉山名胜集》上册,中华书局,2008年,第340页。

③《玉山名胜集》上册,中华书局,2008年,第341—348页。

④ 杨维桢《雅集志》,《玉山名胜集》上册,中华书局,2008年,第47页。

⑤《玉山名胜集》上册,中华书局,2008年,第50—62页。

时预是会者既足以示其不忘，而后之览是图与是诗者，又能使人心畅神驰，如在当时会中。展玩之余，因赋诗以记其后云"①。西夏人昂吉说图画存雅集故实，具有存史的意义，使得后人如身临雅集之中。

总之，将自己的情趣寄托于园林之中是元末士大夫的修心养性方式，诗是雅集的生命，雅集是园林的生命，雅集中的同题集咏是唱和的形式之一，参与同题集咏的诗人基本固定，同属于一个交际圈，共同的思想基础、文化修养容易发生同题集咏。玉山草堂里发生的同题集咏次数也非常多，不亚于分韵赋诗，同题集咏与分韵赋诗、联句一道构筑起玉山雅集的精神食粮。

同题集咏的功能是分韵赋诗不能代替的，同题集咏多集中在玉山主人的建筑物上，体现了对主人的敬意，有着一种社会交际功能，属于礼尚往来的一部分。顾瑛为自己的每一处建筑题了对联，请人题书法匾额，请人作记，与会雅集者同题为亭台楼阁赋诗。主题大同小异，基本为两方面内容：一是赞美顾瑛隐居的志向，二是描写玉山佳处的胜景，不过战乱期间的主题略有不同。

玉山雅集同题集咏是元末玉山文人雅士生命存在的方式之一，是诗酒人生的一部分。逃避于玉山佳处，享受人生小天地，同题集咏与分韵赋诗成为他们游戏人生的方式。玉山雅集中的同题集咏成为赞美顾瑛园林建筑精美、抒发主人情志意趣的重要方式。同题集咏中见不到"诗言志""思无邪"的礼教，有的是一种高雅的逸趣、追求人格理想的逸趣。同题集咏中歌颂"隐居"的快乐，追求"天人合一"的境界，回归自然，追求心灵的快乐。雅集中的同题集咏不同于咏史、咏事、咏物、咏行同题集咏，他们都关乎"道"，

①《玉山名胜集》上册，中华书局，2008 年，第 58 页。

要“言志”。而玉山雅集不需要承载“道”的重任,一任于情,高扬理想,回归本性。雅集的同题集咏充满着精神意趣,解放了人的本性,获得了心灵的自由。

玉山草堂及外集同题集咏表

名称	参与人数	名称	参与人数
《玉山草堂》	32人	《玉山佳处》	8人
《钓月轩》	14人	《芝云堂》	12人
《可诗斋》	7人	《读书舍》	6人
《种玉亭》	4人	《小蓬莱》	8人
《碧梧翠竹堂》	20人	《湖光山色楼》	17人
《浣花馆》	7人	《柳塘春》	14人
《渔庄》	16人	《渔庄欸乃》	10人
《金粟影》	11人	《天香词》	6人
《书画舫》	4人	《听雪斋》	2人
《秋日海棠花开》	4人	《绿波亭》	12人
《君子亭》	8人	《春晖楼》	5人
《雪巢》	2人	《白云海》	9人
《玉山雅集图》	24人	《澹香亭》	8人
《来龟轩》	5人	《寒翠所》	7人
《君子亭》	8人	《龙门》	3人
《莲池》	2人	《过姑苏台》	3人
《游西湖》	5人	《观音岩》	4人
《横塘寺》	4人	《新郭》	4人
《石湖》	4人	《拜杞菊先生墓》	4人
《上方》	4人	《盘松》	3人
《书昂上人房壁》	3人	《放鹤亭》	2人

续表

名称	参与人数	名称	参与人数
《寒泉》	2人	《飞龙阁》	2人
《洗马池》	3人	《石屋》	3人
《楞伽古桂》	3人	《谢玉山见过》	5人
《观音山》	3人	《西湖梅约》	5人
《金粟冢中秋燕集诗画卷》	7人	《复赋水西清兴》	18人
《水西清兴》	5人		

第三节　玉山草堂外集的同题集咏

元末雅集成风，文人士大夫对雅集津津乐道，随时随地都可以举办雅集，不论战乱多么频繁，交通多么险阻，文士们想尽一切办法举行雅集。不能聚到一起，就用同题集咏的方式异地举办，元人对雅集的爱好达到较高的程度。元末雅集成风是时代的使然，“文章与世运同为盛衰，或百年，或数十年辄一见”①。玉山主人顾瑛仍是玉山草堂外集的主持人，只不过雅集地点不再是玉山草堂以外了，地点虽然变化，但是玉山雅集形式没变。

一、水西清兴同题集咏

水西清兴的缘起是至正十八年（1358）八月，玉山主人顾瑛造访松溪，栖息水西寺，湖州太守谢节因顾瑛远道而来非常高兴，赋诗一首表示对顾瑛的欢迎，“道人既至，侯喜而赋一律以美其来

① 贡师泰《黄学士文集序》，《全元文》第45册，凤凰出版社，2004年，第169页。

会，龙门遂装册，标其签曰《水西清兴》，凡高僧逸士，咸为留题于左"[①]。一时间几位僧人亦同题赋诗以示对顾瑛的欢迎，并将这次水西清兴雅集绘成图，顾瑛用图画向文人征诗。

《水西清兴》同题集咏者：许规、自恢、谢节、元鼎、遂初[②]。

"一日，寄示《水西清兴图》，且索赋诗于上。"[③]顾瑛拿《水西清兴图》向谢节征诗，因顾瑛远道而来，且对顾瑛尚义轻财、不贪图名利表示敬重，谢节参与了此次征诗活动。"余喜仲瑛之不趋名，不苟利，俨有出尘之思"[④]。顾瑛用同样的方式向释遂初征诗，释遂初不善画，勉强同意参与征诗，"遂初非能画者，玉山强予作此，复赋是诗云"[⑤]。

借景抒情中都表达了对顾瑛到访的高兴心情，主题一致，表达了愿意陪同顾瑛的愿望，如谢节"净扫水西林下石，公余容我数追陪"、许规"若许白云分半席，也谈清事重追陪"、释自恢"却忆葛川明月夜，梅华亦笑此心同"、释遂初"聊同一日乐，何须百世名"。同题集咏的诗人们思想相通，对顾瑛表现出好感，愿意陪他游玩谈心，而玉山主人顾瑛好客、仗义轻财的行为打动了他们，他们彼此之间共同的基础就是不看重名利、追求心灵的自由。这是一次玉山草堂之外特殊的雅集活动。

不久，借助《水西清兴图》再次征集题诗，于是就出现了《复赋水西清兴》的同题集咏。参与同题集咏者以僧人为多，因为活动的地点在水西寺，两次同题集咏的契合点是因为顾瑛的远道来访，是

① 释自恢《水西清兴序》，《玉山名胜集》下册，中华书局，2008 年，第 711 页。
②《玉山名胜集》下册，中华书局，2008 年，第 711—712 页。
③《玉山名胜集》下册，中华书局，2008 年，第 711 页。
④ 谢节《水西清兴序》，《玉山名胜集》，中华书局，2008 年，第 711 页。
⑤《玉山名胜集》下册，中华书局，2008 年，第 712 页。

应谢节的邀请而来，顾瑛建玉山草堂举办雅集，为广大文士提供衣食，在东南文人群体心中地位很高。顾瑛交际广泛，轻财尚义赢得了圈内人士的赞赏。两次同题集咏实际上都是玉山雅集的延续，只不过地点换为水西寺而已，顾瑛仍是玉山雅集的主人。

《复赋水西清兴》同题集咏：遂初、元昫、良琦、元震、普慈、道彬、林龙、惠畴、黄傅、谢应芳、项彬、祖颙、希颜、起宗、周载、郑基、赵涣[①]。

同题集咏追求的仍然是一种文人的逸趣，歌颂的仍然是隐居的快乐、精神的自由。题咏者基本都是方外人士，相同的情趣和人生追求自然容易产生共鸣，同题集咏的发生也就变得顺理成章。"吴淞江水一水楼，诗画前身顾虎头"，证明这次同题集咏是就图画征诗，释元昫描绘了《水西清兴图》画面的景色，点出了玉山主人归隐的意向，"江明白鸟吟边没，秋染青山画里看。习静每闻留野寺，逃禅今以弃儒冠。鲈鱼政美休归去，思共烟波觅钓竿"[②]"自怜汩没沧江表，欲买扁舟往问津。""葛巾野服兴悠悠"都表达了归隐的乐趣。同题集咏中多次提到陶谢等魏晋人物，归隐意象很明显。同题集咏围绕顾瑛展开，体现出的是对生命不朽的追求。

《水西清兴图》产生的背景是在张士诚入吴后的至正十八年（1358）。当时玉山雅集的举办已经非常艰难，道路阻隔，人员很难聚齐，而且玉山草堂在至正十六年（1356）正月遭到数百持戈军士的抢劫，被严重破坏，已失去了昔日的热闹，雅集活动渐渐停歇，次数、规模伴随战事频繁越来越少，玉山宾客的心情变得悲哀焦虑起来。玉山宾客们由于无法在同一时空下作诗唱和，于是活动地点

①《玉山名胜集》下册，中华书局，2008 年，第 712—715 页。
②《玉山名胜集》下册，中华书局，2008 年，第 712 页。

发生转变,由原来的顾瑛在玉山等待宾客到来,改为主持人顾瑛主动外出,到宾客较多的地方去继续举办雅集。

二、西湖梅约同题集咏

西湖梅约同题集咏是玉山雅集因战乱而停止举办以后,在西湖的一次雅集活动,可以视作玉山雅集的延续。此次同题集咏没有僧人参加,战乱的频繁增添了雅集文人的沉重感,内心苦楚,这次同题集咏是至正十九年(1359)十二月杭州太守谢节邀请故旧玉山主人顾瑛来西湖观梅而发生的雅集活动。梅花虽然美丽,但是同题集咏的诗人们再也没有往日玉山草堂时期的欢乐氛围,心情大不一样。哀伤的情绪充满心中,同题集咏中也充满了伤感的情绪,没有心情享受相聚的欢乐,很多昔日玉山佳处的朋友也因战争失去了音讯,思念和担忧萦绕心头。同题集咏之后,顾瑛就因心情不佳而告别,谢节送顾瑛到浙江亭,同题集咏而别,并代问山居、铁崖二位音讯:“予邀玉山隐君西湖观梅,适烽火卒至,有败清兴,因而玉山告归,遂饯浙江亭,赋此为别。就问山居、铁崖二太史讯云。”[①] 谢节说清了同题集咏的原因,战争的频繁阻碍了朋友的聚会,大家怀着沉重的心情进行了西湖梅约同题集咏。

“雪坡太守饯别浙江亭,同集者蔡君行简、钟侯声远、孙君用和、赋此奉谢。”[②] 这里顾瑛用了“同集”一词,这是同题集咏的简称,元人明确表示同题集咏的集咏方式存在,此表述符合元代文人唱和的客观事实,也点明了同题集咏是彼此之间礼尚往来的交际工具,是同题集咏社会功能的体现。

---

① 谢节《西湖梅约序》,《玉山名胜集》下册,中华书局,2008 年,第 702 页。
② 顾瑛《西湖梅约序》,《玉山名胜集》下册,中华书局,2008 年,第 702 页。

谢节与顾瑛交往是很深厚的，他多次邀请顾瑛来相见，文人雅士不管环境多么恶劣，都不废诗酒之乐，这就是文人的逸趣。他们的友谊是建立在志同道合的基础上的，属于君子之交。“兼审谈笑之余，不废诗酒之乐，复有远惠，领略厚意，深慰所怀。间者仆在吴江、嘉兴时，重沐倾心，不意遽尔东西，各天一涯，虽欲话旧而不可得。剪烛听雨，徒廑仰慕。然先生雄才硕德，甘心隐遁，发于诗歌。”[①]顾瑛的德与才是谢节敬重的原因，这再一次说明战乱之中朋友天各一方，相聚已经变成奢望，但是彼此之间的友谊仍然存在心中，所以他们尽量想办法聚会，继续举办雅集，以不废诗酒之乐。可以说同题集咏是延续玉山雅集活动的主要方式，是延续文人生命的重要方式，借助同题集咏以达到其诗酒之乐的目的。

《西湖梅约》集咏者：谢节（2 首）、夏思志、唐志大、张昱、顾瑛、鲁渊、姚文奂、吴毅、谢应芳[②]。

艰时送客不忍别，雨雪沾衣当奈何。
万里关河劳远梦，半生杯酒且高歌。
黄尘澒洞文书集，白日纵横豺虎多。
寄语三杨才太史，梅花开处肯相过。

——谢节

西湖山水天下无，中有隐者来与俱。
白日放歌鸥鸟外，青云无定利名途。
梅花小阁香凝寝，竹叶清尊新脍鲈。

① 谢节《西湖梅约序》，《玉山名胜集》下册，中华书局，2008 年，第 701 页。
②《玉山名胜集》下册，中华书局，2008 年，第 702—704 页。

犹记当年行乐处，断烟衰草吊林逋。

——谢节

拄杖过头野服新，眼中曾记海扬尘。
已知莲社犹为晋，何必桃源可避秦。
节义甚闻敦薄俗，文章直欲配前人。
梅花开遍西湖上，好着陶家漉酒巾。

——张昱

浙江亭子大江隈，在昔吴王射弩台。
潮随白马一线至，山分峨眉八字开。
刺史张筵杯眎海，元戎起柁鼓喧雷。
此行独负梅花约，稍待雪晴当再来。

——顾瑛①

同题集咏中带有现实的感慨，是对战乱中特有感受的表达，仍不忘歌颂归隐之乐。张昱“梅花开遍西湖上，好着陶家漉酒巾”借此以维护志向、修养人格。送别诗中表达了对顾瑛依依不舍的心情，既然是雅集文士，连分别都要饮酒高歌，表达了旷达的气概。谢节“白日纵横豺虎多”指出战乱的频繁，各方势力的较量白热化，都虎视眈眈觊觎皇帝的宝座。最后代问杨维桢的音讯，反映分别的艰难与战乱中文人特有的复杂心理。张昱鼓励顾瑛到外地举办雅集，“已知莲社犹为晋，何必桃源可避秦”，虽然不再有往日的欢快景象，但顾瑛回敬各位诗人的盛情，“此行独负梅花约，稍待雪

① 以上诗均引自《玉山名胜集》下册，中华书局，2008年，第702—703页。

晴当再来”,给他们以美好的期盼,“雪晴”一词表达了盼望战乱尽快结束、期盼恢复社会秩序的愿望。

悲叹中发生的同题集咏具有不同寻常的意义。西湖的梅花在同题集咏中屡次出现,代表了一种特殊的心情,美好的梅花因为战争,友人无暇欣赏,染上了感伤的情绪,“一切景语皆情语也”。但是梅花仍是高洁隐士的象征,“梅花开遍西湖上,好着陶家漉酒巾”。美丽的西湖、美丽的梅花一定会有欣赏的那一天,这是顾瑛的愿望,盼望战乱尽快结束、过安定和平生活的愿望。谢节是西湖梅约同题集咏的主持人。

这是一次小规模的雅集活动。随着战乱的频繁,雅集活动方式发生着变化,规模越来越小,但仍在艰难地维持着,这体现出文人视雅集为生命的方式,以及对雅集活动的依赖心理。

《水西清兴》和《复赋水西清兴》《西湖梅约》就是顾瑛应谢节邀请在玉山雅集的常客释良琦的水西寺举行的三次同题集咏,可以说这是玉山文人应对时局变化而对唱和方式做出的调整,也是玉山雅集的延续,没有采用分韵赋诗,仍采用同题集咏。同题集咏是玉山雅集常用的方式之一,不同的时局中仍然采用同题集咏,是战乱中文人生命存在的方式,由此可知同题集咏在雅集中有着丰富的诗学意义。

第四节　续兰亭会同题集咏

元末雅集盛行,是一种时代风气,与民间存有大量隐士有直接关系,也与元代诗人艺术修养全面提高密切相关。雅集往往采用同题集咏的形式,有同时同地举办的雅集,也有异地异时举办的雅集。同题集咏的形式更加灵活,可以打破时空的限制,一样可以使群体共鸣。元末战乱的环境，战火纷飞中道路阻隔，举办雅集已经非常困难，同题集咏突破了这种时空限制，同一幅画可以穿越时空传到另外一地进行同题集咏，如破窗风雨图、听雨楼图等大型的诗画同题集咏，同题集咏在元末联系着异地文人的情感，实际上起到了雅集的作用。同题集咏可以看作雅集的延伸部分，是特殊的雅集活动。追慕雅集盛世是元末文人的普遍心态，续兰亭会就是一个典型的例子。

至正二十年（1360），元末文人刘仁本出于对兰亭文化的热爱，几经准备，终于在浙江余姚举办了纪念王羲之兰亭会的大型雅集活动。距离兰亭会已经有1008年之久，刘仁本特意在当地龙泉建造“雩咏亭”，三月三日在秘图湖举办了曲水流觞的“续兰亭会”雅集活动。

刘仁本，字德玄，号羽庭，天台人，“元末进士，官江浙行省左右司郎中，佐方谷真谋议”①，至正十四年（1354），为方国珍统幕僚，辅助方国珍创立基业，受命在庆元、定海、奉化兴儒学，修上虞石塘，建路桥石桥，办黄岩文献书院等，颇得当地文士拥护。“至正庚子，仁本治师会稽之余姚州，作‘雩咏亭’于龙泉左麓，仿佛兰亭景物。集名士赵俶、谢理、朱石、天台僧白云以下四十二人，修禊赋诗。仁本自为之叙。当方氏盛时，招延士大夫折节好文，与中吴张氏争胜，文人遗老皆往依焉。故一时风雅之盛如此”②。

晋永和九年（353）举办的兰亭会，对后代雅集活动产生了深远的影响，这是王羲之自己也意想不到的，兰亭会的精神被历代文会继承，兰亭会体现出宇宙意识、历史意识、生命意识，痛感历史永

① 陈衍《元诗纪事》，上海古籍出版社，1987年，第679页。

② 钱熙彦编次《元诗选补遗》，中华书局，2002年，第643页。

恒，生命无痕。诗人对人生宇宙的探索、对生命的思考，对后世影响都很大。兰亭会举办模式和雅集精神成为我国古代雅集效仿的楷模。最早的雅集活动应该滥觞于孔子与其弟子，于春天在沂水中沐浴、嬉戏，身心放松于春光中，对兰亭会多有启发。刘仁本说：“昔曾点游圣门，胸次直与天地万物上下同流，故其言志，以暮春春服既成，童冠浴沂，舞雩咏归，有圣人气象，仲尼与之。垂八百年，而有晋之风流，盖本诸此，自是而莫继焉。”①

而王羲之的兰亭会开创了文人雅集活动的模式，集咏赋诗的形式对后世影响很大，在规定时间内赋诗，做不出来就罚酒，这种方式多为后世雅集所继承。玉山雅集中多有文人诗才竞技，玉山雅集的源头还是兰亭会。兰亭会采用的是同题集咏的形式，虽然没有规定题目，但是主题是一致的，在春光中歌咏生命、思考人生与大自然的关系，这是最早的同题集咏的雏形。经过唐宋的发展，同题集咏逐渐走向规范化、成熟化，月泉吟社就是同题集咏的顶峰，规定题目，开展诗歌竞技比赛。月泉吟社的源头也来自兰亭会。宋元祐年间，文坛领袖苏轼与黄庭坚等 16 人的西园雅集，形式、主题都受到兰亭会的影响。

兰亭诗文再现了士族阶层的生活状态和审美追求，两晋士族多沉溺于玄学世界，体现出浓重的玄学思想，兰亭会是一次士族的聚会，山水成为消解内心郁结的良药。会稽士族更加看重精神上的愉悦。山水之乐，已经不属于个人，而是整个社会上层人物中一种普遍的精神享受。

兰亭会举办的天气是“天朗气清，惠风和畅”②。而续兰亭会举

---

① 刘仁本《续兰亭会》，《全元文》第 60 册，凤凰出版社，2004 年，第 319 页。

② 叶盛《水东日记》，中华书局，1980 年，第 322 页。

办的天气是"天气清淑,东风扇和,日景明丽,实三月初吉也"①,兰亭会参与的人数是"一十一人诗两篇成,一十五人诗一篇成,一十六人诗不成,各罚酒三觥"②。兰亭会有42人参与,而续兰亭会举办的人数"合瓯越来会之士,或以官为居,或以兵而戍,与夫避地而侨,暨游方之外者,若枢密都事谢理、元帅方永、邹阳朱右、天台僧白云以下得四十二人,同修禊事焉"③。

元代末年出现的续兰亭会是对兰亭会的有意模仿,继承了当年兰亭会的人格精神、情操趣味。无论是形式还是内容,连举办的规模、时间、人数都与兰亭会保持一致,"着单袷之衣,浮羽觞于曲水,或饮或酢,或咏或歌,徜徉容与,咸适性情之正,而无舍己为人之意。仍按图取晋人所咏诗,率两篇。若阙一而不足者,若二篇皆不就者,第各占其次补之,总若干首,目曰续兰亭会"④。续兰亭会继承了兰亭会"流觞曲水""畅叙幽情"的主题模式,名字的叫法更直观,更重要的是续兰亭会把兰亭会没有做出诗的16人的诗全给补上了。

兰亭集诗二首

王羲之

代谢鳞次,忽焉以周。
欣此暮春,和气载柔。
咏彼舞雩,异世同流。
乃携齐契,散怀一丘。

---

① 刘仁本《续兰亭会》,《全元文》第60册,凤凰出版社,2004年,第319页。
② 叶盛《水东日记》,中华书局,1980年,第323页。
③ 刘仁本《续兰亭会》,《全元文》第60册,凤凰出版社,2004年,第319页。
④ 刘仁本《续兰亭会》,《全元文》第60册,凤凰出版社,2004年,第320页。

仰视碧天际，俯瞰渌水滨。
寥阒无涯观，寓目埋自陈。
大矣造化工，万殊莫不均。
群籁虽参差，适我无非新。①

续兰亭会补府曹劳夷诗二首（其二）

诸　纲

丛木翳林薄，构亭俯涧滨。
旭日散晴彩，光风媚芳春。
临流转轻觞，于以乐嘉宾。
咏歌意自适，酣畅趣益真。
兹游敦所尚，庶足酬令辰。②

从以上诗歌可以看出两者诗风的高度相似性，追求人生逸趣，在春光中感怀人生，饮酒赋诗以求真趣，主题一致。续兰亭会是对兰亭会的有意模仿，本身就说明了兰亭会的巨大吸引力，但是续兰亭会的影响力远远不能和兰亭会相媲美。兰亭会是具有开创性意义的雅集，“仰观宇宙之大，俯察品类之盛，所以游目骋怀”③，主题精神是具有历史意义的。续兰亭会只是模仿而已，形式上相似，任何事物都贵在创新，参加人员不能和兰亭会媲美，元末续兰亭会参加人员 42 人，是元末战乱中来自瓯越的避难文士，不乏知名诗人，续兰亭会人员身份参差不齐，不属于同一层面的集团。而兰亭

① 叶盛《水东日记》，中华书局，1980 年，第 323 页。
② 陈衍《元诗纪事》，上海古籍出版社，1987 年，第 681 页。
③ 叶盛《水东日记》，中华书局，1980 年，第 322 页。

会是以王羲之为主导的东晋士族的精英，都是政治的积极参与者。兰亭会人员既是诗人，也是玄学家，是政治精英，故这次雅集具有多重属性，兰亭诗文再现了士族阶层的生活状态和审美追求。对文学界、艺术界、史学界都具有重要的影响。而续兰亭会参加者不具备这样的特征，本身都不是玄学家，也不是对自己人生价值的追求，只是模仿而已，士人身份决定了品位和价值取向，所以续兰亭会和兰亭会本质上有着根本的不同。

续兰亭会能够发起的原因，首先有一个热爱雅集活动的主持人刘仁本，这个条件至关重要，刘仁本同玉山雅集顾瑛这位主持人一样功不可没，雅集活动不能少了组织者。其次，刘仁本爱好玄学，字中带有一个玄字。兰亭会里诗歌中弥漫着浓厚的玄学味道，这一点是刘仁本向往兰亭会的根本原因。刘仁本字德玄，"刘德玄者，颀然而清黝。然而玄飘然有遗世之念……文之玄果若是否乎，玄之理在其身，有非他人之测识者，或谓扬子云，行有所不逮，然其文又非后进所能拟，是则所著太玄经果玄乎？果非玄乎？德玄果知之乎？余岂得而议之，今辑所为文号曰亦玄，孰曰不可，不然后世有刘德玄者必好之矣"①。举办雅集要具备天时、地利、人和，要有一定数量的文士，要具备一定的物质基础，还要有一个好的主持人和相近思想意识的文人群体。

刘仁本在与兰亭会举办地山阴相邻的余姚，建造了雩咏亭来举办曲水流觞的续兰亭会，这是物质基础。此时正是元末战乱，绍兴偏安东南，不论是至正十九年（1359）元军战胜明军后，还是至正二十六年（1366）绍兴被明军占领，都相对安定，吸引了很多其

① 宋无逸《羽庭集序》，《文渊阁四库全书》第1216册，商务印书馆，1986年，第2页。

他地方的文人来此避难,客观上具备了地利条件,一定数量的文士是续兰亭会发生的必要条件。与会文士多与刘仁本有着密切的往来,如刘仁本与浙东名流迺贤、赵椒、谢理、朱右、贡师泰、危素、金元素、盛熙明等结交,这是人和的条件。

元末雅集比较活跃,隐士增多,文化环境宽松,文人艺术修养全面提高,文人入仕的不畅为雅集频次的增多提供了条件。元末出现了玉山雅集这样影响力很大的雅集,参加续兰亭会的文士,很多都参加过别的雅集,参与雅集的士人长期保持着密切联系,内部形成了一个相对稳定的群体,所以很容易组织,比如续兰亭会里的释福报曾多次参加玉山雅集活动。

续兰亭会雅集是顺理成章地产生的,是元末雅集环境的自然结果。元末的战乱,造成文人四处逃难,身心受到一定程度的创伤,所以在绍兴这个战乱中的飞地,临时举办雅集活动,对于饱受战火摧残的文士来说,实属不易,借雩咏亭可以暂时放松一下焦虑的心情。补齐兰亭会 16 首未完成的诗,本身就是一种贡献,续兰亭会继承兰亭会对自然物理的体悟、感喟,注重人与自然和谐的精神内涵,借此会发扬光大,其中 31 人当场赋诗,11 人未能成篇,这一点与兰亭会类似,都有未完成诗篇者,且为数不少。更可惜的是续兰亭会诗集没有被完整保存下来,仅存诗 12 首。“左司结‘续兰亭会’,与者四十二人,今名氏未能悉考,诗仅存者,左司而外,都事谢理补晋侍郎谢瑰,乡贡进士赵俶补参军孔盛,萧山主簿朱右补余杭令谢滕,帅府都事王霖补王献之,萧山教谕诸絅补府曹劳夷,平江儒学正徐昭文补府主簿后綦,秘图隐者郑彝补山阴令虞国,嘉兴路经历张溥补镇国大将军掾卞迪,天台僧自悦补任城吕系,四明僧如皋补任城令吕本,东山僧福报补彭城曹諲。诗皆醇雅,绝类晋人。特事在至正庚子,后九年始建元洪武,诸君惟俶及右仕明,故其诗不悉录”①。

续兰亭会实质是一次战乱中的文人雅集，是元末雅集风气的结果。元末文人具备条件就会群集，这是一次时代风气的使然。续兰亭会同题集咏中并没有出现与战乱恢复相关的诗句，续兰亭会雅集无关政治。同题集咏中极力模仿兰亭会的主题风格，刘仁本在战乱中挤出时间兴学校、倡礼教，广泛结交当地名人，时而出入寺庙，拜访诗僧，还与山林野老结交，所以他主持雅集也不一定都要关乎政治，是个人兴趣的一部分。

续兰亭会补参军刘密诗

刘仁本

阳春沐膏泽，草木生微暄。
灵图发幽祕，感此禹迹存。
衣冠继芳集，临流引清樽。
性情聊自适，理乱复奚言。

续兰亭会补侍郎谢瑰诗二首(其二)

谢　理

东温散晴旭，灌水浮嘉阴。
良辰事修禊，我友欣盍簪。
方池注清流，可以濯烦襟。
一觞复一咏，畅情忘古今。

① 朱彝尊《静志居诗话》，人民文学出版社，1990年，第772页。

续兰亭会补王献之诗二首(其二)

王　霖

华发宴余春,微风宿云散。
兰皋野气芳,桐冈日初旦。
群贤集崇丘,临流水光涣。
酌酒清湍曲,俯泉慨长叹。

续兰亭会补镇国大将军掾卞迪诗二首(其二)

张　溥

兹辰暮春初,散策临泉石。
云渠引微波,浮觞薄前席。
伊人既已去,古今同一适。
睠兹修禊地,遥岑淡空碧。

续兰亭会补山阴令虞国诗二首(其二)

郑　彝

夙驾税幽麓,泛醴循流澜。
芳蕤被岩濑,葩萼耀林端。
靡靡时运近,期焉抚屼巑。
主欣远宾集,陶然有余欢。

续兰亭会补府主簿后绵诗二首(其二)

徐昭文

兹辰天气佳,驾言写我忧。
衣冠盛良会,祓禊俯长流。
川容淡疏雨,树色翳崇丘。

清风接千载，复此逍遥游。[1]

以上续兰亭会诗主题一致，都是描写春光的美好，草木葱茏，芳流清澈，白云飘荡，天气清朗下的衣冠盛世，感怀人生，俯仰宇宙，思考生命的意义。这些诗玄学味道浓厚，都是发乎性情的，体现出对兰亭会的摹仿，与会诸人沉浸于诗酒相尚的闲情雅趣中。同题集咏中看不到元末战乱的影子和民生的苦难，没有涉及致力于国家秩序恢复，不关乎政治，所以客观地说续兰亭会主旨就是对兰亭会的效仿，也是在春日微和中感悟人生，发言玄远，其风格和兰亭会诗差不多。

续兰亭会同题集咏是元末战乱中最大规模的同题集咏，其意义就在于延续兰亭会的雅集模式，对于雅集的发展起到了传承作用。重要的是继承了兰亭会的精神内涵和文化品格，精神的传承远远超越形式的模仿，这也是续兰亭会同题集咏的重要价值所在。

“衣冠毕集，羽觞流波，殽羞惟旅，谈笑有客，追王、谢之风流，想浴沂之咏叹，充然若有得也。遂取前人诗，考其阙，四言者十有二阙，五言者三，而全不就者十有六，偕坐客次第补之，刻诸坚石。吁！顾兹多艰，所遭若彼，所适若此，何其默契，有如是耶。”[2] 这种完善兰亭会诗的想法是值得肯定的，追踪兰亭之遗风的精神内涵是弘扬人文精神的体现，彼此之间也达到了默契，同题集咏的意义不言而喻。

总之，整个元代文人雅集活动频繁，在元初就出现了雪堂雅集

---

① 陈衍《元诗纪事》，中华书局，1987 年，第 679—682 页。

② 朱右《上巳燕集补兰亭会诗序》，《全元文》第 50 册，凤凰出版社，2004 年，第 549 页。

这样的雅集活动，尤其是元末雅集更加活跃，频频发生，与元末文人审美趣味和艺术修养的全面提高有一定的关系，与元末文化环境宽松、言论自由有着密切的关系，科举入仕的不畅，导致隐士的增多，一定程度上促成了雅集的诞生。比如玉山雅集的主人顾瑛就是一生不仕的隐者，参加玉山雅集活动的文士基本都是山林之人，或仕途不顺退隐的文士。方外人士很多，如张雨、释良琦、释元璞等。

元代雅集有个显著的特点就是僧人的大量参与，元初雪堂雅集活动地点就是雪堂和尚的禅室。元末僧人、道士参与雅集更是频繁。元末的僧人是僧人加诗人的身份，很多僧人有诗才，僧人和山林诗人交往密切，与馆阁文臣交往也很密切。元代诗僧活跃，积极参与各种雅集、集会，同题集咏中屡屡见到僧人身影，以隐者的身份出入民间雅集活动更加方便。

雅集、集会同题集咏的大量出现，首先是元初月泉吟社等诗社同题集咏影响的结果，其次是整个元代的时代风气的使然，是元代诗歌“宗唐复古”的必然结果，更是因为雅集、集会的需要。最主要原因是元代文人较之前代审美情趣的大幅度提高，大量的诗人具备多种艺术才能，既会写诗，又会书法，还精通绘画，一时间文人尚雅、主情的风气弥漫起来，促使雅集的大量出现，雅集促进了同题集咏在元代的繁荣，在文学史上有着重要的意义。

第八章　元代题画诗同题集咏

题画诗是元代诗歌一个重要组成部分,题画诗成为诗歌的一个重要门类从元代开始凸显出来,这种诗画结合的艺术走进元代文学,并对元代文学史产生了深远的影响。元代题画诗的繁荣源于元代绘画的兴盛,元代绘画的成熟是中国宋代绘画发展脉络的自然演化过程,与元代社会政治形势也有着密切的关系。

题画诗有广义、狭义之分。狭义的题画诗,指直接题在画上的诗。广义题画诗既包括在画面题诗,也包括不写在画面上的诗。元代题画诗多是直接题在同一幅画上,从而形成了元代特有的文人群咏唱和方式——题画同题集咏。

研究元诗,题画诗作为一个重要类别是不可忽视的。历史上中国画和诗产生得都很早,但是两者并没有实现完美结合,需要一个长期发展过程来实现两者的结合。这与诗歌由四言到五言,然后发展到七言是一个道理,宋代是题画诗发展的重要阶段。宋代以前题画诗一直不是画面的组成部分,将题画诗放在卷尾或卷轴夹缝中。元代就是题画诗发展史上的成熟阶段,画成为文人表情达意的一种重要方式,其社会功能几乎等同于诗歌。元代的题画诗无处不在,其广泛性、运用的普遍性超过以往。

元代大量的题画诗都直接题在画面上,成为画面的重要组成部分,直接反应画面的意境,或描写画面,或议论画技,或寄寓自己的感受,或弘扬某种道德,用印与题画诗开始越来越重要。李泽厚曾列举唐宋元人画上题款的不同,"唐人题款常藏于石隙树根处,宋人开始了写字题诗,但一般不使之过份侵占画面,影响对画面——自然风景的欣赏。元人则大不同,画面上的题诗写字有时多达百字十数行,占据了很大画面,有意识地使它成为整个构图的重要组成部分"①。从而加重了绘画的文学趣味。

李泽厚说文人画正式确立是元代,"尽管后人总爱把它的源头追溯到苏轼、米芾等人,南宋大概也确有一些已经失传的不同于院体的文人画,但从历史整体情况和现存作品实际看,它作为一种体现时代精神的潮流出现在绘画艺术上,似仍应从元——并且是元四家算起"②。元代确实是文人画全面爆发并大肆盛行的时代,诗画结合的形式在元代成为一种潮流,来势汹汹,势不可挡。大量题画诗首次出现在元朝,大量文人参与绘画题诗,以表达自己的艺术情趣。元代产生了大量的题画同题集咏,这是元人的一大创举,是历史性的,是元人审美趣味提高的表现。

苏轼是文人画运动的倡导者、开创者和引领者,但元代是我国第一次文人画大盛的时代。何谓文人画?文人画从理念上看,旨在表现画家的人格和体现道的精神,文学趣味异常突出,形似和神似、写实和诗意融合统一,矛盾双方处在和谐的状态之中,形和神、对象与主观的矛盾继续发展,极力强调主观的意兴心绪,讲求气韵生动,强调笔墨的运用,在画面上题诗,以诗文配合画面,相互补充和结合。"文人画,乃是融合了民族传统文化的精华——哲学、诗歌、书法和金石之独特高等艺术,是民族精英文化的集中体现,

① 李泽厚《美的历程》,三联书店,2009 年,第 185 页。

② 李泽厚《美的历程》,三联书店,2009 年,第 183 页。

是最具东方文化和民族传统文化艺术特色的高尚艺术”①。文人画的盛行，导致元人审美趣味的提高，具备诗书画素养的文人大大增加，画面上题诗，导致题画诗同题集咏的爆发性出现。

第一节 元人艺术观与题画同题集咏

元代是文人画繁荣的时代，大量的文人参与绘画创作，使得元代绘画面貌焕然一新，绘画的水平也有了极大的提高，画充满着文人气息和文化品位，清除了匠气，在元人看来这是一种进步的表现。元代绘画作品彰显出强烈的主体性色彩。元代绘画的繁荣既是宋代画坛流变的结果，也是元代诗文、书法、绘画等艺术领域“复古”的结果。元代文人艺术素养全面提高，融诗人、画家、书法家于一体的文人比比皆是，或画为诗掩，或诗为画掩，或诗为书掩，或画为书掩。如赵孟頫，“画山水、竹石、人马、花鸟，悉造其微，尤善书，为国朝第一。篆法《石鼓》《诅楚》，隶法梁、钟，草法羲、献，或得其片文遗帖，亦夸以为荣，然公之才名颇为书画所掩，人知其书画而不知其文章”②。

题画诗在唐代王维、杜甫时代就开始了，杜甫在诗题中明确写明“题画”的字样。到了五代、宋继续发展，巨然也有题画诗创作，他是五代南唐著名画家，也是个僧人，善画山水，是董源的后继，“善画山水，深得佳趣，遂知名于时。每下笔，乃如文人才士，就题赋咏”③。

① 苏东天《论文人画》前言，西藏人民出版社，2017年。
② 陶宗仪《书史会要》，上海书店出版社，1984年，第305页。
③ 陈高华《宋辽金画家史料》，文物出版社，1984年，第196页。

陈容，号所翁，福唐人，南宋画家。画家为自己作品题跋，起于南宋，陈容就是开风气者之一，“每画成，辄自题跋，他人不可假也”①。陈容促进了诗画结合，他专门画龙，每画完，都会在画上题跋，“善画龙，得变化之意，泼墨成云，喷水成雾，醉余大叫，脱巾濡墨，信手涂抹，然后以笔成之，或全体，或一臂一首，隐约而不可名状者，曾不经意而得，皆神妙”②。

题画诗在宋代还是个别现象，并没有出现大规模的群体题画风气。只是到了元代题画诗才繁荣起来，群体同题一幅画的风气成为时尚，深刻影响到当时的画界和文学界，诗画深度结合是在元代才出现的新的文化现象，元人把自己高雅的审美情趣借助诗画结合的形式抒发出来，提高了诗的境界和画的文人气息，是元人一大特色。

一、元代画家主体艺术修养的全面提高

元人艺术的全面性，是打通诗、画、书界限，元人已经具备这种素养。“宋以前诗文书画，人各自名，即有兼长，不过一二。胜国则文士鲜不能诗，诗流靡不工书，且时旁及绘事，亦前代所无也。鲜于、赵、邓，诗为书掩；虞、杨、范、揭，书掩于诗。他如姚公茂父子、胡长孺、周景远、程文海、元复初、卢处道、袁伯长、欧阳元功、张仲举、傅与砺、陈众仲、王继学、薛宗海、黄晋卿、柳道传、柯敬仲、危太朴、贯云石、萨天锡、贡泰父、杜原功、倪元镇、余廷心、泰兼善、皆以书知名”③。

胡应麟在这里列举的元代书法家都是著名诗人，如萨都剌、贡

① 陈高华《宋辽金画家史料》，文物出版社，1984 年，第 769 页。

② 陈高华《宋辽金画家史料》，文物出版社，1984 年，第 768 页。

③ 胡应麟《诗薮》外编卷六，上海古籍出版社，1958 年，第 240 页。

师泰、倪瓒、余阙、泰不华、黄溍、柳贯、危素、欧阳玄、张翥、傅与砺、王士熙、陈旅、袁桷、元明善等，其中部分既是诗人也是画家还是书法家，如倪瓒、柯九思、赵孟頫、赵雍。艺术的全面性是题画同题集咏发生的前提条件，元代重要诗人几乎人人都有题画诗，艺术的全面性，使得他们诗书画相通，彼此之间切磋画艺，以达到提高艺术素养、互相交流的目的。

给朋友的画题诗是一种友谊的象征，也是实现彼此之间默契的方式，其中不乏少数民族诗人、画家、书法家，如泰不华、余阙、萨都剌、贯云石等。元代画家艺术素养的全面性比起宋代大大提高，胡应麟也指出了这一点，这就是元代题画同题集咏大量出现的原因。

题画诗同题集咏的大量出现是元代艺术群体修养全面提高的表现，元人具备多种艺术修养，更加注重绘画、书法与诗歌的相通之处。“元题画五言小诗，虞伯生《柯氏山水图》、揭曼硕《潇湘八景图》、丁鹤年《长江万里图》等篇，皆颇天趣”①。元代题画同题集咏大量出现也是不同艺术层次的士大夫在同一交际圈内多次互动的结果。

注重神似、轻形似，人文精神意蕴在绘画中渐渐增强，绘画渐渐向诗歌靠拢，注重气运，注重意趣精神，较画工更突出写意特色。精神思想在绘画中寄托，如赵孟頫、朱德润、高克恭、柯九思、王冕、杨维桢、黄公望、倪瓒、吴镇、王蒙等一大批文人画家，画家兼诗人的身份决定了元代绘画风格转向文学化，较之画匠更加突出了人文意趣，这是创作主体发生重大转变而造成的。创作主体的结构发生变化，从而决定了绘画风格的转变。

---

① 胡应麟《诗薮》外编卷六，上海古籍出版社，1958 年，第 239 页。

元代每一个画科都有画家擅长，吸引了大批文人同题集咏。

元代绘画发达程度远远超越前代，画家往往可以给自己的画题诗。倪瓒、钱选、王冕都为自己的画题诗，如钱选自题《梨花卷》、自题《邮亭一曲卷》、自题《三蔬图》、自题《山居图》、自题《秋江待渡图》等；倪瓒自题《江干秋树图》、自题《竹石霜柯图》、自题《迂溪阴山色图》、自题《南渚图》、自题《翠竹乔柯图》、自题《疏林亭子图》、自题《亭林晚岫图》、自题《山郭幽居图》、自题《南村隐居图》、自题《古木幽篁图》、自题《莲茎隐居图》、自题《古木竹石图》等。这样的画家兼诗人的素养，使得绘画转向了文学化，人物气息渐浓，绘画已经成为文人表情达意、寻求意趣的一种重要方式。画家身份的转变使得题画同题集咏的发生成为可能。

他们敏感的心灵与画交融，自然之气超越物象。画在元代成为文人间一种不可或缺的艺术形式，与诗文完美结合后，成为文人的精神寄托，人文精神的气质也蕴含其中。

二、题画同题集咏出现的原因是元人在诗歌上的独创，是区别于唐诗寄托情感的独特方式

同题材的好诗被唐宋诗人作尽，元人另辟蹊径在绘画的天地里寻找诗才，元人的雅趣在诗画结合的题画诗中得到体现，将前人创造出的一种诗画结合的题画诗发扬光大。题画诗在元代大为盛行，这种文学与绘画结合的艺术达到了高峰，极大地将绘画文学化了，将苏轼提倡的文人画具体化，从理论到实践都走向完善，绘画在元代成为文人寄托情感、表达意趣的重要手段。元人在题画诗里寻找精神寄托，展示自己的主体情志和才气，如同宋诗转向理性为主的诗风一样，“以议论为诗”是宋人理学思维的折射。正如明

人吴宽所说“宋人画以刻划胜,元人画以韵致胜”[①]指出了元画胜出宋画,原因就在于元画重“情趣”,而宋画缺少“神韵”。

元画重神韵,是元代艺术复古思潮的折射,与元诗的审美风格渐趋一致,明代李东阳说:“宋诗深,却去唐远;元诗浅,去唐却近。”[②]元诗主情,元画也主神韵情致,元代诗人在诗国里找不到可以与唐人媲美的诗才,于是把目光转向了题画诗,一时间题画成风,或为自己题画,或为别人题画。最引人瞩目的就是题画同题集咏,这是元人题画诗的突出特色。集体题一幅画,以展示元人才气,寻觅雅趣,这是元人艺术汇通的结果,对元诗史是一个巨大的贡献。题画同题集咏是建立在群体艺术互相切磋的基础上的,是反映元人集体审美价值的重要方式。

元代画家借助绘画表达人生理想,寄寓自己的种种感情,绘画中自有一种精神,自有一股内质,寄情于画。满纸胸臆,不入俗流,寄情于妙理,体现了文人画的气韵。翰墨淋漓,大手笔写意,设色山水,渲淡花鸟虫鱼,都体现着元人独特的文人气质与内心感受。

元人艺术修养的全面性,促使诗画结合,题画诗第一次在元代成为重要的题材,丰富了元诗的文化内涵,“胜国诸名胜留神绘事,故歌行绝句,凡为渲染作者,靡不精工”[③]。

元代诗人艺术素养的全面性促进了他们思想的雅化,内心追求一种更高妙的逸趣。心灵的感应、情趣的高雅成为元代中后期许多文人人格修养的重要组成部分,直接导致元末隐士群体尚雅、求趣的群体风气,促进了同题集咏高潮的出现。

---

① 吴宽《宋钱选岁朝图跋》,《秘殿珠林石渠宝笈汇编》第10册,北京出版社,2004年,第1523页。

② 李东阳《怀麓堂诗话》,《历代诗话续编》,中华书局,1983年,第1371页。

③ 胡应麟《诗薮》外编卷六,上海古籍出版社,1958年,第239页。

三、一定数量的画家兼诗人身份的出现，是元诗题画同题集咏大规模盛行的基础

“总元代以画名家而可考见者，凡四百二十余人之多”①。被《元代画家史料汇编》收录的元代知名画家就有 69 人，如赵孟頫、高克恭、李衎、柯九思、钱选、龚开、王冕、倪瓒、吴镇、黄公望、赵雍、管道升、朱德润、王振鹏、商琦等著名画家。可以说数量众多的画家兼诗人身份的艺术创作自然就会把诗画结合起来，融会贯通的艺术修养改变了一个时代的艺术风貌，集中体现在题画诗同题集咏的出现上。

《全元诗》收录题画诗总数 11875 首，不包括画赞②。题画可以是个人行为，在唐宋时期题画诗人极少，“两宋 300 年间，题画诗延续唐代已经成熟完善了的题画诗体继续前进。题画诗数量达千余首”③。元代题画诗数量激增，超越两宋竟有 11 倍之多！文人审美趣味的提高，引发题画同题集咏。

元代有 900 多次同题集咏，其中题画同题集咏约为 560 次，超过总数的一半，元代参与题画的诗人达 1321 人。其中题画诗在 100 首以上的诗人有 23 人：刘崧 401 首、虞集 338 首、倪瓒 303 首、王恽 288 首、凌云翰 268 首、胡奎 236 首、王逢 106 首、贡性之 138 首、宋禧 184 首、张昱 133 首、杨维桢 117 首、郑元祐 118 首、柯九思 125 首、许有壬 134 首、张雨 155 首、吴镇 118 首、揭傒斯

① 潘天寿《中国绘画史》，辽宁美术出版社，2018 年，第 128 页。

② 画赞作为一个专门种类与题画诗并行，画赞不是诗体，日本青木正儿将题画文学分为画赞、题画诗、题画记、画跋四类（见日本青木正儿《题画文学及其发展，魏仲佑译，台湾东海大学《中国文化月刊》第 9 期）。

③ 王韶华《元代题画诗研究》，中国传媒大学出版社，2010 年，第 9 页。

104 首、袁桷 115 首、马臻 100 首、程钜夫 143 首、郑思肖 124 首、胡祇遹 144 首、元好问 136 首。

40—99 首之间的有 64 人：陈旅 98 首、方回 67 首、张之翰 66 首、刘敏中 60 首、吴澄 68 首、刘因 64 首、同恕 75 首、赵孟頫 98 首、傅若金 98 首、邓文原 68 首、龚璛 52 首、刘诜 48 首、黄公望 57 首、柳贯 61 首、杨载 57 首、范梈 41 首、丁复 48 首、黄溍 61 首、胡助 71 首、马祖常 61 首、吴师道 92 首、释大訢 41 首、李孝光 48 首、王沂 71 首、张翥 85 首、成廷珪 50 首、朱德润 61 首、谢应芳 56 首、贡师泰 44 首、钱惟善 52 首、李祁 50 首、钱宰 50 首、叶颙 60 首、张以宁 60 首、金元素 69 首、于立 47 首、俞和 65 首、华幼武 54 首、郯韶 47 首、释宗衍 45 首、顾瑛 51 首、刘仁本 52 首、王冕 58 首、胡布 86 首、平显 66 首、沈梦麟 74 首、陈基 62 首、李晔 61 首、陈高 52 首、张宪 63 首、袁华 66 首、释宗泐 54 首、刘永之 73 首、释来复 75 首、虞堪 85 首、吕诚 46 首、林弼 57 首、谢肃 47 首、唐肃 82 首、韩奕 70 首、丁鹤年 44 首、陆文圭 40 首、仇远 48 首、戴表元 44 首。

20—40 首之间的有 34 人：侯克中 27 首、钱选 24 首、姚燧 20 首、张伯淳 22 首、曹伯启 38 首、冯子振 23 首、陈深 25 首、贡奎 39 首、释善住 36 首、萨都剌 33 首、李存 25 首、欧阳玄 30 首、黄镇成 26 首、黄玠 30 首、宋褧 24 首、吴当 28 首、梁寅 28 首、陈谟 33 首、郑东 27 首、张天英 37 首、释良琦 25 首、邵亨贞 23 首、郑潜 20 首、张仲深 32 首、邓雅 25 首、汪广洋 20 首、陶安 33 首、吴会 23 首、郭珏 34 首、王沂 22 首、乌斯道 26 首、释克新 20 首、郑允端 22 首、孙蕡 31 首。

10—19 首的有 57 人：王翰 12 首、李延兴 15 首、叶兰 12 首、金固 11 首、鲁渊 18 首、王祎 14 首、许恕 10 首、金涓 12 首、黄枢 13 首、戴良 19 首、秦约 10 首、陆琦 15 首、周砥 11 首、顾观 12 首、陈镒10首、迺贤18首、释至仁10首、袁凯17首、赵偕10首、姚文奂12首、张绅10首、郝经13首、郭翼15首、胡行简11首、余阙10首、危素15首、舒頔17首、熊梦祥12首、唐桂芳14首、吴莱19首、潘纯10首、宇文公谅10首、赵岩10首、刘鹗18首、洪希文11首、黄河清12首、郭畀13首、陈樵13首、唐元12首、释吾衍11首、韩性14首、何中14首、宋无18首、艾性夫11首、黄庚15首、朱晞颜10首、刘将孙11首、任士林14首、王旭18首、萧维斗19首、蒲寿宬12首、赵文13首、魏初19首、耶律铸13首、李庭13首、杨弘道12首、丘处机10首①。

短短90多年时间,元代题画诗数量超越元以前历代总和。宋代只有苏轼等个别人题画诗过百首,刘崧竟然有401首题画诗。比起元前的朝代,无论是从题画诗总数、题画诗人数量,还是从单个诗人拥有的题画诗数量的比例来看,元代无疑都是题画诗最多的朝代,创造了历史。这些数据充分证明了元代绘画的发达,显示了中国绘画由俗到雅的发展过程。人的主体意识开始成为元代绘画的中心,元代文人自我意识已经觉醒,体现着强烈的个性精神,展示了独特的自我品格。

元代文人的才学气度、审美意趣都渗透到绘画艺术创作之中,以诗画的方式表现出来,表现了文人士大夫的精神风貌。

一定数量的题画诗和一定数量的题画诗人、一定数量的著名画家同时出现是题画同题集咏产生的必要条件。

四、元人艺术观是促发题画同题集大规模出现的另一原因

元人的艺术观念较之宋代发生了很大的变化,文人画大兴,徐

---

① 以上数据据杨镰主编《全元诗》统计(中华书局,2013年)。

邦达先生说："元代山水、兰、竹等画，紧接南宋末期的趋势，大为发展起来，也就是文人画笼罩艺坛的时代。""那时的钱选提出了行家、利家画之说，实际上就是文人画与非文人画之分。"①

元代画家改变了宋代院体画风，重新回归自然山水。"五代时的董源、巨然在沉寂三百多年后的元代被重新发现，这一师承取向的改变在元代标志着山水画审美趣味的一个重要转折，即从五代直至南宋的雄伟粗犷风格向平淡天真画风的转变"②。元代山水画发达和绘画的繁荣与元人审美观念发生重大变化密切相关。

元代文人画区别于普通画工的画，更加注重绘画与诗歌的精神相通之处，注重神似，轻形似，人文意蕴在绘画中渐渐增强，绘画渐渐向诗歌靠拢，注重气韵意趣，注重意境精神，较普通画更突出写意特色。精神思想寄托在绘画中，开始感受艺术的真实，不同于画工屈从于客观物理世界的真实，而追求胸中自有佳处，"所作不必有其对象，凭意虚构，用笔传神，非但不重形似，不尚真实，乃至不讲物理，纯于笔墨上求神趣，各表性灵，极不兢兢以工整浓丽为事，且当时朝廷虽有画局使之设置，待遇画士已远不如宋代之隆，抑世风推移，自有其必然欤"③。

元代文人画家懂得如何让自然山水花鸟服从于人的主观情志，从而区别于写实的画匠，意趣精神在画中渗透出来，这是中国绘画史上的一大进步。元代文人画可贵之处在于以气韵为主，它有别于画工之画。文人画占据了画坛主流，成为一种风尚，元人功

① 徐邦达《徐邦达论古书画汇集》之《古书画鉴定概论》，上海人民美术出版社，2000 年，第 13 页。

② 杨先艺主编《中国艺术简史》，北京大学出版社，2010 年，第 50 页。

③ 沈子丞编《历代论画名著汇编》之《元画概述》，世界书局，1984 年，第 150 页。

不可没。元人特别重视画的意趣，元代汤垕说："俗人论画，不知笔法气韵之神妙。但先指形似者，形似者，俗子之见也。"[①] 所谓气韵即神气、气味、意趣，即作者自己之感想。所谓韵者，即声之韵，气韵者，气之韵，作者感想之韵，这是作画的最高境界，能够表现出作者本身特有的气韵。

文人画从王维开始发展，经过宋代苏轼、文与可等人的努力，到了元代赵孟頫、元末四家等将它运用成熟。元代出现了很多重量级的画家，对改变画风做出了重要的贡献。元代许多知名画家都是文人出身，如赵孟頫、柯九思、王冕、倪瓒、吴镇、王蒙等一大批文人画家，画家兼诗人的身份影响着其绘画风格的转变，确立了文人画的地位，为元代文人题画同题集咏的发展奠定了基础，这是题画同题集咏成熟的先决条件。

倪瓒、钱选、赵孟頫、柯九思、王冕等都为自己的画题诗。"王冕，字元章，会稽人。能诗，善画墨梅，万蕊千花，自成一家。凡画成，必题诗其上"[②]。他们敏感的心灵与画交融，自然之气超越物象，直抒胸臆，画在元代成为文人间一种不可或缺的艺术形式，与诗文完美结合后，成为文人精神上的一种寄托。元代画家兼诗人的身份促进了元人审美观念走向"雅化"。审美趣味在诗书画领域发生的重要变化，促进了题画诗的发展，进而促进题画同题集咏的发达。

（一）重"神"

"神似"是从五代董源开始的，"画家不必拘拘求形似，自董北苑始，是以神胜也。至于胜国间诸名家，专务神色"[③]。

---

① 汤垕《画鉴》，见沈子丞编《历代论画名著汇编》，世界书局，1984 年，第 198 页。

② 陈高华编《元代画家史料汇编》，杭州出版社，2004 年，第 553 页。

③ 周积寅《中国画论辑要》，江苏美术出版社，1985 年，第 200 页。

元人在董源的基础上将“神似”发扬光大，切实贯彻到绘画中去，将“神似”提升为绘画最重要的审美标准。不单纯追求形似，是一种更高的艺术境界，与元代画家身份转向诗人有密切的关系。元人无论在山水、花鸟、人物，还是在动物、建筑上都不尚真实，从虚处落笔，不讲求物理，凭意抒写，一任于情，在笔墨上求意趣，体现出对生命的重新认识，对命运的重新发现、思索、把握和追求。

逸品的出现，是文人隐逸情趣渗透到绘画艺术中的一个必然结果。初唐李嗣真作《书后品》，将王羲之书法列入“超然逸品”，在书法领域首先提出“逸品”的概念，渐渐渗入到画中，并成为鉴定书画的最高级别。司空图解释飘逸为：“落落欲往，矫矫不群。缑山之鹤，华顶之云。”[①]飘逸是潇洒闲逸、离尘脱俗的艺术风格，是艺术趣味的反映。重在“逸”，带有仙风道骨，凌驾于俗物之上，格调是很高的，是道家境界的升华。

“品”是书画界很高的审美层次，代表着艺术水准的高水平。文学领域很早就有钟嵘《诗品》、司空图《二十四诗品》这样的美学作品的出现。

元人将宋代绘画提高了一个境界，普遍追求“逸趣”，评点当时人或前代画家作品时往往喜欢用“逸品”“妙品”“能品”“神妙”这样的字眼，表明元人审美趣味较之宋人大大提高，为众多文人品画，为题画诗同题集咏的发生奠定了理论基础。

柳贯评高克恭画“高公彦敬，画入能品，故其诗神超韵胜”[②]，指出了诗画相通性。柯九思评唐代李成画：“前人称画山水者，必

---

① 司空图《二十四诗品》，《历代诗话》，中华书局，1981 年，第 44 页。

② 柳贯《题赵明仲所藏姚子敬书高彦敬尚书绝句诗后》，《文渊阁四库全书》第 1210 册，台湾商务印书馆，1986 年，第 477 页。

以成为古今第一,信不诬矣。宜乎评者以此本第居神品上上云。"[①]吴勤品评宋代杨补之画梅:"谁写江南冰雪姿,疏华冷蕊更清奇。欲留贞白同高节,故著琅轩玉一枝。补之写梅真绝品,涪翁犹惜不闻香。水边篱落天然趣,清赏何须白玉堂。"[②]张雨评董源《夏山深远画》:"此幅为夏山深远,墨势淋漓,神韵超绝,正如读陶谢诗,愈咀嚼而旨趣无穷,米元章称其画高出诸品之上。"[③]赵孟坚,字子固,"画梅竹、水仙、松枝、墨戏,皆入妙品。水仙为尤高"[④]。可见元人喜欢用"品"来衡量画家艺术层次,反映出元人审美趣味的雅化,以诗鉴赏画与自题画的出现,进一步发展下去即为同题集咏。题画同题集咏是建立在众多文人品画、题画的基础上才出现的,是题画诗的高级阶段。题画诗同题集咏的出现与众多元人品位的提高、鉴赏能力的提高、艺术素养的提高、审美趣味的提高密不可分。

从追求人生之"逸"到追求艺术之"逸趣",体现出与北宋画院兴盛时期的积极入世的主流审美格调迥然不同。这与元代宽松自由的文化环境密切相关,艺术家在无拘无束的绘画中尽情抒发自己的性情,以至于出现了各种理论学说,如钱舜举"士气说"、吴镇"适兴说"、倪瓒"逸气说"、郑所南"君子画"都表现出与前朝不同的艺术观念。元人崇尚情趣,追求"逸趣"以"观道",将中国文人画体系充实完备。元人审美观念的变革对整个明清诗画影响深远。

---

① 朱存理《珊瑚木难》卷三,《文渊阁四库全书》第815册,台湾商务印书馆,1986年,第69页。

②《秘殿珠林石渠宝笈汇编》第1册,北京出版社,2004年,第564页。

③《秘殿珠林石渠宝笈汇编》第9册,北京出版社,2004年,第1381页。

④ 沈子丞编《历代论画名著汇编》,世界书局,1984年,第194页。

(二)重“意”

元人审美观念重神似轻形似,导致普遍追求“意趣”。这是历代审美流变的结果,根源仍在庄子那里。庄子说:“真者,精诚之至也。不精不诚,不能动人。”①“夫道,有情有信,无为无形,可传而不可受,可得而不可见。自本自根,未有天地,自古以固存。”②绘画艺术要求“真”。“真”符合“道”,意气感发,打动人心,艺术的最高境界就是如此。

“不必太着题,不必多使事。”③“夫诗有别材,非关书也;诗有别趣,非关理也。然非多读书,多穷理,则不能极其至。所谓不涉理路,不落言筌者,上也。诗者,吟咏情性也。盛唐诸人惟在兴趣,羚羊挂角、无迹可求。故其妙处透彻玲珑,不可凑泊,如空中之音,相中之色,水中之月,镜中之象,言有尽而意无穷。”④

严羽着重强调“意趣”的高妙境界是在多读书中得来的,穷尽而后工,强调功夫的力量。绘画也是如此,画的功力要在多处实践中得来,语言是有限的,而意境是无穷的,人的想象可以超越语言的限制,扩大到无穷。画也是如此,观画需要更多的想象力,画面是有限的,传达出的意蕴境界是需要观者自己想象的,题画诗弥补了画面的不足之处,线条的组合、色彩的律动,配上文字起到互补的作用。诗画结合是元人一大飞跃,开拓了诗学的新境界,题画同题集咏更增加了元诗的分量。

赵孟頫说:“作画贵有古意,若无古意,虽工无益。”“石如飞白

① 王先谦《庄子集解》内篇卷八,中华书局,1987年,第275页。

② 王先谦《庄子集解》内篇卷二,中华书局,1987年,第59页。

③ 严羽《沧浪诗话·诗法》,人民文学出版社,1983年,第114页。

④ 严羽《沧浪诗话·诗辨》,人民文学出版社,1983年,第26页。

木如籀,写竹还应八法通。若也有人能会此,须知书画本来同。”[①]柯九思的文艺观主张用书法的艺术去绘画,体现了“书画同一”的原理,“写竹干用篆法,枝用草书法,写叶用八分法或用鲁公撇笔法,木石用折钗股屋漏痕之遗意”[②]。“画梅谓之写梅,画竹谓之写竹,画兰谓之写兰,何哉?盖花卉之至清,画者当以意写之,初不在形似耳。陈去非诗云:意足不求颜色似,前身相马九方皋。其斯之谓欤?”[③]倪瓒“仆之所谓画者,不过逸笔草草,不求形似,聊以自娱耳。”[④]吴镇“尝观陈简斋墨梅诗云:‘意足不求颜色似,前身相马九方皋。’此真知画者也”[⑤],也是很重视画的“意”的层面。“画谓之无声诗,乃贤哲寄兴,有神品,有能品,神者,才识清高,挥毫自逸,生而知之者也。”[⑥]

元代画家都提到了“意趣”,充分认识到气韵生动,神似比形似更重要,法度气韵代表着画的更高境界。“书画同一”“诗画一律”的概念深入元人心中,他们打破了诗画书三者界限,在“意”的层面将三者融合到一起,对绘画理论的深度认识是融合诗画一体的理论基础,这为元代题画诗的繁荣打下了坚实的基础,为题画同题集咏的发生打开了一扇门。

元代“诗画同体”的观念深入人心,标志着文人画的成熟。杨

① 赵孟頫《论画》,沈子丞编《历代论画名著汇编》,世界书局,1984年,第203页。
② 柯九思《论画竹石》,沈子丞编《历代论画名著汇编》,世界书局,1984年,第204页。
③ 沈子丞编《历代论画名著汇编》,世界书局,1984年,第199页。
④ 倪瓒《论画》,沈子丞编《历代论画名著汇编》,世界书局,1984年,第205页。
⑤ 吴镇《论画》,沈子丞编《历代论画名著汇编》,世界书局,1984年,第206页。
⑥ 赵琦美《赵氏铁网珊瑚》,《文渊阁四库全书》第815册,台湾商务印书馆,1986年,第648页。

维桢说:“盖诗者,心声;画者,心画,二者同体也。纳山川草木之秀,描写于有声者,非画乎?览山川草木之秀,叙述于无声者,非诗乎?故能诗者必知画,而能画者多知诗,由其道无二致也。”①

元代张以宁说:“画与诗同一妙也。昔之善诗者必善画,自唐王摩诘诸名人皆然。不宁惟是,凡知诗者必知画,盖其人品之超迈,天机之至到,脱略于形似之粗,口略于韵趣之胜,其悠然有会于心者,固不异而同也。”②“画犹诗也……必也涣然而悟,浑然而来,趣得于心手之间,而神溢于札翰之外,是则诗之善也。于画亦然。是故古之善画者必善诗,非独善画者之善诗也,盖凡知诗者莫不知画也。不然讥雪中芭蕉以为不类,议风吹柳花以为无香,是恶知画且恶知诗哉?”③元人强调诗画同体,特别注重“神”的重要性,具有浓厚的美学意义。

“诗画一律”是苏轼提出来的理论,苏轼在《书鄢陵王主簿所画折枝二首》(其一)中第一次从艺术的角度指出了诗画同源,“诗画本一律,天工与清新”,在苏轼看来深厚的文化素养是绘画的基础。

元代画家“诗书画同一”的观念深入人心,已经成为元代画界的共同审美观念,深深影响着元人的艺术风格和诗歌的文风走向,元人普遍借助绘画结合诗歌,或借助书法结合诗歌的方式表达人生理想,寄寓自己的审美情操。“求意趣”“重逸格”成为元代画坛主流思想,“求雅”“求趣”的审美理想运用于诗歌中,出现了大量的题画诗,懂画的诗人在元代多不胜数。元代题画诗有力地推动

---

① 杨维桢《无声诗意序》,《全元文》第 41 册,凤凰出版社,2004 年,第 314 页。

② 张以宁《秋野图序》,李修生主编《全元文》第 47 册,凤凰出版社,2004 年,第 484 页。

③ 张以宁《山林小景序》,李修生主编《全元文》第 47 册,凤凰出版社,2004 年,第 487 页。

了中国绘画的成熟，绘画雅化阶段已经到来。

文人兼画家的身份是元代诗人有别于之前朝代的独特之处。文人参与绘画创作，一方面提高了绘画的水平，另一方面将绘画拉向诗文。绘画的文学化色彩浓厚，使得元代绘画走向成熟，雅化达到新的历史高度。不求形似，重精神内质，这就给文人们提供了精神上的栖息地，为题画同题集咏的发生创造了机缘。元代题画诗最大的特点是将诗歌与绘画结合在一起，以达到互补的效果。“宣物莫大于言，存形莫善于画”①。画与诗结合使得画也发挥了诗歌的教化功能，“夫画者，成教化，助人伦，穷神变，测幽微，与六籍同功”②，如沈子丞所说：“综观元代画家，大多寄兴之作，而纯受文学化，至其作风之简淡高古，又能一变宋格而启明清二代南宗画之大略。盖元人能集古人之长而融洽己意，故视其笔墨要无不有其来历，然亦不能明指为何家，论者谓学古人化，惟元人能之，观当时各家之作品，洵不虚也。至于论画之作，专尚气韵神趣，且都主张用书法入画，盖亦当时画风益趋于文学化有以使然也。”③

“雅趣”是元代文人画家常提到的概念，有了文人的参与，必定给绘画带来深刻的变革，元代就是这个变革的关键时刻。元人承担了转变画风的历史重任，将宋代绘画进一步发展，将在唐代出现的诗画结合现象推向了高峰。题画诗同题集咏是元人在唐诗路线走到尽头以后另辟蹊径的新天地，体现出元人的智慧和审美趣味。元人主情的审美观，与整个复古思潮密切相关，诗歌领域体现的是

① 张彦远《历代名画记・叙画之源流》，《文渊阁四库全书》第812册，台湾商务印书馆，1986年，第279页。

② 张彦远《历代名画记・叙画之源流》，《文渊阁四库全书》第812册，台湾商务印书馆，1986年，第279页。

③ 沈子丞编《历代论画名著汇编》，世界书局，1984年，第152页。

“宗唐”,而绘画领域则体现出“宗魏晋风度”。这是一个时代的使然,是多方面综合因素的结果。

绘画在元代走向成熟,元人将前辈的艺术理念发扬光大。形神关系源远流长,晋代顾恺之已经把“神”的概念运用到画中,明确提出了“以形写神”,并强调“传神”是人物画的最高境界。之后,南齐人谢赫提出了“应物象形说”,唐代裴孝源提出了“风神”说,刘勰《文心雕龙·隐秀篇》说:“隐也者,文外之重者旨也。”[①]唐代司空图“离形得似,庶几斯人”、宋代严羽的“意趣”说等、元人都予以实践,切实将“形神”关系论运用到具体的绘画中来,提高了绘画的审美趣味。在绘画中“求雅”,并运用到诗画结合的题画诗中,题画诗实践着这些美学理念,创造出更高层次的美学思想。大量题画同题集咏的出现就是元人绘画“求雅”的表现,众多文人一起品评书画,形成了一种审美风气,提高了那个时代文人的“雅趣”,题画同题集咏满足了文人士大夫“求雅”“尚雅”“同类相从,同声相应”的艺术需求,体现着天地之理,这其实还是庄子美学观念的体现。元代题画同题集咏体现着庄子的思想,“同类相从,同声相应,固天之理也”[②]。

“不著一字,尽得风流”[③],含蓄是一种意在言外、含蓄不漏的艺术风格,“离形得似,庶几斯人”[④],不拘于外形而肖得神似。绘画能达到这种境界就是“妙品”。这是一种境界,可以突破物理限制,不拘泥于形似,只可妙悟,王冕常常画梅不点花蕊,求的就是一种“神似”。“神似”是元代众多文人画家共同追求的艺术境界。通

① 刘勰著,周振甫编《文心雕龙今译》,中华书局,1986 年,第 352 页。
② 王先谦《庄子集解》内篇卷八,中华书局,1987 年,第 274 页。
③ 司空图《二十四诗品》,浙江古籍出版社,2018 年,第 53 页。
④ 司空图《二十四诗品》,浙江古籍出版社,2018 年,第 96 页。

过题画诗来弥补不足之处，题画同题集咏实际上就是画“雅化”的结果。

（三）求“气”

关于“气”的论述源远流长，孟子提出“养气说”，注重人格修养与道德的关系，在古文中是重要的论断，同样适用于绘画，元代画家已经诗人化了，从文的角度养气，直接影响到绘画：“气之动物，物之感人，故摇荡性情，形诸舞咏……动天地，感鬼神，莫近于诗”①、“气以实志，志以定言，吐纳英华，莫非情性”②。韩愈认为只有“气盛”才能“宜言”。

“凡画，气运本乎游心”③，强调了“气”对人性情的影响。“气”是非常重要的美学概念，在古文里关乎文人道德品格，每个人风格不同是“气”的不同所致。“气”是诗学的一个重要概念，也是画界一个重要概念。古人把“气”分得很仔细，分“清气”与“浊气”。“气”来自于情性、发乎于本心，气韵关乎人品、关乎画品。古人很重视养气，倪瓒说：“以中每爱余画竹，余之竹聊以写胸中逸气耳！”④绘画就是借助画抒发心中的情感，“高雅之情，一寄于画”⑤，“气”对于画家艺术修养具体重要意义。

“气”是一个人作品风格的标识，古人一直注重“养气”，以变化自己的气质，形成自己的风格，提高道德精神境界。气可以学养和才相融后达到的更高境界，无形但可感，凝聚着文人生命的律动和强烈的感情。文以养气为主，同样画也需要养气，司空图说：“生气

① 钟嵘《诗品》，人民文学出版社，1980 年，第 1 页。
② 刘勰著，周振甫编《文心雕龙今译》，中华书局，1986 年，第 257 页。
③ 郭若虚《图画见闻志》，江苏美术出版社，2007 年，第 24 页。
④ 倪瓒《论画》，沈子丞编《历代论画名著汇编》，世界书局，1984 年，第 205 页。
⑤ 郭若虚《图画见闻志》，江苏美术出版社，2007 年，第 23 页。

远出，不著死灰。”[1]意思是生命力量从蓬勃中张扬，有气则生动，无气则死，这是自然的美学风格。

绘画是与诗文一样的表情达意的手段。画面的直观性，借助色彩和线条表达内心的品格，心中之气随之彰显，绘画的气韵更加生动，元代文人既是诗人也是画家、书法家，多重身份决定了其艺术的融通性。绘画的功利来自于个人艺术修养，是长期积累“气”的结果。元代士大夫的雅趣就体现在绘画、书法和诗文里，追求的是一种高雅之情、闲逸之趣、淡泊之志。绘画的优势在于视觉的直观性，线条的运用、色彩的明暗、布局的大小、画法的运用都影响到风格。

虚心积贮了高古的素质，自然就会摆脱浅陋和庸俗。人生观、人生修养对于艺术观、艺术风格起重要作用。元代士大夫高尚的艺术趣味，都是在诗画中获得的、在诗与书法结合中获得的，这是一种更高层次的修养。线条、色彩加言语，视觉、听觉相结合的手法，动静结合，充分调动起多种感官的功能。在意境、气韵层面，绘画和诗文是相通的，都要靠主观的能动的体味，只有超越事物的表象之外，才能把握事物的本质。绘画和诗歌一样都是主体生平阅历、人生观、世界观的再现，也是当时美学思潮的反映。

在元代，绘画和诗歌深度结缘了。元人在题画诗中追求一种雅趣。绘画既是一种职业，也是元人高层次的艺术。题画诗同题集咏是一种人生态度，是诗人去解构人生和生命的方法。旷达的背后隐藏着对现实的认识，在图画中展示自己的价值观和人生观。旷达之风与人生经历密切相关、成为退隐山林的士大夫的一种精神寄托，是社会意识的反映。

---

① 司空图《二十四诗品》，浙江古籍出版社，2018 年，第 63 页。

（四）画品与人品

元代题画诗同题集咏中经常遇到的一个问题就是这幅画是否反映了作者的人品。“倪君元镇隐居求志，著书自善”①，倪瓒“要知人好画亦好”②。倪瓒是赞同画品等同于人品的，赵孟頫也是如此，赵孟頫说：“右军人品甚高，故书入神品。”③他评价高克恭：“盖其人品高，胸次磊落，故其间于笔墨间者亦异于流俗耳。”④杨维桢说：“故画品优劣，关于人品之高下。”⑤这里元代作家们一致肯定了画品关于人品。元诗题画同题集咏中有一个现象，大部分作家在题画同题集咏中并不关心绘画的技巧性和艺术水平的高低，最关心的反而是画家图画中传达出来的道德问题，很多题画同题集咏都是如此，如吴镇《梅花道人墨菜诗卷》、倪瓒《六君子图》《马远四皓弈棋图》《龚翠岩中山出游图》《郑所南画兰》等等。同题集咏最终都指向了道德层面，作为文人画的创作者及文人群体忧国忧民、胸怀天下的道德使命从来不会忘却。即使是绘画也要展示文人情怀，画面象征的意义是巨大的。

元代绘画超越了事物的表象，画出了事物的本性和神韵。元人对于画的完善是有贡献的，追求意境之美，不仅仅局限于画面，

---

① 陈基《夷白斋稿》，《文渊阁四库全书》第 1222 册，台湾商务印书馆，1986 年，第 267 页。

② 倪瓒《题赵千里扇上画山》，《北京图书馆古籍珍本丛刊》第 95 册，书目文献出版社，1988 年，第 618 页。

③ 汪砢玉《珊瑚网》，《文渊阁四库全书》第 818 册，台湾商务印书馆，1986 年，第 297 页。

④ 卞永誉《式古堂书画汇考》卷十七，浙江人民美术出版社，2012 年，第 1851 页。

⑤ 杨维桢《论画》，沈子丞编《历代论画名著汇编》，世界书局，1984 年，第 207 页。

往往会延伸到画外，关乎画家的人品。

元代题画与诗完美结合体现在元代题画同题集咏这种唱和方式的兴盛上，这一结合在文学史上的意义重大。题画本身就是一种绘画文学化的艺术现象，“诗言志”的功能对于靠线条、色彩会意的画面不可或缺，画面配上诗，提升了画的意境和品位。主体的情志、意趣，内在的精神气质、胸中逸气借助诗抒发出来，对于观画者起到了引领的作用，对画面是一个必要的解释说明和补充。

“全倾向于文学化之进展，以达吾国文人画之最高潮。”① 画家潘天寿指出了元代绘画的特点是文学化达到高潮，这也是元诗题画同题集咏大规模出现的根本原因之一。题画诗是元诗的特色，那么题画同题集咏也成为元代题画诗的重要特色。

第二节 元代题画诗同题集咏的特征

题画诗在元代大规模的出现，元人将自己的雅趣寄托在题画诗之中，展示了元人特有的艺术风格。画面配上诗，线条、色彩的直观性有了诗性色彩。题画诗起到了引领观者解读画面的作用，提高了画的品格，展示了元人特殊的审美趣味和美的理想，极其深刻而灵活地加强了绘画的审美因素。元代绘画迥异于宋代院体画，展示了不同的审美趣味。元代诗人、画家、书法家兼而有之的身份，使得元代文士提高了艺术驾驭能力，对于打通彼此之间的情感起到了关键作用。

大量题画诗人的存在、大量题画诗的存在、大量画的存在，加上元代宽松的文化环境、入仕的不畅、统治阶级的喜好、宫廷的

① 潘天寿《中国绘画史》，辽宁美术出版社，2018 年，第 127 页。

需要都促进了元代绘画的繁荣,使得题画诗同题集咏的出现成为一种必然。不同于宋人求理,元人绘画寄情于意趣,求神趣,对于是否合物理不屑一顾,在艺术的天地里追求着"情趣",抒发胸中逸趣。

元代题画诗同题集咏是元诗同题集咏的鲜明特色之一,充分证明了元诗题画同题集咏的活跃,群体性的艺术交流达到一个新境界。这是元代绘画繁荣的体现,也是元人的创造。元人在题画同题集咏中展示了自己的乐趣和情感倾向,与众多文人产生共鸣,求得共识。题画同题集咏提高了原作的品位。

历代知名画家的绘画作品,均被元代诗人同题集咏涉及,这充分表明元代绘画艺术的发达和深厚的群众基础。题画诗在元代不再是个人的艺术,而是一群文化修养接近、具有深厚艺术修养的文人的群体艺术。同题集咏可以切磋画艺,加强情感交流,增进友谊,推动绘画艺术的发展。诗书画相结合的形式,在元代十分流行,在元代达到成熟。元代题画同题集咏数量众多,参与人数众多,形成一股强大的同题集咏高潮,表明了元代文人对绘画的兴趣较之前代大大提高,这种诗画结合的艺术形式得到普遍认可,受到元代文人的喜爱,大量的题画诗和多人同咏一幅画的例子就是最好的证明。在元代,绘画、诗文、书法是文人必备的文艺素质,大量书法家、画家也都是文学家,精神上得到了融会贯通。诗是无声画,画是无声诗,诗画结合推动了文人画的发展。

元代题画诗同题集咏有哪些特征呢?

一、题画同题集咏出现的次数较多

经笔者统计,元代题画同题集咏共出现了500多次,占到元代同题集咏总数的一半以上。参与人数较多,动则几十人同题一幅画的现象比比皆是。

元代题画诗同题集咏体现出元代同题集咏的自觉性，同一幅画同咏人数在40人以上的有3次，分别是《题温日观葡萄》54人、《朱德润秀野轩图》41人、《赵孟頫水村图》40人；同咏人数在30—39人的有5次，分别是《题破窗风雨图》36人、《题高尚书夜山图》31人、《题董旭长江伟观图》31人、《宋燕肃春山图》34人、《宋马远四皓弈棋图》33人；20—29人的有7次，分别是《题黄氏林屋山图》21人、《题丹山图》22人、《题倪云林画》21人、《宋袁立儒芦雁图》25人、《姚廷美有余闲图》21人、《题梅花道人墨菜诗卷》23人、《宋江贯道长江图卷》24人；10—19人的有64次；10人以下的有177次。

有449位诗人仅仅因为参加过一次题画同题集咏而名垂诗史，说明参与人员广泛，下层人士也不在少数，彰显了元诗题画同题集咏的活力。

二、题画同题集咏的题材较广

历史题材的题画同题集咏充满了文人雅趣，如袁安卧雪、文姬归汉、昭君出塞、苏武牧羊、苏李泣别、子猷访戴、孙康映雪、渊明采菊、渊明临流赋诗、渊明归隐、李白酒楼、杜甫游春、明皇出游、明皇吹笛、明皇游月宫、杨妃出浴、杨妃上马、杨妃病齿、湘灵鼓瑟、许由弃瓢、越国进西施、买臣负薪、秋胡戏妻、刘伶荷锸、竹林七贤、羲之观鹅、张骞乘槎、东坡赤壁、香山九老会、洛阳耆英会、兰亭会、马嵬坡、范蠡归湖、杜甫诗意、孟浩然归隐、王维辋川、西园雅集等，都成为文人群咏的重点，也成为文人同题集咏的对象。从这个意义上来说，历史名人与文化的同咏对于用诗歌弘扬传统文化、彰显儒家人文情怀、传承文化、积淀历史起到了重要的作用。

陶渊明题材的各种题画同题集咏非常盛行,与元代隐逸风气盛行相关。陶渊明的高洁志趣深深吸引着广大文人,对陶渊明题咏之盛表明陶渊明成为元代文人画家的精神寄托。唐宋元明历代文人爱咏陶渊明胜过吟咏屈原,可见文人对陶渊明保全声名和生命的做法比屈原投水现身给予了更多的肯定。陶渊明是元诗中出现次数最多的历史人物,元代隐居诗人的数量众多,隐逸成为一时的社会风气,人们纷纷对隐逸行为给予歌颂赞美,肯定隐逸的价值和乐趣,以忘却现实的烦恼。

现实中人物、时事成为题画同题集咏的热点,反映了元人绘画能力超强,把绘画当作表情达意、关注现实的工具,如《刘平妻胡氏杀虎图》,这是发生在元初的真实故事。刘平妻勇于救夫杀虎的事迹震惊了朝野,画家作画以弘扬道德,表扬胡氏的节义行为,文人纷纷题画同题集咏。从这组同题集咏来看,题画同题集咏也具有干预现实、关乎教化的功能。题画诗同题集咏本身就是诗的一部分,诗歌要关乎道德伦理、干预现实,发挥“言志”功能,表明绘画是元人一种特殊的表现方式。

朱泽民秀野轩同题集咏有 41 人参与。隐士朱泽民建造的亭子叫秀野轩,文人绘成图,纷纷题咏。同题集咏的目的是歌颂朱泽民隐居的志向,对他的情志逸趣表示赞赏。聚芳亭同题集咏也是如此,歌颂闵全建造聚芳亭隐居的快乐。安分轩图同题集咏是将朱景春的亭子绘成图,同题集咏此图。《破窗风雨图》是学士刘性初将读书处命名为破窗风雨,被绘成图引发同题集咏。既是咏物诗同题集咏,也是题画同题集咏。这些同题集咏功利性大大减退,表现了隐士群体胸中的逸趣,与大自然心心相通的默契和乐趣,显示出隐士群体清高、超世、脱俗的品格。这里的题画同题集咏体现的是一种文人雅趣。

花鸟、山水、动物、人物等题材的画都成为同题集咏的热点，如《题钱选梨花卷》《宋袁立儒芦雁图》《张守中水墨梨花鸠鸟图》《燕肃春山图》《韩干马》《赵孟坚白描水仙》《管夫人画竹石》《赵孟頫人骑图》《王渊鹰逐画眉图》等等。

题画同题集咏的热点画家既有大批元代著名画家，绘画往精细化方向发展。很多画家专攻一科，每一科都有出色的画家，如画竹出名的有柯九思、李衎、倪瓒、顾安、管道升、高克恭、赵孟頫等；画马比较出名的有赵孟頫、赵雍、赵彦征、龚圣予；山水画比较出色的是曹知白、朱德润、高克恭、倪瓒、王蒙、黄公望、郭畀等；画花鸟比较有名的是王渊、边武、钱选；画兰的有郑思肖、赵子固、赵孟頫、明雪窗；画葡萄比较知名的是温日观；界画以王振鹏最为知名；水仙以赵子固最为知名；画梅王冕为最。他们的画成为文人同题集咏的热点。元代画家的画不仅仅是元代文人题咏的热点，也是明初文人题咏的热点，其实明初多数题画诗人都是由元入明的，如高启、刘基、杨基、宋濂、王祎，他们也是元末文人群体的一部分①。

根据《全元诗》统计，为柯九思的竹或墨竹题诗的达 70 余次，其中多为知名诗人，仅虞集一人就题诗 20 多首，当时有“柯作画，虞必题”之说。

赵孟頫的绘画是元代文人题咏的热点，根据《全元诗》统计，有 60 多人次为他的竹题诗，有 20 多人次为他的兰题诗，有 102 人次为他的马题诗。赵孟頫是画、书、诗兼擅的全才人物，书画精妙，堪称元代第一，对后世影响深远。他的画中名画很多，得自然之天趣。

---

① 同题集咏不能因为朝代而人为分割开来，宋濂、王祎是元代大儒黄溍的弟子，吴中四杰受元末铁崖派影响深远，明初文学的母体是元末文人雅集及铁崖诗风，所以本书会与明初一起论述，后面都是如此。

子昂画马为一绝，元人题咏颇多，“凡画，神为本，形似其末也。本胜而末不足，犹不失为画。苟善其末而遗其本，非画矣。二者必兼得，而后可以尽其妙，观子昂之画马，信其为兼得者欤！”①

玉堂学士宋宗室，前代画马称第一。
笔精墨妙自有神，往往生纸施五色。
——钱沐②

赵孟𫖯画马在当时名重一时，他所画之马被广大文人群体津津乐道的原因是形神兼备、注重神似，作画深有古意。《赵孟𫖯浴马图》是一幅着色墨画，有12人参与同题集咏；《赵孟𫖯人骑图》是一幅设色画，一人唐装乘马，缓鞚垂鞭，卷首标“人骑图”，有12人同题集咏，其中还有少数民族也先溥化参与题咏。

赵孟吁跋：“当今子昂画马，真得马之性，虽伯时复生，不能过也。”③赵奕跋：“先人所作人骑图真迹，已不可得矣。”④赵雍跋：“右人马图，先人真迹，兼重题其后，今已不可多得，宜宝藏之。”⑤赵氏家族的成员都指出了赵孟𫖯画马的价值所在，也道出了文人喜爱同题集咏赵孟𫖯马的原因。

《题赵孟𫖯饮马图卷》有8人同题集咏，不乏僧人佛陀恩的参与。元代绘画同诗歌一样属于市民阶层，文艺走向了下层群众。

---

① 刘敏中《跋赵子昂画马图》，《全元文》第11册，凤凰出版社，2004年，第430页。

②《秘殿珠林石渠宝笈汇编》第2册，北京出版社，2004年，第1002页。

③《秘殿珠林石渠宝笈汇编》第6册，北京出版社，2004年，第3217页。

④《秘殿珠林石渠宝笈汇编》第6册，北京出版社，2004年，第3218页。

⑤《秘殿珠林石渠宝笈汇编》第6册，北京出版社，2004年，第3218页。

同题集咏还是不同层次人群交流的平台。元诗同题集咏有着广泛的群众基础,彰显了元诗的活力。

赵孟頫、柯九思、钱选、倪瓒是元代题画同题集咏关注度很高的四位画家。其中赵孟頫和倪瓒被关注度最高。他们不只是一幅画被同题集咏,多幅画都是文人群体集咏的热点。

不仅本朝画家的作品是同题集咏的热点,元前画家的作品也是元代文人同题集咏的热点,元前画家的画在元之前没有被众人一同题咏过,到了元代却一咏再咏,充分彰显了元代诗画同体的艺术观。

前代著名画家的作品,如韩干、王维、展子虔、刘商、李伯时、荆浩、关仝、董源、夏珪、马远、燕肃、李唐、赵伯驹、赵伯骕等人的山水画,文同的竹,帝王的作品,如李煜的墨竹、金显宗的墨竹、宋徽宗的花鸟都是元代题画同题集咏的重点。一题再题,使得原作价值倍增,对绘画界也产生了深远影响。通过对元前著名画家的题画,反映了元代文人对历代绘画的重视和喜爱,同题集咏本身就暗含了交流性,努力追求共同的思想情趣,使之成为元诗的鲜明特色和重要组成部分。

以《韩干马》为题的题画诗人有:赵说、吴觐、许采、钱舜举、岑津、龚复、吕量、高翔、柯九思、刘基、姚道昌、韩性、唐珙、郑嘉、危素、瞿祐、张士奇、周景升。赵子昂、陆游、周歧凤题跋①。18人题诗,跨越宋元明三代,以元人为主。

《宋燕肃春山图》题画诗人有:仇远、玉几约翁、赵寿、释慧昙、释仲微、妙元子、刘基、石岩、钱良右、释大同、释汝爽、文信、奇泽、

① 汪砢玉《珊瑚网》,《文渊阁四库全书》第818册,台湾商务印书馆,1986年,第507—511页。

释证道、马喆、唐肃、金观、李源、冷谦、夏士宾、穆荣礼、陈逊、郑权、释宗衍、万金、释宗泐、陈世昌、释诚公、程雍、徐一夔、徐贲、朱绰、释似桂、致凯。虞集、张世昌题跋[①]。34人题诗同题集咏。

三、家族式画家同题集咏的出现

整个家族都是画家，而且彼此之间互相影响，在画法上，专科类属上有继承关系。这其中最典型的就是赵孟頫家族和李衎家族。赵孟頫的儿子赵雍，字仲穆，也是元代著名书法家、画家，擅长画马，“画山水师董源，尤善人马，书、篆俱精妙”[②]。《题赵仲穆看云图》有13人参与同题集咏，《赵仲穆临李伯时凤头骢》有9人为其同题集咏，其中还有僧人释良琦的参与，这幅画题咏者多为元末玉山雅集的文人。书画能够走进玉山雅集文人视野算是艺术水平较高的画了。

赵雍的儿子赵麟，字彦征，也是著名画家，擅长画马。祖孙三代擅画马，“湖州路总管赵公仲穆，与其子莒州知州赵彦征，所画二马气韵精神各得其妙，总管笔法得曹将军为多，知州笔法得韩干为重，独文敏公兼曹韩而获其神妙，此所以名重千古，无愧前人。雪庭禅师与总管公为心交，父子之间同为知己，王蒙在文敏公为外祖，总管为母舅，知州为表弟，岂敢品题哉，实识悲感耳”[③]。

赵雍画马师法曹霸，赵彦征画马师法韩干，只有赵孟頫画马曹、韩兼而有之，王蒙指出其祖孙三代画马风格的不同，以赵孟頫

---

①《秘殿珠林石渠宝笈汇编》第1册，北京出版社，2004年，第556—560页。

② 夏文彦《图绘宝鉴》卷五，《元代画家史料汇编》，杭州出版社，2004年，第275页。

③ 郁逢庆《书画题跋记》，《文渊阁四库全书》第816册，台湾商务印书馆，1986年，第605页。

画马居上。《赵彦征画》有 14 人参与同题集咏。

赵孟頫的妻子管道升也是一位才女，“能书，善画墨竹、梅、兰”[①]。在元时一家夫妇都善书画，人以为是一大奇事，关注度很高。元仁宗说：“令后世知我朝有善书妇人，且一家皆能书，亦奇事也。”[②]

《管道升丛玉图》有 5 人同题集咏。这幅画画得精妙，是非常难得的一幅画。《题管道升紫竹庵图》同题集咏者有梁园秀、曹妙清、释了凡、释妙空、赵鸾、柯贞白。管道升有《自题紫竹庵图》。这是元代为数不多的女子同题集咏。除了曹妙清以外，其余五位女子都是仅存此 1 首诗，体现了同题集咏具有题诗存史的价值。

赵孟頫的堂兄弟赵子固也是著名画家，有 27 人次为赵子固兰蕙题诗，有 25 人次为赵子固水仙题诗，有 5 人为赵子固墨梅题诗。赵孟頫的外甥王蒙是元季四大家，在诗文书画方面有一定的造诣，颇得倪瓒等人的赞誉。

李衎善画竹子，是元代杰出的画竹高手，超凡的画艺使他的作品成为文人同题集咏的重点。他曾经亲自深入竹乡观察竹子的生长习性，对其画竹起到很大作用。“仲宾尝使交趾，深入竹乡，故于竹之形色情状辨析尤精”[③]，他非常重视写实，竹子本身寄托清高，是君子的象征，可以陶冶性情。李衎画竹是为了猎取声誉。

元代科举不畅，士人为了获得仕途，想尽了种种办法，游士一时间增多，元代入仕的艰难，客观上造就了一部分艺术家，李衎、王振鹏、何澄就是其中之一。

---

① 夏文彦《图绘宝鉴》，《元代画家史料汇编》，杭州出版社，2004 年，第 802 页。

② 赵孟頫《魏国夫人管氏墓志铭》，《元代画家史料汇编》，杭州出版社，2004 年，第 801 页。

③ 沈子丞编《历代论画名著汇编》，世界书局，1984 年，第 152 页。

根据《全元诗》统计，为李衎墨竹题诗的诗人有19人次，为其竹题诗的有26人次，为其竹石题诗的有2人次。

李衎的儿子李士行（字遵道）的竹也是文人题咏的热点，为其竹题诗者有8人次，为其竹石题诗者有7人次。元初废除科举，士人入仕艰难，李士行曾去学佛，后来向元仁宗进《大明宫图》换得五品官。《江乡秋晚图》是其代表作，有9人参与同题集咏，其中有少数民族诗人萨都剌的参与。少数民族屡屡参与同题集咏，表明元代大一统下同题集咏发挥着民族大融合的作用。同题集咏把不同民族、不同语言、不同信仰的人联系起来，对于促进民族融合起到了积极的作用。

家族式同题集咏的出现表明元代绘画的繁荣，同题集咏与家族传承意识有关系。借助家族成员扩大影响，用题画同题集咏的形式加以宣传，也提高了作品的知名度。

四、题画诗同题集咏历时较长

元代题画同题集咏不仅数量大、参与人数众多、影响大，而且跨越时间长，往往一幅画在元明易代之后，仍有人在题诗，充分说明元代题画同题集咏的巨大影响力。例如元至正二十五年（1365）王蒙为卢恒作的《听雨楼图》，自张雨、倪瓒开始题诗，陆陆续续延至明永乐年间，世事变迁，《听雨楼图卷》于永乐年间流落世间，为当时苏州人沈诚甫所得，其人风流儒雅，在自己庄园中建“听雨楼”，将《听雨楼图卷》奉于楼上，供当时文人赏览。

朱泽民为周景安居士画的《秀野轩图》引起元明两朝41人同题集咏，朱泽民后人朱吉为此图作序题诗。《破窗风雨图》也是如此。时间跨度长，表明元代题画诗同题集咏的巨大影响力，对了解元人审美观和艺术活动、研究元代题画诗有重要的参考价值。

元人书法与绘画同为一体、书画同一的理念，体现着艺术形式的新境界，使得元代绘画迈上新台阶，朝着更高的方向发展。

五、题画同题集咏中诗、书、画一体特征明显

元代书法发达，能书者很多，将书法技巧运用到绘画中是元代绘画的一大特色，赵孟頫在《秀石疏林图》中说："石如飞白木如籀，写竹还应八法通。若也有人能会此，须知书画本来同。"①

赵孟頫《跋柯九思墨竹图》"柯九思善写竹石，尝自谓写干用篆法，枝用草书法，写叶用八分或用鲁公撇笔法，木石用金钗股古漏痕之遗意"②，很能代表元代书画一体的特色。

温日观，字仲言，号日观，又号知非子，华亭人，在杭州玛瑙寺出家，时人称之为"狂僧"，乐善济贫，善书法，自成一家，在草书方面很有造诣。"人但知其画蒲萄，而不知其善草书也。其所画蒲萄、枝叶皆草书法也"③。温日观为人耿直，性情狷介。其用草书法作墨葡萄非常成功，引起了元明文人的关注，一咏再咏。同题集咏之盛由此可见一斑，随着画卷的流传在不同时期引发同题集咏。

《温日观葡萄》同题集咏者：温日观、张梦应、曾寅孙、叶衡、陈凤飞、明瑞、邓文原、虞集、钱鼎等④。

根据《全元诗》统计，《题温日观葡萄》同题集咏者有：杨载、钱宰、王冕、刘崧、张天英（4首）、揭傒斯、张雨、张宪、宋无、龚璛、

① 赵孟頫《论画》，《历代论画名著汇编》，世界书局，1984年，第203页。

② 赵孟頫《跋柯九思墨竹图》，《全元文》第19册，凤凰出版社，2004年，第174页。

③ 陶宗仪《书史会要》卷六，上海书店出版社，1984年，第300页。

④ 汪砢玉《珊瑚网》，《文渊阁四库全书》第818册，台湾商务印书馆，1986年，第599—600页。

柳贯、杨载、赵由辰、柯九思、郑元祐（2首）、华幼武、刘仁本、吴莱、王逢、马臻、胡奎、凌云翰、吴莱。《题温日观葡萄》题诗者：周密、赵友逮、释晞远、释函古、刘则诲、刘蒙、释正印、陆居仁、曾遇、耿嘉祚。题词者：董思学、张炎、刘沆、沈钦。题跋者：赵孟頫。这是曾遇在大都写经时，将温日观赠与他的画留在集贤翰林诸老处所得题咏。

此外，明代文人仍继续题咏，如王行、岳正、朱诚泳、许伯旅、释大圭、蓝仁、宋濂，清人篆玉也题咏此图，除统计题跋外，合计三朝共有54人为此图同题集咏。由宋周密、张炎等延续到清代。温日观用草书画葡萄是成功的，得到了众多文人的题咏，不是同时同地集咏，而是不同时间不同地点集咏，这54人所题温日观葡萄画并不是一幅，有温日观真迹，应也有模拟画，本身就彰显了温日观画的魅力，及其深厚的文化底蕴。

温日观葡萄图持续时间之长，跨越元明清三朝，持续时间久的原因主要是温日观将草书的画法运用到绘画中，运用得很成功。这种书画结合的方式，深深吸引着众多的绘画爱好者提笔同题集咏，用诗来鉴赏温日观的葡萄画。另外一个原因就是温日观的人格，他忠贞正直，不肯屈服于盗墓贼杨琏真伽，被打破嘴，也不改口，坚决不同杨琏真伽一起喝酒，这种爱憎分明的性格也吸引着文人，“杭玛瑙寺僧温日观，能书。所画蒲萄，须梗枝叶皆草书法也。性嗜酒，然杨总统饮以酒，则不一沾唇，见辄骂曰：掘坟贼，掘坟贼云”①。

元初杨琏真伽挖掉了宋皇陵，作为元世祖的耳目，没人敢得罪他，很多文人为了自己的私利，卑躬屈膝巴结他，而温日观性格耿直，见了杨琏真伽大骂掘坟贼，其不畏强暴的精神，难能可贵，得到

① 陶宗仪《南村辍耕录》卷五，文化艺术出版社，1998年，第74页。

了众多宋元明文人的赞赏。

画品如人品，书品亦人品，诗品亦人品，一个画家的人品会影响到他的画风，宋代画院画家多为迎合帝王口味而粉饰太平，歌功颂德，使得画失去了自然的效果，并不能成为一流画作。温日观的葡萄画就是一流画作。

温日观当时名气很大，“世号温葡萄，时贵慕其画，贽金求之，一笔不与，逢佳士遽命纸笔”①。权贵花重金索要他的葡萄画，绝不肯与，投缘的人士即使不索要，他也会主动作画赠与，并宴请酒饭，其与赵孟頫友好，主动赠给赵孟頫自己的作品，赵孟頫非常欣赏其精深的艺术造诣，称“殆非学所能至”②，夸赞温日观高贵的人品，“岂可谓道人胸中无泾渭耶”③。这就是独特的温日观，清高疏狂，耿介笃信，他轻利重义的品质给广大文人留下了深刻的影响，这也是他的画被众多文人同题集咏的原因之一。

温日观爱憎分明，同时又重情义，曾遇至元庚寅以写经之役，从杭州启程赴大都，一日，在灵隐寺别虎岩长老，走出门廊时，遇一老僧。老僧，听到曾遇是上海华亭口音，边作揖边笑脸相迎，叫仆人上酒菜款待老乡。曾遇后来得知此僧是温日观。临别时，温日观用墨画两幅葡萄于纸上，一幅送与赵孟頫，一幅送与曾遇。别人求温日观葡萄画不得，曾遇不求，温日观亲自送上。“俗人恳恳求之，靳不与一笔。遇佳士，虽不求，辄索纸笔挥洒无吝色”④，可见温日观很重情义。

① 汪砢玉《珊瑚网》，《文渊阁四库全书》第818册，台湾商务印书馆，1986年，第600页。

②《秘殿珠林石渠宝笈汇编》第2册，北京出版社，2004年，第992页。

③《秘殿珠林石渠宝笈汇编》第2册，北京出版社，2004年，第992页。

④《秘殿珠林石渠宝笈汇编》第2册，北京出版社，2004年，第992页。

同题集咏中诗人们着重赞美温日观草书画葡萄的造诣深厚。邓文原"满筐圆实骊珠滑，入口甘香冰玉寒"、柯九思"学士同趋青琐闼，中人捧出赤瑛盘"、张雨"日观一饮西凉酒，解写葡萄绝代无"、马臻"寒藤挂鬼眼，累累冷光碧。骊龙亦惊猜，夜半风霆急"、柳贯"探渊恰值乖龙睡，摘得骊珠一口吞"、蓝仁"数藤马乳秋风晚，一架骊珠夜月明"，均用比喻的手法将温日观画的葡萄比作骊珠、赤瑛、马乳，形象生动地表达出对温日观书法入画的赞赏。

有的诗人在诗中点评了温日观人品正直。如郑元祐，用诗歌将他不肯与杨琏真伽为伍的个性展示出来，直接用诗点评画艺："写出莆萄皆法书，二王楷范从师得。"释正印在诗中赞美了温日观融会贯通的艺术才能："温师三绝天下奇，能书能画兼能诗。"并对其高超的艺术手法给予赞美："笔端造化人不知，宝珰碌碌珠累累。"同题集咏的主题是一致的，都表达了对温日观高超画技的赞美和对其人品的欣赏，画品如同人品，这是元代书画界的共识。温日观成功开创了书画结合的范例，其画长时间被人题诗，体现出其画的影响力。

温日观书法有晋人之风，他的字画结合禅宗手法，作品往往有出尘之趣。书法家鲜于枢就很佩服其用笔精绝，这些都是引发文人同题集咏跨越更久时间的原因。

六、题画诗同题集咏的功能众多

元代艺术素养相近的一大批文人画家，鉴赏画的能力很强，不仅自己作画，还会题诗其上，将画的品格提升到神似的境界，是画界一大进步。一定数量的画家诗人，促成了题画同题集咏的形成。那么题画同题集咏的功能是什么呢？

（一）题画同题集咏是人数较多的文人品画的方式，用诗的形式讨论画的艺术性。同题集咏折射出元代文人群体的雅趣，及注重“神似”的文艺观。

这是题画同题集咏常见的功能，如《李成寒鸦图》，班惟志“残雪群乌下草莱，林栖不定自鸣哀。画工笔底天机熟，只欠遥空独鹤来”①，借助诗歌分析了李成此幅画的功底深厚，笔法圆熟，天机妙成，深得情趣，只差把独鹤引到此画引吭高歌了，此乃神来之笔。

赵孟頫评价柯九思的竹，“石如飞白木如籀，写竹还应八法通。若也有人能会此，须知书画本来同”②，用诗的形式评点了柯九思画竹用了书法的原理，线条好似书法的籀书，最后得出书画本来同的结论。

《宋杨补之雪梅》的同题集咏者有曾觌、止止道人、顾德璋、李升、吴勤、李澄之、吴宽、唐幼明、高士奇等，张雨题词③，这是一次跨越宋元明清四朝的同题集咏，曾觌是宋代诗人，吴宽、唐幼明是元末明初人，高士奇是清人。很多人看到画后一时兴起题咏其上，如唐幼明“因观前贤所咏者，不过一时兴，仆敢不作诗以纪其后云”④。同题集咏为我们保存了许多不知名诗人的作品，这也是同题集咏的价值所在。“李升，字子云，号紫筼生，濠梁人，能画竹石”⑤。杨补之，字无咎，号逃禅老人，宋代画家，擅长画梅，变水墨点瓣为白描圈线，风行一时。杨补之世家住清江，萧洲住所有梅树大如数间屋，苍皮斑藓，繁花如簇，杨补之每天照着梅树临摹，大得其趣。他喜欢画野梅，画得极为神似，“间以进之道君，道君曰：村梅耳。因自署奉敕村梅，更作疏枝冷蕊，清意逼人，而道君北辕不及见矣。

① 杨镰《全元诗》第32册，中华书局，2013年，第126页。
② 赵孟頫《论画》，沈子丞编《历代论画名著汇编》，世界书局，1984年，第203页。
③《秘殿珠林石渠宝笈汇编》第1册，北京出版社，2004年，第563—566页。
④《秘殿珠林石渠宝笈汇编》第1册，北京出版社，2004年，第564页。
⑤《秘殿珠林石渠宝笈汇编》第1册，北京出版社，2004年，第564页。

南渡后，宫中张其梅壁间，蜂蝶集其上，始惊怪，求补之，而补之已物故”①。可见杨补之梅花画得极为神似，以至于挂在墙壁上把蝴蝶都招来了，清气神韵可见一斑。

杨补之为人有正气，人品与画品极为相符，“高宗朝以不直秦桧，累征不起，自号清彝长者，人物学李伯时，梅竹松石水仙，笔法闲逸，为世一绝”②。海野老农曾觌跋云：“杨补之得墨梅三昧，山谷道人叹曰：如嫩寒清晓，行孤山篱落间，但欠香耳。则笔端春色之妙，此言尽矣。”③

吴勤“谁写江南冰雪姿，疏华冷蕊更清奇，欲留贞白同高节，故著琅轩玉一枝。补之写梅真绝品，涪翁犹惜不闻香。水边篱落天然趣，清赏何须白玉堂”、唐幼明“梅花自是神仙骨，不许凡人肉眼看。雪压江南春满屋，玉堂潇洒月光寒”、曾觌“笔端造化出天巧，写出江南雪压枝。谁道春归无觅处，横斜全似越溪时”④，同题集咏诗风清雅，都突出了杨补之梅的高洁之态，梅花冰清玉洁的仙骨气息被杨补之写活了。梅花是君子品格的象征，杨补之笔下的梅花如同人品，题画者须具备一定的绘画素养才有能力评画。梅花的“神似”在士人笔下流出，李澄之“疑是孤山晴雪夜，美人和月折归来”，非常有画意，画就是诗，诗就是画。杨补之的画有超强的表现力，色彩以单色为主，冷色显示出梅花的孤洁之气，清许如人，画品即人品。

（二）题画诗同题集咏展现了文人群体的审美逸趣，借助别人的画抒发自己的情感，描写画面景色，阐发意境之美。

如《燕穆之楚江秋晓图》，题诗者：寄翁、秦衡、吴奎、贺言、林屋

①《秘殿珠林石渠宝笈汇编》第1册，北京出版社，2004年，第565页。
②《秘殿珠林石渠宝笈汇编》第1册，北京出版社，2004年，第563页。
③《秘殿珠林石渠宝笈汇编》第1册，北京出版社，2004年，第563页。
④《秘殿珠林石渠宝笈汇编》第1册，北京出版社，2004年，第563—564页。

外史、释普震、吴文泰、瞿旼、韩奕、俞行之、王鸣吉、俞贞木、卞同、沈应、沈远、葛昺、钱复、龙泉生、曹恕、陆万秋、武孟、张巅、莫敏、高逊志、沈周。杜琼题跋、张适题跋。梦庵题词、枫江老渔题词、王璲题词。30 人同题集咏,且均为元末明初人。此画最初为陈永之大父陈孟敷所藏,后为人持去,不知所终,陈永之父亲陈良绍不胜惋惜,一直未得。锡山华祖芳偶然得之,认为此画为陈家故物,于是归还了陈永之,陈永之如获至宝,让杜琼题跋。

燕肃,字穆之,阳翟人,善山水,师法王维、李成,独不设色,尝侍燕王府,以礼部尚书致仕,"燕龙图在王府,以德业自励,后世乃以能画称,观此足见其艺之不凡,但恨为此所掩"①。其画罕见于世。燕肃比较重人品,他的画不是什么人都能给的,"在燕府侍书时,王求画,一笔不肯与,盖恐王之志尚偏也"②。此图属于山水画,笔力遒媚,是燕肃早年绘制,显示出清逸的特点。贺言题咏:"月落楚江空,秋林待日红。船开飞叶雨,人渡长潮风。阁影涛声外,山形曙色中。神仙问何在,有路想难通。"韩奕题咏:"苍茫巫峡晓,摇落楚天秋。神女千年庙,商人万里舟。诗中曾想赋,画里每思游。江海平生志,穷经老一丘。"陆万秋题咏:"极目无边万里遥,秋来转觉势雄豪。阴连云梦霜初冷,雾接巴陵日未高。赤壁争雄苏子赋,汨罗遗怨屈原骚。烟消燃竹闻渔唱,衮衮悲风起怒涛。"③

题画同题集咏中,诗人们描绘出了美丽的巫峡风光,秋林染红,月落楚江,扁舟横江,画面意境优美,动静结合,如同亲眼所见一样真实生动。诗人们纷纷借景抒情,但不同诗人眼中的秋景是不

① 张丑《清河书画舫》卷七,上海古籍出版社,2011 年,第 344 页。
② 张丑《清河书画舫》卷七,上海古籍出版社,2011 年,第 344 页。
③ 张丑《清河书画舫》卷七,上海古籍出版社,2011 年,第 344—347 页。

同的，多是满纸悲风，借画咏史。巴陵巫峡当年曾为古战场，刀光剑影如在眼前，想起屈原悲愤投江，悲风萧萧，画面悲壮。诗人们借助题画诗抒发了自己的感情和表现了自己的审美情趣。同一幅画出现了不同的理解，是个人审美观和人生经历不同所致。题画的同时，诗人们也会将自己的主观感受写进诗中，在景物描写中夹杂个人的感情色彩。同题集咏的主题是借题画悲秋，诗风苍凉壮阔，行旅之愁，秋风落叶，猿声哀鸣，商人离别，飞雨长风；拂晓日出，断云衰草，蒲帆烟树，孤舟雁风，都是共同的意象，不乏用赤壁赋、离骚之典，增强历史时空的悲壮。

此画体现了燕肃清雄奇富、变化无穷的艺术特点。"燕公之笔，浑然天成，粲然日新，已离画工之度数，而得诗人之清丽也。"[①]苏轼评点燕肃此画已经具有文人画的特点，注重诗情画意的融合，生发意境之美，脱离了画匠的画风。燕肃此画对元代文人画的发生起到了过渡作用。

（三）题画同题集咏可以发挥教化功能，和诗歌一样发挥"诗言志"的社会功能。

《雷雨护婴图》集咏者：王勉、李国寿、周伯琦、俞希鲁、曹鉴、尧岳、郭畀、青阳翼、杨枢、钱惟善、徐贲、高启、王行、王汝玉、张羽。苏大年、杨基、张绅、陈膺题跋[②]。

这是一次跨越元明两朝的同题集咏，参与者多为元末明初诗人，其中不乏名家，如高启、钱惟善、张羽，主题歌颂母爱的伟大，关乎道德教化，这表明元人绘画极其发达，画已经是一种表达情感、

① 张丑《清河书画舫》卷七，上海古籍出版社，2011 年，第 348 页。

② 赵琦美《赵氏铁网珊瑚》卷十四，《文渊阁四库全书》第 815 册，台湾商务印书馆，1986 年，第 716—718 页。

发挥教化功能的工具。“画便面,林木苍莽,作雷雨晦冥之色,一妇人抱婴儿走,以手掩儿耳,若恐儿怖者,题曰《雷雨护婴图》,盖必院画,立此为题,以试工人者。噫!风雨雷电变化不测,鬼神莫得而知者存乎其间,而画史乃欲绘焉,何哉?予观画谱,载古人风雨图画多矣,独雷雨无画者,岂以化工非可形容邪?然画风以欹,画雨以垂,而此又能画耳为雷,则亦可以为奇也矣”①。

这是画院绘画题材,作为考试画者,选拔绘画人才之用。这是第一次以雷雨为表现对象的绘画。出题新颖,立意很好,需要有一定的理解能力,才能表达出有意义的主题。画中一妇人抱婴儿疾走,雷雨交加,电闪雷鸣,妇人用手掩盖住婴儿的耳朵,表现了危险瞬间妇女的本能反应,体现了母亲的伟大。

襁褓痴儿岂解惊,与儿掩耳自忘生。
迅雷疾雨虽堪畏,不夺人间至爱情。

——王勉

雷轰雨乍冥,母急恐儿惊。
儿惊犹自可,母急若为情。
雷雨寻常恶,深闺杳不闻。
前村今咫尺,如隔万重云。

——曹鉴

迅雷震空山,云黑雨迷路。
子惊母抱持,慈爱真情著。

---

① 张绅《跋雷雨护婴图》,《全元文》第58册,凤凰出版社,2004年,第368页。

相彼匹妇愚，犹知畏天怒。
修省君子心，矧可忘恐惧。
——尧岳[1]

此组题画同题集咏极力描写雷雨声之大，母急儿惊恐之状，惊恐之中母亲忘记了恐惧的雷声，表达了伟大的母爱。题诗者需要有绘画的基础，要能够同画家一样懂得理解画题，同时需要诗人具有很好的想象力，用自己的想象补足画面的不足之处，用诗的形式填补画面的空白。

七、题画同题集咏作家构成复杂

元代题画诗同题集咏作家构成复杂，可分为元初、元中期、元末三个阶段，不同阶段呈现出不同的特点。元初题画同题集咏的作家群主要是遗民画家，胸中亡国之悲、故国之思郁积，寄寓画中。

元中期题画同题集咏的作家主要是馆阁文人群体，活动在馆阁，与皇帝臣僚打交道，题画诗风格雍容典雅，祥和熙洽。

元末社会动荡、入仕不畅，导致大批隐士出现，元末雅集频频发生。元人高雅的情趣使雅集活动频繁出现，在元末达到高潮，一时间出现了众多题画同题集咏，隐士每建造一座亭台楼阁，都有画家绘成图，众多文人纷纷同题集咏，人数众多，动则成轴，图画配上诗歌已成为元末流行的集咏方式。

纵观整个元代，题画同题集咏数量巨大，参与人数空前，跨越时间很长，影响力巨大。这是元代诗画结合成功的表现，诗画结合

① 赵琦美《赵氏铁网珊瑚》卷十四，《文渊阁四库全书》第815册，台湾商务印书馆，1986年，第716—717页。

第一次在元代成为时尚,深刻影响着画风。不同时期思想逸趣是不一样的,这是士人群体结构差异导致的,也是元代题画同题集咏的特征之一。以诗画卷的形式宣扬教化,表达隐逸之情和高雅的情趣。依靠纸质的图画流传,形成同题集咏,突破时空的阻隔,形成纸上雅集,这是元代的特色,是画与诗高度结合后的产物。

第三节 元初遗民与题画同题集咏

元初出现了我国历史上第一个大规模的遗民群体,这是伴随着理学的成熟而产生的遗民现象。遗民是隐士的一部分,是在改朝换代之际出现的隐士群体。遗民以不仕二朝为道德底线,忠于故国,行为上隐居起来,优游于山林草野之间,与普通隐士没什么区别,但遗民群体比起一般隐士来说,内心的亡国悲痛更加深重。他们带着强烈的悲痛去隐居求志、存道存身,而普通隐士不会具有亡国之痛、故国之思。遗民群体经常采用怪诞行为求志,不入城、逃禅、云游,采取极端行为表明心志。

元初往往借助同题集咏抒发亡国悲痛,同题集咏在元初创造了月泉吟社这样的辉煌。对于遗民群体抒发内心感情起到了很好的效果,元初一些遗民画家将自己的悲痛情感寄托在画中,在绘画中抒发亡国之悲。隐于画是元初遗民画家普遍采用的方式,画和诗结合起来,产生了题画同题集咏。诗画结合的形式使得元代文人在元诗领域开拓了一个新天地,多人同咏一幅画,形成了空前的题画同题集咏风尚,推动了诗画的发展。

元代隐逸士人的画得到了广大诗人的青睐,纷纷同题集咏,集体用诗来参与绘画艺术的构建,用诗抒发对隐逸画家隐逸情怀的认同。隐逸画家的隐逸行为促进了元代题画诗同题集咏的发展,对元诗的发展有很大的贡献。

题画同题集咏是元初遗民画家们的一种生命方式，这种方式使得很多遗民得以存道、存身，保持了气节，完善了人格。元初隐士主要是遗民，不肯仕元，隐于画，以隐求志。元初画家隐者以龚开、郑思肖、赵孟坚、钱选、马臻为代表，南宋理学的发达使他们选择遗民作为生存方式，借助绘画表达故国之思和亡国之痛。客观的景物到了元初遗民画家手中成了亡国的意象，悲伤哀婉之境甚是分明。“入元以后，一班气节之士，咸不甘为异族之奴隶，遂多藉笔墨以抒其抑郁之情，于是所谓文人画之画风乃大昌，非以写愁，即以寄恨”①，元初遗民画家借助画含蓄表达自己的亡国情绪，画成了他们最好的精神寄托，画中的景物都染上了悲伤的色彩。

郑思肖，字所南，福州人，宋太学生，为存宋，上书阙下，是南宋遗民中反抗性最强的一个，借助诗文绘画抒发内心的亡国之悲和黍离麦秀之感。“宋亡，更名思肖，字忆翁，号所南。坐卧必南向，夜或乘高望南泣，誓不与北人交。闻北人语即趋避。尝曰：古人重立身，今人重养身。立身者与天地同流，养身者役于万物，死于万物，变者也。语所亲曰：我死，题吾主曰宋故不忠不孝郑思肖。不忠，痛己不能存宋祚。不孝，伤己无后，宗系有绝也”②，其忠义思想可见一斑。“郑所南胸次不凡，文章学问有古人风度，不偶于时，遂落魄湖海，晚年学佛，作诗作画，每寓意焉”③。画成了郑所南泄愤的重要方式，他的画直接关系到他的情绪，郑所南高超的画法倒是成为其次，他在画中寄托的亡国之痛才是核心。

---

① 沈子丞编《历代论画名著汇编》，世界书局，1984 年，第 150 页。

② 韩奕《郑所南画兰序》，杨镰主编《全元诗》第 64 册，中华书局，2013 年，第 212 页。

③《秘殿珠林石渠宝笈汇编》第 2 册，北京出版社，2004 年，第 987 页。

郑所南高超的画兰技法，以及坚定的遗民气节、忠义节行感动着文人群体，大家纷纷同题集咏以赞美其节义。

“工画墨兰，尝自画一卷，长丈余，高可五寸许。天真烂漫，超出物表。题云：纯是君子，绝无小人。”[①]郑所南为人耿直狷介，时人以为怪，所画之兰具有明显的道德意义，是君子的象征，他画兰就是在画自己心中的道德模范，通过画兰表达了与小人绝交的理念。

《郑思肖画兰》集咏者：陈深、王育、烈哲、余泽、魏俊民、陈昱、郑元祐、释德钦、王冕、胡熙、段天祐、邹奕。祝允明题跋[②]。题咏一直持续到明代。

终生思宋，善画兰，“时写兰，疏花简叶，根不着土。人问之，曰：土为蕃人夺，忍着耶？嘉定某官胁以他事，求画兰，曰：手可断，兰不可得也。又曰：求则不得，不求或与”[③]。疏花简叶，不求甚工，刻画形象手段简单，直抒性灵，这是郑所南在绘画上的创造。“求则不得，不求或与”，有力地突出了郑所南狷介的个性，不肯落凡夫俗子手，遇贤士大夫才可以作画。也可以看得出其内心的亡国悲痛之深，他是用画兰的方式“守道”“存身”。土地被蒙元夺走了，他的兰花就没根了，兰花是他胸中悲痛的化身，象征性极强，代表着一方净土，是他理想的寄托之物。胡熙“郑公高蹈出风尘，心蕴灵均九畹春。每向毫端适幽兴，自然花叶逼其真”、段天祐“手种沅湘九畹春，所南心事似灵均。古今俯仰俱尘迹，纸上幽芳见似人”、邹奕“惟公生南楚，侍宦来吴中。身遭宋国亡，耿耿怀孤忠。无家

① 夏文彦《图绘宝鉴》卷五，陈高华编《元代画家史料汇编》，杭州出版社，2004年，第524页。

②《秘殿珠林石渠宝笈汇编》第2册，北京出版社，2004年，第986—988页。

③ 韩奕《郑所南画兰序》，杨镰主编《全元诗》第64册，中华书局，2013年，第212页。

又无后，南冠号北风。洒泪写离骚，咄咄如书空”[①]，所道正是如此。

同题集咏中，诗人们笔下的景物都是哀景，所谓“情哀则景哀”，兰就是郑所南自己，是君子的象征，如释德钦：“君子譬如兰在谷，所翁得之香可掬。”同题集咏中灵均出现频次最高，诗人们把郑所南比作屈原，他与屈原有很多相似之处，同样耿介孤忠。同题集咏中突出了他的狷介个性，如烈哲：“南子毫端有谷香，不求或与意尤长。”把他的心志比作杜鹃的，如魏俊民：“濡毫为染苌弘碧，淡扫幽芳寄此心。”

此画卷诗通过对郑所南兰画的题咏，歌颂了其忠君爱国的情怀，突出其忠义精神，把他比作君子品质的兰花，描写出其个性的与众不同。此外倪瓒也有题诗，“只有所南心不改，泪泉和墨写离骚”，主题集中，都是描写郑所南忠心耿耿的气节，如同屈原泪洒离骚一样的悲壮。

《郑所南推篷竹卷》题诗者有：郑思肖、蒋堂、郑元祐、周维新、钱良右、汪遂良、藏六翁、王廷器、陆行直、烈哲、葛寿孙、张富信、释善住、余焯、陈昱、宋无、叔渊、王育、高士奇。陆居仁、张渊、严澍、周寿□题跋[②]。

这是一次历时同题集咏，从元初郑所南自题，到元末掀起题咏高潮，最后清代人高士奇题诗其上。

郑所南是南宋遗民隐君子，宋亡后悲痛不已，将自己的愤懑寄托于画中以泄愤，多画兰、竹，此二者乃君子象征。其狷介的个性体现在兰竹的描画中。郑所南深于玄学，超然物外的品格来自于此。兰竹都是君子之爱，“贞而不刚，柔而不屈，居天下之大端，贯四时而不易叶，盖得气之本也，是故君子爱之”[③]。竹子坚贞品格深

①《秘殿珠林石渠宝笈汇编》第 2 册，北京出版社，2004 年，第 987 页。

② 高士奇《江村销夏录》，辽宁教育出版社，2000 年，第 28—31 页。

③ 高士奇《江村销夏录》，辽宁教育出版社，2000 年，第 30 页。

得士人喜爱，郑所南善画兰竹，其气节由此可见。画品亦如人品，元人品画是非常注重这一点的，这是引起文人群体同题集咏的根本原因。

郑所南高蹈的品格在兰竹画中得到淋漓尽致的展示，胸中逸气自然流出，“深于玄学，善画兰竹。求则不与，不求或与。一枝半朵，片言只字，乘兴而作，兴尽则止，流布人间多矣。然大概用意叵测，举其始而不肯安其终，谈其粗而不肯言其精，将由言者不足以语之耶”①。他的画充满意境，湛湛青天，苍烟半抹，充满逸趣，这正是君子高蹈人格的体现。他自题诗云：“清晓清风吹过后，露出青青一罅天。一似推篷偷看见，竹林半抹古苍烟。”“万顷琅玕压碧云，清风幽兴渺无垠。当时首肯说不得，不意相知有此君。”②

众位诗人在同题集咏中，认识到郑所南寄意苦深，不平之气流乎其间。宋无用湘妃洒泪的典故来比喻郑所南心中悲愤之情，“叶间尚有湘妃泪，滴作江南夜雨声”，俞焯“孤竹君家元姓墨，墨君消息要深参。诗人莫作推篷看，认取南枝见所南”③，把郑所南直接比作高士孤竹君，将孤竹君改姓墨，告诫读画者，不要单纯欣赏竹枝，要从竹枝上识别郑所南心中的逸趣。

周维新和烈哲则见得此图的天机和佳趣，画面给他们清新自然的感觉。周维新“郑老宁非老画师，笔端潇洒发天机”、烈哲“南翁笔底得佳趣，萧萧半壁青琅玕”。郑所南本来玄学深厚，玄机清趣流于笔端，他俩是被其画面的情趣所吸引。王廷器赞赏郑所南气节，“萧郎绝笔后，墨竹不世有。间出所南翁，独擅双无手。虚心

---

① 高士奇《江村销夏录》，辽宁教育出版社，2000 年，第 29 页。

② 高士奇《江村销夏录》，辽宁教育出版社，2000 年，第 28—30 页。

③ 高士奇《江村销夏录》，辽宁教育出版社，2000 年，第 31 页。

抱直节，逢人好呈丑”[①]，用诗品评了其竹艺的高妙。张富信则将郑所南比作严子陵，隐者形象跃然而出：“高节南翁世所优，当时遗墨竞谁收。严陵公子多清致，留得湘江一段秋。”[②]此幅画用意深刻，郑所南的夷齐风气是众人欣赏的原因，高超的艺术手法在诗中得到认同，画品和人品完美合一。

郑所南是贞节之士，其所画竹具有君子品格，非高识韵士不能道之，其中的玄理深奥高深。郑所南有夷齐风，然而画竹用意甚明，意志寄托于兰竹之中，不平之气一以贯之，当为观者自知。书画散落人间，片纸寸缣，必有题咏，用意深密，正是不平之气孕育了其兰竹的独特内涵。

龚开，字圣予，号翠岩，淮阴人，“身长八尺，硕大美髯，读书为文，能成一家法。画马专师曹霸，得神骏之意”[③]。其作隶字极古，画山水师二米，描法甚粗，于两淮制置司监当官，龚制司也是其称号之一。宋亡后，他没有出仕元朝，而以遗民身份终生，“入朝不仕，博闻多识，耿介不同于俗，作古隶得汉魏笔意”[④]。

龚开有气节，是画家，也是书法家，还是诗人，三者合一的素养奠定了他的艺术功力，这是元人必备的艺术素质。人生的经历和价值观往往决定其绘画的风格，遗民的身份、儒家的气节，使得他的画有所寄托。虽然在遗民情结上龚开比不过郑思肖，但是龚开内心的遗民情结也足以从画中得知。郑所南将自己的遗民情结寄托到兰和竹之中，龚开将自己的遗民情结寄托到画马和画钟馗中，以画抒发内心的悲愤之情，“尤善作墨鬼钟馗等画，怪怪奇奇，自出

---

① 高士奇《江村销夏录》，辽宁教育出版社，2000 年，第 29 页。

② 高士奇《江村销夏录》，辽宁教育出版社，2000 年，第 30 页。

③ 汤垕《画鉴》，沈子丞编《历代论画名著汇编》，世界书局，1984 年，第 196 页。

④ 陶宗仪《书史会要》，上海书店出版社，1984 年，第 313 页。

一家”[①]。画钟馗成为他的一大特长。

《龚翠岩中山出游图》题咏者有钱良右、宋无、刘洪、孙元臣、李鸣凤、吕元规、汤时懋、龚璛、王时、王肖翁、韩性、陈方、白珽、释宗衍、龚开。袚褉翁、周耘题跋[②]。

《中山出游图》是龚开自己不为世用的寄托，“翠岩龚先生，负荆楚雄俊才，不为世用。故其胸中磊磊落落者，发为怪怪奇奇，在毫端游戏。气韵笔法非俗工所可知，然多作汗血老骥伏枥态度，先生盖志在千里也”[③]。此图是龚开发愤之作，读此图要了解画家的心志所在，即“意”的落脚点，不能单纯看形似，神似比形似更重要。识画者不知笔法神韵，乃俗子之见，也就无法与画家和众人产生共鸣。了解画家志向所在是解读文人画的一把钥匙。

楚龚胸中墨如水，零落江南发垂耳。
文章汗马两无功，痛哭乾坤遽如此。
恨翁不到天子傍，阴风飒飒无辉光。
翁也有笔同干将，貌取群怪驱不祥。
是心颇与馗相似，故遣麾斥如翁意。
不然异状吾所憎，区区白日胡为至。
嗟哉咸淳人不识，夜夜宫中吹玉笛。

——陈方

① 夏文彦《图绘宝鉴》，陈高华编《元代画家史料汇编》，杭州出版社，2004年，第451页。

② 赵琦美《赵氏铁网珊瑚》，《文渊阁四库全书》第815册，台湾商务印书馆，1986年，第656—659页。

③ 赵琦美《赵氏铁网珊瑚》，《文渊阁四库全书》第815册，台湾商务印书馆，1986年，第658页。

老髯见鬼喜不嗔，出游夜醉中山春。
髯身自是鬼龙者，况乃前后皆非人。
楚龚老死无知己，生不事人焉事鬼。
吁嗟神鼎世莫窥，此图流传当宝之。

——释宗衍

老馗怒目髯奋戟，阿妹新妆脸涂漆。
两舆先后将何之，往往徒御皆胥立。
开元天子人事废，清宫欲藉鬼雄力。
楚龚无乃好幽怪，丑状奇形尚遗迹。

——王肖翁①

同题集咏中诗人们诗风相似，诗人多次用“鬼”字多次出现，点破了龚开此幅图画的“意”。龚圣予由于不得志，故所画钟馗怒目髯张，幽怪阴森，借此抒愤。画面令人惊讶不已，画面形象奇形异状，阴风怒吼，鬼怪髯张，怪怪奇奇。“楚龚胸中墨如水，零落江南发垂耳。文章汗马两无功，痛哭乾坤遽如此”“是心画师谁能量，笔端正尔分毫芒”“楚龚老死无知己，生不事人焉事鬼”、王肖翁“楚龚无乃好幽怪，丑状奇形尚遗迹”都指出龚开画中有所寄托，血泪满纸，鬼怪不凡的表情、奇怪的动作，充分揭示了龚开内心的愤懑，满纸胸臆语。寄情于画，画是文人表情达意的一种重要的方式。

不平之气寓于画中，正如宋无所说：“看来下笔众鬼惊，诗成应

① 赵琦美《赵氏铁网珊瑚》，《文渊阁四库全书》第 815 册，台湾商务印书馆，1986 年，第 658 页。

闻鬼泣声。”此幅画产生了和杜甫诗歌一样“惊天地,泣鬼神”的效果,画面动感很强。诗人们识破主旨意趣所在,题诗才能恰到好处,否则文不对题,题画诗也就失去了意义和价值。作为题画,诗人首先必须懂画,关键要会看画,理解意趣很重要,形似是个表面的东西,把握表面下的本质至关重要,这需要题画诗人有一定的绘画基础和品画功力,元代题画诗数量众多,题画同题集咏动则几十人同题一幅画,说明元人绘画的发达。元人深厚的艺术素养,这种群体性的风气,对画界实属一大贡献。

赵孟坚,字子固,南宋著名画家,宋太祖十一世孙,宝庆二年(1226)进士,仕至郡守,修雅博识,人比米芾,长于水墨画,善画水仙、兰、竹、松、梅,注重清韵。“善水墨白描水仙花梅兰山矾竹石,清而不凡,秀而雅淡”①,“墨兰最得奇妙。其叶如铁,花径亦佳,作石用笔轻拂如飞白书状,前人无此作也”②。

赵子固的水仙画是一绝,用书法入画,开元代书画同一之先河,同温日观一样将书画合为一体,贡献是很大的。画梅竹、水仙、松枝、墨戏,皆入妙品,赵孟頫专师其兰石。赵孟坚作为宋宗室,宋亡对他来说是一个很大的打击,不同于赵孟頫出仕元朝,他坚守不出仕。作为宋遗民,他将自己的亡国之痛寄托在画中,和郑思肖、龚开一样寄幽愤于画,客观上成就了他的绘画。

《赵子固兰蕙卷》集咏者:钱良右、朱梓荣、汤弥昌、龚璛、陈大有、陈方(3首)、蔡景傅、钱逵、姚翥(2首)、唐升、张适、赵友同(2首)、释善住、卢熊、李皓。蔡一鹗、陈基题跋③。

---

① 夏文彦《图绘宝鉴》卷四,《宋辽金画家史料》,文物出版社,1984年,第744页。

② 汤垕《画鉴》,沈子丞编《历代论画名著汇编》,世界书局,1984年,第194页。

③ 赵琦美《赵氏铁网珊瑚》,《文渊阁四库全书》第815册,台湾商务印书馆,1986年,第649—651页。

“子固宋室宗臣，当南风不竞时，众芳摇落者殆尽，其悲愁郁结之心无可与道者，故发而为兰蕙。兰蕙草中之芳，其托兴与三闾比世，不知者仅以善画称子固，子固是图盖有骚经之遗意在”[①]，蔡一鹗指出了赵孟坚画兰是有所寄托的，身为宋宗室，国破家亡之感寄寓在画兰之中，也是题画同题集咏发生的条件。

“写兰以左笔为难，此图笔笔皆向左”[②]，这是赵子固用左手画成的，从兰花的神韵看，无疑是成功之作。

同题集咏中诗人们领会到赵子固画意所在，借画抒愤，寄兴于墨兰之中，慰藉所思。朱梓荣“独醒岂无人，遗恨湘江雨”、蔡景傅“此趣谁能会，烟霞物外人”、姚翥“曾托芳兰寄幽思，至今遗墨淡生春”，故国王孙之故国之思跃然纸上。题画诗贵在知意，点中主题是题画诗的意义所在。诗人们从画面中都感受到了一股浓浓的故国情思，故将其比作屈原，龚璛“无人自芳，伊谁同德。楚之三闾，殷则二墨”[③]、蔡景傅“灵均楚同姓，子固宋宗臣”、汤弥昌“泛兰转蕙光风春，灵均妙与花写神”，用屈原直接代指赵子固，两人都有相似的背景，屈原和楚王同姓，赵子固作为宋宗室子孙，固然同宋同姓，面对自己的宗室亡国，二人都有相同的境遇。

题画贵在议论，诗人们题画议论得恰到好处。没有一定的文学修养、史学修养、画学修养是不会有此高见的。不同的是，屈原无法忍受楚国灭亡的事实，投江自尽，而赵子固寄托自己的悲愤于

---

① 赵琦美《赵氏铁网珊瑚》,《文渊阁四库全书》第 815 册，台湾商务印书馆，1986 年，第 650 页。

② 赵琦美《赵氏铁网珊瑚》,《文渊阁四库全书》第 815 册，台湾商务印书馆，1986 年，第 649 页。

③ 赵琦美《赵氏铁网珊瑚》,《文渊阁四库全书》第 815 册，台湾商务印书馆，1986 年，第 650 页。

画中，方式不同，但悲痛之情是一样的，屈原是元初遗民画家的精神寄托，也是题画同题集咏的热点，与宋亡密不可分。

同时，诗人们还在同题集咏中用诗评点了赵孟坚墨兰画的精妙之处，此画并不是赤裸裸地寄托情思，是用高超的艺术巧妙地利用象征手法寄托情思。此画艺术性居第一，"萧闲入神品，烂漫见天真""胸中九畹无纤尘，摹写形容方逼真""后来三绝松雪翁，心让此花能品中"，肯定了此画的艺术价值，认为其可以入神品了。元人评画以入神品为最高境界，"彝斋赵公墨兰皆写其天真，无一毫俗笔，卷中品题皆一时诸老彦良其宝玩之"①。

同题集咏中，诗人们屡屡提及此画的艺术价值，逼真，有天趣，气韵生动，有悠然之趣，连赵孟頫见到此画都得赞几分，高度肯定此墨兰画的艺术价值。此画在高超的艺术境界中寄托了自己的故国之思，"彝斋作画诗兴寓，寄斋作诗知画趣"，画是无声诗，诗是无声画，诗画一体的概念深入元人心中。元人绘画艺术的普及性是前所未有的，题画同题集咏的出现是元代绘画繁荣的必然现象。

钱选，字舜举，号玉潭，吴兴人。宋亡后隐居不仕，"而舜举独隐于绘事，以终其身"②，将自己的理想情志寄托在画中，是位遗民画家。他擅长山水、花鸟，尤其擅长画折枝，往往自题其诗。

《元钱舜举梨花卷》纸本，高尺许，阔约三尺，卷首有项子京、王铣、文徵明、文彭等印二十三方。王绅题跋。钱舜举自题，马颛、吴仲庄、袁辅、夏伯寅、朱璠、陆豈、大兴、禅悦、桤隐潜老、章溥、郑玉、周雍、晏昱、杨鲁、范彦良、青山道遐、华项师鉴③。"雪川钱公舜举，

① 赵琦美《赵氏铁网珊瑚》,《文渊阁四库全书》第815册，台湾商务印书馆，1986年，第651页。

② 赵汸《赠钱彦宾序》,《全元文》第54册，凤凰出版社，2004年，第320页。

③ 吴荣光《辛丑销夏记》，浙江人民美术出版社，2012年，第258—262页。

巧出天思，其模写名物，精诣入神，为当世所贵重。今观其所画梨花，虽一枝朵之微，其风神姿度，飘逸潇洒，宛有生气，岂世之规规于丹墨者比哉。盖其晚年得意之笔，诚可珍玩也”①。

钱选折枝画是出了名的，一枝梨花，一枝梅花，一枝海棠。折枝是钱选经常采用的手法，神韵鲜活，非常有生气，气韵风姿跃然纸上，宛如活的一样。钱选画折枝达到了出神入化的程度，时人很佩服其艺术技巧，认为可入神品。其往往在惟妙惟肖的写意中寄托情思，以画寓志，没有人工痕迹，通过梨花的形态启发人的思维，引发深思。诗人们在同题集咏中赞美了梨花的美丽，题咏突出了梨花的冰清玉洁，展示了钱选高超的画艺。

同题集咏中，在赞美梨花丰姿的同时，诗人们点出此幅画深藏的意旨。钱选借梨花折枝，抒发了自己的故国之思。诗风总体上看是凄凉的、感伤的，晏昱“如何泣向庭前雨，惹得闲人也断肠”、杨鲁“风物易伤怀，呜呜泪如线”、范彦良“粉妆新抹半葳蕤，寂寞东风泣向谁”、朱璠“淡妆宜对月昏黄，何事东风亦断肠”，均将自己的兴亡之感寄托在画面的描绘中，一切景物都染上了悲壮的色彩。

“故园”一词多次出现在不同诗人笔下，青山道遐“忆在故园春雨里，画图那忍客中看”、杨鲁“有母在故园，知谁与供献”，直接点明画的主旨。故园饱经风雨摧残，美丽的梨花素艳清香，带着几分寒意，分外有神，家园被毁，故国不在，家园依旧。故园中有老母，诗人通过画面想象出故园已经残败不堪，在梨花画卷中不忍回忆。一枝带泪的梨花，惹得诗人们断肠，在同题集咏中诗人们用诗品评了钱选的画艺，马颛“披图苦忆雪川翁，艺苑留情独最工。更有不传三昧法，至今遗恨水晶宫”，画艺超群，注重神似，突破形似，

① 吴荣光《辛丑销夏记》，浙江人民美术出版社，2012 年，第 260 页。

在高超的艺术里寄托了自己的情志，以画寄情，寓愤于画，这是元初遗民画家经常采用的表现手法。士人群体很好地理解了画面的意趣所在，借助同题集咏的形式将遗民画家的情志展现出来，以引起群体的共鸣。

“画家不必拘拘求形似，自董北苑始，是以神胜也。至于胜国间诸名家，专务神色”①。从董北苑开始绘画注重神似，到钱选时已经达到一个很高的层次，《元钱舜举梨花卷》就是一个很好的证明。画家及诗人群体充分认识到神似比形似更加重要。

第四节　元中期馆阁题画同题集咏

元代馆阁机构设立较晚，“至元五年，肇建御史台”②，“中统元年，初设翰林学士承旨，官止三品。至元元年，乃建翰林国史院”③，“至元二十四年，始置国子监学，设官以司教”④，“至元十三年，诏立太史局，改治新历，寻升局为院”⑤，“二十四年，分置尚书省”⑥，“至元二十一年，诏立东宫官属”⑦。元世祖认识到儒家文化对于治国

① 周积寅《中国画论辑要》，江苏美术出版社，1985 年，第 200 页。

② 黄溍《上都御史台殿中司题名记》，《全元文》第 29 册，凤凰出版社，2004 年，第 300 页。

③ 黄溍《翰林国史院题名记》，《全元文》第 29 册，凤凰出版社，2004 年，第 297 页。

④ 苏天爵《元故国子司业砚公墓碑》，《全元文》第 40 册，凤凰出版社，2004 年，第 232 页。

⑤ 苏天爵《元故太史院使赠翰林学士齐文懿公神道碑铭》，《全元文》第 40 册，凤凰出版社，2004 年，第 281 页。

⑥ 宋濂《元史》，中华书局，1976 年，第 4103 页。

⑦ 宋濂《元史》，中华书局，1976 年，第 4105 页。

的重要意义后，大量启用汉人做官，元初忽必烈周围就围绕着刘秉忠、郝经、许衡、王鹗、王磐、商挺、杨果、李谦、王恽、胡祇遹、阎复、姚燧、姚枢、夹谷之奇、张孔孙、董文用等一大批文人，他们帮忽必烈出谋划策，为其争夺汗位做出了贡献。

至元年间，大元开始不断汉化，逐步完善各种文化机构，派程钜夫江南访贤，大大促进了南北大融合。伴随着世祖统一海宇，由武治转向了文治，忽必烈认识到文治的匮乏，“朕惟祖宗肇造区宇，奄有四方，武功叠兴，文治多阙，五十余年于此矣”[①]“世祖皇帝在藩邸……迨至元中，天下既定，军旅既息，法度已备……于是文学之士，彬彬而起”[②]，“世祖皇帝神武不杀，以承祖宗之业。既一海内，乃修文治”[③]。

延祐年间，科举恢复，一时间在“元仁宗皇庆、延祐年间，籍贯东南的文人在京师逐步形成了一个文化圈，如袁桷、虞集、贡奎、范梈、杨载、揭傒斯等人，他们都曾任职于集贤、翰林两院，驰骋清要，翰墨往复，更相倡酬”[④]。这标志着元代馆阁文风正式形成。

翰林、集贤两院士人群体交流开始增多，以赵孟頫为首的画家在馆阁中作画，一时间馆阁文人群体纷纷题画同题集咏。元仁宗、元文宗喜爱汉文化，元文宗绘画艺术修养较高，亲自建立奎章阁。奎章阁于1329年由元文宗建立，目的是学习儒家经典，教贵族子弟学儒家文化、鉴书、收藏古玩字画，是一个文化艺术机构。

---

① 元世祖《即位诏》，《全元文》第3册，凤凰出版社，2004年，第263页。

② 虞集《焦文靖公彝斋存稿序》，《全元文》第26册，凤凰出版社，2004年，第103页。

③ 虞集《新修东湖书院记》，《全元文》第26册，凤凰出版社，2004年，第491页。

④ 杨镰《元诗史》，人民文学出版社，2003年，第459页。

奎章阁建立的宗旨是推行儒家文化，收藏古玩字画。奎章阁下辖群玉司、艺文监、博士司、授经郎、艺林库、广成局等部门，笼络了大量优秀的文人，其中不乏知名进士如欧阳玄、许有壬、宋本、泰不华等，还有非进士如虞集、揭傒斯、赵世炎、杨瑀、柯九思、王守诚、苏天爵、李泂等。进士群体和非进士群体密切的文学交往活动促进了馆阁文风的鼎盛，形成了一个规模庞大的奎章阁文人群体。

元代绘画的繁荣也是从南宋灭亡后南人北上开始的。大批南人进入大都，为统治者所赏识，服务于宫廷，如王振鹏、赵孟頫、柯九思、邓文原、赵雍。

天历二年（1329），元文宗在南京的住所改建集庆龙翔寺，动用大量的人力物力，召集一大批杰出画家参与佛寺壁画创作，唐棣等参与创作，因作画有功得到提拔，“能绘事，尝画嘉熙殿，为上所知”①。

元代题画同题集咏大多是出于自发，也有应人之约进行的，还有一种是有人组织的。鲁国大长公主祥哥剌吉痴迷于画作的收藏与鉴赏，是一位著名的书画收藏家。她是元文宗的岳母，非常喜欢汉文化，是皇室蒙古贵族中汉文化修养较高者，“至治三年三月甲寅，鲁国大长公主集中书议事执政官翰林集贤成均之在位者，悉会于南城之天庆寺，命秘书监丞李某为之主……酒阑，出图画若干卷，命随其所能，俾识于后。礼成，复命能文词者，叙其岁月，以昭示来世”②。元英宗至治三年（1323），鲁国大长公主召集城南天庆寺集会，组织书画文人聚会，这是一次规模较大、层次极高、影响

① 顾瑛辑《草堂雅集》卷三《唐棣条》，中华书局，2008年，第330页。

② 袁桷《鲁国大长公主图画记》，《全元文》第23册，江苏古籍出版社，2002年，第483页。

很大的书画鉴赏之会。大长公主拿出自己收藏的书画,命文士们题咏,其中多为馆阁文臣,体现了大长公主的领导才能和很强的号召力。

统治阶级对绘画的提倡,馆阁机构的设立,以及延祐科举的恢复和奎章阁书画机构的设立,有力地促进了元代绘画的发达。馆阁文臣同处一馆,文化气息浓厚,馆阁机构中有很多著名画家,有力地促进了题画同题集咏的发生。

《黄庭坚自书松风阁诗》:“谓松有风松不知,谓风入松风无形,声繇形始成,言六书者取焉。肇于无名,入于有名,万化之始,吾未始以妄听,松动风动,当于混沌以得之可矣。”[①] 袁桷解释了松风阁的含义,风无形,松有形,风与松的互动解释了声与言的关系,即“风入松”的意义。同题集咏者:魏必复(集贤侍讲学士中奉大夫)、张珪(中书平章政事)、王约(集贤大学士)、冯子振(集贤待制)、陈颢(集贤大学士)、陈庭实(儒学提举)、孛术鲁翀(中书右司员外郎)、邓文原(集贤直学士)、柳贯(国子博士)、赵岩。还有翰林国史院编修官杜禧、翰林侍讲学士李源道、翰林直学士袁桷、翰林直学士监修国史李洞题跋。

王振鹏,字朋梅,号孤云居士。永嘉人,元代画家,擅长界画,是一个宫廷画家。代表作有《大明宫图》《大安阁图》《大都池馆图样》。另有《王振鹏龙舟图》绢本,纵九寸八分,横七尺五分,界画宋宝津龙舟竞渡景[②]。“崇宁间,三月三日,开放金明池,出锦标与万民同乐,详见《梦华录》。至大庚戌,钦遇仁庙青宫千春节,尝作此图进呈,恭惟大长公主尝见此图。阅一纪余,今奉教再作,但目

①《秘殿珠林石渠宝笈汇编》第5册,北京出版社,2004年,第1920页。
②《秘殿珠林石渠宝笈汇编》第5册,北京出版社,2004年,第1569页。

力减如曩昔，勉而为之，深惧不足呈献”[①]。至大庚戌第一次作图，目的是为了元仁宗青宫千春节进呈。至治癸亥春暮第二次作图，是奉教而作，此时王振鹏视力已经不佳了。

在元代，画是下层文人猎取功名的重要手段，画家李士行在科举废除后，向元仁宗进献《大明宫图》，立刻换得了五品官，王振鹏、何澄等画家都是因画得官。元代著名宫廷画家王振鹏以画艺杰出而得到元仁宗赏识，当上五品官员，他是界画代表画家。

《题王鹏梅金明池图》，王振鹏、王约、冯子振、王毅、赵世延、陈颢、李源道、邓文原、赵岩、李泂、元明善、吴全节、张珪、陈庭实，奉大长公主命题。

《元王孤云墨幻角觝图卷》，绢本，高一尺余，长六尺，人物用墨积成，鬼怪百戏，曲尽其幻。树石简雅，有北宋人意，款在右方。题诗有冯子振、王约、张珪、柳贯、陈颢、魏必复、赵岩、陈庭实，题跋有袁桷、邓文原、李源道、李泂、杜禧、柯九思、王观[②]。

《钱舜举硕鼠图》由钱选自题，元永贞、陈庭实、冯子振、袁桷、赵岩、邓文原、王约、柳贯、陈颢、李泂、杜禧题诗。蔡文渊题跋[③]。

《周曾秋塘图》题咏者有赵世延、龚开、冯子振、邓文原、李泂、魏必复、王约、张珪、袁桷、李源道、王毅、赵岩、杜禧、曹元用[④]。此图应为大长公主的收藏品。

---

① 王振鹏《题金明图并序》，杨镰主编《全元诗》第28册，中华书局，2013年，第149页。

② 高士奇《江村销夏录》，辽宁教育出版社，2000年，第47—49页。

③ 汪砢玉《珊瑚网》，《文渊阁四库全书》第818册，台湾商务印书馆，1986年，第595—596页。

④ 汪砢玉《珊瑚网》，《文渊阁四库全书》第818册，台湾商务印书馆，1986年，第539—540页。

《展子虔游春图》绢本，纵一尺三寸四分，横二尺五寸一分，设色画山水楼观，舟彴桃柳人物，无名款。冯子振、张珪、赵岩三人奉皇姊大长公主命题咏。董其昌题跋①。

《郭昶先升龙图》，冯子振、邓文原、赵岩②，奉大长公主命题。

《赵昌蛱蝶图》素笺本着色画，无款，姓名见跋中。卷前有皇姊图书一印③。冯子振、赵岩、乾隆题诗，董其昌跋。

以上题画同题集咏都是在鲁国大长公主的组织下产生的。题咏者除赵岩外，都是馆阁文臣，在馆阁中任职，而赵岩和大长公主也有密切的私人关系。赵岩，“字鲁瞻，号秋巘，长沙人。居溧阳，遭遇鲁王，尝在大长公主宫应旨，立赋七言律诗宫词八首，公主赏赐甚盛。出门，凡金银器皿皆碎而分惠宫中从者及寒士。后遭谤，遂退居江南。因不得志，日饮酒醉而病死，遗骨归长沙”④。赵岩屡次参加由大长公主组织的题画同题集咏，由此可见统治阶级的喜好对于馆阁风气的重要影响。大长公主组织的题画同题集咏就是用诗歌进行品画，是馆阁内部一次次的雅集活动，对于提高馆阁文人艺术鉴赏能力是有好处的，客观上促进了题画诗的发展。馆阁文人通过共同题咏一幅画，提高了彼此之间的默契，增进了感情，馆阁群体内部的艺术修养也在一次次的雅集活动中提高。

《睢阳五老图》，为北宋时期画作。所谓“五老”，是指杜衍、王涣、毕世长、冯平、朱贯，皆大宋朝中重臣。五老均为高官，在宋仁宗时以年德致仕，太子太师致仕祁国杜公八十岁，礼部侍郎致仕王

①《秘殿珠林石渠宝笈汇编》第6册，北京出版社，2004年，第2613页。

② 汪砢玉《珊瑚网》，《文渊阁四库全书》第818册，台湾商务印书馆，1986年，第517—518页。

③《秘殿珠林石渠宝笈汇编》第2册，北京出版社，2004年，第959页。

④ 顾嗣立、席世臣编《元诗选·癸集》，中华书局，2001年，第644页。

公九十岁，司农卿致仕毕公九十四岁，兵部郎中致仕朱公八十八岁，驾部郎中致仕冯公八十七岁。五老与乡人燕集酬唱以乐高年盛德，“时人慕之，为作图像以纪希有”①。五老辞官后寓居今河南省商丘市睢阳区颐养天年，经常晏集赋诗，时称“睢阳五老会”。

元代时画家朱德润家藏此《睢阳五老图》，是朱德润先祖朱贯参加睢阳五老活动时留下的藏品，时年朱贯八十八岁，朱德润是其曾孙，“盖郎中在五老中其次四，作图时年八十有八矣”②。此图宋时最初为毕氏收藏，后被朱贯孙收回，一直在朱氏后代元人朱德润、明人朱复吉手中流传。曾孙朱德润利用自己任职翰林文字兼国史院编修官的机会，拿出此画请翰林、集贤院的馆阁文臣题咏，一时间几乎整个馆阁文士都有题诗。

《睢阳五老图》，欧阳修、晏殊、范仲淹、文彦博、司马光、程颢、程颐、苏轼、苏辙、黄庭坚等18位北宋重量级人物纷纷在画上题诗题跋。元人题跋题诗题名者有：李祁、张翥、俞焯题诗。程钜夫、姚燧、马煦、元明善、曹元用、马祖常、王守诚、赵期颐、泰不华、韩镛、刘致、周仁荣、邓巨川、曹鉴、郭畀、钱琼、韩玉伦徒题名。赵孟頫、虞集、柳贯、杜本、李道坦、周伯琦、段天祐为此画题跋③。馆阁文人不是一时一地集咏题跋，而是历时地在不同时空题咏，不少少数民族文人也参与其中。此画影响力很大，从宋代开始集咏，元人大量参与提高了此画的影响力，元人是此画题咏的主力军，明代人继续题咏题名。

馆阁画家赵孟頫的绘画是元代文人题咏的热点，据《全元诗》

①《文渊阁四库全书》第815册，台湾商务印书馆，1986年，第692页。
② 柳贯《柳贯诗文集》，浙江古籍出版社，2004年，第391页。
③《文渊阁四库全书》第815册，台湾商务印书馆，1986年，第690—693页。

统计,有 60 多人次为他的竹题诗,有 20 多人次为他的兰题诗,有 102 人次为他的马题诗。赵孟頫是画、书法、诗歌的全才人物,书画精妙,堪称元代第一。他的名画很多,得自然之天趣,“他人画山水、竹石、人马、花鸟,优于此或劣于彼。公悉造其微,穷其天趣,至得意处,不减古人”①。

赵孟頫的画是元代题画诗同题集咏的热点。作为馆阁文人,他的影响力是巨大的,“四方贵游及方外士,远而天竺、日本诸外国,咸知宝藏公翰墨为贵”②。他也带动了整个赵氏家族绘画的兴盛,他在艺术观点上主张“复古”,他的画是他复古思潮的一部分。赵孟頫提倡绘画以“神似”为本,“凡画,神为本,形似,其末也。本胜而末不足,犹不失为画。苟善其末而遗其本,非画矣。二者必兼得,而后可以尽其妙,观子昂之画马,信其为兼得者欤!”③

赵孟頫擅长画马、竹、兰,他的多幅画被同题集咏。《赵孟頫浴马图》有 12 人同题集咏,《赵孟頫人骑图》有 12 人同题集咏,《题赵孟頫饮马图卷》有 8 人,《赵魏国双马图》有 6 人,《赵孟頫瓮牖图》有 3 人,《赵孟頫作渊明归田图》有 3 人,《子昂春郊挟弹图》有 6 人,《赵孟頫滦菊图》有 9 人,《赵孟頫双骏图》有 4 人,《赵孟頫画草汀文鸳》有 4 人,《题赵孟頫兰蕙卷》有 4 人,《元赵孟頫疏林秀石图》有 3 人,《水村图》有 41 人,可见其作为馆阁文人的影响力,馆阁给赵孟頫提供了一个创作平台和出名的机会。绘画在元代馆阁内部就是一种猎取功名的手段。

---

① 杨载《赵孟頫行状》,《元代画家史料汇编》,杭州出版社,2004 年,第 59 页。

② 欧阳玄《魏国赵文敏公神道碑》,《元代画家史料汇编》,杭州出版社,2004 年,第 60 页。

③ 刘敏中《跋赵子昂画马图》,《全元文》第 11 册,凤凰出版社,2004 年,第 430 页。

《赵孟頫水村图》是赵孟頫为钱德钧作,吸引了48位文人题跋吟咏,其中40位诗人题诗,是赵孟頫题画同题集咏中影响最大的一次。"大德六年十一月望日为钱德钧作,子昂。后一月,德钧持此图见示,则已装成轴矣。一时信手涂抹,乃过辱珍重如此,极令人惭愧"①。可见此图题咏之盛、速度之快,说明了元代同题集咏的发达,文人对此津津乐道,动则几十人参与群咏,是元人的一种时尚。

《水村图》题诗者有:邓㮙(2首)、无名氏、顾天祥、陆祖允、赵资深、束从大、赵孟吁、黄肖翁、束南仲、罗志仁、哲理野台、姚式、钱重鼎、龚璛(2首)、陆柱、郭麟孙(2首)、王钧、孙桂、钱良佑、俞日华、林宏、干文傅、叶齐贤、黄介翁、赵由俊、钱以道、陆行直、陆祖凯、束巽之、赵骏声、赵由祚、林宽、束复之、陆承孙、束同之、陆继善、朱梓瑞、徐关、曹浚、从虎。束从周题词、汤弥昌题词(2首)。赵孟頫题跋、姚式题跋、赵由儁辞跋。陆祖宣书蒹葭诗并跋。钱重鼎记。董其昌、陈继儒、李日华、李永昌等都有跋②。

"偶阅水村图,其景物萧瑟,烟波浩荡,有人乘扁舟往来其间,此图此意,殆与此诗若相符者,故书于其后云"③。诗与画意吻合,诗画互补,众多文人参与同题集咏。此诗并不是作于一时一地,而是历时共作,如隐士钱德钧的侄子钱以道延祐四年(1317)十月二十六日,以道远参加会试于京师来告别,见到《水村图》,被吸引,遂赋诗一首。题跋持续到明代后期崇祯年间,共40人题诗,2人题词,8人题跋,1人题记。

---

① 赵孟頫《题水村图并序》,《全元文》第19册,凤凰出版社,2004年,第126页。

②《秘殿珠林石渠宝笈汇编》第1册,北京出版社,2004年,第577—585页。

③《秘殿珠林石渠宝笈汇编》第1册,北京出版社,2004年,第579页。

疏柳平芜落雁飞，断桥斜日钓船归。
江天万顷秋如画，一笑人间醉墨非。

——顾天祥

屋后青山门外溪，疏疏芦苇护渔矶。
地绿清绝人堪爱，长是三春雁不归。

——赵资深

幽人心地本翛然，此境相谙七十年。
茅屋数椽依约外，云山一抹有无边。
眼前生意今林屋，笔底秋风古辋川。
胜景有余描不尽，归鸿几点落寒烟。

——黄肖翁

空林有影连山远，流水无声带雁寒。
自是渔樵真乐处，不知图画与谁看。

——东南仲

流水萦纡别浦，孤村掩映前山。
开卷不知何处，高人隐逸其间。

——赵骏声

游尘飞不到紫关，名利无心梦亦闲。
时有扁舟乘兴客，高谈终日对青山。
不入山林不入城，孤舟容我寄浮生。

年来与世殊相远，渐喜无人识姓名。

——赵由祚[①]

这幅画是山水画，有人在烟波浩渺的水中荡桨，云树环绕，芦苇丛生，青山隐隐，芦花飞舞，秋风中归鸿点点，孤村掩映，高人隐居其中，是一幅典型的隐居图，非常有意境。在元代，每当有人归隐，就会引起士人群体极大的兴趣，名人为之作画，众人同题集咏。元代隐逸之盛可见一斑，题画同题集咏中一首首诗如同一幅幅画，诗意和画意完美交融。诗中有画，画中有诗，诗画互补，诗中运用了画的语言，线条流畅，浓淡适宜，秋风中渔舟唱晚，意境悠远，“渐喜无人识姓名”点出了元末士人普遍具有的隐居心理，令他们向往。

看此图就想到渔父隐者，诗中没有议论，而是仔细描绘图画内容，有雁，有柳，有舟，有水，有茅屋，有桑梓，有芦花，有秋风，有云山，有海风，有寒烟，有空林，有青山，有连山，有断桥，有流水，有幽人，白描手法勾勒画面，纯是用画的手法写诗，造出一种画意的语言美。画面宁静，虚实相生，动静结合，有些在诗中点题，“自是渔樵真乐处，不知图画与谁看”“开卷不知何处，高人隐逸其间”。“隐”的目的明显，同题集咏者领悟到了钱德钧隐士的志向所在。画中隐士可行、可望、可游、可居，自得其乐，超脱物外，逍遥自得，在大自然的山水中寻觅着隐者的快乐。

图画中反映出的是一种清净朴素的境界，精神上获得超脱，是老庄哲学的体现，“无为”“道法自然”“虚静”“淡泊”等思想暗含其中，身与物化，天人合一。此画凝聚着赵孟頫的思想、精神境界

---

①《秘殿珠林石渠宝笈汇编》第1册，北京出版社，2004年，第578—583页。

和高超的艺术才能，众人鉴赏画的能力在诗中得以体现。题画诗同题集咏实现了畅神怡情的审美功能，体现了元代文人群体高超的艺术才能和深厚的艺术素养。

第五节　元末隐士与题画同题集咏

中国隐士是社会发展到一定阶段的产物，隐逸思想是建立在道家学派的基础上的。巢父、许由是传说中最早的隐士，而有明确记载的隐士只能从伯夷、叔齐算起。隐士往往具有高尚的情操和人品，不愿意与统治阶级同流合污，躲避到山林中不与统治阶级合作，逃避政治，甘愿清贫，与世无争，洁身自好，注重个人道德的修养，有一定的文化修养。庄子很早就给隐士做了定义："古之所谓隐士者，非伏其身而弗见也，非闭其言而不出也，非藏其知而不发也，时命大谬也，当时命而大行乎天下，则反一无迹。"①

隐士在古文献中有很多代名词，如高士、逸士、幽人、高人、遗民、逸民、处士、居士、隐民等，彼此之间有很大的区别，改朝换代不仕新朝的人是遗民，不处于改朝换代，由于各种原因而隐居山林、园林的士人叫隐民、处士。

隐士按照隐居方式可分为几种类型：一是全隐型，这种算真正的隐士，如元末吴镇、倪瓒、王冕；第二种是先官后隐，看透了官场的黑暗，于是决定隐居，如晋代陶渊明；第三种是半官半隐，如唐代王维；第四种是时官时隐，如元代王蒙；第五种假隐，隐居不是为了投身大自然，而是为了出仕做官，如唐代孟浩然。

隐士往往都是在现实中碰壁，不得志以后走向归隐的，在山林

① 王先谦《庄子集解》卷四，中华书局，1987 年，第 136 页。

之中寻求精神解脱，寻找快乐。他们往往具有很强的独立精神，极其渴望获得自由。老庄思想是他们避世的指导思想。

隐士群体有独立的思想和完善的人格。虽然没有积极出仕，但是对中国古代文化贡献很大。艺术领域的杰出代表几乎都是隐逸人士，如陶渊明隐居后为中国古代留下了大量的田园诗。有些隐士选择建造园林隐居，这些人对中国古代园林建筑做出了重要的贡献，甚至皇家园林都受到私家园林的影响。每个时期的隐士情况都是不一样的，隐居的方式也不尽相同。

元代是中国历史上盛产隐士的朝代，尤其是元初和元末。这与元代政治密切相关。元代是蒙古人统治的时代，以强悍的武力征服了世界，但文化水平低下，思想松弛，不注重文化建设，需要一个长时间汉化的过程。元代取士制度不完善，入仕极其艰难，带有随意性和原始性，这些都是元代隐士众多的原因。

以吏仕进是元代主要进身方式，广大汉族士人不屑为吏，认为与骨子里儒家思想相悖，士人都是渴望出仕做官的。很多隐士都是做官无门，不得已归隐，为吏长达120个月的低级吏，使得士人看不到入仕希望。即使延祐科举后，吏仍然是主流入仕途径，“当时由进士入官者仅百之一，由吏致位显要者常十之九”①。

很多元代士人被逼入吏，他们希望得到官职，但是做了一段时间吏以后，无法忍受为吏的痛苦，自身尊严和士人品格都受到了前所未有的挑战，不得不放弃为吏，干脆隐居起来，如元代士人萧维斗、画家黄公望都是如此，“先充浙西宪吏，后在京，为权豪所中。改号一峰，以卜术闲居，弃人间事，易姓名为苦行，号净墅，又号大

① 宋濂《元史》，中华书局，1976年，第4255页。

痴”[①]。元代士人们可谓是一个独特的群体，他们追求隐逸具有社会普遍性，无论是隐于山水，还是隐于市井。他们的隐逸不是简单的政治性规避，而是一种社会性退避，体现了与社会总体的分离，都蕴含着对个性解放与精神自由的探求。

元代隐士隐于画，画成了他们寄托情感的最佳方式，隐于画是元代隐士的一种生命方式。元初的郑所南、龚圣予、钱选，元末的黄公望、倪瓒、王蒙、吴镇都是如此。客观上，这些隐士促进了绘画水平的提高，对画界做出了很大的贡献。“中国画的风格也受到隐士很大的影响：中国画涂抹上了一层很浓厚的隐士那种出世的色彩，不但不求形似，甚至反对形似，这很明显的是逃避现实”[②]。

元末隐士画家对中国画坛确实做出了很重要的贡献，在绘画中寻找超脱，从山水画中获得生命价值和人格精神的力量。实际上是在追踪老庄哲学，用“无为”的方式寻“道”，隐居以求志。实际上元代隐士以道家为主，兼具有儒、释的特点，是儒释道三者的合一。正如李泽厚所说：“可以代替宗教来作为心灵创伤、生活苦难的某种安慰和抚慰，这也就是中国历代士大夫知识分子在巨大失败或不幸之后并不真正毁灭自己或走进宗教，而更多的是保全生命、坚持节操却隐逸遁世以山水自娱、洁身自好的道理。”[③]

元末隐士画家借助画表达自己的志向，绘画成为他们寄托情志、完善人格的最好方式，客观上促进了元代绘画走向成熟，使写意画得到了很大的发展。

元末隐居成风，元初隐士和元末隐士出现的原因是不一样的。

---

① 陈高华《元代画家史料汇编》，杭州出版社，2004 年，第 576 页。

② 蒋星煜《中国隐士与中国文化》，上海三联书店，1988 年，第 77 页。

③ 李泽厚《中国古代思想史论》，生活·读书·新知三联书店，2008 年，第 228 页。

元初主要是不仕二朝导致，是理学伦理道德与现实政治发生的激烈碰撞导致；而元末隐士是由于元代社会制度和战乱导致的，其中入仕不畅、文化环境宽松是主要原因。

元末是我国文人画发展的高峰，他们借助绘画书写心中“逸气”，如倪瓒所说：“以中每爱余画竹，余之竹聊以写胸中逸气耳！”[①] 胸中的愤懑和情怀借助画表现出来，显示出元人对绘画熟练驾驭的能力。元末画家的写意精神得到发展，独特的时代背景促成了隐逸之风，诗书画结合的形式使得元末隐逸文化有很高的品格。

一、倪瓒

倪瓒（1306—1374），原名珽，字元镇，号云林、云林子、云林生、幻霞子、风月主人等。其家为江南首富之一，在全真教的庇护下过着优裕的生活。善画，也是个诗人、书法家，在画界影响很大，元季四大家之一，后人对其画评价很高：“迂翁画在胜国时可称逸品。”[②] 他鄙视功名富贵，隐居不仕，是元末著名的隐士，人称倪高士、倪隐君。倪瓒说：“富贵真可羞，功名竟何物。”[③]

倪瓒诗文尚“清”，以山水画为主。倪瓒隐居的目的是“隐居求志，著书自善”[④]。追慕魏晋风流，超然物外，具有高蹈的人格，“倪

---

① 沈子丞编《历代论画名著汇编》，世界书局，1984 年，第 205 页。

② 董其昌《容台集》别集卷四，明崇祯三年刻本。

③ 倪瓒《次韵别郑明德》，《北京图书馆古籍珍本丛刊》第 95 册，书目文献出版社，1988 年，第 590 页。

④ 陈基《夷白斋稿》，《文渊阁四库全书》第 1222 册，台湾商务印书馆，1986 年，第 267 页。

先生人品高轶，风神玄朗，故其翰札语言奕奕有晋宋人风气”①。倪瓒的隐居情怀是元末大环境下的士风所致，他是时代造就的隐士。与倪瓒结交的人大多数是隐士、高人。元末著名隐士徐良夫建造“耕渔轩”求志，倪瓒是耕渔轩雅集的常客。二人都具有遁隐思想，以隐为快乐，同隐于园林，耕钓自乐，以适其志。他还是玉山雅集的常客，倪瓒参与雅集活动频繁，交际圈多为隐士。

倪瓒是元四家山水画中画格最高逸者，这与其人品所达到的境界有着直接的关系。倪瓒对后世画家影响很大，“倪云林尝与渔父野老，泛扁舟而浪迹五湖，三泖之间，到处作山水，名传文苑，一时画家无出其右”②。

倪瓒是元末隐士的杰出代表，在太湖一带与和尚、道士、隐士吟诗作画，追和雅集。他的山水画未受俗尘污染，追求淡雅，崇尚自然率真。五十岁左右形成荒寒幽淡、冷寂清净的画风。董其昌将倪瓒的画列入“逸品”。

他的画引发多次同题集咏，《元倪瓒江干秋树图》有 5 人参与同题集咏、轴画《倪瓒林亭远岫图》有 12 人同题集咏、《倪元镇竹石霜柯》有 3 人同题集咏、《题倪迂溪阴山色》有 3 人同题集咏、《倪迂南渚图》有 4 人同题集咏、《倪元镇惠麓图》有 7 人同题集咏、《倪元镇翠竹乔柯》有 3 人同题集咏、《元倪瓒溪亭山色图》有 7 人同题集咏、《倪元镇疏林亭子》有 2 人同题集咏、《倪云林亭林晚岫》有 2 人同题集咏、《倪瓒山郭幽居图》有 5 人同题集咏、《题倪瓒南村隐居图》有 7 人同题集咏、《倪瓒莲茎隐居图》有 6 人同题

① 文征明《甫田集》，《文渊阁四库全书》第 1273 册，台湾商务印书馆，1986 年，第 155 页。

② 蒋星煜《中国隐士与中国文化》，上海三联书店，1987 年，第 76 页。

集咏、《倪瓒古木幽篁图》有3人同题集咏、《倪瓒双松图》有4人同题集咏、《倪瓒筠石乔柯图》有5人同题集咏、《云林画竹树秀石》有10人同题集咏、《倪瓒古木竹石图》有4人同题集咏、《倪瓒六君子图》有4人同题集咏。有20多幅图被元代文士同题集咏，倪瓒的山水画受欢迎程度可见一斑。倪瓒的山水画艺术水平、境界的逸趣深深吸引着广大文士，希望自己成为倪瓒画卷上的一部分。题诗者为元末之际的诗人，多为隐士，如翠屏道人、双鹤轩人、碧树山樵等。

《倪瓒六君子图》集咏者：黄公望、朽木居士、赵觐、钱云[①]。

朽木居士："江头碧树动秋风，江上青山接远空。若向波心添钓艇，还须画我作渔翁。"[②]诗描写的画面错落有致，用白描手法勾勒出画面的轮廓，远近高低层次感很强，画面空白较多，诗人想添加小舟于河水中央，自己做渔翁。以诗品画，填补绘画空白，绘画的手法写实，诗就是画，画就是诗。

黄公望："远望云山隔秋水，近看古木拥陂陀。居然相对六君子，正直特立无偏颇。"[③]诗中提到远近的层次感，白描手法勾勒景物，识破画面真意，六棵不同的树象征着六位君子，隐逸的情怀清晰可见。黄公望的题诗使得此画更加有名气。

钱云："黄公别去已多年，忽见云林画里传。二老风流辽鹤语，悠然展卷对江天。"[④]以诗论画、诗画合一的精神在诗中展现，此画就是倪瓒人格的象征，江天空旷，给人萧散、空寂的哀愁。

赵觐："天风起云林，众树动秋色。仙人招不来，空山倚晴

①《中国绘画全集》第8卷，文物出版社，1999年，第114页。

② 陈衍《元诗纪事》，上海古籍出版社，1987年，第880页。

③ 陈衍《元诗纪事》，上海古籍出版社，1987年，第487页。

④ 陈衍《元诗纪事》，上海古籍出版社，1987年，第488页。

碧。”[1]诗中用一个“空”字，淡泊自然的境界全在画中，隐士情怀清晰可见，正是老庄虚静恬淡的思想体现。无为于天下，以无为守道，正是倪瓒理想中的人格精神，隐士寄情于画，现实的苦闷在山水画中得以抒发。画面古淡空明，河岸有几株枯树、一些石块，河中空白无波，对岸几处沙洲，远处几个和缓的山丘，远近结合，近低远高。画面清净无尘，布景简洁，空白位置扩大了，空白处便成为题诗的地方，使得诗有足够的空间成为画面的一部分，这是倪瓒画的特色。

此图作于至正五年（1345），倪瓒时年45岁，淡逸疏朗的笔墨刻画了六株挺拔的树木生长在江边的坡陂上，分别为松树、柏树、樟树、楠树、槐树、榆树，是君子的象征，正如黄公望所题诗云：“居然相对六君子，正直特立无偏颇。”文人画的意蕴可见一斑，元代画家并不是纯粹作画，而是有所寄托，“隐”的思想寄托在画中，此幅画就说明了这一点，这恰恰是元代题画诗同题集咏兴盛的原因，可以通过同题集咏引起文人情感上的共鸣。

倪瓒的山水画基本都是隐逸思想的折射，道家虚静、无为，崇尚自然的思想在倪瓒画里流动。他的画是元末许多隐士共同的精神寄托，自然容易引起共鸣，同题集咏也就成为必然。

二、吴镇

吴镇（1280—1354），字仲圭，号梅花道人，浙江嘉兴人，一生隐居不仕，布衣终生。以卖画卖卜为生，精通理学，“抗怀孤往，穷饿不移。胸次既高，吐属自能拔俗”[2]。

---

① 杨镰主编《全元诗》第51册，中华书局，2013年，第497页。

②《文渊阁四库全书》第1215册，台湾商务印书馆，1986年，第491页。

吴镇隐居不仕的原因是:“先生生于元季,感时稠浊,隐居不仕。”[①]“遭元之乱,深自晦匿,托名方外,意固有在乎。”[②]元代社会凋敝、入仕不畅导致吴镇隐居求志,甘愿卖卜于市,隐遁终生。正是他的隐居成就了他的绘画,让他把足够的精力投入到艺术创作中。吴镇的人生经历成就了他的艺术,他喜欢画渔父题材的画。他有很多《渔父图》,表现的都是隐士形象,渔父就是吴镇自己,道家入仕情怀一任于画。庄子逍遥思想表露无遗,渔父是逍遥的象征,向往着自由,清高的形象寄托着自己的隐逸情怀,展示了自己追求自由的心境。

元末士人抱才高蹈,放浪湖山间,率多风流,喜广交声誉之士,如顾瑛、倪瓒、杨维桢、张雨,诗酒留连,征歌选,片纸一出,标榜互高。吴镇性情孤介清高,与其他士人风流不同,“先生独匿影菰芦,日与二三羽流衲子为群,所画残缣断楮,惟自署梅花庵主,不容他人着一字,盖其至性孤骞,终不肯傍人篱落”[③]。

吴镇的画当时影响很大,绘画生动有趣,“为山水、竹石流传今古,争宝惜之,即其书法题咏,鹏搏狮骤,咸奕奕有生趣,出元季诸家之上”[④]。他的画有气势,与王冕一样画如其人,通过画表达了孤高洁傲之气,“仲圭为人抗简孤洁,高自标表,号梅花道人”[⑤]。

---

① 钱棻《梅花道人遗墨原序》,《文渊阁四库全书》第 1215 册,台湾商务印书馆,1986 年,第 493 页。

② 吴镇《梅花道人本传》,《文渊阁四库全书》第 1215 册,台湾商务印书馆,1986 年,第 494 页。

③《文渊阁四库全书》第 1215 册,台湾商务印书馆,1986 年,第 493 页。

④ 钱棻《梅花道人遗墨原序》,《文渊阁四库全书》第 1215 册,台湾商务印书馆,1986 年,第 493 页。

⑤ 孙作《沧螺集》卷三,《元代画家史料汇编》,杭州出版社,2004 年,第 609 页。

至正九年（1349），吴镇画《墨菜图卷》，一时间名人纷纷题诗，《题梅花道人墨菜诗卷》有23人同题集咏：倪瓒、黄玠、邵贯、钱惟善、吴璋、曹绍、吴温、自悦、释德宝、申居衡、倪枢、徐达道、王务道、王纶、邵亨贞、夏文彦、李明复、杨熊孙、顾舜举、章炯、游至、张颙、佚菴老人。黄公望跋、陆居仁作铭①。

吴镇这幅画的目的是："梅花道人因食菜糜，戏而作此。友人过庐索墨戏，因书而遗之，聊发同志一笑也。"②"菜，草类也，其熟否与五谷同，丰，馑以可食也。故羞王公、荐鬼神，奉宾老、供民食，罔不需是，而具然味薄，食肉者贱之，甘之者必有守有为之士也，或者图是亦岂无意乎？"③他在这里解释了"菜根"的含义，老百姓的食物，肉食者鄙之，只有有为士人甘守之志于菜根中，菜根是士人隐居志向和人格境界的体现，隐居求志蕴含其中。

鱼有腥多肉有膻，庾郎滋味正相便。
山中雨后春云暖，饱向松窗榻上眠。

——吴温

小园春雨后，旋摘晚菘香。
尽道羊羹美，谁知此味长。

——释德宝

① 赵琦美《赵氏铁网珊瑚》，《文渊阁四库全书》第815册，台湾商务印书馆，1986年，第725—727页。

② 赵琦美《赵氏铁网珊瑚》，《文渊阁四库全书》第815册，台湾商务印书馆，1986年，第725页。

③ 赵琦美《赵氏铁网珊瑚》，《文渊阁四库全书》第815册，台湾商务印书馆，1986年，第725页。

只宜滋淡泊，安足奉膏粱。
食肉非无辱，何如此味长。

——张颙

厚味生五兵，彩色瞽双目。
所以山林人，食菜胜食肉。

——章烔

朱门尽日多珍味，贫士穷年秪菜羹。
请语当朝食肉者，由来此色在苍生。

——顾舜举

食荠肠独苦，食肉众所鄙。
终当菜根嚼，罔俾私欲累。

——王纶

已有食肉相，青菘且自栽。
丈夫成事业，都是菜根来。

——自悦①

众多诗人鄙视食肉，对食菜进行了歌颂，并上升到士人成就事业的高度。一个菜根，元代诗人都能体会出这么多人生道理，托物言志寓意深刻。此图有对归隐之意的赞美。这也彰显了题画同题集咏的文化内涵，这组同题集咏并没有对画的艺术性进行分

① 赵琦美《赵氏铁网珊瑚》，《文渊阁四库全书》第815册，台湾商务印书馆，1986年，第725—727页。

析，但集中发挥了诗教观，用诗品评了画的主旨，弘扬道德伦理，发挥政治功能。诗人对达官贵族进行嘲讽，他们“食荠肠独苦，食肉众所鄙”，“只宜滋淡泊，安足奉膏粱”，抒发的是隐士的一种淡泊的胸怀，与世无争，隐于“菜”，与穷苦百姓为伴，人生哲理蕴含其中。

吴镇此图的目的是对甘于贫遁、安于隐逸的歌颂，是自己心志的抒发，菜根代表的是隐居志向，也是对社会的批判。此组题画同题集咏有一定的教化功能，“请语当朝食肉者，由来此色在苍生”，对朝廷表示不满，提醒统治者多关心百姓，菜虽贱，却是百姓救命的粮食。此幅画反映出当时统治阶级对百姓的漠不关心，是社会矛盾加剧的反映。菜还是大丈夫成就事业的基础，“丈夫成事业，都是菜根来”，富含哲理，没有隐居经历焉能道此志乎？可见隐逸对文化贡献是很大的。

三、王冕

王冕，诸暨人，农家子弟，小时候奉父命放牛，依沙门以居，夜坐佛膝上，映火读书，后受业于安阳韩性。王冕是元末隐士中比较有名气的画家，因仕途不顺而隐居九里山，“冕屡应进士举，不中，叹曰：此童子羞为者，吾可溺是哉！竟弃去。买舟下东吴，渡大江，入淮楚，历览名山大川。或遇奇才侠客，谈古豪杰事，即呼酒共饮，慷慨悲吟，人斥为狂奴……携妻孥隐于九里山，种豆三亩，粟倍之；树梅花千，桃杏居其半；芋一区，薤韭各百本；引水为池，种鱼千余头；结茅屋三间，自题为梅花屋”①。

元末特殊的政治局势造就了大批隐士，隐逸文化折射出那个

① 陈高华编《元代画家史料汇编》，杭州出版社，2004年，第556页。

时代的文人心态。社会动荡，入仕艰难，文士们积极出仕的热情遭到很大的打击后，转向了山水园林，这客观上促进了山水画的发达，提高了艺术水平，促进了题画诗的产生，题画诗同题集咏随之而来。他们在宁静的大自然中寻觅心灵超脱，忘却尘世的烦恼，以期待获得心灵的自由。王冕就是最典型的代表之一。

王冕善于画梅花，隐于梅，他画的梅寄托了他的一种情志。有33人次为他的梅花题诗，梅花代表一种君子品格，梅花本是普通花卉，因为耐寒，被文人赋予一定的文化内涵，代表了高洁的品质、坚韧不拔的意志。王冕狂放不羁、狷介的个性，借助画抒发出来。

王冕是个艺术天才，诗画具通，"会稽王元章善为诗，士大夫之工诗者多称道之，恨不能识也"[①]，"尤工于画梅，以胭脂作没骨体，自元章始"[②]。他的梅画在当时影响很大。

王冕个性鲜明，性格羁狂，"着高檐帽，被绿蓑衣，履长齿木屐，击木剑，行歌会稽市。或骑黄牛，持《汉书》以读，人或以为狂"[③]，"冕，会稽狂士。少明经，取科第不中，遂放旷江海间。士之负材气者争与游。尝鞯牛游京城，名贵咸侧目。平生嗜画梅。有《自题》云：冰花个个团如玉，羌笛吹他不下来。或以是刺时，欲执之，一夕遁去"[④]。他狂傲任诞的个性是时代造就的，所画梅花之奇，引起了文人的同题集咏。人品如画品，王冕用无声的梅花寄托了自己的情志，狷介的个性借助高洁的梅花表达出来。冰清玉洁的梅花就是王冕君子品格的象征，追求人格完善是元末隐士群体共同的价

---

① 刘基《竹斋集序》，《文渊阁四库全书》第1233册，台湾商务印书馆，1986年，第2页。

② 顾瑛《草堂雅集》，《元代画家史料汇编》，杭州出版社，2004年，第554页。

③ 徐显《稗史集传》，《元代画家史料汇编》，杭州出版社，2004年，第554页。

④ 王逢《梧溪集》，《元代画家史料汇编》，杭州出版社，2004年，第567页。

值取向，引起了文人同题集咏。当时为王冕梅题诗最有名的是贡性之，其诗云："王郎日日写梅花，写遍杭州百万家。向我题诗如索债，诗成赢得世人夸。"[①]

《元王冕画梅花》集咏者有王冕、张庸、陈基、尚左生、钱惟善、张渥、张羽、郑元祐、邻初焕、许光祚[②]。

陈基"武陵溪上桃千树，亦有寒梅照水开。一种春风标格在，太平恩泽为栽培"，点出武陵，暗指世外桃源，世外桃源有梅花竞放，是王冕心志所在，诗如画，有人在其中，风格清寒。

钱惟善"小桥流水雪晴时，曾折幽芳寄所思。明月观深春梦远，孤山仙客写横枝"，采用白描手法，以诗写画，升华了画的空间，阐发了凄凉的意境，小桥、流水、白雪、寒梅、明月、春梦、孤山、仙客，如同马致远的《秋思》，营造了一派凄幽落寞的氛围。

张渥"照水疏花冰有晕，横窗瘦影玉无痕。孤山月冷黄昏后，拄杖曾敲处士门"，将梅花的形态美描绘出来，梅花很有神韵。此画实为写心之作。

张羽"浓写花枝淡写梢，鳞皴老干墨微燋。笔分三踢攒成瓣，珠晕一团工点椒"[③]，托物言志，情景交融。梅就是王冕，王冕就是梅花，主客一体，梅花古淡之气，很有神韵。诗如同画，语言的魅力弥补了线条的不足。诗意淡远，余味无穷。诗像一幅画，意境悠远，寒梅孤客的清风跃然纸上，诗歌赞美了梅花冰清玉洁的气质，梅魂摇荡，暗香缕缕，突出了王冕的清高之气。同题集咏不是一时一地完成的，跨越了很长时间，这些同题集咏很少关注绘画技巧，

① 纪昀《四库全书总目提要》，河北人民出版社，2000 年，第 4351 页。

②《秘殿珠林石渠宝笈汇编》第 10 册，北京出版社，2004 年，第 1676—1678 页。

③《秘殿珠林石渠宝笈汇编》第 10 册，北京出版社，2004 年，第 1676—1678 页。

都关注王冕人品，赞同画如其人，王冕以画寓志意味明显。隐士情怀在梅花的袅娜姿态中得以抒发，隐逸品格、超然世外的心志在诗画交融中融汇。

元末由于文化环境宽松，失意文人到山林、园林中去寻找精神解脱，以回归自然。淡泊宁静的心态是老庄哲学的又一次回归，庄子哲学成为元末隐士的主流思想。以崇尚自然、返璞归真、求真、求道、达生死、齐物我、游于物外作为指导思想，放浪于山水楼阁间，他们追慕魏晋风度，流连诗酒，追求雅趣。元末文人雅集频频出现，是人性的又一次觉醒，个性又一次获得解放。他们优游山林的同时，创作了山水画，从而推动了绘画艺术的发展，元代诗画结合的形式使得题画诗同题集咏再次达到了高潮。元末文人隐于画，是一种无奈生存的方式，以此存道，完善人格理想。元末出现的大批画家、诗人，如元四家倪瓒、黄公望、王蒙、吴镇，都是隐士。倪瓒和吴镇一生隐居不仕，王蒙时官时隐，黄公望先官后隐。曲折的人生经历使得他们走向了归隐之路，隐于画中，促进了山水画的发展，提升了中国绘画的新境界，促进了题画诗同题集咏的发展。

第六节　元人雅志逸趣与题画同题集咏

雅与俗是相对而言的，郑玄《周礼注》："雅，正也，言今之正者，以为后世法。"① 雅就是正的意思，雅、正往往合到一起，雅一般指士人修养的层次高，代指士大夫的政治态度、处世哲学和人生修养。元末文人十分看重"雅"，因为这是文人身份、思想境界的标

---

① 姬旦撰，郑玄注，陆德明音义《周礼》卷六，嘉靖刻本。

识。“雅”成为儒家审美标准之一，文人常怀雅兴去作画、写诗，没有雅致，难有好的作品，意趣神色更是不可得。音乐中的雅、正代表了音乐的风格“和平中正”“雅与奇反，奥与显殊”[①]，但是雅与奇不是敌对的，而雅与郑则是敌对的。

元人作画追求高雅，追求雅趣，认为只有雅才能进入高境界，以力求脱俗。元代汤垕说：“俗人论画，不知笔法气韵之神妙。但先指形似者，形似者，俗子之见也。”[②]在绘画中求雅，就是要追求神似，忽略客观对象的物理属性，追求的是一种高境界的意趣。

“求雅”是元末士风的体现，元末文人雅士集咏成风，原因就是崇尚雅趣。隐士群体数量巨大，不做官，不为名利，只是隐居，将心志赋予书画之中。修身养性是元末隐士群体的主要人生目标。崇尚雅趣是隐士群体的整体审美观，加之元代隐士精通诗书画，全面的艺术素养，提升了他们雅的程度。

隐士群体追慕老庄，逍遥物外，追求精神自由，豁达任诞，极其重视个性自由。非常看重人格完善，重气节，元末大部分隐士不是一群孤独的隐士，他们没有隐于贫、守于孤，而是经常参加雅集，一起切磋画艺，提升境界、追求雅的行为。同题集咏在元末形成新高潮，次数超越元初，与元末隐士群体追求密切相关。

元末雅集活动频繁，其中最著名的是玉山雅集、耕渔轩雅集、不碍云山楼雅集、春草堂雅集，雅集活动和同题集咏是交叉关系，同题集咏往往成为雅集活动的主要唱和形式。

同题集咏是特殊的雅集活动，原因是同题集咏的文人群体不

---

① 刘勰《文心雕龙校注通译》，戚良德校注，上海古籍出版社，2008 年，第 331 页。

② 汤垕《画鉴》，《历代论画名著汇编》，世界书局，1984 年，第 198 页。

同于雅集参与者，雅集有固定的地点，一般来说时间相对固定。雅集有多个主题，但是同题集咏往往是因一次偶发主题引发的。同题集咏人员临时性组合的情况较多，但固定的交际圈发生同题集咏次数更多，不同思想、文化、地域、民族、年龄、信仰、阶层的人共同参与同题集咏。他们各有不同的人生境遇，通过同题集咏加以融合。

不同风格的画家、不同身份的诗人共同参与雅集，在同题集咏中互相题跋品鉴又互相影响。成员固定的群体如雅集成员、诗社成员，更容易发生同题集咏。

同题集咏是士人群体构建个人社会关系网络的重要方式，也是一种重要的社会交往方式，改变着文人交际圈，进而成为士人精神层面的重要组成部分。同题集咏联系着各阶层的士人，把不同兴趣、不同文化修养的人拉进一个圈子里，士人们通过参与一个主题的题咏，增进了情感，切磋了艺术，提高了思想境界。

以同题集咏为主导引发的临时性雅集很多，文人喜欢雅趣，隐士盖了一座亭子，名字雅致，于是文人群体纷纷同题集咏。画家把亭子画成图，再一次引发文士群体题画同题集咏，所以元末很多同题集咏既是题画同题集咏又是咏物同题集咏，聚芳亭图同题集咏、破窗风雨图同题集咏、耕渔轩图同题集咏、玉山雅集图同题集咏、水西清兴图同题集咏、听雨楼图同题集咏、秀野轩图同题集咏、安分轩图同题集咏、琴鹤轩图同题集咏等都是如此。一般都是先有了建筑物，后绘成图，有的咏的是实物，有的咏的是图，最后统一编辑成集子，成为同题集咏。

元末出现的大量雅趣同题集咏多是隐士群体引发的，包括各种雅集活动都与元末大量隐士存在密切相关。徐良夫耕渔轩雅集、杨谦不碍云山楼雅集的名字都隐含着强烈的隐逸思想，玉山草堂最初名叫“小桃园”,追慕陶渊明之桃花源,玉山主人隐逸情怀众人皆知。元末文人多不乐仕进,顾瑛“雅有器局,不屑仕进,而力之所及,独喜与贤士大夫尽其欢”[①],倪君元镇“隐居求志,著书自善”[②],徐达左“因名居室曰耕渔,所以寓吾志也”[③]。

雅集参与人数众多,几十人同题一幅画在元末成为普遍现象。群体追和隐逸情趣,可以说,元末雅趣的形成与隐逸文化的发达密切相关。隐士群体多具有诗书画三绝的艺术修养,虽然不一定都会作画,但是都具有一定的鉴赏品味,他们大多喜爱书画,参与同题集咏者的身份也呈现多元化,群体内部越来越具有同质化的趋向,借助共同参与进而形成一种共同切磋的艺术氛围。

题画同题集咏是元末文人聚会的一种特殊形式,联系着不同地域的文人雅士,打破了时间和空间的限制。元末战乱频繁,交通受到很大阻碍,举办雅集已经是很困难的事,玉山雅集后期活动的减少就是证明。于是文人群体寻找另外一种新的雅集形式——同题集咏。同一幅画可以在不同地域流传,不同时间、不同空间的文人都可以在同一幅画上吟诗,同题集咏满足了元代后期文人群体的雅趣,是元代同题集咏形式在元末新的运用,对地域不同的文人在沟通思想、陶冶情操上起到了重要的作用。

尚雅风气主要体现在江南地区,经济的丰厚是元末士风雅趣盛行的物质基础,“天下岁入粮数,总计一千二百十一万四千七百八

① 黄溍《玉山名胜集序》,顾瑛辑《玉山名胜集》上册,中华书局,2008年,第5页。

② 陈基《送徐仲刚诗序》,《文渊阁四库全书》第1222册,台湾商务印书馆,1986年,第267页。

③ 高巽志《耕渔轩记》,徐达左辑录《金兰集》,杨镰、张颐青整理,中华书局,2013年,第15页。

石”，其中“江浙省四百四十九万四千七百八十三石”①。江南所占比例之高可见一斑。

元末雅集举办频繁，元人尚雅风气是从元初月泉吟社开启的，“盖自南宋遗民故老，相与唱叹于荒江寂寞之滨，流风余韵，久而弗替，遂成风会”②。终元一代重视雅集，文人喜欢群结聚会，元初以诗社名重一时，元末雅集成为文人沙龙之地，同题集咏的形式在元初诗社和元末雅集中得到广泛使用，形成了一次次高潮，有力地推动了同题集咏的发展。

> 吾松不但文物之盛可与苏州并称，虽富繁亦不减于苏。胜国时，在青龙则有任水监家，小贞有曹云西家，下沙有瞿霆发家，张堰有杨竹西家，陶宅有陶与权家，吕巷有吕璜溪家，祥泽有张家，干巷又有一侯家。吕璜溪即开应奎文会者是也。走金帛聘四方能诗之士，请杨铁崖为主考。试毕，铁崖第甲乙。一时文士毕至，倾动三吴。瞿氏，即志中所谓浙西园苑之盛惟下沙瞿氏为最者是也。曹云西，即所谓东吴富家唯松江曹云西、无锡倪云林、昆山顾玉山，声华文物可以并称，余不得舆其列者是也。杨竹西，即有不碍云山楼者是也。余尝见其像，吴绎写像，倪云林布景，元时诸名胜题赞皆满。干巷侯家，亦好古，所藏甚富。③

由此可见，元末士风尚雅是一种总体趋势，且雅趣甚浓。江南

① 宋镰《元史 · 食货志一》，中华书局，1976 年，第 2360 页。
② 赵翼《廿二史札记》“元季风雅相尚”条，中华书局，1984 年，第 705 页。
③ 何良俊《四友斋丛说》，中华书局，1997 年，第 136 页。

动则举办文会，园林建筑互相竞比，收藏古玩字画成风。这样的文化环境培养了大批具备鉴赏书画艺术的文人雅士，题画同题集咏在元末形成高潮也就成为自然现象。

同题集咏在元末大量出现与宽松的文化环境有一定的关系。“华亭杨竹西，住张堰，家有不碍云山楼，与曹云西、顾金粟、倪元镇诸公游。吴绎写其像，元镇为布树石，而诸名士题咏之。余家有杨铁崖书《竹西记》，赵仲穆作图，而马文璧诸公皆有咏，盖风流文雅之侠也。元季，士君子不乐仕，而法网宽，田赋三十税一，故野处者，得以赀雄而乐其志如此”①。

元末雅集爱好者的引领对于元末社会尚雅风气有一定的影响，“元季吴中好客者，称昆山顾仲瑛、无锡倪元镇、吴县徐良夫，鼎峙二百里间，海内贤士大夫闻风景附。一时高人胜流，佚民遗老，迁客寓公，缁衣黄冠，与于斯文者，靡不望三家以为归”②。他们有足够的家资举办雅集，笼络了很多文人参与其中，带动了同题集咏的繁荣，共同品画、赋诗，进一步影响着元末文人群体的尚雅风尚。

元末文人尚雅与元末战乱、统治者无道密切相关。徐济本有志于苍生社稷，遭遇乱世，“当元季弗靖，慨然叹曰：上无尧舜，下无稷契，吾道其可行乎？”③吴镇隐居不仕的原因是“遭元之乱，深自晦匿，托名方外”④。元末文人避世隐居求志是普遍现象，不是个别人的兴趣，“元时世乱，高人多托而逃”⑤，王冕“屡应举不中，弃去，

① 陈田《明诗纪事》，上海古籍出版社，1993 年，第 393 页

② 陈田《明诗纪事》，上海古籍出版社，1993 年，第 504 页。

③ 徐达左辑录《金兰集》，中华书局，2013 年，第 23 页。

④ 吴镇《梅花道人本传》，《文渊阁四库全书》第 1215 册，台湾商务印书馆，1986 年，第 494 页。

⑤ 侯方域《侯方域集校笺》，中州古籍出版社，1992 年，第 300 页。

北游燕都”[①]，王蒙隐居的原因是：“遇乱，隐居黄鹤山，自称黄鹤山樵。”[②]陶宗仪“少试有司，一不中即弃去”[③]。

由此可见元代入仕的不畅、社会的动荡、汉人地位的低下、士无用于世、道不能达、志不获展，是造成元末出现了大批隐士、避世隐居求志的主要原因。

元末隐逸文化的盛行促进了文人群体审美意识的发展，渗入到绘画、诗文、书法各个领域。追慕魏晋风流，流连诗酒，保存气节，促进了题画诗同题集咏的大规模出现。题画诗中隐逸思想、雅趣情怀历历可见，深深影响着元末士人群体的文化心态和审美心理。隐逸成为元末文人群体的一种文化选择，这种文化心态深深影响着元末文人群体的审美方式，为题画同题集咏的大规模发生奠定了基础。

元代江南文人雅集、结社、唱和的文学风气从馆阁到山林，自始至终都很活跃，这客观上也促进了同题集咏的发展。文人群体尚雅是元末士风的体现，雅集主人的兴趣更是推动了元末雅趣的高潮出现，如玉山雅集主人顾瑛，“好古博学，今之名卿大夫、高人韵士，与夫仙翁释氏之流，尽一时之选者，莫不与之游从。雅歌投壶、觞酒赋诗，殆无虚日，由是仲瑛名闻江湖间”[④]。樵苏子徐济也是如此，“自是僻处山谷中，日游以乐，手不释卷，时以赋诗与友朋相唱酬……所居极雅洁，杂植异卉，畜老鹤二，驯鹿一”[⑤]。春草堂雅集主人陈宝生亦

① 张廷玉等《明史》，中华书局，1974 年，第 7311 页。
② 张廷玉等《明史》，中华书局，1974 年，第 7333 页。
③ 张廷玉等《明史》，中华书局，1974 年，第 7325 页。
④ 吴克恭《玉山草堂序》，顾瑛辑《玉山名胜集》，中华书局，2008 年，第 15 页。
⑤ 朱逢吉《樵苏子传》，徐达左辑录《金兰集》，中华书局，2013 年，第 23 页。

是如此，“陈君好蓄古书史图籍，能一一辨问其义理隐微”[1]。

雅集主人的品位是那个时代文人群体的缩影，爱好古玩、器具、收藏图画、赋诗吟咏、临帖摹字成为元末士人高雅情操的标志，顾瑛“读书绩学，临帖赋诗，堂序几案间，列三代彝鼎、六朝唐宋人书画”[2]。雅集主人带动了整个社会形成尚雅风气，促进了文人士大夫艺术素养全面提高，对题画同题集咏的出现起到了刺激作用。题画同题集咏是元末文人群体品评诗画、切磋画艺、保持人格独立、互相感发、同声相求的重要方式。

雅集圈子里的文人各具专长，有的善画，有的善诗，有的善书。当雅集举办时，既有人赋诗，又有人作画，玉山雅集就是如此，《玉山雅集图》的作者张渥“博学明经，累举不得志于有司，放意为诗章，时用李龙眠法作白描，前无古人，虽达显人不能以力致之”[3]。画家张渥就与文人杨维祯、顾瑛、姚文负、于立、郑韶等辈有着密切的交往，玉山雅集文人群体是他的交际圈。雅集人才的全面性、诗人与画家频繁交往、不同艺术层次的士大夫同处一个交际圈，有力地促进了雅集升级，而雅集又带动了元末整个社会趋向雅化。

文人雅集不是孤立的历史现象，有着深刻的社会、政治、文化原因。雅集活动渐渐成为风尚，而元末题画诗同题集咏的大量出现正是和这个风尚密切关联的一种文化现象。题画同题集咏在元末也就成为必然，元末大量题画同题集咏的出现是元末尚雅风气的体现，所以元代题画同题集咏大量出现也是不同艺术层次的士

---

① 赵琦美《赵氏铁网珊瑚》卷十，《文渊阁四库全书》第 815 册，台湾商务印书馆，1986 年，第 575 页。

② 郑元祐《芝云堂记》，顾瑛辑《玉山名胜集》，中华书局，2013 年，第 97 页。

③ 顾瑛辑《草堂雅集》卷十，杨镰、祁学明、张颐青整理，中华书局，2008 年，第 820 页。

大夫在同一交际圈内多次互动的结果。

一、破窗风雨图同题集咏

元末至正间，刘性初以“破窗风雨”为居室之名自居，广征文士题咏。至正二十六年（1366）王立中曾为刘性初作《破窗风雨图》，诸公赋诗成卷。这是一次规模盛大、参与人数众多的题画同题集咏，有41人参与，得诗36首、词3首、记2篇、跋2篇。

《题破窗风雨图》同题集咏题诗者：王立中、陆居仁、钱惟善、张庸、易履、张端、张昱、金絅、张世昌、徐一夔、牛谅、朱武、杭琪、钟虞、韩元璧、钱岳、徐汝霖、张羽、董在、杨明、江汉、高闻礼、莫士安、冯恕、赵俶、龙云从、沈廷珪、李讷、丘思齐、岳榆、雅安、何恒、陈睿、孔思吉、陈彦博、汪叔志。王国器题词、张翥题词、杨维桢题记、钱鼒跋、李绎题记、金絅题词、董在题跋[①]。

刘性初，原名聘，字性初。宋狄武襄有客叫刘易，以负气敢言取重名公卿，宋史列传有记载。刘聘受其启发，遂更名为易，“刘君操履亦表表闻，其甘贫忍耻殊于人，所居之处即书破窗风雨字揭之”[②]，“遭世难，走楚越间，居无室宇。所至即浮屠老子之宫，而假寓焉。每风雨连夕，灯窗独坐，车编相对，诵读之声琅然与风雨相叶，潇潇湝湝，若环珮之锵，丝竹之沸，发于檐牙，接于人耳，于以见君之学之勤，而志之有在也”[③]。

① 朱存理编《珊瑚木难》卷二，《文渊阁四库全书》第815册，台湾商务印书馆，1986年，第35—42页。

② 董在《破窗风雨记跋》，《珊瑚木难》卷二，《文渊阁四库全书》第815册，台湾商务印书馆，1986年，第41页。

③ 李绎《破窗风雨记跋》，《珊瑚木难》卷二，《文渊阁四库全书》第815册，台湾商务印书馆，1986年，第37页。

刘性初是个有志气的读书人，读书非常勤奋，却甘于贫穷，是个典型的儒生。他在破旧的居室里刻苦攻读，希望有朝一日得道，以为行天下之道，可惜生不逢时，遭元季，入仕艰难，遂有隐居之志。被迫隐居，同徐良夫、吴镇同属于一类，他们是元末乱世士人群体际遇的缩影。刘性初是个典型的儒生，过着隐居、贫遁的生活，居无定所，没有家资可以建造亭台楼阁，遂以破窗风雨隐遁忘世，逍遥其中。

他的隐居同顾瑛、倪瓒、徐良夫还不一样。徐良夫、顾瑛、倪瓒是江南富绅，家产丰厚，不得志足以逍遥遁世，在雅集中获得群体的雅趣，属于道家归隐。而刘性初的隐居属于儒家隐居，是“天下有道则见，无道则隐”的典型，诗人们把他比作孔子的弟子颜回，沈廷珪“我闻颜子渊，箪瓢陋巷居。千载称亚圣，声名重璠屿”，徐汝霖“幽人读书味真乐，坚坐那知风雨恶。他年高步玉堂中，还忆破窗风雨恶”，期待有朝一日有道于天下，实现读书人的抱负。

翰林学士汪叔志给刘性初的隐居读书处起了个雅号叫“破窗风雨”，追慕杜甫秋风破屋。“虽然，当破窗风雨之时，人不堪其忧，而士之读书穷理其间者，不改其乐也。是故观风雨之势，足以助吾气之浩然，听风雨之声，足以资吾趣之洒然，风樯阵马不足为其快也”[①]，周伯琦用篆书书写，求杨维桢写记。他的不甘寂寞、以贫守志的气节，引发了文人群体的关注，纷纷同题集咏以赞美其志气不凡，浩然之气感发士人，同声相类，同题集咏本身就是对刘君品德的高度肯定。

破窗风雨被王彦强画成图，有 41 人参与同题集咏。一方面反

---

① 钱鼒《破窗风雨图记跋》，《珊瑚木难》卷二，《文渊阁四库全书》第 815 册，台湾商务印书馆，1986 年，第 36 页。

映了元代士人生存入仕的艰难、生不逢时的悲叹，是一群士人的缩影，是时代的悲剧；另一方面也反映了元末士人群体隐逸求雅的风气盛行，刘君的破窗风雨就是求雅的最好说明。元末雅集频频，影响很大，破窗风雨是元末文人群体追和雅趣、是隐逸求志的士风弥漫的例证。

刘性初在贫困中仍不忘求志、求雅，反映出元末文人群体审美趣味发生了重要的变化，直接影响到士人心理和品格。破窗风雨的雅志，代表文人群体自我意识已经觉醒，追慕独立的人格精神。隐居求志，居陋巷，一瓢饮，一箪食，唾弃功名富贵，有颜回之志。

“处穷厄者，终能佐明主以定天下，君之志其斯之志欤。又闻有大雪僵卧而不干人者，终能配往哲以垂令名，君之守其斯之守欤，由是穷而能达，啬而能丰”[①]。刘性初隐居破窗风雨是不得已而为之，不是甘愿归隐，而是渴望辅佐明君、用世于天下，这其实是士人群体本来读书的目的。隐居以待时出仕是刘君的目的，所以他是儒家的归隐。

大名刘君耽书癖，清如梅花瘦如石。
半生浪迹江海间，诗卷酒杯长自适。
胸中元精妙天趣，破屋破窗随所住。
酒醒夜披山海图，惊怪蛟龙送风雨。
青灯荧荧四壁空，卷书搔首乱飞蓬。
长歌拂剑饮如斗，造物生我将无同。

——易履

① 李绎《破窗风雨记跋》，《珊瑚木难》卷二，《文渊阁四库全书》第815册，台湾商务印书馆，1986年，第37页。

敬亭有旧斋，风雨一窗破。
朝对风雨吟，暮对风雨坐。
唯知经史亲，肯顾衣裳涴。
有时暂游息，自歌还自和。
直谓所学成，功名如一唾。
宁同陋巷人，独守箪瓢饿。

——张昱

一室萧然谁与同，清如独鹤寄樊笼。
诗成春草池塘上，梦绕玉堂云雾中。
花气每随岚气入，书声时与竹声通。
从容更觉新晴好，卧看东林日影红。

——钟虞

一室萧然四壁空，客怀况复雨兼风。
湿沾衣服愁仍重，清到肌肤句转工。
知命肯随时变化，甘贫肯为道污隆。
夜深尚对羲皇易，应怪寒灯不耐红。

——何恒①

同题集咏中“寒”“破”“清”“独”字屡屡在诗中出现，如张昱“宁同陋巷人，独守箪瓢饿”、易履“胸中元精妙天趣，破屋破窗随所住”、何恒“知命肯随时变化，甘贫肯为道污隆”、易履“大名刘君耽书癖，清如梅花瘦如石。半生浪迹江海间，诗卷酒杯长自适”、钟虞

① 朱存理《珊瑚木难》卷二，《文渊阁四库全书》第 815 册，台湾商务印书馆，1986 年，第 38—42 页。

“一室萧然谁与同，清如独鹤寄樊笼”。这些诗主题相同，都是指向刘性初志向，文人们都借助诗词歌颂刘性初君子气概、淡泊名利、清介高洁、持贫守节、勤奋好学，宁守一箪一瓢居陋室。这是元末理想中的君子形象。刘君清如梅花，性比仙鹤，甘于贫困，隐居陋室，胸中自命不凡，雅志逸趣充满心胸。心怀高远，不肯辱节，以隐保全气节、完善人格，道德自律很强，刘性初的隐居是孤独的，不同于顾瑛玉山雅集，顾瑛隐居求志，不乐仕进，但是顾瑛、徐良夫、倪瓒等富裕君子并不孤独，终日饮酒作诗，鉴赏宝玩，欣赏字画。刘性初是真正的隐士，甘于寂寞，甘于贫困，与陶渊明自食其力、甘于淡泊一样。

同题集咏歌颂了这种至善道德境界。元人借助同题集咏肯定和弘扬道德观念。画已经成为与诗一样的抒情达意的工具，诗画结合的同题集咏弘扬了隐士刘性初甘于贫困、守志自适的君子情怀。盖其人品第之高、胸次之磊落，流于笔墨间，虽贫却不俗。文人群体一致将同题集咏点落在“德”上，虽然是图画，但是题画同题集咏在诗人笔下仍然不离“道”的范畴，忧国忧民始终是文人情怀。

此次题画同题集咏是元末一次的成功同题集咏，无论从参与人数还是从流传时间的长度看，其影响都是深远的，为不同时期的文人津津乐道，一咏再咏，彰显了同题集咏的魅力。隐居不再成为一种消极逃避，而是文人的一种精神追求，一种人格理想，题画同题集咏已经成为文人群体交流感情、增进友谊的一种重要方式。

文人群体津津乐道这样的雅志逸趣，雅志逸趣与题画结合起来，则标志着诗人们对文人生活雅趣的热衷。元代文人在题画同题集咏中找到了心灵寄托和充分展示自身价值的平台，题画同题集咏人文色彩很浓。

二、听雨楼图同题集咏

元末至正年间，东海卢士恒有楼名曰听雨楼，这个名字本身就充满雅趣，是元末士风的表现。周伯温篆书“听雨楼”三个字。至正廿五年（1365）四月廿七日，黄鹤山人王叔明于卢生听雨楼中作画，倪瓒同在此楼。经王蒙作画以后，此楼名声大振，引起了众多文人同题集咏。需要说明的是，张雨的《听雨楼》诗作于至正八年（1348），倪瓒的诗作于至正二十五年（1365）。其余的同题诗都是《听雨楼图》成形后所作，因此这是一次历时同题集咏。

《题王叔明听雨楼图》有张雨、倪瓒（2首）、苏大年、周伯琦、钱惟善、饶介、高启、张绅（2首）、张羽、马玉麟、王谦、鲍恂、郑元、王宥、严瑄、赵俶、陶振。题跋者：释道衍、韩奕、王达善、陈颀[①]。17位诗人同题集咏，从元至正八年（1348）一直持续到明成化庚子年（1480），跨越百年。

《元王叔明听雨楼图卷》“图用米法写雨树一株，余树及江岸远山参以大痴笔意，全用败笔涂抹。楼覆以茅，中有听雨者一人，江干有舟，舟中张盖者一人，摇橹者一人，运笔甚简，神韵翛然，想见兴酣洒墨，顷刻而成之状”[②]。

听雨楼诗卷，其间所载皆一时名士，诗的基调是愁苦悲伤的，展示了元末乱离中文人奔波无定的凄苦，表现了战乱背景下文人特有的心态。

江雨飞来夜气澄，小楼高处冷于冰。
声留蕉叶频敧枕，影乱檐花独对灯。

① 张丑《清河书画舫》卷十一，上海古籍出版社，2011年，第545—548页。
② 吴荣光《辛丑销夏记》，浙江人民美术出版社，2012年，第280页。

远客异乡生白发，故人今夕拥青绫。
致君尧舜惭无术，思入湖天睡未能。

——马玉麟

飞楼何凝阴，雨气正含雾。
潇洒集群霤，淅沥散高树。
声悬长风外，坐想当瀑布。
习喧久惭息，静听乃真趣。
阴晴造化意，年芳暗中度。
白发如散丝，凭君写幽素。

——郑元

云林夜灯寂，有雨弥更佳。
漠漠著树稳，霏霏度檐斜。
入静意所便，争喧竞浮夸。
弛张任橐籥，细大无根芽。
妙运出元造，至理忘纷拿。
变化本因忘，声闻耳生瑕。
不如且置之，摄心静无哗。
危坐不须寐，呼童剪灯花。

——王宥

层檐集飞霤，深砌走鸣瀑。
余声殷天籁，清气入林屋。
风波任喧汹，燕坐瞑双目。
置身得萧爽，洗耳绝尘俗。

香毬郁水沈，帘花映湘竹。
篝灯动春酌，剪韭留夜宿。
与客对床眠，清谈未云足。

——严瑄①

这组题画诗同题集咏如同画一样，意境悠远，神趣盎然，用强烈图式色彩的绘画语言描绘出听雨楼的佳趣，动静结合，妙理自在其中。在画面中展示了主人卢恒高雅的情趣、不凡的逸趣。蕉叶、乱影、白发、冷水、长风、芳年、泥淖、乱树，为我们勾画了一幅悲愁的画面，象征着主人公艰难的遭遇，满纸都是哀景，白描手法展示出线条美，颜色全是淡色，表现了一种超脱世俗的生活态度和精神境界。诗画结合得恰到好处，人文气息很浓。画面色、声交织在一起，处处有声音存在，飞流的瀑布，鸣叫的鸠鸟，洗耳恭听的士大夫，同时也有静静的画面，静听才能获得真趣。

有些诗人还悟到此图的玄机，老庄哲学的玄理，王宥："妙运出元造，至理忘纷拿。变化本因忘，声闻耳生瑕。"有老庄的宁静和淡然，游心于淡，顺物自然，泊然无为，体现了庄子逍遥忘世的思想。尽管有很多伤心之处，但是不要有过高的欲望，顺其自然，才能获得快乐的本心。

题画同题集咏为我们展示了一种追慕魏晋的人生态度。见其闲适自得与任意率性，景物情理融为一体，有神无迹，妙趣横生。兴会神到，诗人恬静、悠然的心境融入大自然之中，如王宥"入静意所便，争喧竞浮夸"、严瑄"余声殷天籁，清气入林屋"，美好的天籁之音走进隐士的心中，舒缓，恬静，耐人寻味。"香毬郁水沈，帘花

① 张丑《清河书画舫》卷十一，上海古籍出版社，2011年，第545—548页。

映湘竹”，竹花相映；郑元“萧洒集群雷，淅沥散高树”，情景事理自然融合到一起，体现出玄学的特征，是老庄“真”的体现。

画一样的语言，一切景物都是真实的，朴素纯真，具有古朴之美，如同渊明再世，诗人体会到自然美，并从中体验到了生命价值及人格精神的存在。动静结合，虚实相生，切实体会到其中的真趣。在元代，绘画和诗歌深度结缘了，大大地普及化了，诗人们在题画诗中追求一种雅趣。题画诗同题集咏是元人高层次的唱和形式，强调人生修养的境界。

只有内心淡泊的人才能欣赏到此境界的高妙，这种冲淡的风格，不是刻意追求的，心与境会、情与景融，恬淡意境的获得，要还原真趣。画面简洁，逸趣高雅，自然天成，不假雕饰，郑元“习喧久惭息，静听乃真趣”，色彩归于朴素，有水墨之意，有“清逸”风格。

元代士大夫高尚的艺术趣味，都是在诗画、诗与书法结合中获得的，这是一种更高层次的修养。题画同题集咏中线条、色彩加言语，视觉、听觉相结合的手法，动静结合，充分调动起多种感官的功能。在意境、气韵层面绘画和诗文是相通的，都要靠主观的能动的体味，这与《二十四诗品》冲淡境界类似，“素处以默，妙机其微。饮之太和，独鹤与飞。犹之惠风，荏苒在衣。阅音修篁，美曰载归。遇之匪深，即之愈希，脱有形似，握手已违”①，这是一种艺术修养和道德修养同时具备以后才能达到的一种气敛神藏、内蕴外补的艺术境界，并不是一般意义上的浅拙。这是卢恒想要解脱苦闷的方式，“致君尧舜愧无术，思入湖天睡未能”，而君王无道导致的隐居，卢恒是典型的内儒外道的隐士。

明永乐间，世事变迁，《听雨楼图》流落世间，当时人锡山沈诚

① 司空图《二十四诗品》，浙江古籍出版社，2018 年，第 7 页。

甫“尝求王内翰达善记卷中诸公出处之大略，藏之以为至宝……一时名人胜士，登斯楼，披斯卷，未尝不心醉神怡，斯楼之名遂擅胜于东南”①，其人风流儒雅，在自己庄园中建“听雨楼”，将《听雨楼图》诗画卷奉于楼上，供当时文人赏览。

可见《听雨楼图》诗画卷的影响力，文人尚雅，喜欢用笔墨参与群咏，是元代诗歌的特色，同时也说明元代绘画与诗歌共同成为了文人表情达意、增进友谊、交流情感的方式，这是诗画一体的最好证明。

三、秀野轩图同题集咏

周景安居士的秀野轩位于四山之间，居余杭山之西南，其背则倚锦峰之文石。秀野轩是周景安眺览之所，平畴沃野，草木葱绿，山间秀气，林木秀翠，是眺望赏景的好地方。至正二十四年（1364）四月十日，朱泽民为周景安的秀野轩作图，时年朱泽民七十一岁，周伯琦篆“秀野轩”三字，这是朱泽民的绝笔作品，第二年朱泽民就去世了。

朱泽民《秀野轩图》“水墨画，溪山林木，轩在坡陀上，二人坐轩中，度桥来者三人，后一人负樽榼，行书”②。有41人题诗同题集咏：朱斌、张吉、瞿庄、薛穆（4首）、杨基、高启、徐贲、张羽、余尧臣、王行、王彝、徐珪、沈纯、张端、韩奕、高隅、樊圃、田畊、张文震、金震、虞堪、周世衡、徐达左、金觉、董远、朱应辰、陈朴、王希白、徐济、李至刚、王忱、朱复、虞本、张德常、惠桢、张均、王廷圭、梁用行、陈元宗、张肯、朱吉③。朱泽民题记、张天民题跋。

---

① 吴荣光《辛丑销夏记》，浙江人民美术出版社，2012年，第292页。

②《秘殿珠林石渠宝笈汇编》第6册，北京出版社，2004年，第3227页。

③ 朱存理《珊瑚木难》卷一，《文渊阁四库全书》第815册，台湾商务印书馆，1986年，第29—34页。

此图影响颇大，是诗画结合的成功之作，是一次人数较多的题画同题集咏，有九诗乃代笔，题咏自元末明初一直持续到明永乐年间。朱泽民后人朱吉为此图作序题诗，有告诫何氏子孙珍藏并传示永久之意，这是一次历时同题集咏。

秀野轩是周景安的隐居之轩，是众多隐士群体园林建筑之一。元末隐逸成风，亭子都起名很雅致，体现出元末文人的雅趣和不凡的审美能力，追求高雅之情、闲逸之趣。秀野轩代表归隐山林的心态，周景安强烈的山林意识是对现实的超越，也是对自由理想的超越。

秀野轩的含义是："一元之气，生物而得其氤氲，扶舆以成其精英。淑粹者为秀焉，故卿云景星，天之秀也；崇崖缭溪，山之秀也；麒麟凤凰，羽毛之秀也；美材硕德，人之秀也。"① 秀野轩的芳名代表主人的雅致逸趣，元末乱世中，田园山水便成为"失乐园"，将自己的希望寄寓山水林泉中，找回失落的自我，寻找自由的世界，在大自然中洗涤身心，获得精神栖息的家园，守道存身，以保持独立的人格和尊严。大自然和人融为一体，是道家崇尚自然、追求本真的体现。超然于物外的士人精神和独立人格已经成为士人隐逸思想的核心组成部分，成为士人执着的精神追求理念。求雅过程中带有浓厚的隐逸精神，隐逸精神的哲学理念物化为外在的建筑，再进一步物化为图画，用同题集咏的形式表现出来，诗画结合，弥补彼此的不足之处。

41 位诗人同题集咏，也表明了元末隐逸精神的盛行程度。天下无道，理想和现实发生碰撞，保持人格的独立和精神的超脱，元末文人认为归隐山林是最好的选择。乱世中，只有归隐才能获得

---

① 朱存理《珊瑚木难》卷一，《文渊阁四库全书》第 815 册，台湾商务印书馆，1986 年，第 29 页。

人格的独立、心灵的恬静安适，才能体验到一种生命的自由感、人生的快乐感和自我的实现感。

不识余杭县，今知秀野轩。
溪声长在耳，山影正当门。
人自千钟禄，君犹独乐园。
樵渔不许到，车马几曾喧。

——张端

幽居谢尘喧，启户瞰平陆。
东皋夜来雨，百卉如膏沐。
泓泓水浮溪，霭霭云出谷。
雉雊麦风暖，蚕眠柘烟绿。
忘形绝众累，居宠有深辱。
挥弦对青山，夕阳见樵牧。

——金觉

春风十里翡翠屏，玉遮对峙峨眉青。
清泉白石杂花竹，天放画图钟地灵。
高人开轩当此景，聆涧赋诗白日静。
四檐风作翠涛声，入窗帘卷晴霞影。
我亦托迹耕渔间，结屋读书湖上山。
抱琴访子从兹始，布袜青鞋相往还。

——徐达左[1]

① 朱存理《珊瑚木难》卷一，《文渊阁四库全书》第815册，台湾商务印书馆，1986年，第31—32页。

像一幅幅田园画，宁静淡泊，与世无争，与渊明诗风极其相似，追慕老庄“道法自然”，徐达左“我亦托迹耕渔间，结屋读书湖上山。抱琴访子从兹始，布袜青鞋相往还”、张端“人自千钟禄，君犹独乐园。樵渔不许到，车马几曾喧”是道家“贵生”“重生”的体现。顺应自然之道，反映了士人自觉的生命意识和丰富的情感世界。田园景物在诗中随处可见，花木、田亩、车马、书、琴、蚕、渔艇、樵牧、野色、布鞋、青袜，与陶渊明诗歌中的田园意象极其相似，反映着周景安隐居的快乐，寄托自己的情志于大自然中，在大自然的怀抱中寻觅快乐，实现自我价值，获得生命的意义。

隐者把自己高雅的人生志趣完全融会于大自然的山水之中，徜徉于山水之中，心性得到了陶冶。超脱物外，超越了名利的束缚，“物我两忘天理见，欣欣花木总春风”“忘形绝众累，居宠有深辱”，这就是道家思想的体现，“物我两忘”“无”“忘”“静知”都是道家核心思想，隐士的深层次的心隐，在静观山水的过程中，获得心灵上的“超逸”“清淡”，体会着“道法自然”的老庄精神境界。

把陶渊明的诗和此组同题集咏对比一下，就会发现惊人的相似性。陶渊明“结庐在人境，而无车马喧”，同题集咏诗“樵渔不许到，车马几曾喧”；陶渊明“山气日夕佳，飞鸟相与还”，同题集咏诗“挥弦对青山，夕阳见樵牧”；陶渊明“开荒南野际，守拙归园田”，同题集咏诗“人自千钟禄，君犹独乐园”；陶渊明“方宅十余亩，草屋八九间”，同题集咏诗“闻君溪上结幽居，地僻时通长者车”；陶渊明“暧暧远人村，依依墟里烟”，同题集咏诗“泓泓水浮溪，霭霭云出谷”；陶渊明“羁鸟恋旧林，池鱼思故园”，同题集咏诗“我亦有家山水窟，十年无地着茅庐”；陶渊明“狗吠深巷中，鸡鸣桑树颠”，同题集咏诗“雉雊麦风暖，蚕眠柘烟绿”。

同题集咏中诗人们极力模仿陶渊明的诗风，平淡醇美中见得周隐士的宁静淡泊之志。同题集咏诗与陶渊明诗风极其相似，周景安追慕渊明逸趣人格，这也是元末士人群体的精神追求，不仅要“身隐”，更要“心隐”。

秀野轩是周景安与文人群体修身养性、寄托情志的好地方。站在此处可以欣赏山中景色，全身心投入大自然的怀抱，士人借此逃避现实、维护人格的完整性。

建造园林是一种“求志”行为，园林中渗透着道家情怀和对自然山水的热爱，提倡返璞归真、回归乡野，耕乐于山林、逍遥隐逸于田园，一首首田园诗，有渊明的影子，追慕魏晋风流。诗中隐居意象非常多，士大夫隐居归田，避世山水间，犹似陶潜之采菊东篱下，精神上获得超脱尘外之自由，此话题往往成为文人同题集咏的话题，比较容易引起文人群体情感上的共鸣。

士人寒窗十载，目的就是博取功名、出人头地、实现自己的人生抱负。像周景安、刘性初、徐良夫、卢恒、闵全、朱景春、吴镇、倪瓒、黄公望、杜本、陶宗仪、王冕、顾瑛等数量庞大的士人，竟然隐居不仕，成为一群被遗忘的士人，以修养人格、完善气节。在士人眼里，气节超越了生命的价值。

王蒙，字叔明，号黄鹤山樵，吴兴人，是赵孟頫的外孙，元末隐于黄鹤山，山水画受赵氏一门的影响，“画山水师巨然，甚得用墨法，秀润可喜。亦善人物”①。

“钱唐城东之安溪，曰钱以良氏，好读书博古，大夫士喜与之游，命其轩曰琴鹤。累征鄙诗，予嘉其志之不凡，为赋唐律一首，若

① 夏文彦《图绘宝鉴》卷五，《元代画家史料汇编》，杭州出版社，2004 年，第 617 页。

求文章，吾不能也。”① 钱以良的轩名“琴鹤”，志气不凡，充满着文人雅趣。元代征诗现象很突出，同题集咏就是征诗现象的反映。

《题王叔明琴鹤轩图》集咏者有：金彦祯、陆溥源、释宗珂、释至显、释永隆、董存、费良弼、张昱、释福震、沈梦麟。沈梦麟题记②。

钱以良的琴鹤轩就是元末士风的产物，文人士大夫对此津津乐道，纷纷同题集咏。琴为圣人之雅乐，鹤是仙人坐骑，文士钱以良“人品清修，好读书，能临晋人帖，又善鼓琴”③。王蒙为之绘图，以彰显其雅趣，也说明元代绘画的发达，绘画实现着一种立身扬名的社会功能。

玉山草堂的流连诗酒，耕渔轩的雅趣，清閟阁、草玄阁、春草堂、不碍云山楼的雅集盛会，续兰亭会的曲水流觞，听雨楼、破窗风雨楼、秀野轩、琴鹤轩、安分轩、聚芳亭的无奈，取个雅号，追慕魏晋人生，任诞超脱，追寻老庄风流实属无奈之举，没有路的路是归隐之路，陶渊明是他们无奈之下最好的引路人。走投无路的诗人群体，不肯依附权贵，内心气节要流芳于世，这同遗民群体不仕二朝、不以名利害“道”的处事哲学是一样的。志不获展的时候，诗人群体不肯投谒豪门、奔赴权贵，而甘于贫遁。

杨镰先生统计，李白是仅次于陶渊明的在元诗中出现第二多的历史人物，李白“安能摧眉折腰事权贵，使我不得开心颜”的心声，已经成为元末士人群体的座右铭。在道家“清淡自然”“达生死”“齐物我”的逍遥中守道，率真自然的志向在同题集咏中流露出来，题画同题集咏就是隐士群体的自画像。诗风平易淡远，

---

① 张丑《清河书画舫》卷十一，上海古籍出版社，2011 年，第 543 页。
② 张丑《清河书画舫》卷十一，上海古籍出版社，2011 年，第 542—544 页。
③ 张丑《清河书画舫》卷十一，上海古籍出版社，2011 年，第 542 页。

意境含蓄优美,像陈年的酒一样甘醇,淡泊无为中获得了生命的价值。

题画诗同题集咏关乎人生理想的美学功能,同时又关乎人生哲学,关乎政治人生。题画同题集咏既有美学价值又有时代精神,在元代这个入仕不畅的时代,终极意义的失落和文化价值的丧失,使士人群体在边缘与中心的冲突中痛苦挣扎。文人逐渐沦为弱势群体,士人的精神也发生了转变,充满了生存忧患与文化焦虑。题画同题集咏是元末士人群体借助于题画抚慰心灵的创伤,最终走向市井与田园,追求他们生命诗意家园的栖息地。

总之,元末出现了众多隐士,追慕隐逸文化成为元末士人文化心理,隐逸成风,加上元代绘画书法的发达、士人群体极高的艺术修养促进了隐逸之风的完美化。一时间雅集、宴集盛行,普遍采用同题集咏的形式,同题集咏成为联系情感、追慕雅趣、实现士人理想、完善道德情操的重要手段。动则三四十人的题画同题集咏在元末屡见不鲜,这一方面反映元人对艺术的追求热情,另一方面反映了同题集咏这种形式对维护群体雅志逸趣的重要性。

元末隐士经常给自己的居室起个雅名,以符合时代士人价值取向,找人书法题额,求文、求诗于众人,求人绘图以流芳百世,于是就形成了诗文书图印共存的同题集咏。元末士人群体将自己的隐逸志向寄托在建筑物中,这些建筑物实际就是隐者的自画像,其实同题集咏的形成是元末士人群体看重自己的名节造成的,玉山雅集同题集咏、耕渔轩同题集咏无不如此。题画同题集咏就是元末文人群体审美逸趣发生转变的重要标志。题画同题集咏促进了绘画诗歌艺术的发展,诗意的语言带有了画的线条、色彩,展示了元人审美方式和审美意趣,影响着士人的文化心理。

第七节 元代题画诗同题集咏的意义

宋元画题材广泛，这就为元代题画诗的题材定下了基调，元代题画不仅题本朝画，六朝、唐宋名画均为同题集咏的对象，内容涉及人物、山水、花鸟、历史故事，包含了丰富的民俗史料，具有一定的价值，属于文化积淀的重要组成部分。众人同咏，扩大了画家及名画的影响力，推动了文化繁荣。题画集咏这种文人群体唱和方式是在元代成熟起来的，对明清题画诗群咏有着重要影响，不过元代题画诗同题集咏是明清不能比拟的，它站在了一个新高度，是我国古代绘画历代相承的结果。并不是所有元代画都有同题集咏，名家、名画，或有意义的主题画是文人同题集咏的重点，这也是一个自然的过程。

元人将前人开创的诗画结合的形式发扬光大，题画诗在元代第一次大规模地出现，深刻影响了元诗的风格，几乎重要诗人都有题画诗。元代题画诗同题集咏的规模、数量、参与人数都是空前的，说明元人艺术素养的全面性。在好诗被唐宋人几乎作尽的情况下，元人独辟蹊径，将诗歌转向诗画结合的形式，在同题集咏中取得了成功，丰富了元诗的题材，转变了元人的审美心理和文化心理，提高了元人审美趣味。画就是诗，诗就是画，诗画一律在元代成为风尚。题画诗同题集咏大规模出现是历代罕见的，促进了元末雅集的频频出现，对中国文学史、美术史、文化史都是巨大的贡献。

元代绘画发达，运用绘画表现情感的能力是很强的，绘画已经同诗歌一道成为元代文人表情达意的重要手段。大批具有绘画才能的文人，将诗画结合起来，图文并茂，生动形象，互相补充，促进了元代题画诗的繁荣，改变了文人群体的唱和方式。元代题画同题集咏的成熟标志着元代文人唱和方式已由唐宋时期的分题分韵、联句为主转为以同题集咏为主,这是文学史上唱和方式的一次重要变革,意义非凡,在中国文学史上的意义重大。

题画同题集咏成为时尚,达到自觉运用的程度。这些隐逸题材用画来表现,通过同题集咏,起到了传播历史文化、弘扬士人精神的作用,提升了士人的精神境界,使得题画诗向着更高雅的方向发展。

元人题画往往诗、词、跋并题,以题诗跋为主,有时候会题唐句宋诗于其上。元代画家直接继承宋画的风格,没有宋画繁荣不会有元画繁荣。元代画家多为南人,是建立在深厚文化底蕴基础上的繁荣,金宋不同的地域文化,造就了不同的文化类型与气质,南宋学风尚雅。纵观整个宋代,重文轻武,皇帝多精通诗画,宋代画院的设立、以画取士,带动了整个画界的繁荣,文人精神亦贯穿其中,这是金代文化界所缺少的一种境界。"野水无人渡,孤舟尽日横""乱山藏古寺""竹锁桥边卖酒家""嫩绿枝头红一点,动人春色不须多""踏花归去马蹄香",这些画院试题已经成为中国画诗情画意的美谈,蕴含着强烈的人文气质。

元代绘画的繁荣也是从南宋灭亡后南人北上开始的,大批南人进入大都,为统治者所赏识,服务于宫廷,如王振鹏、赵孟頫、柯九思、邓文原、赵雍,与元代馆阁文风的形成一脉相承。元代绘画的繁荣离不开宋代绘画的繁荣,一直影响到元后期、元季四大家,虽隐居山林、志趣高洁,但画风受元初影响是明显的。

元人画类细致,一般画家都有自己的专长,这也是元代题画同题集咏繁荣的原因,如柯九思画竹,李衎、李息斋画竹,任月山、赵孟頫画马,赵子固墨兰水仙,赵仲穆画马,钱选画折枝,曹知白山水,商琦画山水,王冕梅花,倪瓒墨竹、山水,黄公望山水,吴镇梅花及山水，高克恭山水，王振鹏界画，王蒙山水。

元代诗书画一体现象极为明显。集诗人、画家、书法家身份于一身，画中有诗。元人具备诗书画相通的艺术素养，所以元代题画诗发达。画家本身就不是纯粹的画匠，文人气质与精神蕴含其中，诗画一律尤为卓绝。元代题画诗是元诗一大门类，是元代诗歌中很有时代特色的一类，是其他朝代不能比拟的。题画诗已经成为画幅中不可或缺的重要组成部分，这在元代表现得极为明显，对明清题画诗有着深远的影响。绘画中自有一种精神，自有一股内质，寄情于画，满纸胸臆，不入俗流，寄情于妙理，体现了文人画的气韵。翰墨淋漓大手笔写意，设色山水，渲淡花鸟虫鱼，都体现着元人独特的文人气质与内心感受。

自宋代开始文人气韵渐入书画中，黄庭坚是著名诗人兼书法家，苏轼亦是如此。文同是著名画家，也是诗人。米芾是画家和书法家。苏轼说："味摩诘之诗，诗中有画。观摩诘之画，画中有诗。"从唐王维开始，文人画开始显现，宋代日渐突出，元代大放异彩。元代同题集咏多发生在同一交际圈的文人群体内部，如元中期馆阁文人群体，元后期玉山草堂群体、铁崖门人群体，这些群体有一个交流的平台，诗成为他们交流情感的工具，同题集咏是他们共鸣情感的首要选择方式。同题集咏成为文人间表达感情、交际的重要方式，体现了尚礼的特点。动则几十人的群体同题集咏频频出现，可以肯定地说同题集咏已经超越分韵、次韵、联句等唱和方式，成为元代诗人群体最自觉、最喜爱、最成熟的群体唱和方式。

同咏梅、兰、竹、菊等物，寄托了一种人文情怀，象征意义突出。不单单是画家画艺超凡的原因，名笔加上君子情怀，才是古代士人理想的境界。必须要有所寄托，方可胜出。

元代题画同题集咏数量众多说明了元代文人画的发达。文人题画同题集咏,多为自发题咏,有部分是别人邀请题咏,还有少数是有人组织。民族大融合时代,少数民族画家的出现,以及少数民族画家的作品成为同题集咏的热点。不分民族共同题咏,表明同题集咏的功能具有社会性,如高克恭、张彦辅都是少数民族画家,他们的作品多次被题咏。

元代绘画的繁荣推动了文人画的成熟,为数众多的画家兼诗人身份,是元代文化史的特色。元人绘画能力是超强的,不管什么题材,无论是历史的还是时事热点,都可以用画来表现,配上诗文同题集咏,扩大了题画诗的影响力,是一种文化传承方式,改变了文人群咏方式和元人审美心理。动则几十人的同题集咏彰显了元代大一统时代群体活动的频繁,发挥了诗歌的社会功能,题画同题集咏是文人之间交谊的一种重要方式,能够参加同题集咏已经成为元代诗人身份的象征。

无论是从元代题画诗总数,从题画同题集咏总数,还是一幅图参与同题集咏的人数,及同一位作家参加同题集咏次数看,元代题画同题集咏都创造了历史。元代题画同题集咏在元诗史上应当占有一席之地。

元代题画诗同题集咏体现出元代同题集咏的自觉性,同一幅画同咏人数在 40 人以上的有 3 次,同咏人数在 30—39 人的有 5 次,20—29 人的有 7 次,10—19 人的有 64 次,10 人以下有 177 次。元诗题画同题集咏达到 560 次左右,占元诗全部同题集咏 900 多次的一半还多,题画诗数量达 11875 首,对元代文学发生了深远的影响,意义重大。

很多诗人因为参与同题集咏仅有一首题画同题集咏诗存世,这样的题画诗人有 449 人,占了很大比例,同题集咏的意义也就在此。

仅有一首诗存世，以诗存史，这449位诗人因为参与题画同题集咏而在文学史上留下了名字，丰富了元诗的存在价值，为元代文学史增添了几百位诗人，这也反映出元代同题集咏的普遍性，参与人员广泛，影响很大，同题集咏在元代达到普及化的状态。

诗在元代具有群体性，对民族大融合起到了积极的作用，试想如果元代同题集咏不发达，或许这449位诗人会湮没无闻，题画同题集咏使得他们名存青史。因参加题画同题集咏而存在的诗人们对于研究元诗来说是笔宝贵的财富，具有不可替代的价值，同题集咏使得他们留在历史的记忆里，意义重大。

元代题画同题集咏自有定论，明人张丑对元代题画诗同题集咏给予高度评价："元人最尚题咏，而于画本尤甚，有多至三四十人者……余谓果出名手，如《水村》《听雨楼》《耕渔轩》诸作，不妨多多益善。"① 元人把诗画结合到一起，引发的大规模同题集咏应给予肯定，绘画的很多方面都是元人独创的，"画家题款，前人多不讲求，至元朝始开其端，书、赞、诗、赋以补画之不足，而添画之色采"②。

元代诗画结合在一起，在题画诗中表达元人雅趣，实际证明是很成功的，改变了元代审美风尚。对元诗是新元素、新内质，诗与画相得益彰，与题识、印章在元代正式用于画中一样具有历史文化意义。

---

① 张丑《清河书画舫》卷十一，上海古籍出版社，2011年，第574页。

② 陈师曾《中国绘画史》，中华书局，2014年，第61页。

《全元诗》通过题画同题集咏诗人存诗一首表

题画同题集咏名称	仅存1首诗人数	题画同题集咏名称	仅存1首诗人数
《水村图》	23人	《题温日观葡萄》	5人
《郑所南推篷竹卷》	1人	《题高尚书夜山图》	3人
《题燕龙图楚江清晓卷》	1人	《题颜辉钟馗出猎图》	6人
《题王渊鹰逐画眉》	3人	《题王渊牡丹》	1人
《易元吉獐猿图卷》	2人	《题赵孟頫竹石幽兰图卷》	2人
《题钱选梨花卷》	17人	《宋袁立儒芦雁图》	15人
《题董泰初长江伟观图》	25人	《题秀野轩图》	7人
《姚廷美有余闲图》	13人	《题盛懋江枫秋艇图》	6人
《杨维桢岁寒图》	2人	《题王蒙惠麓小隐图》	1人
《题张守中桃花幽鸟图》	3人	《倪云林江岸望山图》	2人
《赵子固兰蕙卷》	3人	《栗里秋香图》	1人
《题韩干照夜白图》	1人	《题赵孟頫饮马图》	5人
《赵孟頫人骑图》	5人	《张子政画水墨梨花鸣鸠》	5人
《题梅花道人墨菜诗》	14人	《题宋赵伯驹莲舟新月图》	3人
《题管夫人竹石图》	3人	《题赵仲穆临李伯时凤头骢》	2人
《题顾闳中韩熙载夜宴图》	1人	《题韩干马》	4人
《马远四皓弈棋图》	2人	《唐人香山图》	1人
《题马麟画卷》	2人	《题刘松年卢仝烹茶图》	2人
《题钱舜举瓜蔓图》	3人	《题赵承旨玄真观图》	2人
《题钱霅川宫姬戏婴图》	2人	《题燕文贵秋山萧寺》	2人
《题范宽烟岚秋晓图》	2人	《渊明归来图》	1人
《题范文正公伯夷颂》	2人	《孝感白华图》	4人
《管道升丛玉图》	3人	《钱玉潭竹林七贤图》	1人
《题王蒙铁网珊瑚图》	3人	《越国进西施图》	2人
《题韩干圉人呈马图》	1人	《题赵孟頫滦菊图》	3人
《题钱选画莲花》	2人	《题龚开骏骨图》	3人
《题钱选秋江待渡图》	3人	《题钱选画牡丹》	1人

续表

题画同题集咏名称	仅存1首诗人数	题画同题集咏名称	仅存1首诗人数
《高克恭青山白云图》	1人	《题高克恭秋山暮霭图》	2人
《姚德厚秋林渔隐图》	3人	《题陈选岩阿琪树图》	5人
《题盛懋秋江待渡图》	5人	《倪瓒古木幽篁图》	1人
《瓮牖图》	2人	《题龚翠岩中山出游图》	3人
《题米敷文楚山清晓图》	1人	《松雪画竹石图》	2人
《题高士携琴图》	2人	《高士图》	1人
《渔父图》	2人	《水西清兴》	1人
《题安分轩图》	6人	《题李成画读碑窠石图》	4人
《黄氏林屋山图》	3人	《题曹云西山水》	3人
《题王叔明琴鹤轩图》	6人	《倪元镇远山涌翠图》	2人
《王蒙谷口春耕图》	2人	《题郑禧聚芳亭图》	9人
《题金黼山林拽杖图》	2人	《题赵元溪亭秋色》	2人
《题陶九成竹居图》	2人	《题倪瓒南峰图》	1人
《宋马远潇湘八景》	2人	《题樊川归隐图》	1人
《题王渊鹰逐画眉图》	3人	《题宋马远四皓图》	3人
《龚圣予人马图》	1人	《雷雨护婴图》	2人
《题小米戏墨卷》	3人	《题赵葵杜甫诗意图》	1人
《宋马和之瑶池醉归图》	3人	《李公麟蕃王礼佛图》	2人
《赵孟坚白描水仙》	1人	《赵孟頫兰蕙卷》	3人
《题毛益牧牛图》	9人	《韩左军马图》	1人
《倪云林六君子图》	1人	《宋燕肃春山图》	8人
《题管道升紫竹庵图》	5人	《题米元晖五洲图卷》	5人
《题钱舜举秋江待渡图》	3人	《赵子固四芗图卷》	1人
《题丹山图》	9人	《赵子昂书归去来辞》	3人
《复赋水西清兴》	10人	《武夷九曲棹歌图》	2人
《题靖节图》	1人	《天冠山二十八咏》	1人
《云林竹树秀石图》	1人	《题钟馗图》	1人

续表

题画同题集咏名称	仅存1首诗人数	题画同题集咏名称	仅存1首诗人数
《题惠崇秋甫双鸳》	1人	《题张彦辅棘竹幽禽卷》	2人
《题王渊牡丹图》	1人	《题赵子固水仙图》	1人
《题本斋王公孝感白华图》	4人	《题吴仲圭诗画》	2人
《题钱选梨花鸣鸠》	1人	《题钱选邮亭一曲图卷》	3人
《题倪蘘茗雪溪山图》	1人	《题杨补之画梅》	2人
《题宋杨补之雪梅》	1人	《题张舜咨画树石》	1人
《题倪瓒设色雨后空林真迹》	1人	《题倪瓒竹树野石图》	1人
《题赵孟頫草汀文鸳》	1人	《题赵元溪亭山色图》	2人
《题破窗风雨》	11人	《洞天清晓图》	1人
《题黄子久铁岩图》	1人	《题唐张戡猎骑图》	1人
《题陈琳树石图》	1人	《题倪幻霞良常草堂图》	1人
《题陈履元画玉山草堂图》	1人	《题燕龙图楚江秋晓卷》	1人
《题商山四皓图》	1人	《题赵雍五马图》	1人
《题云林画》	1人	《题云林竹》	2人
《题赵彦征画赤骥》	1人	《题黄公望江山览胜图》	1人
《题赵元剡溪云树图》	1人	《题顾安晚节图》	1人
《柯敬仲墨竹》	1人	《题子卿牧羊图》	1人
《题郭天锡画卷》	1人	《题松雪墨梅》	1人
《题苏子瞻竹枝图》	1人	《题李蓟丘秋清野思》	1人
449	263		186

第九章　元诗同题集咏中诗文图共存现象

诗文图共存是元诗一个显著的现象,“诗文图同一”观念深深影响着元人的艺术风格和文风走向,借助诗文图共存的方式表达人生理想、道德情感和审美情操,也推动了明清文人对诗文图三者结合的艺术形式的认同。诗文图共存的同题集咏是一种表达生命态度的方式,隐藏着对现实的认知和强烈的儒家伦理诉求,是元人社会意识形态的折射。诗文图三者互补在文学史上的意义重大,大大提高了文化传播价值,丰富了史书不具有的细节,达到以图文证史的目的。图文存史的流传过程中,成功地起到了传播和意义的功能,体现了诗文图共存的实用功能,形成了一种指向性话语,从而影响社会舆论。诗文图共存的同题集咏是士人群体构建人际关系网络的重要方式,成为士人精神层面的重要组成部分。诗人身份多元,超越宗教或伦理信仰,呈现出他者文化对儒道文化的认同,折射出丰富的文化史意义。诗文图共存的同题集咏已经成为元代诗人身份的象征,是文学史上唱和方式的一次重要变革,对元代文学史产生了深远的影响,在中国文学史上具有重大意义。

第一节　元代诗文图共存同题集咏的文化功能

题画同题集咏是元诗同题集咏的一个重要门类，在元代发生次数达500多次，占元诗同题集咏总数的一半以上。诗文图共存是元诗史一个非常显著的特征，存在于元代题画诗同题集咏中。元代是诗文图同题集咏共存的流行时代，对同一幅画题诗或题文，人数多达几十人，甚至上百人。诗文图共存是从元初遗民群体中开始的一个重要的文学现象，在元代成为文人群体情感互动的一种风尚。大量诗、序跋、记、赋、词、图、印章共存的同题集咏首次出现在元朝，以此表达自己的艺术情趣和伦理价值观，这是元人历史性的创举。诗文图深度结合是在元代出现的新的文化现象，这种诗文图结合的艺术走进元代文学，并对元代文学史产生了深远的影响。

一、借助诗文图共存提供的公共文化空间维护文人群体之间人际关系是诗文图共存的同题集咏的文化功能之一

元代文人群体间有一种风气就是赠画，给朋友的画题诗、文是一种友谊的象征，也是群体之间达到共鸣的方式。这种赠画交谊的方式促进了诗文图共存的同题集咏的发生。元代文人群体通过诗文图共存的同题集咏融合在一起，同声相和，同气相求，群体切磋画艺的同时，也体现出对儒道文化的高度认同。

赵孟頫在元大德六年（1302）十一月为好友钱德钧画《水村图》，一月后钱德钧持此图见示，已经装裱成册，图上题满了众多文人的诗文，速度之快令人惊叹，充分反映了诗文图共存的同题集咏这种文化交流方式受到元代文人群体的喜爱。题记者：钱重鼎；题跋者：赵孟頫、姚式、陆祖宣、赵由俊、董其昌、陈继儒、李日华、李永

昌;题诗者:束从大、赵由俊、钱重鼎、姚式、邓槱(2首)、无名氏、顾天祥、赵资深、陆祖允、束从大、赵孟吁、黄肖翁、束南仲、罗志仁、哲理野台、郭麟孙(2首)、林宏、干文傅、叶齐贤、陆柱、龚璛(2首)、王钧、曹浚、孙桂、钱良右、俞日华、从虎、黄介翁、钱以道、陆行直、陆祖凯、束巽之、赵骏声、赵由祚、林宽、陆承孙、束复之、束同之、陆继善、朱梓瑞、徐关;题词:汤弥昌(2首)、束从周①。

此图在元明清三朝流传很广,流传过程中不断有文人加入,至清中叶有53人参与同题集咏。因为此画的价值极高,从元初大德年间开始,历经元延祐年间,到元末至正年间,在明代被陈继儒、董其昌、李日华等题跋收藏,入清后被纳兰性德等名人收藏,最后流入乾隆内府。拙朴的构图、单纯严谨的画法、精致的笔墨渲染,皴擦点染、远中近的平远构图,体现了画艺的精湛。赵孟頫高超的画技是吸引众多文人题诗文词赋的重要原因,这是名画的效应,大量的题跋、题诗充分证明了画的艺术价值,体现了文人群体对诗文图共存的艺术认同。画面传达的主题也是吸引文人群体同题集咏的原因,钱德钧作为隐士,坚守气节,隐居乡野,他的隐士风度、守道的高人情操感染着文人群体,对这种道家文化的认同是集咏的原因之一。元初遗民群体的诗文图共存同题集咏对元末隐士群体诗文图共存同题集咏的发生产生了巨大的影响。

图画上有众多印章,印章与诗文图共存,随着时间的流逝,这幅图的文化价值与艺术价值越来越高,使得图画价值倍增,一个印章、一首诗、一个题跋、一首词、一首赋、一个题记都会给原作带来无限增值,这就是诗文图共存的价值。此诗文图印章共存的同题集咏有极强的地域性,因为钱德钧在吴地,参与同题集咏的多为吴中

①《秘殿珠林石渠宝笈汇编》第1册,北京出版社,2004年,第577—585页。

人士，也是地域文化的交流例证。参与者身份复杂，有南宋遗老東从之、赵孟吁、東从大等，有元代科举进士干文傅，有蒙古族士人哲理野台，有知名人士如元代的赵孟頫，明中期的董其昌、陈继儒等，还有许多无名人士。诗文图印章共存的同题集咏跨越时代、跨越民族、跨越身份，前人和后人通过一幅诗文图共存的画进行心灵共鸣，对坚持操守的隐士文化给予认同。文人隐士通过诗文图共存的同题集咏提高了群体之间的凝聚力和向心力，增进了彼此之间情感的交流。

元末王冕画梅名动一时，想要得到王冕真迹的文人墨客不在少数，但是只有画，没有题诗也是不被文人群体认同的，这说明诗文图共存在元代已经成为一种文化情结，积淀为一种文化心理。王冕的画必要诗人贡性之题诗才完美，以至于贡性之写诗反映这种诗文图共存受士人群体欢迎的现象，“王郎日日写梅花，写遍杭州百万家。向我题诗如索债，诗成赢得世人夸”①，充分彰显了元人心中诗在画中的地位和价值。以小见大，诗文图共存的同题集咏中名人的名画需要有一定数量的诗人题诗或题跋才能显示出画的艺术价值，所以元代绘画一定要题诗或题跋的，这已经成为一种时尚。诗文图共存成为诗人之间维护情感、切磋画艺的重要方式，也反映了文人群体的审美随时代变革而发生变化。

二、元代文人群体借助诗文图共存的文化平台集中弘扬儒家文化情怀是诗文图共存的另一个重要文化功能

现实中人物、时事、文化中累积的儒家主题的故事，都成为题画同题集咏的热点。诗文图共存的同题集咏反映了元人艺术的新

① 纪昀等《四库全书总目提要》，河北人民出版社，2000 年，第 4351 页。

思维,元人把诗文图共存的同题集咏当作关注现实、传播道德、改变世风的工具,也体现了诗文图共存这一现象的实用功能。

“宣物莫大于言,存形莫善于画。”[①] 诗文图共存的文化模式是元人一种特殊的表现道德伦理的方式,具有干预现实、发挥教化的功能,体现着对儒家文化的认同。

《雷雨护婴图》:“林木苍莽,作雷雨晦冥之色。一妇人抱婴儿走,以手掩儿耳,若恐儿怖者,题曰《雷雨护婴图》。盖必院画,立此为题,以试工人者。噫!风雨雷电变化不测,鬼神莫得而知者存乎其间,而画史乃欲绘焉,何哉?予观画谱,载古人风雨图画多矣,独雷雨无画者,岂以化工非可形容邪?然画风以欹,画雨以垂,而此又能画耳为雷,则亦可以为奇也矣。”[②]题诗者:王勉、李国寿、周伯琦、俞希鲁、曹鉴、尧岳、郭畀、青阳翼、杨枢、钱惟善、徐贲、高启、王行、王汝玉。题图赞者:张羽。题文者:陈膺、张绅、苏大年、杨基[③]。

这是一次跨越元明两朝的同题集咏,作者多为元末明初诗人,不乏名家如高启、钱惟善、张羽的参与,在图画流传的过程中有更多的士人加入题诗、题文行列,丰富了主题,扩大了影响力。主题是歌颂母爱的伟大,关乎道德教化。这是画院绘画题材,作为考试画,选拔绘画人才之用。这是第一次以雷雨为表现对象的绘画。画中一妇人抱婴儿疾走,雷雨交加,电闪雷鸣,妇人用手掩盖住婴儿的耳朵,表现出母爱的本能反应,危险瞬间,母爱战胜了来自内

---

① 张彦远《历代名画记》,《文渊阁四库全书》第 812 册,台湾商务印书馆,1986 年,第 279 页。

② 李修生《全元文》第 58 册,凤凰出版社,2004 年,第 368 页。

③ 赵琦美《赵氏铁网珊瑚》,《文渊阁四库全书》第 815 册,台湾商务印书馆,1986 年,第 716—718 页。

心恐惧的本能。画题指向儒家礼教，画面描绘的重点是妇人掩婴儿耳朵，用画耳朵表现惊人的雷声，表达了母爱的伟大。主题非惊也，而是敬也，对圣人礼教的敬畏之情才是真正意义上的主题，“圣人敬变于色，常人惊掩其耳”①。

因为画面主题用视觉的图画表达了听觉的雷声，具有“奇”的特点，主题契合了文人群体的价值观，借此激励君子修心存身，所以吸引了元明之际大量诗人同题集咏，其意义已经超越了图画最初的本意，对母爱的歌颂和认同是诗文图共存的文化功用所在。图画的形象性、诗歌的抒情性、序跋的解释说明很好地融合在同题集咏中，形成互补，加深了对文化本体的多维解读，对世风变迁起到了潜移默化的教化作用。

在元代，正统题材事件仍然和唐宋一样用诗歌来表达。诗文图共存的同题集咏以自发题咏为主，充分发挥了其叙事特征。图画叙事进入文学叙事中增强了叙事的多元性，图文共存叙事的模式是元代对文学史、文化史的一大贡献，以此共同维护儒家伦理。事件主人公的行为方式符合儒家礼教，加之朝廷大力提倡“观风化”的政治需求，士大夫为了迎合朝廷道德构建的需要，发起了一次次歌颂伦理道德的同题集咏。

真实是诗文图共存同题集咏叙事的价值所在，题咏本身代表了一种价值取向，不单纯是同题集咏热点事情，而是通过叙述事件经过，宣传价值理念，最终还是落实到诗文图共存的教化功能上，功用性很强。元代社会关注的热点事件，均绘成图画，图画承担了教化功能，加之诗人同题集咏，形成一种指向性话语，以此弘扬道

① 赵琦美《赵氏铁网珊瑚》，《文渊阁四库全书》第 815 册，台湾商务印书馆，1986 年，第 716 页。

德，以达到一定的政治目的，从而影响社会舆论，《本斋王公孝感白华图》即是一个例证。

“户部尚书本斋王公，其母亡时，灵几瓶中山丹俄吐白华，人以为王公孝感之征云”[①]。本斋王公，前饶州路总管王都中，其父忠愍公，在至元甲申奉朝廷之命出使日本，遇到海难，当时其母张普贵年仅三十，本斋王公年仅七岁，母亲张氏以贞节自誓，以护佑王公，到京师净垢寺出家为尼，自号无为。王公都中成人后，入仕，极其孝敬母亲，忠于朝廷。母亲去世时，灵几瓶中山丹突然吐白华，如桃白，朝野以为这是吉兆，并认为是本斋王都中孝心感动了白华吐蕊，有几分灵秘色彩，此乃天道。

天人感应在儒家哲学体系中具有结构性意义，此事就是天人感应的哲学思想的体现，我国古人重德，周人产生了自觉的道德观念，“天命靡常，以德配天”。畏天命、敬畏命运是儒家道德要求个体对待伦理实体的情感和态度。沟通天人的唯一途径就是“德”，德具有一种神秘色彩，具有感动上天的力量，契合文人群体精神诉求。元人用诗文图共存的形式对“孝道”给予肯定，并加以弘扬。“古孝亲之感，以致物之异多白。”[②]古人孝道为大，上升到天命的高度，与上天息息相通，以孝为道会感天动地，会产生神秘的力量致使物怪异发白，用先验思想提高了孝道的权威性和可信度。事件本身充满奇异色彩，既满足了文人群体的好奇心理，也维护了社会伦理秩序的终极目的。

孝感白华这样的天人感应事件有一定的历史文化渊源，南齐

① 杨镰主编《全元诗》第35册，中华书局，2013年，第30页。

② 赵琦美《赵氏铁网珊瑚》，《文渊阁四库全书》第815册，台湾商务印书馆，1986年，第750页。

萧子懋母阮氏病重，请僧道用铜罂盛水浸泡莲花供佛前，七日后莲花鲜红无比，而且生了根须。萧子懋日夜祈祷，后母亲病愈，士人以为孝心感动上天所致。孝感白华是对天命敬畏的文化心理产物。

此事当时被画家绘成图曰《本斋王公孝感白华图》，加快了事件的传播。翰林国史院编修官章嘉撰《本斋王公孝感白华图传》，写文者有：夏若水、王彦文、黄文仲、张翥、释大䜣；题诗者有：倪从、李士行、况奎、王寿衍、黄文仲、汤弥昌、黄叔英、陈方、钱天祐、白珽、郑僖、王琎、方仪、龚璛、贾实瑞①。

歌颂孝道是此次同题集咏的目的所在。叙事"存史"，议论"言志"，以弘扬价值观，发扬正气。"孝"字频繁地出现在此组同题集咏中即是明证。元代文人纷纷题诗其上，以弘扬社会道德、歌颂忠孝节义，引起士人共鸣，达到一定的政治目的。元代诗文图结合已经成为一种表达伦理情感、服务于政治的有效手段。把绘画手法运用到叙事诗中，完善了叙事结构，突出了叙事主体的本体意义。本斋王公的孝心感动了天，所以山丹吐白华，诗文图共存的同题集咏将孝道以天人感应的方式纳入政教层面和伦理层面，对于匡扶士风、纠正世俗的偏颇有一定的意义。

僧人释大䜣参与了诗文图共存的同题集咏，写了一篇文，他从佛性的角度解读了孝感白华一事：人性皆来自无初，其往都是无终，天地万物，无不如是。"至若神奇物怪，变化万状，皆自一性而出。""欲善乎性之学者，无逾于佛，而治世之道必用于儒也。今侯之于母明佛之性，用儒之礼，由是而感通，故异花之征皆性善之

① 赵琦美《赵氏铁网珊瑚》，《文渊阁四库全书》第815册，台湾商务印书馆，1986年，第748—755页。

征。”①认为其母信佛，明心见性，加之尊崇儒家礼教，感动山丹吐白华，从而使本斋王公孝感白华的解读呈现出多元文化意义。

从汉乐府采诗之风，到唐代白居易新乐府运动，都是诗歌社会功能的彰显。元代则通过诗文图共存的同题集咏来干预现实，形成指向性话语，肯定和弘扬社会道德观念。画已成为与诗一样的叙事表意的工具，文人群体一致将同题集咏点落在“德”上，虽然是图画，但是题画同题集咏在诗人笔下仍然不离“道”的范畴，忧国忧民始终是文人情怀。诗文图共存的同题集咏诗人身份多元，超越自身宗教或伦理信仰，呈现出他者文化对儒家孝道的认同，释大䜣在佛性的基础上对儒家文化的认同就是最好的例证。

黄云卿父亲黄伯川去世，黄云卿为了表达思亲之心，按照父亲遗命葬之于昆山之林屋山，画家倪宏为之作图《林屋佳城图》，又名《黄氏林屋山图》，这种孝心感动文人群体，纷纷题诗、题文，21位文人参与其中。郑东作记，题诗者有：苏大年、释元瀞、杨维桢、郏经、释良琦、张雨、陆仁、秦约、郭翼、项驾、卢昭、郑元祐、张逊、顾瑛、释宝月、王同、文质、易恒、余熂、黄原隆②。后人黄原隆至正壬辰失此图，六年后得于海虞谭，不胜悲感，作七言十六韵，以诗总论诸贤同题集咏的特点，不同身份、不同信仰的诗人出现在诗文图共存的同题集咏中，体现出对儒家孝道文化的高度认同。释元瀞、释良琦、释宝月都是僧人，修身养性是其立身的根本，在诗文图共存的同题集咏中却表现了对儒家文化的认同，释良琦有“江水东流寄孝思”，释宝月则有“思亲心独在，归梦洞庭波”，道士张雨在

① 赵琦美《赵氏铁网珊瑚》，《文渊阁四库全书》第815册，台湾商务印书馆，1986年，第754页。

② 赵琦美《赵氏铁网珊瑚》，《文渊阁四库全书》第815册，台湾商务印书馆，1986年，第743—747页。

诗文图共存的同题集咏中也表达出对儒家孝道文化的认同，超越了身份、信仰，实现了他者文化对儒家孝道的认同，也是文人群体通过诗文图共存的同题集咏交流融合的结果，折射出诗文图共存的同题集咏的文化功用。

第二节　图文证史的史学价值与传播意义

元代理学背景下忠孝节义的事件屡屡发生，为元代多元表达的同题集咏提供了机缘。“缘事而发”的传统一次次彰显，发展了元代叙事诗的纪实特征，弥补了史料的不足，为了解元代风俗提供了难得的史料。弘扬价值观、传承文明，是文人群体肩负的责任和使命。社会关注的热点事件，绘成图画，配以诗文同题集咏，达到弘扬道德、影响社会舆论的目的。真实是这类诗文图共存的同题集咏的史学价值所在，事件本身是客观存在的，此类诗具有“史”的价值，可以弥补史料之不足的缺憾。同题集咏的文字与图画可以当作史料使用，《胡氏杀虎图》同题集咏即是最好的证明。

这是发生在元初的真实故事，刘平妻勇于救夫杀虎的事迹震惊了朝野，文人画家作画以弘扬道德、表扬胡氏的节义行为。“胡氏杀虎”发生在元世祖至元七年（1270），成为一种时代道德符号在明初被载入《元史・列女传》。“胡烈妇，渤海刘平妻也。至元七年，平当戍枣阳，车载其家以行。夜宿沙河傍，有虎至，衔平去。胡觉起追及之，持虎足，顾呼车中儿，取刀杀虎，虎死，扶平还至季阳城求医，以伤卒。”①

这则故事在当时就引起了文人的关注，元世祖时期金翰林侍

① 宋濂《元史》第15册，中华书局，1976年，第4485页。

讲学士徐世隆对此事首先用纪实的手法写了一首诗,诗题为《胡氏杀虎歌》。徐世隆是最早关注“胡氏杀虎”的诗人,徐世隆的史诗开启了同题集咏的热情,他的这首诗也成为参与“胡氏杀虎”同题集咏的元代诗人,以及明清诗人题咏此事的起点。包括徐世隆在内元明清三朝有 27 位文人同题集咏此事,其中 21 人题诗,得诗 23 首,7 人撰文,其中王恽一人既写诗又撰文。时间跨越元明清三朝,此事的影响一直持续到晚清。徐世隆之后,王恽创作了《烈妇胡氏传》一文、南人任士林撰写了《烈妇胡氏传》一文、南人刘将孙写了《题渤海兵士刘平妻胡杀虎图》一文,继徐世隆之后将此事的影响力进一步扩大。

王恽一连写了两首诗,分别是《题刘平妻胡氏杀虎图》《再题胡烈妇杀虎图》,张之翰写了《题胡氏杀虎图》,胡祗遹写了《贞妇救夫杀虎图》。元代中期科举恢复,理学纳入科举考试内容,吸引了一批士人参与其中,进一步扩大了此事的影响力。杨载有《胡氏刺虎图》一诗,许有壬有《胡嫔刺虎图二首》,陈旅有《胡氏杀虎图》一诗,布衣刘诜也题有《题刘平妻杀虎图》一诗,布衣陈镒有《题刘平妻杀虎图》。徐世隆以后的 20 位诗人的题诗都是题画诗。

《胡氏杀虎图》的流传使得元代不同时期、不同地域的文人,以及明清时期的文人能够直观地对此事予以关注,将诗歌的叙事与绘画的形象生动地结合在一起,图文存史,使得“胡氏杀虎”的事件得以跨越元明清三朝,流播久远,超越时空限制,成为一种比肩史书、有影响力的传播方式。从诗题可知,他们的诗情是从“胡氏杀虎图”开始的,图画直观生动的特点,容易引起文人群体的关注,图画作为当时重要的传播媒介对事件的传播起到了重要的作用。

此同题集咏有共同的特点,一是主题高度集中,是对义烈的歌颂;二是注重主要情节,主要情节一个是胡氏搏虎,一个是呼儿取刀。文人们题咏主题高度一致,都是对胡氏义烈的歌颂,文化的原因使古代文人群体自觉遵守“文以载道”的传统,用诗文的形式弘扬主旋律,对合乎儒家伦理正义的行为予以记载歌颂,对其勇气予以赞赏。这些同题集咏诗文丰富了史书不具有的细节,达到以诗文载史的目的,充分发挥了“诗可以观”的文体功能,继承乐府精神,强调借事抒情,起到修身治世的目的。

“胡氏杀虎”同题集咏在漫长的传播过程中,不断有人用诗文形式补充史书阙如的史料,历经 700 多年积淀,使得其文化内涵不断丰富。由于文体所限,加之抒情意象的运用,除徐世隆外,几乎都长于抒情和议论,缺乏细节描写,对于此事的来龙去脉介绍得不是非常详细,这是诗的文体特征决定的,任士林的文弥补了这个不足,他写了《烈妇胡氏传》一文,出于踵事增华心理,丰富了许多其他诗文不曾有的细节,以增强可信度。其文详细地记载了此事的来龙去脉,较王恽等文更为细致,较《元史》粗略的记载,其史料可谓非常珍贵。诗文文体互补是“胡氏杀虎”同题集咏的一个特色。

宋遗老杨学文、宋亡才十岁的龚璛都参与了“胡氏杀虎”同题集咏。龚璛《至元七年滨州渤海县刘平戍枣阳夜宿沙河虎啮之去其妻胡氏掣虎足呼七岁儿取刀刳虎出肠胃夫脱三日乃死》,从题目可以看得出诗歌叙事性是突出的,主题都是对平妻义烈的歌颂。可以说对平妻胡氏义烈的赞颂是参与同题集咏的诗人共同的目的。跨越身份,跨越群体,有馆阁文人,有遗民,有隐士,后人和前人在“胡氏杀虎”同一个主题下跨越时空,进行思想交流,产生共鸣,不约而同地对其赞颂,体现了儒家文化的影响力。

明代郑善夫《画虎跋》记录此事:“有元时,滨人刘平戍楚道枣阳遭虎,其妻胡氏与其子杀虎得复苏,时好事者传播图赞,至于今以为美称，壮矣哉。"[1] 道出了图文证史的重要意义。

"八年十月，胡以二子至自枣阳，滨州长吏讯之，图其状以闻，复其家"[2]，任士林传达出"胡氏杀虎图"乃官府命画工所为，目的是表彰胡氏勇于杀虎救夫的义烈行为，宣扬忠孝价值观，树立典型，维护世风，所以"胡氏杀虎图"传达出来的教化意义是非常明显的。众多"胡氏杀虎"同题集咏与图画保持一致，高度肯定了胡氏的勇气和义烈行为，同题集咏主题高度一致。

文人群体对此津津乐道，众多诗人同题集咏扩大了此事的影响，丰富了故事的细节。绘画发挥了诗歌的教化功能，"夫画者，成教化，助人伦，穷神变，测幽微，与六籍同功"[3]。元人的"胡氏杀虎图"正因为教化意义明显，画者有所寄托，所以引起了众多文人的关注。

图画作为元代文人表情达意的工具，也被明清文人群体所继承。明代陆容身为此事感动，亲自画了一幅图画褒扬此事。清代云间姜晓泉为万廉山司马作《英雄图十二册》，里面都是古代女烈妇、女英雄，如聂嫈、如姬、花木兰、梁红玉、红拂、明宫女费贞娥等，作图画以存忠义，其中就有"平妻胡氏"。

《胡氏杀虎图》画得威风凛凛，逼真感极强，画面紧张的气氛感染着观者。画面只是抓住了最能反映主题瞬间的情节，直观的形象通过图画展示出来，使得事件空间立体感很强。图画呈现出事件本身的意义，体现出高超的绘图水平。将外在时空抽象化为平

① 郑善夫《少谷集》，《文渊阁四库全书》第1269册，台湾商务印书馆，1986年，第201页。

② 李修生《全元文》第18册，凤凰出版社，2004年，第434页。

③ 张彦远《历代名画记》，《文渊阁四库全书》第812册，台湾商务印书馆，1986年，第279页。

面，观者要根据自身的价值判断对图像进行再认知。图文存史的传播方式使得事件影响越来越大，诗画一体，语言叙事与绘画叙事结合在一起加快了传播的速度。

黄镇城“画图凛凛犹生气”、刘诜“秋风展图毛发起，始信人间有伦纪”，图画气韵生动，如同真的一般，充分赞誉了绘画者高超的画艺。图画的叙事功能得以彰显，图的保存对此事流传起到了重要作用，借图言志是许多诗人关注此事的原因。

诗与画之间的共同性和差异性构成了二者之间的张力。“诗画同源”，共同的道德伦理诉求，促使诗画成为一体，起到“图文传史”的传播功能。图画消解了时间的局限，将时间定格在历史的瞬间，在超越时空中流播，诗作为语言艺术，借助图画获得了文化积淀的价值，起到了很好的政治教化功能。

“徐大常作诗纪实，好事者图之，以旌其义，余赋长歌闵之。”① 图画的流传激发了其“文以载道”的担当。元人杨学文对此图评价甚高，“此图价可百倍高”②，可见《胡氏杀虎图》的教化功能获得了当时文人士大夫的高度认同，众多同题集咏使得此图价值倍增。图画流传具有增值功能，以图存诗起到了很好的宣传效果。

图画作为一种文化符号，它成功地起到了传播和意义的功能。图文存史的流传过程中，起到了图文证史的作用。在传播过程中，图画和文字本身的符号意义被消解，转化成一种持久的虎文化符号，进入中国文学经典视域。“胡氏杀虎”因图文存史、以图存诗，获得了文人群体的广泛认同，图画作为物质形态，容易被收藏。

① 杨学文《天下同文集》，《文渊阁四库全书》第 1366 册，台湾商务印书馆，1986 年，第 700 页。

② 杨学文《天下同文集》，《文渊阁四库全书》第 1366 册，台湾商务印书馆，1986 年，第 700 页。

《胡氏杀虎图》从元初一直流传到清末,没有随着时间的流逝而淹没在历史的洪流中,充分证明诗文图共存同题集咏的传播价值。被题咏殆遍,或古体,或七律,或歌行,各有其情,各有其志,都表达了对胡氏忠勇义烈的歌颂,同声相和,同气相求,虽然不是直面交流,但是通过图画还原历史语境,将不同时期的人联系在一起,后人和前人通过一幅画进行心灵的对话与共鸣,突破了物理时空的限制。随着时间的推移,文化积淀越来越深,已经成为一种文化现象,作为妇女抗暴的典型被加以弘扬,折射出不同时代的士风和文人群体的精神风貌。

后人在接受的过程中,从图画中寻觅创作主体的情感意志,解读其图画背后的象征意义。后人重复前人的主题,在这种重复之中,获得了新的阐释和心理安慰,这归根结底是一种儒家文化情结导致的民族心理,自然而然地对此类事件予以自觉关注,并上升为人文关怀的终极情感。超越时空,与古人对话,在想象之中产生共鸣,将文本内在的文化价值阐释出来,获得价值认同。

明清文人通过图画存诗,同题集咏在主题上发生了新变。继承了对胡氏力勇的歌颂,少了忠君思想。胡氏在明清文人笔下摆脱了作为政治传声筒的厄运,被作为一个有生命的客体来看待,突出其对夫用情专一的特点。明代程敏政的《平妻杀虎诗》即是例证,反映出接受史上的时代文化心理。

清初诗人归庄《在韭溪草堂阻风雨不能归主人出元人画杀虎图观之因与诸公同赋》,用写实的手法将写诗的动机和胡氏杀虎经过详述了一遍。题诗的起因是归庄去拜访朋友,无聊之际,主人出示《胡氏杀虎图》,同坐的几个朋友一起赋诗同题集咏。从诗题得知,胡氏杀虎在清初仍旧是题咏热点话题,传播这个事件的仍旧是一幅《胡氏杀虎图》,图画作为传播媒介在流传过程中突破了时空限制，可见图文存史的意义重大。

“存形莫善于画，载言莫善于书。”[①] 通过图文完成历史对接与双重传播，用图画还原当时历史情境，对后人认识过去的文化现象起到了积极的作用。

“其事在元史，传说遍海隅。好事为绘画，见者犹嗟吁。”[②] 图文存史与史书记载具有同样的价值。归庄诗指出：“情至气勇决，虎卒为所屠。生死判呼吸，勇怯变斯须。乃知事贵奋，形势非所拘。”[③] 发自内心的情感使得胡氏做出常人所不敢做的事，死亡常因勇气而改变。赞扬胡氏可贵的勇气，及对丈夫用情专一，这就不同于元代将胡氏作为伦理楷模来歌颂了，而是突出了对胡氏“情”的歌颂，这是“胡氏杀虎”主题在清初发生的新变。

图画形象立体，决定着接受方式。其传播效果远远优于文字，以静态方式流动在社会动态空间中，进入消费领域，通过色彩和线条的视觉审美，很容易引起人们的关注，这就为“胡氏杀虎”的传播创造了物质条件。图文一体在流传过程中，凝聚成一种符号，进入文化视域，在时间的介入中，成为了一种经典，被不同时期的士大夫津津乐道。从传播的角度来看，图文一体的意义远远大于“存史”本身的价值，在“存诗”的过程中，文化价值的本体意义更为突出，超越图像和文字本身，文化功能被激活，影响并改变着接受行为本身，成为超越时间的文化理念。

晚清陈文述看到一幅《胡氏杀虎图》后，也参与了穿越时空

① 沈子丞编《历代论画名著汇编》，世界书局，1984 年，第 133 页。

② 归庄《归玄恭遗著》，《续修四库全书》第 1401 册，上海古籍出版社，2002 年，第 621 页。

③ 归庄《归玄恭遗著》，《续修四库全书》第 1401 册，上海古籍出版社，2002 年，第 621 页。

的同题集咏，与元、明人产生了心灵的共鸣。陈文述《刘烈妇杀虎行》："高君饮江藏元人画烈妇杀虎救夫图，神气生动，不署画人名氏……事闻诏旌，且免本社人户杂役，大德三年知滨州事王公显祖为建亭立石。"[①] 这幅元人画技艺高超、神气生动，是吸引陈文述参与同题集咏的重要原因，"事闻诏旌兼免役，海内题诗几词客。一图流落五百年，纸上英风动颜色。"[②] 作为此同题集咏的终结者，盛赞了"胡氏杀虎"同题集咏的巨大影响力，以图的形式流传了五百年，图画至今仍栩栩如生，总结了图文存史的意义。同时弥补史书记载的粗疏，元大德三年（1299）滨州知事王显祖为之立石建亭，这是《元史》、各种元代文献中不曾见到的史料，图文证史的意义是巨大的。

第三节　诗文图共存同题集咏的文学史意义

元代绘画和诗文深度结缘了。诗文图共存的同题集咏是一种人生态度，是诗人解构人生和生命的方法，背后隐藏着对现实的认知和强烈的儒家伦理诉求，是元代社会意识形态中时代精神的折射。诗文图共存现象从元初遗民群体开始，在郑所南、龚开、钱选等人画中集中展示了诗文图共存同题集咏的遗民群体抗节精神和存身、存道的文化价值。诗文图共存的艺术形式经过元中期馆阁文人群体的继承和发扬，渐渐成为元明清文人群体所津津乐道的艺术形式。诗文图共存于同一个文化圈内的同题集咏实现了同质

① 陈文述《颐道堂集》，《续修四库全书》第1505册，上海古籍出版社，2002年，第262页。

② 陈文述《颐道堂集》，《续修四库全书》第1505册，上海古籍出版社，2002年，第263页。

文化的认同，弥合差异，构建了新的文化形态。诗长于抒情，文长于叙事，图长于形象，三者结合补足彼此本体的缺陷，语言、文字、图画共存在文学史上的意义重大，是文学化的艺术表达，是一种高层次、多维度的艺术程式，大大提高了文化价值和传播价值。

元代文人群体艺术修养的全面提高决定了诗文图共存现象的流行，大量诗文图共存的同题集咏的出现是不同艺术层次的士大夫在同一交际圈内多次互动的结果，是建立在群体艺术互相切磋的基础上，反映元人集体审美价值的重要方式。诗文图共存的同题集咏是士人群体构建个人社会关系网络的重要方式，是元人一种重要的社会交往方式，进而成为士人精神层面的重要组成部分。诗文图共存的同题集咏联系着各阶层的士人，把不同兴趣、不同文化修养的人拉入同一个文化圈，通过参与同一个主题的题咏，增进了情感，通过以文论画、以诗写画来切磋艺术，提高艺术境界。

主体内在的精神气质借助图的物质形态得以保存，流传久远。图画激活文人群体同题集咏的诗情，为参与诗文图共存的同题集咏提供了契机。元人将自己的情志寄托在诗文图共存的同题集咏之中，展示了元人特有的艺术风貌。元代大规模遗民的出现、宽松的文化环境、大一统的时代雄风、文人入仕的不畅、统治阶级的喜好、宫廷的艺术需要都促进了元代诗文图共存现象的出现。

从《水村图》《胡氏杀虎图》《雷雨护婴图》《本斋王公孝感白华图》《黄氏林屋山图》等诗文图共存的同题集咏来看，无论是从参与人数还是从流传时间的长度，其影响都是深远的，为不同时期的文人津津乐道，一咏再咏，跨越地域传播，彰显了同题集咏的魅力。诗文图共存表达了一种精神追求、一种人格理想，社会教化功能得到体现，已经成为文人群体交流感情、增进友谊的重要方式，体现了多层次文人群体对儒、道文化的高度认同。

元人将前人开创的诗画结合的形式发扬光大,诗文图共存第一次在元代大规模地出现,深刻影响了元诗的风格。其规模、数量、参与人数、流传时间和地域都是历史性的。在好诗被唐宋人作尽的情况下,元人独辟蹊径,将诗歌转向诗文图结合的形式,在同题集咏中取得了成功,丰富了元诗的题材,折射出元人的审美心理和文化心理,提高着元人审美趣味,成为元诗的特色。

画就是诗,诗就是画,诗画一律在元代成为风尚,规模之大历代罕见,促进了元末雅集的频频出现。元末文人群体将诗文图共存的同题集咏推向高潮,出现了参与人数众多的题画同题集咏,如《破窗风雨图》41 人、《听雨楼图》17 人、《秀野轩图》41 人、《耕渔轩图》39 人等大型诗文图共存的同题集咏,表达了对隐士群体的求雅、修身、存志、守道的道家文化认同,对中国文学史、美术史、文化史都是巨大的贡献。

元代题画同题集咏的成熟标志着元代文人群体唱和的方式已由唐宋时期的分题分韵、联句为主转为以同题集咏为主,这是文学史上唱和方式的一次重要变革,在中国文学史上具有重大意义。文化不分种族,诗文图共存的同题集咏超越了民族的界限,消弭了不同民族诗人因语言文字、信仰、地域而导致的差异。从元代开始,“诗文图同一”的观念深入人心,已经成为元代画界的共同审美观念,深深影响着元人的艺术风格和文风走向,推动了明清文人对诗文图三者结合的艺术形式的认同。元代诗文图共存于同一个文化圈内,打破了艺术界限,形成整体张力,有力地推动了中国文人画的成熟。

诗文图共存的同题集咏,起到了传播历史文化、弘扬士人精神的作用,提升了士人的精神境界,对元代文学史意义重大。它代表了一种新的文化传承方式,扩大了儒家文化的影响力,改变了文人群咏方式和审美心理。明人张丑对元代诗文图共存的题画同题集咏给予了高度评价："元人最尚题咏，而于画本尤甚，有多至三四十人者。"① "余谓果出名手，如《水村》《听雨楼》《耕渔轩》诸作，不妨多多益善。"② 动则几十人的同题集咏彰显了元代大一统时代群体活动的频繁，诗文图共存的同题集咏是文人之间情感共鸣的一种重要方式，能够参加同题集咏已经成为元代诗人身份的象征。

"画家题款，前人多不讲求，至元朝始开其端，书、赞、诗、赋以补画之不足，而添画之色采。"③ 元人把诗文图结合到一起，引发的大规模同题集咏应给予肯定。诗文图共存的同题集咏是元人的独创，表达了元人的雅趣和伦理道德，提高了文人群体的审美情操和人格修养，体现着文人群体的审美风尚，是元诗新元素、新内质，诗与画相得益彰，与题识、印章在元代正式用于画中一样在文化史上具有里程碑的意义。

诗文图共存的同题集咏还原历史记忆，完成历史对接，文化的传承意义重大。为我们留下了众多不知名的诗人，如果他们不参与诗文图共存的同题集咏，文学史上会失去很多诗人，从这个意义上讲，同题集咏丰富了元诗的宝库，增加了很多不为人知的史料。诗文图结合的形式被明清文人所继承，获得了高度文化认同，成为文人群体传播文化的一种重要方式，跨越时空限制，将文化远播到后世，在后世文人群体中获得普遍认可，成为一种艺术自觉，在文学史上具有重要的意义。

---

① 张丑《清河书画舫》，上海古籍出版社，2011 年，第 574 页。

② 张丑《清河书画舫》，上海古籍出版社，2011 年，第 574 页。

③ 陈师曾《中国绘画史》，中华书局，2014 年，第 61 页。

第十章　元代咏事诗同题集咏析论

元诗中存在着大量的咏事诗同题集咏，集体咏事是元诗一大特色，杨镰先生说："借助'同题集咏'，元诗牵动了社会不同层面人群的关注，叙事纪实，则是诗人跨地域、跨时代、跨题材的共同底色。"[①]咏事诗同题集咏的特征都是以纪实为主，写实是这类同题集咏的主要特点，真实是咏事同题集咏的价值所在，这些事件都是生活中真实存在的，当社会热点话题进入文人群体视野，同题集咏对元诗纪实起到了重要作用。

元代疆域辽阔，悲欢离合时有发生，海宇混一下促发了众多离奇感人的故事。元代理学的发达，为元代咏事同题集咏的流行提供了很好的契机，促进了元代咏事诗的成熟。

元代咏事诗同题集咏的类型是多样的，主要集中在节妇、清官、忠孝、寿辰、挽诗等方面事迹的集体书写，参与人数较多，影响广泛，都是元代实际发生的真人真事。元代之前，此类题材的诗歌多为单个诗人写作，而元代同题集咏却成为咏事的基本模式。

节妇类、忠孝类、挽诗类是元代咏事诗同题集咏数量上最多的三类，时间跨度较长，从元初一直持续到元末。节妇类同题集咏主要有青枫岭王节妇、杀虎救夫的胡节妇、泉南陈节妇、昆山水德妻

---

① 杨镰《元诗叙事纪实特征研究》，《文学评论》2012 年第 2 期。

李节妇等；忠孝类同题集咏主要有余阙死节、泰不华死节、孝感白华、雁帛书、郑氏义门、泉南两义士等；挽诗类有宋显夫挽诗、马祖常挽诗、刘鹗挽诗、王秋涧挽诗、卢贤母挽歌等。

清官类、寿辰类咏事诗同题集咏数量相对较少。清官类同题集咏主要是余姚海堤和复斋郭公同题集咏。寿辰类主要有王恽寿辰、李秋谷寿辰等。对元代咏事诗同题集咏影响较大的还是节妇和忠孝两大类，清官类、寿辰类、挽诗类影响不是很大。

本章主要通过梳理忠孝节义咏事诗同题集咏的不同类型和规模，论述同题集咏这种形式对元诗叙事能力和叙事结构的影响、咏事同题集咏的诗学功能对元代诗学的贡献、元代咏事诗同题集咏的史学价值和诗学意义。

第一节　奇事引发忠孝同题集咏

元初，在领土扩张的过程中，由于政治原因出现了一些奇事怪事，满足了文人猎奇的心理，引发了文人群体关注，形成同题集咏。同题集咏代表元代文人群体的价值理念，达到建构伦理、弘扬道德的目的，从而影响了社会舆论，体现出诗歌的政教功能。

一、孝感白华同题集咏

饶州路总管王都中，父亲忠愍公，至元甲申出使日本，死于海难，其母张普贵年仅三十，王都中年仅七岁。母亲张氏为护佑王都中，出家为尼。王都中成人后，入朝为官，忠君孝母。其母亡时，灵几瓶中山丹突然吐白华，朝野以为这是吉兆，“人以为王公孝感之征云”①,颇有几分灵秘色彩,引发文人群体同题集咏。

元代绘画与诗歌已经深度融合为一种表达情感、叙事纪实的有效手段,图画叙事在元代非常流行。此事当时被画家绘成《本斋王公孝感白华图》,文:夏若水、张翥、王彦文、释大䜣、章嘉。诗歌:倪从、李士行、况逵、黄文仲、王寿衍、汤弥昌、黄叔英、王琎、陈方、钱天祐、方仪、郑僖、龚璛、贾实瑞、白珽②。这种孝道的天人感应具有极强的神秘性,是引发文人同题集咏的主要原因。

天人感应思想萌发于先秦典籍中,汉代以来深入士人心中,成为一条普遍的法则。天人感应是因果关系,有什么样的道德行为就会有什么样的感应结果。天代表着最高的伦理道德规范,具有绝对的权威性,人的道德行为会感应上天,借助于物感,表达天对人行为的奖惩。

伴随着理学在元代的深入,天人感应思想逐渐渗透到同题集咏中,借助同题集咏表达教化意图、宣扬孝道,孝感白华同题集咏就是典型的例子。天人感应学说认为天、地、物、人在本体状态中是统一的,同类相通,相互感应,天能干预人事,人亦能感应天,通过物感将天意传达给人。上天通过山丹吐白蕊感应王都中的孝行,天人感应的实质就是道德感应。孝感白华这件事之所以文人热衷于同题集咏完全是因为元代理学的发达。

对“忠孝”的歌颂是此次叙事诗同题集咏的目的所在,王寿衍认为灵几瓶中山丹吐蕊恰是母慈子孝感应上天所致,而且图画叙事会将此事永载史册,“母慈子孝觉天全,桃发花枝岂偶然。名士

① 杨镰主编《全元诗》第35册,中华书局,2013年,第30页。

② 赵琦美《赵氏铁网珊瑚》,《文渊阁四库全书》第815册,台湾商务印书馆,1986年,第748—753页。

品题图画卷,他年当不负凌烟”[①]。

方仪将此次感应称为“瑞感”,是吉兆,认为是王都中的孝行和忠君行为感应上天所致:“百行先于孝,孤忠草木知。只应白华传,可配蓼莪诗。素质凝冰玉,丹心吐雪丝。优昙时一现,瑞感慰幽思。”[②]

王琎四句诗中出现三次“孝”字、两次“忠”字,肯定了夫忠子孝:“忠孝同根幻作华,白如冰雪赤如霞。孝心洁白忠心赤,子孝夫忠萃一家。”[③]

叙事加议论模式成为主流,叙事存史,议论言志,以此弘扬儒家忠孝、发扬正气。咏事同题集咏的诗学本体功能是维护人伦秩序,诗人们对王都中一门的忠孝给予了肯定,以迎合当时社会舆论的需要。

二、郝经雁帛书同题集咏

元世祖中统时代,郝经拜翰林侍讲学士,充任“国信大使”,率37人的使团出使南宋,由于南宋奸臣贾似道谎报军功,怕郝经泄密,把他软禁在真州16年。郝经思念家乡,有一天偶发奇想,效仿汉代苏武借鸿雁传书的故事,虽然苏武鸿雁传书故事“一时假托之辞,非有事实也”[④],不过郝经却是亲自上演了元代真实版的“鸿雁传书”。他挑选了一只体质稍异的大雁,大雁引吭高歌,郝经有

---

① 赵琦美《赵氏铁网珊瑚》,《文渊阁四库全书》第815册,台湾商务印书馆,1986年,第752页。

② 赵琦美《赵氏铁网珊瑚》,《文渊阁四库全书》第815册,台湾商务印书馆,1986年,第752页。

③ 赵琦美《赵氏铁网珊瑚》,《文渊阁四库全书》第815册,台湾商务印书馆,1986年,第752页。

④ 宋濂《文宪集》,《文渊阁四库全书》第1223册,台湾商务印书馆,1986年,第639页。

所感悟，焚香祭拜，写下帛书："霜落风高恣所如，归期回首是春初。上林天子援弓缴，穷海累臣有帛书。中统十五年九月一日放雁，获者勿杀。国信大使郝经书于真州忠勇军营新馆。"[①]帛书共五十九字，博二寸，高五寸，背有陵川郝氏印，郝经用蜡丸将帛书亲自系于雁足上，再拜，将大雁放飞云霄。"上恻然曰：'四十骑留江南，曾无一人雁比乎！'遂进师南伐。越二年，宋亡"[②]。

"雁足帛书"震惊朝野，关于此事有多种说法，上述是最为文人津津乐道的说法。事实上，郝经回到元，与大雁无关。至元十一年（1274）伯颜伐宋，贾似道害怕泄密，派人护送郝经回元，郝经回到元后，不久就去世了，年仅五十三岁。归元后，虞人在汴梁金明池边获得大雁，帛书为安丰教授王时中所得，延祐五年（1318）春集贤学士郭贯出淮西使节，获见帛书，遂奏于朝廷，太保曲出，集贤学士李邦宁以其书上元仁宗，"仁宗诏装潢成卷，翰林集贤文臣各题识之，藏诸东观，而王约、吴澄、袁桷、蔡文渊、李源道、邓文原、虞集，皆有所作矣"[③]。引发了众多文人以诗或文的形式持续进行同题集咏。郝经有《雁媒》诗："信禽法天运，断不为炎凉。偶为篝灯误，缚足离江乡。饮啄养为媒，朋俦总相忘。嗷嗷解愁人，乃反无愁肠。"[④]郝经相信天运，相信大雁是灵性动物，一定会替主人排忧解难的，以此期待自己命运出现奇迹。

"雁足帛书"成为元代文人津津乐道的奇异事件，同贯云石芦花被一样成为元代文学富有魅力的诗题之一。主人公传奇的经

① 杨镰主编《全元诗》第 59 册，中华书局，2013 年，第 35 页。

② 陶宗仪《南村辍耕录》，文化艺术出版社，1998 年，第 284 页。

③ 宋濂《文宪集》，《文渊阁四库全书》第 1223 册，台湾商务印书馆，1986 年，第 639 页。

④ 杨镰主编《全元诗》第 4 册，中华书局，2013 年，第 175 页。

历、忠贞不渝的气概是文人喜爱此题材的主要原因。

读国信大使郝公帛书

王逢

西北皇华早，东南白发侵。
雪霜苏武节，江海魏牟心。
独夜占秦分，清秋动越吟。
蒹葭黄叶暮，苜蓿紫云深，
野旷风鸣籁，河横月映参。
择巢幽鸟远，催织候虫临。
衣揽重裁褐，貂余旧赐金。
不知年号改，那计使音沈。
国久虚皮币，家应咏稾砧。
豚鱼曾信及，鸿雁岂难任。
素帛辞新馆，敦弓入上林。
虞人天与便，奇事感来今。①

题郝陵川雁足系诗后

吴澄

忠贞信使早许国，
羁旅微臣晚见诗。
追忆当时如一梦，
濡毫欲写泪交颐。②

① 杨镰主编《全元诗》第59册，中华书局，2013年，第35页。
② 杨镰主编《全元诗》第14册，中华书局，2013年，第238页。

题郝伯常雁足诗

袁桷

深羁孤馆鬓毛斑，猛虎摇须障海寰。
玉树已歌归逝水，羽书难射隔平山。
不须羝乳终回汉，肯学鸡鸣诈度关。
一寸蜡丸凭雁寄，明年春尽竟生还。①

王逢诗咏事完整，将郝经直比苏武，“雪霜苏武节，江海魏牟心”。虽然“雁足帛书”没有苏武那样传奇的色彩，但王逢借咏帛书歌颂郝经的忠义行为，赋予其传奇般的色彩，提升了郝经人格魅力，对郝经忠贞守节的信念给予高度评价，“虞人天与便，奇事感来今”。郝经雁帛书正是因为事件奇特，满足了文人群体猎奇心理，进而引发文人群体关注。“不知年号改，那计使音沈”，郝经被囚禁南宋多年，“其书中统十五年，即至元十一年，南北隔绝，但知建元为中统也”②，郝经的忠贞气节感动着文人群体，雁帛书同题集咏正是因元代理学背景而引发，同题集咏的意义也就在于发扬诗歌的教化传统。

经过元人同题集咏后，郝经雁帛书事件对后世文人影响很大。同题集咏加速了此事的传播，清代许云峤因慕郝经人格气节而作《雁帛书》杂剧。

① 杨镰主编《全元诗》第21册，中华书局，2013年，第247页。
② 宋濂《文宪集》，《文渊阁四库全书》第1223册，台湾商务印书馆，1986年，第639页。

第二节　理学背景下的节妇同题集咏

节妇同题集咏是元代咏事诗同题集咏中重要的一类。元代有大量的节妇存在，主要集中出现在元末，节妇大规模出现不是偶然的。从元世祖开始实行儒治，崇理学，吴澄、姚枢、许衡等理学家对元代理学的普及化做出了重要贡献。元仁宗开科举，崇儒学，完成了武治到文治的转变，仁宗把理学纳入科举考试范围，加速了理学在民间的传播，理学的影响逐渐扩大，朝廷多次表彰节妇，刺激了民间节妇的涌现。这股理学思潮也波及到学习中华文化的西域少数民族，他们同汉族一样遵守礼教，为夫守节，"元受命百余年，女妇之能以行闻于朝者多矣，不能尽书，采其尤卓异者，具载于篇"①。

元代统治阶级逐渐认识到儒家伦理对其统治的重要性，朝廷从元初开始多次表彰节妇行为，"大德八年八月，中书省据礼部呈，议得，义夫节妇，旌表门闾，本为激励薄俗，以敦风化"②。元顺帝至正八年（1348）七月，"旌表大都节妇巩氏门"③。诗人们同题集咏节妇，对节烈之举大加赞扬，以迎合朝廷的需要，对元代社会道德的重建是有所促进的。

元代理学背景下节妇孝义的事件屡屡发生，比较有影响的节妇同题集咏主要是元初青枫岭王节妇、胡烈妇同题集咏，元末昆山水德妇李氏等同题集咏，时间跨度从元初到元末。这些节妇同题集咏的出现改变了以往学界对元代蒙古人统治粗疏、不善于控制人心、不重礼教、道德失范导致节妇不多的刻板印象，如"在元代

① 宋濂《元史》，中华书局，1976年，第4484页。

② 完颜纳丹等《通制条格》，黄时鉴点校，浙江古籍出版社，1986年，第224页。

③ 宋濂《元史》，中华书局，1976年，第882页。

道德失范的时代，诗人们用绘画和题画的方式，对节烈之举大加表彰，以此影响舆论”①。

一、胡氏杀虎同题集咏

至元七年(1270)在山东境内发生了刘平妻胡氏“杀虎救夫”的故事，牵动了朝廷和文人敏感的神经，此事当时被画家绘成图广为流传，文人纷纷同题集咏此事。胡氏是滨州渤海县秦台乡人，十五岁嫁与刘平为妻，生子三人。刘平从军有材名，至元七年闰月六日戍枣阳，刘平以小车载妻儿一同前往，长子不愿跟从，二儿子才七岁，小儿未满十月。至枣阳西北百余里沙河之畔，日落后，夜宿车下。半夜老虎来袭，咬紧刘平胳膊而去，刘平哀号，胡氏徒手搏击老虎，七岁的二儿子取刀授母。胡氏用刀刺死老虎，老虎肝肠尽出。刘平开始尚能言语，后流血不止，胡氏带二子和丈夫到季阳堡就医，军卒见刘平血衣淋漓才相信胡氏杀虎救夫是真实的。天亮后将此事告知将军赵侯，召来医者，用药三日后刘平因失血过多而死。赵侯将此事报告给朝廷，胡氏得到朝廷旌表，成为烈妇。“八年十月，胡以二子至自枣阳，滨州长吏讯之，图其状以闻，复其家”②。

这是非常令人震惊的一件奇事，文人群体被胡氏勇气所震撼，“徐太常作诗纪实，好事者图之以旌其义”③。徐世隆最早以诗纪实题咏此事，引发文人持续同题集咏，此事从元初一直题咏到元末，成为影响很大的事件，文人对此津津乐道。明初这件事被载入《元

① 查洪德《元代诗坛的题画之风》,《广播电视大学学报》(哲学社会科学版)2014年第1期。

② 李修生《全元文》第18册，凤凰出版社，2004年，第434页。

③ 杨镰主编《全元诗》第8册，中华书局，2013年，第117页。

史》,胡氏被列入“烈女传”。同题集咏的最终结果落实到对胡氏道德的歌颂,这是元代大一统背景下一次令人瞩目的同题集咏。元代便利的交通,使得同题集咏者中既有北人徐世隆、胡祗遹、王恽、张之翰、许有壬、张翥,也有大量南人赵孟頫、龚璛、刘诜、杨载、吴师道、陈旅、杨维桢、杨学文、叶懋、胡奎、黄镇成,充分反映了元代发达的交通对同题集咏事件传播速度的影响。

事件本身是悲剧性的,同情胡氏的诗歌并不多,歌颂胡氏忠烈之德的诗歌占了主流。他们以纪实的方式,客观地描述了此事件的经过,很多细节是史书不曾详细记载的。相对于《元史》粗略的记载,同题集咏以诗文图的形式弥补了史书的遗漏,具有珍贵的史料价值。

张翥的诗《为古绍先题刘平妻胡氏杀虎图》,首先描写了环境的险恶,渲染了恐惧气氛,预示着故事的悲剧性结局。用写实的手法记录老虎的饥饿状态和胡氏的反应迅速,描写了胡氏救夫的急切心情和危难时刻爆发出的惊人勇气,再现了与虎搏斗的过程,最后议论点题,赞美其节义,通篇都是叙事纪实,画家的绘画生动细腻。图画叙事是元诗叙事的特征之一,而图文并茂是图画叙事的核心,元代热点叙事诗往往被绘成图画,这是元代诗人表达情感的独特方式。

“吾闻之中原贤士大夫如此,乃为感激慷慨,作《烈妇行》以歌之”①,赵孟頫因感激胡氏的慷慨而参与同题集咏。“十步之内血相溅”点出了搏斗的激烈,当时胡氏头脑清醒,“夫难再得虎可前”,一针见血点出了胡氏心理“宁与夫死,毋与虎生”②,这也是激发胡氏

① 杨镰主编《全元诗》第17册,中华书局,2013年,第220页。
② 杨镰主编《全元诗》第17册,中华书局,2013年,第220页。

勇气、超越本能的重要原因，夫死在天，胡氏已经尽了妇道。“男儿节义有如许，万岁千秋可以事明主”①，赵孟頫的诗直接落实到了道德层面，有迎合统治阶级需要的意味。

“杀虎全夫匹妇志，画图凛凛犹生气。丈夫僭爵析人圭，千载犹能激忠义”②，黄镇成点出图画叙事的凛凛生气，是非常形象直观的，点题赞美胡氏忠义，落脚点仍是道德。

胡祗遹从理学角度赞美胡氏义烈，“生民之天君父夫，不幸搆难当捐躯”“死节忠爱羞迟徐，我朝人伦厚有余”③，可见理学对诗歌影响之深，诗歌回归道德主旨。同题集咏一致对胡氏力勇带来的义烈给予歌颂，“诗可以观”的功能得以彰显。

二、青枫岭王节妇同题集咏

元初至元十三年（1276）浙东青枫岭王氏节义事件在元代文人群体中影响较大，“丙子岁，天台王氏妻为兵所掠，至嵊县青枫岭，啮指题五十六字石上，投滹江而死，迄今血书宛然。泰定初，邑徐丞始上其事，请立庙旌之”④。

宋元易代之际，王氏被元兵所掳，其丈夫与舅姑均被害，元兵见其美色，欲霸之。王节妇以夫死为理由，要为丈夫服期。第二年，元兵师还至青枫岭，王节妇啮指题诗于石上，鲜血染红了磐石，为表贞节，遂投江而死。宋元之际即为其立庙，县官将“青枫岭”改为“清风岭”，以此纪念王节妇节烈之气⑤。

① 杨镰主编《全元诗》第17册，中华书局，2013年，第220页。
② 杨镰主编《全元诗》第35册，中华书局，2013年，第114页。
③ 杨镰主编《全元诗》第7册，中华书局，2013年，第74页。
④ 杨镰主编《全元诗》第41册，中华书局，2013年，第6页。
⑤ 参见脱脱《宋史》卷四百六十，清乾隆武英殿刻本。

王节妇事迹在文人群体中引起强烈反响，宋元之际戴复古已经开启了青枫岭王节妇同题集咏的先声，写了《过青枫岭王贞女庙》一诗[①]，另有李孝光《过青枫岭王贞妇庙》[②]、钱惟善《王氏节妇诗》[③]、吴莱《烈妇行》[④]、杨维桢《王烈妇诗》[⑤]、胡奎《巴陵女子辞》[⑥]，明代倪宗正《青枫岭》[⑦]，清代有郭尚先《青枫岭》[⑧]、孙琮《青枫岭吊王贞妇》、何天宠《青枫岭王烈妇祠》[⑨]等。宋末元初的王节妇青枫岭同题集咏影响很大，大量元代诗人参与同题集咏，元末更是掀起了吟咏的高潮，经过明代同题集咏，一直到清代还有诗人参与同题集咏，褒扬其贞烈。

元泰定年间再次为其立庙旌表，元末至正年间重修其庙。元代统治者是非常重视王节妇青枫岭事件的，元末其血书历经百年犹存。元人张翥作诗一首《王贞妇》："青枫岭头石色赤，岭下嵜江千丈黑。数行血字尚斓斑，雨荡霜磨消不得。当时一死真勇烈，身入波涛魂入石。至今鲜苔不敢生，上与日月争光晶。千秋万古化为碧，海风吹断山云腥。可怜薄命良家女，千金之躯弃如土。佞臣误国合万死，天独何为妾遭虏。古来丧乱何代无，谁肯将身事他主。兵尘澒洞迷天台，骨肉散尽随飞埃。枫林景黑寒燐堕，精灵日

① 戴复古《石屏诗集》卷十，台州丛书本。
② 张豫章纂《宋金元明四朝诗》(元诗)卷七十三，清康熙四十八年刻本。
③ 杨镰主编《全元诗》第41册，中华书局，2013年，第5页。
④ 吴莱《渊颖集》卷四，续金华丛书本。
⑤ 陈衍《元诗纪事》，上海古籍出版社，1987年，第378页。
⑥ 陈田《明诗纪事》甲签卷二十二，清光绪二十五年刻本。
⑦ 倪宗正《倪小野先生全集》卷五，清康熙四十九年倪继宗清晖楼刻本。
⑧ 郭尚先《郭大理遗稿》卷一，清道光二十五年刻本。
⑨ 孙琮、何天宠的诗分别见阮元《两浙辅轩录》卷五、卷七，清光绪浙江书局刻本。

暮空归来。堂堂大节有如此,正当庙食依崔嵬。君看嵊江之畔石上血,与湘江之竹泪痕俱不灭。”① 以议论代替叙事,将王节妇血石之痕比作湘妃泪洒斑竹之痕,对王节妇勇烈的忠节之气给予高度评价,可与日月同光。张翥对理学多有体悟,曾受业于江东大儒李存,李存之学传自南宋著名理学家陆九渊,从诗中可窥见张翥深厚的理学思想,王节妇青枫岭事件成为张翥推行其道德性命之说的媒介。“晋张仲举首唱作诗一章,邀好事者同赋”②,遂引发更多元代文人参与此同题集咏。

元末刘仁本有《青风岭王贞妇庙》诗:“青风岭上王贞妇,啮指成诗带血题。字迹模糊锁烟雨,庙祠幽寂照山溪。偷生羞杀边庭吏,忍死宁为将校妻。独有当时文相国,千年名节更谁齐。”③ 对王节妇气节给予肯定,认为只有文天祥比得上王节妇的气节。

元人陈高《青枫岭王贞妇祠》一诗“呜呼千载下,风化赖纲纪”④,借王氏节义之事扶持纲常。元代苐林人金哈剌感慨王氏节义,作《王节妇祠》“青枫岭上越江边,死节于今八十年。书石字痕犹见血,堕崖肌骨已成仙。西风败壁喧鼯鼠,落日空山哭杜鹃。椒酒一杯香一炷,忍含清泪拜祠前”⑤,认同了儒家节义。

青枫岭王节妇事件影响很大,至正中,西域人不忽木之子巙巙奏请旌表王节妇之德以观志⑥。巙巙作《清风篇》:“清风岭头清风起,佳人昔日沉江水。一身义重鸿毛轻,芳名千载清风里。会稽

① 杨镰主编《全元诗》第 34 册,中华书局,2013 年,第 123 页。
② 杨镰主编《全元诗》第 41 册,中华书局,2013 年,第 6 页。
③ 杨镰主编《全元诗》第 49 册,中华书局,2013 年,第 246 页。
④ 杨镰主编《全元诗》第 56 册,中华书局,2013 年,第 230 页。
⑤ 杨镰主编《全元诗》第 42 册,中华书局,2013 年,第 337 页。
⑥《民国杭州府志》卷一百六十六,民国十一年(1922)本。

太守士林英,金榜当年第一名。一郡疲民应有望,定将实惠及苍生。”[①]借助青枫岭王节妇的义行赞美金榜题名第一的会稽太守泰不华,相信泰不华定能发扬王节妇似的美德,像清风一样,勤政爱民,惠及苍生。元末陈高在《贞妇祠五首》诗中记叙了元末贼兵抢占妇女,处州丽水王氏不辱身自尽而死,叶氏与新葵投酒瓮欲自尽保节,酒瓮破,又投崖而死的气节,陈高将她们比作青枫岭王节妇,“旧传古嵊青枫岭,今见高溪白石岩。红巾攻破处州城,多少男儿入虏营。何似妇人能守节,千年英气死如生”[②],将青枫岭王节妇气节化用在诗中。青枫岭王节妇义行影响是巨大的,成为后世学习的楷模,成为一种经典节妇文化被广泛认同。

三、水德妇李氏同题集咏

李节妇事件出现在元末,有28位文人作诗[③]、9位文人撰文[④]。诗人多为隐士,也不乏僧人的参与,如释法询。元人张绅有传,“节妇二十而夫死,夫死无子,守节者二十又四年,今年几五十,呜呼,李氏诚可书也”[⑤]。昆山李氏守节二十四年实属不易,可见元末江南一带礼教观念根深蒂固,人们自觉守礼。这些咏事诗同题集咏可以当作观风化的窗口,写实咏事,目的是存史励俗。

郭子翀《李节妇诗》:“李氏女,水德妻,生来蕙质多令仪。年

① 顾嗣立、席世臣编《元诗选·癸集》,中华书局,2001年,第164页。

② 杨镰主编《全元诗》第56册,中华书局,2013年,第306页。

③ 赵琦美《赵氏铁网珊瑚》,《文渊阁四库全书》第815册,台湾商务印书馆,1986年,第12—21页。

④ 赵琦美《赵氏铁网珊瑚》,《文渊阁四库全书》第815册,台湾商务印书馆,1986年,第12—21页。

⑤ 赵琦美《赵氏铁网珊瑚》,《文渊阁四库全书》第815册,台湾商务印书馆,1986年,第14页。

方十九始择归，二十有一身已嫠。崩城哭声泪交堕，化石望回情转悲。掩却嫁时镜，愁对孤鸾影。蜂媒来往漫自狂，净洗红妆容不整。岂似春风杨柳花，也随胡蝶过东家。誓将守志只如一，任自穿墉作鼠牙。将老无儿息，夜夜挑灯事机织。纵令石烂海扬尘，皎皎初心终不易。陈君作传名乃闻，宛胜官书表户门。北里西邻美贞节，死别艰难那可说。”① 咏事纪实，从客观视角叙述李氏聪慧美丽，十九出嫁水德，二十一岁水德去世而守寡。叙述者多写李氏的心理活动，李氏失去丈夫悲痛难言，愁容满面，形单影只，妆容不整。最后叙述了李氏无子，挑灯夜织，海枯石烂初心不改，点明誓言守志的诗题。

袁华《李节妇诗》："繄节妇李刚而毅，伉俪再期所天逝。蓬首垢面屏簪珥，邻媪媒蘖言以说。下无儿息旁无恃，茕然孑立非远计。上指天日矢不贰，引绳自经明己意。伯姊往救出死地，绝而复苏息浮议。荐罹变故投荒裔，执言不回身免窜。放还乡里行益厉，朝夕纺织供饮食。聚兄姊孤一室内，抚育教语若己出。贞哉沉江逮火毙，之死靡他柏舟誓。悲歌黄鹄以见志，礼宗骂贼速尽惠。景行义桓旌厥懿，缢车刺嫂刀割鼻。剪发投井斧断臂，繄节妇李诚可俪。陈子作传庶无愧，於戏偷生等犬彘。”② 袁华在同题咏事中增加了郭子翀诗中没有的细节，媒人劝嫁，李氏引绳“自经”，伯姊相救，李氏复苏，抚育兄姊子女的情节。同题集咏中不同文人从不同视角叙述，大大丰富了故事情节，补充史料，还原历史事实。同题集咏在对比中促进了叙事诗的纪实叙事功能，细节互补中弥补史料

① 杨镰主编《全元诗》第53册，中华书局，2013年，第15页。

② 赵琦美《赵氏铁网珊瑚》，《文渊阁四库全书》第815册，台湾商务印书馆，1986年，第13—14页。

的不足,为了解元代风俗提供了难得的材料。

“古之人以忠孝节义自见者必见录于史官,以为天下后世,劝善则立言,君子以发潜阐幽,为事者亦从而书之,以告当世,诚以天理民彝所系不可得而已也”①。文人以弘扬道德为使命,诗是他们表情达意的工具,众多文人同题集咏的主题一致集中在歌颂贞节等人伦纲常上。节妇同题集咏的目的就是为天下后世树立道德楷模,劝善立言,以励士风。

元代节妇诗同题集咏数量很多,相当一部分诗作没有保存下来,仅在序言中提及,如至正六年(1346),“客有以李君卿妻孟贞节为言者,揭公为之赋诗,而一时诸君子相继有作,素亦赋焉”②,“丙子间,襄阳贾尚书儿妇,韩魏公五世孙也,岳州破,被掳之,明日以衣帛啮指书长诗,渡江中流自溺而死。其诗多有可称者,有‘江南无谢安,塞北有王猛’之句。士大夫咸脍炙之,因感其节同、其事类,故并及之云”③。同题集咏的频次说明了理学背景下诗歌教化功能在元代世风中的重要意义。

第三节　商人海外冒险引发的节义同题集咏

元代海外贸易发达,泉州作为重要的对外贸易海港,见证着元代海外贸易的繁荣,“摩洛哥旅行家伊本·拔图塔在泉州看见大舶百数,小船不可胜计,他认为这是世界上最大的海港”④。泉州人也

① 赵琦美《赵氏铁网珊瑚》,《文渊阁四库全书》第815册,台湾商务印书馆,1986年,第16页。

② 李修生《全元文》第48册,凤凰出版社,2004年,第201页。

③ 杨镰主编《全元诗》第41册,中华书局,2013年,第6页。

④ 陈高华、吴泰《宋元时期的海外贸易》,天津人民出版社,1981年,第151页。

积极投身到海外贸易中，泉州人乐于经商出海冒险，“庄妇人也，而生于泉，泉南裔也，其俗趋商而竞贾”[①]。由于这种冒险精神，商人在出海经商的途中产生了很多真实感人的故事，遂成为文人群体重要的咏事题材，形成了篇幅较长的陈节妇咏事同题集咏。

陈节妇本姓庄，泉州人，海盐陈思恭妻。元顺帝初，庄氏年二十四，思恭经商入赘泉州庄家为婿。一年后生子宝生，宝生四月，思恭离家海上经商，久无音讯，时人以为思恭已死，庄氏除尽华丽服饰和首饰，发誓为思恭守节，自食其力养活父母。后父母去世，庄氏无依无靠，邻人劝其改嫁，庄氏不从。庄氏不信思恭已死，闭门织布，养家糊口，一日思恭忽然归来，原来思恭乘船漂流到某国，至今才还。其年思恭又要出海，庄氏百般劝说，思恭不听，后思恭溺海而死，时宝生五岁。庄氏守节不嫁，含辛茹苦将儿子抚养成人。时人以为庄氏有妇德，贤惠节义。

宝生成人后与史官王彝、高启、王袆友善，遂请其为母庄氏作传。王彝、高启、王袆的馆阁身份，使得庄氏事迹引起当时众多文人的关注，激发了元末明初文人的同题集咏热情。《陈节妇诗》同题集咏者有高启、谢徽、袁华、张昱、胡龙臣、陆仁、阮维则、余诠、吴儁、吕祯、殷奎、倪瓒、秦约、王袆 14 位诗人[②]，题文者有张绅、王谦、白范、王袆、王彝。这是一次跨越元明两朝的同题集咏。

张适说：“余在京师日，与太史稽岳王先生往还邸馆，论朝夕弗怠。一日与余言温陵陈节妇庄之贤甚详，史氏以庄在，未可预元

① 赵琦美《赵氏铁网珊瑚》，《文渊阁四库全书》第 815 册，台湾商务印书馆，1986 年，第 557 页。

② 赵琦美《赵氏铁网珊瑚》，《文渊阁四库全书》第 815 册，台湾商务印书馆，1986 年，第 559—565 页。

史，姑述之以俟，继而大夫士多咏歌之，为风俗励，裒成一卷。”[①] 文人士大夫津津乐道此事，指出励俗是同题集咏的目的所在，是“诗可以观”这一诗学功用的体现。吴儁“今观太史书贞节，不愧幽魂地下看”、谢徽“文章太史更生笔，一节高门映古今”、秦约“儿今长大奉母慈，贞孝一门咸见推”，同题集咏主题均指向道德层面，借助诗歌存史，是史家意识的体现。

“庄寡居在至正间，凡廿有六年，至国朝洪武四年，年五十有六。”[②] 由此可知，庄氏生于延祐三年（1316），陈思恭死时，宝生才五岁，这与王祎说法一致。“庄年二十四，思恭以商来，因赘为婿，一年生子宝生，既四月，思恭去商海上……思恭乃漂自某国而还，至是去已五年矣。其年，思恭又浮海去，遽以溺死……思恭死二年，庄曰：宝一年已十三矣。”[③] 按照史官王祎的记载，庄氏后至元五年（1339）与陈思恭结婚。后至元六年（1340）生下了陈宝生，至正元年陈思恭出海经商，至正四年（1344）从海外归来，同年（1344）陈思恭再次出海经商，溺海身亡。由记载可知，思恭前妻儿子陈宝一在陈思恭溺海死时年仅十一岁，长陈宝生六岁，陈宝一生于元统二年（1334）。

庄氏事迹主要情节有：丈夫陈思恭入赘庄家，次年生子宝生，宝生四月丈夫出海三年未归，邻人劝嫁，庄氏坚守不嫁。丈夫五年后意外归来，其年再次出海，溺死，庄氏为丈夫招魂。邻人再次劝

---

① 赵琦美《赵氏铁网珊瑚》，《文渊阁四库全书》第815册，台湾商务印书馆，1986年，第579页。

② 赵琦美《赵氏铁网珊瑚》，《文渊阁四库全书》第815册，台湾商务印书馆，1986年，第558页。

③ 赵琦美《赵氏铁网珊瑚》，《文渊阁四库全书》第815册，台湾商务印书馆，1986年，第558页。

嫁,庄氏坚持守节不嫁,辛苦守节至洪武四年(1371)已经二十六年。庄氏辛勤做女红抚育儿子,让儿子读书求学。庄氏让儿子替丈夫前妻儿子宝一赎田,庄氏将宝一当已子。庄氏变卖首饰替夫还债,解救债主于危难之际。

王袆、胡龙臣、张昱的叙事诗详细描述了事件的来龙去脉。同题集咏大大拓展了元代叙事诗的叙事能力,拉长了叙事篇幅,或从女主人公心理叙事,或以全知视角客观叙述行动,或叙事中紧扣道德主题选取叙事情节,叙事情节波澜起伏。每个人选择不同的叙事视角和情节,完善了故事细节,揭开了事件真相,具有重要的诗学意义。

妾生南海涯,窈窕如秋华。
邻娃不识面,千里隔窗纱。
一朝嫁夫婿,共在洞城住。
门前有舶船,便欲为商去。
欢好百年身,今年涉两春。
象床银烛下,生此玉麒麟。
转头才四月,忍作生离别。
临行岂不闻,怀里儿声咽。
相劝筵前酒,发绿浓如柳。
掝鼓起开帆,参差挂牛斗。
独闭香闺卧,相逢梦边过。
倚户夕阳时,不见南归柁。
依稀四五年,顾影自知怜。
相传夫婿死,真赝尚茫然。
脱却绣襦裆,莲腮泪万行。

收将望夫泪，脍鲤独升堂。
堂上双亲老，都怜外孙好。
如何妾薄命，再哭妣与考。
只影坐空帷，依依膝下儿。
儿能学人语，口授柏舟诗。
经年机上织，掩户秋苔碧。
俄闻叩户声，鹊语檐前日。
开扃见夫面，翻疑眼生眩。
喜极却成哀，泪迸春空霰。
儿长至父腰，再拜可怜娇。
牵衣怕父去，愁见港中潮。
归家三涉夜，贩宝复东游。
蛮巫作神语，沧海日安流。
有约明年返，别来期未远。
怪梦不胜悲，桑田海清浅。
明年讣音至，命与青天坠。
剪纸独招魂，江流写双泪。
妾欲赴黄泉，儿生未十年。
提携今长大，待与父齐肩。
唾视邻家媪，不死何为老。
殷勤讽巧言，榕生根可倒。
妾自愿为人，人谁乱鸟群。
他年泉下路，尚欲见夫君。
夫君前有妇，生儿在潋浦。
年是妾儿兄，何须口同乳。
念彼孤儿隔，辛苦谋衣食。

妾闻夫有田，质在它人宅。
卖妾金凤钗，转寄外家来。
说与孤儿道，持此赎田回。
妾身自有子，生理在十指。
纺绩不曾闲，供渠买经史。
灯前雪满窗，白发几年孀。
课儿终夜读，不暇计更长。
儿今长似父，祀事真堪付。
春秋称孝子，衔哀进觞俎。
妾老儿方壮，前期百年养。
不负妾初心，少答夫深望。
有妇佩宜男，如儿奉旨甘。
一饮知姑性，尝羹再至三。
焚香祷夜初，细语在阶除。
愿妇同儿老，母为妾与夫。①

以上为王袆的叙事诗，按照事件发展顺序叙事纪实，篇幅很长，声情并茂，叙事完整，感人至深，叙事从外貌、语言、行动、心理等方面刻画庄氏形象，堪称元代长篇叙事诗的杰作。以庄氏口吻叙述，倍加亲切。以其子生命过程作为时间参照，儿生四月、儿能学人语、儿长至父腰、儿生未十年、儿今长似父，在儿子生命的不同时间段，陈节妇的行动构成叙事的主要节奏。不同时段的外貌和心理状态与丈夫陈思恭的生死离合紧密联系在一起，心理变化波

① 赵琦美《赵氏铁网珊瑚》，《文渊阁四库全书》第815册，台湾商务印书馆，1986年，第559页。

澜起伏，情节完整，故事凄凉感人，塑造了一位令人怜惜的具有节义美德的美人形象。这是元末叙事诗的上乘之作，是元代泉州商人海外经商的家庭悲欢离合的真实记录。

丈夫陈思恭外出经商多年不归，庄氏忍受着度日如年的期盼与辛苦，“依稀四五年，顾影自知怜”。出海五年后丈夫突然归来，“开扃见夫面，翻疑眼生眩。喜极却成哀，泪迸春空霰”。丈夫再次出海，溺死海外给妻子带来心理、身体上的沉重压力，“怪梦不胜悲，桑田海清浅”。陈节妇心情一直随着事件的发展而波澜起伏，经历了由悲到喜再到悲的转换，诗篇塑造了一个美丽贤良、坚韧不拔、有情有义的女子形象，人物形象饱满，情节完整。

儿子牵衣怕父亲离去的描写，是通过庄氏的视角看到的，“儿长至父腰，再拜可怜娇。牵衣怕父去，愁见港中潮”。也有陈思恭死后，庄氏剪纸招魂的叙述，“妾欲赴黄泉，儿生未十年”，真实地表达了陈节妇的绝望心理和忠贞之德。诗歌叙事纪实，堪称史诗，同题集咏发挥了“诗言志”的诗学功能。诗中插叙交代了丈夫有前妻，侧面点出丈夫祖籍浙江海盐澉浦，已与前妻在海盐育有一子。陈节妇辛勤纺织，教儿子读柏舟诗。几十年守节含辛茹苦，儿子长大后至孝，后娶妇也至孝，“有妇佩宜男，如儿奉旨甘。一饮知姑性，尝羹再至三”，陈节妇很是欣慰，认为不负自己初心。

诗歌没有埋怨丈夫冒险海外经商，溺死海中，诗中看到的是庄氏的坚守和执着信念，做了大丈夫所不能做到的事情，庄氏被史官王彝称为烈妇，“古之所谓烈妇云者，皆为其大丈夫之所难为”①。庄氏有节有义，为其前妇之子宝一赎田，替丈夫前妇还债于朋友，

① 赵琦美《赵氏铁网珊瑚》，《文渊阁四库全书》第815册，台湾商务印书馆，1986年，第557页。

解救朋友于祸难之中，这些事情是其他节妇所不能做到的事，“然庄又能赎田数千里外，授其夫前妇之子，在彼外家者使得以就食，且能为夫尝其友宿负，使彼得之以脱于祸难，又他节妇所难能者焉”①。

庄氏对陈思恭这种海商冒险经商的行为给予理解，也反映了元代海商可贵的探险精神，同时也反映了当时为生存铤而走险的时代悲剧。事件令人悲痛，从庄氏视角叙述此事再合适不过。

这首叙事诗中激荡着多重情感，庄氏对丈夫的担忧、焦虑、思念之情，对自己身世的悲叹之情，对儿子长大成人的期盼之情，也补叙了庄氏父母俱年老，对外孙的怜惜之情，“堂上双亲老，都怜外孙好”，插叙了儿子儿媳对庄氏的至孝亲情。这篇咏事诗体现了元人叙事诗的成熟、叙事技巧的进步，“诗以用事为博”②，事件具有深厚的文化底蕴，叙事才会动人，此诗正是如此，事件意蕴博大，通过咏事以言志。

胡龙臣的叙事诗如下：

人生重节义，懿彼烈丈夫。
丈夫固不少，节义亦岂无。
二者求其备，备者何其孤。
泉南有庄氏，容色美且都。
质虽女子行，性本丈夫徒。
初庄赘陈姓，生子四月逾。

① 赵琦美《赵氏铁网珊瑚》，《文渊阁四库全书》第815册，台湾商务印书馆，1986年，第557页。

② 丁福保《历代诗话续编》，中华书局，1983年，第452页。

夫陈事海贾，五载行踟蹰。
父母既沦没，生死诚殊途。
幸儿脱襁褓，澹身去襜襦。
芳年躬绩纺，白昼扃门闾。
待陈期皓首，迟子成童乌。
邻媪甘说舌，浊我冰玉壶。
万一所天在，不在亦不渝。
谢绝语未冷，陈妇匿坊隅。
逆料已为鬼，庄也元无殊。
叩户桐花落，径庭罗榛芜。
惊顾下机杼，悲喜交相纡。
呼儿出拜父，升堂已无姑。
变故虽不一，且为门祚扶。
春水方浩荡，牙樯起沤凫。
陈复别庄去，万里仍长驱。
终焉溺外域，一死当与俱。
居丧礼甫毕，遣子师明儒。
诗书苟弗事，何以继远图。
媪且托陈友，为彼行觊觎。
所天昔杳杳，我子才呱呱。
夫邈子实幼，且不生异趋。
所天今失戴，我子非向雏。
惟思树陈业，何暇滋它虞。
天或子弗育，我亦有陨躯。
媪罔识轻重，徒以紫乱朱。
岂但保全节，高义兼能敷。

陈先内漱女，有子生同吾。
命子谨兄事，童奴耕田租。
宿质既归复，庶足充饔餔。
但使不失所，何曾较錙铢。
子复拜兄嫂，兄嫂俱云殂。
惟余一弱息，归养推友于。
母慈及异子，子悌覃兄孥。
嗟子胡能尔，母氏教所孚。
亦尝贷石楮，计子与母符。
石固缓陈入，陈也迟石输。
陈逐客流已，石系臬狱拘。
庄曰非已出，畴能济区区。
乃束嫁时服，乃摘尘钿珠。
不独酬宿契，或者伸无辜。
高义同皦日，闻者咸唏吁。
况复全节并，丈夫能然乎。
袒肉谢恐后，牵羊走含愉。
前惧鼎与镬，后畏钺与鈇。
庄止一里妇，如此非求沽。
妫子入新传，天性不受谀。
王君播大雅，素丝无霑濡。
顾我重拟古，为尔传懿模。
下以立人纪，上以昭皇谟。①

咏事同题集咏源于汉乐府采诗传统，通过诗歌反映朝政得失，

① 赵琦美《赵氏铁网珊瑚》，《文渊阁四库全书》第815册，台湾商务印书馆，1986年，第563页。

达上化下，“下以立人纪，上以昭皇谟”。胡诗叙事完整，脉络清晰，采用第三人称与庄氏第一人称混合叙事。与王袆叙事诗相比，胡诗略逊一筹，没有对庄氏外貌进行描写，而王袆叙事中塑造了鲜明的人物形象。对陈思恭溺海而死的事实，王袆是“明年讣音至，命与青天坠”，告诉读者，陈思恭的死讯是同陈思恭外出经商的友人带回的，而胡龙臣只是陈述了陈思恭死亡的事实。对于庄氏和陈思恭的婚姻情况，王袆叙述庄氏嫁给陈思恭为妻，“一朝嫁夫婿，共在洞城住”，而胡龙臣的叙述“性本丈夫徒，初庄赘陈姓”，直接交代陈思恭是入赘到庄家来的。胡龙臣叙述了王袆诗没有的情节：陈思恭曾与友人石章借钱五千缗，后陈思恭溺海而死，友人石章入狱，庄氏守信诺，倾囊代夫还债，“思恭尝贷其友石章钱五千缗，章至是负舶司钱系狱中。庄曰：生而称贷于人，死不可使有负也，倾所余财偿之”[①]。

胡龙臣诗弥补了王袆咏事诗没有的细节，如“居丧礼甫毕，遣子师明儒。诗书苟弗事，何以继远图。媪且托陈友，为彼行觊觎”，送子读书，以图立志，庄氏将儿托于陈思恭的朋友，为儿子谋划远途。对于陈宝生有同父异母哥哥的事实，王袆和胡龙臣叙事不同，王袆描述的事实是：“夫君前有妇，生儿在溆浦。年是妾儿兄，何须口同乳。”补叙出陈宝生同父异母的哥哥，没有陈述已经结婚的事实。胡龙臣“陈先内溆女，有子生同吾。命子谨兄事，童奴耕田租。宿质既归复，庶足充饔餔。但使不失所，何曾较锱铢。子复拜兄嫂，兄嫂俱云殂。惟余一弱息，归养推友于。母慈及异子，子悌覃兄孥”，补叙出其同父异母兄已经结婚的事实。

张昱诗如下：

---

① 赵琦美《赵氏铁网珊瑚》，《文渊阁四库全书》第 815 册，台湾商务印书馆，1986 年，第 558 页。

陈母节义谁可及，二十守志今六十。
家本泉州身姓庄，户版抄入商人籍。
夫陈亦是海盐商，远来婿庄图久长。
庄时年当二十四，于飞和鸣双鳳凰。
岂期得子才四月，皤然去作诸番客。
海中使船惟信风，倏忽千波万波隔。
五稔弗归邻媪疑，情以讽庄欲嫁之。
正词厉色却邻媪，将焉置此呱呱儿。
久乃陈从海外至，子生五年能识字。
银灯坐照夜堂深，劝谏夫陈词不已。
海中日日生风涛，千金之躯同一毫。
人非金石当自保，北斗那共黄金高。
夫陈耳听心不悟，趣装出门衣楚楚。
庄忧水底有蛟龙，陈恃蛟龙莫予侮。
信回乃在九重渊，庄走入房羞见天。
引刀自刺刀堕地，哭抱孤儿仍自怜。
指有此儿堪嗣续，不尔从陈葬鱼腹。
良人虽殁天可移，绩纺教儿买书读。
儿名宝生既长年，知父之死常泫然。
母告汝父之海盐，有子尽典祭祀田。
汝往赎田还祭祀，妾身无愧归黄泉。
宝听母言即长往，未知海盐先采访。
果得前兄名宝一，泣诉二天成俯仰。
归复母命母大喜，恨不相与携手至。
转头沧海作桑田，奉母还乡谈笑耳。
儿一亦来拜母庄，母子三人涕泪滂。

浮云行天失变化，鸣乌集树休翱翔。
宝也奉母孝益谨，母子更相为性命。
母呼宝也语近床，贷汝父钱名石章。
章负舶钱今系狱，汝父虽殁钱须偿。
唤婢卖珠遣宝送，泉人义庄作歌颂。
十子不如一女英，男儿负义真何用。
天朝史臣高与王，大书特书相发扬。
传写满纸作龟鉴，无不读之眉目张。
诵庄之贤无远近，夫妇纲常自庄定。
关雎之诗今复作，还有删诗如孔圣。
三光不灭天地存，孝子锡类皆弟昆。
陈母节义天所报，驷马何独于公门。①

张昱的长篇叙事诗，采用并序和词的方式交代庄氏身份，以及丈夫身份、家庭情况。以旁观者身份叙事，叙事诗从宝生五岁开始，选取的叙事情节与王袆、胡龙臣不尽相同，如宝生五岁能识字，庄氏苦劝陈思恭不要再次冒险，要以家庭为重，而陈思恭表面装作认真聆听妻子教诲，心里却盘算再次出海，始终没有领悟庄氏的苦心，穿着华美的衣服，假装出门，趁机远离妻儿出海。庄氏闻陈思恭死讯、拔刀自刎的细节，后宝一同宝生一起从海盐来泉州拜见庄氏，三人涕泪交流的事实，都是王袆和胡龙臣叙事诗中没有的史料。文学性方面，张昱叙事诗不如王袆、胡龙臣叙事诗生动感人，诗末更多的议论，破坏了叙事节奏。

同一个故事，不同诗人叙事选择的角度、叙述的详略、叙事的

① 杨镰主编《全元诗》第44册，中华书局，2013年，第190页。

节奏、情节的取舍、叙事的语气都有很大的差异，同题集咏的文学意义就在于从不同的叙事方式中了解不同的风格，拓展了元代叙事诗的文体功能，同题集咏的竞争中促进了元代叙事诗的成熟。同题集咏可以起到完善故事情节、细节互补的作用。通过细读不同诗人的同题集咏诗，可以丰富故事的事实，以诗证史；共同认定历史事实，以诗补史，有一定的史料价值。

事实上，不为生者立传的传统导致陈节妇庄氏的事迹最终没有入《元史》，“予在元末，尝为庄作传附野史，今元史有贞节传焉，庄生元世，史官曰：宜传，然生者不预也……然则庄不预元史者，非削之也”①。清初修《明史》的时候，庄氏事迹已过近三百年，也未能入《明史》，在《元史》《明史》均不录入情况下，同题集咏起到了补史的作用。被文人群体同题集咏是件幸运的事，同题集咏足以使其留名青史。

第四节　“郑氏义门”咏事诗同题集咏

元朝蒙古统治阶级在汉族儒士的带动下，慢慢认识到儒家文化对于治理国家、维护稳定的重要性。从忽必烈时代开始汉化，改国号大元，到建立翰林国史院、集贤院，完善司法、礼仪制度，推崇理学，派程钜夫到江南访贤等措施，都大大促进了儒学的深入发展。到延祐科举的实行，后期奎章阁的建立，标志着蒙元从元初到元末都在积极推行儒家政策，而对忠孝节义的提倡从元世祖时代到元顺帝时代就一直没有间断过。

① 赵琦美《赵氏铁网珊瑚》，《文渊阁四库全书》第815册，台湾商务印书馆，1986年，第559页。

元代浦江郑氏家族九世同居，知书达理，相处和睦，男女同食，重纲常，朝廷给予旌表，延及于文儒才士，推重其家业之歌咏，披其词华以纪之篇章，众多文人同题集咏郑氏遵孝义之道，赞赏其家孝义仁厚之风。吴植“白麟溪郑氏也，郑氏九世而同居，其于风教厚矣。故作是诗也”[①]。同题集咏发挥了其社会功能，具有观风化、美人伦的效用。

> 涛家自冲素处士歃血誓子孙毋分居，至今九世无敢违其言。朝廷遂旌表其门曰孝义，士君子闻而嘉之，多述为诗文以奖劝之。初非以亲爱而致之也，又非以势利以获之也，何缘倡之者不厌，和之者弥多，而继之者又无已哉！亦曰：天理人心之不可诬，而得失之所繫，有不可紊也。涛窃闻古之仁人孝子，有一行足以关名教之重者，荐绅先生必为之铺张振引，以为人劝其名，贻之不朽。每与史传相为表里，改之诸儒之家集，盖可知已，然则士君子之论其可忽哉。为涛之子孙尚思笃学力行，孜孜弗替，一则无负朝廷旌表之深宠，二则无添冲素歃血之嘉训，三则无愧士君子之清议……[②]

浦江郑氏义门，九世同居，兄弟和乐，子孙肃雅，有三代之风，诗人爱之，作诗集咏以歌颂其美德。同题集咏的参与者人数众多，时间跨度近四百年，得到了宋元明三朝的旌表，题咏者中以元代文人群体为主流，兼及少数明代诗人，形成一股强大的社会舆论，影

① 郑太和辑《麟溪集》，《四库全书存目丛书》集部第289册，齐鲁书社，1997年，第443页。

② 郑太和辑《麟溪集》附录，《四库全书存目丛书》集部第289册，齐鲁书社，1997年，第437页。

响很大，体现出文人群体对政治、社会、人生的强烈关注，忧国忧民情怀在众多文人的同题集咏中得以彰显，是文人士子儒家用世理念的体现。关心社会、弘扬道德、传承文明是儒家士子的使命。

同题集咏者中有元前中期馆阁文人如揭傒斯、欧阳玄、柳贯、张起岩、阎复、卢挚、周伯琦、王沂等，有宋遗民如方凤、谢翱、陈尧道、陈舜道等，有元末普通文士如戴良、李孝光、熊梦祥、张昱等，有元末馆阁文人贡师泰、危素等，有明初知名文人高启、方孝孺、姚广孝、谢徽、张宣、张孟兼等，还有明前期至中期的胡广、胡俨、曾棨、杨荣、贝琼、虞谦、胡超、曹时中、胡荣、周庚、包鼎、吴宽、陈璚、吴文、杨一清、李东阳等诗人。这是一次跨越三朝的历时同题集咏，与统治阶级的提倡也有一定的关系。更重要的是，同题集咏者有大量西域少数民族诗人参与其中，共同吟咏忠孝节义，彰显民族大融合，如泰不华、余阙、察伋、哈巴石、八思儿不花、别儿怯不花、迈里设等，同题集咏展现了儒家文化对他们潜移默化的影响。

《咏郑氏义门》同题集咏情况：

乐府：陈俨、黄景昌（4首）、迈里设、翁卫、王晏、张昌、金信、陈□礼、周旻、郑棠[①]；

四言诗：李孝光、彭罙、林以顺、许士毅、祁君壁、廉惠山凯雅、潘祖晋、赵鸿嗣、徐观、祝应□、吴植、刘养浩；

五言古诗：方凤、傅野、金兰、留仲衡、王櫄、蒋德辉、方樗、胡汉、陈及、方天锡、吴师尹、察伋、詹旭、程瀣翁、方麒、王琦、葛元喆、徐以敬、陶凯、张璧、卢敖、赵必崧、干文傅、八思儿不花、赵期颐、余阙、费著、宇文公谅、黎括、林泉生、王元裕、白友直、戴良、李好文、

① 郑太和辑《麟溪集》甲卷，《四库全书存目丛书》集部第289册，齐鲁书社，1997年，第438页。

许瑷、揭汯、张吕宁、危素、朱濂、吕仲善；

七言古诗：卢挚、谢翱、李炎、雷伯玑、张宣、郝芝、镏玄闻、叶谨翁；

七言古诗：胡长孺、陈尧道、陈舜道、吴师道、周伯琦、周暾、林希元、叶瓒、胡益、沈梦麟、蒋器、何诚、黄仲宝、蔡长通、蒋夔、姚广孝、张寓初、余寅、王稌；

杂言：韩沃、万俟绎、张瑾、陈尧道、璩致恭、张诚、姚广孝；

长律诗：昝全、刘中、周鼎、吴当、陈伦、屠性、余尧臣、程国儒、张世昌、元仲举；

律诗：别儿怯不花、揭傒斯、张起岩、柳贯、王沂、冯思温、胡助、镏闻、段天祐、徐一清、汪文璟、贡师泰、王艮、林以顺、许广大、周自强、埜仙、夏泰亨、逯公瑾、王宥、王喆、赵俶、叶森、吴武梁、徐畚、杨宗瑞、邹奕、程徐、李序、孙柏岩、陈焕翁、方升、喻仰翁、欧阳公瑾、蒋器、俞焕、欧阳玄、熊梦祥、陈显曾、陈士元、陈应荣、李思齐、张良金、鲍恂、贝琼、王彝、申屠衡、李克正、陈煦、朱右、赵壎、雷燧、高启、谢徽、张宣、张孟兼、于宁、孔思柏、刘良材、姚广孝、李质、纪堂、王彪、明善、李子仪、萧鹏、陈琏、方政、胡子祺、刘濬、陈翼、张壁、顾禄、曾用臧、黎让、钮豫、李子仪、王霖、何惟亮、吕奎、杨学可、叶生、陈纲、何质夫、胡广、胡俨、曾棨、杨荣、虞谦、张汝弼、胡超、曹时中、胡荣、周庚、包鼎、吴宽、陈璃、吴文、杨一清、邓焲、陈震、李经、龙腾霄、林霄、孙霖、李东阳、林瀚、谢迁；

绝句：阎复、李衎、沈文伯、许谦、王楚鳌、吴直方、黄子华、泰不华、谢端、王守诚、宋本、宋褧、哈八石、韩性、王奎、杨俊民、方孝孺、齐暄、时季照、□□□、明善、陈翼、李子仪、□□、章溥、吴均、蔡长通、周雍、叶子白、汪宗海、彭善、胡超、王汶、顾余庆、项麒、潘璋、黄溥、徐源、马□、颜泾、毛弘、仲琎、高第、吴文度、李观、江吉、陶性、戴彦瞻、张诚、李斌、王稌、王衎、陈璿、董慧[①]。

其中董慧是明代成化年间的诗人。成化年间郑氏家族仍保持着原有家族之风，忠孝节义，长幼有序，仍然获得了文人的关注。从宋建炎年间一直持续到明代成化年间，时间跨度几百年，可见儒家道德的强大影响力。

稽古圣神，明德修身。
首念九族，一身之分。
族不易睦，睦之以亲。

——林以顺[②]

麟溪有义门，同居累十世。
宋元及皇明，加恩屡旌异。
孝友贯金石，淳风化州里。
德音垂乾坤，日月共昭晰。

——项麒[③]

浦阳横大江，江水如带环。
中有义男子，头戴芙蓉冠。

——金兰[④]

① 均来自《四库全书存目丛书》集部第289册，齐鲁书社，1997年，第439—485页。

② 郑太和辑《麟溪集》，《四库全书存目丛书》集部第289册，齐鲁书社，1997年，第441页。

③ 郑太和辑《麟溪集》，《四库全书存目丛书》集部第289册，齐鲁书社，1997年，第485页。

④ 郑太和辑《麟溪集》，《四库全书存目丛书》集部第289册，齐鲁书社，1997年，第444页。

有美浦阳郑，孝友夙敦尚。
九世无异爨，家训畴敢忘。
——吴师尹①

郑氏义门这种家风从宋延续到明，得到宋元明三朝的褒奖。能保持九世同居，相处和谐，礼教俨然，知书达理，孝义忠厚，实在难得。

郑氏家族经常做出令人震惊的节义之事，如代父受刑、兄代弟死，这些忠孝节义之事感动着文人群体。

义门第五世有二兄弟名叫德珪、德璋，德璋被诬罪当死，德珪要替德璋死，德璋不肯，争相欲死，德珪偷着去赴狱，死在狱中。众诗人感叹德珪笃信忠义行为，称他为义男子，纷纷同题集咏歌颂他的忠义气节，如张昌"义门峩峩倚青云，前有孝子后义昆。代父受刑争弟死，英风烈烈今犹存"、方麒"念彼手足恩，临难争赴死"。在他们眼里义气高于生命，上述诗歌就此而发。

浦阳江头郑家川，弟兄几院同一烟。
人传九世如一日，问之浑以礼数缠。
钟声日日齐人起，忍字房房当面悬。
共饭早教儿辈后，分衣先到老人边。
——林希元②

浦江之阳三郑里，合族而食数千指。

---

① 郑太和辑《麟溪集》，《四库全书存目丛书》集部第289册，齐鲁书社，1997年，第447页。
② 郑太和辑《麟溪集》，《四库全书存目丛书》集部第289册，齐鲁书社，1997年，第457页。

到今相传三百年，蔼然丝麻与诗礼。

——黄仲宝①

义门九世熙醇翁，温温德性如春融。
自少绩学崇儒风，惇行孝悌何雍雍。

——蒋夔②

海宇生民余万姓，义门独有金华郑。
宗族千口惟一心，廿世同居岂天定。

——姚广孝③

诗人们用真实的细节描写指出了郑氏家族遵守伦理道德的具体表现，内容都是咏郑氏义门孝义美德，主题高度一致，朝廷旌表后文人歌咏成风，为了迎合社会道德需要，诗歌就是与道联系在一起，文道合一，以发挥其政治功能，体现了中国古典诗歌以赋、比、兴作为基础的叙事模式，突出作者情感体验和人生思考在叙述中的地位，追求时间、空间、言意的统一，形成了中国古代特有的叙述风格。

郑氏家族遵守礼法，九世不变，孝仁义礼智信皆备。家风凛然，家风淳正，蔼然和睦，孝义重情，死生一心，男耕女织，长幼有序，礼法俨然，尚贤尚义，千人同食，礼教传家，儿孙孝敬，家风严

① 郑太和辑《麟溪集》，《四库全书存目丛书》集部第289册，齐鲁书社，1997年，第459页。
② 郑太和辑《麟溪集》，《四库全书存目丛书》集部第289册，齐鲁书社，1997年，第460页。
③ 郑太和辑《麟溪集》，《四库全书存目丛书》集部第289册，齐鲁书社，1997年，第460页。

谨，到揭傒斯时代已经200多年了，故揭傒斯诗云："子孙共饭三千指，诗礼传家二百年。"① 王宥"九世同居世少闻"、蔡长通"春秋祀事严蒸尝，冠婚丧祭各尊礼"、俞焕"孝友闻三郑，死生同一心"、刘良材"骨肉皆因异姓离，同居九世故为稀"、张起岩"浦阳郑氏家声好，九世雍熙萃一门。礼法谨严遵祖父，义风传习遍儿孙"② 等诗歌，将自己的情感倾向寓于叙事之中，通过议论点出主题。这些诗人通过纪实手法真实地记录了郑氏九世同堂、一家和睦的景象，三百年如一日遵守礼教实属不易，家族道德自律达到较高的程度，而细节描写增加了可信度。同题集咏诗歌主题高度一致，通过纪实描写弘扬礼教，对于郑氏义门九世和睦、长幼有序、家风谨严，给予歌颂。极为通俗化的叙事性语言是群诗的语言风格。因为诗人身份不一，叙述话语反映了他们的审美情趣，郑氏义门叙事客观、事件真实，情真，事真，可以作为"史"来看，以诗存史，体现了杜甫的史诗原则，弥补了史书缺漏，对于研究元代民俗是很有价值的，可以观风俗、知薄厚、美人伦，是"诗可以观"的具体运用。题诗者中有一人题多首现象，呈现出一咏再咏的趋势，诗的题材多样，有乐府诗、律诗，有绝句，有四言、五言、七言、杂言，用叙事纪实描写，结合议论以抒情，表达方式之多样化、参与人数之多、时间跨度之长都是历史性的。

① 郑太和辑《麟溪集》，《四库全书存目丛书》集部第289册，齐鲁书社，1997年，第469页。

② 郑太和辑《麟溪集》，《四库全书存目丛书》集部第289册，齐鲁书社，1997年，第469页。

第五节 元代咏事诗同题集咏的意义

同题集咏在元代已经规模化、群体化、自觉化，社会热点话题、忠孝节义之事，离别、相聚、宴会、游戏、题画、寿辰等都离不开同题集咏。元代同题集咏具有广泛的诗人基础，是元人主流唱和方式。

一、对元诗的意义

元代咏事诗同题集咏是元代的乐府诗运动，继承汉代乐府诗和唐代新乐府运动的传统，为真人、真事而写，同题集咏丰富了元代民俗历史文化，为了解元代历史、风俗、时政提供了一面镜子。

同咏的题目，往往是热点话题或有意义的主题，通过同题集咏强化该主题，使之成为一个被社会道德认同的价值符号，以达到宣传社会舆论的目的，如余姚叶敬常判官修筑海堤、根治海水危害良田、造福百姓的事迹，复斋郭公为官期间造福百姓，深受百姓爱戴的清官类同题集咏；九世同居的郑氏义门忠孝同题集咏；将儒家仁义理念传播到海外诸国的泉南两义士同题集咏；唐兀人余阙为大元死节、色目人泰不华为元朝战死等元代发生的真人真事。众多忠孝节义事件的发生，士大夫的使命感促使他们用同题集咏的形式去叙事纪实、激励士风，客观上促进了叙事诗的发展。

理学在元代成熟，促进元代咏事诗的繁荣，众人对同一件事、同一个人的同题集咏遂成为元代咏事诗的结构特色。一题多叙是元代咏事诗同题集咏的特点，也是元诗叙事诗的结构特点。大一统下发生的奇事、忠义、节烈之事遂成为元代同题集咏的热点题材，较长的事实需要足够的长度和叙事能力去驾驭，文人们纷纷尝试叙述同一件事，不同的叙述视角在细节互补中发展了元诗的叙事能力。

众多文人参与咏事诗同题集咏促进了元代叙事诗的成熟，长篇叙事纪实，叙事完整，真实生动。事件核心是人，而人的价值集中体现在道德层面，咏事诗同题集咏的落脚点最终仍然是宣扬儒家礼教。出于弘扬道德的目的，迎合了某些特殊人的需要、社会教化的需要，咏事同题集咏充分彰显了“诗言志”的诗学功能。

二、对元代社会的意义

元人对诗歌教化功能是非常重视的，“诗与乐之妙，可以动天地、感神明、广声教、移风俗也”①。元人特别看重诗歌对国家风俗的感化作用，认为诗是开启教化的最好媒介，咏事诗同题集咏充分彰显了诗歌的教化功能。

众多文人集咏同一个主题，主题集中，容易形成强大的社会舆论，引领士风的走向。元代大事、奇事都用诗来叙述，元末赵泰州平反冤狱引起众多文人同题集咏，“至正十年二月，泰州尹真定赵公子威平反王畹冤狱，事闻中吴，士大夫皆曰：‘伟哉！赵使君，真长者也！’因相率著为声诗以美之，总凡若干首”②。这次同题集咏是诗歌干预现实的证明，同题集咏反映现实、反映民生疾苦的诗学功能得以彰显。

咏事同题集咏远远扩大了诗歌的教化功能，“诗可以观”的理念得到很好的诠释。元代咏事诗同题集咏，以正衣冠、美人伦、惩恶扬善、厚风俗为宗旨，形成指向性话语，影响了社会舆论，牵动了不同层面人群的关注，对现实产生了重要的影响，对于民族大融合时代意义重大。

---

① 欧阳玄《欧阳玄全集》，四川大学出版社，2010 年，第 622 页。

② 李修生《全元文》第 50 册，凤凰出版社，2004 年，第 288 页。

同题集咏深深吸引着不同民族、不同地域、不同身份的文人群体积极参与其中，如郑氏义门同题集咏中西域各族文人如泰不华、哈巴石、别儿怯不花、察伋、余阙、八思儿不花等在同题集咏的潜移默化之中认同了儒家孝义，认同了自己的儒家身份，将自己融入儒家文化圈。高昌畏兀人五十四、女真人兀彦思敬通过参与卢贤母挽歌同题集咏，歌颂了卢贤母贤德，表达了对儒家节义文化的认同，通过同题集咏彰显了少数民族对元朝的政治认同和国家认同，对元代多族群社会凝聚力的增强和社会稳定有着积极的意义。

三、文化选择下的诗史价值

元诗中有很多纪实咏事诗，以诗存史，丰富了元代史料，如聂碧窗写有一首《哀被掳妇》："当年结发在深闺，岂料人生有别难。到底不知因色误，马前犹是买胭脂。"① 简单四句咏事诗，反映出元代社会动荡、导致妻离子散的悲剧时有发生，结发夫妻天各一方，妻子流落红尘，为研究元代社会提供了史书不能提供的宝贵材料，这就是元代咏事诗的价值所在。

选择什么样的咏事诗作为同题集咏的话题也是有原因的，那些离奇的、惊人的、事件影响大的、事件本身蕴含丰富道德伦理的、故事主人公的美德值得社会效仿学习的，或经过朝廷表彰的忠孝节义事件往往成为咏事诗同题集咏的热点。胡烈妇、陈节妇、李节妇、王节妇、孝感白华、郝经雁帛书都蕴含着丰富的伦理道德价值，可以满足文人伦理价值诉求，事件新奇，满足文人猎奇心理，这些咏事诗进入文人群体视野，成为引人关注的同题集咏现象，是元人重诗教传统下的一种文化选择，而《哀被掳妇》这一事件没有成为

---

① 陈衍《元诗纪事》，上海古籍出版社，1987 年，第 748 页。

文人咏事同题集咏的题材，因为它不具备丰厚的伦理教化内涵。

元代咏事诗同题集咏以诗存史，具有史的价值，可以弥补史料的不足，正如陈衍在谈到编撰《元诗纪事》的目的时所说："诗，纪事之体，专采一代有本事之诗，殆古人所谓诗史也。国可亡，史不可亡，即诗不可亡，有事之诗，尤不可亡。"① 以诗存史是咏事同题集咏的价值之一，在真实性的基础上彰显了咏事诗同题集咏纪实与教化后人的意义，正如元代延祐五年（1318）进士，浦江达鲁花赤八思儿不花说的："义诗但纪实，叙以示子孙。"②

四、对元代文人的意义

元末频繁地出现同题集咏，动则十几人，多则百人。文人喜欢同咏一个相同的事物，以促进群体间的感情交流，诗已经不属于个人之事，而成为群体情感共鸣的必要交际工具。

诗是元人群体之间讯息传播与交流的重要媒介，求得一个诗人的身份是元代文人亮丽的名片。元代诗人相当在意自己的诗人身份，这与诗的社会地位有密切的关系，"元朝，诗在很大程度上又是文人的征友启示，推销自己的求职书"，"诗坛是不同地位的人群以同一身份相聚的唯一场所"③。正是因为如此重视诗人身份，诗的媒介价值又如此重要，文人群体借诗言志，同题集咏中的叙事才显得有意义。

元人用诗来继承儒教传统，"圣门之教人，盖以诗为学矣"④。

① 陈衍《元诗纪事》，上海古籍出版社，1987 年，第 940 页。

② 郑太和辑《麟溪集》，《四库全书存目丛书》集部第 289 册，齐鲁书社，1997 年，第 449 页。

③ 杨镰《元诗史》，人民文学出版社，2003 年，第 33 页。

④ 虞集《虞集全集》，天津古籍出版社，2007 年，第 479 页。

元代入仕不畅，诗是推销自己顺利进入仕途的有效途径，范梈、傅与砺、揭傒斯、胡助等都是借助诗名走向政坛的，诗在元代是猎取功名的工具，也是宣传礼教、教化民众的重要载体。

在元人眼中，“诗就是丰富的对话工具”①。咏事同题集咏对社会各个方面都产生了重要的影响，引起不同层面人群的关注，成为联系各个群体之间情感的纽带，发挥着重要的诗学功能，是不同群体情感迅速沟通的有效手段。儒家伦理的实用性在同题集咏中得以快速显现，是元代咏事同题集咏多次大规模发生的主要原因。

同题集咏也是元代诗人证明自己存在的一种方式，“（元代）何失将诗视为一种与谋生无关的高超手艺，盲人诗人候克中则要依靠诗来体现自己的价值”②。同题集咏可以促进彼此情感、加深友谊，是文人群体实现儒家理想、传播士风、关心民生疾苦、反映现实的有效手段。

从不同的叙述角度同咏一事、同咏一人，大批具有深厚理学修养的文人参与咏事同题集咏，提高了咏事诗的价值、丰富了咏事诗的内涵，客观上促进了咏事诗的成熟。同题集咏对扩大元诗的影响起到了一定的作用，对我们客观认识元代伦理风俗有着重要的史料价值和文学价值。咏事同题集咏的诗学意义值得思考与关注。

---

① 杨镰《元诗史》，人民文学出版社，2003 年，第 100 页。

② 杨镰《元诗史》，人民文学出版社，2003 年，第 300 页。

元代主要咏事诗同题集咏简表

题目	参与人数	题目	参与人数
《元故江西参政刘公挽诗》	61人	《胡氏杀虎救夫》	19人
《水德妇李氏节行诗》	28人	《咏郑氏义门》	268人
《陈节妇诗》	14人	《咏余姚海堤》	55人
《本斋王公孝感白华图》	15人	《故翰林学士秋涧王公哀挽诗》	8人
《宋显夫挽诗》	23人	《浮梁桥诗》	7人
《江西宪佥郭公德政诗》	34人	《番阳饯章》	6人
《郭侯浙漕之任》	20人	《饯郭侯诗》	9人
《东湖去思》	11人	《浮梁知州文卿之父郭公寿诗》	28人
《题故国子司业李公挽诗后》	24人	《艮斋先生寄赠复斋郡使唐律一首》	10人
《挽殷教谕》	12人	《复斋相公寿》	4人
《物故卢氏母周夫人挽歌辞》	20人	《泉南两义士歌》	5人
《陆君实挽诗》	13人	《次韵就挽遵道》	12人
《曹文贞公挽诗》	24人	《邬处士挽诗》	20人
《挽余廷心》	8人	《咏宋丞相崔清献》	9人
《渔梁结屋恭赋志喜》	4人	《挽秋晓先生》	25人
《赵菊山挽诗》	3人	《贡仲章挽诗》	3人
《廉平章挽诗》	3人	《挽铁厓先生》	4人
《寿秋谷平章》	3人	《秋涧王公七十寿诗》	3人

第十一章　元代咏史诗同题集咏

我国咏史诗产生较早,借助咏史以咏怀的现象很普遍,杜牧、李商隐的咏史诗是很有代表性的,历史古迹、名人轶事、有影响的历史事件,都可以咏,通过咏史反观现实。元代咏史诗是古代咏史诗的一部分,它的特点就是同题集咏,文人群体集咏,而不像历代是个人的独咏。元代咏史诗同题集咏多集中在名人墓庙的吟咏,或者凭吊历史古迹,通过同题集咏来伤今悼古,以反思历史、关注现实、歌颂忠孝节义,最终落实到道德层面。以史为镜,对正人心、美风俗、厚人伦有着积极的意义。

第一节　刘龙洲墓诗同题集咏

元代咏史诗同题集咏涉及庙墓的有很大一部分,这些庙祠墓碑多数因人而咏,寄情于墓庙之中。有些同题集咏参与人数较多,影响也很大,多为历史名人之墓庙同题集咏,或为忠臣烈妇的庙祠墓碑同题集咏,或为元代当时普通士大夫的庙墓同题集咏,反映的是一种心态、一种价值观,现实意义很强,体现出士大夫对纲常礼教的维护。

刘龙洲,名过,字改之,江西庐陵人。有诗名,“宋南渡后,以诗侠名湖海间,陈亮、陆游、辛弃疾世称人豪,皆折气岸与之交”[①]。去世后，昆山县主簿赵希楙以友文所赙钱三十万，在马鞍山买地葬之，并立祠纪念。经一百四十多年以后，墓祠毁坏严重，元末至正十三年（1353），顾瑛、秦约、卢熊等请于州立石，表其墓。后来僧寺立塔其墓间，“今知州费侯复初，令下僧迁骼复其墓，且表树焉，遣客殷奎谒予求表墓辞”[②]。

这是一次修墓守道的行为，刘龙洲是正人君子，重气节，重纲常名教，是士大夫的精神楷模。为名人修墓，是一种尊崇礼教的表现，以维护儒家伦理秩序，以教化世俗。顾瑛等人的修墓行为引发了元代文人的同题集咏，也有部分明代人参与。如殷奎《过龙洲先生墓下有感而赋》、郑元祐《吊刘龙洲墓》、陈潜夫《过龙洲先生墓有感作》《刘龙洲祠》。卢熊（2首）、范天与、王震、顾瑛、卢昭、秦约、陈汝秩、陈谦、潘纯、苏大年、陆仁、释良琦、沈周、王宾《复龙洲刘先生墓诗》，赵生《谒龙洲先生祠和多景楼诗韵》等。

刘龙洲有雄才大略，北宋灭亡后，他发誓要替徽宗、钦宗二帝报仇。诗人们用纪实手法叙述了刘龙洲的忠义行为，刘龙洲的报国热情、忠肝义胆激发了元代文人同题集咏的热情，纷纷写诗歌颂其忠义行为，如卢熊“慷慨望中原，誓将貔虎师。雪耻报明主，之死安足辞”[③]、沈周“龙洲先生非腐儒，胸中义气存壮图。重华请过补缺典，一疏抗天肝胆麄”“人重风节非人驱，龙洲龙洲真丈夫”[④]、范天与“儒冠不入紫宸班，落落高峰竟莫攀”。王震、潘纯和范天与对

① 蔡基《宋龙洲先生刘公墓表》，钱穀《吴都文粹续集》卷四十四，《文渊阁四库全书》第1386册，台湾商务印书馆，1986年，第388页。

② 蔡基《宋龙洲先生刘公墓表》，钱穀《吴都文粹续集》卷四十四，《文渊阁四库全书》第1386册，台湾商务印书馆，1986年，第388页。

③ 杨镰《全元诗》第64册，中华书局，2013年，第22页。

④《文渊阁四库全书》第1386册，台湾商务印书馆，1986年，第390页。

刘龙洲的壮志难酬也发出感慨，替其抱不平，如王震“才高绝世嗟难遇，豪气凌云惜未摧。墓下断碑埋宿草，祠前流水映寒梅。百年心事空相感，洒泪临风奠一杯”①、范天与“千载穹碑表遗墓，为持尊酒酹空山”、潘纯“咸阳寂寞汉诸侯，惭愧刘郎一抔土”。南宋当局黑暗，主和派残害忠良，诗歌表达了刘龙洲有志难伸的悲哀，最终含恨死去。“狱中谁救岳将军，人间知有秦丞相”也是对南宋王朝的强烈不满。赵生“中兴君臣无远谋，羁縻但恐生边愁。奸邪误国纲纪坏，丑虏肆虐山陵羞。上章苦谏动北阙，拔剑洒泪登南楼。何人载酒拜祠下，铁笛横吹江上舟。”②英雄生不逢时的感慨寓于字里行间。

这组同题集咏借助咏史以反思历史，议论精辟，引人深思。诗人们歌颂刘龙洲，其实就是希望重建士人价值观，维护伦理纲常，提升自我人格修养，对“内圣外王”的君子人格充满期待，是崇德修礼、维护王道的体现。

第二节　月氏王头饮器歌同题集咏

月氏王头饮器题材诗歌在唐宋并不多见，而在元明却掀起了吟咏高潮，这是值得思考的问题，应与宋理宗头颅被元代西僧作为酒器不无关系，这是事关民族气节的大事。虽然都是同一个题目，但是个人立场不同，关注角度也不尽相同，这是月氏王头饮器歌同题集咏的特色。

此次同题集咏时间跨度长，从元持续到明末，在元末达到高

① 杨镰主编《全元诗》第 64 册，中华书局，2013 年，第 24 页。

② 杨镰主编《全元诗》第 64 册，中华书局，2013 年，第 25 页。

潮。月氏王头被匈奴割掉作酒器的事件发生在西汉张骞出使西域时，司马迁《史记》有明确的记载："张骞，汉中人，建元中为郎，是时天子问匈奴降者，皆言匈奴破月氏王，以其头为饮器。"① 此事反映出匈奴的残忍，月氏王头成为被侮辱、被损害的民族象征，逐渐成为一个文化意象进入诗人创作题材。元初宋理宗头颅也被异族当作饮器，这与一千多年前月氏王头有惊人的相似之处，不同的是这是汉民族的王头被作饮器。自古以汉族文化为中心，认同"华夷之辨"，汉民族的文化中心地位几乎没有被挑战过。盛唐时万国朝拜的民族优越感空前，此事之后，汉民族心理一下子跌到深谷之中，民族心理有了一个巨大的反差，文化中心位置被颠覆。无论如何这是汉民族无法接受的事实，士大夫付诸吟咏，感发性情，"诗可以怨"的功能得到彰显。这次同题集咏借助月氏王头饮器而抒情，咏史的同时又还原了历史真实，所以本次同题集咏既是咏物同题集咏，又是咏史同题集咏，抒情性很强。

《月氏王头饮器歌》同题集咏者：杨维桢、张宪、李费（2首）、顾亮②。《月氏王头饮器歌》同题集咏者：释大䜣、叶颙、张岱、祝蕃。

杨维桢在元末发起了以《月氏王头饮器歌》为题的同题集咏，同题集咏者多为铁崖门人，如顾亮、李费，或与杨维桢交好的朋友。杨维桢对此次同题集咏发起功不可没。杨维桢在元末文人心中影响力很大、地位很高，他经常被邀请评诗，作诗会、唱和的主持人，至正九年（1349），杨维桢到松江授学，有僧人登门求教，把杨维桢的《正统辨》全文背诵下来了。而铁崖应邀为松江"应奎文会"主

① 司马迁《史记》，中华书局，1959年，第3157页。

② 杨维桢《铁崖古乐府》补卷一，《文渊阁四库全书》第1222册，台湾商务印书馆，1986年，第80—82页。

考，一时文人应试者众多，倾动三吴，可见有影响力的主持人参与是月氏王头饮器同题集咏产生的另一个重要原因。

《月氏王头饮器歌》同题集咏发起的原因，与理宗头颅被杨琏真伽截取作饮器有一定的关系。在元代进入文人群体视野的范围，到元末杨维桢发起的古乐府运动时，此诗题已经是非常熟悉的历史题材了，杨维桢等铁崖门人在咏史的创作中选择了月氏王头饮器同题集咏，是一种文化选择。这次同题集咏是关于月氏王头饮器歌这个历史题材的第一次大规模文学创作活动，它顺利地进入铁崖古乐府创作的范围，在理宗事件后，文人关注度升高。

> 杨髡发陵之事，人皆知之，而莫能知其详。余偶录得当时其徒互告状一纸，庶可知其首尾。云：至元二十二年八月内，有绍兴路会稽县泰宁寺僧宗允、宗恺，盗斫陵木，与守陵人争诉。遂称亡宋陵墓，有金玉异宝，说诱杨总统，诈称杨侍郎、汪安抚侵占寺地为名，出给文书，将带河西僧人，部领人匠丁夫，前来将宁宗、杨后、理宗、度宗四陵，盗行发掘，割破棺椁，尽取宝货，不计其数。又断理宗头，沥取水银、含珠，用船装载宝货，回至迎恩门。有省台所委官拦挡不住，亦有台察陈言，不见施行。其宗允、宗恺并杨总统等发掘得志，又于当年十一月十一日前来，将孟后、徽宗、郑后、高宗、吴后、孝宗、谢后、光宗等陵尽发掘，劫取宝货，弃毁骸骨……因此江南掘坟大起，而天下无不发之墓矣。①

可见当时的世风极坏，深深伤害了士大夫群体的民族自尊心，

① 周密《癸辛杂识》，中华书局，1988 年，第 152 页。

杨总统行为与儒家伦理相悖，这是坏人心、败风俗、事关礼教的大事。“杨髡发陵”事件就是对“礼”的践踏，仁者精神亦荡然无存，谢翱、林景熙、唐珏冒着生命危险偷偷捡拾诸陵遗骨，自此冬青意象同题集咏进入元代诗史。“越七日，总浮屠下令裒陵骨，杂置牛马枯骼中，筑一塔压之，名曰镇南。杭民悲戚，不忍仰视”①，激起了很大的民愤，“此皆夷狄禽兽所不忍为而为之者也”②。月氏王头饮器同题集咏也就因此自然地产生了，顺利进入铁崖古乐府创作题材之中。

理宗头颅被作饮器一事，一直为人关注，令汉族文人愤怒不已，震撼着人们的心灵。理学盛行的时代，不仁之事，令人难以容忍，深深地伤害了民族情感。发掘皇陵的行为是汉族士大夫无法容忍的事情，广大汉族士大夫心中唤起的是强烈的民族自尊心，于是文人群体用笔去记录杨琏真伽的罪行，表达内心的愤懑。元初到明初，月氏王头饮器一直是同题集咏的重要话题，文人对此津津乐道，从元初到元末一直有人在就此题吟咏。

晚明张岱亦作《月氏王头饮器歌》，追踪铁崖诗风，诗风奇崛瑰丽，气势充沛，意象险峭。诗中张岱直接点出同题集咏主旨：“单于帐中夜击缶，脑骨腥红捧在手。模糊醉眼不分明，但令胡姬满斟酒。胡姬斟酒浇淋漓，厉鬼号咷帐外吼。脑中骨热骨自鸣，无人知是强王首。自恨生前错用人，封疆既失头颅走。夜台安得范亚父，伸出老拳撞玉斗。君不见六陵冢上理宗头，五国城边盛溺溲。”③这里把月氏王头饮器吟咏的原因直接表达出来，“君不见六陵冢上

① 陶宗仪《南村辍耕录》卷四，文化艺术出版社，1998 年，第 48 页。
② 程敏政辑《宋遗民录》卷六《穆陵行序》，中华书局，1991 年，第 65 页。
③ 张岱《张岱诗文集》，上海古籍出版社，2014 年，第 56 页。

理宗头，五国城边盛溺溲”，点出咏史的目的所在，对宋王朝进行批评，指出权奸误国是导致宋理宗头颅被割掉的重要原因，汉民族意识、夷夏大防是重点，也点明了元末同题集咏的主旨所在。

历代咏此话题的风格是诗风低沉，哀怨之情充斥其中，铁崖古乐府《月氏王头饮器歌》一变为奇崛诡怪，气势飞动，豪放雄奇，为英雄主义的赞歌，悲伤哀怨之中充满豪气，这与铁崖古乐府风格有关系。

铁崖古乐府有自己独有的特点，“廉夫又纵横其间，上法汉魏，而出入于少陵、二李之间，故其所作古乐府词，隐然有旷世金石声，人之望而畏者，又时出龙鬼蛇神，以眩荡一世之耳目，斯亦奇矣！”①

“老铁较铮铮耳！”②铁崖古乐府感情充沛，意境瑰丽多奇，雄奇飞动，很有气势，文学味更浓，没有太多格律的束缚，让节奏随情感变化，比起受理学影响较深的雅正诗风，古乐府更具有自由活泼的特点，更能为人接受。

铁崖古乐府情真意切，有旷世金石之风，一变元中期雅正之风，令人耳目一新，为元末诗坛吹来了一股劲风，推动元末走上高潮，直接开启了明初诗风，形成了一股巨大的古乐府创作高潮。古乐府推动了元末复古的高潮。据黄仁生统计，铁崖诗派共有成员 91 人③，众多成员参与古乐府唱和，形成了诗坛一股强劲的复古风。

清人王士祯对铁崖古乐府评价甚高：“铁崖乐府气淋漓，渊颖

① 张雨《铁崖古乐府原序》，《文渊阁四库全书》第 1222 册，台湾商务印书馆，1986 年，第 3 页。

② 胡应麟《诗薮》外编卷六，上海古籍出版社，1958 年，第 239 页。

③ 黄仁生《铁雅诗派成员考》，载《中国文学研究》1998 年第 2 期；《铁雅诗派的形成》，《文学遗产》1998 年第 5 期。

歌行格尽奇。耳食纷纷说开宝，几人眼见宋元诗。”[①] 高启的《青丘子歌》蕴含强烈的感情色彩和个性精神，是铁崖派风格的最好证明。

看看杨维桢的号，我们就知道其性情如何，铁崖、铁笛道人、东维子，洋溢着高雅的逸趣，有自命不凡的仙骨气息，他的诗风走向与其性情密切相关，情感丰沛，决定了其文学观，“诗本情性，有性此有情，有情此有诗也”[②]。杨维桢本人诗风奇瑰险峭，掷地有声，情感激烈切直，酣气淋漓，有李贺恢诡谲怪、奇崛冷艳之风，又有李白的雄奇飞动、气势充沛、任情挥发的特点，复古中有创新。

杨维桢的古乐府运动是关乎性情的，其中不乏扶持世教、正人心的道德内涵，“夫咏史，则诗史也，先生有明训矣。其言曰：虞廷载歌，君臣之道合；五子有作，兄弟之义彰。《关雎》首夫妇之正，《小旻》全父子之恩，诗之教也”[③]，这里指出了杨维桢的咏史诗确实关乎“世教”。

明人冯允中从铁崖的诗文中读到了关乎世教的味道，“文者载道之器，通三才，亘万古，非文无所寓也。然不关世教，虽工无益……胜国时会稽杨先生廉夫之文，得非所谓关世教而益于人者哉”[④]。

杨维桢诗风主情，诗歌学习李白、李贺。二李诗风飘逸，诗作

① 翁方纲《石洲诗话》卷八，人民文学出版社，1981 年，第 246 页。
② 郯韶《郯韶诗序》，《文渊阁四库全书》第 1221 册，台湾商务印书馆，1986 年，第 438 页。
③ 杨维桢《杨维桢诗集》之《铁厓咏史序》，浙江古籍出版社，2010 年，第 465 页。
④ 冯允中《杨铁厓文集》引，杨维桢《杨维桢诗集》，浙江古籍出版社，2010 年，第 456 页。

宗旨都是关乎世教,“大道如晴天,我独不得出”,杨维桢也是如此,其诗歌落脚点仍不出“道”的范畴,这是古代文人诗作的特点,文学承载“道”的重任。

杨维桢在咏史中会流露出自己的价值取向,这一点又似杜甫,不过这种道德教化意义是在情感抒发中自觉完成的,不同于元中期雅正文风,直接在诗中阐发道德礼教。铁崖古乐府不是以说教为主流,泄情是宗旨。文学总关乎道,即使铁崖古乐府以情为美,也难脱离道的范畴,杨维桢作古乐府的目的就是有补于世教、关乎风雅,“盖可为一代之诗史矣,其激扬世教,岂小补哉”①。“先生涉历世,故有慨于衷,多托于鸟兽草木,以起兴者、讽者得其旨,则劝善惩恶,盖亦不无补云”②。《月氏王头饮器歌》也是关乎世教的乐府诗。

同是歌咏《月氏王头饮器歌》,同为铁崖门人的张宪、顾亮、李费、杨维桢风格并不相同,与明末张岱的《月氏王头饮器歌》更是差别巨大。张岱直接在诗中点出歌咏与理宗头颅被制成饮器有关系,但是铁崖派文人集团的几位诗人,并没有在诗中直接点出理宗事。李费“千年古恨恨未平,怨魂飞作精卫精。君不见漆身复仇仇未复,地下义人吞炭哭”③、顾亮“颅兮颅兮汝勿悲,我今酌汝金留犁。黔州都督有血顶,精魂夜夜溺中啼”④,直接在诗中描绘出月氏

① 杨维桢《铁厓古乐府》,《文渊阁四库全书》第1222册,台湾商务印书馆,1986年,第42页。

② 杨维桢《铁厓古乐府》,《文渊阁四库全书》第1222册,台湾商务印书馆,1986年,第53页。

③ 杨维桢《铁厓古乐府》,《文渊阁四库全书》第1222册,台湾商务印书馆,1986年,第81页。

④ 杨维桢《铁厓古乐府》,《文渊阁四库全书》第1222册,台湾商务印书馆,1986年,第82页。

王头被辱的悲哀，愤懑不平之声充斥诗中。

可是杨维桢的诗并未直接抒发，多用隐语暗示主题，不明确具体描述对象，“眼红噞吃生血聚，汗滴石楼湿青雨。鬼妻扣骨骨欲膺，精禽飞来作人语”①，汗、石为隐语，盖头颅之意。铁崖古乐府一贯追求酣畅淋漓、情感激烈、奇崛冷艳、掷地有声的风格，《月氏王头饮器歌》也是如此，不过诗中还是有所寄托，借咏史以咏怀。

月氏王头饮器能够进入铁崖古乐府的创作中，是一种经过杨维桢精心选择的文化现象。事关儒家礼教文化的大事，但鉴于政治形势，不便明说。此题目本身文化意蕴丰厚，事件不同寻常，事关礼教风化、民族道德情感，这些杨维桢不会不知道。杨维桢作为士大夫，很强调维礼，如元末修宋辽金三史，耐不住性子的杨维桢上书《正统辨》给朝廷，要求把宋作为正统来写，可见杨维桢儒家气节之重、维礼行为之激烈。

从杨维桢古乐府选题来看，他多选有一定道德教育意义、维护纲常的历史题材来吟咏，如杨维桢吟咏的《履霜操》《雉朝飞》《精卫操》《易水歌》《鸿门会》，都是历史题材的一部分，荆轲易水怒发冲冠、壮士一去兮不复还的悲壮，精卫填海的执着精神，深深感染者后人。

“雉朝飞者，卫女傅母之所作也。卫女嫁齐太子，中道太子死，问傅母，傅母曰：且往当丧，丧毕女不肯归，终之以死，傅母悔之。取女所自操琴于冢上，鼓之，忽有雉出墓中，傅母抚雉曰：女果为雉也。言未毕，雉飞而起，故其操曰《雉朝飞》。予以牧犊之叹不如卫女之善死有关世教也。故赋以补旧乐府之缺云：雉朝飞，一雄挟

① 杨维桢《铁厓古乐府》，《文渊阁四库全书》第1222册，台湾商务印书馆，1986年，第81页。

一雌，雄死雌誓黄泥归。卫女嫁齐子，未及夫与妻。青缡绾素结，一死与之齐。人言卫女荡且离，乌得冢中有雉飞，琴声鼓之闻者悲。”[①] 铁崖先生在这里指出了自己作《雉朝飞》是关世教、扶纲常、正人心。

铁崖古乐府往往选择关乎道德教化的咏史题材，主题积极向上，在吟咏历史文化中传递了文明，改变了元中期诗风，歌颂了道义，有补于世教，有着积极的现实意义。选择适合古乐府风格的题材来吟咏，可见《月氏王头饮器歌》的选择也是有一定理由的。

在元代咏《月氏王头饮器歌》的题目需要有一定的勇气，虽然元代政治环境宽松，但是月氏王头饮器与理宗王头饮器在性质上是一致的，都是被侮辱的形象。贝琼的《穆陵行》中直接把理宗头颅比作可怜的月氏王头，说明两者的相似性很高，“可怜持比月氏王，宁饲乌鸢及狐兔”[②]。可见理宗头颅饮器事关汉民族的民族情感，事件在汉族眼里是很严重的，儒家养气、爱仁，异族野蛮行为践踏了儒家礼教，士大夫心中的天平不再平衡，他们认为文化道德的沦丧是比生命逝去更可怕的事情。

元统治者是理宗头颅饮器的幕后操纵者，没有元世祖的许可，杨琏真伽不敢如此嚣张。杨维桢选择此题作为古乐府运动的咏史题材，是经过精心考虑的，与理宗事件不无关系。杨维桢毕竟生活在元代，所以铁崖门人都采用含蓄委婉手法表达情感。这就是为什么看不到提及理宗事件造成主题多歧的原因，而贝琼、张岱直接把月氏王头比作理宗，一语道破这次同题集咏的主旨，因为他们是

① 杨维桢《铁厓古乐府》，《文渊阁四库全书》第 1222 册，台湾商务印书馆，1986 年，第 5 页。

② 贝琼《穆陵行》，《宋遗民录》，中华书局，1991 年，第 66 页。

在明代写的《月氏王头饮器歌》,不需要顾及元统治者,汉民族做帝王的明朝不需要考虑这种政治压力,这就是铁崖门人对此同题集咏含蓄的原因,从而也造成了这次同题集咏主题不一致的现象。

元时,宋理宗的“颅骨亦入宣政院,以赐所谓帝师者,素在翰林诗时,宴见,备言始末。帝叹息良久,命北平守将购得颅骨于西僧汝纳所,谕有司厝于高坐寺西北,其明年,绍兴以永穆陵图来献,遂敕葬故陵”①。朱元璋对此事极为关注,对这种不仁事件非常愤怒,身为汉族皇帝感触会更深,维护儒家衣冠风俗的愿望也很强烈,朱元璋对理宗颅骨归葬故陵做出了重要的贡献。官方的举动也引发明人再次对此事的关注热情。

总之,这是一次特别的同题集咏,深关汉民族文化心理。如果在元朝皇帝面前集体吟咏《月氏王头饮器歌》,想必蒙元皇帝一定会联系到理宗颅骨事件,因为这两者之间有惊人的相似性,也一定接受不了此次同题集咏。此次同题集咏发生在远离政治中心的江南,时值元末,战乱不安中也就有了同题集咏的空间。

第三节　孝女曹娥同题集咏

曹娥是东汉时期著名的孝女,其父在海边迎神,不慎溺海而死,时曹娥年仅十四,痛父沉渊,哭号着绕江干寻父尸,找了七日没找到,投江自尽,过了三天背父尸浮水而出,乡人将父女二人一起埋葬。此事在封建时代一直被文人士大夫津津乐道,历代帝王对此也高度重视,元朝也旌表,“元嘉间上虞令度公,亲设奠始表祠之,命邯郸氏为碑,以纪其实,自是而中郎有赞,右军有书,娥之孝

① 张廷玉《明史·危素传》卷二百八十五,中华书局,1974年,第7315页。

行于此大显，而垂之史册，见之记载”[1]。

孝女殉父死于水者有西汉濡滩光络，东汉上虞曹娥，唐代乐平饶娥，宋代林娥，除了曹娥有名外，饶娥略知名，林娥、光络知之者甚少，原因是曹娥有官方立祠、名人立碑、名人题书，最重要的是曹娥有文人题咏，因而曹娥声名远扬，成为女子尽孝的代表。“盖曹娥以邯郸淳作绝妙好辞，至今犹脍炙人口……光络则千古文人并无有齿及之者”[2]。上虞令给曹娥建祠，邯郸淳为之立碑，蔡中郎为之写赞，王羲之为之书，从此曹娥孝道名垂青史。唐宋元明清以来，曹娥碑一直是文人群体津津乐道的吟咏话题，为曹娥写的诗众多，集中歌颂了曹娥的孝道。为曹娥立碑、建祠、题赞、书碑，都是官方行为，官方无非是想借助曹娥故事宣传孝道，维护三纲五常之礼，服务于自己的政权。曹娥的忠孝符合儒家礼教，加之官方宣传提倡，激发了文人群体的题诗热情，诗人们纷纷自觉题诗，以表明自己的价值取向。

“若唐宋以来，名贤硕士，闻者、过者，莫不诗之，铁厓杨廉夫又歌楚些以招之，其所以赞颂称扬，哀慕悼惜，沨沨洋洋，若是不置使娥贞烈之气，照耀今古，凛然若新者”[3]。歌咏曹娥事迹，其实是一种维护礼教的行为，目的无非是借助同题集咏宣扬道德教化、世教纲常，以立人极。士大夫通过同题集咏孝娥，以守道、守身。“其能

① 沈志礼辑《曹江孝女庙志》，《四库全书存目丛书》史部第 87 册，齐鲁书社，1996 年，第 429 页。

② 沈志礼辑《曹江孝女庙志》，《四库全书存目丛书》史部第 87 册，齐鲁书社，1996 年，第 438 页。

③ 沈志礼辑《曹江孝女庙志》，《四库全书存目丛书》史部第 87 册，齐鲁书社，1996 年，第 435 页。

裨有功世道人心者，遍及天下而共起孝思乎”①，指出了同题集咏曹娥是因为感格孝思，足以补功名教化、扶正人心。同题集咏的目的性极强，诗歌成为他们达到这一目的的手段，同题集咏的意义也就在此。

曹娥事迹从六朝时期开始吟咏，当时只存有 1 首诗，唐代存有 3 首，宋代存诗增加到 10 首，元代存诗到 97 首，明代达到 105 首，清代至康熙年间就有 104 首，如果统计到清末数量会更多，远超明代。可见随着时代的交替，咏曹娥孝道的诗歌一直在增加，这是一次跨越几个朝代的历时同题集咏。

梁题咏 1 首：刘孝绰。

唐题咏 3 首：萧颖士、释贯休、章孝标。

宋题咏 10 首：潘阆、周昙、潘昉、赵抃、王十朋、陈尧佐、张洪范（2 首）、任希、孙冕。

元题咏 97 首：胡楷、韩性（2 首）、杨维桢、翁逢龙（3 首）、王蕴文、释元昉、吴观（2 首）、郑善夫、余晦（2 首）、姚铉、高绅、张逸、施枢、黄田、陈司业（2 首）、高彭、铦村翁、桃湖道人、东岩子、吴菊潭、马申之、释觉先（2 首）、释名圭、应雷、解性存、吴伯宽、季子云、陈尧咨、释及甫、竹岩子、徐宏甫、梅屿、袁采之、袁养龙、徐芝田（2 首）、潘子高、邵梅溪、朱亨龙、葛东山、戴竹岩、郭逸（2 首）、无名氏、无名氏、契此菴、翁元龙、释若愚、吴君儒、曹大忠、庄文玉、葛炳圭、刘仲翔、邵文龙、徐颙、史温、吴石帆、陆槃隐、钱梅坡、陆樵溪、童彦叟、石子濡、刘尧臣、高泽、刘谦之、戴竹房、赵崇涟、冯善心、释惟大、章应宣、月洲老人（2 首）、王虎文、丘企、魏万永、赵汝峄、恒山、

① 沈志礼辑《曹江孝女庙志》，《四库全书存目丛书》史部第 87 册，齐鲁书社，1996 年，第 425 页。

贞白生、程礼恭、马伦、曹华、孙章、曾孙仪、琴主珏、巨臣(2首)、张哲、张寿、张永、张善翁。

明题咏105首:方孝孺、刘基(2首)、丹山樵者、谢贞、赵象贤、四明山人、沈圭、俞仲基、俞伯龙、诸葛原长、卢莹、晏铎、陈重、曾一本、帅机、叶大叔、吴镄、唐之淳、戴冠、徐渭、方廷玺、屠隆、曹树表、倪元璐、陈子龙(2首)、王稺登(2首)、诸大绶、孙应时、许廷玉(2首)、杨基、俞秉忠、周俊民、陆逢原(2首)、任之雄、谢璿(2首)、杨鹤(10首)、无名氏、俞齐孟、俞仲英(2首)、朱祐、俞谧、严光治、张纪、史槩(2首)、杨师孔、张延登、田唯嘉(4首)、王乔龄、柴学尹(10首)、诸万里(4首)、傅崇中、陈春萼、陈箴言、许捷、林铨(2首)、李桐(2首)、叶奕荃、朱由棪、汤昌允、文三俊(2首)、徐吉(2首)、刘本仁、俞思恂、刘思敬、任光复(2首)、顾坤元、陈九宾、柳权。

清(顺治、康熙)题咏104首:何源濬、王雨谦、唐赓尧(2首)、赵甸(2首)、陈廷谟、董瑒(2首)、罗文颉、王安世(2首)、孙宣化、蔡翥、蔡珮、余泰征、张文成(2首)、张岱(2首)、王峈、罗坤、钱霍、沈炬、娄星闻、僧毒山、释元敳、沈默(25首)、沈雝(5首)、金徽(2首)、沈志道(2首,又词1首)、沈志名(3首)、邵以玮(1首,又词1首)、唐咨元(2首)、印绘(2首)、章立、沈志章、魏方炳、夏升歌、茹铉、邵三捷(2首)、夏煜、梁仲钦、董锡、娄淳、林贻熊、印庭式(2首)、罗鑛、罗錞、陈煜文、陈麃(2首)、孟士楷(2首)、沈廷松、夏荀慈、夏弘孝、沈坦(2首)、金承焯、沈廷增、沈廷梅、唐咨垂(2首)、张文光、魏锡曾[①]。

"孝"在儒家伦理中是人伦之本、纲常之本,是儒家礼教的重要

① 沈志礼辑《曹江孝女庙志》,《四库全书存目丛书》史部第87册,齐鲁书社,1996年,第461—490页。

组成部分。提倡孝道是维护礼教的一部分,在古代深受理学教化的士大夫眼里,这是值得大书特书的事情。“忠、孝、仁、义、礼、智、信”都是儒家思想的核心组成部分,以“礼”为中心,以“仁”为手段,同题集咏曹娥是维护伦理秩序、提高士大夫修养、实现社会和谐的需要。

历代皇帝都很重视祭祀曹娥庙,往往颁发圣旨以号召天下百姓向曹娥学习,要求百姓尤其是士大夫尽孝以尽忠,最终忠君报国。这就是统治阶级一再表彰曹娥的根本原因。“朕惟杀身成仁,士君子所难而稺女能之,斯亦奇矣。尔父迎神不幸溺死,尔号江而殁,得尸以浮,孝通于天,庙食千祀,祈毗以之为司命,乃者祠宇肇新,阖辞以请褒表,朕闻而嘉之旧矣。”①

读曹娥碑

吴菊潭

古来人亦孝,人独敬于娥。
无愧终身者,其如一死何。②

释名圭

曹君一死竟谁哀,孝女江头去复回。
千古浪花愁到底,孝心何自读书来。③

---

① 沈志礼辑《曹江孝女庙志》,《四库全书存目丛书》史部第87册,齐鲁书社,1996年,第453页。

② 沈志礼辑《曹江孝女庙志》,《四库全书存目丛书》史部第87册,齐鲁书社,1996年,第466页。

③ 沈志礼辑《曹江孝女庙志》,《四库全书存目丛书》史部第87册,齐鲁书社,1996年,第467页。

谒曹娥庙

应雷

往古来今孝岂无，寒江谁肯舍前躯。
我来一见英灵事，休记人间有丈夫。①

题孝娥庙

梅屿

来往津头处，江山即旧时。
芳魂随浪化，孝事感天知。
草色埋幽塚，苔纹补断碑。
有亲恩未报，吾愧是男儿。②

题孝庙

无名氏

颓风剥俗久难苏，一女成名万古无。
自从立庙江头后，羞杀人间几丈夫。③

"孝"字在不同诗人作品中多次出现，说明了诗人们主题高度一致，彼此之间相互感类、彼此呼应、共同讴歌、同声相求，都对曹娥孝义进行了歌颂。曹娥年纪虽小，但是义举却激荡人心，"子曰：

① 沈志礼辑《曹江孝女庙志》，《四库全书存目丛书》史部第 87 册，齐鲁书社，1996 年，第 467 页。
② 沈志礼辑《曹江孝女庙志》，《四库全书存目丛书》史部第 87 册，齐鲁书社，1996 年，第 468 页。
③ 沈志礼辑《曹江孝女庙志》，《四库全书存目丛书》史部第 87 册，齐鲁书社，1996 年，第 469 页。

志士仁人,无求生以害仁,有杀身以成仁"[①],孝娥正是"舍生取义,杀身成仁"的体现,是值得士大夫歌颂的事。

元代诗人也深受宋诗的影响,在诗中开口议论,曹娥小小年纪懂得人伦纲常之重,大丈夫们羞愧于此,梅屿"有亲恩未报,吾愧是男儿"、无名氏"自从立庙江头后,羞杀人间几丈夫"、应雷"我来一见英灵事,休记人间有丈夫",以此激励自己尽忠尽孝。此次同题集咏对于宣传教化、扶持人心有一定的作用。

"千古浪花愁到底,孝心何自读书来",诗人认为孝道是天经地义、与生俱来的品质。这与程朱理学将天理上升到宇宙、自然的高度是一脉相承的,孝道是天道,士大夫深信不疑,可见元末理学的巨大影响力。这次历时同题集咏体现了理学"经世致用"的一面,诗人们自觉认识到天理的作用,"古之欲明明德于天下者,先治其国;欲治其国者,先齐其家;欲齐其家者,先修其身;欲修其身者,先正其心;欲正其心者,先诚其意;欲诚其意者,先致其知"[②]。

通过歌咏曹娥孝道,确立伦理秩序,士大夫在理学熏陶下,自觉守道,形成了非常严格的道德自律,借此提升人伦修养。所以在理的影响下,士大夫对曹娥孝道津津乐道,积极响应朝廷号召,从六朝 1 首,到唐代 3 首,到宋代 10 首,到元代 97 首,再到明代 105 首,最后到清初 104 首。很明显,随着理学的深入展开和影响力的扩大,吟咏曹娥的诗篇逐渐增加,这正说明理学对士大夫思想意识的控制力。

元代曹娥同题集咏是有关曹娥孝道的第一次大规模同题集咏,对弘扬曹娥孝道起到了很大的作用,影响了明清诗歌的创作,

---

① 朱熹《四书章句集注》,中华书局,1983 年,第 163 页。

② 朱熹《四书章句集注》,中华书局,1983 年,第 3 页。

承宋启明，诗歌的伦理教化功能再一次体现。

第四节　崔清献同题集咏

崔与之（1158—1239），字正子，号菊坡，“累封至南海郡公，谥清献”[①]，广州增城人，南宋光宗绍熙四年（1193）登进士第，广东籍由太学取科目者，自崔清献始。历仕光宗、宁宗、理宗三朝四十七年，他勤政爱民、清正廉洁、淡泊名利、重节气，“公先而卓荦有奇节，常以天下为己任”[②]。他是一位杰出的政治家，时人把他比作唐代的张文献公，“菊坡公，吾乡先民，史称晚出番禺，屹然有大臣风，竟与唐张文献公异代齐名”[③]。

忠肝义胆的爱国名臣文天祥独佩服崔清献的才能，“文文山一代伟人，独称公德之盛”[④]。文天祥很佩服崔与之的先见，曰：“菊坡翁盛德清风，跨映一代，归身海滨，当相不拜，天下之士，以不得见其秉钧事业为无穷恨。”[⑤]

崔清献有卓越的军事思想，对抵抗金人入侵做出了重要的贡献。嘉定七年（1214）知扬州兼淮南路制置使，当时扬州是抗金前线，军事意义不言而喻。宁宗自从嘉定元年（1208）宋金议和，改

① 脱脱等《宋史》卷四百零六，中华书局，1977 年，第 12264 页。

② 温若春《崔清献公墓志铭》，《宋丞相崔清献公全录》，张其凡、孙志章整理，广东人民出版社，2008 年，第 189 页。

③ 唐胄《崔清献公全录序》，《续修四库全书》史部第 550 册，上海古籍出版社，2003 年，第 545 页。

④ 崔子璲辑，崔晓增辑《宋丞相崔清献公全录》，《续修四库全书》史部第 550 册，上海古籍出版社，2003 年，第 545 页。

⑤ 文天祥《跋崔丞相二帖》，《宋丞相崔清献公全录》卷九，广东人民出版社，2008 年，第 119 页。

金宋叔侄关系为伯侄关系后，宋金暂时无战争，扬州士卒也放弃训练，而有卓越军事洞察力的崔清献意识到问题的严重性，开始用自己的军事思想修正军队，备内修，练好硬本领，时刻准备抗击金人入侵。“扬州兵久不练，分彊勇、镇淮两军，月以三、八日习马射，令所部兵皆仿行之”[①]。加强士兵的军事训练，“公独以兵不在多，在素练耳。以诸军分作三等教阅。弩手，以年高力强而善射者为上，挽踏施放合格者为中，余为下……五日一赴州治教场阅习，委幕僚督视籍中否，优劣月终比较，赏罚则亲按激犒”[②]，加强各兵种、各地区的战术配合。

他亲自去查看地势，“沿城外羊马墙内，环植柳树”[③]，广泛修筑防御体系，疏浚河道，建仓库，积极备战。重视民众的力量，组织发动他们参与防御战争，组织义军。经过崔与之的周密布置，这些措施在抗击金兵入侵中发挥了积极的作用，其他边界经常受到金兵入侵，唯独扬州一带金兵不敢犯。

嘉定十一年（1218），金人大举进犯川陕、荆湖及两淮，宋廷震惊不已，宁宗命议和，崔与之上书反对，“古今未有无夷狄之中国，而中国所恃以待夷狄者，不过战、守、和三事而已。唯能固守，而后可以战，可以和，权在我也；守且不固，遂易战而为和，权在彼也”[④]。最后在崔清献的反对下，“金人深入无功，而和议亦寝”[⑤]，主

① 脱脱等《宋史》卷四百零六，中华书局，1977年，第12259页。

② 张凡其、孙志章整理《宋丞相崔清献公全录》卷一《言行录》，广东人民出版社，2008年，第6页。

③ 张凡其、孙志章整理《宋丞相崔清献公全录》卷一《言行录》，广东人民出版社，2008年，第6页。

④ 张凡其、孙志章整理《宋丞相崔清献公全录》卷一《言行录》，广东人民出版社，2008年，第7页。

⑤ 脱脱等《宋史》卷四百零六，中华书局，1977年，第12259页。

动权掌握在宋庭手中，改变了局势。崔清献的一系列周密措施取得了成效，充分体现了他的军事才能和领导才干。

他为人正直，忠君爱国，体恤百姓，在淮东、四川、广西等多地为官，政绩斐然，深受百姓爱戴，“浙东大饥，流民渡淮求活，以数千计。公命僚属于南门外，籍口给钱米，民得无饥乱以死，无不感慕”①。

嘉定二年（1209），崔清献任广西提点刑狱，兼提举河渠常平。“遍历所部，至浮海巡朱崖，秋毫无扰州县。而停车裁决，奖廉劾贪，风采凛然”②。离开扬州时，扬州百姓痛哭流涕，“召为秘书少监，军民遮道垂涕”③。嘉定十四年（1221）知成都府，后兼四川安抚制置使，嘉定十七年（1224）三月离开四川，勤政爱民，做了不少有利于百姓的好事。

四川也是南宋与金国的交界地带，防御任务十分艰巨，“与之以疾丐归，朝廷以郑损代，既受代，金谍知之，大入，与之再为临边，金人乃退。召为礼部尚书，不拜，便道还广。蜀人思之，肖其像于成都仙游阁，以配张咏、赵抃，名三贤祠”④，充分体现了崔与之的军事才能和政绩，百姓非常思念、爱戴他。

南宋中后期国势日危，政治黑暗混乱，奸臣当道，秦桧在高宗时陷害岳飞，宁宗朝史弥远独擅专权，陷害忠良，主张与金议和，交纳岁币称臣，害死主战将领韩侂胄，将其首级献给金国求得议和纳币，理宗朝贾似道专权，朝廷更加混乱，灭亡指日可待，忠良不敢进

---

① 张凡其、孙志章整理《宋丞相崔清献公全录》卷一《言行录》，广东人民出版社，2008 年，第 7 页。

② 脱脱等《宋史》卷四百零六，中华书局，1977 年，第 12258 页。

③ 脱脱等《宋史》卷四百零六，中华书局，1977 年，第 12260 页。

④ 脱脱等《宋史》卷四百零六，中华书局，1977 年，第 12261 页。

言,纷纷远离官位,告老还乡。理宗为自己私利,失去君道。南宋自高宗以来一直主张和议,主战派一直被压制,崔清献是主守派,主张把内部修缮好,通过定期训练士兵以提高其军事技能,修建粮库、疏浚河道、加固城墙等措施大大提高了防御作战能力,实践证明崔清献是正确的。

后来他看到朝廷奸臣当道,忠良被害,一再辞官,理宗多次委以重任,"嘉定十二年第三次辞免秘书少监、嘉定十二年辞免兼国史检讨官、嘉定十二年辞免秘书少监乞赴宣幕、嘉定十二年秘书少监乞补外、嘉定十二年辞免除秘书监、嘉定十二年再辞免除秘书监、嘉定十二年辞免除兼太子侍讲、嘉定十二年辞免除工部侍郎兼同修国史兼实录院同修撰、嘉定十三年辞免除焕章阁待制知成都府本路安抚使、嘉定十五年辞免四川制置使、嘉定十六年四川制置乞祠、嘉定十六年辞免召赴行在、嘉定十七年辞免礼部尚书、嘉定十七年再辞免礼部尚书、嘉定十七年第三次辞免除礼部尚书、宝庆元年第四次辞免除礼部尚书、宝庆元年辞免除显谟阁直学士知潭州湖南安抚使、宝庆元年辞免知潭州湖南安抚使、宝庆二年辞免知潭州湖南安抚使、宝庆二年辞免除宝谟阁学士、绍定元年辞免除焕章阁学士、绍定二年辞免知隆兴府江西安抚使"①。皇帝多次任命崔清献担任重要官职,充分体现了崔清献杰出的政治才能。他看清了朝廷奸佞当权,皇帝不辨是非,深深意识到在国事日非、权臣倾轧之际,难有作为。"虽当时名士往往随世以立功名,大贤君子,则有的知其不可而叹息痛恨焉"②,这就是他多次辞官的重要原因。

---

① 张凡其、孙志章整理《宋丞相崔清献公全录》卷四、卷五《言行录》,广东人民出版社,2008 年,第 40—61 页。

② 张凡其、孙志章整理《宋丞相崔清献公全录》附集卷一,广东人民出版社,2008 年,第 168 页。

“清献崔公，以岭海间气，为圣代伟人”[①]，他不重名利、刚正不阿、鞠躬尽瘁、安于贫贱的行为深受百姓爱戴，“故诗有不羞老圃秋容淡，且看黄花晚节香之句。公心契之，因自号曰‘菊坡’”[②]，“公自中年丧偶，不再娶。官至贵显，不蓄声妓。买宅一区，未尝增饰园池台榭，亦未尝增置产业”，“命其客吴中隶书为座右铭：无以嗜欲杀身，无以货财杀子孙，无以政事杀民，无以学术杀天下后世”[③]。

崔清献的卓越成就、凛凛气节、忠贞爱国的行为，引起历代文人同题集咏。诗人们对他的事迹津津乐道，士大夫为他写了很多祭祀文、文集后序，其中元代文人同题集咏的一组尤其引人关注。

《咏宋丞相崔清献》集咏者：吴桂发、陈黄裳、翟龛、罗天与、潘昇、何芝凤、黄甲登、苏顺孙。此外元人陵济国还有乐府诗 1 首[④]。

咏宋丞相崔清献

吴桂发

下马彷徨有所思，槐阴符郁见孙枝。
成都府内三贤阁，耆德坊中丞相祠。
石室书真鸿苑宝，琼花屏乃爱棠碑。
细吟伊吕萧曹句，鲁斐谁欤敢说诗。

---

① 李肖龙《跋文集后》，《宋丞相崔清献公全录》卷九，广东人民出版社，2008 年，第 120 页。

② 马愉《记菊坡大字》，《宋丞相崔清献公全录》卷十，广东人民出版社，2008 年，第 133 页。

③ 张凡其、孙志章整理《宋丞相崔清献公全录》卷二《言行录》，广东人民出版社，2008 年，第 20 页。

④ 崔子璲辑，崔晓增辑《宋丞相崔清献公全录》卷十，《续修四库全书》史部第 550 册，上海古籍出版社，2003 年，第 625—626 页。

咏宋丞相崔清献

罗天与

清献骑龙帝所归，貂蝉犹睹旧风姿。
绿槐昔日三公第，古柏今朝丞相祠。
老圃寒香光烈在，故家乔木后人思。
殊勋高节遗青史，今有钜公详为碑。

咏宋丞相崔清献

黄甲登

昔年身佩国安危，去蜀犹深当馈思。
出处一生无玷玉，功名千载不刊碑。
祠前古柏寻何处，坡后寒花有几枝。
盛德固应延世教，相门今见复兴时。①

诗人们用写实的手法咏史纪事，客观真实地在诗中描绘了崔清献清正廉洁、勤政爱民、忧国忧民、心怀天下的一生，感人肺腑。诗中提到了崔清献在成都任职时深受百姓爱戴、为之立祠的事。吴桂发“成都府内三贤阁，耆德坊中丞相祠”、罗天与“绿槐昔日三公第，古柏今朝丞相祠”、黄甲“出处一生无玷玉，功名千载不刊碑”“盛德固应延世教，相门今见复兴时”、苏顺孙“桑梓恭敬意，霜露焄蒿情。兴起百世下，怀哉此风情”，对其高风亮节和人格魅力给予了热烈的歌颂。诗人群体坚持修身养性，对于历史上政绩卓越、刚正不阿、忧国忧民者，弘扬其品质，以扬风于后世。同题集咏

① 崔子璲辑，崔晓增辑《宋丞相崔清献公全录》卷十，《续修四库全书》史部第550册，上海古籍出版社，2003年，第625页。

是实现道德社会化的手段之一，是诗的社会功用的体现。

用诗来赞美崔与之、彰显其事迹、弘扬其美德有一定的历史意义。诗是古代士大夫群体必不可少的交流工具，“诗言志”“缘事而发”的传统在此次同题集咏中得以彰显，自觉在同题集咏中继承、维护社会伦理秩序，维护道统是文人士大夫的历史使命。同题集咏发掘了崔清献独特的人生价值，以“有补于世”，诗可作“史”来看待，对于还原历史、拯救道德大有益处。

宋以来关于崔清献的诗词很多，宋代有刘克庄、魏了翁、洪咨夔、程公许、吴泳、王千秋、李昴英、李曾伯、陈纪；明代有王弘、黎贞、胡庭兰、伍闿、单私淑、文章、欧大任、陈献章、林善长、湛若水、王良心；清代有翁方纲、李履中、崔锦堂、吕其澜、管一清、汤亿、何文、何云濯、黎英才、张济美、张松寿、殷辂、王启宏、陈辉壁、郑志钊、黄世征、郑质夫、黎民怀。

明清人的诗均为怀念崔清献的诗，宋人诗部分是寿诗，部分是纪念其功绩的诗，还有几首送别崔清献的诗，这些诗歌都反映了士大夫对崔清献的认可。

第五节　怀念亡宋的咏史同题集咏

南宋的灭亡深深震撼了士大夫的心灵。伴随着理学的成熟，文人诗社在南宋灭亡后如雨后春笋般建立起来，“结社风气的盛行，乃是宋元时期最为引人瞩目的社会现象之一”[①]。元初诗社多采用同题集咏的方式，同声相和，同声相求，以获得群体间的情感共鸣，激发遗民群体彼此之间的气节，因此也客观上将同题集咏的唱

① 欧阳光《宋元诗社研究丛稿》，广东教育出版社，2011 年，第 18 页。

和形式推向了顶峰，月泉吟社就是2000多人的同题集咏民族大合唱，黍离麦秀之感、兴亡悲伤之叹感人至深。这种感伤主义情绪一直持续到元末。整个元代除了元初遗民同题集咏外，还有很多咏史同题集咏，借助同咏宋故宫、凤凰山、钱塘等以怀念宋王朝，感叹兴亡。

一、钱塘怀古题仙源云仍家谱同题集咏

所谓"仙源云仍家谱"乃赵宋王朝的兴亡史纪录，赵氏王朝在南宋中后期国势日渐倾颓，政治黑暗混乱，奸臣当道，秦桧在高宗时陷害岳飞，宁宗朝史弥远独擅专权，陷害忠良，主张与金议和，交纳岁币称臣，理宗朝贾似道专权，朝廷更加混乱，忠臣难有作为。理宗为感激史弥远拥戴其为皇帝，失去君道。南宋自高宗以来主战派和主和派反复较量，你死我活地斗争，隆兴二年（1164）十二月，宋、金和议成，"寻澶渊盟誓之信，仿大辽书题之仪，正皇帝之称，为叔侄之国，岁币减十万之数，地界如绍兴之时"①。金章宗泰和七年（1207）十一月，宋请求金国乞和，"请称伯，复增岁币、犒军钱"②。宁宗嘉定元年（1208）三月癸酉，"复秦桧王爵，赠谥。己丑，王柟自军前再还行在，议以韩侂胄函首易淮、陕侵地"③。

收复中原、兴师北伐是多少代士大夫的梦想，陆游、辛弃疾等为此奋斗了一生，陆游临死时写下的《示儿》，留下了"王师北定中原日，家祭无忘告乃翁"的遗恨，希望最终也在南宋奸臣当道的黑暗政局中破灭。崖山之战，陆秀夫负幼帝投海之后，宋彻底灭亡，元军进军临安，杨琏真伽发掘了宋陵，建塔镇压，深深刺激了赵氏

① 脱脱等《宋史》卷三十三《孝宗纪一》，中华书局，1977年，第630页。
② 脱脱等《金史》卷十二《章宗纪四》，中华书局，1975年，第282页。
③ 脱脱等《宋史》卷三十九《宁宗纪三》，中华书局，1977年，第749页。

子孙赵宜诚,有感于南宋灭亡的悲痛,他从反思历史的角度回顾了南宋黑暗的政治,编成了“仙源云仍家谱”。

> 我宋南渡,驻跸临安。主闇臣奸,偷安姑息。始则桧贼陷忠良之将,而仇耻莫伸,失机恢复;终则贾贼绝樊襄之援,而藩屏既撤,遂至危亡。虽运祚之在天,亦奸邪之误国,千载之后,有遗恨焉。此《麦秀》《黍离》之所以作也。予虽不敏,而伤感之情,其理一也。因编家谱,遂成钱塘怀古律诗三章以寄兴耳。仙源嗣孙宜诚顿首。①

赵宜诚交代了编仙源云仍家谱的原因,以此抒发亡宋之悲,寄托情志,所编仙源云仍家谱引起了士大夫群体的同题集咏。

《钱塘怀古题仙源云仍家谱》题咏者有:赵宜诚、刘深、罗宜城、赵由仁、聂琚、黄鲤、王复、胡东皋、甘渊、李叔钧、彭卓、周友德。

自是东迁染路尘,鲁论谁识旧君臣。
龙飞凤舞山如旧,国破家亡恨莫伸。
潮水不来风正冷,梅花吹落韵偏新。
巍巍白塔胡僧醉,一卷金经奉紫宸。

——赵由仁

仙源家谱见云孙,尽把钱塘往事论。
宫殿故基今佛屋,山河遗恨有冤魂。

① 赵宜诚《钱塘怀古题仙源云仍家谱》序,顾嗣立、席世臣编《元诗选·癸集》(上),中华书局,2001年,第131页。

春风画舸闲湖曲，落日寒潮怒海门。
不改孤山只梅树，年年疏影月黄昏。
——黄鲤

旧家流派出天潢，往事秋来可断肠。
宫树春深迷汴水，海潮风起暗钱塘。
星垂五彩天文焕，道启诸贤国运康。
犹有云仍已为庶，细书家谱泪浪浪。
——胡东皋

炎祚当年德业隆，细编家谱见遗风。
忠良筹略隳奸佞，颠蹶皇图愍幼冲。
梁苑绿莎深夜雨，吴宫白塔倚晴空。
岳王坟畔西湖路，千载登临恨莫穷。
——甘渊

钱塘潮水急如雷，千载兴亡亦可哀。
神器固知关气运，朝廷何以任奸回。
诸陵秋草空遗恨，南海风帆更不来。
宇宙茫茫今古意，江山回首又尘埃。
——李叔钧[①]

诗中处处弥漫着兴亡之感、故国之思，诗风苍凉哀伤是这些同题集咏的主基调。宋亡后，一件件关乎故宋的大事都波及敏感

① 顾嗣立、席世臣编《元诗选·癸集》（上），中华书局，2001 年，第 131—137 页。

的诗人群体,杨琏真伽发掘宋陵,给文人士大夫带来沉重的心理创伤。他们纷纷借助同题集咏发泄出来,如黄鲤"宫殿故基今佛屋,山河遗恨有冤魂"、甘渊"梁苑绿莎深夜雨,吴宫白塔倚晴空"、赵由仁"巍巍白塔胡僧醉,一卷金经奉紫宸"。杨琏真伽不仁的行为引起了士大夫群体的愤怒。杨维桢发起的《月氏王头饮器歌》同题集咏与此事也有关系,衣冠礼仪乃立国、立身之本,胡僧野蛮行为冲击了儒士们的道德底线,借助同题集咏抒发出来,凄凉感人,众多诗人在同题集咏中找到情感共鸣。

宋亡震惊了文人群体的心灵,借助咏史以咏怀,反思历史,感慨兴亡,无可奈何之情充斥在诗句之中,痛恨奸臣误国、君王不明,与屈原借诗以悲志一脉相承。"掩卷共君悲丧乱,天涯风雨客魂销""忠良筹略隳奸佞,颠蹶皇图悫幼冲""时危英杰犹难济,况任奸回托幼冲""重过西湖访故宫,还思往事恨无穷""山中父老今何在,海上王孙不可招""钱塘曾属宋山河,王气衰来奈若何""屯营将士符天命,故国君臣恨海潮""旧家流派出天潢,往事秋来可断肠""犹有云仍已为庶,细书家谱泪浪浪",读这些诗不堕泪者几稀。咏史中悲天、悲事、悲人,触目伤怀,令人读之潸然泪下。悲天悯人情怀触动读者,在空间、时间、事件三者交汇中展现了慷慨悲凉的情调。

"皇元兵势克樊襄,南下临安事可伤",元兵入侵临安,南宋败亡,触动了士大夫敏感的神经,同题集咏成为他们宣泄内心愤懑、求得心理慰藉的最好工具。他们互相倾诉,求得共鸣,以获得精神上的安慰。"悲""亡""恨""断""泪"多次出现在此次同题集咏中。家国之悲、身世之悲,不平之气寓托于同题集咏中,情感找到了最好的宣泄口。

二、钱塘怀古咏史同题集咏

宋亡的悲叹从元初一直持续到元末，从元初汪元量、赵孟頫、一直到元末杨维桢都在感叹宋的灭亡。同题集咏主题一致，或咏凤凰山，或咏宋故宫，或感怀宋旧事，主题都是咏宋亡之事，借咏钱塘以怀念宋朝。

《钱塘怀古》题咏者有：汪斗建、范椁、马玉麟、汪元量、越僧、毕天祐、尹廷高、赵孟頫、杨维桢、钱惟善、张翥、侯克中、释善住、陈廷言、蓝涧、徐贲、刘基。另有王旭《题杭州废宫》，王逢《感宋遗事二首》，王内敬《吊宋故宫》，仇远《凤凰山故宫》，谢翱《过杭州故宫二首》，黄溍《凤凰山》，张雨《凤凰山怀古》，刘仁本《南宋故内怀古》，王旭《题杭州废宫》，杨子承《凤凰山宋故宫》，孙华孙《凤山怀古三首》。

一上高城一怆怀，临风吊古更堪哀。
中兴未雪亡家恨，南渡先伤济世才。
甲第总巢新燕雀，飞花仍落旧池台。
凤凰山下空春草，惟有江潮日日来。

——马玉麟[①]

黄旗紫盖竟悠悠，石镜尘昏王气休。
江上怒涛空拍岸，海门孤障自横秋。
琵琶晓月青娥泪，禾黍西风墨客愁。
寄语湖山半闲老，当时肉食为渠羞。

① 杨镰主编《全元诗》第44册，中华书局，2013年，第467页。

铁锁沉江事已非，枉将阳九咎天时。
皇王运会无停息，南北山河几合离。
吴越英雄春梦断，张韩勋业暮云悲。
凄凉一掬兴亡泪，隐隐遥声哭子规。
——尹廷高①

东南都会帝王州，三月烟花非旧游。
故国金人泣辞汉，当年玉马去朝周。
湖山靡靡今犹在，江水悠悠只自流。
千古兴亡尽如此，春风麦秀使人愁。
——赵孟頫②

此组同题集咏时间跨度比较长，从元初仇远、赵孟頫、谢翱、汪元量，一直持续到明初刘基、徐贲、蓝涧。明代嘉靖年间西湖八社仍然在同题集咏宋故宫兴亡史，士大夫对宋亡比较敏感，因之关系到华夷之辨的伦理问题。宋末元初，杨琏真伽发掘宋陵，理宗顶骨被作为饮器，这些事件违背了儒家礼教，深深震撼着文人群体的心灵，强烈地冲击着他们的道德底线。

这些诗人群体的诗篇充满兴亡之感、故国之思，悲凉的意象如“春风麦秀”“黍离”“荆棘铜驼”“残月”“啼莺”“子规”“野鸦”“宫墙”时常出现。“宫墙”是南宋灭亡的象征，流露出对宋王朝深深的怀念与惋惜之情，赵孟頫“千古兴亡尽如此，春风麦秀使人愁”、尹廷高“凄凉一掬兴亡泪，隐隐遥声哭子规”、侯克中“西湖

① 顾嗣立编《元诗选・初集》，中华书局，1987年，第326页。
② 杨镰主编《全元诗》第17册，中华书局，2013年，第242页。

流尽繁华梦,忍听江潮打废宫”,同题集咏中情感得到共鸣,抒发了同样的悲痛之情,是一首兴亡交响曲的大合唱。“诗可以怨”的功能得到体现。

通过同咏宋亡,借以言志。同题集咏以求共鸣,群体间需要交流,可以和同时代的诗人交流,也可以和前代此题诗人交流,元代诗歌已经社会化、群体化,歌颂个人抱负的诗篇相对较少,热点话题、敏感话题成为一群文人集体吟咏的对象。

此次同题集咏宋亡的历史,对于士人认识历史、反思社会、维护礼教都是有益的。这组同题集咏以情感胜,都是发乎情的诗篇,杨琏真伽发陵事件,再次被提及,“劫火不烧杨琏塔,箭锋犹抵伍胥潮”,也再次表明此事对汉族文人的巨大冲击力。

同题集咏中还涉及北宋灭亡的耻辱问题,“中兴未雪亡国恨,南渡先伤济世才”,议论精辟,点出了南宋王朝的颓废局面,无所作为的愤慨溢于言表。士大夫以“弘道”为己任,对此事一次次的同题集咏,正表明了士人应当肩负的责任、历史使命,及重建社会伦理秩序的渴望,恢复“道统”的愿望。

三、西台恸哭同题集咏

谢翱在宋亡后,登西台恸哭,“及宋亡,天祥被执以死,翱悲不能禁。只影行浙水东,逢山川、池榭、云岚、草木,与所别处,及其时号相类,则徘徊顾盼,失声哭。严有子陵台,孤绝千丈,时天凉风急,翱挟酒以登,设天祥主荒亭隅,再拜跪伏,酹毕,号而恸者三,复再拜起,悲思不可遏,乃以竹如意击石作《楚歌》,招之曰:‘魂朝往兮何极,莫来归兮关水黑,化为朱鸟兮有咮焉食。’歌阕,竹石俱碎,闻者为伤之,然其志汗漫超越,浩不可御,视世间事,无足当其意者”[1]。“公自壬午十二月初九日有柴市之变，故每遇讳日，皋父必集同志于名台野祭”[2]。

谢翱与文天祥是志同道合的朋友，都是忠义之人。谢翱在文天祥就义后，登上西台恸哭文天祥，唱词悲壮。文天祥的就义，使谢翱失去了一个好朋友，“舍生取义，杀身成仁”的浩然正气激励着谢翱，谢翱对文天祥就义的态度表示支持，认为文天祥的死合乎道义、死得其所。毕竟失去了一个志同道合的朋友，道义上可以接受这个事实，但是感情上无法接受这个事实。文天祥就义后，他多次登西台哭祭文天祥，竹石俱碎，为文天祥招魂，这也是谢翱唯一能做的事了。此事也引发了元明诗人同题集咏。

《西台恸哭诗》集咏者：宣岜、唐肃、傅藻、揭概、刘基、高启、潘阙、涂颖，《题张孟兼所注谢翱西台恸哭记后》唐肃，《题谢皋羽西台碑》韩性，《哭西台所思》谢翱。

诗人们被谢翱忠义的行为所感动，傅藻“一生忠义薄云霄，恸哭西台赋楚骚”、揭概“溜滴可穿石，此志宁守移”，自觉同题集咏歌颂其义薄云天的精神，弘扬其守志不渝的气概。

此外，元代还有大量同题集咏历史人物墓祠的现象，这种现象自宋代就开始出现，在元代更加成熟。据《全元诗》统计如下：《范增墓》4 人、《范蠡》4 人、《荆轲》4 人、《比干墓》5 人、《伍子胥》5 人、《周瑜墓》3 人、《张良》2 人、《夷齐》11 人、《留侯庙》2 人、《吴桓王墓》7 人、《刘伶墓》2 人、《黄陵庙》2 人、《禹庙》8 人、《秦皇》2 人、《虞帝庙》2 人、《史侯庙》2 人、《淮阴侯庙》9 人、《周公庙》2

① 宋濂《谢翱传》，万斯同《宋季忠义录》卷十一，《宋代传记资料丛刊》第 29 册，北京图书馆出版社，2006 年，第 132 页。

② 宋濂《谢翱传》，万斯同《宋季忠义录》卷十一，《宋代传记资料丛刊》第 29 册，北京图书馆出版社，2006 年，第 140 页。

人、《项羽》8人、《和靖墓》4人、《苏小小墓》3人、《李白墓》7人、《昭君墓》2人，表现了对历史人物的关注，是一种道德价值取向和弘扬文化的需要。

总之，元代咏史同题集咏文化内涵深厚，主题不离“忠孝节义”，这是儒家文人修身养性、崇德尊礼、维护伦理秩序的体现。士大夫也乐于吟咏这样的主题。历史是一面镜子，这些同题集咏就是反思历史、以史为鉴的最好说明。在咏史同题集咏中彰显的是一种文化、一种道德情操，发自内心的真情，在仁爱精神的感召下，在道德涵咏中实现群体与社会的和谐，是“诗言志”的体现，所言之“志”是一种强烈的道德情感，具有强烈的社会实用性。

咏史同题集咏中诗人们关心民族、关心天下，是儒家勇于担当的体现，“天下溺，援之以道”[①]。强烈的社会责任感，使得他们发起了一次次同题集咏，借助同咏历史人物以达到宣扬社会道德、维护伦理秩序、拯救人心、关乎世教的目的，形成一股强大的道德舆论。

咏史同题集咏传播道德价值观，惩创人心，树立起一座座道德丰碑，在咏史同题集咏中实现社会问题的道德化，显示出自己的主观价值取向，互相激励，彼此共鸣。咏史同题集咏是“诗可以观”的体现，继承了“缘事而发”的精神，是士大夫终极价值观所在。咏史同题集咏是文人群体认识历史、教化时代的有力工具。

① 朱熹《四书章句集注》之《孟子集注》卷七，中华书局，1983年，第284页。

第十二章　元代咏物诗同题集咏

元代同题集咏中还有一个重要的门类，那就是咏物诗。咏物诗同题集咏是仅次于题画同题集咏的题材，元代咏物诗同题集咏的出现绝非偶然，它是一种文学的必然、历史的必然。元人将自己对社会、人生的态度寄托在咏物之中，集体共同吟咏一物，表达自己最强烈的内心情感，显示群体高尚的志趣与津津乐道的价值观。同题集咏之中必然有一种感情的投注，形诸吟咏，移情于物，发而为诗，这是咏物诗同题集咏产生的主观条件，元代咏物诗同题集咏是元代特定时代的文风与士风作用的结果，是咏物诗产生的客观原因。

元代咏物诗同题集咏是在客观的、主观的、社会的、文学的诸因素共同作用的基础上产生和发展起来的，是元诗一个重要的组成部分。通过共同吟咏一物，以实现群体间的感情交流与共鸣，在道德载体的咏物诗中实现群体的和谐融洽，自觉维护社会伦理秩序的目的。

咏物诗同题集咏的历史久远，在六朝时期出现了繁荣，“建安陶阮以前诗，专以言志；潘陆以后诗，专以咏物”①。六朝是咏物诗发展的重要时期，咏物诗同题集咏是同题集咏家族里最早出现的

---

① 张戒《岁寒堂诗话》，《历代诗话续编》，中华书局，1983 年，第 450 页。

门类，是在咏物诗出现以后逐渐发展起来的集体唱和方式，是群体活动的增加后协调群体关系的产物，是“诗可以群”的标志。

最初的咏物是以只言片语的形式出现在《诗经》中，那是咏物诗的滥觞，真正的咏物诗之祖是屈原的《橘颂》。六朝萧纲、萧绎等皇帝爱好吟咏，常常和馆阁文臣一起题诗吟咏，所咏之作为咏物诗。随着咏物诗在齐梁年间成熟起来，渐渐出现了咏物同题集咏。六朝咏物诗题材广泛，比起此时咏物诗的发达来说，咏物同题集咏出现的次数并不多，同题集咏的物比起咏物诗题材也少得多。梁武帝一人就有咏烛、咏舞、咏笛、咏笔等咏物诗。咏物诗的成熟是咏物同题集咏产生的前提，同时咏物诗同题集咏客观上促进了咏物诗的发展。

帝王好诗对于同题集咏的发展有一定的积极作用，梁代出现了《咏雪》同题集咏，参与者有：吴均、裴子野、何逊、徐陵[①]。《咏风》题咏者有：梁代简文帝、沈约、刘孝绰、王台卿、庾肩吾、何逊、祖登孙、阮卓[②]。还有《咏云》《咏水》同题集咏的出现。这是伴随着咏物诗的成熟而出现的同题集咏。魏晋六朝帝王好诗，客观上推动了同题集咏的发展，“降及梁朝，其流弥盛。盖由时主儒雅，笃好文章，故才秀之士，焕乎俱集。于时武帝每所临幸，辄命群臣赋诗，其文之善者赐以金帛。是以缙绅之士，咸知自励”[③]。虽然同题集咏参与人数较少，仅仅为几人，且多为馆阁内部发起，多带有应制色彩，但是这在咏物同题集咏发展史上是具有里程碑意义的。

---

①《文苑英华》卷一百五十四，《文渊阁四库全书》第1334册，台湾商务印书馆，1986年，第374页。

②《文苑英华》卷一百五十四，《文渊阁四库全书》第1334册，台湾商务印书馆，1986年，第389—390页。

③ 李延寿《南史》卷七十二，中华书局，1975年，第1762页。

唐代咏物诗大盛，可惜咏物同题集咏出现的次数并不多，“晚唐共有咏物诗 2889 首，占唐代咏物诗总量的近 1/2，涉及 180 余位诗人。其中 100 首以上的 5 人，分别为李商隐、皮日休、陆龟蒙、徐夤、齐己；50 首以上的 9 人，分别为杜牧、温庭筠、司空图、方干、罗隐、郑谷、韩偓、吴融、唐彦谦”[①]。晚唐出现了十几次咏物同题集咏，这与晚唐咏物诗的发达有一定的关系，晚唐杜牧、李商隐、温庭筠等同咏华清宫，盛唐杜甫等同咏大雁塔等比较知名，除此之外都是默默无闻的。个人独咏的咏物诗在唐代很发达，例如骆宾王咏蝉、李白咏月、杜甫咏马、杜牧咏雁等比较知名，但咏物诗同题集咏并不发达，仍处于发展阶段。

宋代咏物诗同题集咏为数极少，甚至不如唐代。只有到了元代咏物诗同题集咏才大放异彩，达到高峰。元代无论是咏物诗同题集咏的次数还是规模都处于高峰期，动则几十人参与的同题集咏频繁出现，所咏之物广泛，有植物同题集咏、动物同题集咏、建筑物同题集咏、其他器物同题集咏等，而建筑物类是元代咏物同题集咏中最多的一类。

元人不像唐宋人那么爱咏植物和动物，他们爱咏建筑物超过历代，所咏建筑物多为实际生活中具有特殊意义的亭台楼阁，或具有历史价值的名胜古迹，或因为亭台楼阁主人不同凡响，或因亭台楼阁有特殊意义。为特定的建筑物大规模同题集咏是元人开创的一种时代风尚，诗人来自社会的各个层次，使元诗呈现出社会化的特点，是元诗活力的催化剂。元诗因为同题集咏而充满活力，诗人因为同咏一物而名留诗史，通过同咏一物而证明了自己的存在。

---

① 刘国蓉《晚唐咏物诗题材特征论》,《河南理工大学学报》(社会科学版)2007 年第 4 期。

元代咏物诗同题集咏题材的广泛程度超越前代，大规模群体咏物同题集咏是元诗一道亮丽的风景线。如果说题画诗同题集咏是元诗重要的特色，那么咏物诗同题集咏是元诗另一个重要的特色。“咏物诗，是元诗的一个重要类别，是‘同题集咏’中具有广泛基础的一类”①。元代咏物诗同题集咏是在元代咏物诗发达的基础上出现的，是历代咏物同题集咏发展的必然结果。历史的、政治的、文化的原因共同造就了元代咏物诗同题集咏的发达，与其他门类同题集咏一样发挥着群体对人生、社会的影响，和其他类型同题集咏一样，咏物诗同题集咏最终落脚点也是“德”，是儒家“发乎情，止乎礼仪”的体现，是“思无邪”的体现。

元代绘画发达，绘画是文人另一种表达情感的方式，其往往与诗结合在一起。很多咏物同题集咏也往往成为绘画题材，与绘画同题集咏结合在一起，分不清哪是咏物、哪是题画，如听雨楼、破窗风雨、秀野轩等都是如此，往往是先咏物，后被画成图，接着题画同题集咏。题画同题集咏的人数往往超越直接咏物的人数，彰显了元代诗歌的特色，也是元代的时代特色。

第一节　文人节义与咏物同题集咏

元代从元世祖开始崇儒学、兴建学校、恢复尊孔传统、恢复礼仪制度、崇尚理学，开始了文治时代。元世祖在位期间颁布过《三纲五常》诏，元世祖曾说三纲五常是“人道之端，孰大于此。失此，则无以立于世矣”②。理学纳入科举考试范围以后，逐渐加强了对士

① 杨镰《元诗史》，人民文学出版社，2003 年，第 632 页。

② 元世祖《三纲五常诏》，《全元文》第 3 册，凤凰出版社，2004 年，第 444 页。

人群体的思想控制,元代中后期关乎“忠孝节义”之事屡屡发生,这是理学效力得以发挥的体现。古人尚节义,士大夫强烈的忧患意识和入仕情怀推动历史的车轮滚滚向前,每当民族危难、救亡图存之际表现得特别明显。士大夫总是担当道义的主角,“先天下之忧而忧,后天下之乐而乐”的士人精神是最有力的说明。元代咏物诗同题集咏是在元廷的号召下诗人们做出的积极回应。

元代从忽必烈时代开始进行儒学教化,认识到礼乐对社会秩序构建的重要意义,维礼、遵礼开始在大一统下各民族间显现。随着元代中后期汉化的深入,“礼”的意义被充分调动起来,华化的各少数民族涌现出一大批杰出的艺术家、诗人。文人群体是礼教的重要维护者,通过同题集咏形成指向性话语,以影响社会舆论,同题集咏对于元人“维礼”也起到了重要的作用,咏物同题集咏则更明显地体现了这一点。

一、安分轩同题集咏

安分轩是苏州士大夫朱景春的轩居之所,取河南邵子《安分吟》,题其轩居曰“安分”。吴郡腾远为之图,金文征为之铭,引起文人同咏。名字具有一定的文化内涵,“安分”就是遵守伦理纲常,修身立命,安于仁义礼智信,知其分之所有,安于心,知道满足,不过求,追求的是一个合适的度。

> 安分者,何全吾性之所固有,尽吾职之所当为耳,固有者,仁义礼智信也;当为者,则以五常施于父子、兄弟、夫妇、朋友、君臣也。故君子求在我,而不求乎人。所谓安分也,吴人朱景春氏,名其所居之轩曰安分,其亦慕夫君子者欤,噫,性也!天之所以命乎人也!知性知天则知修身以立命焉,富贵利达固

从外至，而不可以力致矣，景春勉乎哉。[①]

《题安分轩》有22人参与题画同题集咏：释宗泐、释来复、释妙声、何操、李勤、田子贞、唐镐、石光霁、止菴、陈潜夫、黄载、王璲、释惟善、渔隐、韩奕、曾烜、钱芹、瞿绪、彭城生、蒲壁、周傅、释辨才。题文者：滕远、金文征、俞贞木、鲁希学、陈继[②]。

同题集咏的主题一致，都是歌颂朱景春安于本分，对于安分的理解非常深刻，赞同朱景春修身，做忠孝仁义礼智信的士子，不慕荣利，安于其分，知道满足。歌颂了朱景春恪守礼教纲常，以垂范他人。凡是符合礼教的节义行为都是元代文人画家同题集咏的对象。通过同题集咏形成舆论以影响社会，发挥诗歌社会功能，是理学在元代影响力的体现。

二、春草轩同题集咏

元代诗人华幼武家居毗陵，早年丧父。父亲任都功德史司之事，生病而归家，殁。父亲病逝时，其母陈氏才二十八岁，华幼武才六岁，两个妹妹尚在襁褓之中。陈氏发誓不再嫁人，辛辛苦苦照顾孩子，侍奉姑舅，后来三个孩子都长大成人，又有了四个孙子。在陈氏的打理照料下，家族和睦，家风谨严有序，乡里父老皆称赞陈氏贤德。有司上报朝廷，后至元二年（1336）“朝廷从有司请，为表其宅里”[③]，“至正二年二月命下，旌其门曰：贞节华妇陈氏之门里曰

① 吴滕远《安分轩序》，《赵氏铁网珊瑚》卷十六，《文渊阁四库全书》第815册，台湾商务印书馆，1986年，第790页。

②《赵氏铁网珊瑚》卷十六，《文渊阁四库全书》第815册，台湾商务印书馆，1986年，第790—795页。

③ 陈谦《春草轩诗序》，《全元文》第51册，凤凰出版社，2004年，第477页。

旌节里”[①]。

诗人华幼武为了报答母亲的养育之恩，在家中建立了一个亭子，曰春草轩，让母亲在里面颐养天年，以尽其孝道。轩名取自于孟郊《游子吟》，“昔孟东野发兴于慈母之线，游子之衣，而致意于难将寸草心，报得三春晖之语，深得古风人之旨。读是诗者，感孝之心，盖油然而生矣”[②]。华幼武报恩之心无穷期。

此节义之轩引起了文人士大夫同题集咏的热情，纷纷题笔为其立身扬名，这次同题集咏虽然咏物，其实质还是咏人、纪事，宣扬贞节观念，同时以同题集咏存史，这也是“诗言志”功能的外现。

《春草轩诗》有 25 人同题集咏：贡师泰（2 首）、苏涂金、曾坚、杨铸（2 首）、郑元忠、吴寿仁、赵贤、郑元祐、胡助、杨维桢、陈基、张雨、段天祐、李孝光、陈谦、高明、王逢、纳新、陈远、宇文公谅、谢理、韩文屿、王余庆、黄师宪、阎相如。题赞：危素。题文：华幼武、李祁、干文傅、张翥、陈谦。题铭：黄溍[③]。共 32 人参与其中。

同题集咏围绕孟郊《游子吟》而展开，春草、春晖、游子、衣服成为同题集咏的关键词，孟郊甚至也出现在诗中，这也是《游子吟》作为儿女报答母恩的经典意义。诗人们从子孝母贤的角度出发，切入诗题，歌颂了母慈儿孝的至情，黄师宪“母恩浩荡似春晖，孝子心同寸草微。轩上仍题东野句，阶前时舞老莱衣”[④]、谢理“每颂游

① 干文傅《贞节堂记》，《赵氏铁网珊瑚》卷九，《文渊阁四库全书》第 815 册，台湾商务印书馆，1986 年，第 536 页。

② 张翥《春草轩记》，赵琦美《赵氏铁网珊瑚》卷九，《文渊阁四库全书》第 815 册，台湾商务印书馆，1986 年，第 542 页。

③ 赵琦美《赵氏铁网珊瑚》卷九，《文渊阁四库全书》第 815 册，台湾商务印书馆，1986 年，第 536—547 页。

④ 赵琦美《赵氏铁网珊瑚》卷九，《文渊阁四库全书》第 815 册，台湾商务印书馆，1986 年，第 547 页。

子吟，长怀孟东野。寸草媚春晖，还如爱亲者。莱衣垂五采，屡舞对幽芳。搴帘窥秀色，移履袭微香。弱卉本无情，犹能感滋植。鞠育天地恩，于人意何极”[①]，都是有所寄托，托物言志。志在诗中，展现了文人群体间托物言志的目的。老莱子的典故也成为此次同题集咏出现频率较高的素材，同题集咏彰显了对母爱经典的接受与传播意义。同题集咏的目的是用诗歌来彰显孝道伦理价值。对情性的强调也是同题集咏的内涵之一，“大视同一仁，与我复何异。情性本天然，孝子心不匮”[②]。文人士大夫对尊崇孝道的伦理行为津津乐道，在他们眼里这是符合儒家礼乐文化价值观的做法。咏物同题集咏将道德的内涵寄托在咏物之中，在同题集咏中观风化，宣传伦理道德，以维护社会政治秩序。

三、春晖堂同题集咏

元代王伯善，黄岩人，极其孝敬母亲，其母为其父守节五十年。泰定丙寅（1326），其母七十二岁，身为朝廷命官的王伯善，“奉命代祀江南诸名山，事竣告归养母。未几，上卿力挽之，复来，乃迎母俱至。得屋顺承门之西，因而治之，暄凉适宜，温凊有所”[③]。辞官养母，皇帝不允，在京师顺承门西侧筑室养母，命名曰春晖堂，“夫春晖之义，始孟郊‘谁云寸草心，报得三春晖’之句”[④]。孝义符合三纲五常之礼，是士人守道的体现，士大夫对父母要孝敬，不要违背

---

① 赵琦美《赵氏铁网珊瑚》卷九，《文渊阁四库全书》第815册，台湾商务印书馆，1986年，第546页。

② 赵琦美《赵氏铁网珊瑚》卷九，《文渊阁四库全书》第815册，台湾商务印书馆，1986年，第547页。

③ 欧阳玄《欧阳玄全集》，汤锐点校，四川大学出版社，2010年，第560页。

④ 欧阳玄《欧阳玄全集》，汤锐点校，四川大学出版社，2010年，第560页。

礼法，子曰："生，事之以礼；死，葬之以礼，祭之以礼。"[①] 符合文人士大夫节义的行为都是值得歌颂赞美的，文人群体通过共同吟咏春晖堂以彰显儒家礼教的核心价值观。元人同题集咏对传播孟郊《游子吟》的孝道、深化《游子吟》中春晖的伦理道德内涵有推波助澜的作用。《春草轩》《春晖堂》《春草堂》都是歌颂节妇的同题集咏，都不约而同地采用了孟郊《游子吟》的经典意象"春晖"，同题集咏对于经典的形成有着不可磨灭的作用。

《春晖堂》4 人参与同题集咏：张翥、吴当、程益、贡师泰。

早岁移天已自嗟，白头今日到京华。
不辞织屦因方进，会见随官似犬家。
反哺乌声时绕树，忘忧萱草镇开花。
乡来王谢风流在，宜与词臣作传夸。

——张翥[②]

诗中指明了同题集咏的意义所在，"反哺乌声时绕树，忘忧萱草镇开花。乡来王谢风流在，宜与词臣作传夸"，用"春晖堂"作为参照物来观察和体认伦理道德，观物穷理，体物悟道，感物兴情，因物见志。咏物同题集咏目的不是"咏物"而是"言志"，回归伦理秩序是其最后归宿。咏物同题集咏大多重视诗歌的社会功用，忽略其抒情性，此诗尤为明显。这与张翥的馆阁身份有关，馆阁文人多重视理学的修身功夫，对性情之正的诗歌极为看重。

---

① 朱熹《四书章句集注》，中华书局，1983 年，第 55 页。

② 杨镰主编《全元诗》第 34 册，中华书局，2013 年，第 173 页。

四、击蛇笏同题集咏

鲁孔公登进士第，出仕宁州推官，州天庆观有蛇出入神座下，众人以为神，州守率僚佐拜祭祀，蛇出，孔公当众拿起笏击蛇首，蛇死。众人大惊不已，都佩服孔公的勇气和胆识。孔公不被众人舆论所迷惑、敢于识别真相的精神感动了文人群体，“切于救时弊，正人心，故有功于世教也”①。孔公的行为有助于世教，深得理学素养深厚的文人群体青睐。此笏三百年来一直被孔氏后人收藏，蛇血犹在笏上，是孔公刚大之气的见证，与笏俱存，士大夫对此加以同题集咏。

《击蛇笏》集咏者：赵孟頫、仇远、白珽、邓文原、许谦、陈恕可、冯子振、吴存、凌懋翁、邓槱、张翥、俞焯、潘纯、林宦、张道中、钱用士等。写铭的有：黄溍、石介、周仁荣、吴暾、戴起宗。写赞的有：胡长孺、张枢、宇文公谅。写赋的有：赵俶。写记的有：欧阳玄、孔思立、许应旂等②。

同题集咏击蛇笏满足了群体弘扬道德观念的需要，借物抒情，借击蛇笏咏人。击蛇笏是孔公正气的象征，林宦“正人操气义，槐简叱风霆”、赵孟頫“即今槐木一尺强，气象凛凛含风霜”、潘纯“一时正气扶民极，千载英风凛血痕”、白珽“何如孔公笏，铁面含霜姿”，借击蛇笏以比兴，孔公的风霜气节、敢于坚持正义的精神就如同击蛇笏一样长存天地间。群诗采用“君子比德”的表现方式，用外界的客观物体比拟君子道德人格，击蛇笏与松柏是同一个文化符号。

士大夫群体同题集咏的本质仍是一种“维礼”的文化结构。

---

① 欧阳玄《击蛇笏序》，见《珊瑚木难》卷一，《文渊阁四库全书》第815册，台湾商务印书馆，1986年，第10页。

② 朱存理《珊瑚木难》，《文渊阁四库全书》第815册，台湾商务印书馆，1986年，第2—11页。

咏物的实质是咏事，最终还是咏人，客观的物被染上道德的色彩，客体被主体同化了，抒发的是从古至今永贮人间的正气；以物来观人，语浅意深，因物寓理，歌颂的是人间光辉的志向与人格。孔公的浩然正气是文人群体之"志"，文人群体借助击蛇笏同题集咏，提升自己的道德品格，是养气尽善的励志行为。通过同题集咏托物言志，诗人完成了自己的道德升华，实现了人格的完善，以达到修身养性、治国平天下的目的。主客一体，借助咏物以言志，诗歌同题集咏的道德教育意义不容忽视。

五、黄伯川墓同题集咏

黄伯川的坟墓在林屋山，他的儿子黄原隆请画家倪宏绘《林屋佳城图》，以表达对父亲的思念之情。"《林屋先茔图》蒙诸公题咏成集，至正壬辰兵火失去，越六年得之于海虞谭，希声不胜悲感，遂赋七言十六韵"[①]，体现了元代绘画的发达，此次同题集咏发生在元末。诸公题咏成集，此组同题集咏既是题画同题集咏，也是咏物同题集咏。元代绘画已经和诗文一道成为文人群体重要的表达方式。

此组同题集咏有 21 人参与，是元末一次规模较大的咏墓同题集咏，绘成图后，题咏殆遍，有杨维桢、郑元祐、陆仁、秦约、顾瑛等玉山草堂的名人参与其中。同题集咏的目的是通过咏物同题集咏，歌颂孝道，"太湖湖上黄公墓，画得图成慰所思"，图画对黄原隆思父之心有所慰藉，借此宣扬道德，体现了诗歌的社会交际功能。通过集体群咏，达到以诗存史的目的，体现出战乱时代特有

---

① 黄原隆《题林屋佳城图序》，赵琦美《赵氏铁网珊瑚》，《文渊阁四库全书》第 815 册，台湾商务印书馆，1986 年，第 747 页。

的沧桑感。

六、义荣先生祠同题集咏

武天锡，字伯威，官至成和郎陕西等路医学提举，"儒书无不读，尤精于医，爱民以仁，活人以惠。至于为高塚以瘗残骸，分储积以食饿者，居官而辞医学之禄，与地而葬诬己之仇，卖婢死于主而复其半资，失钱本而不质其子，易楮币而不直其伪，车轧孙死而不罪其人，奴仆之老者良之，牛马之死者瘗之，如是者甚多"①。

武天锡行医有德，深得百姓爱戴，是个典型的儒医，也是个好官，勤政爱民，经常做惠民之事。分仓库的粮食给饥饿的百姓，做官后不要从医所得收入，以减轻百姓负担。他做了很多仁义之事。百姓为了纪念他的功德，特为他在咸宁县韦曲村建祠，名曰：义荣先生祠。五位诗人发起了同题集咏，借以歌颂武天锡的功德，表面是咏祠，其实是咏人，赞美一种仁爱精神。儒家眼里"仁"是至高无上的，高于生命。义荣先生所作所为就是一种仁爱精神的表现。

《义荣先生祠》同题集咏：王傅文、郭松年、王利用、瑺履符、吴昉②。

本组同题集咏借助义荣先生祠以赞美其仁爱，爱人的本质，是建立在道德基础上的同题集咏，话语的指向性很明确。对其"仁爱"的歌颂赞美，也是士大夫自身修养的一部分。

---

① 骆天祥《类编长安志》卷五，黄永年点校，中华书局，1990年，第162页。

② 骆天祥《类编长安志》卷五，黄永年点校，中华书局，1990年，第162页。

第二节　文人逸趣与咏物同题集咏

元末文人隐逸成风，追求精神的独立自由，注重隐逸人格精神在精神心理、行为模式及价值取向等方面的构建，强调主体性独立。文人社会功利价值淡化，通过隐居以保全其志、提升个人精神境界、完善人格理想、守护道统。元末归隐成为实现人生价值的重要方式，避世现象极为普遍，是一种个人主义的体现、无奈之中的自我沉醉。他们多将自己的情志寄托在建筑物上，给建筑物起个雅致的名字，托物言志的意味明显。

从这些亭台楼阁中，我们会感受到他们对现实所抱的疏离、怀疑、厌恶、批判甚至否定的态度，优游于山水亭台之间，从大自然的怀抱中寻找一份天人合一的宁静与快乐，是儒家“天下有道则见，无道则隐”[①]的体现，通过这种心理补偿方式，恪守文化自由与独立精神。众多文人对此津津乐道，相同的感受、相同的境遇引发了共鸣，众多诗人一起同题集咏此隐者的建筑，寓情于物，客观上促进了咏物诗同题集咏的繁荣。

咏物诗就是借物抒情，将自己的情感寓于物中，一方面是由于主体接触客体，触物而起情，另一方面是主体索物以托情，有意识地在主体以外的自然物象上面寻找象征的意义。将主观的情感通过移情、象征、烘托、比兴等手法，辐射到客观的物体上，使得客观的物体也带了一种主观的色彩，或成为某种道德品质的象征。“一切景语皆情语”，好的咏物诗要借物言志，“咏物诗贵有寄托”[②]。

---

① 朱熹《四书章句集注》之《论语集注》卷四，中华书局，1983 年，第 106 页。

② 林昌彝《海天琴思续录》卷七，赵永纪编《古代诗话精要》，天津古籍出版社，1989 年，第 588 页。

单纯咏物纯属于抒发性情，元人咏物诗同题集咏多不属于单纯咏物，而是有所寄托。咏物同题集咏势必比个人咏物更具有影响力，对社会道德舆论都会产生一定的影响。“诗贵含蓄”，是古代诗歌重要的审美标准，诗人们严格遵守这一尺度，往往选择托物寄情的方式。我国古代托物言志的咏物诗远远多于单纯的咏物诗，文化传统的影响、文学本身的质素，是元代咏物诗同题集咏产生的文学基础。

一、植芳堂同题集咏

植芳堂是元末沈子复的居室，“余谓夫取诸身者，莫若喻诸物；取诸物者，莫若验诸身。故志洁矣，其称于物也必芳；学博矣，其游于艺也必芳；行成矣，其发于言也必芳；言达矣，其流于后也必芳。今欲以植木之术，而为此身之喻，植得其地而生，生则芳且荣矣。然则此身之主宰者，在吾方寸之地，培之、养之，榛秽净尽。其所得于取物之效者，近之事，又推之及物，推之及人，何莫非学也”①。

所谓“植芳”代表主人的一种志向，以植芳喻己，有着深刻的文化内涵，“植芳”本身就是志趣高洁的行为，芳言、芳行、芳学，言行举止都要符合节义行为。所谓的“芳”就是一种符合儒家礼教的礼仪、一种社会伦理秩序，古代士大夫以儒家伦理为立身之本，强调后天的教化，培养对人品行的作用。儒家伦理就像芳草一样流芳百世，去除污秽之言行，保持内心的芳洁，这是君子的修养与气度。君子淡泊如水，宁静以致远，主人强调品德修养，超越了名利的世俗观念，为文人群体津津乐道，引起同题集咏，主人的行为

① 杨维桢《植芳堂记》，《珊瑚木难》卷四，《文渊阁四库全书》第815册，台湾商务印书馆，1986年，第106页。

意趣与文人群体价值观相符，产生了共鸣，这是元代文人群体喜爱题咏高士意趣的重要原因。不直言其志，而是寓情于物，是“诗言志”的另外一种表达。“志”是最强烈的一种心理状态，具有最浓厚的主观色彩，这是元代咏物同题集咏发生的基本原因。

《植芳堂》题咏者有：殷弼、甘璞、唐肃、黄常、管讷、樊圃、王举、金珉、李镐、朱复、何与、林右、朱武、林鼎、马弓、许伯放等。记：杨维祯、孙作、王璞、郑真。铭：申屠衡、乌斯道。箴：王基[①]。

《植芳堂诗》：“厥子谁云构，树德承家声。羌吾事姱节，采秀撷兰英。”[②]“幽人淡无为，植芳探所得。萧艾洊鉏种，芝兰日盈积。青阳霁玄象，百汇合秀色。时当读书暇，适意还杖策。馨香袭衣袂，笑傲愒磐石。岂无遗世姿，瘵病斯服食。遐龄慕松乔，长揖谢尘迹。于兹生意深，终当适其适。”[③]诗人们主题一致，都是借物抒情，有所寄托。

当士风振奋时，文人内心雅趣被激发出来，他们以诗文为己任，吟咏性情、抒发逸趣是他们的生活方式，所以元人一咏再咏现象非常普遍。相和共鸣是吟咏的目的，一次次同题集咏主题极为相似，或出于政治需要，或出于文人雅趣，或出于弘扬道德，传播价值观念，或出于友谊，“诗可以兴”“诗可以群”的功能被大大激发。元诗同题集咏其实发挥的是诗歌的社会功能，尤其是叙事诗同题集咏，叙事目的是服务于社会，体现实用价值，可以说是儒家“诗言志”的表征。咏物诗同题集咏则体现了“诗可以兴”的价值观。

---

① 朱存理《珊瑚木难》卷四，《文渊阁四库全书》第815册，台湾商务印书馆，1986年，第105—110页。

② 顾嗣立、席世臣编《元诗选·癸集》（下），中华书局，2001年，第1281页。

③ 顾嗣立、席世臣编《元诗选·癸集》（下），中华书局，2001年，第1212页。

二、叶氏四爱堂与梦梅华处诗同题集咏

叶成甫家居永丰，在元贞年间，动了隐居乐郊的念头，羡慕孟母三迁之风，把家搬到睦乐池头，盖了三间草房。草屋隐藏于竹林深处，竹树茂美，溪流潺潺，有山林之乐，并亲手种植了梅、兰、莲、菊，“又取濂溪、渊明、和靖、山谷诸老之说，揭中堂，榜曰‘四爱’，以寄四时雅兴”①。他每天以吟咏为乐，清琴横床，儒书堆案，有隐琴书趣，是一种优雅淡泊的隐者生活，充满了逸趣。主人高洁志趣引起文人群体的兴趣，纷纷同题集咏。

《题叶氏四爱堂》题咏者有吴全节、夏紫清、高新甫、太乙子、程登庸、吴月湾、李进斋、李絅斋、朱文炳、张嗣成、张嗣德、谢草池、彭孟老；《叶氏四爱堂诗》题咏者有詹载道；《四爱题咏》题咏者有王士点、马祖常、欧阳玄、斡玉伦徒；《四爱堂题咏》题咏者有揭傒斯。叶成甫的二儿子叶凯翁至京师求虞集题诗，虞集遂邀请马祖常、王士点、欧阳玄、揭傒斯、斡玉伦徒等题诗集咏，叶凯翁来京师带着詹载道、程登庸为其父叶成甫的题诗向虞集、吴全节等征诗同题集咏。

梅、兰、莲、菊，这四种花卉都是君子的象征，梅花象征纯洁坚贞，兰花象征君子仁爱精神，莲花有君子不同流合污的品质，菊花象征隐逸。四种花因林逋、黄庭坚、周敦颐、陶渊明而赋予人的品质，和靖爱梅、山谷爱兰、濂溪爱莲、渊明爱菊，四人所爱，各得其趣：莲花悟性理之妙，得天然之趣，出淤泥而不染。梅花高洁冰清，有自然之趣，得天地之清气，发于笔端，以表君子之意趣。菊花托节操之风，乐悠然之趣，优游丘壑，如春云秋水，潇洒而不混。兰花

---

① 詹载道《叶氏四爱堂诗》，杨镰主编《全元诗》第51册，中华书局，2013年，第77页。

不知不愠之君子风格，清婉素淡，不求通达，生于空谷发幽香。

移情于物，主体努力向客体靠拢，以至于客体主体化。缘情写景，本来没有意志的客体，由于主体情感的渲染，而具有了人的情感，这就是客体的主体化过程。咏物不是目的，最终目的是托物言志，四爱题咏是借物抒情、托物言志的例子，取梅、兰、莲、菊的深层含义，四种花卉不仅代表君子品格，而且连接四季，春兰、夏莲、秋菊、冬梅。这意味着子孙后代能继志述事，父子兄弟和睦，家风蔼然。“莲菊梅兰共一堂，父兄子弟爱无忘。对花便拟书征士，学道唯求接素王。孝友家传人所羡，横斜句好兴偏长。百年心赏千年意，一种风流四种香”①，夸赞家风严谨。这是一种重塑人格、完善人格的方式，通过隐逸的方式来获得人格的提升、实现人生的自我价值，追求的是一种乐趣、一种境界，通过无为的方式以守身。

此次同题集咏主要是因为主人逸趣引发的，文人群体希望同咏梅、兰、莲、菊一样，寄托自己的志趣，以与主人实现交流共鸣，希望在道德的涵咏中展现自己的志趣节操。文人需要展示自己的存在，咏物同题集咏是实现他们理想的最好载体。

题叶氏四爱堂

高新甫

爱菊隐逸情，爱莲清洁志。
爱梅违世俗，爱兰绝世累。
性爱固有殊，亦各在适意。
伟哉四君子，趣同而世异。
人品有定论，寓物尽高致。

① 杨镰主编《全元诗》第 27 册，中华书局，2013 年，第 346 页。

辽辽千载下，孰能遵道义。
叶公达尚友，所爱兼其四。
猗欤后来人，先志慎勿坠。[①]

此诗点名了四爱题咏的内涵，人各有志，贵在适意，古人专爱一种花，如陶渊明爱菊、周敦颐爱莲、林逋爱梅、黄庭坚爱兰，四种花同时植于一处，被一人所爱，实属不多见。

梦梅华处诗同题集咏与四爱堂同题集咏都是将文人雅趣寄托于花卉之中，元人董师程，清癯质朗，气不与群，铭其读书之所梦梅华处。

“且梅花之最清者，冠于百首，子之所以梦，合子之不与群俗流，是禀天地之清气，于万物不凡矣。噫！非子之爱梅也，梦梅也，默然有志于和靖□趣，得和靖之趣，必之靖节之廉溪之趣。”[②]铁崖先生在这里点明了文人群体同题集咏的原因，有志于逸趣，是不入俗流的表现。

同题集咏者：范公亮、王蒙、张昱、白范、刘时可、释如兰[③]。

董子爱梅如爱友，岁寒悟寐忆冰花。
神游姑射仙姝府，幻入林逋处士家。

——刘时可[④]

帐底梅花觉有香，不由铁石作肝肠。

① 顾嗣立、席世臣编《元诗选·癸集》(上)，中华书局，2001 年，第 705 页。
② 故宫博物院编《徐邦达集》第 6 册，紫禁城出版社，2006 年，第 597 页。
③ 故宫博物院编《徐邦达集》第 6 册，紫禁城出版社，2006 年，第 598 页。
④ 杨镰主编《全元诗》第 53 册，中华书局，2013 年，第 369 页。

官粧何处红绡女，春色谁家白玉堂。

——张昱[①]

梅花树底读书房，梦绕梅花月满床。

斗帐春横烟外影，楮衾寒带雪中香。

——释如兰[②]

寓物言志，这种志趣是高洁的，发自主人内心，具有极大的真实性，这不仅是一种士大夫应该具备的伦理道德，还是仁爱的体现，“不知礼，无以立也”[③]。梅、莲、兰、菊蕴含着丰富的礼乐文化，是维护和谐群体、和谐社会秩序必需的修养，是一种理想的礼乐文化境界。芝兰也生于山林，虽乏用世，但能超然自立于众芳之中，服御者可去秽浊，可通神明，君子爱花，君子梦花，虽然形式不同，但其内涵并无二致，都是儒家士人修身养性的手段。人生境界的提升在修身中立竿见影，托物言志，蕴含着对儒家精神人格的追求，是“士志于道”[④]的人生信念的体现。这两则同题集咏都是士人维护礼教的体现。

三、芦花被同题集咏

贯云石路过梁山泊，见一渔父用芦花织被，贯云石喜爱其轻盈，同渔父商量想以丝绸被换芦花被，渔父说用诗来交换，最后贯云石如愿以偿。“仆过梁山泊，有渔翁织芦花为被。仆尚其清，欲

① 杨镰主编《全元诗》第44册，中华书局，2013年，第180页。
② 杨镰主编《全元诗》第51册，中华书局，2013年，第500页。
③ 朱熹《四书章句集注》之《论语集注》卷十，中华书局，1983年，第195页。
④ 朱熹《四书章句集注》之《论语集注》卷二，中华书局，1983年，第71页。

易之以绸者。翁曰：君尚吾清，愿以诗输之。遂赋，果却绸”[①]。自此贯云石自号芦花道人。

《芦花褥》题咏者有张雨、吴景奎，《芦花被》题咏者有贯云石，《题芦花被图》题咏者有贡师泰，《题贯酸斋芦花被诗后》题咏者有张昱，《芦花道人换被图》题咏者有王冕，《芦花被》题咏者有谢宗可、何孟舒，《题芦花被图》题咏者有吴敬夫。

芦花被

贯云石

采得芦花不涴尘，翠蓑聊复藉为茵。
西风刮梦秋无际，夜月生香雪满身。
毛骨已随天地老，声名不让古今贫。
青绫莫为鸳鸯妒，欸乃声中别有春。[②]

芦花道人换被图

王　冕

高昌野人见几早，发须不待秋风老。
脱身放浪烟水间，富贵功名尽除扫。
坐对渔翁交有道，青绫何似芦花好。
从时拜赐芦花人，自云不让今古贫。
高眠听梦梦更真，白月满船云满身。
起来拍手波粼粼，欸乃撼动人间春。[③]

① 顾嗣立编《元诗选·二集》，中华书局，1987年，第268页。
② 顾嗣立编《元诗选·二集》，中华书局，1987年，第268页。
③ 杨镰主编《全元诗》第49册，中华书局，2013年，第327页。

同题集咏风格极其相似,如贯云石“青绫莫为鸳鸯妒,欸乃声中别有春”、王冕“起来拍手波粼粼,欸乃撼动人间春”。元人喜欢同题集咏,大一统下的新鲜事成为诗人题咏热点,彼此之间用同题集咏的形式竞相模仿。此后“芦花被”成为典实进入文学领域,成为否定功名富贵的象征、对士人“守贫”以“守道”的歌颂,客观的事物被蒙上主观的道德色彩,这彰显了芦花被同题集咏的意义,其与郝经帛书、刘平妻杀虎救夫故事一样受人欢迎。元代绘画发达,凡是奇事、热点事都会被绘成图画。芦花被为元代咏物诗增加了新的题材,也体现了元代咏物诗同题集咏的广泛性。

“元初,车书大同,弓旌四出。金、宋之故老,交相景慕,一时人物,称为极盛”①。大一统下,疆域辽阔,民族众多,宗教、语言、民俗有巨大的差异,使得新事物层出不穷,为元代同题集咏创造了条件。贯云石是西域人,祖籍高昌王国的鲁克沁,他的母亲是高昌另一个家族廉氏。芦花被同题集咏正是在元代民族大融合背景下而产生的。

芦花被经过文人群体同题集咏之后成了淡泊名利、甘愿守贫的君子人格的象征,芦花被蒙上了一层道德色彩。王冕“脱身放浪烟水间,富贵功名尽除扫”、贯云石“毛骨已随天地老,声名不让古今贫”点出了芦花被所寄托的品德,以物比德,取物为譬,观物穷理。

“万物皆备于我矣,反身而诚,乐莫大焉”②,完善内心的道德需要具有外在形貌的物来作有形的精神载体,诗人们用芦花被作为君子的品格的载体,加以形象化,没有生命的芦花被被赋予了一定

① 顾嗣立编《元诗选·二集》,中华书局,1987年,第201页。

② 朱熹《四书章句集注》之《孟子集注》卷十三,中华书局,1983年,第350页。

的道德内涵。芦花被的自然属性与君子品格有着类似之处,其轻盈洁白的自然属性折射出主体人格精神,体现出贯云石鄙视浊世、崇尚清明的高洁情怀。

芦花被经过同题集咏之后成为典实,将芦花被代表的人格固定化,如同梅、兰、竹、菊一样,有着固定的文化内涵,便自然产生了一种解不开的芦花被情结。贯云石定居钱塘后,即在南山栖云庵中避暑、读书,并在栖云庵中雕刻了《芦花被》诗碑,旦暮相亲,朝夕为伴,以之作为厌浊尚清的座右铭。

元代散曲"清江引"就直接用了芦花被的意象,"些儿名利争甚的,枉了著筋力。清风荷叶杯,明月芦花被。乾坤静中心似水",直接将芦花被作为君子品格加以赞美,对"以诗换被"的芦花被轶事进行了新的改造,注入了隐逸思想的新内涵是芦花被同题集咏的意义。自此芦花被成为咏物诗的一类新题材。

四、友竹轩同题集咏

崔君谊元末在京师任金玉局副使,元末战乱导致无法施展才华,既而回归田里,"君谊仕元,适土崩之秋,归隐西泽溪上"①。在吴江之地,建轩一所,亲自手植数竹,名曰友竹轩,可以与竹为友,以此比君子之风,寓其志焉。盖主人清霜高节与竹相映,不知何为我、何为竹,以竹比君子,崔君谊既以友竹名其轩,复以为号,是与竹深交密缔,死生以之。崔君谊明显受到前辈爱竹的影响,尤其是子猷、太白,"晋王子猷有'何可一日无此君'之语,是子猷有取于竹而与之友矣。唐李太白有'闭门风动竹,疑是故人来'之句,则太

① 赵琦美《赵氏铁网珊瑚》卷十,《文渊阁四库全书》第815册,台湾商务印书馆,1986年,第604页。

白亦与竹为友焉”[1]。崔君谊清修，与竹彼此相忘，引发文人同题集咏，成为诗卷。“余索居寡俦，惟竹君雅有相忘之好，轩之南，隙地广三席，延竹君数植而居之。清风入帘，明月在牖，泊如也，鄱阳周公题其颜曰友竹。贤士大夫能以诗文鸣者，咸有述，以为予荣，装潢成轴，总若干首，樵牧之暇，时而歌咏之，若洞庭之野，众乐并作。”[2]

《友竹轩诗》题诗者：郴经、秦约、詹夒、陆仁、潘谷、叶广居、魏奎、周敏、黄彧、潘牧、徐奂、沈敬明、秦昺、高启、许善、金铉等。题文者：莫礼、崔君谊、周鼎、莫旦。题赋：谢常造[3]。

猗竹有操，君子所尚。
岁寒挺然，与冰雪抗。

——秦约

伊人何潇洒，尚友孤竹君。
平生秉高节，独立迥不群。

——詹夒

我爱此君晚节，乃知能友岁寒。
相与了无俗气，喜闻日报平安。

——周敏

① 赵琦美《赵氏铁网珊瑚》卷十，《文渊阁四库全书》第815册，台湾商务印书馆，1986年，第598页。

② 崔天德《友竹轩后序》，故宫博物院编《徐邦达集》第6册，紫禁城出版社，2006年，第612页。

③ 赵琦美《赵氏铁网珊瑚》卷十，《文渊阁四库全书》第815册，台湾商务印书馆，1986年，第598—604页。

断金臭如兰，所贵同心人。
取友古所难，此君诚可亲。
霜风凛高节，岁寒相与邻。

——陆仁[①]

众诗人同题集咏崔君谊的高节，主题都集中在对崔君谊气节的歌颂上。竹子在先秦时期就被赋予君子文化内涵，友竹轩同题集咏继承经典，深化经典，对元末明初弘扬至善至美的君子人格有积极意义。元末士大夫一辈子都在修身养性、完善人格、提升自我境界，这是元末士大夫群体共同的价值观，也是交友之道。元末文人士大夫经常以历史上高洁雅士自比，对君子之逸趣，如子猷访戴、袁安卧雪、李白醉歌等逸事都津津乐道。在实际生活中，有君子气节的行为，文人会自觉加以关注，以激励自己提升境界、完善士人品格。崔君谊友竹轩被同题集咏，以竹比德，“盖皆比德于君子，故君子之与友也”[②]。竹淡泊名利的内涵，与芦花被一样都成了君子品格的象征，成为激发文人同题集咏兴趣的动力。

五、菊山诗同题集咏

黄庆翁隐居吴兴丘园，以渊明为楷模，自号菊山，渊明爱菊世人皆知，菊花与渊明结合后成为隐者的象征。黄隐德的菊山号有象征意义，他羡慕陶渊明不书义熙、惟书甲子的气概。文人士大夫对黄君行为很赞赏，借吟咏菊花以咏人之励志精神。以菊比德，托物

① 赵琦美《赵氏铁网珊瑚》卷十，《文渊阁四库全书》第 815 册，台湾商务印书馆，1986 年，第 599—601 页。

② 赵琦美《赵氏铁网珊瑚》卷十，《文渊阁四库全书》第 815 册，台湾商务印书馆，1986 年，第 598 页。

抒情,抒发的是从古至今人间的正气,塑造的是光辉的志向与人格。

《菊山诗》题诗者:释祖暎、邓汝砺、宇文公谅、胡助、程敬直、马夷中、释如砥、柯九思、余震、高煜、谢师善、释元逊、释山蕙、释廷俊、释大亨、洪颐、刘景元、梅实、张实、释永祚、释慈感、释大䜣等。作序:刘汶师。作赋:黄溍。作说:陈曾[①]。

闻君有佳致,卜筑南山幽。
绿树坐终日,黄花香晚秋。
吴中我云独,世外谁堪俦。
乐山同可寿,更酌清溪流。

——程敬直

种菊南山下,山空夕气凉。
黄花开晚节,紫艳照寒苍。
狂客诗堪赋,比邻酒正香。
淡然坐终日,不复梦柴桑。

——马夷中

菊蕊逢秋放,山居可醉眠。
落英倚石冷,佳色傍云鲜。
旧摘烟萝外,新栽水竹边。
思君多道味,何日共攀缘。

——柯九思

① 赵琦美《赵氏铁网珊瑚》卷十,《文渊阁四库全书》第815册,台湾商务印书馆,1986年,第606—609页。

处士菊山隐，山中事事幽。
飞泉来木杪，溅沫落岩头。
衣润朝岚重，花开凉露秋。
思君不可见，尘土叹淹留。

——余震[①]

这些诗主题对黄君的隐居不仕给予一致歌颂，诗风非常相似，有陶渊明田园诗风致，淡泊宁静。陶渊明隐居保节的行为是历代文人题咏的热点，据杨镰统计，"元诗文献引称频率最高的古人是陶渊明，其次是李白"[②]。其实，陶渊明从唐宋到明清一直是文人吟咏的热点，陶渊明本身代表了"隐逸守节"的形象，可见元人对隐逸守道的热衷。这就不难理解元代同题集咏对士人气节、高洁志趣、隐逸情怀的人或事情有独钟了，如雪篷诗同题集咏、植芳堂同题集咏、梅华处诗同题集咏、四爱堂同题集咏、芦花被同题集咏、菊山诗同题集咏等等，士人一直把陶渊明奉为完美人格的士人楷模。陶渊明已经成为元末士人群体的精神支柱。

六、聚芳亭同题集咏

聚芳亭是元末晟溪闵介甫提举游息之所，匾额是九皋学士书写。聚芳亭建在群山怀抱中，"及登亭而望，则翠弁诸毗峨其西，何道诸峰环其西南，洞庭三十六峰迤其北东。其远则参差烟树，若图若画，其近则掩映幽花，如锦如绣。凝眸而视，则纷红骇绿，自献于几席，屏息而坐，则生香异馥，自呈于鼻观。旷而夷，窅而深，一举

① 赵琦美《赵氏铁网珊瑚》卷十，《文渊阁四库全书》第 815 册，台湾商务印书馆，1986 年，第 607—608 页。

② 杨镰《元诗文献研究》，《文学遗产》2002 年第 1 期。

而兼有之,信乎斯亭之能聚芳,而众芳之聚斯亭也”①。

此地风景秀丽,如诗如画,周围青山环抱,绿树成荫,亭子并不大,仅能容数客,亭子简陋,没什么豪华的装饰,仅有一些花卉点缀在亭旁。亭子名字的含义不言而喻。这个亭子不是富豪大厦,也不是财富之所,仅仅供游人雅士休息之用,聚芳的意义就在于简陋的亭子能汇集有才华的文人雅士。其所谓“芳”与植芳堂之“芳”是同一内涵,都是指君子修养,一种高洁的志趣,一种闲雅幽深之趣,是修身养性的体现,是具有高尚道德情操的君子人格的象征,是主人公的人生信念与追求。“园池之胜,不在花石台榭,惟其人而已。吴兴山水,自昔以为胜景,而园囿之胜,亦莫有过者,今皆为荒烟野草之区,独闵氏聚芳亭,得诸名人为之题咏,而闵氏又能世之,良可爱也”②,这里指出了深深吸引了文人士大夫的原因不在花石台榭,唯在人而已,从而引发同题集咏。

通过咏聚芳亭表达文人群体的志向气节,体现着文人群体对自我精神内在修养与完善的追求,儒家人士清贫守节,独善其身的品质凝聚在聚芳亭的同题集咏中,以物比德,折射诗人群体的精神品格。同题集咏本身代表着对君子品格的追求,仍不出儒家礼乐文化的范畴。

同咏者 19 人:赵顺仁、陈明德、康邃匡、沈融、倪骏、无名氏、赵桐生、释妙湛、闵黄铉、赵肃、卫毅、丁志仁、朱行义、陈恂、赵道汝、赵守真、钱永寿、平宗道、沈□等③。“诗若干首,皆东南人士,而缁黄之徒亦与焉”④,同题集咏者有东南士人,也有僧人、道士。序跋:

①《秘殿珠林石渠宝笈汇编》第 10 册,北京出版社,2004 年,第 1654 页。

②《秘殿珠林石渠宝笈汇编》第 10 册,北京出版社,2004 年,第 1658 页。

③《秘殿珠林石渠宝笈汇编》第 10 册,北京出版社,2004 年,第 1654—1658 页。

④《秘殿珠林石渠宝笈汇编》第 10 册,北京出版社,2004 年,第 1657 页。

陈遇、李东阳、王世贞、文彭、陈良谟、吴梦旸。

其亭曰聚芳，非为花木荣。
所期子孙盛，千载存斯名。
——沈□

小桥曲涧绕亭台，佳木乔松取次栽。
云护石坛春昼永，碧桃花落点苍台。
——钱永寿

处士园亭好，幽芳讵有涯。
碧生池上草，红映树间花。
携客开桑落，沿林采蕨芽。
四时多雅趣，尘事隔烟霞。
——赵守真①

聚芳亭题咏的是一种乐趣、一种人生境界，非自然景致，落脚点均指向人。题画非单纯题画，而是有所归指，所谓聚芳不是花木繁盛，而指的是子孙后代繁盛。这既是一次题画同题集咏，又是一次咏物同题集咏，诗画结合的方式更形象生动，图文并茂的效果会更好。

题咏本身具有一定的文化内涵，是基于共同的文化质素、文化理念的基础上展开的自觉状态下的同题集咏。同咏的目的就是为了弘扬文化、肯定价值观，尊崇礼教、修身养性，提升所咏对象的品

①《秘殿珠林石渠宝笈汇编》第10册，北京出版社，2004年，第1655—1657页。

位,提高隐士自己的知名度。在同题集咏之中寄托自己的人生信念与追求,这是士人自我精神内在修养提升与完善的需要。

元末文人群体对逸趣的追求成为时尚,究其原因,一方面是元末战乱频繁,士人无法达道,遁世成风;另一方面,朱陆理学盛行,注重内修。此外还有宗教的因素,如道教出仕思想的弥漫。元人认为精神的隐逸比肉体的享受要重要,禅宗追求的空灵、超脱、玄虚,道家的自然无为、虚实相生的,引发了文人逃避现实、远离政治、全身远害、追求逸趣的风尚。一时间出现了众多的隐逸文人,隐逸同题集咏也就出现了。

第三节　徐良夫耕渔轩同题集咏

中国自古就是一个产生隐士的国度,“自从巢父、许由以下,一直到民国初年的哭庵、易顺鼎辈,中国隐士不下万余人,即其中事迹言行历历可考者亦数以千计”①。自许由、巢父成为最早的隐士后,中国历代在处穷世时,隐逸就会成为最佳选择。

元代隐逸成风,隐逸成为一大批文人追求的目标,成为一种生存方式,这在元初和元末表现得最为突出。他们远离政治,以“独”的方式去消磨时光,这种隐居的生存方式是一种守道行为,“天下有道,以道殉身;天下无道,以身殉道”②。儒家在这里解释了士人“隐”的含义,儒家的“隐”其实是待时存道,天下有道的时候,积极出仕,治国平天下,天下黑暗混乱时,坚守不出,归隐山林,以修身存道,待机遇来了,再次出仕。所以说儒家的“隐”归根结底还是

---

① 蒋星煜《中国隐士与中国文化》,上海三联书店,1988 年,第 1 页。

② 朱熹《四书章句集注》之《孟子集注》卷十三,中华书局,1983 年,第 362 页。

为了入仕,带有强烈的社会功利性。而道家的归隐则是为了获得与大自然的和谐,为了获得精神上的自由,回归自然,回归自我,为了获得一种超越功利的精神境界。“人法地,地法天,天法道,道法自然”①,道家的归隐是为了体验生命的快乐,以超脱物的羁绊,超然物外,摆脱世俗的影响。

元末归隐成风,与社会环境密切相关。元代的战乱频繁,入仕途径不顺畅是元末归隐成风的重要原因,“元代科举,十六科共得进士约一千二百人,进士入仕者在元代文职官员总数中所占比例甚小”②。延祐科举开始以后,出现了士人们欢呼奔走的场面,有些人在科举不开的时代,仍然复习科举试题,科举情结根深蒂固。但是元人入仕途径并没有因此顺畅,取士人数太少,千军万马过独木桥。士人不乐意“以吏仕进”,而且需要 120 个月方能有提升机会。元末张士诚、方国珍、陈友谅、朱元璋等军阀混战,红巾军起义风起云涌,士人在此时无所用世,元廷难以自保,风雨飘摇,归隐的士人一时间多了起来。身为士大夫,自身价值在乱世中无法实现,于是他们纷纷选择了“隐”作为处世方式,通过归隐以存道、存身,以保持完美的人格理想。

徐良夫就是元末明初隐士的代表。其祖先是河南汴人,祖上在宋为太学生,名撲。徐撲就是一个忠义之人,“宋靖康间,有曰撲者,为太学生,以徽、钦北狩,徒步赴难,遮金人留说之,不克,死焉”③。追随徽宗、钦宗二帝北狩而死,作为臣子的忠义可见一斑。徐撲死后,徐家南迁于吴光福里,徐良夫就是徐撲的八世孙。

①《老子道德经注校释》第二十五章,《新编诸子集成》,中华书局,2008 年,第 64 页。

② 桂栖鹏《元代进士研究》,兰州大学出版社,2001 年,第 4 页。

③ 徐珵《耕渔子传》,徐达左辑录《金兰集》,中华书局,2013 年,第 21 页。

宋亡，南渡家居吴地，遂为吴人，“子孙不肯仕，隐居太湖之滨邓蔚山，闲以田园自娱。而耕渔生于季世，少失怙恃，孤且贫，能树立。及冠，励志于学，迎寒敌暑，诵写不辍，出入则挟册，每读书有疑，辄担簦负笈，涉险远，就老师宿儒求发明，蕴奥洞澈而后返”[①]。

徐良夫身为忠义之士的后代，勤奋好学，每次有疑问都会跋山涉水，虚心请教，有志于天下，经世致用的思想非常明显。“初，耕渔有志于世，既而改曰：与其富贵而屈于人，孰若贫贱得肆其志耳。凡辟昭皆不应”[②]。徐良夫由一个积极进取、有志于世的读书人转变为一个逃名避世的隐者，很多人不解，乡人问他什么原因隐居避世，他回答曰：“吾之读圣贤之书也，亦将以圣贤之道鸣斯世也。书未竟，道未通，声闻过情，吾实耻之。且名者，实之宾也。无其实，负其名，身之灾也。是蓬藟其躯，泥涂其誉，负耒执罟，或耕或渔，殆将混于流俗，不求辨于贤愚，吾之志也。”[③]徐良夫含蓄地指出自己隐居的原因，是读书没得道、书没有读精，要名副其实才能用于世。这里他含蓄地指出天下无道，与自己的君子仁爱理想格格不入，士人读书不能有用于世，只得选择遁世求志，徐良夫也是被逼而隐，正如孔子所说：“隐居以求其志。”[④]

由儒家入仕转为出仕，于是徐良夫在震泽之东，盖了若干亭台楼阁，朝而耕，夕而渔，劳作累了就在居室里休息，为自己的隐居住所起了一个雅致的名字“耕渔轩”。自古隐者有以钓叟的形象隐居，或以耕田形象出现。徐良夫选择了二者的结合，既渔又耕，采用了一种亲近自然的方式隐居，是魏晋以来隐逸文化的继承，将自

① 沙大用《耕渔子传》，徐达左辑录《金兰集》，中华书局，2013年，第19页。
② 沙大用《耕渔子传》，徐达左辑录《金兰集》，中华书局，2013年，第19页。
③ 沙大用《耕渔子传》，徐达左辑录《金兰集》，中华书局，2013年，第20页。
④ 朱熹《四书章句集注》之《论语集注》卷八，中华书局，1983年，第173页。

己的情志寄托在耕渔轩中，与顾瑛、倪瓒等人追求隐逸方式一样，都是将隐逸情怀寄托在亭台楼阁等建筑物中，从中寻找一种雅趣存道求志。

取雅号、重雅趣是元末一种隐逸风尚，玉山雅集就是隐逸文化的产物，元末文人尚雅与隐居思想密切相关，他们多将自己的逸趣寄托在建筑物上，如玉山主人顾瑛的玉山佳处有 29 处名胜，倪瓒无锡有清閟阁、周景安有秀野轩、闵全有聚芳亭等。尚雅是元末文人一种文化风气，与朱陆理学的繁荣、注重个体内心的修养与境界的提升有关系。元末文人的觉醒是一种思想史上的解放，追求内心的自由，注重心灵感受，这是魏晋以后的第二次心灵的大解放。

古代士人，耕渔者甚多，庖犠氏、羲农氏、虞舜、伊尹、吕望都有过耕渔的经历，徐良夫的耕渔轩本质上是对古代贤士大夫的崇拜。有人问徐良夫耕渔是否是逃名避世，他解释了耕渔轩的含义："耕乐乐耕，渔乐乐渔；乐渔且耕，乐耕且渔。终于此而已矣。"① 这完全是为了存道求志，通过耕渔，达到坚守人格、提升境界、守护其志趣的目的。其实徐良夫只是迫于现实做了此选择。年轻时的刻苦求学足以证明其心志所在，是在现实世界里遭受到挫折的体现，是儒道结合的隐逸模式，静观自然以获得精神上的解脱，超然物外中没有了世俗的功利色彩，以隐逸为名义，追求内心的境界。徐良夫的耕渔轩与元末整体士风吻合，是众多士人的一个缩影。

元末顾瑛、倪瓒、徐良夫是士人心中隐士高人的代表，士大夫追踪其风雅逸趣的盛况可谓空前。元末士人多不关心政事，只是沉湎于自己特立独行的隐逸生活中，他们追求独立不迁的人格和高雅的情调。隐士内心是孤独的，物质是清贫的，因为他们作为

① 沙大用《耕渔子传》，徐达左辑录《金兰集》，中华书局，2013 年，第 20 页。

“士”,没有依附官的时候,是没有经济基础的贫困群体,他们为了追求精神上的独立自由,保持独立不迁的人格,而甘愿寂寞,守住山林中的净土。而顾瑛、倪瓒、徐良夫家资甚富,他们与普通隐士不同,虽处山林,但是丰厚的家产,使得他们可以修建亭台楼阁、举行雅集、收藏字画、举办文会。他们朋友众多,可以说是文化的守护者,精神自由、人格独立的追求者。他们乐于通过这样的生活方式,守道以提升境界。

除了耕渔轩之外,徐良夫还建有遂幽轩、聚贤楼,都是文人聚会的场所。遂幽轩、耕渔轩“皆在市西头下崦之滨。元耕渔先生徐达左所隐居。先生有文学,所交皆海内名士,题咏甚富”①。

可见丰厚的物质,是元末文人追求雅趣的基础。徐良夫的耕渔轩引发了文人群体的同题集咏,在元末刮起了一股逸趣高雅的风气。文人群体乘风而起,积极响应,回应这样的主题,纷纷写诗赞美徐良夫的耕渔轩。耕渔轩后来被绘成图,倪瓒就有题耕渔轩图的诗作,足证绘画是一种表情达意的手段。

《题徐良夫耕渔轩》题诗者有:张复初、周伯琦、邵光祖、苏大年、钮安(2首)、倪瓒、郑元祐、蒋堂(2首)、马肃、周砥、高升、陈宗义、高启、张纬、卢熊、王隅、包大同、沙大用、周南老、虞堪、陈惟寅、陶琛、陈潜夫、张博、谢应芳、张端、余诠、陈朴、张羽、徐矩、袁华、镏璹、吴隽、程可、徐贲、王禋、刘天锡、薛毅夫、陈寅、唐肃②。

《题徐良夫遂幽轩》题诗者有:张世昌、张翼、南宫常真、徐惟贞、刘逢原、释万金、应伟、高巽志、徐一夔、释觉慧、释元珪、杜岳、

① 徐傅编,王金庸补辑《光绪光福志》卷五《地宅》,《中国方志丛书》,成文出版社,1984年,第142页。

② 徐达左辑录《金兰集》,中华书局,2013年,第2—20页。

金钰、陈岳、应枋、释廷埙、释夷简、倪瓒、俞贞木、滕远、徐达左[①]。

《季春四日文会于耕渔轩行觞赋诗遂适野兴各赋一章以纪良集云》题诗者有：邵光祖、董远、沙大用、徐达左、刘玘、徐济、李敬、徐允升、韩奕[②]。

《八月七日偕耕渔叟访耕渔隐者风雨寂寥中为留三日有图书笔砚之乐九日耕渔赋诗见赠次韵奉答》题诗者有：倪瓒、张适、高启、魏俊民、周南老、卢熊、陈汝秩、冯清、王璲、周彝、张常明、钮安、董昶、释道衍、释智及、黄本、陶琛、章璇、黄以忱[③]。

《复游铜井山用折梅逢驿使分韵各赋诗一章》题诗者有：卢熊、杨大本、钮安、徐达左、王谌[④]。

徐良夫的园林和玉山草堂一样在元末成为文人雅士聚会赋诗的场所，也形成文人雅集，性质和顾瑛玉山雅集一样，只不过规模比不上玉山雅集罢了。徐良夫的园林里经常举行聚会、饮酒赋诗，赋诗的形式有同题集咏、同题分韵、同题次韵，还有奉和等形式，以同题集咏为主。与会者不乏名士，如倪瓒、杨维桢、高启、卢熊、高巽志、杨基、韩奕、苏大年、王璲、袁华、钮安、俞贞木、郑元祐、周砥、周伯琦等，还有僧人。人员构成虽然不如玉山雅集复杂，人数也不如玉山雅集，但是这里也是诗人精神栖息的乐园，在元末战乱的环境中，仕进无门，文人雅士唱和吟诵，成为一时风尚，在江南一带尤其盛行，徐良夫自己经常参与诗歌创作，诗在元末是群体性的，文

① 徐达左辑录《金兰集》，中华书局，2013 年，第 21—30 页。根据《金兰集》，释觉慧、释廷埙、金钰、释元珪都是《题徐良夫遂幽轩》，《全元诗》误将这四位诗人诗名改为《题徐良夫耕渔轩》，诗歌内容却一致。

② 徐达左辑录《金兰集》，中华书局，2013 年，第 40—43 页。

③ 徐达左辑录《金兰集》，中华书局，2013 年，第 48—61 页。

④ 徐达左辑录《金兰集》，中华书局，2013 年，第 45—47 页。

人雅集的同题集咏足以证明这一点。

主人公好客真诚，爱好雅集逸趣，家资富裕，是举办雅集的必要条件。从这几次聚会来看，都是经常与会的老朋友。因此形成一个交际圈，彼此之间通过同题集咏等形式交流，同声相和，同声相求，群体间产生了真挚的友谊。古人云："道不同，不相为谋。"倪瓒是著名的隐士，洁癖是出了名的，他能经常与会耕渔轩，说明他在精神层面与徐良夫志同道合，都具有隐逸思想，都是以守道为本，放浪情怀于园林亭榭之间，他们在情趣上是相通的，倪瓒主动与会实在是不容易的事，这充分体现了倪瓒对徐良夫隐士风度的欣赏。

与会者多方外人士，这是个由隐士构成的群体。归隐求逸趣、存道求志成为这群文人共同的思想基础，有了这个基础才会对耕渔轩、遂幽轩进行同题集咏。同题集咏是被主人公高尚的情趣所吸引，对徐达左存道方式感兴趣。他们吟咏的是一种情趣，主人公热爱交朋友，志趣高洁风雅，深深吸引着隐士群体。"吾乡徐耕渔先生，生当元明之际，隐居光福山中，学术行谊，推重一时，爱朋友，好风雅，远近士大夫赋诗往还，积而成帙"[1]。徐良夫知识丰富，具备元末士人交往所需要的两个核心要素"才"和"德"，所以吸引了大批文人前来与会同题集咏。

文人群体同题集咏，歌颂徐良夫的志趣，以及不贪名利、与世无争、淡泊宁静的心态，正如元末王行所说："今之耕渔者，夫岂少哉？而独于是咏歌焉，岂其所谓耕渔异于他所为耕渔者耶，岂大夫士偶于是而有所感发邪，抑其人之行果有可嘉尚而不可泯焉者邪？

① 徐宿汉《重刻金兰集序》，徐达左辑录《金兰集》前言，中华书局，2013年，第1页。

不然，何其美之者之多如是也？盖耕渔，野人之事耳。以野人之事而得咏歌于大夫士者，其必有道矣。吾意其耕也足以养其家，渔也足以奉其亲。在堂有余欢，在室有余乐。混迹于野人之途，致意于哲人之言，而存心于圣人之道也。大夫士求之于其内，而嘉其志于道，故时而称扬之，称扬之不足以尽其贤也，故发之于咏歌焉。”①

士大夫同题集咏耕渔轩和遂幽轩的原因在这里讲得很清楚，不是士大夫群体偶然兴致来临而发，也不是徐良夫这位渔夫与别的渔夫有什么不同，而是徐良夫的隐居行为合乎道，自食其力，没有被物质所羁绊，摒弃功名利禄，追求的是一种身心自由，一种高蹈人格，致意于哲人之言，而存心于圣人之道。士大夫嘉奖其于内心求道的行为，称扬不足以彰显其贤德，只有同题集咏最适合抒发群体的情感。由此可知同题集咏对于元末隐士群体来说具有“诗可以观”的价值。

众多诗人用诗歌表达了对徐良夫隐居的赞同和认可，对他逍遥世外、遗世独立的守道行为给予肯定，陈潜夫“心将富贵等浮云，陋巷一瓢尤不恶”、袁华“一时尚高洁，千古流芳名”、吴隽“涧谷幽人风义高，自将富贵等鸿毛”、高升“自缘甘淡泊，何用借吹嘘”对徐良夫淡泊名利、重气节的行为给予歌颂。诗人们同题集咏的是徐良夫高尚的境界，与世无争、淡泊宁静、不为物质所累的一种独立人格精神，以耕为乐，耕不是目的，渔也不是目的，耕渔的最终目的是获得从耕渔中得到的快乐，是一种超越功利的归隐。

幽馆夏初度，清林暑气中。
开轩对流水，坐石待薰风。

① 王行《耕渔轩序》，徐达左辑佚《金兰集》前言，中华书局，2013 年，第 3 页。

花落乌巾倒，鸟啼山几空。
耕渔者谁子，散发奏丝桐。

——郑元祐

青山无世情，终古长一色。
下有耕渔轩，空翠幂朝夕。
涧花晚犹红，水鸟秋更白。
凉风薄苧裳，斜日岸纱帻。
悠悠天壤间，谁非去来客。

——蒋堂[①]

蒋堂和郑元祐在诗中描绘了徐良夫悠然自得的心态，赞美了这种与自然和谐的生存方式，歌颂一种超越功利、追求心灵平静的境界。只有在这种安静的氛围里才能“守道求志”。

张复初的诗在对比中歌颂了徐良夫隐士的快乐情怀：“今年兵甲暗风尘，海内骚然不见春。独羡南州徐孺子，耕渔犹是泰平人。”[②] 客观描绘了元末的战乱局面、百姓的动荡不安，只有徐良夫作为隐士，能够在乱世中求得精神的平静，对他这种豁达开明的态度给予了肯定。

邓蔚山中春雨余，高人开轩方读书。
力田归来饱炊黍，垂钓徜徉多得鱼。
沧浪水清白石烂，歌濯缨兮夜何旦。

① 徐达左辑佚《金兰集》卷一，中华书局，2013 年，第 3—4 页。
② 徐达左辑佚《金兰集》卷一，中华书局，2013 年，第 2 页。

谓我栖栖泽畔行，空役长吟岁将晏。

——虞堪[1]

虞堪在诗中赞美了徐良夫的隐居乐趣，读书、种田、钓鱼，是一种亲近自然的生活方式，远离政治斗争，内心平静，人与自然和谐，对这种“贵生”“重身”的行为给予了肯定。

幽人薄世荣，耕渔夙所喜。
朝耕西华田，莫钓洞庭水。
浮湛干戈际，无誉亦无毁。
酿秫云翻甕，鲙鱼雪飞几。

——张纬[2]

张纬直接在诗中点出徐良夫淡泊名利、不为金钱所累、以耕钓为乐的君子情怀，“浮湛干戈际，无誉亦无毁”，说明元末战乱是徐良夫归隐的主要原因，君子无所用世，天下无道，不如归隐以保全身。高启也讲明了徐良夫归隐是因为元末的战乱频繁，“兹世方丧乱，伊人邈难寻”。

卢熊直接在诗中歌颂其逍遥自得、遗世独立的情怀：“卓哉徐孺子，尚志甘隐沦。”“黾勉敦夙志，逍遥乐天真。”王隅也赞曰：“北溟游鲲几千里，而君垂钓沧浪水。”徐良夫的隐居乐趣来自庄子的逍遥自得心境，受道家影响明显，二位诗人直接点题。

诗人群体在同题集咏中主题是一致的，从不同角度歌颂了徐

① 徐达左辑佚《金兰集》卷一，中华书局，2013 年，第 10 页。
② 徐达左辑佚《金兰集》卷一，中华书局，2013 年，第 6 页。

良夫耕钓的快乐、逍遥自得的乐趣，自己耕种，自己垂钓，有衣有食，与世无争。乐耕而渔，忘忧忘我，隐含着道家“贵生”“重身”的思想，徐良夫的归隐不是有待于时，而是真正的归隐山林，是避世情怀下的一种保持名节、获得乐趣的生活方式，是魏晋隐士那种潇洒旷世的继承。

遂幽轩同题集咏诗人们都对徐良夫归隐进行了歌颂，对他淡泊名利、宁静致远、自耕自乐的情趣给予认同，如张世昌“吴方近俗流虚骄，酣溺利声忘昏朝。识机高蹈履贞士，屏居郙野安渔樵。编茅覆轩莳花竹，水色入帘清泻玉。氛埃久绝遂幽轩，有田有书耕且读。人生出处总无心，底事抱才甘陆沉。浮游变灭足兴慨，遁栖不厌岩壑深。甚矣吾衰倦为旅，古汴清苕信吾土。山灵做梦招我归，醉卧林窗听秋雨”①。刘逢原“彭泽归来松菊老，东曹兴动莼鲈秋。云山稳处乐高志，尘海沸时辞急流”②。徐良夫重返大自然，淳朴的自然风光、和谐的精神世界、独立不迁的人格、不与世俗同流合污的品行，让我们感受到的是宁静和谐的乐趣。

诗人为何如此推崇徐良夫的耕渔轩和遂幽轩呢？这是因为诗人群体与徐良夫有着共同的价值观，对徐良夫归隐守道的行为十分认同。徐良夫出仕之后接触的都是隐士，接触官僚的机会并不多。同题集咏者也多为隐士，这些隐士来源复杂，有流寓江南的诗人，有本地诗人，也有宦仕江南的士人，还有方外诗人和西域诗人，他们经常到徐良夫的园林中作客赋诗饮酒欢歌，他们有着共同的思想基础，结成多次同题集咏，其实质就是对共同的价值观加以肯定，彼此之间通过同题集咏互相激励，以证明自己的存在是合理

① 徐达左辑佚《金兰集》卷一，中华书局，2013 年，第 21 页。

② 徐达左辑佚《金兰集》卷一，中华书局，2013 年，第 23 页。

的，在清净恬淡中追求自己的精神世界，保持人格的独立不迁，他们在乱世中归隐山林、遵循君子之道，追求的不仅仅是精神上的“隐”，而是更高层次的“逸”。“隐”只是身体的归隐，“逸”是精神的升华，他们在现实生活中相当苦闷，不能为世所重就是士大夫群体最大的悲哀。

到山林中寻找乐趣，忘乎所以，醉身湖山间，徜徉耕渔垂钓中，消极遁世，实出无奈，这客观上激发了他们去追求内在精神的超逸和解脱。他们甘愿做被世人遗忘的群体，不再介入政治，以豁达的人生态度去思考人与世界的关系，力求实现人与外界的和谐统一。耕渔轩隐士同题集咏的目的就是证明自己存在的价值。

第四节　亭台古迹类同题集咏

大元结束了几百年以来的民族分裂状态，地域辽阔，民族众多，宗教信仰多元化，一时间南人北上、北人南下成为时尚，民族大融合是总体趋势。华化的西域各族中出现了很多优秀的书法家、诗人、画家。元代也是民族大团结的时代，思想开放，文化多元，还没有文字狱，“元季东南士君子，竹西而外，如云西、云林、玉山、耕渔诸公，俱不乐仕进，而多海内高人胜士之交，尊酒声伎，唱酬无虚日，盖法网宽而物力厚，是以游衍自如”①。元末法网宽松，物质丰厚，为同题集咏的发生创造了条件，元代同题集咏是民族大融合的需要，是时代的需要。

① 顾嗣立编《元诗选·癸集》(下)，中华书局，2001 年，第 1060 页。

一、名胜古迹同题集咏

在元代同题集咏中比较突出的一类是名亭楼阁、名山胜水、古寺同题集咏，反映出元人对名胜古迹的喜爱。游览名山大川是保持情志、陶冶性情的一部分。喜爱吟咏历史名台，对严陵钓台等吟咏成集，体现出对历史文化的尊重。士人通过同题集咏以弘扬道德精神、彰显文化意蕴，提高自己的人格素养，对保持气节有一定的作用。

虎丘有 65 人题咏，滕王阁 20 人、岳阳楼 30 人、黄鹤楼 7 人、趵突泉 10 人、洞霄 20 人、大涤洞 5 人、七星岩 16 人、卢沟桥 9 人、武夷山 80 人、黄山 7 人、泰山 4 人、嵩山 2 人、天冠山 9 人、焦山 5 人、金精山 21 人、北固山 3 人、骊山 10 人、龙虎山 4 人、静安寺 20 人、海会寺 5 人、玄妙观 6 人、师子林 12 人、丹山 23 人、白水宫 11 人、白沟 4 人、严子陵钓台 41 人、姑苏台 26 人、越王台 6 人、黄金台 6 人、铜雀台 6 人、歌风台 34 人、戏马台 9 人、黄河 9 人、函谷关 2 人、华清宫 2 人、李白酒楼 15 人、来鹤亭 4 人、开元宫 5 人、洞庭湖 3 人、洞庭湖中庙 3 人、马嵬坡 3 人、伏波庙 4 人、德风亭 5 人、灵泉寺 3 人、灵岩寺 10 人、云岩寺 2 人、栖岩寺 2 人、天坛 2 人①。

武夷山在元代有 80 位诗人同题集咏，虎丘有 65 位诗人同题集咏，岳阳楼 30 人，各题咏都有不少少数民族诗人参与其中，这些都说明元人在民族大融合时代、地理条件便利下同题集咏的盛行。《题丹山》中的昂吉就是河西唐兀人，《题武夷》中的马合麻就是回族，《题虎丘》中的马世德就是也里可温人、《姑苏台》萨都剌是西域人，《武夷山》《七星岩》中的雅琥也是西域也里可温，《题滕王阁》中的达溥化是蒙古人。同题集咏反映了元代民族大融合的

① 以上据《全元诗》统计，中华书局，2013 年。

盛况，同题集咏是元代大一统王朝下多民族实现文化认同、政治认同、国家认同的有效手段之一。

（一）天冠山二十八咏同题集咏

天冠山道士祝丹阳见到赵孟頫，以《天冠山图》相示，请赵孟頫以山中二十八个景点为题题诗，赵孟頫为每一个景点题了一首五言绝句，此后引起了文人学士同题集咏，有袁桷、虞集、王士熙、王奎、林传、祝尧、马祖常、杜本等，基本都是馆阁文人群体。元代同题集咏是一种时代风尚，名人写一首诗，或社会热点问题，或符合士大夫价值观题材的事件，都会自觉同题集咏，同题集咏在元代发生的原因很简单，就是文人喜欢追和别人的诗题，这就是元代同题集咏的特色。

天冠山同题集咏是同一个交际圈的诗人群体，对文雅之事津津乐道是馆阁友谊的体现，这些人彼此之间都很熟悉，同声相求，共同追求群体的儒雅风流。这次同题集咏事件跨度较长，从延祐二年（1315）持续到元统二年（1334）。天历二年（1329），道教大师吴全节题咏天冠山二十八个景点时，赵孟頫等馆阁群体成员已经把二十八个景点摹写殆尽，于是他只写了一首律诗，概括了天冠山总体风貌。这次同题集咏参与者身份地位不凡，影响也较大。

这二十八个景点分别是：洗药池、炼丹井、玉廉泉、长廊岩、金沙岭、飞升台、逍遥岩、灵湫、寒月泉、长生池、道人岩、老人峰、雷公岩、月岩、仙足岩、鬼谷岩、风洞、石人峰、学堂岩、凤山、馨香岩、钓台、磜潭、三山石、五面石、小隐岩、一线天、龙口岩。这既是咏物，也是题画同题集咏。作为一个诗人必须懂画，作为一个画家必须懂诗，诗画结合在元代得到完美体现。

（二）静安寺同题集咏

静安寺为上海的千年古刹，建于三国吴赤乌年间，初名沪渎重元寺，唐代更名为永泰禅院，北宋祥符年间，为了避宋太祖的讳，更名为静安寺。元末僧人释寿宁曾主持静安寺，寿宁号一庵，上海人，“淞东北去九十里，支邑为上海，邑之阴，古伽蓝曰静安，建自孙吴赤乌年。古迹有七，曰：吴碑、陈桧、滬垒、涌泉、鰕禅、土台、芦花村，今主僧宁治丈室两旁，杂植桧、竹、桐、柏，积十年而所植林立，交菁错翠，如蔚蓝天，又自号曰绿云洞，洞以续为八咏，成持以见”①。静安寺原有名胜七处，后来释寿宁亲自种植了竹、桧、桐、柏，十年后枝叶繁茂、碧树参天，因号“绿云洞”，于是静安寺由七处名胜在元末变为八处。

“赤乌碑”：“孙吴赤乌中，天竺康僧会始入建业，创寺曰建初，华亭继有重玄，勒碑纪事。宋祥符间，敕名静安，至嘉定依师以址薄江，迁是地，碑未及徙，而水啮没之。”

“陈桧”：“桧，陈祯明中，艺寺之殿墀，唐陆龟蒙、皮日休有《重玄双桧诗》，宋政和间，媚臣朱勔，图以进徽庙，遣使求之，暴风雨、雷震，拔其一，留其一，寺迁，复移植之，今所存者是。”

“鰕子禅”：“师讳智俨，性散逸，人或诞其为，弗敬。一日赴胥村大姓会，会渡江直渔者，乃贯鰕一斗，掬水啖之，约酧以施赀，弗获，渔者怒，仍吸水吐活鰕还之，人皆惊异。越七日，趺坐而逝，肉身不坏，齿发如生，会兵难，神变而去，世名鰕子禅。”

“讲经台”：“宋嘉定间，仲依师既迁寺，筑土台，日夕趺坐，露诵梵典，裒众讲习。至淳祐，忽示寂，塔其骨于台之阴，而台址犹存。”

“滬渎垒”：“按吴郡志，松江东泻海，而灵怪者曰滬渎，渎有御滬垒。晋吴内史虞潭尝修之，又按通鉴，晋隆安四年，袁崧为郡复新之，以御孙恩，地居今寺之艮方。”

① 杨维桢《绿云洞志》，王云五主编《丛书集成初编》，商务印书馆，1936年，第1页。

“涌泉”：“泉在寺之易，广袤者半寻，窪若温泉，突沸犹火鼎，俗呼为沸井。有亭翼然其上，初依师将迁寺，以为龙湫，遂定厥址，凡岁旱，祷于泉辄应。”

“芦子渡”：“寺之乾维，旧有芦子二城，东城延袤万余步，有四门，尽啮于江，西城差小，遗址犹存。渡淞江者，必由是取道，故名。”

“绿云洞”：“绿云洞者，宁师栖息所也。桧、竹、桐、柏环植庐外，其层阴叠翠，落人衣帽，游者疑为华易小有之境，赵湖州尝书颜之，提学杨会稽乩为志云。”①

静安寺八景有七处历史悠久，元人题咏静安寺八景甚富，释寿宁将元人歌咏静安八咏的同题诗汇集成册，叫《静安八咏诗集》，名士杨维桢为之作序，钱鼒为之作后序。此次同题集咏的是静安寺八处景点，也仅有元人一组同题集咏诗而已。静安寺同题集咏的出现，说明元代同题集咏唱和形式运用的普及化、成熟化，同题集咏已经成为元代文人群体自觉运用的唱和方式。静安寺同题集咏也说明元代同题集咏广泛的文人基础，元代文人群体集会，游览成风，追随风雅逸趣，促使元代同题集咏的成熟。

释寿宁征诗是静安八咏同题集咏出现的主要原因。元人这组同题集咏属于历时同题集咏，时间跨度十年，“求题咏于时之长于诗者凡十年，故所得者轴粘腰，既而摘其精，获其隽永，若汰砾选金凿玉，其用心亦勤矣哉”②。有20位诗人参与同题集咏，杨维桢作序，并为之点评，使得静安寺名胜更加有名。

---

① 钱鼒《静安八咏事迹》，《四库全书存目丛书》集部第289册，齐鲁书社，1997年，第372—373页。

② 钱鼒《静安八咏后序》，《四库全书存目丛书》集部第289册，齐鲁书社，1997年，第396页。

“鼒与师交方外，而又得追攀铁厓群公间，其敢辞。吾尝以为有前人之胜概，而不有以咏歌之，则无以昭其前”[①]，有僧人，有普通诗人，身份复杂，再次证明同题集咏在元代运用的普遍化，是不同层次、不同身份文人群体交流的重要方式，其中存史目的是同题集咏繁荣的原因。

元代因为杨维桢的参与，出现过多次同题集咏，杨维桢曾多次主持文会，玉山草堂就因为杨维桢的参与、顾瑛的好客而繁荣。至正九年（1349）他作为“应奎文会”的主考征诗，发起了月氏王头饮器歌同题集咏、西湖竹枝词同题集咏，影响很大。

《静安八咏》同题集咏者：贡师泰（宣城人）、成廷珪（广陵人）、杨瑀（杭州人）、郑元祐（遂昌人）、王逢（江阴人）、释寿宁（上海人）、韩壁（饶州人）、唐奎（晋阳人）、马弓（会稽人）、顾彧（上海人）、钱岳（吴兴人）、释如兰（富阳人）、赵觐（澄江人）、余寅（华亭人）、释守仁（富春人）、陆侗（上海人）、孙作（澄江人）、张昱（庐陵人）、吴益（延陵人）、钱惟善（曲江人）等[②]。

参与同题集咏的士人，除唐奎外，都是南方人，绝大多数是江浙行省和江西行省的人。元末同题集咏几乎是江南文人主导，这与江南文人的富庶、政治的稳定、艺术水平的高雅有关系。有的是避难于吴地，导致静安八咏同题集咏的发生，如贡师泰《滬渎垒》：“避难吴淞江，出游滬渎垒。世道苦变更，形势总隳圮。我怀晋外臣，孰似袁内史。深惭盛时守，无策正邦纪。日暮仰北辰，天寒一星紫。尚想白登围，无言泪如水。”[③] 反映贡师泰在元末战乱中避难

① 钱鼒《静安八咏后序》，《四库全书存目丛书》集部第289册，齐鲁书社，1997年，第396页。

②《四库全书存目丛书》集部第289册，齐鲁书社，1997年，第374—396页。

③《四库全书存目丛书》集部第289册，齐鲁书社，1997年，第374页。

来到吴淞，出游了静安寺，对元末战乱感触良多，对元朝君王的忠诚也可见一斑。孙作也是避难吴地而参与静安寺同题集咏，孙作本江阴人，江阴古称澄江，“元至正末避兵于吴，初受张士诚之招，旋去之松江”①。“张士诚据吴，退隐吴江之筒川，又移居华亭”②，钱惟善也是因为元末张士诚据吴而退隐吴江，又移居华亭，才有机会参与静安八咏同题集咏。

（三）南城咏古同题集咏

南城指的是金国都城中都，十六个古迹分别是：黄金台、悯忠阁、寿安殿、圣安寺、大悲阁、铁牛庙、云仙台、长春宫、竹林寺、龙头观、妆台、双塔、西华潭、白马庙、万寿寺、玉虚宫。黄金台在大悲阁东南、隗台坊内；闵忠阁是唐太宗为征辽士卒阵亡而建立的；圣安寺有金世宗和金章宗二朝篆；大悲阁阁榜有虞世南书；长春宫，全真丘神仙处机之居；竹林寺，金熙宗驸马宫也；妆台，李妃所筑，常与章宗坐在那里；双塔，安禄山、史思明所建，在闵忠寺前；西华潭，金国的太液池；龙头观，建隆元年建。这些都是金朝遗迹，同题集咏者有七位，分别是：宇文公谅、危素、梁有、黄尋、王虚斋、朱梦炎、廼贤。

廼贤为南城咏古同题集咏作序，序曰：“至正十一年八月既望，太史宇文公、太常危公，偕燕人梁处士九思、临川黄君殷士、四明道士王虚斋、新进士朱梦炎与余，凡七人，联辔出游燕城，览故宫之遗迹。凡其城中塔庙楼观台榭园亭，莫不徘徊瞻眺，拭其残碑断柱，为之一读，指废兴而论之。余七人者，以为人生出处聚散，不可常也。邂逅一日之乐，有足惜者，岂独感慨陈迹而已哉！各赋诗十有六首，以纪其事，庶来者有所征焉。”③

① 永瑢、纪昀主编《四库全书总目提要》，海南出版社，1999年，第883页。
② 永瑢、纪昀主编《四库全书总目提要》，海南出版社，1999年，第875页。
③ 廼贤《南城咏古十六首》序，《元诗选·初集》，中华书局，1987年，第1462页。

此组咏物同题集咏作于元末战乱年代，七位诗人借助咏物以咏怀，希望战乱中的元朝能重震威风，自己也不能虚度此生。元代同题集咏的普及化是在自觉中完成的，元代同题集咏在使用频率、参与人数、产生影响这三方面都是非常突出的。可以说元代是同题集咏的时代，南城咏古十六首就是元代同题集咏的一个缩影。

同题集咏可以增强群体意识，互相感发，声气相通，容易形成一种共识和默契，这是其他唱和方式达不到的效果。一个时代文学的发生与这个时代世风紧密相关，一代有一代之文学，文学的唱和方式随着时代不同而变化。元代有同题集咏发生的土壤，时代的浇灌就会使其开花结果，其意义不言而喻。

二、亭台建筑类同题集咏

元人爱好雅趣，喜欢群体活动，群体意识极强，诗已经不属于一个人，而属于一群人，同题集咏就是最好的说明。当一种时尚成为自然，就会普及化、社会化。元代文人爱好建筑亭台楼阁，喜欢标榜自己的身份，喜欢参与雅集之类的活动，每当名人学士新建了一座亭子或书屋，因为主人的雅趣，或身份的高贵，或清高的志趣，都会吸引一大批文人吟诗，同题集咏就发生了。

（一）苏天爵滋溪书堂和春风亭

苏天爵是元代后期非常重要的北方汉族士大夫，祖先世代为儒，家风向学，通过积分入国学，二十四岁即为七品官，在元代汉族知识分子中是极其罕见的，任过翰林修撰、监察御史、肃政廉访使、江浙行省参知政事、集贤院侍讲学士、两浙都转运使等二十多个职位。为官清廉，在多地平反冤案多起，后来由黄溍、许有壬、刘基、吴师道写了四篇苏天爵治狱的文章，分别是《苏御史治狱记》《题苏伯修治狱记》《书苏伯修御史断狱记后》《苏御史治狱记》，使苏天爵在士大夫之间获得了赞誉，“伯修三为御史，在中台仅四阅月，而章四十五上。自圣躬至于朝廷政令，稽古礼文，闾阎幽隐，苟有关乎大体。系乎得失，知无不言”①。苏天爵在政治上有一定的抱负，受过理学的严格熏陶，明道术，正人心，兴教化，忠君爱民，多次减轻赋役，在史学上做出了重要的贡献，完成了《辽金纪年》和《国朝名臣事略》。

苏天爵作为元朝名臣、重要的馆阁文人，自然会引起文士群体的关注。同样能引人注意的还有滋溪书堂，“昔吾高王父玉城翁当国初自汴还真定，买别墅县之新市，作屋三楹，置书数十卷。再传而吾王父威如先生，又手自钞校得数百贮之，因名屋曰滋溪书堂，盖滋水道其南也。岁久堂坏，先人葺之而不敢增损，且渐市书益之”②。书堂因在滋水之北而得名，由苏天爵高王父作屋存书，苏天爵王父命名为滋溪书堂，主要目的是存书，说明苏天爵家风很正，喜爱藏书，苏天爵在此书屋读了很多书，才成为著名的史学家。滋溪书堂对苏天爵读书积累知识、顺利考入国学是很有帮助的。苏天爵为了提高滋溪书堂的知名度，引起士人阶层的关注，开始向馆阁文人征诗，形成同题集咏。这也是对祖父建书堂行为的一种纪念和认同。

《题苏伯修滋溪书堂》题咏者潘纯，《苏伯修滋溪书堂》题咏者胡助，《题滋溪书堂》题咏者谢端，《苏伯修右司滋溪书堂》题咏者宋褧，《滋之水奉题苏氏滋溪书堂》题咏者傅若金，《滋溪书堂诗》题咏者吴师道，《赋苏伯修滋溪书堂》题咏者虞集。

“伯修能绳先生义方以造之，则堂暨书之传，邈乎未可概也。”③馆阁文人群体同题集咏滋溪书堂是对苏天爵的一种文化认同，对

① 黄溍《读苏御史奏稿》，《黄溍全集》，天津古籍出版社，2008 年，第 199 页。
② 宋本《滋溪书堂记》，苏天爵《滋溪文稿》附录二，中华书局，1997 年，第 528 页。
③ 宋本《滋溪书堂记》，苏天爵《滋溪文稿》附录二，中华书局，1997 年，第 529 页。

于苏天爵继承祖志、立志修身的行为给予歌颂。同题集咏的发生是对一种行为的认可、对一种精神的肯定,在这里同题集咏寓含着道德层面的意义。吴师道讲出了题咏滋溪书堂的原因:“乃今获闻尚书公家世之懿,异时眉生不得专美,而斯堂之名将亘古而无穷也,因为诗以颂焉。”① 同题集咏肯定了守道的儒风。

潘纯“四世风流在,诸生礼数严”、谢端“滋溪有源子有后,斯堂斯书可世守”直接点出了同题集咏宣扬道德礼教的目的,书是文人守道的方式,读书是治国平天下、修身养性、实现理想抱负的必要途径,因此对滋溪书堂的同题集咏也就是对儒家礼教的维护。

春风亭是苏天爵别墅里的一个亭子,在真定城北之安丰里,苏天爵治其地为园,种植桃杏数株,而筑亭其中。虞集为此亭题名曰春风亭,亭名来自于儒家文化。“与里之贤者于焉夷犹,览春物以舒神情也”②。这里贤者指的是孔子,孔子当年带领弟子谈论志向,他说乐意在春光中浴乎沂,舞乎雩,以寄托情志,“朱公掞以春风言之可谓善言德行矣……今为春官小宗伯,方为天子治礼乐,翕宣阴阳以和神人,又将入政府赞大化,使仁风翔乎四表”③。朱熹指明了春风的含义是善言善行,这个亭子的名字是对大元盛明清治的歌颂,对大元给予了美化,寄托了文人的理想。

春风亭也引起了王沂和潘纯二位诗人的同题集咏,王沂有《苏伯修春风亭》,潘纯有《题伯修春风亭》。

(二)德风亭同题集咏

德风亭在河东潞州,太行山麓,右临漳水,左临壶关,地势险

① 吴师道《滋溪书堂诗序》,苏天爵《滋溪文稿》附录三,中华书局,1997年,第565页。

② 陈旅《春风亭记》,苏天爵《滋溪文稿》,中华书局,1997年,第549页。

③ 陈旅《春风亭记》,苏天爵《滋溪文稿》,中华书局,1997年,第549页。

要，在汉代为名郡，唐、五代、宋金以来一直是北方交通要道，地理位置十分重要，在军事上有着重要的战略意义。金元易代之际，几乎所有建筑都被战火毁掉了，只有德风亭独存，元末至正四年（1344），太原张菊轩来这里做官，重新修葺了德风亭，重新书写了匾额，铲除废墟，剪除荒草，重新建筑台基，又还原了往日的风貌。于是引起了文人群体的同题集咏。

> 乱离以来，土崩瓦解。珍台闲馆，兵车蹴蹋，废而为丘墟，高亭大榭，烟火焚燎，化而为灰烬。独所谓德风亭者，颓垣坏宇，尚存于荒烟野草之中，吁，可惜哉。洪惟圣元受命，疆理天下，建州治于兹者有年矣。累政因循，视为度外，至正辛巳冬，河东张公瞻甫来守是邦，下车未几，兴滞补弊，百废具作，令修于庭户，数日之间，民自得于河山千里之外。越明年，岁壬午，公于退公之次，登亭故基，恻然有兴复之意。遂命工铲高堙卑，驱石剪棘，削污壤，峻遗址，以门以墉，乃栋乃宇，构亭三楹而匾以故额，经始于维暮之春，落成于徂暑之夏。观夫地位显敞，轩户洒落，明则夜朗，幽则暑凉，远挹山川登临之美，近览人物居邑之盛，诚一方之壮丽，千里之伟观也。凯尝以暇日同郡参谋郝公唐臣，上党蔚郭公君实，陪公觞咏其上。感慨怀古之余，因成唐律十章，用写一时之雅，参谋公谓刊诸翠珉，以为他年之故事，于是乎书。①
>
> ——元凯

德风亭是潞州的名胜，文人们对张菊轩的行为给予歌颂，肯定

① 杨镰主编《全元诗》第44册，中华书局，2013年，第358页。

了重建的意义，高翔有《重建德风亭》，高伯庸有《重建德风亭诗》，熊戴有《登德风亭》，黄珍有《德风亭诗》，元凯有《登潞州德风亭叙并诗》。

（三）归潜堂同题集咏

归潜堂是金人刘祁的居室，由于不得志，刘祁后来归隐于太皞之墟。金元易代，流离颠沛，时年三十二岁的刘祁作为一个布衣书生，甘于贫困，不幸之中万幸的是在战乱中得以与妻子完归。经历浩劫之后，他的归隐志向越来越清晰，“由是以其所以经涉忧患与夫被攻劫之苦、奔走之劳。虽饭蔬饮水，囊中无寸金，未尝蒂诸胸臆。独念昔所与交游，皆一代伟人，人虽物故，其言论谈笑，想之犹在目”①。

其不凡的志向、不凡的经历引起了金代遗老的同题集咏，这是为数不多的金代同题集咏。文人群体对高尚的情操、不凡的志趣是非常愿意歌颂的，目的是弘扬其价值观，以树立榜样，为自己树立人生方向。如白华《为刘京叔归潜堂作》，麻革《归潜堂为刘京叔赋》，薛玄《归潜堂诗三首》，赵著《归潜堂诗》，元好问《归潜堂》，李微《为刘京叔归潜堂作》，释性英《归潜堂诗》，勾龙瀛、李惟寅《为刘京叔归潜堂作二首》，兰光庭《归潜堂诗》，陈时可《归潜堂铭并序》，张纬《归潜堂诗》，张师鲁《归潜堂诗》，李献卿《归潜堂诗》，吴章《为刘京叔归潜堂作》等。

除了以上所列举之外，学士宋本在大兴县西南天府广记修建了自家的亭子叫垂纶亭，引起了虞集、柯九思、马祖常等馆阁文人群体的同题集咏；馆阁文人李泂在自己家里建了红云岛、半间亭等很多亭子，引起了张养浩、王沂、范梈、虞集等馆阁文人群体的

① 刘祁《归潜志序》，《全元文》第2册，凤凰出版社，2004年，第311页。

同题集咏。馆阁文人在同一个圈子内,同馆共事,出于彼此之间的友谊,用同题集咏的形式表达对同僚的祝福,也是诗歌社会功能的彰显。

总之,元代咏物诗极其丰富,咏物诗是元人诗歌占比较大的一类,也是具有广泛基础的一类。元代地域辽阔,许多新鲜事物层出不穷,为咏物同题集咏的发生创造了条件。南北方不同的气候、不同的文化交融碰撞,同题集咏是很好的途径之一。南方人没见过骆驼,随着元代大一统时代的到来,骆驼进入文人视野之内,南方人觉得新鲜好奇,于是用同题集咏的形式记录下自己的感受,例如,释梵琦、杨允浮、傅若金都同题集咏过骆驼,杨允浮、释梵琦都是到元代草原腹地的上京才见到的,大一统开拓了文人视野,同题集咏出现了新题材。

元代的同题集咏有些既是咏物同题集咏也是咏史同题集咏,借咏物以咏史、咏怀,表达情感、揭示真理、实现心与心之间文化道德的互动传递,表达了对文化礼教的维护和自觉的传承意识。

元代同题集咏是群体意识觉醒的表现,因物寓理,托物言志,抒发内心的正气,将自己的高雅逸趣寄托在物中,以实现崇德修身,肯定自己的道德取向,达到修身养性的目的。有些咏物诗同题集咏显示了文人群体对自己情趣的肯定,寄托在名胜古迹、亭台楼阁的同题集咏中,在同题集咏中交流、融合、共鸣。

第十三章　元代咏行诗同题集咏

元代文人咏行对同题集咏产生了重要影响，一切咏行同题集咏都烙上了大一统时代文化交融的印记。群体送别是元人的风尚，通过同题集咏，不同身份、不同层次、不同民族、不同地域、不同信仰的人也参与其中。辽阔的疆域、便利的交通为咏行同题集咏的发生提供了外部条件，群体内部维礼崇德的需要、情感交流的需要为咏行同题集咏的发生提供了内部支持。咏行同题集咏彰显了群体对话功能，发生的频次、参与的人数都是史无前例的，对群体之间的影响愈来愈深，对于协调君臣、馆阁文臣之间的关系，增进普通朋友之间的友谊都起到了重要的沟通作用。同题集咏成为元诗的一个符号，成为大一统时代重要的结群方式，咏行诗同题集咏形式和特点是多样的，开拓了元代纪行诗的题材，丰富了纪行的地理意象，增加了元诗的地域风情，对元诗风貌产生了重要的影响。

咏行诗包括送别诗和纪行诗两类。元代疆域辽阔、交通发达，对元代诗歌产生了重要的影响。元代是我国送别诗、纪行诗最有特色的一个朝代，出现了大量的咏行诗同题集咏。

元代有大量咏行同题集咏出现，受疆域辽阔和交通的影响，元代群体送别的同题集咏屡次发生，充分彰显了元代咏行诗的群体性特征，群体之间容易产生共鸣。

第一节　发达交通促进咏行同题集咏的繁荣

交通的便利与否直接影响着一个朝代咏行诗的数量和质量。元代疆域辽阔，"行"的含义更加多元。元初，伴随着大一统时代的到来和民族大融合的加剧，不同语言、不同宗教信仰、不同生活习惯、不同地域文化特征的人们混合在一起，新鲜事物层出不穷。大量西域人内迁，定居中原或者江南，经过二代人或者三代人的文化交融，熟练掌握了儒家文化，就多了一个身份——诗人，可以与汉族文人一起用诗歌表达友谊、弘扬伦理道德、抒发内心的真情实感、参与文人群体同题集咏。咏行同题集咏繁荣的到来，交通是最初的起点。

一、发达交通加速南北人口流动

大元统一以后，民族大融合的趋势势不可挡。"行"是元人日常生活的重要组成部分，元代疆域辽阔、民族众多，大一统下的"行"更是国家安定、民族团结、社会正常运转不可或缺的环节。蒙古及西域元素日渐增多，多族群需要一个统一的核心思想，便于元王朝的管理和稳定，这也是元朝政治的需要。

伴随着人口流动的加速，文化融合成为趋势，"行"在元代显得比其他时代更为重要。"南人求利赴北都，北人徇利多南趋"①。至元、大德年间南人北上、北人南下成为一时的潮流，南人到大都求仕，北人到江南做官。元杂剧在南北混一后不久就由大都转移到杭州，出现了杭州杂剧作家群。伴随着南北文化的交融，南人北上入居大都，医徒、文士、商人等流徙现象非常频繁，一时间游士陡

① 杨镰主编《全元诗》第30册，中华书局，2013年，第248页。

然猛增。大都成为政治文化中心，也成为元代各族士人交汇之处。科举举行后，南人赴大都科考，舟车途中纪行同题集咏，临行前友人送别同题集咏，也促进了咏行同题集咏的繁荣。“延祐初，诏举进士三百人会试，春官百五十人。或朔方、于阗、大食、康居诸土之士，咸囊书橐笔、联裳造庭而待问于有司，于时可谓盛矣”①。

元代交通相当发达，元朝与非洲、欧洲、亚洲各国都有密切的贸易经济往来，马可波罗笔下的元大都、杭州都是当时世界上最繁华的都市，“世界诸城无有及之者，人处其中，自信为置身天堂”②。元代各种宗教并行不悖，佛教、道教、基督教、伊斯兰教等自由信仰，“奇怪物变，风俗嗜好，语言衣食有绝异者”③，多元文化并存。元代是个思想信仰极其自由的时代，文化呈现出多元性和开放性的特点。同题集咏反映了元代交通盛况和文化交融，拂郎天马同题集咏就是鲜活的例证。

“若元，则起朔漠，并西域，平西夏，灭女真，臣高丽，定南诏，遂下江南，而天下为一。故其地北逾阴山，西极流沙，东尽辽左，南越海表”④。元初“方车书大同，弓旌四出，蔽遮江淮，无复限制，风流文献，盖交相景慕，惟恐不得一日睹也”⑤。元代疆域辽阔，文人出游的机会相比以前朝代大大增加。官员赴任、代祀海岳、告老还乡、录囚申囚、上京赶考、出使安南、出使高丽、番邦入京纳贡、游山玩水等都在客观上促进了同题集咏的发生。元代咏行诗同题集咏发生的次数、规模、题材、影响力都是历代无法比拟的，开创了元诗的

① 李修生《全元文》第32册，凤凰出版社，2004年，第403页。

②《马可波罗行记》，河北人民出版社，1999年，第532页。

③ 虞集《虞集全集》，天津古籍出版社，2007年，第405页。

④ 宋濂《元史》，中华书局，1976年，第1345页。

⑤ 李修生《全元文》第25册，凤凰出版社，2004年，第176页。

新纪元。

咏行诗同题集咏是伴随着经济、文化交流的需要而诞生的，它诞生在馆阁内，诞生在草原上，诞生在帝王的巡行中，诞生在出征的使命中，诞生在访外国使团的海外出使中。一切咏行同题集咏都烙上了大一统时代的文化印记。同题集咏伴随着大一统时代的到来，逐渐发挥了其群体社会交际功能，发生的频次逐渐增多，参与的人数也愈来愈多，对群体之间的影响愈来愈深，对协调君臣、馆阁文臣之间的关系、增进普通朋友之间的友谊都起到了重要的沟通作用，因此也就有了咏行诗同题集咏的发生，这也成为元诗一个符号特征，记录了大一统时代的结群方式、风土人情。

宋金对峙时代“南北道绝，载籍不相通”①，元代辽阔的疆域、便利的交通，使得各族文人有机会漫游大江南北，名山大川都尽收眼底，开拓了多族士人的眼界，拓宽了元诗的境界，“跃马长城外，方知眼界宽”②，漫游大大促进了纪行同题集咏的繁荣。《武夷山》在元代有80位诗人同题集咏、《虎丘》有65位诗人同题集咏、《岳阳楼》有30人③，南方文人行迹布满塞北，《龙虎台》《桓州》《枪竿岭》《李老谷》《李陵台》《野狐岭》等上京纪行诗同题集咏都有南人的参与，这些都说明了元人在民族大融合时代便利交通下同题集咏的盛行。

元人喜欢游山玩水，喜欢与各层次人士交往，其中不乏僧人、道人。元代很多僧人能诗，与馆阁文人群体交往密切，多参与文人群体的同题集咏，如以释来复为中心，形成了数次多族群同题集

① 宋濂《元史》，中华书局，1976年，第4314页。

② 顾嗣立编《元诗选・二集》，中华书局，1987年，第260页。

③ 均据《全元诗》统计。

咏。元末杨维桢发起过西湖竹枝词同题集咏，四面八方多族士人游历过杭州西湖，有景慕钱塘山水而来的北人、西域人、蒙古人，有迁徙杭州的文人，有仕宦于此的文人，也有宦游到此的文人，他们都因为交通发达才能从很远的地方来到西湖。西湖竹枝词反映了元代交通便利、地域辽阔对同题集咏的影响。

西湖竹枝词同题集咏充分彰显了“同题集咏的雪球效应”，其由杨维桢首唱，与其交际圈内身份、地位、才气相当的几位朋友唱和，影响力愈来愈大，像滚雪球似的，将来自各族诗人、各个阶层的诗人、隐士、僧人、闺阁、官员都吸引到西湖竹枝词同题集咏中。一时间同题集咏者剧增，好事者流布南北，这是元末的时代风气，是同题集咏成熟的体现，也是诗歌走向下层百姓、社会化的表现。

李廷臣：“南人北人湖上来。”① 西夏人完泽：“半是南音半北音。”② 元代辽阔疆域，南北畅通无阻，北人、南人，汉人、少数民族都来到西湖，才有了西湖竹枝词同题集咏。杨维桢偶感而发，却能引发一场多民族、多元身份参与的同题集咏，声势浩大，这不是偶然现象，完全是元代交通便利、文网宽松带来的结果。这是民族大融合时代一种特有的现象，是元代地域辽阔、交通发达的产物。

元代结束了几百年以来的民族分裂状态，疆域辽阔，民族大融合，没有文字狱。元代有影响的诗人几乎都参加过同题集咏。同题集咏和元代辽阔的疆域、多元的社会、多元的信仰、多地域的时空转换、多种族的族群交流、二元政治制度、特殊的文化生态环境是分不开的。它是群体交流频繁的标志，是多族士人圈群体活动频繁的产物，它满足了不同层次人群的需要。

---

①《丛书集成续编》第154册，上海书店出版社，1994年，第447页。

② 杨镰主编《全元诗》第51册，中华书局，2013年，第147页。

二、发达交通促进民族文化融合

伴随着南北混一,江南人到北方后见到了南方没有的事物,北方人南下以后也是如此。新鲜感时常激发士人灵感,也激发了同题集咏的发生。正如元人陈宜甫所说:“江南野客惯乘舟,北来只梦烟波秋。于今天下皆王土,欲得回辕到彼游。”[①] 汪元量:“北客南人成买卖,京城依旧使铜钱。”[②] 南宋只有半壁江山,生于南宋的士人视野受限,元统一后,天下皆王土,便利的交通拓宽了南人的视野,文人与商人都成为南北流动中的人,南人和北人分类在元初由政治划分走向地理划分。便利的交通拓宽了元代诗歌题材和表现力。

杏花是黄河流域常见的花朵,与南方的梅花极其相似,在元初,北上的南人经常误把杏花作梅花,汪元量《醉歌》:“北人环立栏杆曲,手指红梅作杏花。”[③] 释宗衍《红梅》:“错认杏花休举似,北人强半在江南。”[④]南北文化的差异深深吸引着不同地域人的眼光,一时间出现了南北混合的文化意象,“杏花春雨江南”见证了民族大融合。在这样的时代背景下,“行”的意义极其重要,通过“行”可以加速民族融合,通过“行”可以消解不同背景下的族群隔阂。思想的碰撞、文化的交流、民族的融合都需要“行”来完成,元王朝的“行”显得比任何时代都要重要。

“元初,车书大同,弓旌四出”[⑤],便利交通下异质文化激烈碰撞,新事物层出不穷,为元代同题集咏创造了条件。疆域辽阔,民

①《文渊阁四库全书》第 1202 册,台湾商务印书馆,1986 年,第 675 页。

② 杨镰主编《全元诗》第 12 册,中华书局,2013 年,第 5 页。

③ 杨镰主编《全元诗》第 12 册,中华书局,2013 年,第 5 页。

④ 杨镰主编《全元诗》第 47 册,中华书局,2013 年,第 362 页。

⑤ 顾嗣立编《元诗选·二集》(上),中华书局,1987 年,第 201 页。

族众多，宗教、语言、民俗差异巨大，使得不同民族之间易产生文化碰撞和融合。贯云石是西域人，祖籍高昌王国的鲁克沁，他的母亲是高昌另一个家族廉氏，贯云石芦花被同题集咏正是在元代民族大融合背景下而产生的。

南方人没见过骆驼，随着元代大一统时代的到来，骆驼进入文人视野之内，南方人觉得新鲜好奇，于是用同题集咏的形式记录下自己的感受，例如，释梵琦、杨允浮、傅若金都同题集咏过骆驼，而杨允浮、释梵琦都是到元代草原腹地的上京才见到骆驼的。元代大一统，开拓了文人视野，让诗歌出现的新题材最鲜明地体现在同题集咏中。骆驼从张骞出使西域以后进入中原，受唐王朝国力强盛、疆域辽阔的影响，唐代杜甫等诗人将骆驼纳入诗歌表现题材，但是唐宋诗人的骆驼多是想象出来的，真正到塞外见过骆驼的人并不多。元代疆域辽阔、交通发达，到过草原的士人多了，眼界也开阔了。正如元人傅若金所说："紫驼磥碨动秋云，白草微茫卧夕曛。中土向来惟见画，都门今日动成群。"[①] 元代交通对诗歌的影响是很大的。

很多少数民族诗人漫游元朝山河，在停留处题咏。《题丹山》中的昂吉就是西夏人，《题武夷》中的马合麻就是回回，《题虎丘》中的马世德就是也里可温人，《姑苏台》中的萨都剌是回回人，《七星岩》中的雅琥是西域色目人，《题滕王阁》中的达溥化是蒙古人，《天冠山》中的马祖常是雍古人。同题集咏在民族大融合时期反映了异质文化的融合，反映出不同民族、不同地域的人对多元文化的包容与认同。

同题集咏将许多不同身份、不同民族、不同种族、不同信仰、不

---

①《文渊阁四库全书》第1213册，台湾商务印书馆，1986年，第285页。

同语言、不同风俗、不同地域的人纳入同一个公共文化空间，形成新的儒家文化圈，加速彼此之间情感的交流。“同”是元王朝的时代特色，也是时代的需要。因为彼此之间差异太大，所以需要一种方式“趋同”。随着多民族交流的深入，华化在蒙元时代是一种时代的必然趋势，多民族诗人在同题集咏中肩负起这个时代巨大的使命，在彼此交流学习中逐渐认识到儒家文化的核心价值。元代同题集咏是民族大融合的需要、是时代的需要。

第二节　元代纪行同题集咏的繁荣

元代特殊的政治制度促进了纪行同题集咏的繁荣。上京纪行诗同题集咏是历代中原王朝所不曾有过的现象，带有浓厚的元朝政治地域特色，是元代两都巡幸制的产物。上都独特的异域风貌和人文地理也使得元代纪行诗别具特色。

元朝实际上有两个都城，大都位于今北京，上都则在今内蒙古锡林郭勒盟正蓝旗境内，两都相距四百余公里。元代统治者是蒙古人，蒙古草原是他们的创业根基，上都是他们生存统治的根本，上都的文化意义是多重的；元朝对大都夏季炎热难以适应，故将上都作为避暑之地；上都可以威震朔漠，每年往返于两都，使帝王知勤劳。上都代表着蒙古族统治者的一种草原情结，那是祖业的根基，“还大都之日，必冠世祖皇帝当时所戴旧毡笠，比今样颇大。盖取祖宗故物，一以示不忘，一以示人民知感也”[①]。在他们心里，上都的重要性要高过大都，事实证明也是如此。

自元世祖起，元朝有六个皇帝在上都即帝位，忽必烈中统四年

① 孔齐《至正直记》卷一，上海古籍出版社，1987年，第1页。

（1263）开始建立巡幸制，元代两都巡幸制度由此定格。“世祖皇帝建上都于滦水之阳，控引西北，东际辽海，南面而临制天下，形势尤重于大都”[①]。上京的战略意义可见一斑，皇帝临幸上都，文武百官、中外使臣都要到上都去朝拜天子，扈从人员众多，“文武百司，扈从惟谨”[②]，气势非凡。

“天子时巡上京，则宰执大臣下至百司庶府，各以其职分官扈从，国朝旧典也”[③]。翰林国史院、御史台、中书省的官员们必须跟随皇帝到上京办公，随从人员中很大一部分是文人。沿途的塞外风光、雄奇险峻的峡谷、浓郁的蒙古族特色歌舞及饮宴，都吸引了文人们奇异的目光，他们纷纷赋诗吟咏，于是出现了奔走于两都之间纪实的上京纪行诗。这些上京纪行诗充满了浓郁的民族地方特色，写实的风格具有史料价值，可以弥补史书的不足，甚至比史书更细致，“诗中所纪元一代避暑行幸之典，多史所未详”[④]。上京纪行诗的意义不凡。

从世祖中统四年（1263）巡幸上都开始，就有文官伴随，上京纪行诗就开始出现，一直持续到红巾军毁灭上都为止，近一百年的历史，产生了大量的上京纪行诗。几乎元代知名馆阁文人都有扈从上京的经历，都有上京纪行诗，后来扩大到军人、商人、僧人、道士、隐士。“上京纪行诗共973首，近千首，涉及诗人58位。当然，无论是诗人，还是诗作，仍然还有增补的空间”[⑤]。上京纪行诗近千

---

① 李修生《全元文》第27册，凤凰出版社，2004年，第510页。

② 李修生《全元文》第29册，凤凰出版社，2004年，第298页。

③ 李修生《全元文》第29册，凤凰出版社，2004年，第300页。

④ 纪昀等《四库全书总目提要》卷一百六十八，海南出版社，1999年，第877页。

⑤ 刘宏英、吴小婷《元代上京纪行诗的研究状况及意义》，《河北北方学院学报》2008年第4期。

首，充分说明上京纪行诗的活跃。这些上京纪行诗如实地描绘了塞外的风光、蒙古族的习俗。对大部分江南文人来说，这是件非常新鲜的事，开阔了他们的眼界。独特的草原风光、奇异的塞外景色深深吸引着南方文人。

上京纪行诗数量极多，“白珽 10 首、刘敏中 16 首、袁桷有 227 首、柳贯有 32 首、迺贤 32 首、黄溍 18 首、杨允浮有 108 首、周伯琦有 115 首、胡助有 45 首、张昱有 110 首、陈旅 7 首、王沂 19 首（包括 10 首组诗）、郑潜有 7 首（6 首组诗）、欧阳玄 10 首、吴当 36 首”①。创作主体多是南方文人，他们在上京纪行诗中，呈现出典型的草原文化和游牧文化的特点。塞外风土人情不同于江南水乡，许多奇特的事物以前都没见过，蒙古草原上的地椒、野韭菜花、大蘑菇、沙葱、紫菊花，蒙古族的马奶酒、诈马宴、摔跤骑马、竞走，具有浓郁特色的服装仪式，塞外雄奇的风物古迹，拓宽了江南文人的视野。途经很多新地方，有很多新风景，对江南来的馆阁文人来说，感觉非常新鲜刺激，充满惊异感和神秘感。

上京纪行诗同题集咏中，元人集体吟咏塞上风光，集体吟咏草原风貌，马乳、骆驼、氈车、健牛、雪花、苜蓿、葡萄等塞外意象成为出现频率较高的词汇，这是因为多族群文人确实到蒙古草原见过骆驼，如元人张昱“骆驼妳子多醉人，氊帐雪寒留客宿”②、陈刚中“寒沙茫茫出关道，骆驼夜吼黄云老”③、陈宜甫“北方毡车千万两，健牛服力骆驼壮。清晨排作雁阵行，落日分屯夹毡帐”④。

① 刘宏英、吴小婷《元代上京纪行诗的研究状况及意义》，《河北北方学院学报》2008 年第 4 期。

② 杨镰主编《全元诗》第 44 册，中华书局，2013 年，第 57 页。

③ 顾嗣立编《元诗选 · 二集》卷六，中华书局，1987 年，第 226 页。

④《文渊阁四库全书》第 1202 册，台湾商务印书馆，1986 年，第 675 页。

一些地理景点成为同题集咏的诗题，如龙虎台、居庸关、龙门、李陵台、桓州、野狐岭、榆林、云州、枪竿岭、桑干岭、怀来县等，这些景点激发了文人创作的动力。或是历史文化古迹，或地形险峻，乱石林立，或是水流湍急，令人心惊胆颤，或是悬崖峭壁，山路崎岖，或山谷开满杜鹃，长满野果，这些对温和湿润的江南文人来说都是异域风情。“羁旅之思、鞍马之劳，山川之胜，风土之异，亦略见焉”①，强烈的好奇心、新鲜感、陌生感激发着诗人去写作。

元代上京纪行诗的数量、参与人数都是空前的，尤其是所写的题材是史无前例的，蒙古族风俗、两都之间的风土人情是第一次大规模走进诗歌领域，拓宽了诗歌的题材，具有重要的文学价值。元代上京纪行诗是伴随着元朝政治结构而产生的，深刻地反映了元代政治制度的多元性。特殊的巡幸制度激发了馆阁文人的诗情，形成了元代独有的诗歌题材，这是汉族王朝不曾有过的题材和内容，是元代诗歌的特色。

上京纪行诗从元世祖巡幸两都就开始产生了，最早的馆阁文人如刘秉忠、王恽、胡祗遹等都有上京纪行诗，“十一年，扈从至上都，其地有南屏山，尝筑精舍居之”②。元初数量并不多，上京纪行诗没有形成特色，但是开启了元代上京纪行诗的序幕。

元代中期延祐、天历年间上京纪行诗的创作达到高潮，主要创作群体是馆阁文人。伴随着文治时代的到来，文人地位提高，加之元仁宗、元文宗汉语水平较高，馆阁文风此时形成，大批江南文人汇集到大都，促进了元诗的繁荣。此时出现了元诗四家、奎章阁文人群体，延祐首科得人之盛传为佳话。由于皇帝重文臣，众多馆

① 李修生《全元文》第31册，凤凰出版社，2004年，第501页。

② 宋濂《元史》，中华书局，1976年，第3694页。

阁文人有了伴随皇帝去上都避暑的机会,如袁桷曾四次伴驾,写了227首上京纪行诗。许有壬、黄溍、马祖常、陈旅、傅与砺、廼贤、王沂、周伯琦、柳贯、胡助、陈孚、虞集、张起岩、贡奎、马臻、吴师道等大批文人开拓了元诗的新领域,增加了诗歌史上的新内容。

元代后期是上京纪行诗的延续,在众多馆阁文人群体的影响下,非馆阁文人群体也开始触及上京纪行诗领域,如杨维桢、郑元祐、郭翼、顾瑛等玉山草堂文人群体,充分彰显了上京纪行诗的影响力。在元代中后期,参与上京纪行诗创作的人数众多,并成为一种时尚。这在深度和广度上推动了上京纪行诗的繁荣,上京纪行诗的繁荣是群体合力的结果。

元代纪行诗同题集咏不同于唐代边塞诗之处就在于,元代塞外诗描写范围超过唐代,唐代边塞诗多是描写西域瑰奇景色,借助边关、明月、沙漠等意象抒发镇守边疆士兵思念妻子、亲人之情。笛子、琵琶、胡笳等乐器成为唐代边塞诗的主要意象,表达内心的哀怨、凄凉之感,如《夜上受降城闻笛》:“回乐峰前沙似雪,受降城外月如霜。不知何处吹芦管,一夜征人尽望乡。”① 而元代不存在边患问题,元代文人咏行同题集咏的整体风貌与其他朝代不同,而乐观自信、歌颂盛世、祈求国祚绵延、歌咏太平的咏行同题集咏也就在元代这个多民族交融时代诞生了。众多人同题集咏原因就是颂赞元王朝的强大国力,与汉大赋颂赞汉朝国力是一个道理,都是时代的需要。众人同和,同声相应,同气相求,会产生一股强大的话语力量。上京纪行诗同题集咏表现出的就是雍容典雅、质朴厚重的诗风。

---

① 彭定求等编《全唐诗》,中华书局,1999年,第3225页。

第三节　元代送别同题集咏的繁荣

元代送别同题集咏是元代咏行诗的一个特色,唐代在玄宗的主持下出现过大型的同题唱和活动,但都是以应制为主,多为大臣的应制同题集咏,而元代是在没有皇帝的参与下群体间自发的同题集咏,这是一个重大的进步。由于地域辽阔,山高路远,天涯相隔,见面很不容易,元人常同题集咏送别。

同题集咏满足了群体间友谊的表达,维系了彼此的情感。元代同题集咏的功能更加多元,除了维礼外,同题集咏在元初遗民群体中有特殊的政治诉求,这是唐宋同题集咏所没有的。元初南宋遗民群体对后期送别同题集咏产生了重要的影响,送谢叠山北行的同题集咏、送汪水云归吴的同题集咏都感情饱满,群体的影响力很大,同题集咏的形式运用得也恰到好处。

元代送别同题集咏分为馆阁文人群体和普通文人群体两大类,其中发生在馆阁文人群体之间的送别同题集咏占了主流,无论是规模、人数还是次数均占据重要比重。这是因为馆阁文人群体有固定的交际平台,同处一馆,共作一事,日常交往中更加密切,文化层次和水平都差不多,都是有地位身份的人,讲究礼仪、维护礼教是他们共同的责任,馆阁内部外出赴任、离别归家、出使国外的机会自然要比普通文人多。

交通地域为同题集咏的发生提供了极其重要的外部因素,民族融合的时代需要也是同题集咏形成的外部条件之一,同题集咏因群体活动的需要而产生。从外部结构看,同题集咏这种唱和方式具有稳定的群体结构,围绕着同一个主题吟咏,具有一定的影响力。彼此之间围绕同一主题互相交流,最终产生共鸣,同题集咏的本质不在于同题集咏本身,而在于参与同题集咏的诗人之间构成的关系和产生的影响力。

同题集咏在元代屡次发生，规模较大，影响较广，是中国传统诗教的必然产物，诗只是一个传播信息的媒介，儒家“诗言志”传统是同题集咏形成的内部因素。元人诗人身份的建立是同题集咏形成规模的前提条件，元代士人对诗格外重视，每每以诗人自居，从元初一直到元末都是这样。耶律楚材也是视诗为生命，曾说过：“异域风光恰如故，一销魂处一篇诗。”① 马祖常称自己为诗客：“俗人那得识，诗客尽相依。”② 廼贤“平生之学悉资以为诗”③，泰不华“辄书所作歌诗以自适”④，萨都剌“惟有诗人天亦爱”⑤，戴表元“吴兴赵子昂与余交十五年，凡五见，每见必以诗文相振激”⑥，顾瑛“惟诗是求”⑦。

在元代，文人无论是汉族还是少数民族都以诗人自居，把诗人身份看得很重，也反映出诗在元代的地位很高。文人群体之间，诗是最重要的交流情感的工具，是其他任何媒介无法代替的。正是因为诗的地位在元代很高，所以诗的价值就得到彰显，诗的社会功能就得到体现。同题集咏之所以屡屡发生，与诗在元代文人群体中的地位密切相关。随着元人群体活动的增强，同题集咏发挥了巨大的交际功能和重要的认知功能，同时具有一定的情感维系功能。

---

① 杨镰主编《全元诗》第 1 册，中华书局，2013 年，第 206 页。

② 杨镰主编《全元诗》第 29 册，中华书局，2013 年，第 325 页。

③《文渊阁四库全书》第 1215 册，台湾商务印书馆，1986 年，第 264 页。

④ 李修生《全元文》第 40 册，凤凰出版社，2004 年，第 123 页。

⑤《文渊阁四库全书》第 1215 册，台湾商务印书馆，1986 年，第 151 页。

⑥《文渊阁四库全书》第 1196 册，台湾商务印书馆，1986 年，第 598 页。

⑦ 顾瑛《玉山名胜集》上册，中华书局，2008 年，第 15 页。

疆域的辽阔、交通的发达，给元人带来了极大自信，促使元人自觉转向盛唐，向唐诗学习，借以矫正宋末诗风的卑靡，以此来开辟元诗的道路。元诗宗唐很大程度上疆域辽阔是重要因素。元人重视诗的诗教功能，虞集说："我朝混一以来，朔南暨声教，士大夫歌咏，必求正声，凡所制作，皆足以鸣国家气化之盛。"① 理学家宗唐的目的是对唐诗宗风雅的情性之正尤其看重，揭傒斯说："志士激千载，所贵在当时。大道天地开，侧耳声教驰。"② 欧阳玄说："诗与乐之妙，可以动天地、感神明、广声教、移风俗也。"③ 元人宗唐特别看重诗对国家风俗的感化作用，他们普遍认为诗是开启治世之音的最好媒介，看重的正是诗的教化功能。

唐诗主情，距离风雅近，宋诗议论，距离风雅远。同题集咏在宗唐中反映了元人群体重教化、维护礼教的价值观，同题集咏必然要参与政治活动，有着很强的现实认知功能和情感维系功能，这都是继承风雅精神的需求。因此元代文人群体之间出现了多次规模较大的送别同题集咏。

一、送别馆阁文人的同题集咏

柴庄卿，本名柴椿，至元十五年（1278），安南国王去世，世子没有请示元廷，擅自登基，于是元朝派使臣阻碍此事，恰好柴庄卿从云南刚回来，大臣推荐他，说他有才，可胜此任，即日拜礼部尚书出使安南，赐弓箭银衣宠其行。"（至元）十五年八月，遣礼部尚书柴椿、会同馆使哈剌脱因、工部郎中李克忠、工部员外郎董端，同黎克

① 蔡毅《古典戏曲序跋汇编》，齐鲁书社，1989年，第11页。

② 揭傒斯《揭傒斯全集》，上海古籍出版社，2012年，第113页。

③ 欧阳玄《欧阳玄全集》，四川大学出版社，2010年，第622页。

复等持诏往谕日烜入朝受命”①。临行前，翰林诸位学士写诗送行，柴尚书到了安南以后，宣布了元廷的命令，入觐者是国王的弟弟、世子的叔叔陈遗爱，元廷说，世子抗命，国人无罪，立陈遗爱册命，安抚其民，元廷授柴庄卿宣慰使都元帅，将兵送陈遗爱回安南。

《送尚书柴庄卿出使安南》集咏者有：王磐、阎复、庾恭、梁曾、王载、侯谦、侯宗礼、李清②。这是发生在元初的一次著名的馆阁同题集咏。群体唱和在元初已经伴随群体活动密集而形成。

元统三年（1335）元顺帝派傅与砺等出使安南，以颁正朔，揭傒斯、黄溍、宋沂等馆阁文人作《送傅与砺出使安南》同题集咏为其送行。傅与砺作为文学使者成功地完成了使命，他的能诗会文也获得了安南的好评。

第二年，安南派使臣来元廷交贡，使者对傅与砺称赞不绝，傅与砺名声大噪，于是顺帝派他出使广州，“矧以能诗之士，教其人乎。异时观风之使，采诗之官，至于南粤，将以惇厚之俗，和平之声，陈于中朝”③。目的是派傅与砺教化民众，采诗以观民风。采诗在元代很盛行，这一点继承了汉乐府的优良传统，众多馆阁文人同题集咏送傅与砺赴广州教授。

《送傅与砺赴广州教授》集咏者有：范梈、虞集、谢端、黄溍、张孟功、张翥、王沂、王守诚、刘闻霆、赵亭、贡师泰、贺方、赵构、季序、俞述祖、危起、王武、陈克生、倪道原、袁万里、杨士弘④。

这是一次馆阁文人发起的群体送别同题集咏，是馆阁内部发

① 宋濂《元史》，中华书局，1976年，第4638页。

② 顾嗣立、席世臣编《元诗选·癸集》（上），中华书局，2001年，第245—246页。

③《文渊阁四库全书》第1213册，台湾商务印书馆，1986年，第365页。

④《文渊阁四库全书》第1213册，台湾商务印书馆，1986年，第367—371页。

起的征诗活动，地方文人附和。此次同题集咏没有应制的色彩，元朝皇帝不好诗文，给文人留下了自由创作的空间。元代没有文字狱，也给同题集咏留出了发展空间，元代同题集咏兴盛与此有很大的关系。同题集咏往往发生在关系密切的群体内部，体现的是维礼功能和情感交流功能。通过同题集咏保存了很多不知名诗人的作品，同题集咏具有存诗的价值。

黄溍有德行，有学识，重言行，尊礼教，政绩卓著，位列台阁，仕途显荣，至正三年（1343），他以秘书少监致仕辞归，众人以诗送黄溍辞官归乡，作《送黄晋卿先生东归》同题集咏。

《送黄晋卿先生东归》集咏者有：刘俨、张世华、释来复、王忠、王景顺、姚安道、何庆余、章迪、韩文屿、叶森、应本、杨彝、钱惟善、俞和[①]。参与者多为江浙行省普通文人，通过参与同题集咏名留诗坛的文人很多，这次同题集咏是馆阁对地方的一次影响力体现。

此组同题集咏，诗人们用诗概括了黄溍一生的卓越成绩，颂扬他为人秉承儒家理念、践行忠孝仁义，同时还突出了他杰出的文学才华，在同题集咏中交代了他辞官回家的主要原因是奉养母亲以尽孝，“田里已终慈母养，墓碑远乞故人书”“官聊固独存儒行，禄养犹能及母慈”“解印似嫌官职显，归田欲慰母心忧”，这是对黄溍奉行儒家孝道的肯定。诗歌也对当年黄溍延祐首科的突出表现给予肯定，“当年一举占鳌头，平步青云志已酬”。同题集咏中也肯定了黄溍的人品、学识，但并没有流露出对黄溍离别的伤感，一反一般送别诗的感伤基调，文人士大夫表示出对黄溍东归故里的赞同。“孝”是天道，这是头等大事，朋友们给予理解和支持。同题集咏体现了群体之间的友谊，发挥了诗歌应有的社会功能。

① 黄溍《黄文献公集》卷十二附录，光绪刻本。

苏天爵是元代后期重要的馆阁文臣，多次任显要职位，在史学、经学、文学上都很出色，为官清廉，秉公执法，断案有方，澄清了很多冤案，为百姓津津乐道，是个难得的清官。他气节凛然，心怀家国，忠君忧民，因此他的出游赴任都会引起馆阁文人群体的关注，同僚会写诗送别。苏天爵除南台御史，众多馆阁文人为其同题集咏赋诗送别，体现了馆阁文人之间的情谊，也是同处一馆共事、礼尚往来的需要，体现了诗歌的维礼功能。胡助、黄溍、宋褧、虞集、雅琥赋诗送别。

雅琥是西域少数民族诗人，为馆阁文臣，与苏天爵同在奎章阁任职，二人结下了深厚的友谊，“同袍知己如相问，已许闲身老北窗”[①]一语点破二人友谊，“同袍”表明对馆阁文臣交谊的认同，文化超越了民族隔阂，此组同题集咏也体现民族大融合，彰显了同题集咏这个公共文化空间的意义。

二、送别普通士人的同题集咏

同题集咏也发生在普通文士之间，如延祐年间汪泽民上京会试，孙焕文、冯嘉、赵由偏为其赋诗送别[②]，送别诗题为《送汪叔志入京会试》。

皇庆二年(1313)，在大都，释止岩和蒙古族诗人那怀曾一起为衣锦还乡的钟山长老送别，诗题为《诗饯玉泉堂上钟山老师》，释止岩：“京师相送锦还人，红绿交加桃李春。两袖香风杂玉殿，一杯马乳面金轮。清山船覆烟光远，寒寺珠□波影新。我亦离家逾岁月，赠君折柳倍伤神。”[③]分别时刻以诗送别，诗维系情感的功能得以彰

① 苏天爵《滋溪文稿》附录三，中华书局，1997年，第576页。

②《文渊阁四库全书》第1366册，台湾商务印书馆，1986年，第1049—1053页。

③ 杨镰主编《全元诗》第24册，中华书局，2013年，第397页。

显，释止岩以马乳送别，送别时间是春季，曾为钟山长老折柳送别。同题集咏打破了身份、民族界线，将不同身份的诗人维系在一起，可见彼此的友谊。

西秦张仲实游大涤洞天，这是道教的风景名胜，吴嵊、洪师中、陈叔弼、金应桂、王济、释道存、孙晋、邓道枢、俞君玉、吴黼等为其同题集咏以送别[①]，送别诗题为《送西秦张仲实游大涤洞天》，参与同题集咏者多为与张仲实身份、地位相当的道士，如俞君玉、邓道枢、孙晋，不过也通过同题集咏的雪球效应逐步吸纳了普通隐士和诗僧参与，不同信仰的文人通过同题集咏融合在一起。这次咏行同题集咏与道教活动在元代的盛行密切相关。

文士瞿慧夫要去青龙镇作学官教谕，教谕虽然是小官。但是，士人们尊崇的是瞿慧夫的德行，不因位卑而鄙视他，纷纷为其送别。参与同题集咏的诗人以普通士人为主，地位与身份都与瞿慧夫相当，通过“同题集咏的雪球效应”也吸纳了释善行等方外人士参与其中。

《送瞿慧夫上青龙镇学官》集咏者有：张雨、李孝光、梁恂、释善行、钱惟善、陈惠永、王冕、黄玠、吕肃（2首）[②]。李孝光、郑东作序。

“夫位卑而责重，贤者不患其位而患其责。不患其位，故无谄谀以求进；患其责，故无废官而怠事”[③]，“峨冠大带坐之堂上，口诵诗书礼乐，以造群士。务使人人抱道执艺，小大成器，缓急足赖为用，其责至重也”[④]。士人群体看重的是责任感，而不是官职的大小，君子之道在修身抱道。瞿慧夫行君子之道，朋友们极为赞赏，送别

---

① 杨镰主编《全元诗》第8册，中华书局，2013年，第221—234页。

②《文渊阁四库全书》第815册，台湾商务印书馆，1986年，第467—469页。

③《文渊阁四库全书》第815册，台湾商务印书馆，1986年，第469页。

④《文渊阁四库全书》第815册，台湾商务印书馆，1986年，第469页。

者多为隐士,同题集咏彰显的是一种道德力量,借送别以弘扬士人价值观,君子群体的友谊是建立在气节基础上的,这就是所谓的同声相求,极易引起情感共鸣。

诗人们歌颂了瞿慧夫豁达的君子情怀,对于儒士的品格给予赞赏,"善舞不须愁地褊,才名行且属儒冠""学子衣冠皆济济,先生事业岂容容"。文人乐其节义行为,瞿慧夫通脱的心胸、淡泊的心理是吸引士大夫赞美的原因,这是一种君子情怀,是高尚的情操,是修身养性所致。

道士黄德渊还钱塘玄妙观,众诗人为其赋诗同题集咏送行。《赠黄德渊还钱塘玄妙观》集咏者有:林晓、施逸、叶明诚、俞铣、何复初、叶瓒、卓说、陈祖仁、俞焯、郑元祐、吴当、高昌、王沂、欧阳玄、揭傒斯、张翥[①]。这是一组关于道教的同题集咏,士大夫群体送黄德渊回钱塘玄妙观而作,送别者有与黄德渊身份、地位相当的道士,也有一些著名的馆阁文人如欧阳玄、张翥、揭傒斯、王沂、吴当,反映出道士与馆阁文人的密切关系。同题集咏中认同道教文化,通过同题集咏的雪球效应逐渐将高昌等少数民族诗人吸入同题集咏中。道士与馆阁文人虽然在同题集咏中认同道教文化,但是采用的同题集咏体现的正是儒家维礼功能。钱塘玄妙观在宋代多仙迹,异境怪奇,"青苍交荫结,泉满自成池。池中戴土石,蕉叶相纷披。蕉花不限发,发则关盛衰。东荣东房盛,西荣亦如之。玺书若将至,此花必先知"[②]。黄德渊主持玄妙观多年,隐居玄妙观,诗人把他比作伯夷、叔齐,与商山四皓一样有节气。文人士大夫对有气节的隐士格外看重,"德"是古代士大夫交际的重要标准,有君子德行

①《藏外道书》第20册,巴蜀书社,1994年,第331—334页。
②《藏外道书》第20册,巴蜀书社,1994年,第331页。

之人才会获得文人的尊重。

群体送别是元人的风尚，参与同题集咏的核心文士身份、地位大致相当，通过同题集咏的雪球效应吸纳了不同身份、不同层次、不同民族、不同地域、不同信仰的人参与其中，扩大了影响力。同题集咏的雪球效应多发生在历时同题集咏中。同题集咏为他们提供了交流的公共空间，诗的社会功能得以彰显。辽阔的疆域、便利的交通为咏行同题集咏的发生提供了外部空间条件，群体内部维礼崇德的需要、情感交流的需要为咏行同题集咏的发生提供了内部支持。

三、多族士人圈下的送别同题集咏

雍古人马祖常在馆阁文人群体中地位很高，以他为中心形成了多次同题集咏，充分发挥了他文坛领袖的作用。例如马祖常出使河西，袁桷、文矩、柳贯、揭傒斯为他题诗送行。延祐六年（1319）道士赵虚一祠海岳，马祖常、袁桷、薛汉、柳贯题咏送别，同题集咏已经实现了多元身份、多元文化、多元信仰的交流融合。延祐四年（1317）春天，马祖常以监察御史出使河陇，抚谕河西，有袁桷、柳贯、揭傒斯、文矩等同题集咏。这充分体现了多族士人圈下馆阁文臣之间的友谊，身份处在同一个平台、学识处在同一个层次是同题集咏优先发生的条件。色目人泰不华赴南台御史任，虞集作文，柯九思、雅琥等题咏送别，雅琥与泰不华同为色目人，同题集咏的凝聚力体现在多族群之间的情感交流中。

赵继清为延祐二年（1315）进士，为南宋忠臣赵鼎六世孙，授国子博士，迁亚中大夫，出任潮州路推官，同年许有壬、马祖常、王沂、黄溍以及馆阁名臣虞集纷纷写诗同题集咏送别。马祖常作诗《送同年赵继清尹安陆》："席帽文场里，于今十七年。白须俱满镜，墨绶独行田。”[①] 许有壬作诗送给赵继清去赴任潮州路推官，《送同年赵继清赴潮州推官》：“五十六人同擢第，年来南北几升沉。潮阳合有文章士，吾子初无富贵心。”[②] 延祐首科取士五十六人，今别十七年，同年几度升沉，对仍保持不贪名利的初心保持赞赏。《送赵继清潮州推官》同题集咏是元代科举同年多族士人圈下主导的送别同题集咏，诗的交谊维礼功能在同题集咏中一展无余。

四、高丽文人送别同题集咏

李穀，字中父，号稼亭，高丽人，师承高丽后期名儒李齐贤，元至顺三年(1332)征东行省乡试第一名，次年中元朝元统元年(1333)进士，名列第二甲第八名，授翰林国史院检阅官，长期游宦于元朝与本国之间，累官至征东行省左右司郎中，谥文孝。

元代民族大融合时期，交通发达，各藩属国及西域各族均可以在元代参加科举做官。高丽进士与元文人经常唱和往来，高丽文人渐渐融进汉族文化圈，彼此之间建立了深厚的友谊。

元统二年(1334)，李穀奉元兴学诏书还本国，元朝馆阁文人群体同题集咏为其送行。《送李中父使征东行省》集咏者有：宋本、欧阳玄、谢端、焦鼎、岳至、王士点、王沂、潘迪、揭傒斯、宋褧、程益、程谦、郭嘉[③]。诗人群体在同题集咏中表达了对李穀文名的颂扬，高中进士的喜悦流露在诗句中。诗人们用想象描写李穀回到高丽后向父母报喜的情形，将李穀感恩元朝君王的心理展示出来。

同题集咏中没有一丝悲伤，与古人长亭折柳依依惜别时悲伤

① 杨镰主编《全元诗》第29册，中华书局，2013年，第325页。

② 杨镰主编《全元诗》第34册，中华书局，2013年，第331页。

③《域外汉藉珍本文库》第2辑集部第7册，西南师范大学出版社，2009年，第139—141页。

哀婉的心理大相径庭，这是喜悦的分别，分别之中充满期待和乐观主义精神。这样光荣地回归故里，在馆阁文人眼里是成功的，欧阳玄以大元为中心，认为沾染元廷科举的夷邦回到家乡都是可以炫耀的，“已为中国瑞，宜耀故乡人”。诗人们把李穀比作飞鸿、仙鹤、黄鹄，连送别都染上了喜悦的色彩，体现了古人对科举的特殊情结。

这次同题集咏发生在元朝馆阁文士和高丽进士之间，是一次跨越国界的同题集咏，体现了元代文化的包容性和多元性，大一统下的民族大融合取得了可喜的成就，有着非凡的意义。非母语的高丽人在与汉人同场竞技中获取进士，说明元代汉文化对非母语为汉语的各族人士的吸引力，彰显了中原文化对鸭绿江东三韩的巨大影响力。李穀中元朝进士而被元朝重用，授予翰林国史院检阅官一事，是元代文化的包容性、开放性、重实用的特性的体现。

第四节 元代咏行诗同题集咏的特色

大规模送别同题集咏在唐代就已经出现，唐玄宗好诗，在他的主持下，馆阁文人奉命作了很多同题集咏，其中不乏大规模送别同题集咏。开元九年（721）“敕说为朔方节度大使，往巡五城，处置兵马”①。玄宗亲自赋诗，要求大臣赋诗送别，20人参与同题集咏，题目为《奉和圣制送张说巡边》。金城公主出嫁吐蕃，有崔日用、沈佺期、郑愔、李峤、武平一、苏颋、崔湜、张说等17人奉旨和诗作《奉和圣制送金城公主适西蕃应制》。《奉和圣制幸韦嗣立山庄侍宴应

① 王钦若等编纂《册府元龟》卷三百二十三，第4册，凤凰出版社，2006年，第3651页。

制》10 人、《侍宴安乐公主山庄应制》15 人、《奉和初春幸太平公主南庄应制》8 人、《兴庆池侍宴应制》8 人、《奉和晦日幸昆明池应制》4 人等应制同题集咏。

初盛唐出现了 57 次奉命同题集咏，这是同题集咏发展史上的重要阶段。杜甫、高适、薛据、岑参、储光羲同游长安大雁塔[①]，同声相和，意气相投，不带有任何政治意味，共同写下了《同诸公登慈恩寺塔》诗。虽然规模不大，但是却具有重要意义。盛唐时期，王之涣、马戴、殷尧藩、张乔、李益、畅当同游《登鹳雀楼》，进行了一次自发的以《登鹳雀楼》为题的同题集咏，以王之涣的作品为佳。这次同题集咏具有比较高低的意味，研磋技艺，交流情感，对元初同题集咏的高峰出现不无影响。盛唐时期，有王维与王缙、佩迪同咏《别辋川别业》[②]，王维与王昌龄、裴迪、王缙同咏《青龙寺昙壁上人兄院集》[③]。唐代同题集咏多是应制，文人群体自发形成的同题集咏并不多，同题集咏的题材狭窄，参与人数不多。

宋代同题集咏在唐代基础上逐渐发展完善，无论是同题集咏的次数还是规模都比唐代有了很大的进步，宋代的同题集咏至少 162 次以上，其中西昆体同题集咏达 47 次之多，可见同题集咏在宋代非常活跃。宋代也出现了大规模的送别同题集咏，如《送程给事归越州》参与者达 70 人[④]，熙宁间人，程给事奉诏出任越州，因为他的馆阁影响力很大，出于维礼需要，馆阁文人集体同题集咏为他

---

①《全唐诗》第 1 册目录，中华书局，1960 年。

②《王右丞集笺注》卷十三，《文渊阁四库全书》第 1071 册，台湾商务印书馆，1986 年，第 177 页。

③《王右丞集笺注》卷十一，《文渊阁四库全书》第 1071 册，台湾商务印书馆，1986 年，第 154—155 页。

④《宋诗纪事》补编，清光绪刻本。

赋诗送别，王安石等名臣也参与其中。同题集咏诗风雅正，歌颂程给事的清风亮节、学识渊博，歌颂宋朝皇帝仁爱英明，描写江浙山水之美等。

《送张无梦归天台山》是由宋真宗发起的同题集咏，达32人①，道士张无梦归天台山，宋真宗作诗送别，其他馆阁文人追和宋真宗的送别诗，西昆体作家钱惟演、杨亿、刘筠都参与其中。宋代出现了咏行同题集咏，如《大涤洞天题留》达61人②。大涤洞作为道教名胜，在唐代就有诗人游览题诗，宋代苏轼、赵抃、家铉翁等官员，还有道士、隐士都参与同题集咏。宋代的同题集咏基本上都是馆阁文人参与的。除了奉制外，自发形成的同题集咏也出现了。宋代文人群体意识比起唐代大大增强，参与同题集咏的人数明显比唐代多很多。

元代咏行同题集咏的繁荣是建立在唐宋同题集咏的基础上的，送别同题集咏占了很大比例，多为文人群体自觉形成的，出现的频次很高。唐宋没有元代辽阔的疆域，元人行走的路线、交通的范围都与唐宋不同，见识的事物自然比唐宋多，车辙马迹天下，行旅途中付诸吟咏。柳贯说："比年奉将使指代祀名山，车辙马迹半天下矣。每情与景会，辄形之篇什，有风人咏叹之思，而无山林愁悴之音。"③元代咏行诗同题集咏因此而丰富多元。

相比唐宋咏行同题集咏，元代咏行同题集咏题材涉及方方面面，每当离别、官员赴任、士人从军、参加科举、出使蕃国、告老还乡、代祀海岳等都会有很多朋友送别，场面非常隆重。元代文人群

① 林师蒧等编《天台续集》卷上，《文渊阁四库全书》第1356册，台湾商务印书馆，1986年，第458—463页。

②《诗渊》第3册，书目文献出版社，1980年，第2114页。

③ 柳贯《柳贯集》，浙江古籍出版社，2014年，第640页。

体同题集咏场面很大，频次很高，咏行同题集咏的社会文化功能更为突出。少数民族参与咏行同题集咏是元代同题集咏的特色。多族士人圈下咏行同题集咏的繁荣，众多的塞外意象在同题集咏中反复书写，成为文学史的经典，这是唐宋咏行同题集咏所不具备的。

元代文人群体同题集咏成为自觉，相较唐宋，元代咏行同题集咏影响更加深远。“蜀中贤上人南询将归，诗以贶者凡三十五人，成大轴”[①]“漕府史宣城李君德中以次当行，吴之君子与德中善者，咸送之娄江之上，且赋诗以华之。”[②]“至正改元，余客京师，清江宋君子与赴赣州从事，中朝能言之士，上而公卿大夫，下而布衣韦带，争为诗文饯之。”[③]“东平费侯为昆山之五年……士大夫凡与谈昆山费侯，咸称誉如州人之言，其能诗之士，各赋诗以赠之。”[④]“至正八年夏四月，平江学录王君达卿书满去，自教授而下，洎郡之大夫士与君经游者，咸诗赋歌以饯。”[⑤]“三年政成，受代而归，邦之人士，咸相率赋诗。”[⑥]“杨君百川，世为吴陵望族。由诸生起家公府掾，有能声，众论贤之，荐为江浙分省都事。今以前职参赞右丞公军府，将行，中吴大夫士与百川善者，咸歌诗饯之。”[⑦]“二十四年归，朝廷老成及宋之遗士在者，皆感激赋诗饯之。”[⑧]

同题集咏可以增强群体意识，互相感发，声气相通，容易形成一种共识和默契。元代有同题集咏发生的土壤，同题集咏频繁发

---

① 李修生《全元文》第 51 册，凤凰出版社，2004 年，第 562 页

② 李修生《全元文》第 50 册，凤凰出版社，2004 年，第 244 页。

③ 李修生《全元文》第 50 册，凤凰出版社，2004 年，第 234 页。

④ 李修生《全元文》第 43 册，凤凰出版社，2004 年，第 165 页。

⑤ 李修生《全元文》第 41 册，凤凰出版社，2004 年，第 201 页。

⑥ 李修生《全元文》第 53 册，凤凰出版社，2004 年，第 210 页。

⑦ 李修生《全元文》第 53 册，凤凰出版社，2004 年，第 258 页。

⑧ 李修生《全元文》第 27 册，凤凰出版社，2004 年，第 171 页。

生与元代士风紧密相关，群体意识的膨胀、群体对话交流的渴望、对某种思想的认同，最终得以共鸣。元人咏行对同题集咏产生了广泛的影响，同题集咏在元代发生的原因是多元的。元代交通的便利，使得同题集咏能打破地域限制，起到融合异质文化的作用。群体结构与偶然机缘也会对同题集咏产生影响。同题集咏在元代已经成为社会化、群体化的风尚，打破了身份、民族、信仰、地域界限，将不同文化融合在一起。诗在元代，群体性特征更加明显，同题集咏者往往是同一交际圈内的文士，伴随着影响力扩大，逐渐吸收其他诗人加入其中，形成了多族士人圈下的多元同题集咏。

上京纪行诗同题集咏

地点	参与人数	地点	参与人数
李陵台	19人	李老谷	10人
上蓝寺	2人	诈马宴	5人
沙河	2人	滦河	11人
雕窝	6人	开平	8人
怀来县	5人	大碛	2人
桑干岭	6人	云州	5人
独石	9人	赤城	8人
居庸关	29人	昌平	3人
桓州	4人	滦阳	4人
弹琴峡	5人	龙虎台	11人
枪竿岭	10人	发大都	2人
榆林	8人	龙门	22人
鳌峰	6人	白海	2人
野狐岭	4人	察罕恼儿	2人
观光楼	2人	洪赞	2人

第十四章　元代诗歌同题集咏现象

同题集咏是元代诗歌一个重要的现象，是元代文人群体最主要的唱和方式。同题集咏是元代诗人认识社会、反映人生、实现政治认同、维护友谊、宣传礼教、规范社会伦理秩序的重要手段，是元人把握艺术规律的主要方式，体现着文人群体的精神风貌，展示了元代诗学的特色。同题集咏是元代诗人实现国家认同、体现中华民族文化交融的重要手段，反映了元代文人群体的文化结构，是元人重要的结群方式。通过研究我们可以了解元诗同题集咏的繁荣及成因，认识中华民族大融合时期儒家文化传播、交融到认同的过程。通过同题集咏存诗、存史、存人，对于元代文学史来说意义重大。同题集咏对中华民族多元一体的文化格局构建具有重要意义。

第一节　同题集咏在元代的繁荣

同题集咏是从建安时代开始在文人群体中慢慢发展起来的一种群体唱和方式，伴随文人群体意识的增强而出现，经历了一个漫长的发展过程。魏晋六朝是萌芽阶段，唐宋是发展阶段，元代是成熟阶段。唐宋以来，随着科举制度的实行，文人群体唱和越发频密，同题集咏大规模集中地被文人采用，则始自元初。

同题集咏在魏晋南北朝时期就在文人雅集中出现了，如东晋《兰亭会》，到了唐代，科举考试采取同题赋诗，竞争是主要目的。唐代白居易等九老会、宋代苏轼等西园雅集，都属于广义同题集咏的范畴。这一时期已经具备“集咏”的内涵，很多人参与其中，“同题”的内涵也具备了，同一主题是明确的。

到了元代，“同题集咏”内涵逐渐丰富，概念也渐渐清晰，元初月泉吟社等诗社，明确规定用同一个题目集体赋诗，以比拼才气，分出优劣。同题集咏逐渐走向清晰化，元人大量参与同题集咏，丰富了同题集咏的内涵。

元人文献中多次提到“集咏”的概念。元人范梈、顾瑛也使用了类似的提法。玉山雅集诗人岳榆说：“同集者袁子英、卢公武、范君本。”① 顾瑛也说：“雪坡太守饯别浙江亭，同集者蔡君行简、钟侯声远、孙君用和、赋此奉谢。”②

同题集咏概念来自元人自己的表述，它准确地概括了元诗的风貌特征，同题集咏已经取代了分韵赋诗，成为元代最主要的唱和形式。动辄几十人、上百人的同题集咏在元代并不新鲜，覆盖咏行、咏事、咏物、咏史、题画、雅集、诗社等方面。

据《全元诗》统计，同题集咏在元代发生过900多次，充分彰显了它的巨大影响力。元代有影响的诗人几乎都参加过同题集咏，可以说同题集咏是元诗重要的特征之一，研究元诗根本无法绕开同题集咏。从参加元诗同题集咏的人员来看，很多诗人参加了几十次的同题集咏，说明元诗同题集咏的普及化、运用的成熟化，例如虞集96次、王恽61次、柯九思58次、郑元祐94次、钱惟善38

① 顾瑛《玉山名胜集》，杨镰、叶爱欣校，中华书局，2008年，第274页。
② 顾瑛《玉山名胜集》，杨镰、叶爱欣校，中华书局，2008年，第702页。

次、杨维桢63次、倪瓒54次、袁华38次、顾瑛55次、于立47次、陆仁39次。由此可知,元人是非常喜欢参与同题集咏的。

同题集咏是群体活动频繁的产物,是元代文人群体最主要的唱和方式,覆盖遗民群体、馆阁群体、隐逸群体、方外群体、少数民族群体等元代重要的群体,折射出在元代不同时空下的心理状态和文化精神。元初遗民群体通过诗社活动促进了同题集咏的繁荣。元中期海宇混一、华夷一体,多族馆阁文人群体诞生,同题集咏这种唱和形式逐渐由遗民群体转移到馆阁群体手中,维护礼教,规范人伦秩序,歌颂王朝辽阔地域和丰功伟业成为时代主题,同题集咏中形成宗唐雅正诗风。馆阁文人出游机会较多,促进了咏行同题集咏的繁荣。元末出现的同题集咏次数频密,远远超过元初,主要原因是元代隐士增多、雅集增多。元人在同题集咏中实现了对隐逸人格的构建、对隐逸文化的认同。次数多、人数多、规模大、影响深是元末隐士群体同题集咏的特点。

元代有900多次同题集咏,其中题画同题集咏为556次,超过总数的一半,远超唐宋。元代是文人画兴盛的时代,为了适应文人画的趣味,元人探索出一画多题的同题集咏模式,深深影响了明清文人群体题画模式。诗书画印共存的同题集咏成为元人彰显审美情趣的重要方式。从元初开始,图画叙事和诗文叙事结合在一起,实现文体互补,奇事怪事都被绘成图画,图画叙事开始进入文人视域,到元末图画叙事已经很成熟。在不同群体中起到了不同的作用,同题集咏将诗歌兴、观、群、怨的功能极大地发挥出来。

题画同题集咏在元初遗民画家中已经出现,如郑所南画兰、郑所南推篷图、龚开中山出游图、温日观画蒲萄等遗民情绪较重的图画成为文人题咏的热点,借助同题集咏表达遗民群体的激愤情绪和亡国之思。题画同题集咏经过元中期馆阁文人的继续发展,在大长公主主持的雅集中得到进一步推进,到元末,题画同题集咏已经发展成熟,铁网珊瑚图、长江伟观图、玉山雅集图等参与人数众多的诗书画印共存的同题集咏大量出现。诗文的时间性与图画的空间性相结合,塑造了元诗新风貌。

第二节　元诗同题集咏繁荣的原因

元诗同题集咏的发生,原因是多重的,有社会环境的原因、政治的原因、制度的原因,最主要的是,同题集咏的功能能满足不同文人群体的需求。

一、遗民群体结盟抗节的需求

元初是同题集咏发展的最高峰,登上这一顶峰的无疑是月泉吟社,参与人数达 2000 多人,创造了同题集咏的历史。元初遗民群体同题集咏的目的是为了满足科举废除后同台竞技的需要,也是集体抗节守道不仕新朝的政治需要,元初遗民群体借助“诗可以群”的功能实现了政治诉求。

二、多民族融合的需要

大元王朝需要加速不同区域的人的融合,体现出一个王朝的统一性。通过集咏一个相同的主题,在多族群、多信仰、多地域、多文化的盛世雄风中完成儒家文化的认同。同题集咏方式可以扩大事件的影响力,为元朝政治统治提供话语权。同题集咏的内容主要集中在节妇如胡氏杀虎同题集咏、孝义如郑氏义门同题集咏、清官如郭郁同题集咏、忠臣如岳飞庙同题集咏等。通过宣传忠孝节义、构建元朝文化体系,实现各族文人对元王朝的国家认同、政治认同、文化认同。

三、宽松的文化环境

元代没有文字狱，“元季东南士君子，竹西而外，如云西、云林、玉山、耕渔诸公，俱不乐仕进，而多海内高人胜士之交，尊酒声伎。唱酬无虚日，盖法网宽而物力厚，是以游衍自如”①，“华亭杨竹西，住张堰，家有不碍云山楼，与曹云西、顾金粟、倪元镇诸公游。吴绎写其像，元镇为布树石，而诸名士题咏之。余家有杨铁崖书《竹西记》，赵仲穆作图，而马文璧诸公皆有咏，盖风流文雅之侠也。元季，士君子不乐仕，而法网宽，田赋三十税一，故野处者，得以赀雄而乐其志如此”②。元末文人尚雅，自由聚会，同题集咏的大量出现与宽松的文化环境有密切的关系。

四、艺术素养的提高

题画诗的兴盛促进了同题集咏的繁荣。元代题画诗总数是11875首③。元代题画诗在100人以上的诗人有23人，元代参与题画的诗人达1321人，占元代诗人总数522人的25.4%，足可窥见元代文人画之发达。一定数量的题画诗人的存在，促进了一画多题的同题集咏模式的繁荣。同一幅画上题满了很多诗，以诗为画，再以画为诗，诗画交融，借助诗弥补画的不足，使画具有了诗的功能，诗画在同题集咏中打破了时空二元界限，成为文人群体抒情达意的手段。

“宋以前诗文书画，人各自名，即有兼长，不过一二。胜国则

---

① 顾嗣立、席世臣编《元诗选·癸集》，中华书局，2001年，第1060页。

② 陈田《明诗纪事》，上海古籍出版社，1993年，第393页。

③ 据《全元诗》统计，不包括画赞。

文士鲜不能诗，诗流靡不工书，且时旁及绘事，亦前代所无也。鲜于、赵、邓，诗为书掩；虞、杨、范、揭，书掩于诗”[①]。元代诗人诗书画精通的特点，使有些诗人诗名被画名掩盖，有些诗人诗名被书法掩盖。艺术的全面繁荣是元代绘画同题集咏繁荣的原因。

元人更加注重绘画、书法、印章与诗歌的情意相通之处，“元题画五言小诗，虞伯生《柯氏山水图》、揭曼硕《潇湘八景图》、丁鹤年《长江万里图》等篇，皆颇天趣”[②]。

元代画家借助绘画表达人生理想，寄寓自己的种种感情。“胜国诸名胜留神绘事，故歌行绝句，凡为渲染作者，靡不精工”[③]。元代诗人艺术素养的全面性促进了他们思想的雅化，内心追求一种更高妙的逸趣。心灵的感应、情趣的高雅至关重要，成为元代中后期许多文人人格修养的重要组成部分。

五、名人效应的引领作用

有些同题集咏的发生是因为名人效应，先是有名人题咏，接着引发了一连串同题集咏，如天冠山同题集咏中赵孟頫为道士祝丹阳的《天冠山图》中每个景点题了 1 首诗，共 28 首，接着名人效应产生了，袁桷、虞集、王士熙、王奎、林传、祝尧、马祖常、杜本等馆阁文人跟风同题集咏。再例如鳌峰唱和诗同题集咏，萨都剌的名人效应也是如此。

趵突泉同题集咏是因为赵孟頫的名气而引发的僧人群体同题集咏。赵子昂的《趵突泉》诗展现了济南趵突泉的美丽景色，并对天下第一泉给予了高度赞美。释清濬交代了赵孟頫名人效应的原

① 胡应麟《诗薮》，上海古籍出版社，1958 年，第 240 页。
② 胡应麟《诗薮》，上海古籍出版社，1958 年，第 239 页。
③ 胡应麟《诗薮》，上海古籍出版社，1958 年，第 239 页。

因,“松雪老人词翰妙绝天下,当元初至元、大德间,馆阁诸公,皆推尊之,下至闾巷小儿,亦莫不知其姓名,非其德行之重,材学之美,有以震耀乎当时,能若尔乎?”① 当时赵孟頫德行、诗书画才艺名扬天下,四位僧人欣赏赵孟頫《趵突泉》诗的书法、仰慕赵孟頫的名气,从而同题集咏。

六、维礼交谊的需要

送别同题集咏彰显了群体之间的友谊。元中期馆阁文人出使蕃国、代祀海岳、离京赴任、告老还乡、送别友人等机会较其他时代更多。元初馆阁文人柴庄卿出使安南,大量馆阁文人送行赋诗,开启了元代馆阁文人同题集咏的先河。元代馆阁群体在官员赴任,如送马伯庸御史出使河陇、送苏伯修御史之南台;官员代祀五岳四渎,如送李子威代祀嵩衡淮海、王在中代祀秦蜀山川、虞伯生代祀还蜀等;两都纪行诗,如送袁伯长扈从上都等同题集咏,都是出于维礼交谊的目的而产生的。傅与励赴任广州教授、黄溍告老还乡、苏天爵赴任南台都有大量文人送行同题集咏,还有大量少数民族参与其中。

同题集咏成为维礼交谊的工具,促进了咏物、咏事诗同题集咏的繁荣。馆阁文人寿辰、官员离世都采用同题集咏。馆阁文人李溉之建造众多亭台楼阁,虞集、王沂、张养浩、范梈、钱惟善同题集咏表示祝贺。苏天爵建造滋溪书堂,虞集、潘纯、宋褧、谢端、吴师道、傅若金同题集咏表示祝贺。诗成为彼此之间礼尚往来的工具。

---

① 徐邦达《徐邦达集》第 5 册,紫禁城出版社,2006 年,第 19 页。

七、宣扬社会道德的需要

元代同题集咏的繁荣，与理学在元代的繁荣密不可分。理学在元代的繁荣促进了咏事、咏史同题集咏的繁荣，元诗同题集咏充分发挥了“诗可以兴”“诗可以观”“诗可以群”的功能。借助同题集咏，元诗牵动了社会不同层面人群去关注社会热点话题，在同题集咏中形成了一种指向性话语，直接影响了当时的社会道德舆论。同题集咏的目的是宣扬一种社会道德，以规范人们的行为，促使人们自觉遵守伦理道德。

同题集咏在元代已经成为一种文化符号，影响道德舆论宣传。如“至正十年二月，泰州尹真定赵公子威平反王甿冤狱，事闻中吴，士大夫皆曰‘伟哉赵使君！真长者也。’因相率著为声诗以美之，总凡若干首”[①]。元人陈基还为此次同题集咏的诗作了序。士大夫用同题集咏的形式惩恶扬善，维护伦理秩序。

咏史同题集咏是为了纪念历史人物，同题集咏的目的是赞美一种伦理道德，以弘扬封建士大夫道德观。同题集咏成为一种道德价值符号，如复邹忠公墓诗同题集咏。咏事同题集咏中对忠臣、节妇、义士的歌颂是彰显儒家核心价值观的有力工具，通过集咏达到认同、共鸣并向社会推广的目的，元诗同题集咏参与政治秩序构建，集中体现了元诗同题集咏的文化功能。

八、追雅求趣的需要

元末大量雅集、集会同题集咏的主要目的是彰显生命存在的方式，满足彼此之间雅趣共鸣的需要。元末雅集爱好者的引领对于元末社会尚雅风气有一定的影响，“元季吴中好客者，称昆山顾

① 李修生《全元文》第50册，凤凰出版社，2004年，第288页。

仲瑛、无锡倪元镇、吴县徐良夫，鼎峙二百里间。海内贤士大夫闻风景附。一时高人胜流，佚民遗老，迁客寓公，缁衣黄冠与于斯文者，靡不望三家以为归”①。他们有足够的家资举办雅集，笼络很多文人参与其中，多次同题集咏，共同品画、赋诗，自然而然地影响着与会文人群体的尚雅风尚。耕渔轩、聚芳亭、秀野轩、破窗风雨、续兰亭会、玉山雅集等都是明证。

九、完善人格的需要

元末战乱频繁，交通阻隔，入仕不畅，产生了隐士群体。同题集咏中屡见陶渊明的字号、诗句、意象。杨镰先生统计陶渊明是元诗中出现次数最多的历史人物，“元诗文献引称频率最高的古人是陶渊明”②。

元末庞大的隐士群体通过同题集咏修身养性，保持完美人格。同题集咏构建起隐士群体的文化秩序，实现群体身份认同。同题集咏深层次反映着元末士人群体的文化心态和审美心理。水西清兴等同题集咏见证着诗僧群体对隐逸文化的认同，渔庄等同题集咏见证着少数民族对隐逸文化的认同，徐良夫耕渔轩、遂幽轩同题集咏见证着同题集咏对元末隐士群体保存名节的重要意义。

多元文化的融合、尚雅风尚的需求、隐逸文化的膨胀、保存名节的需要导致同题集咏在元末非常盛行。士不遇的悲哀传达出一个群体的心声，隐士群体内部急需要隐逸文化的构建，隐士身份需要群体内部及外部士人的认同。

---

① 陈田《明诗纪事》，上海古籍出版社，1993 年，第 504 页。

② 杨镰《元诗文献研究》，《文学遗产》2002 年第 1 期。

十、时代综合因素

同题集咏在元代成为一种士风，关乎道德、伦理、情趣、友谊、礼教、民族融合、文学运动，涉及元人生活的方方面面。既是同题集咏发展的必然结果，也是时代风气使然。"夫诗，心声也。无古今一也。顾体由代异，材以人殊，世有推迁，道有升降，说者以意逆志，乃为得之"①，时代的需要促进了同题集咏的发展成熟，同题集咏在元代占据了发生的机缘，这不是人为造成的，是许多因素碰撞到一起引发的。很多时候同题集咏的发生不需要任何理由，凑到一起情趣相投，或对诗题感兴趣就参与同题集咏。有些同题集咏随机性很大，例如西湖竹枝词同题集咏，客观上起到了变革诗风的作用。

以上十种造成元诗同题集咏的原因，主要通过征诗的形式将不同身份、不同民族、不同地域、不同文化背景、不同信仰的诗人组织起来，征诗的组织方式促进了元诗同题集咏的繁荣。

第三节　元诗同题集咏与中华民族多元一体格局构建

元代是中华民族多元一体形成的重要阶段，实现了我国历史上空前的大一统，"对我国统一的多民族国家的巩固和发展，对于世界的文明都作出了重要的贡献，而成吉思汗则是这个大一统的奠基人"②。元代的多民族融合对中华民族共同体的形成意义重大，

---

① 汪道坤《诗薮序》，《诗薮》，上海古籍出版社，1958 年，第 1 页。

② 江应梁主编《中国民族史》，民族出版社，1990 年，第 34 页。

元人同题集咏反映出中华民族多元一体的格局。

同题集咏成为考察元代多族士人圈文化互动交融的重要维度。少数民族诗人、汉族士人、僧人成为不同类型同题集咏的核心，同题集咏中构建起中华民族多元一体的文化格局，凸显了诗歌的群体性意义，以及对多族士人圈形成的重要意义。

同题集咏成为中华民族多元一体格局构建的平台。延祐六年（1319）道士赵虚一祠海岳，雍古人马祖常、袁桷、薛汉、柳贯题咏送别，同题集咏实现了中华民族之间多元身份、多元文化、多元信仰的交流融合。色目人泰不华赴南台御史，虞集作文，柯九思、雅琥等题咏送别，雅琥与泰不华同为色目人，同题集咏的凝聚力体现在中华多族群之间的情感交流中。同题集咏增强了元代纪行诗的影响力，影响到高丽友人，如送别高丽文人李中父使征东行省就强采用这种形式。

唐兀人余阙死节是元代影响较大的多族士人圈同题集咏，余阙成为多族群同题集咏的中心。元末，余阙与陈友谅交战中死节。“大明皇帝嘉阙之忠，诏立庙于忠节坊。命有司岁时致祭”①。余阙深受儒家文化影响，以死尽忠，他的死引起众多文人同题集咏，以各种形式写了挽诗26首，两篇祭文，一篇传记②。同题集咏者身份复杂，有诗僧释惠恕，有官员，有隐士，还有伯颜子中、丁鹤年等西域色目诗人，跨越时间较长，吟咏到明中叶。

唐兀人唐兀崇喜，汉姓杨，又称杨崇喜，“西夷之人也”③，为蒙

① 宋濂《元史》，中华书局，1976年，第3429页。

② 详见《元人传记资料索引》，中华书局，1987年，第355—357页。

③ 杨富学《元代西夏遗民文献述善集校注》，甘肃人民出版社，2001年，第1页。

古侍卫百夫长，在成均学习儒家文化，“优游于诗书”[①]，家族华化较早。唐兀崇喜继承祖志兴办学堂，制定社约，建崇义书院，以儒家思想为纽带结识了很多儒家学者，如潘迪、张以宁、张翥、张桢、危素、陶凯等文人，还有哈剌鲁人伯颜宗道，隐士如空空道人等，有社会声望者 16 人，都是当时显赫一时的人物。唐兀崇喜在家乡建了亦乐堂书屋，胡益、王继善、刘文房等同题集咏以诗维礼，表达对唐兀崇喜的敬仰。以唐兀崇喜为中心，元末形成了一个多族士人圈，以诗文为媒介产生了多次同题集咏。

至正六年(1346)，馆阁文人宋褧去世，23 位多族群诗人同题集咏挽之，少数民族诗人完迮普化、廼贤、余阙都以诗表达对宋褧的悼念之情[②]。廼贤有诗：“巍科联伯仲，冠盖耀乡邦。援蚁浮春涨，听鸡坐夜窗。谏台书第一，艺苑笔无双。千古生刍意，悲歌泪满腔。”[③] 同题集咏中诗的维礼作用是明显的。

同题集咏充分体现了多族士人圈对儒家文化的认同，或者以汉族为中心引发多族群以同题集咏达到维礼的目的，或者以少数民族为中心引发多族群参与同题集咏。

大元王朝疆域辽阔，同题集咏反映了不同民族、地域的差异与民族融合的状况，“延祐初，诏举进士三百人会试，春官百五十人。或朔方、于阗、大食、康居诸土之士，咸囊书橐笔，联裳造庭而待问于有司，于时可谓盛矣”[④]。同题集咏满足了元诗的不同文化层次

---

① 杨富学《元代西夏遗民文献述善集校注》，甘肃人民出版社，2001 年，第 177 页。

② 杨讷、李晓明编《四库全书补遗》集部第 4 册，北京图书馆出版社，2005 年，第 240—256 页。

③ 杨镰主编《全元诗》第 48 册，中华书局，2013 年，第 19 页。

④ 李修生《全元文》第 32 册，凤凰出版社，2004 年，第 403 页。

人群的需要。无论相不相识,通过共同吟咏同一个题目、同一件事情、同一个物件、同一个人,而将许多不同身份、不同民族、不同信仰、不同语言、不同风俗、不同地域的人联系起来,纳入同一个文化圈,同题集咏加速了彼此之间情感的交流,"同"是元王朝的时代特色,也是时代的需要。同题集咏发挥了儒家诗教应有的"群"的功能,体现了丰富的诗学意义。

同题集咏反映出大一统下辽阔的疆域、众多的民族、多样的气候、多元的饮食、不同的风俗等,方便了交流与沟通。同题集咏虽是文人群体自觉组织和参与的,也与元代特殊的管理模式、政治制度有着密切的关系,上京纪行诗同题集咏就是元朝特色政治制度的产物,这种同题集咏具有鲜明的时代性。"纪行富诗史"①,同题集咏丰富了元诗的题材,成为多族士人圈交流的平台。

南宋士人出行受制于地理条件,眼界心胸都不如元人,"宋在江南时,公卿大夫多吴越之士,起居服食率骄逸华靡。北视淮甸已为极边"②。元代疆域辽阔,交通便利,"远者万里,近者数百里,航川与陆,自东西南北而至者,莫有为之限隔"③。生逢盛世,交通便捷,大大开阔了诗人眼界,为出游提供了便利,"跃马长城外,方知眼界宽"④。元代地理疆域对元代诗歌的影响是很大的,不同民族的诗人在便利的交通中游历了许多名胜古迹,产生了很多咏行同题集咏。

元代岳阳楼、黄鹤楼、武夷山等都是众多文人题咏重点,色目人雅琥,倚南海厓都有《武夷山》诗。西夏人张翔、回回人高克恭、

① 王思诚《题上京纪行》,《丛书集成新编》第66册,新文丰出版公司,1981年,第410页。

② 李修生《全元文》第40册,凤凰出版社,2004年,第84页。

③ 李修生《全元文》第48册,凤凰出版社,2004年,第171页。

④ 顾嗣立编《元诗选·二集》,中华书局,1987年,第260页。

色目人贯云石等都参与《岳阳楼》同题集咏。观音奴、张翔、雅琥等都参与《七星岩》同题集咏。余阙、丁鹤年等少数民族都作有《黄鹤楼》同题集咏。同题集咏体现了中华民族多元文化的融合。

后至元三年(1337),僧人释可观诉于官,郑元祐为其作疏,认为修复岳飞墓庙"事关世教"[①]。释可观为了恢复岳飞墓庙旧日景观,动用了一切社会关系,得到湖州推官何贞颐、郑元祐、柯九思及杭州郡吏李全初相助,历经十三年,始修葺完毕。释可观将当时文人群体诗篇结为一卷,名为《岳庙名贤诗》,其中共收录 72 位元人所作 92 首诗。"遗诸父老,歌以祀神。庶几妥王之灵,将有以为祝嘏之祐也"[②],该同题集咏有慰藉岳飞英灵之意。

这是岳飞去世后最大规模的文学题咏活动,参与同题集咏者身份复杂,有故国王孙赵孟頫,有南宋遗民,有元代名士柯九思、杨维桢等,也不乏少数民族诗人的参与,如贯云石、泰不华、杨九思、铁穆尔等,有画家、诗人、僧人,身份复杂,铁穆尔,是高昌回鹘人,"一死无辜终古惜,二邦有犯至今荣。我来再拜瞻遗像,南斡迎风振烈声"[③]。杨九思,西夏人,"宋国君臣义不全,将军忠勇古今传。曾施奇策恢三路,化作英雄彻九泉"[④],等充分体现了中华民族多元一体的特点。

郑氏义门、释来复天香室等有少数民族诗人参与的同题集咏体现了中华文化多元一体的特点,如茀林人金哈剌天香室题诗,"维摩丈室本来空,谁散氤氲度晓风。麝剂饱闻兜率界,兔舂元自

---

① 田汝成《西湖游览志》,上海古籍出版社,1998 年,第 100 页。
② 杨镰主编《全元诗》第 21 册,中华书局,2013 年,第 405 页。
③ 杨镰主编《全元诗》第 51 册,中华书局,2013 年,第 101 页。
④ 杨镰主编《全元诗》第 51 册,中华书局,2013 年,第 89 页。

广寒宫”[①]。兜率界是欲界的第四天。释尊成佛以前在兜率天,从天降生人间成佛。广寒宫是道教神话传说嫦娥的居住处,金哈剌本信仰基督教,同题集咏中跨越基督教信仰,实现对佛道文化的认同。蒙古人月鲁不花、笃烈图,唐兀人孟昉,乃蛮人答禄与权,蒙古人伯颜(景渊),畏兀人廉惠山海牙,葛逻禄人廼贤,回回人吉雅谟丁,西域人哈珊沙等少数民族诗人在天香室同题集咏中认同了儒道佛文化。

“数世同居者,天子皆旌表门闾,赐粟帛,州县存问,复赋税,有授以官者”[②]。数世同居,家庭和睦,重孝义的家庭,唐朝会表彰,元代也是如此。元代浦江郑氏家族九世同居,相处和睦,男女同食,重纲常,朝廷给予旌表,众多文人同题集咏郑氏的孝义之道,“白麟溪郑氏也,郑氏九世而同居,其于风教厚矣”[③]。同题集咏具有观风化、美人伦的功用。同题集咏时间跨度近四百年,题咏者从宋开始,以元代文人群体为主流,兼及部分明代诗人,形成了一股强大的社会舆论,体现出文人群体对社会风气的强烈关注。文人借助同题集咏维护社会秩序,是儒家用世理念的体现。少数民族诗人亦参与郑氏义门同题集咏,如泰不华、余阙、察伋、哈巴石、八思儿不花、别儿怯不花等,蒙古族埜仙“尚培荆树茂,莫负义门高”[④]、塔塔儿人察伋“思深父子性,义重兄弟肠”[⑤],表达了对郑氏义门儒家孝义的认同。通过同题集咏,他们将自我融入儒家文化圈,共同吟咏忠孝节义,对中华民族多元一体建构有积极的意义。

---

① 杨镰主编《全元诗》第42册,中华书局,2013年,第396页。

② 欧阳修、宋祁《新唐书》,中华书局,1975年,第5577页。

③《四库全书存目丛书》集部第289册,齐鲁书社,1997年,第443页。

④ 杨镰主编《全元诗》第55册,中华书局,2013年,第171页。

⑤ 杨镰主编《全元诗》第45册,中华书局,2013年,第295页。

第四节 元诗同题集咏现象的意义

元诗同题集咏虽然有趋同的感觉，但每个诗人情感、诗学修养、艺术手法的偏好是不同的，实际上，在同题集咏中，诗歌艺术水平的高低很容易辨别。唐代科举都是同题竞争，往往把同题集咏作为彼此竞赛的手段，“唐人每同赋一题，必推擅场”[①]。元初诗社同题集咏活动也是如此，每一次同题集咏，诗人都会暗自较劲，小桃园诗盟等同题集咏无不如此。元诗不同类型的同题集咏目的并不一样，是多层次、多角度的，意义也是多元的。

一、同题集咏具有存诗、存人、存史的意义

元代许多诗人仅仅写过一首诗或几首诗，基本都是通过参加同题集咏而名留诗史的。据《全元诗》统计，通过同题集咏，有1715位元代不知名的诗人留存诗史，其中通过同题集咏保存1首诗的诗人有1551人，占《全元诗》统计元代诗人总数的32.9%；通过同题集咏存诗2至4首的诗人有164人。因诗存人，丰富了元诗宝库。元代通过同题集咏仅存1首诗的作家数。可以肯定地说，元诗同题集咏的贡献是巨大的，如果元代同题集咏没有普及化、社会化，那么这32.9%的诗人及作品将不会存留元诗史，对我们来说是一个巨大的损失。所以同题集咏具有保存文献的价值，意义重大。

许多诗人偶然的机缘参与了同题集咏，使自己为元诗贡献了一份力量，丰富了元诗的内涵，例如《龙祠乡社义约》同题集咏参与者9人，这9人均仅存1首诗于世。《送西秦张仲实游大涤洞

① 胡应麟《诗薮》，上海古籍出版社，1958年，第188页。

天》有 8 人仅存此诗于世。《渔梁结屋恭赋志喜》仅有 4 人参与同题集咏,这 4 人每人只写过这 1 首诗,同题集咏使他们名留诗史,他们对元诗贡献了一组同题集咏,丰富了元诗的内涵。《江西宪佥郭公德政诗》有 32 人仅存此诗于世。《题董泰初长江伟观图》有 25 人仅存此诗于世。《武夷山》有 45 人仅存此诗。《饯郭侯浙漕之任》25 人仅存此诗。《挽秋晓先生》24 人仅存此诗。《西湖竹枝词》31 人、《春日田园杂兴》46 人、《岳忠武王庙》41 人、《题汪水云诗卷》35 人。这样的例子在元诗同题集咏中还有很多。

《全元诗》中有 85 位少数民族诗人参与同题集咏,因为参与同题集咏而存诗 1 首的少数民族诗人共有 35 人:哈巴石、埜仙、八思而不花、别儿怯不花、那怀、阿鲁威、孛罗帖木儿、伯颜(字宗道)、伯都、哲理野台、答失蛮、月思帖木儿、倚南海厓、马合麻、赵鸾、完迮普化、铁穆尔、杨九思、边鲁、同同、掌机沙、燕不花、伯颜(字景渊)、哈珊沙(字可学)、也先溥化、阿鲁温沙、宝宝、敦蒙、钮麟、哈珊沙(字子山)、虎都鲁沙、埜仙、萨达道、五十四、蒲察景道。

哈巴石、埜仙、八思而不花、别儿怯不花都是通过参加《郑氏义门》同题集咏而留存 1 首诗作的,铁穆尔、杨九思都是通过《岳忠武王庙》同题集咏而留存诗作 1 首,伯都、伯颜宗道都是参与《龙祠乡社义约》同题集咏而留存诗作 1 首,同同、不花帖木儿、边鲁、掌机沙、完泽、甘立、燕不花、别里沙都是通过参加《西湖竹枝词》同题集咏而留存诗作 1 首。雍古人赵世延的女儿赵鸾,参与了管道升《题紫竹庵图》的题画同题集咏活动,而存诗 1 首。同同、八思不花、别怯儿不花仅参加过《咏余姚海堤》同题集咏,仅存 1 首诗于世。也里可温教徒完泽仅参加过《西湖竹枝词》同题集咏,仅存此诗。

因为参与同题集咏而存诗 2 首的少数民族诗人有 4 位:廉惠

山海牙、完泽、钣纳锡、石抹宜孙。因为参与同题集咏而存诗 3 首的少数民族诗人有 6 位：奚莫伯颜、雅安、观音实礼、大食哲马、马世德、不花帖木儿。同题集咏为元代少数民族存人、存诗、存史提供了平台。他们通过参与同题集咏为元诗增添了亮色。

元诗同题集咏还开创了女子写诗参与集体唱和活动的历史，女子张妙静参加过《西湖竹枝词》同题集咏，仅存此诗于世，因此名留诗史。女子曹妙清仅存两首诗于世，都是参加同题集咏而留存的，一次是参加《西湖竹枝词》同题集咏，另一次是参加《题管道升紫竹庵图》同题集咏。同时《题管道升紫竹庵图》同题集咏的题诗者 7 位全是女子：管道升、梁园秀、曹妙清、释了凡、释妙空、赵鸾、柯贞白。这是元代全部由女子组成的同题集咏两次中的一次，另外一次是元初王惠清等 14 位女子参加的《送别汪水云归吴》同题集咏。元代同题集咏对诗歌普遍性和社会化的影响不容忽视。

同题集咏的意义在于给这些不知名的文士存诗、存史，给忠孝仁义的普通人存史。仅存 1 首诗于诗史的人，大部分是临时组合的同题集咏。这也客观上反映出元诗同题集咏的群众性和活跃性，不知名人士的参与，证明元诗在同题集咏中走向了普及。

二、同题集咏的诗学、史学意义

通过研究元诗同题集咏，我们可以把握元代的世风、士风与诗风走向，可以了解中华民族大融合时期儒家文化传播、交融到认同的过程，可以把握元代不同文人群体在不同时期的情感倾向对诗风的影响，同题集咏对元代文学史意义重大。

咏物、咏史、咏事、咏行、雅集、题画等多类同题集咏构建的人际网络，形成了群体化、多元化诗风。同题集咏的巨大影响力在馆阁文人中实现诗风宗唐，在元末隐士群体中实现诗风宗魏晋。同题集咏实现了元中期雅正文风到元末隐逸文风的转变，元末诗风主情，在追慕魏晋的过程中实现了诗风的复古，在多次大型的同题集咏中形成了“平淡”“尚清”“雅逸”“率真”“重情”的诗风。

元代理学的进步促进了元代咏事诗同题集咏的繁荣，元仁宗以降，大力提倡忠孝节义，表彰节妇，导致各种类型节妇诗同题集咏出现。咏史、咏物、咏事类同题集咏发挥着元代儒家伦理建设的功能，彰显了儒家伦理对维护元王朝统治的意义。咏事同题集咏歌咏的是真人真事，以诗存史，弥补了史料的阙漏，同题集咏中留存大量当时人的史料细节，互相补充，如刘鹗死节同题集咏等，这些事迹史书阙如，同题集咏使得我们能够更加全面地认识历史，为元史研究留下了珍贵的史料。

在元代，文人对社会奇事、怪事都会自觉运用同题集咏加以关注。吴江华严寺有一支箭在浮图的铁锁上，不至颠者若干尺。人们都说金人渡江，宋人西出师，元兵南征路过此处，都会用箭去射浮图铁锁。至正十六年（1356）夏天，“中书右丞潘公将兵过其下，时夜漏下二刻，月骖骖见浮图上矢影。公异之，乃顾左右，取弓矢，一发正中其颠。举军皆贺，且曰公天威也，好事者争为歌诗以壮之”①。于是就有了一支箭射在浮图顶尖的铁锁上面了，年深日久，箭烂掉了，寺僧就更换了一枝新箭在浮图铁锁上。二百多年来，观者络绎不绝，其中不乏大量好奇者取箭射之，皆未中。

同题集咏反映着元王朝海宇混一下国际交流盛况，天马等“他者”意象多次成为同题集咏的主角。元代便利交通下文化碰撞带来的奇事震惊了文人群体，发达贸易带来的异域事物如鸵鸟等都成为同题集咏的热点。这极大拓宽了元诗的眼界，成为元诗独有

① 李修生《全元文》第 50 册，凤凰出版社，2004 年，第 303 页。

的特色。泉南两义士等同题集咏中记录了商人在海外将儒家理念传播到南洋诸国的过程，孝感白华、雁帛书等同题集咏是版图扩大后因政治需要形成的同题集咏，弥补了史书阙漏的细节，具有以诗存史的价值。

同题集咏中许多意象在不同时间，甚至是时隔百年后被重新激活或唤起，在新的历史条件下被重新解构和建构，从而成为文学经典，如天冠山同题集咏中各种道教意象的反复使用凸显了道教文化对元诗的影响力，上京纪行诗同题集咏中李老峪、枪竿岭等各种塞外地名，韭花、地椒等塞外物产意象的反复运用更加强化了元诗鲜明的地理学意义，使得上京纪行诗成为元诗独特的单元。

三、同题集咏的社会文化意义

“通过元诗文献研究，结论出乎意外。元不但不是传统的诗文正在消退而让位给新型的代言文体的时代，而且诗的繁荣普及大大超过了宋”①。元诗繁荣程度超越了宋代，同题集咏促进了元诗的繁荣，将元诗扩大到社会底层，引起了各种身份、各种层次的诗人关注，使得元诗普及化、充满活力而无处不在，杨镰先生指出：“借助同题集咏，元诗牵动了社会不同层面人群的关注，叙事纪实，则是诗人跨地域、跨时代、跨题材的共同底色。”②

元诗同题集咏已经社会化、群体化。同题集咏在元代运用十分广泛，提高了元诗的影响力。诗是元朝普通文人表达情感的最佳方式，如送瞿慧夫上青龙镇学官、送汪叔志赴京会试、饯玉泉堂上钟山老师等。

---

① 杨镰《元诗文献研究》，《文学遗产》2002 年第 1 期。

② 杨镰《元诗叙事纪实特征研究》，《文学评论》2012 年第 2 期。

元诗已经不属于一个人或几个人，而属于一个群体，元代诗人喜欢同题集咏，群体性的意识很强，远超唐宋。唐代彰显的是个体的文人意识，元诗追求的是群的价值观。杨维桢参与的同题集咏是极多的，亲自发起了西湖竹枝词同题集咏，发起了月氏王头饮器同题集咏。杨维桢的诗已经不像李白、杜甫、陆游一样属于个人了，而属于那个时代的多个文人群体。唐代诗人追求个人价值的最大化，而元人在同题集咏中追求共鸣，这也是导致元诗缺少大家的一个主要原因。

元诗能突破民族、宗教、地域的限制，把不同民族、地域、性别的人融合到一起，同题集咏功不可没。正如杨镰所说："元诗的特点，受到元史特点的制约：领土范围空前广大，但立国时间短于唐宋明清。有诗篇流传至今的元朝臣民，籍贯从东南沿海到西亚地中海，有数十个种族，涵盖了蒙古、色目、汉人、南人，全部四个种群。历代出家人能诗均体现在释、道两端，元代诗坛是惟一一个突破这个范围，四种宗教教士：僧人，道士，也里可温，答失蛮俱全的。"① 同题集咏无形中改变着元代文人群体的结构模式，不固定、随意组合的模式更具有灵活性，把不同民族、不同身份的人纳入同一个文化圈，消除了群体间文化的差异，这种结构模式改变着元诗的风格，在元诗史上有着重要的意义。

① 杨镰《元诗文献研究》，《文学遗产》2002 年第 1 期。

附　录

一、唐代同题集咏目录

标题	人数	出处
《奉酬龙门北溪作》	4人	《文苑英华》卷166
《奉和圣制送赴集贤院》	17人 同题分韵	《文苑英华》卷168
《左丞相说右丞相璟太子少傅乾曜同日上官命宴都堂赐诗一首应制》	7人	《文苑英华》卷168
《立春日侍宴内出剪彩花应制》	7人	《文苑英华》卷169
《春日侍宴幸芙蓉园应制》	4人	《文苑英华》卷169
《侍宴桃花园咏桃花应制》	5人	《文苑英华》卷169
《奉和登骊山高顶寓目应制》	7人	《文苑英华》卷170
《奉和过温汤》	4人	《文苑英华》卷170
《奉和途径华岳应制》	3人	《文苑英华》卷170
《奉和早渡蒲津关应制》	3人	《文苑英华》卷170
《奉和圣制早登太行山中言志应制》	5人	《文苑英华》卷171
《奉和次琼岳顿应制》	3人	《文苑英华》卷171
《奉和经河上公庙应制》	3人	《文苑英华》卷171
《奉和圣制答张说南出雀鼠谷》	10人	《文苑英华》卷171
《奉和行次成皋应制》	3人	《文苑英华》卷171
《元日恩赐柏叶应制》	3人	《文苑英华》卷172

续表

标题	人数	出处
《人日重宴大明宫恩赐彩缕人应制》	11人	《文苑英华》卷172
《奉和三日祓禊渭滨》	6人	《文苑英华》卷172
《奉和七夕两仪殿宴会应制》	5人	《文苑英华》卷173
《奉和人日清晖阁宴群臣遇雪应制》	6人	《文苑英华》卷173
《游禁苑幸临渭亭遇雪应制》	4人	《文苑英华》卷173
《奉和游苑遇雪应制》	3人	《文苑英华》卷173
《奉和春日幸望春宫》	14人	《文苑英华》卷174
《奉和圣制幸长安故城未央宫应制》	5人	《文苑英华》卷174
《奉和过晋阳宫》	4人	《文苑英华》卷174
《奉和御制春台望》	4人	《文苑英华》卷174
《奉和爰因巡省途次旧居》	3人	《文苑英华》卷174
《奉和恩赐乐游园宴应制》	9人	《文苑英华》卷175
《幸梨园亭观打毬应制》	3人	《文苑英华》卷175
《奉和圣制幸韦嗣立山庄侍宴应制》	10人	《文苑英华》卷175
《上又制七言绝句侍臣皆和》	9人	《文苑英华》卷175
《奉和幸礼部尚书窦希玠宅应制》	4人	《文苑英华》卷175
《奉和晦日幸昆明池应制》	4人	《文苑英华》卷176
《兴庆池侍宴应制》	8人	《文苑英华》卷176
《侍宴安乐公主新宅应制》	3人	《文苑英华》卷176
《侍宴安乐公主山庄应制》	15人	《文苑英华》卷176
《侍宴长宁公主东庄应制》	6人	《文苑英华》卷176
《奉和初春幸太平公主南庄应制》	8人	《文苑英华》卷176
《奉和圣制送金城公主适西蕃应制》	17人	《文苑英华》卷176
《奉和幸望春宫送朔方军大总管张仁亶》	6人	《文苑英华》卷177
《奉和圣制送张尚书巡边》	20人	《文苑英华》卷177

续表

标题	人数	出处
《和九月九日登慈恩寺浮图应制》	7人	《文苑英华》卷178
《闰九月九日幸揔持寺登浮图应制》	4人	《文苑英华》卷178
《奉和幸三会寺应制》	6人	《文苑英华》卷178
《奉和幸大荐福寺》	6人	《文苑英华》卷178
《幸白鹿观应制》	9人	《文苑英华》卷178
《安德山池宴集》	7人	《文苑英华》卷165
《中秋月》	9人	《文苑英华》卷151
《雪》	5人	《文苑英华》卷154
《云》	4人	《文苑英华》卷154
《露》	4人	《文苑英华》卷156
《雾》	4人	《文苑英华》卷156
《秋夕》	3人	《文苑英华》卷158
《七夕》	9人	《文苑英华》卷158
《对雪》	4人	《文苑英华》卷154
《咏风》	8人	《文苑英华》卷154
《孤石》	5人	《文苑英华》卷161
《奉和太子纳妃太平公主出降》	5人	《全唐诗》卷44
《奉和别越王》	3人	《全唐诗》卷44
《奉和圣制夏日游石淙山》	8人	《全唐诗》若干卷
《晦日宴高氏林亭》	17人	《全唐诗》若干卷
《晦日重宴》	6人	《全唐诗》若干卷
《三月三日宴王明府山》	5人	《全唐诗》若干卷
《奉和圣制同二相己下群官乐游园宴》	3人	《全唐诗》若干卷
《送萧颖士赴东府》	10人 同题分韵	《全唐诗》卷209

续表

标题	人数	出处
《怀素上人草书歌》	6人	《全唐诗》卷204
《玄元皇帝应见贺圣祚无疆》	3人	《文苑英华》卷180
《中和节诏赐公卿尺》	3人	《文苑英华》卷180
《清明日赐百寮薪火》	3人	《文苑英华》卷180
《南至日隔霜仗望含元殿炉香》	3人	《文苑英华》卷180
《长至日上公献寿》	3人	《文苑英华》卷180
《观庆云图》	3人	《文苑英华》卷180
《闰月定四时》	5人	《文苑英华》卷181
《春色满皇州》	5人	《文苑英华》卷181
《青云千吕》	4人	《文苑英华》卷182
《立春日晓望三素云》	3人	《文苑英华》卷182
《春云》	3人	《文苑英华》卷182
《山出元》	4人	《文苑英华》卷182
《都堂试贡士日庆春雪》	3人	《文苑英华》卷182
《荐冰》	5人	《文苑英华》卷182
《风光草浮际》	5人	《文苑英华》卷183
《春风扇微和》	9人	《文苑英华》卷183
《风不鸣条》	6人	《文苑英华》卷183
《洛出书》	4人	《文苑英华》卷183
《湘灵鼓瑟》	5人	《文苑英华》卷184
《春台晴望》	3人	《文苑英华》卷184
《鱼上冰》	3人	《文苑英华》卷185
《莺出谷》	4人	《文苑英华》卷185
《乌散余花落》	3人	《文苑英华》卷185
《浊水求珠》	3人	《文苑英华》卷186

续表

标题	人数	出处
《暗投明珠》	3人	《文苑英华》卷186
《玉水记方流》	6人	《文苑英华》卷186
《亚父碎玉斗》	3人	《文苑英华》卷186
《玉壶冰》	4人	《文苑英华》卷186
《日暖万年枝》	4人	《文苑英华》卷187
《风动万年枝》	3人	《文苑英华》卷187
《禁中春松》	4人	《文苑英华》卷187
《贡院楼北新栽小松》	4人	《文苑英华》卷187
《竹箭有筠》	3人	《文苑英华》卷187
《花发上林》	6人	《文苑英华》卷188
《曲江亭望慈恩寺杏园花发》	4人	《文苑英华》卷188
《金谷园花发怀古》	3人	《文苑英华》卷188
《小苑春望宫池柳色》	10人	《文苑英华》卷188
《御沟新柳》	6人	《文苑英华》卷188
《龙池春草》	3人	《文苑英华》卷188
《行不由径》	4人	《文苑英华》卷188
《冬日宴于庶子宅各赋一字得趣》	7人 同题分韵	《文苑英华》卷214
《奉陪相公西亭夜宴陆郎中》	5人	《文苑英华》卷215
《钱唐州高使君赴任》	6人	《文苑英华》卷267
《饯许州宋司马赴任》	3人	《文苑英华》卷267
《苏小小墓》	3人	《文苑英华》卷306
《华清宫》	17人	《文苑英华》卷311、《诗渊》第4册第2995—2996页
《奉酬钟书相公至日圜丘摄事于中术后阁宿斋已止于集贤院叙怀奸即在之作》	3人	《文苑英华》卷320

续表

标题	人数	出处
《柳》	10人	《文苑英华》卷323
《中书相公任兵部侍郎日后阁植四松逾数年澣忝此官因献拙什》	4人	《文苑英华》卷324
《竹》	10人	《文苑英华》卷324
《奉和武相公春晓闻莺》	5人	《文苑英华》卷328
《早雁》	3人	《文苑英华》卷328
《咏鹦鹉》	3人	《文苑英华》卷329
《鹭鸶》	4人	《文苑英华》卷329
《萤》	3人	《文苑英华》卷329
《蝉》	6人	《文苑英华》卷329
《酬张秘书因马赠诗》	7人	《文苑英华》卷330
《菊》	3人	《文苑英华》卷322
《海棠》	3人	《文苑英华》卷322
《梅》	3人	《文苑英华》卷322
《松》	6人	《文苑英华》卷324
《牡丹》	5人	《文苑英华》卷321
《杏园》	3人	《文苑英华》卷321
《题壁》	3人	《全唐诗》卷860
《七老会诗》	6人	《全唐诗》卷463
《送钟员外》	4人	《全唐诗》卷757
《游烂柯山》	4人	《全唐诗》卷312
《长信宫》	4人	《诗渊》第4册第2997页
《曲江》	4人	《诗渊》第3册第2146页
《建康》	5人	《诗渊》第3册第1920页
《辋川别业》	3人	《王右丞集笺注》卷13
《与卢员外象过崔处士兴宗林亭》	4人	《王右丞集笺注》卷13

续表

标题	人数	出处
《青龙寺昙壁上人兄院集》	4人	《王右丞集笺注》卷11
《和贾舍人早朝大明宫》	5人	《王右丞集笺注》卷10
《左掖梨花》	3人	《王右丞集笺注》卷13
《驾幸河东》	5人	（成化）《山西通志》卷16
《登鹳雀楼》	7人	（成化）《山西通志》卷16
《晚夏登张仪楼呈院中诸公》	6人	《成都文类》卷2
《题武担寺西台诗》	5人	《成都文类》卷5
《中秋夜锦楼望月》	6人 同题分韵	《成都文类》卷10
《登石伞峰》	7人	《会稽掇英总集》卷4
《宿云门寺》	9人	《会稽掇英总集》卷6
《游云门》	5人	《会稽掇英总集》卷6
《禹庙》	5人	《会稽掇英总集》卷8
《送贺秘监归会稽应制》	38人	《会稽掇英总集》若干卷
《和听盛小丛歌赠崔侍御》	7人	《会稽掇英总集》卷9
《题筹笔驿》	3人	《全蜀艺文志》卷18
《同诸公登慈恩寺塔》	5人	《全唐诗》卷216

二、宋代诗歌同题集咏

标题	人数	出处
《送张无梦归天台山》	32人	《天台续集》卷上
《送梵才大师归天台》	14人	《天台续集》卷上
《送梵才上人归天台》	31人	《天台续集》卷上
《送僧归天宁万年禅院》	10人	《天台续集》卷上
《巾山广轩》	6人	《天台续集》卷上

续表

标题	人数	出处
《题北山松轩》	4人	《天台续集》卷上
《题竹轩》	4人	《天台续集》卷上
《题玉泉》	4人	《天台续集》卷上
《题清晖堂》	3人	《天台续集》卷上
《游栖霞宫》	3人	《天台续集》卷上
《罗汉阁煎茶应供》	3人	《天台续集》卷上
《游日山》	8人	《天台续集》卷中
《流花亭》	5人	《天台续集》卷中
《游碧照庵》	3人	《天台续集》卷中
《题延庆院》	4人	《天台续集》卷中
《题共乐堂》	4人	《天台续集》卷中
《题灵康庙》	3人	《天台续集》卷中
《凝真宫》	3人	《天台续集》卷中
《涤虑轩》	4人	《天台续集》卷中
《净土院》	3人	《天台续集》卷中
《石桥》	15人	《天台续集》卷中
《桐柏崇道观》	9人	《天台续集》卷中
《国清寺》	9人	《天台续集》卷中
《送僧归护国》	6人	《天台续集》卷中
《刘阮洞》	5人	《天台续集》卷下
《题万年妙莲阁》	7人	《天台续集》卷下
《福圣观》	5人	《天台续集》卷下
《登华山顶》	3人	《天台续集》卷下
《题石桥》	3人	《天台续集》卷下
《送罗正之年兄出使二浙》	4人	《天台续集别编》卷1

续表

标题	人数	出处
《题石桥》	5人	《天台续集别编》卷2
《留题授上人曲肱齐》	3人	《天台续集别编》卷5
《大涤洞天题留》	61人	《诗渊》第3册第2114页
《题清芬阁》	29人	《诗渊》第4册第3035—3039页
《纸帐》	4人	《诗渊》第1册第46页
《寄衣曲》	3人	《诗渊》第1册第55页
《酒醒》	3人	《诗渊》第1册第151页
《鹤归亭》	8人	《诗渊》第3册第1603页
《游洞霄》	22人	《诗渊》第3册第1625—1631页
《游洞霄宫》	11人	《诗渊》第3册第1625—1631页
《茶灶》	5人	《诗渊》第3册第1664页
《建康》	5人	《诗渊》第3册第1919—1920页
《月岩》	4人	《诗渊》第3册第2200页
《云根石》	7人	《诗渊》第3册第2201—2202页
《天柱峰》	9人	《诗渊》第3册第2195页
《竹》	8人	《诗渊》第3册第2296—2298页
《海棠》	5人	《诗渊》第3册第2328—2329页
《送程给事归越州》	70人	《宋诗纪事补编》卷26、91
《挽崔舍人》	5人	《宋诗纪事补编》卷45、50、51、57、93
《高宗皇帝挽词》	20人	《五百家播芳大全文粹》卷120
《挽薛艮斋》	8人	《宋诗纪事补编》卷52、53、57、62
《凉轩》	18人	《宋诗纪事补编》卷8、11、12、14、15、16、38
《游大涤山》	10人	《两宋名贤小集》卷84，《洞霄诗集》卷2，《宋诗纪事》卷26、43、56、70、72、74，《宋诗纪事补编》卷31

续表

标题	人数	出处
《送西秦张仲实游大涤洞天》	3人	《宋诗纪事》卷79
《送钤辖馆使王公》	10人	《宋诗纪事》卷10
《送僧归护国寺》	27人	《宋诗纪事补遗》卷2—8、10、12、15、17、18、65
《仁宗皇帝挽词》	9人	《甫阳居士蔡公文集》卷1、《安阳集》卷33、《两宋名贤小集》、《王荆公诗注》卷49、《华阳集》卷1、《五百家播芳大全文粹》卷120、《元丰类稿》卷6、《事文类聚》前集卷49、《宋艺圃集》卷5
《神宗皇帝挽词》	11人	《青山集》卷19、《山谷年谱》卷1、《豫章先生文集》卷12、《温国文正公文集》卷16、《苏文忠公全集》东坡集卷15、《栾城集》卷14、《王荆公年谱考》卷24、《潞公集》卷8、《节孝集》卷26、《张右史文集》卷36、《宋诗纪事》卷31
《挽吕东莱》	15人	《宋诗纪事补遗》卷45、46、51、52、53、55、58、59、60、57
《妙庭观》	10人	《宋诗纪事》卷44、48、55、70、82、83,《宋诗纪事补遗》卷43、55、60、62
《建炎丞相成国吕忠穆公退老堂诗》	32人	《天台续集别编》卷1
《游虎丘》	5人	《宋诗纪事》卷6、19、22、61、71
《游玉泄山》	3人	《会稽掇英总集》卷4
《游天章寺》	6人	《会稽掇英总集》卷8
《送高学士知越》	6人	《会稽掇英总集》卷11
《送余姚知县陈最寺丞》	6人	《会稽掇英总集》卷11
《送张待制知越》	3人	《会稽掇英总集》卷11
《和忆越州》	6人	《会稽掇英总集》卷15
《题溪口广慈寺》	4人	《会稽掇英总集》卷9

续表

标题	人数	出处
《过溪口广慈院》	3人	《会稽掇英总集》卷9
《和孔司封题蓬莱阁》	8人	《会稽掇英总集》卷1
《和题曲水阁诗》	5人	《会稽掇英总集》卷2
《南朝》	4人	《西昆酬唱集》
《禁中庭树》	3人	《西昆酬唱集》
《休沐端居有怀希圣少卿学士》	5人	《西昆酬唱集》
《槿花》	4人	《西昆酬唱集》
《代意二首》	6人	《西昆酬唱集》
《汉武》	6人	《西昆酬唱集》
《馆中新蝉》	6人	《西昆酬唱集》
《夜宴》	4人	《西昆酬唱集》
《鹤》	5人	《西昆酬唱集》
《公子》	3人	《西昆酬唱集》
《旧将》	4人	《西昆酬唱集》
《宣曲二十二韵》	3人	《西昆酬唱集》
《赤日》	3人	《西昆酬唱集》
《明皇》	3人	《西昆酬唱集》
《别墅》	3人	《西昆酬唱集》
《无题三首》	3人	《西昆酬唱集》
《荷花》	4人	《西昆酬唱集》
《再赋》	4人	《西昆酬唱集》
《再赋七言》	3人	《西昆酬唱集》
《又赠一绝》	4人	《西昆酬唱集》
《梨》	4人	《西昆酬唱集》

续表

标题	人数	出处
《泪二首》	3人	《西昆酬唱集》
《七夕》	3人	《西昆酬唱集》
《成都》	3人	《西昆酬唱集》
《秋夜对月》	3人	《西昆酬唱集》
《小园秋夕》	3人	《西昆酬唱集》
《始皇》	3人	《西昆酬唱集》
《初秋属疾》	3人	《西昆酬唱集》
《寄灵仙观舒职方学士》	3人	《西昆酬唱集》
《宋玉》	3人	《西昆酬唱集》
《送客不及》	3人	《西昆酬唱集》
《枢密网左丞宅新菊》	4人	《西昆酬唱集》
《直夜》	3人	《西昆酬唱集》
《柳絮》	3人	《西昆酬唱集》
《与客启明》	3人	《西昆酬唱集》
《霜月》	4人	《西昆酬唱集》
《此夕》	3人	《西昆酬唱集》
《劝石集贤饮》	3人	《西昆酬唱集》
《灯夕寄献内翰虢略公》	4人	《西昆酬唱集》
《怀旧居》	3人	《西昆酬唱集》
《许洞归吴中》	3人	《西昆酬唱集》
《上巳玉津园赐宴》	3人	《西昆酬唱集》
《致斋太一宫》	3人	《西昆酬唱集》
《苦热》	4人	《西昆酬唱集》
《属疾》	4人	《西昆酬唱集》
《清风十韵》	7人	《西昆酬唱集》

续表

标题	人数	出处
《戊申年七夕五绝》	5人	《西昆酬唱集》
《诗呈同院诸公》	10人	《同文馆唱和诗》卷1
《诗呈同院后至诸公》	8人	《同文馆唱和诗》卷3
《初入试院》	10人	《同文馆唱和诗》卷4
《试院即事呈诸公》	9人	《同文馆唱和诗》卷4
《开门预计无多日犹起清愁暮霭浓》	5人	《同文馆唱和诗》卷4
《同舍问及故山景物用钟字韵诗以答》	7人	《同文馆唱和诗》卷5
《中秋月》	3人	《同文馆唱和诗》卷6
《与文潜无咎对榻夜话达旦》	4人	《同文馆唱和诗》卷6
《初伏大雨戏呈无咎》	5人	《同文馆唱和诗》卷7
《欲知归期近呈天启》	4人	《同文馆唱和诗》卷9
《题张子正观察溪风亭》	6人	《天台续集别编》卷2
《和华亭十咏》	3人	《嘉禾志》卷29
《醉眠亭三绝》	16人	《嘉禾志》卷29
《朱氏天和堂》	4人	《嘉禾志》卷30
《烟雨楼》	6人	《嘉禾志》卷31
《宜公祠》	3人	《嘉禾志》卷31
《次唐彦猷顾亭林韵》	7人	《嘉禾志》卷29
《众乐亭》	14人	《延祐四明志》卷20、乾道《四明经图》卷8
《黄河》	4人	（成化）《山西通志》卷16
《晋祠》	5人	（成化）《山西通志》卷16
《灵泉寺》	5人	（成化）《山西通志》卷16
《绛守居园池》	3人	（成化）《山西通志》卷16

续表

标题	人数	出处
《栖岩寺》	3人	（成化）《山西通志》卷16
《浯溪》	3人	《全宋诗》第67册
《吴下同年会诗》	9人	《全宋诗》卷2442
《梅林分韵》	15人	《全宋诗》卷1939、《全蜀艺文志》卷19、《成都文类》卷11
《题义门胡氏华林书院》	17人	《全宋诗》卷17、20、21、54、55
《西园》	6人	《成都文类》卷7
《玉溪堂》	6人	《成都文类》卷7
《雪峰楼》	6人	《成都文类》卷7
《海棠轩》	6人	《成都文类》卷7
《月台》	6人	《成都文类》卷7
《翠锦亭》	6人	《成都文类》卷7
《潺玉亭》	6人	《成都文类》卷7
《茅庵》	6人	《成都文类》卷7
《水阁》	6人	《成都文类》卷7
《小亭》	6人	《成都文类》卷7
《赋新繁周表权如诏亭》	17人	《成都文类》卷8
《送钤辖馆使王公》	11人	《成都文类》卷13
《题琴台》	3人	《成都文类》卷7
《耆英会诗》	13人	《古今事文类聚》前集卷45
《睢阳五老图诗》	4人	《古今事文类聚》前集卷45
《睢阳五老图》	18人	《题画诗》四十一故实类

三、《全元诗》中通过同题集咏存诗 1 首目录(共 1551 人)

诗人	诗题	诗人	诗题
冯志亨	《终南山甘河镇遇仙宫诗》	郭亨嘉	《咏瀑布》
李道谦	《题终南山甘河镇遇仙宫》	赵澹山	《咏瀑布》
吴章	《终南山甘河镇遇仙宫诗》	释圆丘	《咏瀑布》
段天常	《终南山甘河镇遇仙宫诗》	赵至道	《咏瀑布》
张徽	《终南山甘河镇遇仙宫诗》	寇元德	《题甘河遇仙宫》
宰沂	《终南山甘河镇遇仙宫诗》	乔在	《题甘河遇仙宫》
王赟	《终南山甘河镇遇仙宫诗》	魏致夷	《题甘河遇仙宫》
何道宁	《终南山甘河镇遇仙宫诗》	杜道坚	《游洞霄》
刘汾	《题甘河遇仙宫》	薛玄	《题刘京叔归潜堂》
左山后人	《题义荣先生祠》	吴昉	《题义荣先生祠》
柯谦	《范文正公书伯夷颂并札卷》	周维新	《题郑所南推篷竹图》
刘汝钧	《春日田园杂兴》	释德钦	《题郑所南画兰》
黄诚性	《读文山集》	释克振	《赠英上人》
章得一	《咏岳忠武王》	释月庭	《赠英上人》
丰自孙	《游丹山》	张与棣	《游洞霄》
释存道	《送西秦张仲实游大涤洞天》	郑淮	《游洞霄》
吴嵊	《送西秦张仲实游大涤洞天》	陈据梧	《游洞霄》
洪师中	《送西秦张仲实游大涤洞天》	赵守一	《游洞霄》
陈叔弼	《送西秦张仲实游大涤洞天》	张楷	《过洞霄宫》
金应桂	《送西秦张仲实游大涤洞天》	释常	《游洞霄》
邓道枢	《送西秦张仲实游大涤洞天》	释行魁	《游洞霄》
俞君玉	《送西秦张仲实游大涤洞天》	释志冲	《游洞霄》
吴黼	《送西秦张仲实游大涤洞天》	高翥	《游洞霄》
赵宜诚	《钱塘怀古题仙源云仍家谱》	王遇	《游洞霄》
刘深	《钱塘怀古题仙源云仍家谱》	张时举	《游洞霄》

续表

诗人	诗题	诗人	诗题
罗宜城	《钱塘怀古题仙源云仍家谱》	赵焱	《题汪水云诗卷》
赵由仁	《钱塘怀古题仙源云仍家谱》	曾顺孙	《题汪水云诗卷》
黄鲤	《钱塘怀古题仙源云仍家谱》	王祖弼	《题汪水云诗卷》
王复	《钱塘怀古题仙源云仍家谱》	孙鼎	《题汪水云诗卷》
胡东皋	《钱塘怀古题仙源云仍家谱》	彭淼	《题汪水云诗卷》
甘渊	《钱塘怀古题仙源云仍家谱》	萧幽	《题汪水云诗卷》
李叔钧	《钱塘怀古题仙源云仍家谱》	萧壎	《题汪水云诗卷》
彭卓	《钱塘怀古题仙源云仍家谱》	刘囦	《题汪水云诗卷》
周友德	《钱塘怀古题仙源云仍家谱》	刘丰禄	《题汪水云诗卷》
萧璩	《题汪水云诗卷》	赵云	《题汪水云诗卷》
张弘道	《题汪水云诗卷》	张时中	《题汪水云诗卷》
尹棐	《题汪水云诗卷》	萧克翁	《题汪水云诗卷》
祝从龙	《题汪水云诗卷》	夏天民	《题汪水云诗卷》
戴仁杰	《题汪水云诗卷》	释了万	《题汪水云诗卷》
刘震祖	《题汪水云诗卷》	秦嗣彭	《题汪水云诗卷》
李嘉龙	《题汪水云诗卷》	兜率长老	《题汪水云诗卷》
熊仲允	《题汪水云诗卷》	萧炎丑	《题汪水云诗卷》
黄居仁	《题汪水云诗卷》	释永秀	《题汪水云诗卷》
杨学周	《题汪水云诗卷》	萧灼	《题汪水云诗卷》
释觉性	《题汪水云诗卷》	叶福孙	《题汪水云诗卷》
祖惟和	《题汪水云诗卷》	黄圭	《题汪水云诗卷》
张嵩老	《题汪水云诗卷》	严日益	《题汪水云诗卷》
曹浚	《题依绿轩诗》	庾恭	《送尚书柴庄卿出使安南》
束同之	《题水村图》	邓椿	《题水村图》
吴延寿	《题水村图》	顾天祥	《题水村图》

续表

诗人	诗题	诗人	诗题
林宏	《题水村图》	叶齐贤	《题水村图》
陆桂	《题水村图》	束从大	《题水村图》
黄肖翁	《题水村图》	束南仲	《题水村图》
孙桂	《题水村图》	俞日华	《题水村图》
黄介翁	《题水村图》	陆祖凯	《题水村图》
束巽之	《题水村图》	赵骏声	《题水村图》
赵由祚	《题水村图》	束复之	《题水村图》
赵承孙	《题水村图》	信世昌	《送萧郎中出使安南》
张逢源	《题高尚书夜山图》	刘岳	《送萧郎中出使安南》
宇文叔简	《陆君实挽诗》	尹应许	《陆君实挽诗》
郑畴	《陆君实挽诗》	吴桂发	《咏宋丞相崔清献》
陈黄裳	《咏宋丞相崔清献》	罗天与	《咏宋丞相崔清献》
潘昇	《咏宋丞相崔清献》	何芝凤	《咏宋丞相崔清献》
黄甲登	《咏宋丞相崔清献》	苏顺孙	《咏宋丞相崔清献》
汪斗建	《钱塘怀古》	高秉文	《海会寺》
张妙静	《西湖竹枝词》	余周锡	《浮梁桥诗》
郑桂高	《题韩干照夜白图》	佛陀恩	《题赵孟頫饮马图卷》
释净伏	《虎丘寺》	杨镇	《题虎丘》
释元熙	《滕王阁》	赵淇	《岳阳楼》
黎立武	《题燕龙图楚江秋晓卷》	孙德彧	《终南山甘河镇遇仙宫诗》
李淦	《琼花诗》	李頍	《终南山甘河镇遇仙宫诗》
刘应龟	《春日田园杂兴》	畅师文	《故翰林学士秋涧王公哀挽诗》
陈庚	《挽秋晓先生》	张梦应	《题温日观葡萄》
冯澄	《春日田园杂兴》	梁相	《春日田园杂兴》

续表

诗人	诗题	诗人	诗题
仙村人	《春日田园杂兴》	魏新之	《春日田园杂兴》
全壁	《春日田园杂兴》	吕文老	《春日田园杂兴》
方德麟	《春日田园杂兴》	何鸣凤	《春日田园杂兴》
翁合老	《春日田园杂兴》	林子明	《春日田园杂兴》
刘蒙山	《春日田园杂兴》	赵必范	《春日田园杂兴》
姚潼翔	《春日田园杂兴》	高镕	《春日田园杂兴》
吴瑀	《春日田园杂兴》	胡南	《春日田园杂兴》
姜霖	《春日田园杂兴》	东必曾	《春日田园杂兴》
方尚老	《春日田园杂兴》	朱孟翁	《春日田园杂兴》
赵必拆	《春日田园杂兴》	刘时可	《春日田园杂兴》
释了慧	《春日田园杂兴》	许元发	《春日田园杂兴》
洪贵叔	《春日田园杂兴》	徐端甫	《春日田园杂兴》
朱释老	《春日田园杂兴》	李莮	《春日田园杂兴》
陈公凯	《春日田园杂兴》	蔡潭	《春日田园杂兴》
俞自得	《春日田园杂兴》	东湖散人	《春日田园杂兴》
王进之	《春日田园杂兴》	感兴吟	《春日田园杂兴》
草堂后人	《春日田园杂兴》	戴东老	《春日田园杂兴》
陈文增	《春日田园杂兴》	九山人	《春日田园杂兴》
桑柘区	《春日田园杂兴》	柳州	《春日田园杂兴》
君瑞	《春日田园杂兴》	俞师鲁	《钓台》
青山白云人	《春日田园杂兴》	侯谦	《送柴庄卿尚书出使安南》
王德渊	《故翰林学士秋涧王公哀挽诗》	张显祖	《题七星岩诗》
王显德	《题七星岩》	尚野	《渊明归来图》
张孝思	《题米元晖五洲图卷》	史孝祥	《题范文正公书伯夷颂》

续表

诗人	诗题	诗人	诗题
操贵持	《知州郭公寿诗》	黄性观	《题百香诗》
郭复宝	《题百香诗》	陈尧道	《春日田园杂兴》
杜明	《浯溪诗》	唐如介	《题颜辉钟馗出猎图》
尤子严	《知州郭公之父寿诗》	尤子勉	《知州郭公之父寿诗》
安公祐	《题海会寺》	陈舜道	《春日田园杂兴》
梁园秀	《题管道升紫竹庵图》	王櫄	《义门曲》
周应极	《宿李陵台》	朱梓瑞	《题依绿轩》
程郇	《题赵孟頫人骑图》	张埜	《寿李秋谷》
李春叟	《挽秋晓先生》	黎献	《挽秋晓先生》
张登辰	《挽秋晓先生》	翟佐	《挽秋晓先生》
梅庆翁	《挽秋晓先生》	胡骏升	《挽秋晓先生》
张孺子	《挽秋晓先生》	陈继善	《挽秋晓先生》
姚然	《挽秋晓先生》	梅时举	《挽秋晓先生》
释觉真	《挽秋晓先生》	李士龙	《挽秋晓先生》
陈纪	《挽秋晓先生》	罗附凤	《挽秋晓先生》
赵时清	《挽秋晓先生》	黎善夫	《挽秋晓先生》
邓元金	《挽秋晓先生》	叶特	《挽秋晓先生》
张震	《挽秋晓先生》	李昌辰	《挽秋晓先生》
张昭子	《挽秋晓先生》	黎伯元	《挽秋晓先生》
陈师善	《挽秋晓先生》	刘悉	《故翰林学士秋涧王公哀挽诗》
徐采	《如镜为净上人赋》	危起	《送傅与砺赴广州教授》
明普彦	《题商山四皓图》	夏紫清	《题叶氏四爱堂》
高新甫	《题叶氏四爱堂》	朱文炳	《题叶氏四爱堂》
陈是若	《饯伯容》	刘梦羲	《饯伯容》

续表

诗人	诗题	诗人	诗题
刘孟晔	《饯伯容》	庄蒙	《西湖竹枝词》
陈远	《春草轩诗》	阎相如	《春草轩诗》
张英	《奉和运使郭嘉议冬至日寄尚书御史三韵》	刘仪凤	《奉和运使郭嘉议冬至日寄尚书御史三韵》
李壁	《奉寄伯雨外史》	释净莲	《奉寄伯雨高人》
黄份	《奉寄外史先生》	张谦	《题高尚书夜山图》
侯宗礼	《送柴尚书庄卿出使安南》	王载	《送柴尚书庄卿出使安南》
林傅	《天冠山二十八咏》	元永贞	《题钱舜举硕鼠图》
朱文瑛	《题米元晖五洲图卷》	钱天祐	《孝感白华图》
释景瞻	《题赵孟頫书归去来辞》	释证道	《题宋燕肃春山图》
释奇泽	《题宋燕肃春山图》	陈贽	《题元管道升丛玉图》
曾遇	《温日观葡萄》	吴巽	《题赵孟頫人骑图》
王谊	《题赵孟頫饮马图卷》	释了凡	《题管道升紫竹庵图》
释妙空	《题管道升紫竹庵图》	陈润祖	《题赵子昂人骑图》
杨元英	《虎丘唱和次吴寿民韵》	赵文辉	《登太白酒楼》
杨得禄	《大有年》	朱仲明	《大有年》
钱资深	《题水村图》	张惟敏	《送傅与砺赴广州教授》
卫富益	《题赵子昂竹》	释善住	《游虎丘唱和次吴寿民韵》
那怀	《饯玉泉堂上钟山老师》	释止岩	《诗饯玉泉堂上钟山老师》
王钧	《题赵子昂水村图》	释惟勤	《游虎丘唱和次吴寿民韵》
毛翼	《知州郭公之父寿诗》	郑兰玉	《知州郭公之父寿诗》
郑子宽	《知州郭公之父寿诗》	操智达	《知州郭公之父寿诗》
章之才	《知州郭公之父寿诗》	姚希愈	《知州郭公之父寿诗》
俞彦圣	《知州郭公之父寿诗》	林德芳	《知州郭公之父寿诗》
方仁存	《知州郭公之父寿诗》	方则芳	《知州郭公之父寿诗》
吴鹏飞	《知州郭公之父寿诗》	胡维杓	《送文卿知州赴浮梁任》

续表

诗人	诗题	诗人	诗题
陈天益	《送文卿知州赴浮梁任》	屠铨	《送文卿知州赴浮梁任》
张衢	《送文卿知州赴浮梁任》	陆元德	《送文卿知州赴浮梁任》
许应旂	《送文卿知州赴浮梁任》	唐理	《送文卿知州赴浮梁任》
施文振	《送文卿知州赴浮梁任》	刘恪	《知州郭公之父寿诗》
郑思道	《知州郭公之父寿诗》	刘铉	《送文卿知州赴浮梁任》
史台孙	《送文卿知州赴浮梁任》	从虎	《依绿轩诗》
仇几	《送文卿知州赴浮梁任》	吴韶发	《和艮斋先生寄赠复斋郡侯唐律一首》
宋尧辅	《和艮斋先生寄赠复斋郡侯唐律一首》	方希愿	《和艮斋先生寄赠复斋郡侯唐律一首》
章毂	《和艮斋先生寄赠复斋郡侯唐律一首》	臧廷凤	《和艮斋先生寄赠复斋郡侯唐律一首》
徐云龙	《和艮斋先生寄赠复斋郡侯唐律一首》	吴仲迂	《和艮斋先生寄赠复斋郡侯唐律一首》
释志胜	《送文卿知州赴浮梁任》	释可权	《送文卿知州赴浮梁任》
吴直方	《咏郑氏义门》	杨焕	《七星岩》
余渊	《登德风亭诗和偰世玉韵》	薛廷凤	《题丹山》
释念常	《题钱舜举瓜蔓图》	廖毅	《伍王庙》
尚师简	《题赵孟頫滦菊图》	刘庸	《题赵雍五马图》
杨枢	《颂郭侯浙漕之任》	霍惟肃	《岳忠武王庙》
林以顺	《咏郑氏义门》	丁文苑	《咏郑氏义门》
刘洪	《题龚翠岩中山出游图》	黄山老樵	《题高士图》
钱以道	《题水村图》	韩从益	《故翰林学士秋涧王公哀挽诗》
张庸	《饯郭侯浙漕之任》	金汝砺	《饯郭侯浙漕之任》
叶知木	《饯郭侯浙漕之任》	赵良复	《饯郭侯浙漕之任》
陈应举	《饯郭侯浙漕之任》	陈普	《饯郭侯浙漕之任》

续表

诗人	诗题	诗人	诗题
刘克敬	《饯郭侯诗》	张子寿	《饯郭侯浙漕之任》
张焕	《饯郭侯诗》	符子真	《饯郭侯浙漕之任》
张砺	《饯郭侯诗》	常圻	《饯郭侯浙漕之任》
李概	《饯郭侯诗》	梅鼎来	《饯郭侯浙漕之任》
张文纲	《饯郭侯诗》	梅亨	《饯郭侯浙漕之任》
崔裕	《饯郭侯诗》	高相孙	《饯郭侯浙漕之任》
申屠伯骐	《饯郭侯诗》	胡霖	《饯郭侯浙漕之任》
许士权	《饯郭侯诗》	范澄志	《饯郭侯浙漕之任》
朱益之	《饯郭侯浙漕之任》	王君济	《饯郭侯浙漕之任》
蔡郁	《题百香诗稿》	顾瞻	《饯郭侯浙漕之任》
张鉴	《曹文贞公挽章》	倪从	《题本斋王公孝感白华图》
黎庶	《江西宪佥郭公德政诗》	艾天瑞	《江西宪佥郭公德政诗》
陈欅	《江西宪佥郭公德政诗》	王辰	《江西宪佥郭公德政诗》
苗子方	《江西宪佥郭公德政诗》	刘伯寿	《江西宪佥郭公德政诗》
郭余庆	《江西宪佥郭公德政诗》	许炎	《江西宪佥郭公德政诗》
戴熙	《江西宪佥郭公德政诗》	万士元	《江西宪佥郭公德政诗》
饶拯	《江西宪佥郭公德政诗》	虞尧臣	《江西宪佥郭公德政诗》
赵良倜	《江西宪佥郭公德政诗》	熊文渊	《江西宪佥郭公德政诗》
方仁卿	《江西宪佥郭公德政诗》	黄约	《江西宪佥郭公德政诗》
吴某某	《江西宪佥郭公德政诗》	樊炫	《江西宪佥郭公德政诗》
李守中	《江西宪佥郭公德政诗》	陈宗文	《江西宪佥郭公德政诗》
晏咏通	《江西宪佥郭公德政诗》	连元寿	《江西宪佥郭公德政诗》
夏玘	《江西宪佥郭公德政诗》	欧阳有	《东湖去思》
黄润	《江西宪佥郭公德政诗》	陈景常	《东湖去思》
黄文海	《江西宪佥郭公德政诗》	黄极立	《东湖去思》

续表

诗人	诗题	诗人	诗题
刘开孙	《江西宪佥郭公德政诗》	钱原道	《东湖去思》
汪允文	《江西宪佥郭公德政诗》	洪耕	《东湖去思》
郑尧心	《江西宪佥郭公德政诗》	林基孙	《东湖去思》
倪洪	《江西宪佥郭公德政诗》	何祯	《东湖去思》
宜起霖	《江西宪佥郭公德政诗》	李某某	《东湖去思》
邓茂生	《江西宪佥郭公德政诗》	李光国	《东湖去思》
岳天祐	《江西宪佥郭公德政诗》	李沂	《东湖去思》
徐省翁	《番阳饯章》	徐天麟	《番阳饯章》
周伯颜	《番阳饯章》	蔡儒实	《番阳饯章》
吴旭	《番阳饯章》	荣熙	《伏波庙》
胡元罙	《大有年》	汪志坚	《大有年》
徐关	《题水村图》	程德	《挽清隐先生诗》
石载	《送浙东副元帅巡海镇归诗》	许汝霖	《题王渊鹰逐画眉图》
释本无	《题赵孟頫饮马图卷》	释觉岸	《题马远四皓图》
任昱	《西湖竹枝词》	孛罗帖木儿	《琼华诗》
李邦彦	《黄陵庙》	欧阳南	《度居庸关有怀旧隐》
贡瑜	《挽仲章叔父》	何约	《灵岩寺题诗》
胡虚中	《钓台次韵》	岳至	《送李中父使征东行省》
王举	《植芳堂诗》	韩梦臣	《元故江西参政刘公挽诗》
徐一清	《咏郑氏义门》	赵公谅	《挽宋显夫》
伯颜	《龙祠乡社义约》	李仕良	《史侯庙》
束选之	《曹文贞公挽章》	吴暾	《题钱玉潭竹林七贤卷》
牟应复	《题岳忠武王庙》	李端	《奉题胡古愚杂兴》
别怯儿不花	《咏郑氏义门》	陈大伦	《义门曲》

续表

诗人	诗题	诗人	诗题
卢端智	《题百香诗稿》	逯居敬	《咏郑氏义门》
程谦	《送李中父使征东行省》	解之昂	《游武夷》
哲理野台	《题水村隐居》	牛时中	《曹文贞公挽章》
程景辉	《挽清隐先生诗》	蒋景高	《咏余姚海堤》
空空道人	《题龙祠乡社义约》	王士显	《题王蒙铁网珊瑚图》
伯颜	《奉题见心禅师天香室》	陈阳复	《灵泉寺》
刘阅	《题稼亭》	林希光	《送李中父使征东》
同同	《西湖竹枝词》	王柬	《重游虎丘次吴寿民韵》
元凯	《登潞州德风亭》	俞述祖	《送傅与砺诗》
祁君璧	《义门曲》	释慧昙	《题燕肃春山图》
何宗姚	《咏妙成观掀篷》	崔可举	《德风亭诗》
张世华	《送黄晋卿先生东归》	周璿	《送李中父使征东》
王嘉闾	《咏余姚海堤诗》	史致中	《题越国进西施图》
高翔	《重建德风亭》	释寿宁	《静安八咏》
高伯庸	《重建德风亭诗》	也先溥化	《题赵孟頫人骑图》
鞠菴	《题张彦辅棘竹幽篁图》	王武	《送傅与砺赴广州教授》
释子明	《游虎丘唱和次吴寿民韵》	曹思顺	《复邹忠公墓诗》
陈宗义	《题徐良夫耕渔轩》	李周臣	《题龙祠乡社义约》
月思帖木儿	《题马和之瑶池醉归图》	白公岩	《题龙祠乡社义约》
元正	《题赵孟頫滦菊图》	陈选	《自题岩阿琪树图》
贺方	《送傅与砺赴广州教授》	王彦琬	《咏岳忠武王庙》
孔岑	《题岳忠武王庙》	倚南海涯	《武夷山》
朱祐之	《咏重兴岳王宇庙》	杨希古	《武夷山》
周载	《复赋水西清兴》	张士坚	《澹香亭》
赵鸾	《题管道升紫竹庵图》	汪汝懋	《奉题定水见心禅师天香室》

续表

诗人	诗题	诗人	诗题
成修堂	《钓台》	叶克斋	《钓台》
陈求	《钓台》	卢钺	《钓台》
何崇礼	《浯溪诗》	吕震	《谒文公书院》
曹能之	《武夷山》	梁用行	《题张子政画水墨梨花鸣鸠》
边鲁	《西湖竹枝词》	沈融	《题郑禧聚芳亭图》
束宗癸	《题玉山草堂》	陈炳	《题高士携琴图》
陈元善	《次韵草玄阁》	赵由正	《邬处士挽诗》
王壎	《邬处士挽诗》	彦复之	《邬处士挽诗》
林茂濬	《邬处士挽诗》	张顺祖	《邬处士挽诗》
张圣卿	《邬处士挽诗》	舒天骥	《邬处士挽诗》
任佐	《邬处士挽诗》	柯贞白	《题管道升紫竹庵图》
程叔祥	《挽清隐先生诗》	游兰仲	《题清隐书屋》
李本立	《题清隐书屋》	汪素隐	《题清隐书屋》
汪蓉峰	《题清隐书屋》	俞子茂	《题清隐书屋》
王佐	《游汾湖》	张玉	《玉山草堂》
释泉澄	《题陈履元画玉山草堂图》	释福初	《题渔庄》
马晋	《可诗斋口占》	诸葛耑	《来龟轩》
释法坚	《咏春草池绿波亭》	殷子义	《送浙东副元帅巡海镇归诗》
林礼	《题高士携琴图》	金贡	《谢玉山见过》
陈炜	《题渔父图》	陈缉	《和玉山立春试笔》
戴正	《题渔父图》	贾思敬	《谢玉山见过》
贾归儒	《谢玉山见过》	贾归治	《谢玉山见过》
秦昺	《和玉山怀谢雪坡参政》	章明	《和谢雪坡过玉山草堂有怀》
释一印	《和玉山》	蔡宗礼	《和谢雪坡过玉山草堂有怀》
黄傅	《复赋水西清兴》	释道彬	《复赋水西清兴》

续表

诗人	诗题	诗人	诗题
释祖颢	《复赋水西清兴》	释起宗	《复赋水西清兴》
释项彬	《复赋水西清兴》	释普慈	《复赋水西清兴》
释元震	《复赋水西清兴》	释元昫	《复赋水西清兴》
许规	《水西清兴》	林龙	《复赋水西清兴》
夏思志	《西湖梅约》	王德元	《挽曹文贞》
班宗义	《曹文贞公挽章》	章懋卿	《曹文贞公挽章》
陆介	《曹文贞公挽章》	陆元善	《曹文贞公挽章》
陈宗仁	《曹文贞公挽章》	陈禹远	《曹文贞公挽章》
刘瓛	《曹文贞公挽章》	刘文炳	《曹文贞公挽章》
刘景圣	《曹文贞公挽章》	冯勉	《曹文贞公挽章》
叶继祖	《曹文贞公挽章》	詹天祥	《曹文贞公挽章》
赵士元	《曹文贞公挽章》	蒋榦	《曹文贞公挽章》
蒋朝	《曹文贞公挽章》	蒋德邻	《曹文贞公挽章》
王忠	《送黄晋卿先生东归》	王景顺	《送黄晋卿先生东归》
何庆余	《送黄晋卿先生东归》	章迪	《送黄晋卿先生东归》
叶森	《送黄晋卿先生东归》	丁国卿	《元故江西参政刘公挽诗》
吴汶	《元故江西参政刘公挽诗》	段琇	《元故江西参政刘公挽诗》
胡天全	《元故江西参政刘公挽诗》	马复初	《元故江西参政刘公挽诗》
张希达	《元故江西参政刘公挽诗》	黄琢	《元故江西参政刘公挽诗》
黄庄	《元故江西参政刘公挽诗》	刘源	《元故江西参政刘公挽诗》
刘德俊	《元故江西参政刘公挽诗》	萧绍宗	《元故江西参政刘公挽诗》
罗达	《元故江西参政刘公挽诗》	赵杞	《元故江西参政刘公挽诗》
赵敬	《元故江西参政刘公挽诗》	鲁沂	《元故江西参政刘公挽诗》
王常	《挽宋显夫》	完迮溥化	《挽宋显夫》
谢闰	《宋显夫挽诗》	宋琼	《渔梁结屋恭赋志喜》

续表

诗人	诗题	诗人	诗题
王若毅	《宿定水天香室奉简见心禅师》	朱舜民	《游双峰定水寺访见心禅师赋此奉简》
玄霜子	《和琅玕子呈杨铁崖绝句韵》	羽仪	《和琅玕子呈杨铁崖绝句韵》
袁万里	《送傅与砺赴广州教授》	陈克生	《送傅与砺赴广州教授》
赵高	《送傅与砺赴广州教授》	赵构	《送傅与砺赴广州教授》
吴扩	《渔梁结屋恭赋志喜》	余宗益	《渔梁结屋恭赋志喜》
洪谦	《渔梁结屋恭赋志喜》	谢草池	《题叶氏四爱堂》
彭孟老	《题叶氏四爱堂》	孔世瞻	《题岳忠武王庙》
武昌军卒	《欲报主仇有作》	李复	《咏岳忠武王庙》
何师善	《咏岳忠武王庙墓》	金用宾	《题岳忠武王庙墓》
柯履道	《重兴岳忠武王祠宇》	杨九思	《题岳坟褒忠寺》
释元翁	《咏岳忠武墓》	吴子华	《咏岳忠武王庙墓》
吴子善	《题岳忠武王庙墓》	吴溥泉	《咏岳忠武王》
沈叔敬	《咏岳忠武王庙墓》	周越道	《咏岳忠武王庙墓》
姚巘	《悼岳王》	高子宜	《咏岳忠武王庙》
张源	《咏岳忠武王》	陈政德	《岳忠武王重兴祠宇作》
铁穆尔	《岳坟褒忠寺》	郑希道	《咏岳忠武王》
霍宾阳	《岳忠武王墓庙》	瞿宗仁	《咏岳忠武王》
彭瑛	《岳鄂王庙》	程正辅	《咏岳忠武王庙》
叶文中	《咏岳忠武王庙》	邹士表	《咏岳忠武王庙》
杨天显	《咏岳忠武王庙》	赵天有	《咏岳忠武王庙》
闻益明	《咏岳忠武王庙》	臧湖隐	《咏岳忠武王庙》
释成	《咏岳忠武祠》	释大觉	《咏岳忠武王》
释若溪	《咏岳忠武庙》	释可观	《咏岳忠武王》
蒋克勤	《西湖竹枝词》	杨伋	《西湖竹枝词》
冯士颐	《西湖竹枝词》	严恭	《西湖竹枝词》

续表

诗人	诗题	诗人	诗题
谢寅	《西湖竹枝词》	韩好礼	《西湖竹枝词》
钱大有	《西湖竹枝词》	卢浩	《西湖竹枝词》
郑贺	《西湖竹枝词》	掌机沙	《西湖竹枝词》
燕不花	《西湖竹枝词》	陈枢	《西湖竹枝词》
陆元泰	《西湖竹枝词》	郭庸	《西湖竹枝词》
章善	《西湖竹枝词》	堵简	《西湖竹枝词》
高克礼	《西湖竹枝词》	徐梦吉	《西湖竹枝词》
徐哲	《西湖竹枝词》	马稷	《西湖竹枝词》
马贯	《西湖竹枝词》	周溥	《西湖竹枝词》
李介石	《西湖竹枝词》	李一中	《西湖竹枝词》
完泽	《西湖竹枝词》	朱庸	《西湖竹枝词》
沈礼	《题苏小小墓》	哈珊沙	《奉题定水见心禅师天香室》
刘汉杰	《洞庭湖中庙诗》	赵棠	《吊琼花》
阿鲁温沙	《小诗奉上定水见心大禅师法座》	李枢	《卜居慈溪奉寄见心长老一笑》
王章	《简寄定水见心禅师》	周希	《简寄定水见心禅师》
周廉	《天香室为见心禅师赋》	施从政	《清明日有怀定水见心禅师》
李元中	《二月廿日访见心长老于定水山中不值而归赋此奉寄》	张承	《赋得曲江矶送见心之浰》
张克仁	《奉题定水见心禅师天香室》	陈善	《奉简定水见心禅师》
刘贞	《奉题见心禅师天香室》	刘敬	《赋得潇湘曲送见心之湖南》
邬密执理	《满上人归定水漫赋五言四绝奉寄见心禅师方丈》	郑文宝	《奉题见心禅师天香室》
喻立	《简寄定水见心禅师》	邹懋昭	《近体一首奉寄定水见心禅师》
邹说	《赋得裴相读书台送见心之湖南》	杨彪	《次韵奉呈蒲庵和尚大禅师》

续表

诗人	诗题	诗人	诗题
杨贵亨	《近体一首奉上蒲庵禅师静侍》	释希能	《过彭蠡湖舟中次韵奉寄见心禅师》
释处林	《奉答定水堂上见心和尚侍史》	释德琏	《赋得六一泉送见心之浙》
释德褒	《次韵奉简见心和尚老师》	释子然	《见心之湖南谒欧阳太史乞铭》
释志海	《赋得冷泉亭送见心之湖南》	释法膺	《奉寄定水堂上见心和尚远发千里一笑》
释溥照	《天章禅师还四明因赋古诗一章奉寄定水见心和尚少寓久别之怀》	释真实	《送仲铭游浙》
释素怀	《访仲铭禅师》	释慧月	《寄仲铭外史》
释远太	《访仲铭禅师》	释宗有	《寄仲铭外史》
释可权	《奉呈仲铭和尚》	释成大	《次韵奉答行中和尚并呈仲铭禅师》
释行雅	《访仲铭禅师二首》	释慧宗	《奉寄仲铭禅师》
释善如	《次韵奉寄仲铭禅师并呈行中和尚》	李文烨	《宿水西呈仲铭禅师》
李惠德	《留别仲铭长老》	章横唐	《留别仲铭行中二禅师》
潘元昌	《游水西录呈仲铭和尚》	陈昧	《次韵陈敬初郎中简仲铭上人》
冯嘉	《送汪叔志入京会试》	赵由偏	《送汪叔志入京会试》
张福	《游白水宫》	王中	《题丹山》
滑寿	《游白水宫》	董庸	《题龙祠乡社义约》
邓震	《题龙祠乡社义约》	马淳斋	《题龙祠乡社义约》
马国驷	《题龙祠乡社义约》	伯都	《龙祠乡社义约》
王继善	《题杨崇喜亦乐堂诗》	刘文房	《题亦乐堂》
李华	《复邹忠公墓诗》	李粹初	《复邹忠公墓诗》
王兴祖	《复邹忠公墓诗》	吴强孙	《复邹忠公墓诗》

续表

诗人	诗题	诗人	诗题
刘蒙	《祭邹忠公墓作》	郑颀	《复邹忠公墓诗》
潘如告	《复邹忠公墓诗》	霍超龙	《次韵唐骏发教授祭邹忠公墓作》
储惟志	《复邹忠公墓诗》	谢亨	《复邹忠公墓诗》
叶山	《谒邹忠公墓诗》	王俨	《题长江伟观图》
王礼	《题长江伟观图》	王受益	《题长江伟观图》
毛琰	《题长江伟观图》	李恕	《题长江伟观图》
李烨	《题长江伟观图》	何九思	《题长江伟观图》
翁植	《武夷山》	金济刚	《题长江伟观图》
邵毅	《题长江伟观图》	胡裕	《题长江伟观图》
马山	《题长江伟观图》	郝天凤	《题长江伟观图》
唐元寿	《题长江伟观图》	许德彝	《题长江伟观图》
陶珽	《题长江伟观图》	陶定理	《题长江伟观图》
钱元肃	《题长江伟观图》	钟弼	《题长江伟观图》
叶頫	《题长江伟观图》	杨德贤	《题长江伟观图》
赵良翰	《题长江伟观图》	楼礼	《题长江伟观图》
释元颢	《题长江伟观图》	唐奎	《静安八咏》
吴益	《静安八咏》	余寅	《静安八咏》
陆侗	《静安八咏》	韩壁	《静安八咏》
程可	《题徐良夫耕渔轩》	应伟	《题徐良夫遂幽轩》
应枋	《题徐良夫遂幽轩》	刘天锡	《题徐良夫耕渔轩》
陈岳	《题徐良夫遂幽轩》	张博	《题徐良夫耕渔轩》
章璇	《八月七日偕耕渔叟访耕渔隐者风雨寂寥中为留三日有图书笔砚之乐九日耕渔赋诗见赠次韵奉答》	徐惟贞	《题徐良夫遂幽轩》

续表

诗人	诗题	诗人	诗题
徐矩	《题徐良夫耕渔轩》	马肃	《题徐良夫耕渔轩》
南宫常真	《题徐良夫遂幽轩》	金钰	《题徐良夫遂幽轩》
吴隽	《题徐良夫耕渔轩》	释觉慧	《题徐良夫遂幽轩》
释廷埙	《题徐良夫遂幽轩》	徐允升	《季春四日会于耕渔轩行觞赋诗遂适野兴各赋一章以纪良集云》
冯清	《八月七日偕耕渔叟访耕渔隐者风雨寂寥中为留三日有图书笔砚之乐九日耕渔赋诗见赠次韵奉答》	黄以忱	《八月七日偕耕渔叟访耕渔隐者风雨寂寥中为留三日有图书笔砚之乐九日耕渔赋诗见赠次韵奉答》
赵俨	《咏余姚海堤》	余梦祥	《咏余姚海堤》
王桓	《题余姚海堤》	胡世佐	《咏余姚海堤》
高师贤	《咏余姚海堤》	宝宝	《题余姚海堤》
郑厚	《咏余姚海堤》	彭唯	《咏余姚海堤》
王宴	《义门曲》	赵鸿嗣	《咏郑氏义门》
潘祖晋	《咏郑氏义门》	詹旭	《咏郑氏义门》
方麒	《义门曲》	胡汉	《咏郑氏义门》
留仲衡	《义门曲》	陈及	《义门曲》
金兰	《咏郑氏义门》	王琦	《咏郑氏义门》
程澥翁	《咏郑氏义门》	徐以敬	《咏郑氏义门》
白友直	《咏郑氏义门》	赵必菘	《咏郑氏义门》
刘玄闻	《咏郑氏义门》	留伯玑	《义门曲》
韩沃	《义门曲》	璩致恭	《义门曲》
刘中	《咏郑氏义门》	昝全	《咏郑氏义门》
周鼎	《咏郑氏义门》	元仲举	《题郑氏义门》
陈应荣	《义门曲》	陈士元	《义门曲》
徐畚	《咏郑氏义门》	俞焕	《咏郑氏义门》

续表

诗人	诗题	诗人	诗题
周自强	《咏郑氏义门》	吴武梁	《咏郑氏义门》
方升	《义门曲》	王嘉	《义门曲》
李衍	《咏郑氏义门》	毛继祖	《鳌峰倡和诗》
陈克刚	《题紫阳道院》	陈川	《题紫阳道院》
敦蒙古	《鳌峰倡和诗》	郑修	《鳌峰倡和》
周稷	《师子林五言八咏》	何贞	《阅可庭所示师子林图》
马合麻	《题武夷》	周润祖	《邬处士挽诗》
凌鹄	《咏岳飞庙》	葛蒙	《倪云林竹》
林晓	《赠黄德渊还钱塘玄妙观》	施逸	《赠黄德渊还钱塘玄妙观》
叶明诚	《赠黄德渊还钱塘玄妙观》	俞诜	《赠黄德渊还钱塘玄妙观》
何复初	《赠黄德渊还钱塘玄妙观》	孙固	《西湖竹枝》
高尚志	《题徐良夫遂幽轩》	徐良言	《来鹤诗赠周玄初》
释如阜	《雩咏亭续兰亭会》	蔡哲	《武夷九曲棹歌》
钮麟	《垂虹桥》	张士熙	《石钟山》
洪颐	《菊山诗》	陆文英	《武夷山》
瞿士衡	《宋故宫诗次杨廉夫韵》	张实	《菊山诗》
吕谦	《挽余廷心》	陆叙	《题深翠轩》
滕远	《题徐良夫遂幽轩》	金恺	《题深翠轩》
张复初	《题徐良夫耕渔轩》	李仁	《题铁网珊瑚图奉和黄鹤山樵赠范玉崖韵》
吴简	《虎丘行》	徐奂	《友竹轩诗》
张致远	《挽余廷心》	赵时英	《妙成观掀篷和何宗姚韵》
宁良	《妙成观掀篷和何宗姚韵》	张清	《妙成观掀篷和何宗姚韵》
郭子奇	《妙成观掀篷和何宗姚韵》	谢天与	《妙成观掀篷和何宗姚韵》
陈东甫	《妙成观掀篷和何宗姚韵》	吴立	《妙成观掀篷和何宗姚韵》
廉公直	《妙成观掀篷和何宗姚韵》	费世大	《妙成观掀篷和何宗姚韵》

续表

诗人	诗题	诗人	诗题
沈瑜	《题铁网珊瑚图奉和黄鹤山樵赠范玉崖韵》	释弥远	《云林墨竹》
高煜	《菊山诗》	俞东	《题徐良夫耕渔轩》
柳膺	《题董泰初长江伟观图》	潘易	《题董泰初长江伟观图》
释辨才	《题安分轩》	释惠恕	《吊余廷心》
释啸林	《次荆山游虎丘韵》	释荆石	《次荆山游虎丘韵》
释法询	《水德妇李氏节行诗》	郭子翀	《李节妇诗》
释寿智	《题梅花道人墨菜诗卷》	凌懋翁	《题击蛇笏》
张澂	《水德妇李氏节行诗》	沈纯	《题秀野轩》
廖敬先	《水德妇李氏节行诗》	张吉	《题秀野轩》
高隅	《题秀野轩》	姜文震	《题秀野轩》
王忱	《题秀野轩》	虞本	《题秀野轩》
徐汝霖	《题破窗风雨》	张均	《奉题景安征士秀野轩因忆季瞻征君》
张庸	《题破窗风雨》	沈廷珪	《题破窗风雨图》
杭琪	《题破窗风雨》	冯恕	《题破窗风雨》
杨明	《题破窗风雨》	顾逊	《游汾湖》
陈睿	《题破窗风雨》	程翼	《游汾湖》
郑元忠	《华氏贞节堂诗》	释本初	《题云林竹》
释德庄	《玄真馆小集》	曾日章	《题云林画》
李宗表	《题高房山墨竹》	高恒吉	《赠画师朱叔重》
吴昞	《赠画师朱叔重》	钱伯	《赠画师朱叔重》
钱元善	《赠画师朱叔重》	李伯彰	《赠画师朱叔重》
安敏	《赠画师朱叔重》	梁恂	《送瞿慧夫上青龙镇学官》
释善行	《送瞿慧夫上青龙镇学官》	袁章	《送张德常赴松江府判官》
王起	《李节妇诗一首》	释雄觉	《题高尚书夜山图》

续表

诗人	诗题	诗人	诗题
黄彧	《友竹轩诗》	释蕙	《菊山诗》
释大亨	《菊山诗》	释元逊	《菊山诗》
谢师善	《菊山诗》	释永祚	《菊山诗》
马寅中	《菊山诗》	邓汝砺	《菊山诗》
程敬直	《菊山诗》	释慈感	《菊山诗》
韩屿	《题倪幻霞良常草堂图》	许中	《物故卢氏母周夫人挽歌辞》
傅著	《物故卢氏母周夫人挽歌辞》	王浩	《题卢贤母传》
潘毅	《友竹轩诗》	周敏	《题崔氏友竹卷》
许善	《友竹轩诗》	张委	《春草堂诗》
俞瓛	《题赵仲穆临李伯时凤头骢》	朱应辰	《题管夫人竹石》
沈用	《题管夫人竹石》	丁明	《题管夫人竹石》
释德宝	《题梅花道人墨菜诗卷》	谢礼	《题梅花道人墨菜诗卷》
谢德俊	《题梅花道人墨菜诗卷》	张颙	《题梅花道人墨菜诗卷》
潘应辰	《题梅花道人墨菜诗卷》	倪枢	《题梅花道人墨菜诗卷》
徐达道	《题梅花道人墨菜诗卷》	曹绍	《题梅花道人墨菜诗卷》
章炯	《题梅花道人墨菜诗卷》	吴温	《题梅花道人墨菜诗卷》
吴璋	《题梅花道人墨菜诗卷》	叶谦	《题吴仲圭诗画》
高闻礼	《题破窗风雨》	八礼台	《题吴仲圭诗画》
青阳翼	《题雷雨护婴图》	曹孔章	《题郭天锡画卷》
孔思吉	《破窗风雨歌为刘性初先生赋》	项驾	《题黄氏林屋山图》
韩璧	《题破窗风雨》	王同	《题黄氏林屋山图》
王琎	《题本斋王公孝感白华图》	黄原隆	《题林屋佳城图》
方仪	《题本斋王公孝感白华图卷》	陈润	《竹深处诗》
田子贞	《题安分轩图》	瞿绪	《题安分轩》
唐镐	《题安分轩》	李勤	《题安分轩》

续表

诗人	诗题	诗人	诗题
黄载	《题安分轩》	王铉	《竹深处诗》
释性闲	《赵子固水仙图》	石宇	《题竹深处》
王复原	《竹深处诗》	黄宝	《竹深处诗》
江辐	《竹深处诗》	彭敷恂	《竹深处诗》
金灏	《竹深处诗》	朱复古	《竹深处诗》
徐畴	《竹深处诗》	邓资深	《竹深处诗》
赵宗文	《竹深处诗》	沈元	《题竹深处》
余学夔	《题竹深处》	金关	《竹深处诗》
林n	《竹深处诗》	陈璲	《竹深处诗》
倪维哲	《竹深处诗》	释元虚	《竹深处诗》
释涌	《竹深处诗》	释实	《竹深处诗》
释启	《竹深处诗》	释同	《竹深处诗》
释翿	《竹深处诗》	周崇厚	《竹深处诗》
朽木居士	《题倪云林六君子图》	释明瑞	《敬题日观葡萄手卷后》
镏翼南	《题张子政画水墨梨花鸣鸠》	孙奕	《题张子政画水墨梨花鸣鸠》
王伯煇	《题张子政画水墨梨花鸣鸠》	哈珊沙	《题赵彦征画赤骥》
全美	《题曹云西山水》	刘宗器	《题曹云西山水》
顾易	《题曹云西山水》	储思诚	《题倪元镇远山涌翠图》
马怡	《题倪元镇远山涌翠图》	陆溥源	《题王叔明琴鹤轩图》
释宗珂	《题王叔明琴鹤轩图》	释至显	《题王叔明琴鹤轩图》
释永隆	《题王叔明琴鹤轩图》	董存	《题王叔明琴鹤轩图》
费良弼	《题王叔明琴鹤轩图》	李讷	《题王立中破窗风雨图》
姜渐	《题云林竹树秀石图》	王怿	《题赵孟頫饮马图卷》
洪恕	《题送袁立儒芦雁图》	周伯昂	《题王叔明石梁秋瀑图》
虎都鲁沙	《题宋马远潇湘八景图》	顾德璋	《题宋杨补之雪梅》

续表

诗人	诗题	诗人	诗题
沃昌	《题管道升丛玉图》	王虑	《题管道升丛玉图卷》
陶复初	《题黄公望江山览胜图》	张学	《题赵元剡溪云树图》
郑维翰	《题王蒙谷口春耕图》	周尚	《题王蒙谷口春耕图》
姚廷美	《自题有余闲图》	吕麟	《题姚廷美有余闲图》
徐士全	《题姚廷美有余闲图》	高玉	《题姚廷美有余闲图》
万镒	《题姚廷美有余闲图》	陶唐文	《题姚廷美有余闲图》
张俊德	《题姚廷美有余闲图》	林珣	《题姚廷美有余闲图》
林以庄	《题姚廷美有余闲图》	包炯	《题姚廷美有余闲图》
马处义	《题姚廷美有余闲图》	林寿昌	《题姚廷美有余闲图》
孟之冀	《题姚廷美有余闲图》	张士奇	《题韩左军马图》
徐大和	《题杨维桢岁寒图》	何自学	《题盛懋江枫秋艇图》
曹鼎	《题元盛懋江枫秋艇图》	冯善	《题元盛懋江枫秋艇图》
叶恩	《题元盛懋江枫秋艇图》	林震	《题盛懋江枫秋艇图》
朱荣禄	《题赵孟頫草汀文鸳》	埜仙	《题毛益牧牛图》
刘中	《题钱选秋江待渡图》	释净标	《题钱选画牡丹》
梁初	《题赵孟頫滦菊图》	姚庸	《题高克恭青山白云图》
林士曜	《题赵孟頫书归去来辞》	张文蔚	《题赵肃书母卫宜人墓志》
郑铿	《题张舜咨画树石》	李国蕃	《题高克恭秋山暮霭图》
林常	《题倪瓒竹树野石图》	陆颙	《题倪瓒设色雨后空林真迹》
赵顺仁	《敬题聚芳亭》	陈明德	《聚芳亭歌》
赵桐生	《题郑禧聚芳亭图》	沈某	《题郑禧聚芳亭图》
卫毅	《题郑禧聚芳亭图》	丁志仁	《题聚芳亭》
朱行义	《题郑禧聚芳亭图》	赵道汝	《题郑禧聚芳亭图》
王伯易	《题倪瓒墨竹枝》	曹道振	《题元人合笔陶九成竹居图》
宋骐	《题赵孟頫竹石图》	薛士嫌	《题陈琳树石图》
虞良	《题金黼山林拽杖图》	知非子	《题金黼山林拽杖图》

续表

诗人	诗题	诗人	诗题
谢彦	《骊山》	赵子述	《题顾安晚节图》
释坦庵	《题赵元溪亭山色》	张建	《题赵元溪亭山色》
吕琦	《题姚德厚秋林渔隐图》	吕良仁	《题姚德厚秋林渔隐图》
释宗海	《题姚德厚秋林渔隐图》	鲍敬	《题陈选岩阿琪树图》
贺与文	《题陈选岩阿琪树图》	冯中	《题陈选岩阿琪树图》
陈温	《题陈选岩阿琪树图》	释普莹	《题盛懋秋江待渡图》
庄广义	《题盛懋秋江待渡图》	刘公叙	《题盛懋秋江待渡图》
俞英	《题盛懋秋江待渡图》	游詹	《题王蒙惠麓小隐图》
杜宗一	《题张守中桃花幽鸟图》	吕心仁	《题杨维桢岁寒图》
花纶	《题张守中桃花幽鸟图》	舒常	《武夷山》
顾文昭	《题张守中桃花幽鸟图》	王孜方	《题赵孟頫竹石幽兰图卷》
释得完	《题倪云林江岸望山图》	许钧	《雪篷题咏》
张稷	《次韵草玄阁》	吴宪	《随父重游虎丘》
刘时可	《梦梅华处诗》	郗节	《雪篷诗》
张朴	《雪篷诗》	耕乐子	《雪篷诗》
陆端叔	《雪篷诗》	张节	《雪篷诗》
管伯龄	《为蔡子坚咏雪篷》	沈良	《题王叔明仿董北苑风雨萧寺图》
宣岊	《西台恸哭诗》	老圃	《题盛懋秋江待渡图》
裴日英	《自题栗里秋香图》	埜仙	《咏郑氏义门》
胡深	《题廼贤上京纪行诗》	应才	《题陶九成竹居图》
牟鲁	《题范宽烟岚秋晓图》	杨文选	《淮阴侯祠》
李思齐	《咏郑氏义门》	张士坚	《奉题定水禅师天香室》
夏以忠	《咏余姚海堤》	董幼安	《咏余姚海堤》
释悟达	《题倪瓒南峰图》	释大梓	《咏余姚海堤》
文允中	《元故江西参政刘公挽诗》	翁仁	《题柯敬仲墨竹》

续表

诗人	诗题	诗人	诗题
吕宗圣	《题宋马远潇湘八景》	释元珪	《题徐良夫遂幽轩》
倪可与	《题钱选秋江待渡图》	刘益	《题龚开骏骨图卷》
赵学子	《定水山中呈见心禅师》	苏天民	《呈见心禅师》
陆焕然	《题圭塘欸乃集》	赵恒	《题圭塘欸乃集》
丹房生	《题倪瓒江岸望山图》	孙士志	《题瀑布》
夏文彦	《题吴镇墨菜图》	潘继祖	《灵泉庙诗》
焦白	《奉寄良夫高士》	松泉隐者	《题倪瓒古木幽篁图》
范天与	《复刘龙洲先生墓诗》	王震	《复刘龙洲先生墓诗》
赵生	《谒龙洲先生祠和多景楼诗韵》	李费	《月氏王头饮器歌》
顾亮	《月氏王头饮器歌》	赵壁	《题钓台》
李古淡	《题子卿牧羊图》	王兰思	《题武夷九曲图》
周幕溪	《岳阳楼》	甘恪	《饯别理伯容赴江西宪掾》
李草窗	《韩王堂雪》	严春山	《韩王堂雪》
段惟德	《登岳阳楼》	李文远	《凤凰台》
方天锡	《义门曲》	吴端学	《游白水宫》
留若冲	《游白水宫》	高彝	《题丹山》
杜仲高	《明皇合乐图》	赵宜生	《题丹山》
韩彦信	《题丹山》	韩稷	《题丹山》
释净昱	《题丹山》	陈斯与	《游白水宫》
杨边梅	《题丹山》	邓元宏	《宫词》
赵君璋	《题白水宫》	黄庭芝	《和赵阳山招挽歌》
陈巨源	《和赵阳山招挽歌》	吴宝先	《赵阳山招挽歌》
方炳炎	《和赵阳山招挽歌》	奚继学	《挽赵阳山生辞》
杨祖恕	《歌风台》	蒲察景道	《题德风新亭》
钱士龙	《淮阴侯》	郑兴裔	《咏扬州琼华》

续表

诗人	诗题	诗人	诗题
金丙瑞	《咏琼花》	杨鹤年	《咏琼花》
蔡子玉	《琼华诗》	张菊轩	《扬州琼华诗》
陈以仁	《琼华诗》	湛津龙	《咏石钟山》
越镐	《石钟山》	金大镛	《咏石钟山》
安宗说	《岳阳楼》	韩松	《石钟山》
于岩	《登岳阳楼》	赵景献	《岳阳楼》
梁承夫	《岳阳楼》	李炎子	《君山》
郑钊	《游君山》	何英	《君山》
孔庭植	《游洞庭湖》	陈公举	《岳阳楼》
释无名	《题赵子昂书渊明归去来辞后》	朱成章	《游洞庭湖》
徐道宁	《送洪遂良东归锦沙》	姜兼	《送洪遂良东归锦沙》
余善同	《武夷春泛》	陈友敬	《武夷山》
赵震	《曹娥庙》	王裕	《居庸关》
王中裕	《卢沟桥》	徐和	《平林》
张霜崖	《平林》	孙氏温	《七星岩》
韩给事	《问扬州琼花》	盛埜	《山居苦》
刘或	《山居苦》	吕开	《山居苦》
潘门尚	《华清宫》	孙舫	《金山寺》
甄良友	《岳阳楼望洞庭》	杨誉	《题樊川归隐图》
杨文炳	《游惠山》	熊戴	《登德风亭》
黄珍	《德风亭诗》	田赋	《德风亭诗》
公孙昂云	《栖岩寺》	王文蔚	《栖岩寺》
李鹏	《凉轩》	李古	《凉轩》
郎几	《凉轩》	郑琏	《通明阁》
溪翁	《潞公轩》	滦阳子	《潞公轩》

续表

诗人	诗题	诗人	诗题
蔡正年	《题岐山八景》	张奭	《题岐山八景》
葵冈	《题岐山八景》	张天锡	《题岐山八景》
仇圣耦	《题岐山八景》	刑公干	《题岐山八景》
好德	《题岐山八景》	朱铎	《题岐山八景》
梅亭	《题岐山八景》	刘纯	《阿房宫》
杨容	《谒范文正公庙留题》	费贞	《谒范文正公庙留题》
徐孟岳	《岳王墓》	揭概	《西台恸哭诗》
傅藻	《西台恸哭诗》	释斯文	《武夷歌》
刘公孙	《武夷留题》	杨尧善	《题武夷》
车柬	《武夷纪游》	丁希贤	《武夷》
裴守中	《游武夷》	周信仲	《登焦山》
释玉峰	《北固山》	李天麟	《多景楼》
陈元与	《登金山》	李清臣	《登金山》
俞安中	《登金山》	陈松年	《石鼓书院》
祝子权	《登焦山有感》	谭用之	《多景楼》
蒋茧与	《周侯祠》	释宗莹	《题孝侯祠》
蒋景玉	《周孝侯祠》	释贞石	《周孝侯祠》
史公贤	《宿少林》	崔伯渊	《少林寺》
史铜	《宿少林》	杜春圻	《武夷》
黄异	《游白鹿洞》	张铁峰	《游白鹿洞》
刘震雷	《咏石钟山》	廉公允	《游武夷》
葛东山	《谒孝庙》	陈平仲	《宿武夷山中》
王遵	《游虎丘寺》	伟岸翁	《虎丘》
释逄	《虎丘》	释瞻	《虎丘》
释瑶	《虎丘》	释琬	《虎丘》

续表

诗人	诗题	诗人	诗题
李任道	《虎丘》	释奉	《虎丘寺》
康南翁	《虎丘》	许正	《次游虎丘韵》
陶唐邑	《虎丘》	陈季周	《虎丘》
吕拭	《虎丘》	张可大	《玄妙观》
章珍	《题玄妙观》	王申伯	《咏武夷山》
徐广	《武夷山》	陈梦庚	《武夷山鼓楼岩》
刘宗敏	《咏黄山》	吴元生	《登黄山》
曹通	《黄山》	胡元礼	《黄山图》
王心儿	《题深翠轩》	丘考	《题靖节图》
张湖山	《伏波山歌》	李弼	《七星岩》
李镐	《植芳堂诗》	胡楷	《曹娥庙》
王蕴文	《孝江》	释元昉	《过孝江》
郑善夫	《过孝庙》	余晦	《吊曹娥》
姚铉	《渡曹江》	高绅	《题孝庙》
张逸	《望曹江》	施枢	《题孝女庙》
黄田	《题孝女庙》	高彭	《拜曹娥》
铦村翁	《看汉碑》	桃湖道人	《过曹江》
东岩子	《谒孝娥庙》	吴菊潭	《读曹娥碑》
马申之	《拜孝庙》	释觉先	《渡曹江》
释名圭	《拜孝庙》	应雷	《谒曹娥庙》
解性存	《望蔚然菁葱是汉令度尚葬孝女曹娥处诗以记之》	吴伯宽	《谒曹庙》
季子云	《题曹娥庙》	陈尧咨	《题曹江孝庙》
释及甫	《渡曹娥江》	徐宏甫	《曹江野泊》
梅屿	《题孝娥庙》	袁采之	《看曹娥碑》

续表

诗人	诗题	诗人	诗题
袁养龙	《过曹江》	徐芝田	《泊曹江》
潘子高	《拜孝庙》	邵梅溪	《过曹江》
朱亨龙	《望孝庙》	张哲	《泊曹江》
郭逸	《题孝娥庙》	释契	《看曹娥碑》
翁元龙	《咏孝娥》	释若愚	《咏曹娥庙》
吴君儒	《题孝庙》	曹大忠	《题曹娥庙》
庄文玉	《题孝庙》	葛炳圭	《题孝娥庙》
刘仲翔	《偶看邯郸碑漫题》	邵文龙	《咏孝娥》
史温	《孝庙偶题》	吴石帆	《漫题孝庙》
陆檠隐	《题孝庙》	钱梅坡	《过庙拜题》
陆樵溪	《拜孝庙》	童颜叟	《过孝庙有感》
石子濡	《漫题孝庙碑》	刘尧臣	《咏孝女》
高泽	《过曹娥庙漫咏》	刘谦之	《谒孝庙》
戴竹房	《读孝庙碑》	赵崇涟	《题孝庙》
冯善心	《题孝庙》	释惟大	《孝女庙》
董应宣	《拜孝女庙》	琴主珏	《题曹孝女庙》
王虎文	《拜曹娥庙》	丘企	《拜曹娥庙》
赵汝峙	《再过曹江》	魏万永	《题曹江庙碑阴》
恒山	《瞻孝庙敬题》	贞白生	《漫题》
程礼恭	《拜孝娥庙》	马伦	《敬咏孝娥》
曹华	《渡曹娥江入庙瞻礼》	曾孙仪	《题曹庙》
张永	《题曹庙》	张善翁	《题曹娥庙》
沈丙	《题李节妇传》	张寿	《偶过曹娥江题庙》
林宦	《击蛇笏诗》	邓楀	《击蛇笏诗》
何广	《题顾闳中韩熙载夜宴图》	吕元规	《题龚翠岩中山出游图》

续表

诗人	诗题	诗人	诗题
戴益	《李成画读碑窠石图》	黄斌	《题李成画读碑窠石图》
陆修正	《题李成画读碑窠石图》	戴有南	《李成画读碑窠石图》
赵贤	《贞节堂诗》	李构	《题龚圣予人马图》
王玄初	《次韵就挽遵道》	杨性	《题松雪画竹石图》
余震	《菊山诗》	陈继	《题马麟画卷》
杨忠	《题赵仲穆临李伯时凤头骢》	陈曾虎	《卢氏母周夫人挽歌》
李弘	《物故卢氏母周夫人挽歌辞》	李常	《卢贤母挽歌辞》
吕量	《题韩干马》	姚道昌	《题韩干马图》
吕鷟	《题赵子昂瓮牖图》	丘茂	《题瓮牖图》
朱梓荣	《题赵子固兰蕙卷》	许性	《题松雪画竹石图》
孙元臣	《龚翠岩中山出游图》	赵友同	《题赵子固兰蕙卷》
陈大有	《题赵子固兰蕙卷》	陈慤	《题松雪墨梅》
王明	《题钟馗图》	戴顺	《越国进西施图》
游至	《题梅花道人墨菜诗》	杨枢	《雷雨护婴图》
林世贤	《题黄子久铁岩图》	高翔	《题韩干马图》
王庭松	《题唐张戡猎骑图》	郑嘉	《题韩干马》
谢雍	《题唐人香山图》	谢儁	《题马远作四皓弈棋图》
李核	《题郭主簿模摩诘本辋川图卷》	江渐	《题马远作四皓弈棋图》
周贡	《题苏子瞻竹枝图》	吴沂夫	《题米敷文楚山清晓卷》
朱瑾	《题马麟画卷》	赵果	《题刘松年卢仝烹茶图》
李复	《题刘松年卢仝烹茶图》	陈凤飞	《题温日观葡萄》
吴迪为	《题赵子固四芗图卷》	释无梦	《题小米戏墨》
蔡巘	《钱舜举瓜蔓图》	费恂	《题小米戏墨卷》
陈嗣昌	《题李蓟丘秋清野思》	陈士奇	《题钱舜举瓜蔓图》
钱鼎	《题温日观葡萄》	李润	《题钱雪川宫姬戏婴图》

续表

诗人	诗题	诗人	诗题
王涣	《题钱雪川宫姬戏婴图》	王俊华	《题张子政画水墨梨花鸣鸠》
盛昌	《题赵承旨玄真观图》	邓榆	《题赵文敏画谢幼与丘壑图》
关绨	《题赵承旨玄真观图》	金霖	《题洞天清晓图》
五十四	《题卢贤母传》	屠文	《题燕贵秋山萧寺图》
刘元佐	《题范宽烟岚秋晓图》	余复	《题燕文贵秋山萧寺图卷》
尧岳	《题米元晖五洲图卷》	南宫磻	《题米元晖五洲图卷》
宗夏	《题小米戏墨》	赵仲仁	《题米友仁五洲烟雨图》
杨遵	《题米元晖五洲图》	徐宇泰	《游龙虎山》
萧邵甫	《游龙虎山》	萧致远	《游龙虎山》
萧和	《题子昂墨梅》	胡敦	《题钱舜举秋江待渡图》
朱庸	《题钱舜举秋江待渡图》	陈恭	《题钱舜举秋江待渡图》
余宗礼	《题宋袁立儒芦雁图》	汪惪原	《题宋袁立儒芦雁图》
沈兑	《题宋袁立儒芦雁图》	虚白道人	《题宋袁立儒芦雁图》
倪明德	《题宋袁立儒芦雁图》	钱元	《题宋袁立儒芦雁图》
钱岳	《题宋袁立儒芦雁图》	释元亨	《题宋袁立儒芦雁图》
释妙才	《题宋袁立儒芦雁图》	释澮如	《题宋袁立儒芦雁图》
释德修	《题宋袁立儒芦雁图》	释福聚	《题宋袁立儒芦雁图》
景回	《题宋袁立儒芦雁图》	许世华	《题宋袁立儒芦雁图》
夏伯寅	《题钱选梨花卷》	释大兴	《题钱选梨花卷》
章溥	《题钱选梨花卷》	朱璠	《题钱选梨花卷》
潜老	《题钱选梨花卷》	晏昱	《题钱选梨花卷》
袁辅	《题钱选梨花卷》	马颛	《题钱选梨花卷》
马兼善	《题钱选郎亭一曲图卷》	范彦良	《题钱选梨花卷》
尹厚	《题钱选郎亭一曲图卷》	周雍	《题钱选梨花卷》
黄黼	《题钱选郎亭一曲图卷》	杨鲁	《题钱选梨花卷》

续表

诗人	诗题	诗人	诗题
陆岂	《题钱选梨花卷》	郑玉	《题钱选梨花卷》
释道遐	《题钱选梨花卷》	释禅悦	《题钱选梨花卷》
释师鉴	《题钱选梨花卷》	高原	《题宋马远四皓图》
吴仲庄	《题钱选梨花卷》	李勖	《题赵孟頫饮马图卷》
赵寿	《题宋燕肃春山图》	释仲微	《题宋燕肃春山图》
马喆	《题宋燕肃春山图》	释汝奭	《题宋燕肃春山图》
穆荣礼	《题宋燕肃春山图》	胡植芸	《钓台》
陈迪	《题宋马远四皓图》	钱肯堂	《钓台》
赵孟琪	《题赵孟頫兰蕙图》	周复	《题集古图绘册杨补之梅花》
黄元	《题宋赵伯驹莲舟新月图》	林仁顺	《题宋赵伯驹莲舟新月图》
袁近仁	《题宋赵伯驹莲舟新月图》	仲麟	《题盛懋江枫秋艇图》
范显德	《题毛益牧牛图》	池廷瑞	《题毛益牧牛图》
徐孳	《题毛益牧牛图》	宋埜	《题毛益牧牛图》
夏中	《题毛益牧牛图》	叶克仁	《题毛益牧牛图》
周徽	《题毛益牧牛图》	陈叔刚	《题毛益牧牛图》
钱师正	《题钱选牡丹》	张衔	《题赵葵杜甫诗意图》
周爵	《题惠崇秋甫双鸳》	黄宜	《题巨然寒林晚岫》
文志仁	《题高克恭秋山暮霭图》	程琮	《题韩干圉人呈马图》
王余庆	《题杨补之画梅》	方泉	《题赵孟坚白描水仙》
杨翥	《题龚开骏骨图》	高让	《题钱选画莲花》
岳桂	《题钱选画莲花》	释珂月	《题赵孟頫人骑图》
陈元瑞	《题宋马和之瑶池醉归图》	刘直	《题宋马和之瑶池醉归图》
彦华	《题倪瓒苕霅溪山图》	周备	《题宋李公麟蕃王礼佛图》
戴宁	《题宋李公麟蕃王礼佛图》	黄元吉	《题颜辉钟馗出猎图》
邵弘远	《题张彦辅棘竹幽篁图》	杨深	《题王渊鹰逐画眉图》

续表

诗人	诗题	诗人	诗题
谢晋	《题龚开骏骨图》	陈炅	《题颜辉钟馗出猎图》
陈炎	《题颜辉钟馗出猎图》	叶□	《题颜辉钟馗出猎图》
谢衮	《题颜辉钟馗出猎图》	赵希孔	《题王渊牡丹》
杜允诚	《题王渊鹰逐画眉图》	施昌祚	《七星岩》
严光大	《易元吉獐猿图卷》	释智渊	《题李遵道古木丛篁图》
陈奎	《题易元吉獐猴图卷》	邹亮	《题钱选梨花鸣鸠图》
孙吋	《题赵孟頫竹石幽兰图卷》	释无方	《登多景楼》
白范	《梦梅华处诗》	释善观	《北固山》
刘仲奎	《武夷山》	释性嘉	《北固山》
詹师文	《武夷山》	林春沂	《武夷山》
胡天民	《武夷山》	金与仁	《武夷山》
马时中	《武夷山》	王迪	《武夷山》
张与玉	《武夷山》	林廷^	《武夷山》
毛璲	《钓台》	何与	《植芳堂诗》
廖正华	《洞庭湖中庙诗》	荣菁	《洞庭湖中庙诗》
释天元	《题虎丘》	李泰来	《岳阳楼》
陈义泽	《武夷山》	王缵	《武夷山》
安廖	《武夷山》	王逸	《武夷山》
吴伯起	《武夷山》	章凯	《武夷山》
石建中	《武夷山》	毛玉囦	《武夷山》
葛仲温	《武夷山》	杨君举	《武夷山》
钟黎献	《武夷山》	魏麟一	《武夷山》
聂铁峰	《武夷山》		

四、《全元诗》中通过同题集咏存诗 2—4 首目录(共 164 人)

诗人	诗题	诗人	诗题
应本	《送黄晋卿先生东归》《题元人画莫月鼎像》	曹鉴	《题雷雨护婴图》《题李士行江乡秋晚图卷》
王寿衍	《次韵就挽遵道》《题本斋王公孝感白华图卷》《题莫月鼎像》	宋则翁	《知州郭公之父寿诗》《浮梁桥诗》
方玉父	《知州郭公之父寿诗》《和良斋先生送行诗》《浮梁桥诗》	潘东明	《浮梁桥诗》《知州郭公之父寿诗》
闵全	《知州郭公之父寿诗》《浮梁桥诗》	闵齐	《知州郭公之父寿诗》《浮梁桥诗》
赵镇远	《知州郭公之父寿诗》《和良斋先生寄赠复斋郡侯唐律一首》《浮梁桥诗》	俞希圣	《送文卿知州赴浮梁任》《知州郭公之父寿诗》
欧阳公瑾	《西湖竹枝词》《咏郑氏义门》	张监	《题陈汝言荆溪图》《题朱德润秀野轩图》《题倪瓒溪山图》
贾策	《瓮牖图》《西湖竹枝词》	王国器	《题卫宜人墓志》《题赵雍五马图》
赵由儁	《题水村图》《题梁楷画右军书扇图》	唐骏发	《谒邹忠公墓》《祭邹忠公墓作》
范克昭	《过灵泉寺二首》	王余庆	《题春草轩》《秋胡妻词》《武夷山》
张鹏霄	《灵岩寺诗》《灵岩寺古风》	郭嘉	《题玄妙观》《送李中父使征东行省》
李岳	《游灵岩寺》《重游灵岩》	廉惠山海牙	《咏郑氏义门》《奉题见心和尚天香室》
徐东	《奉和运使复斋先生至日寄尚御史三绝》	王奎	《天冠山二十八咏》《咏郑氏义门》
兀彦思敬	《题李伯时三马图苏轼赞》《题卢贤母卷》《题宋夏珪搜山图》	姚绂	《浯溪诗》《浯溪即景》

续表

诗人	诗题	诗人	诗题
汪文璟	《题丹山》《咏郑氏义门》	司廙	《题韩干圉人呈马图》《挽宋显夫》
王守诚	《挽宋显夫》《送傅与砺赴广州教授》《义门曲》《德风歌寄题张使君新亭》	林希元	《宋显夫挽诗》《题丹山》《咏郑氏义门》
胡一中	《武夷》《题赵孟頫饮马图》	王育	《咏郑所南》《题郑所南推篷竹卷》
石抹宜孙	《邬处士挽诗》《妙成观掀篷和何宗姚韵》	蒋景武	《咏余姚海堤》《奉题定水见心禅师天香室》
李桓	《复邹忠公墓诗》《题越国进西施图》	汪遂良	《题郑所南推篷图》《游虎丘唱和次吴寿民韵》
不花帖木儿	《宫词》《西湖竹枝词》《题马和之瑶池醉归图》	冯濬	《湖光山色楼》《题玉山草堂》《渔庄》
释超珍	《渔庄欸乃二首》	魏俊民	《题郑所南画兰》《八月七日偕耕渔叟访耕渔隐者风雨寂寥中为留三日有图书笔砚之乐九日耕渔赋诗见赠次韵奉答》
张皞	《咏澹香亭》《奉题见心豫章山房》	刘肃	《西湖竹枝词》《玉山佳处》
释希颜	《题界溪顾处士竹逸亭》《题界溪顾处士梅隐斋》《复赋水西清兴》	顾权	《拜石坛》《送浙东副元帅巡海镇归诗》
华翥	《题玉山草堂》《题玉山佳处》《垂虹桥二首》	张冏	《和玉山元日试笔》《和玉山立春试笔》
释惠畤	《复赋水西清兴》《题倪瓒南峰图》	许士俊	《曹文贞公挽章》《复邹忠公墓诗》
姚安道	《送黄晋卿先生东归》《题赵孟頫饮马图卷》《题松雪携琴访友图》	韩文屿	《送黄晋卿先生东归》《春草轩诗》

续表

诗人	诗题	诗人	诗题
萧规	《元故江西参政刘公挽诗》《雪篷诗》	胡震	《宋显夫挽诗》《短歌行为师子林赋》
欧阳检	《苏轼李陵泣别图》《天马歌》	熊进德	《西湖竹枝词》《复邹忠公墓诗》
释福报	《西湖竹枝词》《雩咏亭续兰亭会补彭城曹諲》	沈性	《西湖竹枝词》《题董旭长江伟观图》
刘景元	《西湖竹枝词》《菊山诗》	谢理	《雩咏亭续兰亭会》《春草轩诗》《奉题定水见心和尚天香室》
李复礼	《奉题定水见心禅师蒲庵》《奉题定水见心禅师天香室》	胡益	《简寄定水见心禅师》《题杨崇喜亦乐堂》《题郑氏义门》《题余姚海堤》《游白水宫》
夏孟仁	《奉寄定水见心长老》《恶诗一首奉寄见心和尚大禅师》	徐昭文	《次韵寄简定水见心禅师》《续兰亭会》
唐升	《天香室诗为定水见心禅师赋》《题赵子固兰蕙图》《虎丘》	杨诚	《游双峰定水寺奉简蒲庵大禅师》《题任月山仿韩干马图》
释文静	《蕉池怀黄德渊》《天香室为定水见心和尚赋》	孙予初	《简赠定水见心禅师》《题亦乐堂》
王霖	《题丹山》《雩咏亭续兰亭会》	朱炯	《题瀑布》《雩咏亭续兰亭会》
赵思鲁	《游白水宫》《咏余姚海堤》	章岩	《谒邹忠公墓诗》《次韵唐骏发教授祭邹忠公墓作》
赵孟义	《鳌峰倡和诗》《题长江伟观图》	赵觐	《静安八咏》《题倪迂林亭晚岫》《题云林六君子图》
马世德	《题虎丘》《过灵泉寺二绝》	王景颜	《德风亭二首》
释如兰	《静安八咏》《题黄鹤山人芝兰室图》《追和松雪道人趵突泉诗》《梦梅华处诗》	唐骏发	《谒邹忠公墓二首》
刘逢原	《挽铁厓先生》《题徐良夫遂幽轩》	陈潜夫	《咏徐良夫耕渔轩》《送殷奎赴咸阳县教谕》《挽殷教谕诗》《过龙洲先生墓作有感》

续表

诗人	诗题	诗人	诗题
王禋	《题徐良夫耕渔轩》《题王蒙谷口春耕图》	董昶	《题金黼山林拽杖图》《八月七日偕耕渔叟访耕渔隐者风雨寂寥中为留三日有图书笔砚之乐九日耕渔赋诗见赠次韵奉答》
卓说	《咏余姚海堤》《赠黄德渊还钱塘玄妙观》	叶瓒	《赠黄德渊还钱塘玄妙观》《咏郑氏义门》
蒋器	《咏郑氏义门》《义门曲》	王宥	《题云林竹》《奉题听雨楼》《咏郑氏义门》
周泰	《德风亭二首》	释惟信	《题安分轩》《题深翠轩》
吴儁	《咏水德妇李氏节行》《陈节妇行》《雪篷诗》	田畊	《题秀野轩》《题马和之瑶池醉归图》
王希白	《题秀野轩》《题李升林泉高隐图》	樊圃	《题秀野轩》《沈复吉植芳堂诗》
林右	《植芳堂诗》《题张守中桃花幽鸟图》	林附凤	《赠笔工沈日新》《题钱选梨花鸠鸟图》
朱武	《植芳堂诗》《题破窗风雨图》《题张子政画水墨梨花鸣鸠》	姚翥	《赵子固墨兰卷》《题姚德厚秋林渔隐图》
吴瓘	《题杨补之墨梅图》《题王渊花鸟》	朱焕	《题松雪画竹石图》《雪篷诗》
顾舜举	《题梅花道人墨菜诗卷》《题姚廷美有余闲图》	邵贯	《题梅花道人墨菜诗卷》《题倪瓒溪山图》
李明复	《题梅花道人墨菜诗卷》《题姚廷美有余闲图》	王务衜	《题梅花道人墨菜诗卷》《题王渊牡丹图》
余熉	《题黄氏林屋山图》《挽殷教谕诗》	徐霖	《题钱玉潭画竹林七贤卷》《题倪元镇疏林亭子》
大食哲马	《题赵彦征画赤骥》《题赵魏国双马图》	林镛	《题赵魏国双马图》《题盛懋秋林渔隐轴》
钱云	《题云林六君子图》《题王叔明南村草堂图》	金彦祯	《题王叔明琴鹤轩图》《题黄鹤樵叟竹石》

续表

诗人	诗题	诗人	诗题
秦衡	《题燕穆之楚江秋晓图》《题深翠轩》	王经	《题赵孟頫浴马图》《题姚廷美有余闲图》
王鸣吉	《题赵元溪亭秋色图》《题王蒙惠麓小隐图》	潘迪	《题赵孟頫滦菊图》《送李中父使征东行省》
贡颖之	《题惠崇秋甫双鸳》《题赵肃书母卫宜人墓志》	张程	《次韵草玄阁三首》
张士明	《间赠定水见心禅师》《灵岩寺诗》《题亦乐堂》	林彬祖	《天香室为定水见心禅师题》《奉题定水见心禅师蒲庵》《题王大令保姆帖》
王贞	《复邹忠公墓诗》《题梅花道人墨菜图》	林温	《奉题定水见心禅师天香室》《奉题定水见心禅师蒲庵》《题钱雪川宫姬戏婴图》
王植	《题倪瓒溪山亭子》《题赵孟頫竹石图》	张守正	《奉题定水见心禅师蒲庵》《奉题定水见心禅师天香室》
李升	《题良常草堂图》《题杨补之雪梅卷》《题莫月鼎像》《题王元中古木幽篁图》	杜岳	《奉寄定水见心禅师方丈二首》《题徐良夫遂幽轩》
贾俞	《简寄定水见心禅师》《题亦乐堂》	钱用壬	《击蛇笏》《题米敷文烟峦小景》
范公亮	《题马待诏四皓弈棋图》《梦梅华处诗》	张元璹	《次赵阳山招挽歌韵二首》
奚莫伯颜	《石鼓书院》《重访石鼓书院》	陈迈	《游惠山》《题高尚书秋山暮霭图》《题李咸熙寒鸦图》
王煮	《谒夷齐庙》《夷齐墓》	韩德麟	《通明阁二首》
陈嶷	《明月泉二首》	钱源濬	《多景楼》《游焦山》
翁逢龙	《拜孝庙》《题孝庙》	吴观	《过孝庙感古》《渡曹江》
陈司业	《渡曹江》《拜孝庙》	戴竹岩	《泊曹江》《谒孝庙》
巨臣	《题曹娥庙二首》	孔克让	《水德妇李氏节行诗》《挽殷教谕诗》

续表

诗人	诗题	诗人	诗题
沈中	《水德妇李氏节行诗》《题马远雪景图》	李鸣凤	《题龚翠岩中山出游图》《题赵子固四艿图卷》
蔡景傅	《题赵子固兰蕙卷》《题赵欧波高士图》	汤时懋	《题龚翠岩中山出游图》《题梁楷右军书扇图》
陈庭实	《题钱舜举硕鼠图》《奉题王朋梅金明池图》《题宋徽宗御河鸂鶒图》《题黄庭坚自书松风阁诗》	李国寿	《题雷雨护婴图》《题李士行江乡秋晚图卷》
吕天泽	《武夷》《题韩干圉人呈马图》	钱复	《题燕穆之楚江秋晓图》《题郭熙春山对酌图》
刘师复	《题汪水云诗卷二首》	马纪	《题海会寺二首》
陈希声	《春日田园杂兴二首》	李清	《送柴尚书庄卿出使安南二首》
沈懋	《题长江伟观图二首》	张溥	《雩咏亭续兰亭会二首》
杨有庆	《游定水赋四绝呈见心禅师》	月洲老人	《瞻孝娥庙漫题二绝》
孙士廉	《武夷山二首》	叶亮	《题宋袁立儒芦雁图二首》
孙莘	《题钱选梨花鸣鸠图卷二首》	程旹	《骊山二首》
王仲敬	《武夷山三首》	吴彦博	《武夷山二首》
缪瑜	《钓台二首》	钱君瑞	《钓台二首》
周镗	《挽宋显夫二首》	王克恭	《武夷九曲櫂歌次朱文公韵十首》
康瑞	《西湖竹枝词二首》	钑纳锡	《挽宋显夫翰林二首》

五、元代诗歌同题集咏分类总表

咏事类	《题秋涧王公七十寿诗》《郑氏义门》《胡氏杀虎》《陆君实挽诗》《廉平章挽诗》《挽秋晓先生》《赵菊山挽诗》《题百香诗》《奉和运使郭嘉议冬至日寄尚书御史三韵》《青枫岭王节妇》《西台恸哭诗》《知州郭公之父寿诗》《浮梁桥诗》《宫词》《读文山集》《挽文文山》《咏余姚海堤》《江西宪佥郭公德政诗》《东湖去思》《番阳饯章》《寄徐良夫》《物故卢氏母周夫人挽歌辞》《挽贡仲章学士》《曹文贞公挽章》《题欧阳玄春晖堂记》《邬处士挽诗》《复邹忠公墓诗》《龙祠乡社义约赞》《水德妇李氏节行诗》《读汪水云诗集》《题汪水云诗卷》《挽清隐先生诗》《寄杨铁崖》《元故江西参政刘公挽诗》《挽袁伯长学士》《挽马伯庸中丞》《挽余廷心》《故翰林学士秋涧王公哀挽诗》《宋显夫挽诗》《挽宋显夫》《次韵就挽遵道》《挽铁厓先生》《挽殷教谕诗》《春草堂诗》《友竹轩诗》《菊山诗》《郝经帛书》《赵阳山招挽歌》《山居苦》《贞节堂诗》《题依绿轩》《寿秋谷平章》《德风亭》《渔梁结屋恭赋志喜》《陈节妇》《故晋相府长史朱公挽辞》《泉南两义士歌》《华氏贞节堂诗》《奉简天民有道先生》《题故国子司业李公挽诗后》《李哥》《泰不华挽诗》《李黼死节》
咏物类	《卢沟桥》《题归潜堂》《击蛇笏》《题郑所南集》《咏瀑布》《题瀑布》《题甘河》《遇仙宫》《棣华堂》《冬青》《集廉园》《题岳阳楼》《黄鹤楼》《题滕王阁》《虎丘寺》《虎丘》《七星岩》《海会寺》《题天冠山》《题叶氏四爱堂》《长春宫》《如镜为净上人赋》《题春草轩》《题宋诚甫垂纶亭》《题李溉之白云半间》《题李溉之别业红云岛》《题李溉之学士湖上诸亭》《寄题胡氏园趣亭》《芦花被》《苏伯修春风亭》《三节堂》《静安八咏》《苏伯修春风亭》《题徐良辅耕渔轩》《题徐良夫遂幽轩》《琼花》《石钟山》《君山》《春晖堂》《苏伯修右司滋溪书堂》《题稼亭》《杨花咏》《姑苏台》《浯溪诗》《武夷山》《武夷》《长春宫》《题清隐书屋》《题界溪顾处士竹逸亭》《题界溪顾处士梅隐斋》《狮子林》《题深翠轩植芳堂》《泰山》《雪篷》《题赵肃书母卫宜人墓志》《题亦乐堂》《来鹤亭》《香奁八咏》《方寸銕》《草玄阁》《虞相古剑歌》《桃花岩》《白翎雀》《骆驼》《题安分轩》《垂虹桥》《天马》《梅花》
咏史类	《王昭君》《明妃曲》《荆轲》《比干墓》《伍子胥庙》《周瑜庙》《张良》《夷齐庙》《留侯庙》《黄金台》《白沟姑苏台》《越王台》《戏马台》《铜雀台》《岳鄂王墓》《范增墓》《范蠡庙》《宋故宫》《钱塘怀古》《钱塘怀古题仙源云仍家谱》《歌风台》《吴桓王墓刘伶墓》《黄陵庙》《禹庙》《秦皇庙》《虞帝庙》《史侯庙》《周公庙》《淮阴侯庙》《项羽》《和靖墓》《月氏王头饮器歌》《题白鹿洞书院》《琼华诗》《舜帝庙》《题苏小小墓》《南城咏古十六首》《大悲阁》《咏朱娥祠》《咏诸葛武侯》《武侯像》《题钓台》《咏宋丞相崔清献》《华清宫》《复刘龙洲先生墓诗》《范文正公祠》《周孝侯祠》《石鼓书院》《题孝庙》《拜孝庙》《曹

咏史类	娥庙》《谒曹庙》《骊山》《四皓庙》《题义荣先生祠》《太白墓》《马嵬坡》《伏波庙》《谒朱文公书院》《阿房宫》《虞丞相遗书》
咏行类	《李陵台》《李老峪》《上蓝寺》《金城店》《沙河道中》《滦河》《雕窝》《怀来县》《开平即事》《大碛》《云州独石》《赤城驿》《居庸关》《昌平》《滦阳》《弹琴峡》《龙虎台》《桓州》《枪竿岭》《桑干岭》《大都》《榆林龙门》《鳌峰》《洪赞》《晓发》《白海》《观光楼》《上都》《上京》《野狐岭》《察罕恼儿》《凤凰台》《游洞霄》《游洞霄宫》《大涤洞》《题大涤洞天》《送汪水云归吴》《送谢叠山先生北行》《金莲川》《游虎丘唱和次吴寿民韵》《送文卿知州赴浮梁任》《游金精山》《送洪遂良东归锦沙》《诈马宴》《送李好古御史》《游武夷》《游丹山》《送黄晋卿先生东归》《送萧郎中出使安南》《送马伯庸御史奉使关陇》《送傅与砺赴广州教授》《送傅与砺出使安南》《送尚书柴庄卿出使安南》《送王伯循编修赴南台御史》《送苏伯修南台御史》《送苏伯修分院上都》《苏伯修侍郎赴淮东廉使》《送西秦张仲实游大涤洞天》《送张德常赴松江府判官》《送袁伯长扈从上京》《饯伯容》《送汪叔志赴京会试》《饯玉泉堂上钟山老师》《送李中父使征东行省》《送李中父使征东》《饯郭侯浙漕之任》《饯郭侯诗》《赠黄德渊还钱塘玄妙观》《送殷奎赴咸阳县教谕》《送浙东副元帅巡海镇归诗》《送王继学参政赴上都奏选》《游白水宫》《趵突泉》《金山寺》《登金山》《玄妙观》《游汾湖》《西湖》《题廼贤上京纪行诗后》《嵩山》《黄河》《函谷关》《洞庭湖》《题岐山八景》《焦山》《黄山》《北固山》《游龙虎山》《洞庭湖中庙诗》《伏波山》《祝丹阳祠武当》《太白酒楼》《灵泉寺》《灵岩寺》《大茅峰》《云岩寺》《栖岩寺》《题天坛》《送瞿慧夫上青龙镇学官》《少林寺》
题画类	《岘山秋晚图》《题郭恕先升龙图》《渊明洒酒图》《袁安卧雪图》《题高士图》《题马和之袁安卧雪图》《题米元晖五洲图卷》《题米元晖山水》《题米元晖画云山图》《题小米戏墨》《题米元晖画》《题米元晖青山白云图》《题米敷文楚山清晓卷》《题米敷文峦烟晓景图》《四皓图》《题商山四皓图》《题宋马远四皓图》《题商山观奕图》《竹林七贤图》《昭君出塞图》《题渊明醉归图》《青山白云图》《题高彦敬青山白云图》《题高彦敬越山春晓图》《题高房山画》《题高彦敬山邨隐居图》《题仇仁近山村图》《题高房山墨竹》《题高房山云山图》《题高房山沧州石林图》《题彦敬越山图》《元高尚书墨竹卷》《题高彦敬庐山图》《题高尚书夜山图》《题高克恭秋山暮霭图》《题高彦敬尚书竹石图》《题郭天锡青山白云图》《跋雪谷早行图》《秋江待渡图》《题赵孟頫书归去来辞》《子昂枯木竹石图题松雪画竹石图》《松雪翁兰蕙》《题赵松雪墨兰》《题赵孟頫疏林秀石》《题子昂兰石》《题赵松雪竹石幽兰》《题赵子昂画马》《题子昂马图》《题赵松雪画马》《赵松雪临曹霸马》《题赵子昂所画牧马图》

题画类	《题子昂浴马图》《题赵子昂桃花马》《题子昂人马图》《题子昂散马图》《题赵松雪人马图》《题子昂照夜白》《题赵承旨番马图》《奉题子昂骝马图》《题子昂五花马图》《赵松雪唐马图》《题松雪墨梅》《题子昂梅》《题子昂画》《题赵松雪画》《赵子昂为袁清容画春景仿小李》《题管夫人竹窝图》《题管夫人画竹石》《题管夫人竹》《题管道升紫竹庵图》《渊明归来图》《渊明临流赋诗图》《题渊明图》《题陶渊明像》《题钱选梨花鸠鸟图卷》《题钱选梨花卷》《题钱舜举画梨花》《题钱舜举画梅》《题钱选画莲花》《钱舜举木芙蓉》《题钱舜举画杏花》《题钱舜举桃源图》《题钱选画牡丹》《题钱选山居图》《题钱舜举浮玉山居图》《题钱舜举山水图》《题钱舜举折枝》《题钱选秋江待渡图》《钱选画花》《题钱选秋江待渡图》《题钱舜举硕鼠图》《题钱舜举瓜蔓图》《题钱舜举画》《题钱舜举画马》《题曹云西山水》《题曹云西画》《题曹云西画松》《题曹知白吴淞山色图》《顾宏中画韩熙载夜宴图》《题郑所南推篷竹图》《题郑所南画兰》《水村图》《唐明皇游月宫图》《题明皇吹箫图》《明皇吹笛图》《题明皇击梧图》《明皇夜游图》《明皇醉归图》《题明皇幸蜀图》《题唐玄宗出游图》《题唐玄宗出游图》《明皇蹴鞠图》《题明皇击球图》《题明皇调马图》《明皇联辔图》《明皇私语图》《明皇按乐图》《杨妃春睡图》《题周曾秋塘图》《杨妃病齿图》《江山万里图》《题展子虔游春图》《题王朋梅金明池图》《题宋徽宗御河鸂鶒图》《题徽宗山鹊图》《题李早画马》《文湖州竹》《题温日观葡萄》《题苏子瞻竹枝》《题苏李泣别图》《题黄庭坚自书松风阁诗》《题赵子固墨梅》《子固水仙》《赵子固蕙兰卷》《题赵子固墨兰》《题赵子固兰》《题赵子固四芗图》《题董北苑山水》《题董北苑画》《题宋夏珪搜山图》《题巨然秋山渔艇图卷》《题范宽雪山图》《范宽江山秋霁图》《范宽山水》《题范宽烟岚秋晓图》《题燕文贵秋山萧寺图》《题曹霸画马》《题赵仲穆山水》《题赵仲穆兰竹》《题赵仲穆看云图》《赵仲穆画马》《题赵仲穆画》《题赵雍五马图》《赵仲穆东山图》《题赵雍挟弹游骑图》《题弹挟图》《题赵仲穆秋山图》《题赵雍竹西草堂图》《楚江清晓图》《杜子美骑驴图》《题杜甫游春图》《长江万里图》《阎立本西岭春云图》《方方壶松岩萧寺图》《方方壶画》《题方壶子墨竹》《方方壶仓颉作字图》《王维高本辋川图》《题宋郭忠恕摹辋川图》《题辋川捕鱼图》《王右丞雪溪图》《顾恺之秋江晴嶂图》《顾恺之瑶岛仙庐图》《郭忠恕仙山楼观图》《郭忠恕万松仙馆图》《赵千里山水长幅》《题赵千里春景》《题赵千里小景图应制》《题赵千里山水扇面歌》《长江伟观图》《渊明采菊图》《题赵松雪重江叠嶂图》《题钱舜举画烟江叠嶂图》《题李息斋墨竹》《题息斋竹》《题李息斋枯木竹石图》《李遵道画枯木竹石》《题李遵道竹》《题李遵道古木丛篁图》《题李遵道山水》《题李遵道画寒林小巷》《题李士行江乡秋晚图卷》《题王叔明破窗风雨图》

题画类	《仙山楼观图》《黄公望山水》《题黄子久画》《题黄大痴山居图》《黄大痴画》《题黄大痴缥缈山居图》《题黄公望江山览胜图》《题黄子久铁岩图》《题黄鹤山人王叔明画》《题王叔明竹石图》《题王叔明仿董北苑风雨萧寺图》《题王叔明南村草堂图》《题王叔明溪山图》《题王叔明琴鹤轩图》《王叔明天香书屋图》《题王叔明芝兰室图》《题王蒙铁网珊瑚图》《题王蒙谷口春耕图》《题郭天锡画卷》《题郭天锡云山图》《郭天锡山水》《题秋江晚渡图》《百雁图》《题二乔图》《王元章梅》《王元章白描梅》《题王章红梅》《题王山农画梅》《题王冕墨梅》《题危太仆云林图》《倪元稹云林图》《云林小景图》《题云林生林亭远岫图》《题倪迂林亭晚岫》《题倪瓒设色雨后空林图》《题倪元镇远山涌翠图》《倪元镇古木竹石》《题云林画竹树秀石》《题倪瓒竹树野石图》《云林山水》《题云林小幅》《题倪瓒墨竹枝》《题倪元镇画》《题倪云林画》《题云林画》《题云林六君子图》《题倪云林疏林图》《题元镇画古木寒林》《倪云林画枫林岸石》《题倪瓒溪山亭子》《题倪瓒江岸望山图》《题马远潇湘八景》《潇湘八景》《题范文正公书伯夷颂》《题李公麟十八学士图》《题唐十八学士图》《西园雅集图》《拂郎国天马图》《题罗稚川小景》《罗稚川山水》《朱泽民山水》《题朱泽民画》《题朱泽民小景》《题苏武牧羊图》《苏武持节图》《题朱泽民秋江独钓图》《孝感白华图》《题宋燕肃春山图》《题李伯时画马》《李公麟莲社图》《题李龙眠画九歌》《题雷雨护婴图》《题商德符李遵道共画竹树》《题商德符学士画》《商学士山水》《题商学士枯木图》《柯敬仲墨竹》《柯敬仲竹》《元柯九思古木新篁图》《题柯敬仲画》《柯丹丘梅竹》《题柯敬仲古木寒梢图》《题韩干画马》《题任月山仿韩干画马卷》《题任月山画马》《题韩干照夜白图》《题韩干圉人呈马图》《题林和靖观梅图》《万里江山图》《题李唐牧牛图》《题朱德润秀野轩图》《题倪瓒溪山图》《题倪瓒水竹居图》《题黄氏林屋山图》《杨妃上马图》《题南唐周文矩太真上马图》《雪窗兰》《题睢阳五老图》《李成寒鸦图》《李成寒林图》《题李成画读碑窠石图》《题赵孟頫双骏图》《题赵孟頫兰蕙卷》《题唐人会昌九老图》《许由弃瓢图》《孙康映雪图》《高彦敬山水》《题高士携琴图》《题杨妃出浴图》《真妃吹玉箫图》《赤壁图》《东坡游赤壁图》《后赤壁图》《题陈履元玉山草堂图》《题玉山雅集图》《题倪瓒南村隐居图》《阎立本秋岭归云图》《赵昌蛱蝶图》《题陈惟允荆溪图》《题陈汝言百丈泉图》《题翁牖图》《顾安风雨竹》《题陈惟允画》《易元吉獐猿图卷》《题山居图》《题虞邵庵小像》《题刘松年卢仝烹茶图》《题赵仲庸画马》《题郭畀画墨竹》《题郭畀雪竹》《题张彦辅棘竹幽禽图》《题元人合笔陶九成竹居图》《渊明抚松图》《赵大年芦雁图》《题赵仲远所藏赵大年鹅鸭图》《赵大年小景》《题龚开骏骨图》《题马则贤子猷访戴图》《子猷访戴图》《题赵荣禄揩养马图》《赵仲穆临李伯时凤头骢》《题苏小小像》

题画类	《听雨楼图》《题赵彦征画》《题赵彦征画赤骥》《题顾定之墨竹》《题顾定之竹》《题唐子华山水》《题唐子华画》《题唐子华春云出谷图》《武夷九曲棹歌图》《题丹山图》《题燕穆之楚江秋晓卷》《题风雨归舟图》《金粟冢中秋燕集诗画卷》《题渔父图》《题金碧山水图》《题宋袁立儒芦雁图》《题古木幽篁图》《题王元中古木幽篁图》《题倪瓒古木幽篁图》《题梅花道人墨菜图》《风雨归庄图》《题赵承旨玄真观图》《题马和之瑶池醉归图》《题李升林泉高隐图》《题姚廷美有余闲图》《题吴仲圭诗画》《题吴仲圭为松岩和尚画竹》《吴仲圭山水》《题吴仲圭墨竹》《题张子政画水墨梨花鸣鸠》《题赵魏国双马图》《题马和之松下抚琴图》《题马远小景》《题马远雪景》《题盛懋江枫秋艇图》《题盛懋秋江待渡图》《题赵孟頫滦菊图》《题张舜咨画树石》《题郑禧聚芳亭图》《题金黼山林拽杖图》《题赵元溪亭秋色》《题姚德厚秋林渔隐图》《题陈选岩阿琪树图》《题王蒙惠麓小隐图》《题杨维桢岁寒图》《题张守中桃花幽鸟图》《金人出猎图》《题朱买臣负薪读书图》《严子陵垂钓图》《题秋胡戏妻图》《题开元宫图》《钟馗图》《题赵善长山水》《题掀篷图》《题钱雪川宫姬戏婴图》《题江雪川长江图》《题蔡琰还汉图》《题龚圣予人马图》《题龚翠岩中山出游图》《题赵子固四芗图卷》《越国进西施图》《题梁楷画右军书扇图》《题右军书扇图》《题唐张戡猎骑图》《题唐人香山图》《题马麟画卷》《题钱选邮亭一曲图卷》《题宋赵伯驹莲舟新月图》《题唐人百马图》《题毛益牧牛图》《题宋李公麟蕃王礼佛图》《题颜辉钟馗出猎图》《题王渊鹰逐画眉图》《题王渊牡丹图》《题王渊花鸟》《骊山图》《老子度关图》《寒江独钓图》《天际识归舟图》《题樊川归隐图》《题李后主画竹》《题雪堂雅集图》《题惠崇秋甫双鸳》《题耆英图》《太白像》《兰亭图》《羲之观鹅》《渊明对菊》《班婕妤题扇图》《范蠡图》《题高彦敬烟岚图》《题显宗墨竹》《题芦雁图》《题孟浩然图》《赵孟坚水墨双钩水仙长卷》《王维秋林晚岫图》《江参白牛图》《题江贯道万木奇峰》《题赵令穰鹅群图》《赵松雪山居图》《九成宫图》《题郭熙小景》《松雪临郭熙溪山渔乐》《题郭熙山水》《题郭熙春山对酌图》《题王孤云渍墨角抵图》《题所翁画龙》《三香图》《松溪钓艇图》《东坡笠屐图》《张骞乘槎图》《织锦回文图》《天台图》《关仝层峦秋霭图》《题赵孟頫画汀草文鸳》《题桃源图》《题王蒙曲江草堂图》《刘伶荷锸》《题倪瓒南峰图》《题戴叔能先生九灵山房图》《题杨补之墨梅图》《杨补之雪梅》《湘灵鼓瑟》《秋江钓艇图》《题赵元剡溪云树图》《题宋赵葵画杜甫诗意图》《题白雉山图》《题黄鹤樵叟竹石》《题良常草堂图》《题张戡瘦马图》《三友图》《题栗里秋香图》《元杨竹西草亭图卷》《倪高士秋林野兴图》《宋赵彝斋水仙卷》《赵文敏游春图》《宋江贯道长江图卷》《元倪元镇竹石霜柯》《盛子昭秋林渔隐图》《宋米南宫云山图》《题倪迂溪阴山色》

题画类	《倪迂南渚图》《倪元镇惠麓图》《倪元镇翠竹乔柯》《倪云林溪亭山色》《元倪瓒溪亭山色图》《倪元镇疏林亭子》《倪云林亭林晚岫》《倪瓒山郭幽居图》《题倪瓒南村隐居图》《倪瓒莲茎隐居图》《石梁秋瀑图》《倪瓒古木幽篁图》《倪瓒双松图》《 倪瓒筠石乔柯图》《倪瓒古木竹石图》《洞天清晓图》《黄鹤山樵清浄垂钓图》《王叔明泉石闲斋图》《叔明灵石草堂》《赵文敏书谢幼与丘壑》《高彦敬烟岭云林》《李蓟丘秋清野思》《金王澹游岁寒三友图》《刘松年烹茶图》《宋复古巩洛小景》《方方壶云林图》《倪瓒山水》《王叔明双松图》《元人墨菊》《张溪云勾勒竹卷》《倪云林春山岚霭》《朱孟辨惠麓秋殅图》《盛叔庄画》《金蓬头像赞》《高彦敬山村隐居图》《巨然山寺图》《梅道人平林野水图》《燕龙图楚江清晓卷》《宋人临辋川图》《钱选三蔬图》《王渊莲塘鸂鶒图》《任仁发调良图》《宋燕文贵江干雪霁图》《倪瓒林》《石小景》《黄公望九峰珠翠图》《巨然富春山图》《倪瓒平林远岫图》《倪瓒江干秋树图》《宋人春江渔隐图》《巨然寒林晚岫图》《倪瓒画山树真迹》《方从义云山图》《王岩叟画梅花》《范宽临流独坐图》《王蒙画竹树》《王蒙香林书屋图》《宋董源画》《夏山深远》《宋赵伯驹瑶岛仙真图》《倪骧茗雪溪山图》《顾安风竹图》《倪瓒树石》《幽篁图》《倪瓒琪树秋风图》《燕穆之山居图》《僧巨然画》《米元晖苕溪春晓图》《莪山题扇图诗卷》《刘松年听琴图》《龚翠岩人马图》《题王叔明岩居高士图》《赵孟頫作渊明归田图》《子昂春郊挟弹图》《宋郑所南墨竹卷》《宋进士秋江待渡图卷》《赠笔工沈日新》《题赵千里聚扇上写山》《题蒋希白莱斋卷》
集会诗社类	《大有年》《和艮斋先生寄赠复斋郡侯唐律一首》《续兰亭会》《和琅玕子呈杨铁崖绝句韵》《西湖梅约》《水西清兴》《复赋水西清兴》《题圭塘欸乃集》《简寄定水见心禅师》《奉寄定水见心长老方丈》《奉呈仲铭禅师》《梦梅华处诗》《妙成观掀篷和何宗姚韵》《赠画师朱叔重》《竹深处诗》《周玄初来鹤诗》《保姆帖》《赠释英》《和玉山立春试笔》《和玉山》《和玉山元日试笔》《春日田园杂兴》《京华杂兴二十首》《玄真馆小集》《唐柳谏议小楷度人经》《赋巫峡云涛》《季春四日文会于耕渔轩行觞赋诗遂适野兴各赋一章以纪良集云》《八月七日偕耕渔叟访耕渔隐者风雨寂寥中为留三日有图书笔砚之乐九日耕渔赋诗见赠次韵奉答》《枕易》《奉题定水见心和尚天香室》《奉题定水见心禅师蒲庵》《春草池》《绿波亭》《金粟影》《湖光山色楼》《君子亭》《钓月轩》《横塘寺》《石湖》《听雪斋》《书画舫》《芝云堂》《读书舍》《种玉亭》《碧梧翠竹堂》《小游仙》《柳塘春》《渔庄》《来龟轩》《春晖楼》《秋华亭》《放鹤亭》《莲池》《可诗斋》《小蓬莱》《浣花馆》《白云海》《洗马池》《观音山》《观音岩》《石屋》《渔庄欸乃》《澹香亭》《拜石坛》《玉山草堂诗》《玉山草堂》《圭塘》《西湖竹枝词》《题玉山佳处》

参考文献

一、古籍类

北京大学古文献研究所编《全宋诗》,北京:北京大学出版社 1998 年。
卞永誉《式古堂书画汇考》,杭州:浙江人民美术出版社 2012 年。
蔡毅《古典戏曲序跋汇编》,济南:齐鲁书社 1989 年。
《藏外道书》第 20 册,成都:巴蜀书社 1994 年。
曹学佺编《石仓历代诗选》,《文渊阁四库全书》第 1387—1394 册,台北:台湾商务印书馆 1986 年。
陈邦瞻《元史纪事本末》,北京:中华书局 1979 年。
陈焯编《宋元诗会》,《文渊阁四库全书》第 1463—1464 册,台北:台湾商务印书馆 1986 年。
陈高华《宋辽金画家史料》,北京:文物出版社 1984 年。
陈高华《元代画家史料汇编》,杭州:杭州出版社 2004 年。
陈基《夷白斋稿》,《文渊阁四库全书》第 1222 册,台北:台湾商务印书馆 1986 年。
陈旅《安雅堂集》,《文渊阁四库全书》第 1213 册,台北:台湾商务印书馆 1986 年。
陈尚君《全唐诗补编》,北京:中华书局 1992 年。
陈思编,陈世隆补《两宋名贤小集》,《文渊阁四库全书》第 1362—

1364 册，台北：台湾商务印书馆 1986 年。
陈田《明诗纪事》，上海：上海古籍出版社 1993 年。
陈衍《元诗纪事》，上海：上海古籍出版社 1987 年。
程钜夫《雪楼集》，《文渊阁四库全书》第 1202 册，台北：台湾商务印书馆 1986 年。
程敏政辑《宋遗民录》，王民信主编《宋史资料萃编》第 4 辑，台北：海文出版社 1981 年。
崔子璲辑，崔晓增辑《宋丞相崔清献公全录》，《续修四库全书》史部第 550 册，上海：上海古籍出版社 2003 年。
戴良《九灵山房集》，《四部丛刊》本。
邓忠臣《同文馆唱和诗》，《文渊阁四库全书》第 1344 册，台北：台湾商务印书馆 1986 年。
丁福保《历代诗话续编》，北京：中华书局 1983 年。
丁福保辑《清诗话》，上海：上海古籍出版社 1978 年。
丁元吉《陆右丞蹈海录》，《续修四库全书》史部第 550 册，上海：上海古籍出版社 2003 年。
范志敏《鳌峰倡和诗》，《丛书集成续编》集部第 154 册，上海：上海书店出版社，1994 年。
房玄龄等《晋书》，北京：中华书局 1972 年。
傅习编，孙存吾编《元风雅》，《文渊阁四库全书》第 1368 册，台北：台湾商务印书馆 1986 年。
傅与砺《傅与砺诗文集》，《文渊阁四库全书》第 1213 册，台北：台湾商务印书馆 1986 年。
傅增湘《藏园群书经眼录》，北京：中华书局 1983 年。
高士奇《江村销夏录》，沈阳：辽宁教育出版社 2000 年。
故宫博物院编《宋金元诗永》，《故宫珍本丛刊》第 647 册，海口：

海南出版社 2000 年。
故宫博物院编《徐邦达集》,北京:紫禁城出版社 2006 年。
顾嗣立、席世臣编《元诗选·癸集》,北京:中华书局 2001 年。
顾嗣立编《元诗选·初集》,北京:中华书局 1987 年。
顾嗣立编《元诗选·二集》,北京:中华书局 1987 年。
顾嗣立编《元诗选·三集》,北京:中华书局 1987 年。
顾瑛《玉山名胜集》,杨镰、叶爱欣整理,北京:中华书局 2008 年。
顾瑛辑《草堂雅集》,杨镰、祁学明、张颐青整理,北京:中华书局 2008 年。
郭茂倩《乐府诗集》,《文渊阁四库全书》第 1347—1348 册,台北:台湾商务印书馆 1986 年。
郭若虚《图画见闻志》,成都:四川美术出版社 1986 年。
郭绍虞编选,富寿荪点校《清诗话续编》,上海:上海古籍出版社 1983 年。
何良俊《四友斋丛说》,北京:中华书局 1997 年。
胡应麟《诗薮》,上海:上海古籍出版社 1958 年。
胡祗遹《紫山大全集》,《文渊阁四库全书》第 1196 册,台北:台湾商务印书馆 1986 年。
胡助《纯白斋类稿》,《丛书集成初编》,北京:中华书局 1985 年。
胡助《滦京杂咏》,《文渊阁四库全书》第 1219 册,台北:台湾商务印书馆 1986 年。
扈仲荣、程遇孙编《成都文类》,《文渊阁四库全书》第 1354 册,台北:台湾商务印书馆 1986 年。
黄庚《月屋漫稿》,《文渊阁四库全书》第 1193 册,台北:台湾商务印书馆 1986 年。
黄溍《黄溍全集》,王颋点校,天津:天津古籍出版社 2008 年。

黄溍《黄文献公集》,《丛书集成初编》第 2087 册,北京:中华书局 1985 年。

黄时鉴《通制条格》,杭州:浙江古籍出版社 1986 年。

黄宗羲《宋元学案》,北京:中华书局 1986 年。

计有功《唐诗记事》,上海:上海古籍出版社 1965 年。

纪昀等《四库全书总目提要》,石家庄:河北人民出版社 2000 年。

季羡林、徐娟主编《中国历代书画艺术论著丛编》,北京:中国大百科全书出版社 1997 年。

揭傒斯《揭傒斯全集》,李梦生点校,上海:上海古籍出版社 1985 年。

孔齐《至正直记》,上海:上海古籍出版社 1987 年。

孔延之编《会稽掇英总集》,《文渊阁四库全书》第 1345 册,台北:台湾商务印书馆 1986 年。

赖良编《大雅集》,《文渊阁四库全书》第 1369 册,台北:台湾商务印书馆 1986 年。

黎崱《安南志略》,北京:中华书局 2000 年。

黎敬德编《朱子语类》,北京:中华书局 1983 年。

李东阳《怀麓堂诗话校释》,北京:人民文学出版社 2009 年。

李昉编《文苑英华》,北京:中华书局 1966 年。

李穀《稼亭先生文集》,《域外汉藉珍本文库》第 2 辑集部第 7 册,重庆:西南师范大学出版社 2009 年。

李侃修,胡谧纂《山西通志》(成化版),北京:中华书局 1998 年。

李衎《元人画学论著九种》,台北:世界书局 2009 年。

李修生主编《全元文》,南京:凤凰出版社 2004 年。

李诩《戒庵老人漫笔》,北京:中华书局 1982 年。

李延寿《北史》,北京:中华书局 1974 年。

李延寿《南史》,北京:中华书局 1975 年。

林师等编《天台续集》,《文渊阁四库全书》第1356册,台北:台湾商务印书馆1986年。

刘鹗《惟实集》,《四库全书》第1206册,台北:台湾商务印书馆1986年。

刘敏中《中庵先生刘文简公文集》,《北京图书馆古籍珍本丛刊》,北京:北京图书馆出版社2000年。

刘祁《归潜志》,北京:中华书局1983年。

刘仁本《羽庭集》,《文渊阁四库全书》第1216册,台北:台湾商务印书馆1986年。

刘勰著,周振甫编《文心雕龙今译》,北京:中华书局1985年。

刘昫等《旧唐书》,北京:中华书局1975年。

柳贯《待制集》,《四部丛刊》本。

柳贯《柳贯诗文集》,杭州:浙江古籍出版社2004年。

卢圣辅主编《中国书画全书》,上海:上海书画出版社1998年。

陆峻岭《元人文集篇目分类索引》,北京:中华书局1976年。

陆容《菽园杂记》,北京:中华书局1985年。

逯钦立辑校《先秦汉魏晋南北朝诗》,北京:中华书局1983年。

骆天祥《类编长安志》,黄永年点校,北京:中华书局1990年。

《马可波罗行记》,石家庄:河北人民出版社1999年。

马祖常《石田文集》,《文渊阁四库全书》第1206册,台北:台湾商务印书馆1986年。

南江涛选编《清末民国旧体诗结社文献汇编》,北京:国家图书馆2013年。

倪瓒《清閟阁遗稿》,《北京图书馆古籍珍本丛刊》第95册,北京:书目文献出版社1988年。

欧阳修、宋祁《新唐书》,北京:中华书局1975年。

欧阳玄《圭斋文集》,《文渊阁四库全书》第1210册,台北:台湾商务印书馆1986年。
欧阳玄《欧阳玄全集》,成都:四川大学出版社2014年。
戚良德《文心雕龙校注通译》,上海:上海古籍出版社2008年。
钱大昕《钱大昕全集》,陈文和主编,南京:江苏古籍出版社1997年。
钱榖《吴都文粹续集》,《文渊阁四库全书》第1386册,台北:台湾商务印书馆1986年。
钱谦益《列朝诗集小传》,上海:上海古籍出版社1959年。
钱熙彦编次《元诗选补遗》,北京:中华书局2002年。
全祖望《鲒埼亭集外编》,《续修四库全书》集部第1429册,上海:上海古籍出版社2002年。
阮元《两浙金石志》,光绪十六年(1890)重刻本。
阮元辑《宛委别藏》,南京:江苏古籍出版社1988年。
萨都剌《雁门集》,上海:上海古籍出版社1982年。
沈德潜《历代诗别裁集》,杭州:浙江古籍出版社1998年。
沈约《宋书》,北京:中华书局1974年。
沈志礼辑《曹江孝女庙志》,《四库全书存目丛书》史部第87册,济南:齐鲁书社1996年。
沈子丞编《历代论画名著汇编》,北京:文物出版社1982年。
释寿宁《静安八咏集》,《丛书集成初编》,北京:中华书局1985年。
释寿宁编辑《静安八咏集》,《四库全书存目丛书》集部第289册,济南:齐鲁书社1997年。
书目文献出版社编《诗渊》影印本,北京:书目文献出版社1980年。
司空图《二十四诗品》,杭州:浙江古籍出版社2013年。
司马光《资治通鉴》,北京:中华书局1956年。
司马迁《史记》,北京:中华书局1959年。

《四库全书存目丛书》史部第82册,济南:齐鲁书社1996年。
《宋丞相崔清献公全录》,张其凡、孙志章整理,广州:广东人民出版社2008年。
《宋代传记资料丛刊》,北京:北京图书馆出版社2006年。
宋褧《燕石集》,《文渊阁四库全书》第1212册,台北:台湾商务印书馆1986年。
宋褧《燕石集》,杨讷、李晓明编《四库全书补遗》集部,北京:北京图书馆出版社2005年。
宋濂《宋学士全集》卷十,《丛书集成初编》第2114册,北京:中华书局1985年。
宋濂《元史》,北京:中华书局1976年。
苏天爵《元朝名臣事略》,北京:中华书局1996年。
苏天爵《元文类》,《文渊阁四库全书》第1367册,台北:台湾商务印书馆1986年。
苏天爵《滋溪文稿》,陈高华、孟繁清点校,北京:中华书局1997年。
孙承泽辑《元朝人物略》,台北:文海出版社1982年。
孙绍远《声画集》,《文渊阁四库全书》第1349册,台北:台湾商务印书馆1986年。
汤垕《画鉴》,北京:人民美术出版社1959年。
陶宗仪《南村辍耕录》,北京:文化艺术出版社1998年。
陶宗仪《书史会要》,上海:上海书店出版社1984年。
《天一阁藏历代方志汇刊》,北京:国家图书馆出版社2005年。
田汝成辑《西湖游览志》,上海:上海古籍出版社1958年。
脱脱等《金史》,北京:中华书局1975年。
脱脱等《宋史》,北京:中华书局1977年。
万斯同辑《宋季忠义录》,《宋代传记资料丛刊》第29册,北京:北京图书馆出版社 2006 年。
汪辉祖《元史本证》,光绪十七年(1891)徐氏铸学斋重刻本。
汪砢玉《珊瑚网》,《文渊阁四库全书》第 818 册,台北:台湾商务印书馆 1986 年。
汪元量撰,孔凡礼辑校《增订湖山类稿》,北京:中华书局 1984 年。
汪泽民、张师愚编《宛陵群英集》,《文渊阁四库全书》第 1366 册,台北:台湾商务印书馆 1986 年。
王德毅《元人传记资料索引》,台北:新文丰出版公司 1994 年。
王逢《梧溪集》,王云五主编《丛书集成初编》第 3 册,上海:上海商务印书馆,民国二十四年(1935)。
王冕《王冕集》,杭州:浙江古籍出版社 2012 年。
王士禛《古夫于亭杂录》,《文渊阁四库全书》第 870 册,台北:台湾商务印书馆 1986 年。
王维《王右丞集笺注》,《文渊阁四库全书》第 1071 册,台北:台湾商务印书馆 1986 年。
王先谦《庄子集解》,北京:中华书局 1987 年。
王献唐遗书《双行精舍校汪水云集》,济南:齐鲁书社 1984 年。
王祎《王忠文集》,《文渊阁四库全书》第 1226 册,台北:台湾商务印书馆 1986 年。
王恽《秋涧集》,《文渊阁四库全书》第 1200—1201 册,台北:台湾商务印书馆 1986 年。
魏齐贤、叶棻编《五百家播芳大全文粹》,《文渊阁四库全书》第 1352—1353 册,台北:台湾商务印书馆 1986 年。
魏源《元史新编》,光绪三十一年(1905)邵阳魏氏慎微堂刻本。
文天祥《文山先生全集》,《四部丛刊》本。
《文渊阁四库全书》第 815 册,台北:台湾商务印书馆 1986 年。

翁方纲《石洲诗话》,北京:人民文学出版社1981年。
无名氏《元朝秘史》,上海:上海古籍出版社2008年。
吴荣光《辛丑销夏记》,杭州:浙江人民美术出版社2012年。
吴渭编《月泉吟社诗》,《丛书集成初编》本,北京:中华书局1985年。
吴文治主编《宋诗话全编》,南京:江苏古籍出版社1998年。
吴镇《梅花道人遗墨》,《文渊阁四库全书》第1215册,台北:台湾商务印书馆1986年。
夏文彦《图绘宝鉴》,上海:世界书局1937年。
谢翱《晞发遗集补》,《文渊阁四库全书》第1188册,台北:台湾商务印书馆1986年。
谢枋得《叠山集》卷五,《文渊阁四库全书》第1184册,台北:台湾商务印书馆1986年。
谢应芳《思贤录》,《四库全书存目丛书》史部第82册,济南:齐鲁书社1996年。
《新编诸子集成》,北京:中华书局1984年。
徐达左辑录《金兰集》,杨镰、张颐青整理,北京:中华书局2013年。
徐东《运使复斋郭公言行录》,《续修四库全书》史部第550册,上海:上海古籍出版社2003年。
徐象梅《两浙名贤录》,杭州:浙江古籍出版社2012年。
许衡《鲁斋遗书》,《文渊阁四库全书》第1198册,台北:台湾商务印书馆1986年。
许衡《许衡集》,北京:中华书局2019年。
许有壬《至正集》,《文渊阁四库全书》第1211册,台北:台湾商务印书馆1986年。
严羽《沧浪诗话校释》,郭绍虞点校,北京:人民文学出版社1961年。
杨富学《元代西夏遗民文献述善集校注》,兰州:甘肃人民出版社

2001年。
杨镰主编《全元诗》,北京:中华书局2013年。
杨维桢《东维子集》,《文渊阁四库全书》第1221册,台北:台湾商务印书馆1986年。
杨维桢《西湖竹枝集》,《丛书集成续编》,上海:上海书店出版社1994年。
杨维桢《杨维桢诗集》,杭州:浙江古籍出版社2010年。
杨学文《天下同文集》,《文渊阁四库全书》第1366册,台北:台湾商务印书馆1986年。
杨亿《西昆酬唱集》,《文渊阁四库全书》第1344册,台北:台湾商务印书馆1986年。
姚思廉《陈书》,北京:中华书局1972年。
姚桐寿《乐郊私语》,北京:中华书局1991年。
耶律楚材《湛然居士文集》,《丛书集成初编》第2053册,北京:中华书局1985年。
叶盛《水东日记》,北京:中华书局1980年。
叶翼辑《余姚海堤集》,《四库全书存目丛书》集部第289册,济南:齐鲁书社1997年。
叶子奇《草木子》,北京:中华书局1959年。
佚名《昭忠录》,《宋代传记资料丛刊》第27册,北京:北京图书馆出版社2006年。
殷奎《强斋集》,《文渊阁四库全书》第1232册,台北:台湾商务印书馆1986年。
俞松《兰亭续考》,《文渊阁四库全书》第682册,台北:台湾商务印书馆1986年。
虞集《虞集全集》,王颋点校,天津:天津古籍出版社2007年。

元代史料丛刊编委会《元代史料丛刊初编》,合肥:黄山书社 2012 年。

元好问《中州集》,北京:中华书局 1959 年。

袁桷《清容居士集》,《四部丛刊》本。

袁桷《延祐四明志》,北京:国家图书馆出版社 2005 年。

张丑《清河书画舫》,上海:上海古籍出版社 2011 年。

张岱《张岱诗文集》,上海:上海古籍出版社 2014 年。

张戒《岁寒堂诗话》,丁福保辑《历代诗话续编》(上),北京:中华书局 1983 年。

张景星、姚培谦、王永祺选《元诗别裁集》,上海:上海古籍出版社 1979 年。

张廷玉等《明史》,北京:中华书局 1974 年。

张彦远《历代名画记》,《文渊阁四库全书》第 812 册,台北:台湾商务印书馆 1986 年。

张照编《秘殿珠林石渠宝笈汇编》,北京:北京出版社 2004 年。

赵孟頫《松雪斋集》,《文渊阁四库全书》第 1196 册,台北:台湾商务印书馆 1986 年。

赵翼《廿二史札记》,北京:中华书局 1984 年。

郑虎臣编《吴都文粹》,《文渊阁四库全书》第 1358 册,台北:台湾商务印书馆 1986 年。

郑麟趾《高丽史》,台北:台湾文史哲出版社 2012 年。

郑太和辑《麟溪集》,《四库全书存目丛书》集部第 289 册,济南:齐鲁书社 1997 年。

中国古代书画鉴定组编《中国绘画全集》,北京:文物出版社 1997 年。

中华书局编辑部《全唐诗》,北京:中华书局 1960 年。

钟嵘《诗品》,北京:人民文学出版社 1980 年。

周密《癸辛杂识》,北京:中华书局 1988 年。

周振常《善本书所见录》,北京:商务印书馆 1958 年。
朱士嘉《宋元方志传记索引》,北京:中华书局 1963 年。
朱熹《四书章句集注》,北京:中华书局 1983 年。
朱彝尊《静志居诗话》,北京:人民文学出版社 1990 年。
祝时泰等《西湖八社诗帖一卷》,南京图书馆藏清钞本。

二、今人著作

白钢《中国政治制度通史》,北京:人民出版社 1996 年。
包根弟《元诗研究》,台北:幼狮文化事业公司 1978 年。
查洪德《理学背景下的元代文论与诗文》,北京:中华书局 2005 年。
陈得芝《蒙元史研究丛稿》,北京:人民出版社 2005 年。
陈得芝《蒙元史研究导论》,南京:南京大学出版社 2012 年。
陈得芝《蒙元史与中华多元文化研究论集》,上海:上海古籍出版社 2013 年。
陈高华、史卫民《元上都》,长春:吉林教育出版社 1988 年。
陈高华、吴泰《宋元时期的海外贸易》,天津:天津人民出版社 1981 年。
陈高华《元代文化史》,广州:广东教育出版社 2009 年。
陈高华《元史研究论稿》,北京:中华书局 1991 年。
陈师曾《中国绘画史》,北京:中华书局 2014 年。
陈师曾《中国文人画之研究》,杭州:浙江人民美术出版社 2016 年。
陈垣《元西域人华化考》,上海:上海古籍出版社 2000 年。
邓乔彬《有声画与无声诗》,上海:上海社会科学院出版社 1993 年。
邓绍基《元代文学史》,北京:人民文学出版社 1991 年。
方勇《南宋遗民诗人群体研究》,北京:人民出版社 2000 年。
桂栖鹏《元代进士研究》,兰州:兰州大学出版社 2001 年。
箭内亘《元代蒙汉色目待遇考》,上海:商务印书馆 1932 年。

蒋星煜《中国隐士与中国文化》,上海:上海三联书店 1988 年。
李文胜《欧阳玄年谱》,扬州:广陵书社 2018 年。
李泽厚《美的历程》,北京:生活·读书·新知三联书店 2009 年。
李泽厚《中国古代思想史论》,北京:生活·读书·新知三联书店 2008 年。
李治安《行省制度研究》,天津:南开大学出版社 2000 年。
李治安《元代政治制度研究》,北京:人民出版社 2003 年。
蒙思明《元代社会阶级制度》,北京:中华书局 1980 年。
南京大学历史系《元史论集》,北京:人民出版社 1984 年。
欧阳光《宋元诗社研究丛稿》,广州:广东高等教育出版社 2011 年。
潘天寿《中国绘画史》,沈阳:辽宁美术出版社 2018 年。
邱江宁《奎章阁文人群体与元代中期文学研究》,北京:人民出版社 2013 年。
史卫民《元代社会生活史》,北京:中国社会科学出版社 1996 年。
苏东天《论文人画》,拉萨:西藏人民出版社 2017 年。
孙楷第《元曲家考略》,上海:上海古籍出版社 1981 年。
王韶华《元代题画诗研究》,北京:中国传媒大学出版社 2010 年。
萧启庆《九州四海风雅同:元代多族士人圈的形成与发展》,台北:台湾联经出版社 2012 年。
萧启庆《内北国外中国:蒙元史研究》,北京:中华书局 2007 年。
萧启庆《元代的族群文化与科举》,北京:中华书局 2011 年。
萧启庆《元代进士辑考》,台北:台湾联经出版社 2012 年。
萧启庆《元代史新探》,台北:新文丰出版公司 1983 年。
徐复观《中国艺术精神》,上海:华东师范大学出版社 2001 年。
徐子方《挑战与抉择:元代文人心态史》,石家庄:河北教育出版社 2001 年。

徐梓《元代书院研究》,北京:社会科学文献出版社 2000 年。

许凡《元代吏制研究》,北京:劳动人事出版社 1987 年。

杨镰《元代文学编年史》,太原:山西教育出版社 2005 年。

杨镰《元诗史》,北京:人民文学出版社 2003 年。

杨镰《元西域诗人群体研究》,乌鲁木齐:新疆人民出版社 1998 年。

杨讷、陈高华《元代农民战争史料汇编》,北京:中华书局 1985 年。

杨先艺主编《中国艺术简史》,北京:北京大学出版社 2010 年。

姚大力《蒙元制度与政治文化》,北京:北京大学出版社 2011 年。

余英时《士与中国文化》,上海:上海人民出版社 1987 年。

张晶《辽金元诗歌史论》,长春:吉林教育出版社 1995 年。

赵琦《金元之际的儒士与汉文化》,北京:人民出版社 2004 年。

中国元史研究会《元史论丛》,北京:中华书局 1982 年。

周积寅《中国画论辑要》,南京:江苏美术出版社 1985 年。

三、论文类

查洪德《元代诗坛的题画之风》,《广播电视大学学报》(哲学社会科学版)2014 年第 1 期。

查洪德《元代诗坛的雅集之风》,《安徽师范大学学报》(人文社会科学版)2013 年第 6 期。

查洪德《元代诗文流变与诗文流派》,《殷都学刊》2000 年第 1 期。

查洪德《元代学术环境与元代诗学的学术品格》,《北方论丛》2014 年第 6 期。

高敏《我国古代的隐士及其对社会的作用》,《社会科学战线》1994 年第 2 期。

黄仁生《试论元末古乐府运动》,《文学评论》2002 年第 6 期。

李军《论元代的上京纪行诗》,《民族文学研究》2005 年第 2 期。

李文胜《论元代文人的征诗现象》,《学术界》2022 年第 11 期。
李文胜《元初诗歌与同题集咏》,《暨南学报》(哲学社会科学版)2014 年第 10 期。
李文胜《元代咏事诗同题集咏析论》,《新疆大学学报》(哲学·人文社会科学版)2020 年第 2 期。
李文胜《元末隐士群体的同题集咏与诗风变迁》,《励耘学刊》2020 年第 1 辑。
李文胜《元诗同题集咏中的诗文图共存及其文学史意义》,《江西社会科学》2017 年第 7 期。
刘国蓉《晚唐咏物诗题材特征论》,《河南理工大学学报》(社会科学版)2007 年第 4 期。
刘宏英、吴小婷《元代上京纪行诗的研究状况及意义》,《河北北方学院学报》2008 年第 4 期。
刘跃进《兰亭雅集与魏晋风度》,《安徽大学学报》(哲学社会科学版)2011 年第 4 期。
欧阳光《从文人群落到文人集团——元代婺州文人集团再研究》,《文史》第 54 辑。
欧阳光《论元代婺州文学集团的传承现象》,《文史》第 49 辑。
欧阳光《郁漶失落的群体——论元初的遗民诗社兼与王德明先生商榷》,《文学遗产》1993 年第 4 期。
蒲宏凌《关于元诗》,《文学评论》2010 年第 6 期。
邱江宁《奎章阁文人与元代文坛》,《文学评论》2009 年第 1 期。
邱江宁《论元代续兰亭会》,《江苏社会科学》2013 年第 6 期。
孙立群《魏晋隐士及其品格》,《南开学报》2001 年第 5 期。
王辉斌《论元代的诗派及其宗唐复古倾向》,《江淮论坛》2012 年第 4 期。

王进《元末文人雅集中的绘画创作研究》,《美术观察》2010年第8期。

王忠阁《论至元、大德间诗风之转变》,《文学评论》2000年第3期。

王忠阁《廼贤上京纪行诗的文学史价值》,《河南社会科学》2008年第6期。

杨镰《顾瑛与玉山雅集》,《西南民族大学学报》(人文社科版)2008年第9期。

杨镰《元诗文献研究》,《文学遗产》2002年第1期。

杨镰《元诗叙事纪实特征研究》,《文学评论》2012年第2期。

周海涛《元明之际吴中文人“以诗唱和”方式的演变》,《广西师范大学学报》(哲学社会科学版)2012年第3期。

周海涛《元明之际吴中文人雅集方式与文人心态的变迁——以〈听雨楼图卷〉、〈破窗风雨卷〉为例》,《山西师大学报》(社会科学版)2010年第1期。

左东岭《玉山雅集与元明之际文人生命方式及其诗学意义》,《文学遗产》2009年第3期。